AFTER

ANNA TODD

NEW ROMANCE

AFTER

Traduit de l'américain
par Marie-Christine Tricottet

ANNA TODD

Hugo Roman

SAISON 1

Gallery Books
Un département de Simon & Schuster, Inc.
1230 Avenue of the Americas
New York, NY 10020

Ce livre est une fiction. Toute référence à des événements historiques, des personnes ou des lieux réels serait utilisée de façon fictive. Les autres noms, personnages, lieux et événements sont issus de l'imagination de l'auteur, et toute ressemblance avec des personnages vivants ou ayant existé serait totalement fortuite.

Première édition : Gallery Books, octobre 2014
GALLERY BOOKS et colophon sont des marques déposées de Simon & Schuster, Inc.

Couverture : © Simon & Schuster UK.
Logo infini : © Grupo Planeta – Art Department

Pour la présente édition :
© 2015, Hugo et Compagnie
38, rue La Condamine
75017 – Paris
www.hugoetcie.fr

Ouvrage dirigé par Isabelle Antoni

ISBN : 9782755617337
Dépôt légal : juillet 2015
Imprimé en France par CPI Brodard et Taupin - N° 3012815

À mes fidèles lecteurs, avec tout mon amour
et ma gratitude. Vous êtes tout pour moi.

PROLOGUE

L'entrée à l'université est un moment crucial, essentiel à la construction d'une personnalité et déterminant pour son avenir. Dans notre société, la première question qu'on vous pose, avant même votre nom, c'est : quelles études avez-vous faites ? Depuis mon plus jeune âge, on m'avait préparée, je pourrais même dire *coachée*, en prévision de mes études supérieures. C'était devenu un but ultime qui impliquait un entraînement intensif, jusqu'à l'obsession. Depuis mon premier jour de lycée, chaque option choisie, chaque devoir rendu le furent en vue de l'université. Et pas n'importe laquelle – ma mère avait décidé que j'irais à Washington Central, celle qu'elle avait fréquentée, bien qu'elle n'ait jamais terminé le cursus.

Mais je ne réalisais pas que les études supérieures ne se bornent pas à l'enseignement qu'on y reçoit. Je n'imaginais pas que le choix de mes options pour le premier semestre me paraîtrait si dérisoire, à peine quelques mois plus tard. J'étais naïve à cette époque-là et, d'une certaine façon, je le suis toujours. Mais comment aurais-je pu me douter de ce qui m'attendait ? Dès le début, ma relation avec ma colocataire s'est avérée tendue et difficile, et pire encore avec son groupe de copains. Ils étaient si différents des gens que je connaissais. Ils m'intimidaient et j'étais gênée de leur je-m'en-foutisme. Pourtant nous avons vite formé une bande, et j'ai partagé leur folie...

C'est à ce moment-là qu'*il* est entré dans ma vie.

Dès notre première rencontre, Hardin a changé ma vie comme aucune classe préparatoire, aucun groupe de travail n'auraient pu le faire. Ces films que je regardais ado sont rapidement devenus ma vie, ces scénarios débiles, ma réalité. Aurais-je agi différemment si j'avais su ce qui allait se passer ? Je n'en suis pas sûre. J'adorerais répondre sans ambiguïté à cette question, mais c'est impossible. Parfois, dépassée par la passion qui obscurcit mon jugement, je ne vois que lui. À d'autres moments, je repense aux souffrances dont il est la cause, à ma profonde nostalgie pour la personne que j'étais avant et, dans ces moments-là, je ne suis plus sûre de rien.

La seule chose dont je sois certaine, c'est que ma vie ne sera plus jamais ce qu'elle était avant qu'Hardin entre dans mon cœur.

∞

1

Mon réveil va sonner d'une minute à l'autre. J'ai passé la moitié de la nuit éveillée, comptant les lignes du papier peint et repassant mon emploi du temps dans ma tête. Certaines personnes comptent les moutons, moi je planifie. Je passe mon temps à tout organiser, et aujourd'hui, le jour le plus important depuis ma naissance, il y a dix-huit ans, ne fait pas exception à la règle.

– Tessa...

Ma mère m'appelle depuis le bas de l'escalier.

Je sors en grognant de mon petit lit, étroit mais confortable. Je prends tout mon temps pour tirer méticuleusement les draps, parce que c'est la dernière fois que je vais sacrifier à cette routine journalière. À partir d'aujourd'hui, cette chambre ne sera plus mon chez-moi.

– Tessa !

– Je suis levée !

En bas, le bruit des portes de placards qui s'ouvrent et se ferment en claquant indique qu'elle est au moins aussi paniquée que moi. J'ai l'estomac noué et, sous la douche, je prie pour que mon angoisse se dissipe au cours de la journée. Jusqu'à présent, toute ma vie n'a été qu'une succession de tâches accomplies en prévision de ce jour, mon premier jour à l'université.

J'ai passé ces dernières années à anticiper ce jour avec nervosité. J'ai passé mes week-ends à étudier et à m'y préparer alors que mes copains sortaient, buvaient et faisaient toutes les choses que font les adolescents pour s'attirer des ennuis. Pas moi. Moi, j'étais la fille qui passait ses soirées à étudier, assise en tailleur sur le sol du salon, pendant que sa mère papotait et regardait des heures durant des programmes de téléachat dans l'espoir de trouver des nouveautés pour améliorer son look.

Le jour où ma lettre d'admission à l'université de Washington Central est arrivée, j'étais au comble de l'excitation – et ma mère a pleuré de joie pendant des heures. Je dois admettre que j'étais fière de voir que tous mes efforts avaient finalement porté leurs fruits. J'ai obtenu la seule université pour laquelle j'avais postulé et, du fait de nos maigres revenus, j'ai eu une bourse suffisante pour n'avoir à demander qu'un prêt étudiant minimum.

En entrant dans la douche, mon corps évacue une partie de sa tension. Je reste là, debout sous le jet d'eau chaude, essayant de calmer mes nerfs, mais non, c'est tout le contraire, je suis tellement inquiète que quand je me décide enfin à me laver, il me reste tout juste assez d'eau chaude pour me donner un coup de rasoir rapide sur les jambes.

Au moment où je m'enveloppe dans une serviette, ma mère m'appelle encore une fois. Aujourd'hui, elle ne maîtrise pas sa nervosité. Je calcule que j'ai une petite marge de manœuvre et je prends le temps de me sécher les cheveux. Je sais qu'elle a le trac pour mon premier jour, mais j'ai tout planifié heure par heure depuis des mois. Nous ne pouvons pas être deux à bout de nerfs et le meilleur moyen pour moi de l'éviter, c'est de suivre mon plan à la lettre.

Les mains tremblantes, je me bagarre avec la fermeture Éclair de ma robe. Je n'aime pas cette tenue, mais ma mère a insisté pour que je la porte. Je finis par triompher de la fermeture et sors mon pull préféré du fond de mon placard. Une fois habillée, je me sens un peu moins nerveuse, jusqu'à ce que je remarque un petit trou sur la manche de mon pull. Je le jette sur le lit et enfile mes chaussures, car chaque seconde qui passe fait grimper l'impatience de ma mère.

Mon petit ami, Noah, va bientôt arriver pour nous accompagner. Il aura dix-huit ans dans quelques mois, un an de moins que moi. Il est brillant, a toujours comme moi les meilleures notes – ce qui me ravit – et il a l'intention de me rejoindre à WCU l'an prochain. J'aurais vraiment aimé que ce soit cette année, surtout quand je songe que je ne connaîtrai personne là-bas, mais je suis contente, il a promis de venir me rendre visite le plus souvent possible.

Il n'y a plus qu'à espérer que ma coloc soit sympa. C'est tout ce que je demande et c'est la seule chose que je ne peux pas prévoir.

– Ther-e-saaaa !

– J'arrive maman, je descends. *Je t'en prie*, arrête de hurler mon nom comme ça !

Noah est assis à table en face de ma mère, les yeux rivés sur sa montre. Le bleu de son polo est assorti au bleu clair de ses yeux. Et ses cheveux blonds sont coiffés à la perfection avec juste ce qu'il faut de gel.

– Salut, l'étudiante !

Il m'adresse un sourire éclatant. Il se lève, me prend dans ses bras et… je bloque ma respiration au moment où je sens son eau de Cologne. Ouais, parfois il lui arrive d'en abuser un peu.

– Salut.

Je lui renvoie un sourire tout aussi lumineux, essayant de cacher ma nervosité, puis j'attache mes cheveux ébouriffés en une queue de cheval maladroite.

– Chérie, nous pouvons attendre une minute que tu arranges tes cheveux.

Je vais vers le miroir et je hoche la tête ; maman a raison. Je dois être bien coiffée aujourd'hui, et bien sûr, elle n'a pas manqué de me le faire remarquer. C'est vrai, j'aurais dû boucler mes cheveux comme elle aime, en guise de petit cadeau de départ.

– Je vais porter tes bagages dans la voiture, propose Noah en tendant sa main ouverte à ma mère pour qu'elle y dépose les clés.

Il me pose un petit baiser rapide sur la joue et sort de la maison, les valises à la main, suivi de ma mère.

La deuxième tentative pour arranger mes cheveux se conclut par un résultat plus satisfaisant, j'en profite pour passer un dernier coup de brosse sur ma robe grise.

Chargée de toutes mes affaires, je me dirige vers la voiture ; j'ai un nœud à l'estomac, mais je suis sûre que les deux heures de voiture vont m'aider à m'en débarrasser.

Je n'ai pas la moindre idée de ce que va être ma vie à l'université, et maintenant une question me hante encore plus que toutes les autres : *Vais-je me faire des amis ?*

∞

2

J'aimerais pouvoir dire que traverser le décor familier de l'État de Washington a contribué à m'apaiser, ou qu'à la vue des panneaux indiquant Washington Central j'ai senti l'aventure commencer. En réalité, j'étais surtout occupée à planifier, de façon obsessionnelle. Je ne pourrais même pas dire de quoi Noah me parlait, si ce n'est qu'il essayait d'être rassurant et enthousiaste pour moi.

– On y est ! s'exclame ma mère au moment où nous passons le portail en pierre, à l'entrée du campus.

C'est aussi beau que dans la brochure et sur leur site, l'élégance des bâtiments de pierre m'impressionne vraiment. Des centaines de personnes s'y croisent : des parents embrassant leurs enfants pour leur dire au revoir, des groupes d'étudiants de première année vêtus de pied en cap de l'uniforme de WCU, et d'autres qui semblent perdus et inquiets. La taille du campus est intimidante, mais j'espère que dans quelques semaines je m'y sentirai chez moi.

Ma mère insiste pour m'accompagner avec Noah à la réunion d'orientation des étudiants de première année. Elle se débrouille pour garder le sourire pendant les trois heures de réunion, Noah écoute attentivement, comme moi.

– J'aimerais voir ta chambre avant de partir. Je veux m'assurer que tout est comme il faut, dit ma mère en sortant.

D'un œil critique, elle examine attentivement le vieux bâtiment de l'internat. Elle a le chic pour toujours voir le mauvais côté des choses.

Noah sourit pour détendre l'atmosphère, et ma mère se déride.

– Je n'arrive toujours pas à croire que tu entres à l'université ! Ma fille unique, étudiante, va vivre toute seule. Je n'arrive pas à y croire, gémit-elle en se tamponnant les yeux, attentive toutefois à ne pas abîmer son maquillage.

Nous nous frayons un chemin dans le couloir, suivies de Noah qui porte mes valises.

– C'est en B22... et nous sommes dans le hall C.

Heureusement, j'aperçois un grand B peint sur le mur et l'indique à ma mère qui se dirigeait du côté opposé. Je me félicite de n'avoir pris que quelques vêtements, une couverture et certains de mes livres préférés. Comme ça, Noah n'a pas trop de choses à porter et j'aurai vite fait de ranger mes affaires.

– B22, souffle ma mère.

Ses talons, ridiculement hauts, ne sont vraiment pas faits pour marcher.

Au bout d'un couloir qui n'en finit pas, je glisse la clé dans la serrure d'une vieille porte en bois qui s'ouvre en grinçant. Ma mère pousse un cri. La chambre est petite, il y a deux lits minuscules et deux bureaux. Au bout d'une minute, je découvre la cause de la stupéfaction de ma mère : un des murs de la chambre est couvert de posters de groupes dont je n'ai jamais entendu parler, de musiciens dont les visages sont couverts de piercings et les corps de tatouages. Une fille aux cheveux d'un rouge flamboyant est allongée sur l'un des deux lits, ses yeux sont soulignés d'un épais trait d'eye-liner noir et ses bras arborent des tatouages colorés.

– Salut, dit-elle avec un sourire, un sourire que je trouve fascinant, à ma grande surprise. Je m'appelle Steph.

Elle se redresse en s'appuyant sur un coude, découvrant un top en dentelle, ce qui vaut un petit coup de pied à Noah qui lorgne sur sa poitrine.

– S... Salut. Moi, c'est Tessa, dis-je d'une voix étranglée, oubliant toutes mes bonnes manières.

– Salut, Tessa, ravie de te connaître. Bienvenue à WCU, les chambres y sont minuscules, mais les fêtes géantes.

Le sourire de la fille aux cheveux écarlates s'agrandit. Elle rejette la tête en arrière et éclate de rire en voyant l'expression horrifiée sur le visage des trois personnes qui lui font face. Ma mère a la bouche grande ouverte et Noah danse d'un pied sur l'autre, mal à l'aise. Steph vient jusqu'à moi et me prend dans ses bras. Un instant, je reste figée, surprise par cette marque d'affection, puis lui rend son geste amical. Juste quand Noah laisse tomber mes sacs par terre, on frappe à la porte et je ne peux qu'espérer que tout ça ne soit qu'une plaisanterie.

– Entrez, crie ma nouvelle compagne de chambre.

La porte s'ouvre sur deux garçons qui entrent avant qu'elle n'ait fini son geste de bienvenue.

Des garçons dans les dortoirs des filles ? Dès le premier jour ? Washington Central n'était peut-être pas une si bonne idée. Ou peut-être aurais-je dû trouver un moyen de sélectionner ma colocataire avant. Vu l'expression atterrée sur le visage de ma mère, je comprends qu'elle pense la même chose que moi. La pauvre, elle semble au bord de l'évanouissement.

– Salut, t'es la nouvelle coloc de Steph ?

Ce garçon a un mélange de mèches brunes et blondes dressées en épis sur la tête. Ses bras sont recouverts de tatouages et ses boucles d'oreilles ont la taille d'une pièce de cinq cents.

– Euh... oui. Je m'appelle Tessa.

– Moi, c'est Nate, t'inquiète pas, tu vas te plaire ici.

Un sourire accompagne son propos. Il pose sa main sur mon épaule. Son expression est chaleureuse et accueillante en dépit de son look de gros dur.

– Je suis prête les mecs, dit Steph en attrapant un gros sac noir posé sur son lit.

Mon regard se dirige alors vers le grand brun appuyé contre le mur. Il a d'épaisses boucles coiffées en arrière et des piercings dans l'arcade sourcilière et la lèvre. Mon attention s'attarde sur son t-shirt noir puis sur ses bras qui sont *aussi* entièrement recouverts de tatouages, ne laissant pas un centimètre carré de peau visible. Mais contrairement à ceux de Steph ou de Nate, ils sont noirs, gris et blancs. Il est grand et mince. Je sais que je le dévisage d'une façon inconvenante, mais je ne peux pas faire autrement.

Je m'attends à ce qu'il se présente comme l'ont fait les autres, mais non, il garde le silence, lève les yeux au ciel d'un air agacé et extirpe son portable de la poche de son jean slim noir. C'est sûr, il est beaucoup moins sympathique que Steph ou Nate. Mais, je dois le confesser, beaucoup plus attirant. Il y a quelque chose en lui qui m'empêche de détacher mon regard de son visage. Je sens confusément que Noah me regarde, et je finis par détourner les yeux, comme si c'était son côté choquant qui m'avait pétrifiée.

Ce qui n'est pas faux, si ?

– À plus, Tessa, déclare Nate.

Et tous trois sortent de la chambre. Je pousse un long soupir. Dire que je suis mal à l'aise est un euphémisme.

– Tu vas changer de chambre, et tout de suite, gronde ma mère, à peine la porte refermée.

– Je ne peux pas. Tout va bien, maman.

Je fais mon possible pour masquer ma nervosité. Moi aussi j'ignore comment les choses vont tourner, mais il est hors de question que ma dominatrice de mère fasse un scandale dès *mon premier jour* de fac.

– Je suis sûre qu'elle ne sera pas souvent là, de toute façon.

J'essaie de la convaincre, et moi aussi, par la même occasion.

– Certainement pas, on va faire le changement immédiatement.

La colère qui déforme son visage détonne avec son look tiré à quatre épingles. Ses longs cheveux blonds sont repoussés sur une épaule, même si ses boucles tiennent encore en place.

– Tu ne vas quand même pas partager ta chambre avec une fille qui laisse entrer des garçons comme ça... des punks, en plus.

Je plonge mon regard dans ses yeux gris, puis me tourne vers Noah.

– Maman, s'il te plaît, attendons de voir comment ça se passe. Je t'en prie.

Je n'ose pas penser au bazar que ça provoquerait d'essayer de changer de chambre à la dernière minute. Sans parler de mon humiliation. Ma mère observe la chambre une fois de plus, et s'arrête sur la déco dans le coin de Steph en poussant un soupir théâtral. À ma grande surprise, mais sur un ton acerbe, elle déclare :

– Comme tu voudras. Mais il va falloir que nous ayons une petite conversation avant que je m'en aille.

∞

3

Une heure plus tard, après de multiples mises en garde sur les dangers que l'on court dans les fêtes et auprès de certains étudiants – tout ça dans un langage plutôt dérangeant dans sa bouche –, ma mère est prête à partir. Égale à elle-même, elle me prend un instant dans ses bras, me donne un petit baiser, dit à Noah qu'elle l'attend dans la voiture et sort de la chambre.

– Tu vas me manquer, me dit-il doucement en m'enlaçant.

Je respire son parfum, celui que je lui ai offert à Noël deux fois de suite. L'intensité a diminué depuis ce matin, mais je réalise, même si je m'en suis plainte plus d'une fois, que je vais regretter cette odeur et ces sensations de sécurité et de familiarité qu'elle me procure. Je pousse un soupir, le nez enfoui dans son cou, en me serrant fort contre lui.

– Tu vas me manquer aussi, mais on s'appellera tous les jours, je te promets. Je suis triste que tu ne sois pas avec moi cette année.

Noah n'est pas beaucoup plus grand que moi, mais ça me plaît qu'il ne me domine pas. Ma mère me faisait marcher quand j'étais petite, elle disait que les hommes prennent un centimètre chaque fois qu'ils mentent. Je ne m'aviserais pas de la contredire sur ce point, mon père était grand.

Noah effleure mes lèvres d'un baiser... Au même moment retentit un coup de klaxon provenant du parking. Il relâche son étreinte en riant.

– C'est ta mère. Elle s'impatiente.

Un baiser sur la joue et il sort précipitamment en criant :

– Je t'appelle ce soir !

Restée seule, je rumine un instant cette sortie précipitée. Je commence à défaire mes valises, rapidement je range la moitié de mes vêtements soigneusement pliés dans une des deux petites commodes et suspends le reste dans mon placard. Je m'étrangle à la vue des vêtements en cuir ou aux imprimés sauvages qui occupent l'autre placard, mais ma curiosité est la plus forte et je me surprends à passer les doigts sur une robe au tissu métallique, et sur une autre si fine qu'elle en est presque transparente.

La fatigue de la journée commence à se faire sentir, il vaut mieux que je m'allonge. Je me sens envahie par un sentiment de solitude, nouveau pour moi, que l'absence de ma colocataire n'arrange pas, même si ses copains me mettent mal à l'aise. J'ai l'impression qu'elle ne sera pas là souvent, ou ce qui serait pire, qu'elle va souvent avoir de la visite. Pourquoi ne suis-je pas tombée sur une fille qui aime lire et étudier ? J'essaie de me persuader que cela aura certains avantages, comme d'avoir la chambre pour moi toute seule, mais je ne suis pas sûre que j'aimerais ça. Pour l'instant, la fac est loin de correspondre à ce dont j'avais rêvé.

En même temps, je ne suis arrivée que depuis quelques heures. Ça ira mieux demain. C'est certain.

Je sors mon agenda et mes livres, et prends le temps de noter les cours pour le semestre et les éventuelles réunions pour le club de littérature, auquel j'ai prévu de m'inscrire. Je ne suis pas encore tout à fait décidée à le faire, je préfère me faire une idée par moi-même, mais j'ai lu un certain nombre de témoignages intéressants. Je pourrais peut-être y rencontrer un groupe de gens ayant les mêmes idées que moi. Je n'aspire pas à me faire des tas d'amis, juste quelques-uns avec qui échanger et partager un repas de temps en temps.

J'ai prévu d'aller faire un tour hors du campus demain, histoire d'acheter des trucs pour ma chambre. Pas pour encombrer mon espace comme l'a fait Steph, mais j'aimerais le décorer de quelques objets personnels pour me sentir un peu plus chez moi. Ce qui va compliquer les choses, c'est de ne pas avoir de voiture, alors plus vite j'en aurai une, mieux ce sera. Grâce à mes récompenses de fin d'études secondaires, et à l'argent mis de côté en travaillant pendant l'été dans une librairie, je devrais pouvoir la payer. Mais, pour l'instant, je ne suis pas sûre de supporter le stress de posséder une voiture. Et puis le fait d'habiter sur le campus donne accès aux transports en commun et j'ai déjà repéré les lignes de bus. La tête pleine d'images d'emploi du temps, de filles aux cheveux rouges et de garçons désagréables couverts de tatouages, je glisse dans le sommeil, mon agenda à la main.

Le lendemain matin, Steph n'est pas dans son lit. Je veux bien apprendre à la connaître, mais ça ne va pas être facile si elle n'est jamais là ! Peut-être l'un des deux garçons qui l'accompagnaient est-il son petit ami ? Si c'est le cas, j'espère pour elle que c'est le blond.

J'attrape ma trousse de toilette et me dirige vers les douches. Je sais déjà que le point noir de la vie en résidence universitaire, c'est les douches. J'aurais bien aimé que chaque chambre ait son propre cabinet de toilette... Bon, au moins elles ne sont pas mixtes.

Ou, du moins, c'est ce que je croyais... comme tout le monde l'aurait cru, non ?

Mais en arrivant à la porte, je dois me rendre à l'évidence, il y a deux plaques, une féminine et une masculine. Horreur ! Je n'arrive pas à croire qu'ils autorisent ce genre de choses, et que je ne l'ai pas découvert au cours de mes recherches sur WCU.

Je repère une cabine de douche libre. Me faufilant à toute vitesse entre des garçons et des filles à moitié nus, je ferme le rideau soigneusement, me déshabille et accroche à l'aveuglette mes vêtements sur le portemanteau situé à l'extérieur. À part moi, personne ne semble le moins du monde gêné par tous ces corps des deux sexes à moitié nus. La vie à la fac m'étonne de plus en plus, et ce n'est que le deuxième jour !

La cabine de douche est minuscule, j'ai à peine la place pour étendre les bras devant moi. Je me mets à penser à Noah et à ma vie à la maison. Perdue dans mes pensées, je me retourne et donne un coup de coude dans le portemanteau, faisant tomber mes vêtements sur le sol mouillé. Et l'eau de la douche qui coule dessus... Ils sont complètement trempés !

– C'est pas vrai !

Je coupe l'eau précipitamment. Enveloppée dans ma serviette, je ramasse ma pile de vêtements trempés qui pèsent une tonne, et me rue dans le couloir, espérant que personne ne m'a vue. Arrivée devant la porte de ma chambre, je tourne à la hâte la clé dans la serrure et ne respire qu'une fois la porte refermée derrière moi.

C'est alors que je vois le garçon brun, tatoué et malpoli, allongé de tout son long sur le lit de Steph.

∞

4

– Humm... Où est Steph ?

J'essaie de prendre un ton autoritaire, mais ma voix ressemble plutôt à un couinement. Les mains crispées sur l'éponge moelleuse de ma serviette, je baisse sans arrêt les yeux pour m'assurer qu'elle couvre bien ma nudité.

Le garçon me regarde en ricanant, sans rien dire. Je répète ma question, en essayant d'être plus polie cette fois.

– Tu m'as entendue ? Je t'ai demandé où était Steph.

– Aucune idée.

Puis il se tourne vers le petit écran plat sur la commode de Steph. *Qu'est-ce qu'il fait ici, d'abord ? Il n'a pas une chambre à lui ?* Je me mords les lèvres en essayant de garder mes commentaires pour moi. Il n'a même pas remarqué que je ne porte qu'une serviette de bain. À moins qu'il s'en fiche...

– D'accord. Heu, tu pourrais... heu... sortir, tu vois, pour que je puisse m'habiller ?

– Arrête de te la raconter, c'est pas comme si j'avais envie de te regarder, dit-il d'un ton méprisant en se retournant, les mains sur le visage.

Il a un accent anglais prononcé que je n'avais pas remarqué auparavant. Il faut dire que ce sont les premiers mots que m'adresse ce grossier personnage. Ne trouvant pas de réponse à sa remarque désobligeante, je me dirige vers ma commode en soupirant. Si ça se trouve, il est gay, et c'est ce qu'il a voulu dire par « c'est pas comme si j'avais envie de te regarder ». C'est ça, ou alors il ne me trouve pas attirante. J'enfile précipitamment mon soutien-gorge et ma culotte, puis un t-shirt tout blanc et un short kaki.

– T'as pas bientôt fini ? demande-t-il, ce qui me fait sortir de mes gonds.

– Tu ne peux pas être encore plus désagréable ? Qu'est-ce que je t'ai fait ? *C'est quoi ton problème ?*

Je hurle beaucoup plus fort que je n'aurais voulu, mais en voyant la surprise sur son visage, je devine que mes paroles ont atteint leur but.

Pendant un moment, il me dévisage silencieusement, puis, alors que j'attendais des excuses... éclate de rire. D'un rire profond qui serait presque sympa s'il ne se voulait désobligeant. Comme il continue de rire, des fossettes apparaissent sur ses joues et je me sens complètement idiote, ne sachant pas quoi dire ni quoi faire. D'une façon générale, j'évite les conflits, et ce type est la dernière personne avec laquelle j'ai envie de me bagarrer.

La porte s'ouvre et Steph entre en trombe.

– Désolée d'être en retard. J'ai une putain de gueule de bois, dit-elle théâtralement en nous regardant l'un après l'autre. Et elle ajoute en haussant les épaules :

– Désolée, Tess, j'ai oublié de te dire qu'Hardin allait passer.

J'aimerais être sûre que notre cohabitation va bien se passer, peut-être même qu'une forme d'amitié pourrait se construire, mais le genre de ses amis et de ses soirées me laisse dubitative.

– Ton petit ami est très mal élevé.

Oups, ces mots sont sortis de ma bouche avant que j'aie eu le temps de les retenir. Steph jette un regard au garçon et ils s'écroulent de rire, *tous les deux*. Qu'est-ce qu'ils ont tous à se moquer de moi ? Ça commence à m'agacer.

– Hardin Scott, mon petit ami, certainement pas !

Elle s'étouffe presque puis finit par se calmer et se tourne vers ce *Hardin* en fronçant les sourcils.

– Qu'est-ce que tu lui as dit ?

Puis à moi :

– Hardin a une façon... à lui, de faire la conversation.

Super. Donc, en gros, elle est en train de me dire que ce Hardin est un grossier personnage. L'Anglais hausse les épaules et zappe avec la télécommande.

– Il y a une teuf, ce soir. Tu devrais venir avec nous, Tessa.

C'est à mon tour de rire à la proposition de Steph.

– Les fêtes, c'est pas trop mon truc. En plus, je veux aller acheter certaines choses pour mettre sur mon bureau et au mur.

Je regarde Hardin, qui, bien entendu, fait comme si nous n'étions pas dans la chambre avec lui.

– Allez... c'est juste une teuf ! T'es à la fac maintenant, une fête ce n'est pas dramatique. Et au fait, comment vas-tu aller au supermarché ? Je croyais que tu n'avais pas de voiture ?

– J'ai l'intention de prendre le bus. De toute façon, qu'est-ce que j'irais faire à cette party, je ne connais personne.

Hardin recommence à rire, ce qui montre bien qu'il ne nous prête attention que pour se moquer de moi.

– J'ai prévu de passer la soirée à lire et à parler avec Noah sur Skype.

– Tu ne vas pas prendre le bus un samedi ! C'est blindé de monde. Hardin peut te déposer en rentrant chez lui... hein, Hardin ? Et puis tu seras avec moi à la fête. Allez, viens... s'il te plaît.

Elle joint les mains en un geste mélodramatique. Est-ce que je peux lui faire confiance ? Je ne la connais que depuis hier... Les avertissements de ma mère me reviennent en tête. Steph, d'après le peu que j'ai vu d'elle, a l'air gentille. Mais une fête ?

– Je ne sais pas... Et non, je ne veux pas qu'Hardin me conduise au supermarché.

Hardin roule sur le lit de Steph et me lance un regard amusé.

– Oh non ! Moi qui me faisais une joie de sortir avec toi, réplique-t-il, d'un ton si sarcastique que j'ai envie de lui lancer un livre à la tête, et il ajoute :

– Voyons, Steph, tu sais bien que cette fille ne se pointera jamais à une fête.

Il a vraiment un accent pas possible. Ma curiosité naturelle, qui est assez insatiable je dois l'admettre, me pousse à lui demander d'où il vient. Et mon esprit de contradiction me pousse à lui donner tort. Je souris aussi gentiment que je peux :

– En fait, si, je vais venir. Ça peut être marrant après tout.

Hardin hoche la tête, incrédule, et Steph pousse des cris aigus avant de me serrer dans ses bras.

– Yess ! Ouais, on va bien se marrer !

Quant à moi, je prie pour qu'elle ait raison.

5

À mon grand soulagement, Hardin se décide enfin à partir. Steph et moi allons pouvoir discuter tranquillement de cette fête, j'ai besoin de plus de détails pour être rassurée et tant qu'il était là, j'étais trop nerveuse. J'essaie de cacher cette anxiété en rangeant soigneusement mes livres sur l'étagère.

– Où se passe la fête ? On peut y aller à pied ?

– En principe, c'est une fête de fraternité[1], dans une des plus grandes maisons d'étudiants du coin.

La bouche grande ouverte, elle rajoute une couche de mascara sur ses cils.

– C'est en dehors du campus, impossible d'y aller à pied, mais Nate va passer nous chercher.

Je suis contente que ce ne soit pas Hardin. Je sais qu'il sera là, mais l'idée d'être en voiture avec lui m'insupporte. Pourquoi est-il si grossier ? Moi, je respecte nos différences. Il devrait reconnaître que je ne *le* juge pas pour la façon dont il a abîmé son corps avec des piercings et des tatouages. Bon, c'est vrai, je le juge un peu quand même, mais en tout cas, je ne lui dis pas. Chez moi, les tatouages et piercings ne sont pas franchement dans la norme. En revanche,

---

1. Une fraternité (ou sororité pour les filles) est une communauté d'étudiants sur les campus américains qui permet à ses membres d'évoluer amicalement et ensemble dans leurs études (NDE).

je suis toujours bien coiffée, les sourcils épilés, avec des vêtements propres et repassés. C'est comme ça, tout simplement. Steph interrompt le fil de mes pensées,

–Tu entends ce que je te dis?

–Excuse-moi... tu disais?

Sans m'en apercevoir, j'avais laissé mes pensées dériver vers ce garçon mal élevé.

–Je disais qu'on devait se préparer. Aide-moi à choisir ma tenue.

Les robes qu'elle sort sont toutes si inconvenantes que je cherche la caméra cachée et la personne qui va surgir pour me dire que c'est une blague. J'ai un mouvement de recul chaque fois qu'elle en sort une et, apparemment, ma réaction la fait rire.

La robe –disons plutôt le morceau de tissu– qu'elle choisit est une espèce de filet de pêche noir, qui laisse voir son soutien-gorge rouge. Seul un jupon noir opaque empêche de dévoiler son corps en entier. La robe couvre à peine le haut de ses cuisses, pourtant elle n'arrête pas de la remonter pour montrer encore plus ses jambes, puis tire dessus pour montrer encore plus son décolleté. Et ses talons mesurent au moins dix centimètres. Elle remonte ses cheveux flamboyants en une sorte de chignon laissant échapper quelques boucles rebelles qui retombent sur ses épaules. Ses yeux sont soulignés d'eye-liner bleu et de mascara noir, je parie qu'elle en a encore plus que tout à l'heure.

Je sors ma robe bordeaux préférée.

–Ça t'a fait mal quand tu t'es fait tatouer?

–La première fois, un petit peu, mais pas autant qu'on pourrait le croire. C'est un peu comme une abeille qui te piquerait encore et encore.

–Ça doit être horrible.

Ça la fait rire. Je me rends compte qu'elle doit me trouver bizarre, probablement, et que j'éprouve le même sentiment envers elle. Cette réciprocité a quelque chose de réconfortant. Elle écarquille les yeux en voyant ma robe.

–Tu ne vas pas mettre ça, quand même ?

–Qu'est-ce qu'elle a ma robe?

Surtout ne pas montrer à quel point je suis vexée! Je passe les mains sur ma robe, c'est la plus belle que je possède, ma préférée

–en même temps, je n'en ai pas des tonnes. Le tissu est doux et de bonne qualité, c'est le tissu dont on fait des tailleurs. Elle a un col montant et des manches trois-quarts qui s'arrêtent juste sous le coude.

–Rien... c'est juste que... elle n'est pas un peu... longue ?

–Elle m'arrive juste au-dessous du genou.

Ne pas montrer que je suis vexée.

–Elle est jolie. C'est juste que je la trouve un peu trop habillée pour une fête. Tu peux prendre une des miennes, si tu veux.

Elle paraît sincère, mais pour rien au monde je ne voudrais essayer une de ses robes minuscules.

–C'est gentil, Steph, mais je me sens bien comme ça, dis-je en branchant mon fer à friser.

∞

6

J'ai bouclé mes cheveux pour qu'ils s'alignent parfaitement sur mes épaules, maintenant il ne me reste plus qu'à accrocher une barrette de chaque côté pour éviter de les avoir dans les yeux.

– Tu veux que je te prête du maquillage ?

À nouveau je me regarde dans la glace. J'ai toujours trouvé que mes yeux étaient trop grands pour mon visage, alors je préfère les maquiller le moins possible. En général, je ne mets qu'un peu de mascara et du baume sur les lèvres.

– Peut-être... un peu d'eye-liner.

En souriant elle me tend trois crayons : un violet, un noir et un marron. Je les tourne entre mes doigts : le noir ou le marron ?

– Le violet irait très bien avec tes yeux.

Je souris mais refuse de la tête.

– Tu as des yeux incroyables – on échange ?

Steph a de beaux yeux verts, pourquoi voudrait-elle échanger avec moi ? Je prends le crayon noir et dessine le trait le plus fin possible autour de mes yeux, ce qui me vaut un sourire très fier de la part de Steph. Son téléphone vibre et elle attrape son sac.

– Nate est arrivé.

Je lisse ma robe et enfile mes Toms[2] plates blanches que Steph regarde... sans faire de commentaires. Nate nous attend devant le bâtiment, les vitres baissées de sa voiture laissent s'échapper du rock, à fond. Je ne peux m'empêcher de remarquer les gens autour

---

2. Espadrilles (NDE).

qui nous regardent, alors je baisse la tête. Quand je lève les yeux, j'aperçois Hardin sur le siège passager. *Horreur.*

– Mesdames, dit Nate pour nous saluer.

Hardin me fusille du regard quand je monte après Steph, et je me retrouve assise pile derrière lui.

– Tu es au courant qu'on va à une teuf, pas à l'église, hein, Theresa ?

Je vois son sourire ironique dans le rétroviseur.

– Ne m'appelle pas Theresa, s'il te plaît. Je préfère qu'on m'appelle Tessa.

Et d'abord, comment connaît-il mon nom ? Theresa, ça me fait penser à mon père, je préfère ne pas l'entendre.

– Comme tu veux, Theresa.

Je me renfonce dans mon siège, levant les yeux au ciel. Surtout ne pas discuter avec lui, ça n'en vaut pas la peine.

Pour tenter d'oublier le niveau sonore de la voiture, je regarde par la vitre. Au bout d'un moment, Nate se gare sur le côté d'une rue animée, bordée de hautes maisons qui se ressemblent. Le nom de la fraternité est peint en lettres noires, mais je n'arrive pas à le déchiffrer car une opulente vigne vierge grimpe sur le côté de cette imposante maison. Des rubans de papier toilette en vrac décorent les murs blancs, et le bruit qui vient de l'intérieur achève le tableau, typique des maisons d'étudiants. La pelouse est bondée de gens qui tiennent des gobelets rouges à la main, certains d'entre eux dansent, là, sur la pelouse. Je ne suis vraiment pas dans mon élément. J'ai la gorge serrée.

– C'est super grand ! Il y aura combien de personnes ?

– Une maison pleine. Magnez-vous, répond Hardin claquant la portière derrière lui.

Toujours assise sur le siège arrière, je regarde tous ces gens qui tapent dans la main de Nate mais ignorent Hardin. Ce qui m'étonne, c'est que je ne vois personne avec des tatouages comme lui, Nate ou Steph. Finalement, je vais peut-être me faire des amis ce soir.

– Tu viens ?

Steph ouvre la portière et saute hors de la voiture. Je descends à mon tour et lisse bien ma robe, une fois encore.

∞

7

Hardin a déjà disparu à l'intérieur, ce qui m'arrange : avec un peu de chance je ne le reverrai pas de toute la soirée, et vu la foule qu'il y a dans la maison, je sens que je devrais y arriver. Je suis Steph et Nate à travers le salon bondé, et on me tend un gobelet rouge. Je me tourne pour refuser avec un « non, merci » poli, mais c'est trop tard, je n'ai pas la moindre idée de qui me l'a donné. Je le pose et continue à les suivre dans la maison. Nous nous arrêtons devant un groupe de personnes entassées sur un canapé. À leur look je déduis que ce sont des amis de Steph. Ils sont tous tatoués, comme elle, et avachis sur le canapé. Malheureusement, Hardin est là aussi, perché sur l'accoudoir, j'évite de le regarder pendant que Steph me présente au groupe.

– C'est Tessa, ma coloc. Elle n'est là que depuis hier, alors j'ai pensé la distraire pour son premier week-end à WCU, explique-t-elle.

L'un après l'autre ils me font un signe de tête ou me sourient. Ils ont tous l'air très gentils, sauf Hardin, bien sûr. Un garçon au teint basané, très séduisant, me tend une main aussi froide que les glaçons de son verre, mais son sourire est chaleureux. La lumière se reflète sur sa bouche, et il me semble entrevoir un truc métallique sur sa langue, mais il ferme la bouche trop vite pour que j'en sois tout à fait sûre.

– Moi, c'est Zed. C'est quoi, ta dominante ?

Je remarque que son regard s'attarde avec un petit sourire sur ma robe sévère, mais il ne dit rien. Je réponds fièrement :

– Anglais.

Hardin ricane, mais je ne réagis pas.

– Génial, moi c'est les fleurs, ajoute-t-il en riant, et je fais comme lui. *Les fleurs ? Qu'est-ce que ça veut dire ?*

– Tu veux un verre ? propose-t-il avant que je lui demande plus d'explications.

– Oh non ! je ne bois pas.

– C'est tout Steph, ça, de ramener Miss Coincée dans une teuf, murmure une fille minuscule aux cheveux roses.

Je fais semblant de ne pas avoir entendu pour éviter une quelconque confrontation. Miss Coincée ? Je ne suis pas du tout « coincée », j'ai juste travaillé dur pour arriver ici et depuis que mon père nous a quittées, ma mère a bossé toute sa vie pour assurer mon avenir. Mais je tiens à tout prix à éviter les drames. Je n'ai pas l'intention de me faire des ennemis, avant même d'avoir des amis.

– Je vais prendre l'air, dis-je en tournant les talons.

– Tu veux que je vienne avec toi ? crie Steph dans mon dos.

Je fais non de la tête et me dirige vers la porte. Qu'est ce que je fais là ? En ce moment, je devrais être en pyjama, roulée en boule avec un bouquin. Ou je pourrais être sur Skype avec Noah, qui me manque terriblement. Je préférerais même dormir plutôt que de me trouver dans cette party horrible, avec cette bande d'inconnus alcoolisés. Je décide d'envoyer un texto à Noah et pars au bout du jardin, le seul endroit à peu près tranquille.

TU ME MANQUES. LA FAC, C'EST PAS TRÈS MARRANT POUR L'INSTANT.

J'appuie sur « envoyer » et m'assieds sur le muret de pierres dans l'attente de sa réponse. Une bande de filles soûles passe devant moi en gloussant, la démarche mal assurée.

La réponse de Noah ne se fait pas attendre.

POURQUOI ? TU ME MANQUES AUSSI TESSA. J'AIMERAIS ÊTRE AVEC TOI.

Son message me fait sourire.

– Et merde ! Désolé ! dit tout à coup une voix masculine au moment où je sens un liquide froid inonder le devant de ma robe. Le type trébuche et se rattrape en s'appuyant contre le muret.

– Au temps pour moi, marmonne-t-il en s'asseyant.

C'est de pire en pire. D'abord cette nana qui me traite de coincée, et maintenant ma robe trempée de Dieu sait quel alcool... qui pue en plus. Je soupire, ramasse mon téléphone et rentre pour essayer de trouver les toilettes. Je me fraye un passage dans le hall bondé et tente d'ouvrir toutes les portes au passage. Sans succès. Je préfère ne pas penser à ce qui se passe dans ces chambres.

Toujours à la recherche d'une salle de bains, je monte les escaliers. Enfin, une des portes s'ouvre. Malheureusement, ce n'est pas une salle de bains, c'est une chambre et, pire encore, une chambre dans laquelle Hardin est allongé sur le lit, la fille aux cheveux roses à califourchon sur lui, sa bouche collée à la sienne.

∞

8

La fille se retourne et me toise de la tête aux pieds. Je voudrais m'enfuir, mais je suis comme tétanisée, mes jambes refusent de m'obéir.

– Je peux faire quelque chose pour toi ? dit-elle, sarcastique.

Hardin se redresse sur le lit, la fille toujours assise sur lui. Son visage est impassible – ni amusé ni gêné le moins du monde. Il doit faire ce genre de choses tout le temps. Il a sûrement l'habitude de se faire surprendre au lit avec des filles bizarres.

– Euh... non. Désolée. Je... cherche une salle de bains. Quelqu'un a renversé son verre sur ma robe.

Cette situation est terriblement embarrassante. La fille embrasse Hardin dans le cou, je me détourne. Ils se sont bien trouvés ces deux-là, on dirait. Ils sont tatoués tous les deux et aussi grossiers l'un que l'autre.

– D'accord, eh ben, barre-toi, va chercher ta salle de bains.

Elle a l'air excédée. Je sors de la chambre, referme la porte et m'y adosse. Là, je déteste la fac, je n'arrive vraiment pas à comprendre ce qu'on peut trouver de marrant à une party comme celle-ci.

Au lieu de continuer à chercher une salle de bains, je décide de trouver la cuisine pour nettoyer ma robe sans risquer de tomber sur un autre couple d'étudiants enivrés, dominés par leurs hormones, couchés l'un sur l'autre. Pas deux fois.

Je trouve la cuisine sans difficulté, mais elle est bourrée de monde! Pas étonnant, la plus grande partie des réserves d'alcool est là, dans des seaux à glace sur le plan de travail, à côté de piles de cartons de pizzas. Je dois passer le bras au-dessus d'une fille en train de vomir dans l'évier pour attraper une serviette en papier et l'humecter. Mais en frottant ma robe avec, des petites peluches du papier bon marché s'accrochent à la tache humide, ne faisant qu'empirer les choses. Énervée, je grogne en me laissant aller contre le bar. Nate s'approche de moi,

– Tu t'amuses ?

Je suis soulagée de voir enfin un visage connu. Il me sourit gentiment et boit une gorgée.

– Pas vraiment. Ça dure combien de temps ce genre de fête, en général ?

– Toute la nuit... et aussi la moitié du lendemain.

Il rit et moi, je reste bouche bée. Quand Steph va-t-elle vouloir rentrer ? Bientôt, j'espère.

– Attends, qui va nous ramener à la résidence ?

Je commence à paniquer. Ses yeux sont injectés de sang, je l'ai bien remarqué.

– Je ne sais pas... tu peux prendre ma voiture si tu veux.

– C'est très gentil, mais je ne peux pas conduire ta voiture. Tu imagines les ennuis si je l'abîmais ou si je me faisais contrôler avec des passagers mineurs en état d'ivresse[3] ?

Je vois d'ici la tête de ma mère payant la caution pour me tirer de prison.

– Mais non, c'est à côté... vas-y, prends ma voiture, je t'assure. Tu n'as même pas bu, toi. Sinon, tu vas devoir rester. Ou alors je peux peut-être demander si quelqu'un...

– Non, ça ira. Je vais me débrouiller, réussis-je à dire avant que quelqu'un augmente la musique au point que tout soit couvert par les basses et les paroles, enfin plutôt les hurlements de la chanson.

Plus la soirée avance, et plus je m'en veux d'être venue.

∞

3. L'alcool est interdit aux moins de 21 ans aux États-Unis, même si les fêtes étudiantes y dérogent (NDE).

9

Finalement, après avoir hurlé « Steph ? » genre dix fois, la musique s'adoucit et Nate hoche la tête en riant. Il fait un signe pour me montrer la pièce d'à côté. Il est vraiment sympa... Pourquoi traîne-t-il avec Hardin ?

J'arrive dans l'autre pièce, et là, j'ai le souffle coupé en l'apercevant. Avec deux autres filles, elle danse sur une table dans le salon. Un type soûl grimpe pour les rejoindre et l'attrape par les hanches. Je me dis qu'elle va le repousser, mais non, elle se contente de sourire et se colle contre lui. *D'accord.*

– Ils ne font que danser, Tessa, dit Nate avec un petit gloussement en voyant mon air choqué.

– Ouais... je sais.

Ils ne font pas *que danser*, ils se pelotent et se frottent l'un contre l'autre. Je hausse les épaules comme si je trouvais ça normal. Mais moi, je n'ai jamais dansé de cette façon, même pas avec Noah, et ça fait deux ans qu'on sort ensemble. Noah ! Je fouille dans mon sac pour écouter ses messages.

T'ES LÀ TESSA ?

HELLO ? TOUT VA BIEN ?

TESSA ? EST-CE QUE JE DOIS APPELER TA MÈRE ? JE COMMENCE À M'INQUIÉTER.

Je compose son numéro aussi vite que possible en priant pour qu'il n'ait pas encore appelé ma mère. Comme il ne répond pas, je lui envoie un texto pour lui assurer que tout va bien et qu'il est inutile de l'appeler. Elle va péter les plombs si elle croit que quelque chose m'est arrivé dès mon premier week-end à la fac.

–Hééé... Tessa! Tu t'amuses, poulette?

Steph a la voix pâteuse. Elle pose la tête sur mon épaule et s'esclaffe, visiblement complètement ivre,

–Je crois... j'ai besoin... la pièce commence à ranger, Tess... je veux dire à tanguer, dit-elle, hilare. Brusquement, elle se penche en avant.

–Elle va être malade.

Nate acquiesce et la soulève pour la poser sur son épaule.

–Suis-moi.

Nous montons l'escalier et, au milieu du couloir, il ouvre une porte, trouvant la salle de bains du premier coup, bien sûr. Juste quand il la pose à côté des toilettes, Steph se met à vomir. Sans la regarder, j'attrape ses cheveux et les écarte doucement de son visage.

Au moment où je sens que je ne peux plus supporter de la regarder vomir encore, elle s'arrête et Nate me tend une serviette.

–On va l'emmener dans la chambre d'en face et l'allonger sur le lit. Il faut qu'elle dorme pour récupérer.

J'acquiesce, tout en me disant que je ne peux pas la laisser toute seule dans cet état.

–Tu peux rester avec elle, si tu veux, dit Nate comme s'il lisait dans mes pensées.

Nous l'aidons à se relever et à traverser le couloir pour entrer dans la chambre plongée dans l'obscurité. Steph pousse un grognement quand nous l'allongeons délicatement sur le lit. Nate s'éclipse rapidement en me disant qu'il reviendra plus tard voir si tout va bien. Je m'assieds sur le lit à côté d'elle et vérifie qu'elle est confortablement installée.

Sobre, à côté d'une fille complètement soûle, au milieu d'une fête qui bat son plein, j'ai l'impression de toucher le fond. J'allume une lampe et jette un coup d'œil autour de la chambre. Mon regard est immédiatement attiré par la bibliothèque qui couvre un pan de mur. Je ne sais pas à qui appartient cette collection, mais je suis impressionnée. Il y a beaucoup de classiques, une grande variété de livres, dont tous mes ouvrages préférés. Je prends sur une étagère un exemplaire des *Hauts de Hurlevent* à la reliure usée.

Je suis tellement accaparée par la prose d'Emily Brontë que je ne prête pas attention à la variation de lumière quand la porte s'ouvre ni à la présence d'une troisième personne dans la pièce.

– Qu'est-ce que tu fous dans ma chambre ?

Je commence à reconnaître l'accent de la voix furieuse derrière moi. Hardin.

– Je t'ai demandé ce que tu foutais dans ma chambre.

Je me retourne et vois ses longues jambes foncer vers moi. Il m'arrache le livre des mains et le repose brutalement sur l'étagère. La tête me tourne. Moi qui pensais avoir atteint le pire, me voilà prise au piège dans le domaine privé d'Hardin. Il se racle la gorge grossièrement et agite la main devant mes yeux.

– C'est Nate qui m'a dit d'amener Steph ici...

Ma voix est à peine audible. Il avance et pousse un profond soupir. Je lui montre le lit.

– Elle a trop bu et Nate a dit...

– Ça va, j'ai compris !

Il passe la main dans sa chevelure désordonnée, visiblement mécontent. Pourquoi est-il si contrarié de nous trouver dans sa chambre ? À moins que...

– Tu es membre de cette fraternité ?

La surprise perce dans ma voix. Hardin ne correspond pas du tout à l'idée que je me faisais d'un étudiant appartenant à une fraternité.

– Ouais, et alors ? Ça t'étonne, Theresa ?

– Arrête de m'appeler Theresa.

Il se rapproche encore, il y a moins d'un mètre entre nous, si je recule je vais m'encastrer dans la bibliothèque. *Il a réussi à me coincer.*

– C'est ton nom, pourtant ?

Son ricanement indique que son humeur semble s'améliorer, légèrement.

Je m'écarte de lui et me retrouve la tête pratiquement dans les livres. Je ne sais pas où je vais, mais il faut absolument que je m'éloigne d'Hardin avant de le gifler. Ou de fondre en larmes. La journée a été longue et je vais probablement d'abord fondre en larmes, puis le gifler. J'aurais bonne mine. Je le pousse pour passer devant lui.

– Elle ne peut pas rester ici.

Je m'aperçois qu'il serre l'anneau de sa lèvre entre ses dents. Qu'est-ce qui a bien pu le pousser à se faire percer la lèvre et l'arcade sourcilière ? Ça doit être douloureux, mais... mais il faut reconnaître que cet anneau met en valeur la forme pleine de ses lèvres.

– Pourquoi pas ? Je pensais que vous étiez potes tous les deux ?

– En effet, mais personne ne rentre dans ma chambre.

Il croise les bras sur la poitrine et c'est la première fois que je peux voir distinctement la forme d'un de ses tatouages. C'est une fleur, au milieu de son avant-bras entièrement tatoué. Hardin, avec une fleur ? Vu d'ici, le dessin noir et gris ressemble à une rose, mais quelque chose entoure cette fleur, y ajoutant de la noirceur, gâchant la beauté et la délicatesse de sa forme.

Je pousse un petit soupir agacé.

– Oh... je vois. Alors seules les filles avec qui tu flirtes sont admises dans ta chambre ?

– Ce n'était pas ma chambre. Mais si tu essaies de me dire que tu as envie de flirter avec moi, désolé, mais tu n'es pas mon genre.

Je ne sais pas pourquoi, mais ses mots me blessent. Hardin, non plus, n'est pas du tout mon genre, mais moi, je ne me permettrais jamais de le lui dire en face.

– Tu es... tu es...

Je ne trouve pas les mots pour exprimer mon exaspération. En plus, la musique qui transperce les murs me tape sur les nerfs. Je suis gênée, contrariée et épuisée. Ça ne sert à rien de discuter avec lui.

– Si c'est ça... tu n'as qu'à la porter *toi-même* dans une autre chambre, et je me débrouillerai pour rentrer à la résidence universitaire.

Je me dirige vers la porte et, au moment où je sors en claquant la porte derrière moi, j'entends un sarcastique « Bonne nuit, *Theresa* » qui couvre le bruit de la fête.

∞

10

Quand j'arrive en haut de l'escalier, des larmes, que je ne peux retenir, ruissellent sur mes joues. Je déteste la fac, définitivement, même si je n'ai pas encore commencé les cours. Pourquoi a-t-il fallu que je tombe sur une coloc si différente de moi ? À l'heure qu'il est, je devrais dormir pour être en forme lundi. Je n'ai pas ma place dans ce genre de fête, et rien à voir avec ce genre de personnes. J'aime bien Steph, mais je n'ai pas l'étoffe pour gérer ce type de situation ni des types comme Hardin, qui reste un mystère pour moi. Pourquoi faut-il qu'il se conduise toujours comme un abruti ? En même temps, je repense aux livres qui couvrent le mur de sa chambre... Il est impossible qu'un type grossier, irrespectueux et tatoué comme Hardin puisse apprécier ces œuvres magistrales. Je ne peux pas l'imaginer lisant... autre chose que l'étiquette d'une bouteille de bière.

En me tamponnant les joues, je réfléchis, je n'ai pas la moindre idée de l'endroit où nous sommes ni de comment je vais rentrer à la résidence. Plus je pense aux décisions que j'ai prises ce soir, plus je m'en veux et plus je stresse. J'ai vraiment agi sans réfléchir, c'est justement pour ça que je planifie tout d'habitude, pour que ce genre de chose ne m'arrive pas.

La maison ne désemplit pas et la musique est trop forte. Je ne vois nulle part Nate, ni Zed. Et si j'entrais dans une chambre au hasard pour dormir par terre ? Il y a au moins quinze chambres à l'étage et, avec un peu de chance, l'une d'elles sera vide. Malgré tous mes efforts, je n'arrive pas à cacher mes émotions et je ne veux pas que tout le monde me voie dans cet état. Je rebrousse chemin, entre dans la salle de bains où j'étais avec Steph et m'assieds par terre, la tête sur les genoux.

Je rappelle Noah et, cette fois, il décroche à la deuxième sonnerie.

– Tess ? Tu as vu l'heure ? Tout va bien ? dit-il d'une voix endormie.

– Oui. Non. J'ai accompagné ma colocataire à une fête nulle et maintenant je suis coincée dans une maison d'étudiants, et je ne sais même pas où je vais dormir ni comment rentrer.

Je sanglote. Ce n'est pas un problème vital, mais je suis vraiment furieuse contre moi de m'être mise dans cette situation inextricable.

– Une fête ? Avec la fille aux cheveux rouges ?

Il a l'air surpris.

– Ouais. Steph. Mais elle est dans les vapes, dans une chambre.

– Waouh ! Mais qu'est-ce que tu fiches avec elle ? Elle est si... enfin, ce n'est pas le genre de personne que tu fréquentes d'habitude.

Le mépris que je perçois dans sa voix me tape sur les nerfs. J'aurais voulu qu'il me dise que tout allait s'arranger, que demain serait un autre jour. Quelque chose de positif et d'encourageant au lieu de ce sermon sévère et moralisateur.

– Ce n'est pas la question, Noah...

À ce moment-là, quelqu'un secoue la poignée de la porte et je me relève. Je crie à travers la porte :

– Une minute !

J'essuie mes yeux avec du papier toilette, ce qui a pour effet d'étaler un peu plus mon maquillage. C'est bien pour ça que je ne mets jamais d'eye-liner.

– Je te rappelle, il y a quelqu'un qui veut utiliser les toilettes.

Je raccroche sans lui laisser le temps de protester. La personne dehors commence à tambouriner sur la porte que je me dépêche d'ouvrir en grognant, sans cesser de m'essuyer les yeux.

– J'ai dit une min...

Je suis stoppée net par deux yeux verts étincelants qui transpercent les miens.

∞

11

Jusque-là, je n'avais pas remarqué le vert extraordinaire de ses yeux. Pas la peine de me demander pourquoi, puisque Hardin ne m'a encore jamais regardée en face. Des yeux verts fascinants, profonds et étonnés, qu'il détourne vivement quand je le pousse pour passer. Il m'arrête en m'attrapant par le bras.

– Ne me touche pas ! je hurle en me dégageant brusquement.

– Tu as pleuré ?

– Fiche-moi la paix, Hardin.

Sa demande était empreinte de curiosité. Si ce n'était pas Hardin, je croirais presque qu'il s'inquiète pour moi. Il vient se planter devant moi et, comme il est grand, il m'empêche de bouger. Je commence à en avoir marre.

– Hardin, s'il te plaît. Je t'en prie, si tu as un tant soit peu de gentillesse, laisse-moi tranquille. Garde tes vacheries pour demain. S'il te plaît.

Je me fiche de savoir s'il perçoit la gêne et le désespoir dans ma voix. J'ai juste besoin qu'il me laisse en paix. Un éclair de perplexité passe dans ses yeux. Il m'observe un moment sans dire un mot.

– Il y a une chambre au bout du couloir où tu peux dormir, si tu veux. C'est là que j'ai mis Steph.

J'attends une minute qu'il dise autre chose, mais il se contente de me regarder fixement.

– Ok, dis-je calmement, et il s'efface pour me laisser passer.

– C'est la troisième porte sur la gauche, indique-t-il d'un signe de tête, puis il disparaît dans sa chambre.

C'était quoi ça ? Hardin qui ne dit pas une seule vacherie ? Je sens que je ne perds rien pour attendre.

La troisième pièce sur la gauche est une chambre banale, avec deux lits jumeaux. Elle ressemble beaucoup plus à une chambre d'étudiant que celle, plus spacieuse, dont bénéficie Hardin. Il est peut-être le leader de la fraternité ? L'explication la plus plausible, c'est que tout le monde a peur de lui et qu'il a obtenu la plus grande chambre par la menace. Steph dort sur le lit près de la fenêtre. J'enlève mes chaussures et pose une couverture sur elle avant de fermer la porte à clé et de me coucher sur l'autre lit.

Je m'endors la tête en vrac, et des images de roses floutées et d'yeux verts furieux viennent peupler mes rêves.

∞

12

Comment j'ai atterri dans cette chambre inconnue ? Il me faut un moment, au réveil, pour me souvenir des événements de la veille. Steph dort toujours. La bouche grande ouverte, elle ronfle d'une manière totalement disgracieuse. Je décide d'attendre de savoir comment nous allons rentrer à la résidence pour la réveiller. Rapidement, j'enfile mes chaussures, j'attrape mon sac et sors. J'hésite entre frapper à la porte d'Hardin et essayer de trouver Nate. D'ailleurs, Nate est-il membre de cette fraternité lui aussi ? Jamais je n'aurais deviné qu'Hardin puisse appartenir à un groupe social organisé, alors pourquoi pas Nate ?

En enjambant des corps endormis dans le couloir, je me dirige vers l'escalier et descends. Espérant obtenir une réponse, j'appelle :

– Nate ?

Il y a au moins vingt-cinq personnes qui dorment rien que dans le salon. Le sol est jonché de gobelets rouges et d'immondices, pas facile de se frayer un chemin dans tout ce bazar. C'est là que je réalise à quel point le couloir de l'étage était propre en comparaison, malgré tous les gens allongés par terre. Quand j'arrive dans la cuisine, je dois me retenir de commencer à faire le ménage. Ça va prendre la journée pour nettoyer tout ça. J'adorerais voir Hardin remettre tout en ordre et, rien que d'y penser, je rigole.

– Qu'y a-t-il de si drôle ?

Je pivote pour découvrir Hardin qui entre dans la cuisine, un sac poubelle à la main. Il passe le bras sur le plan de travail pour faire tomber les gobelets dans le sac.

– Rien. Est-ce que Nate habite ici aussi ? (Il continue à ranger comme si je n'étais pas là. Je m'impatiente.) Il habite ici ou pas ? Plus vite tu me le diras, plus vite je m'en irai.

– Ok, tu as toute mon attention. Non, il n'habite pas ici. Tu trouves qu'il a l'air de faire partie d'une fraternité ? dit-il en ricanant.

– Non, mais toi non plus.

Mon ton doit être cinglant car je vois ses mâchoires se contracter. Il me passe devant et ouvre un placard à hauteur de ma hanche, pour y prendre un rouleau d'essuie-tout.

– Est-ce qu'il y a un bus qui passe pas loin ?

– Ouais, à environ un pâté de maisons.

– Tu peux me dire où c'est ?

– Bien sûr. À environ un pâté de maisons.

Un petit sourire se dessine sur sa bouche, il se fiche de moi. Je grogne et sors de la cuisine. La courtoisie passagère dont il a fait preuve hier soir n'aura de toute évidence pas de suite et il va me retomber dessus dès aujourd'hui. Après la nuit que j'ai passée, je ne supporterai pas qu'il soit dans mon champ de vision.

Je vais réveiller Steph, ce qu'elle fait sans difficulté, étonnamment. Elle me sourit. Je suis contente qu'elle soit aussi pressée que moi de partir de cette fichue fraternité. Nous descendons.

– Hardin dit qu'il y a un arrêt de bus au coin de la rue.

– Pas question de prendre un putain de bus. Un de ces connards va nous ramener jusqu'à notre chambre. Il t'a dit ça pour te faire chier, c'est tout.

Dans la cuisine, Hardin est en train de sortir des cannettes de bière du four. D'un ton autoritaire, elle l'apostrophe :

– Hardin, t'es prêt à nous ramener, maintenant ? J'ai la tête qui va exploser.

– Ouais, pas de problème, j'en ai juste pour une minute, répond-il, comme s'il n'attendait que nous.

Sur le chemin du retour, Steph chante l'espèce de chanson de heavy metal que crachent les haut-parleurs et Hardin baisse toutes les vitres sans tenir compte de ma demande polie de les remonter. Gardant le silence, il tapote distraitement le volant de ses longs doigts.

– À plus tard, Steph.

Elle s'extrait du siège passager, lui fait un signe de la main alors que j'ouvre ma portière.

– Salut, Theresa.

Il a un sourire narquois, qui m'énerve au plus haut point, et j'emboîte le pas de Steph.

∞

13

Le reste du week-end passe vite et je réussis à éviter Hardin. Le dimanche, je pars tôt faire mes achats, avant qu'il n'arrive. En me baladant, je découvre une boutique Karl Marc John. La devanture est vraiment tentante et, après avoir quand même un peu hésité, j'achète un jean et un chemisier blanc, assez sage mais très féminin. À mon retour, il vient apparemment de partir.

En rangeant mes nouveaux vêtements dans ma petite commode, je repense aux paroles d'Hardin: *Tu es au courant que c'est à une fête qu'on va, pas à l'église.* Je ne sais pas ce qu'il dirait à la vue de ceux-là, mais j'ai décidé que je n'irai plus à aucune fête avec Steph ni dans aucun endroit où je risquerais de tomber sur Hardin. Il est insupportable, et ça m'épuise de me bagarrer avec lui.

Lundi matin finit par arriver, et je suis à cent pour cent prête pour mes premiers cours de fac. Je me lève super tôt pour être sûre de pouvoir prendre une douche, sans mecs autour et en prenant mon temps. Je m'habille d'un chemisier blanc boutonné et d'une jupe plissée, parfaitement repassés, m'attache les cheveux et prends mon sac sur l'épaule. Pour être sûre de ne pas être en retard, je m'apprête à partir avec un quart d'heure d'avance quand la sonnerie du réveil de Steph se fait entendre. Elle appuie sur « snooze », je me demande si je dois la réveiller. Ses cours commencent peut-être plus tard que les miens, ou bien elle a décidé de ne pas y aller. L'idée qu'on puisse manquer les premiers cours me fait flipper, mais elle entre en deuxième année, elle doit avoir l'habitude.

Un dernier coup d'œil dans le miroir et je me dirige vers mon premier cours. J'ai bien fait d'étudier le plan du campus avant de partir si bien que je trouve mon bâtiment en moins de vingt minutes. La salle du cours d'histoire de première année est vide à l'exception d'un garçon qui, lui aussi, semble résolu à être à l'heure. Je m'assieds à côté de lui. Peut-être pourrait-il devenir mon premier ami ?

– Où sont les autres ?

– Sans doute en train de courir à travers tout le campus pour arriver ici à temps.

C'est exactement ce que j'étais en train de penser. Son sourire suffit à me mettre à l'aise. Il me plaît.

– Je m'appelle Tessa Young.

– Landon Gibson, dit-il dans un sourire tout aussi adorable que le premier.

Nous bavardons en attendant le début du cours. J'apprends que, comme moi, sa dominante est l'anglais et qu'il a une copine qui s'appelle Dakota. Landon ne se moque pas de moi quand je lui dis, au cours de notre conversation, que Noah est en terminale au lycée. Je décide sans plus attendre qu'il est le genre de personne que j'aimerais voir plus souvent. Quand les autres commencent à arriver, Landon et moi mettons un point d'honneur à aller nous présenter au professeur.

Au fil de la journée, je commence à regretter de m'être inscrite à cinq matières au lieu de quatre. Je me rue à mon option de littérature anglaise – Dieu merci c'est le dernier cours de la journée –, et y arrive tout juste à l'heure. Ouf, Landon est assis au premier rang, le siège à côté de lui est libre.

– Re-bonjour, dit-il en souriant quand je viens m'y asseoir.

Le professeur commence par nous distribuer le programme du semestre et se présente brièvement. Il nous raconte ce qui l'a amené à devenir professeur, et son enthousiasme pour la matière qu'il enseigne. Ça me plaît qu'à la fac, contrairement au lycée, les professeurs ne vous demandent pas de vous présenter, debout devant toute la classe, ou ce genre de chose, aussi embarrassante qu'inutile.

Le professeur est en train de nous expliquer nos listes de lecture quand la porte s'ouvre en grinçant, et Hardin entre en trébuchant.

– Super, dis-je à voix basse en grognant.

– Tu connais Hardin ?

Landon semble étonné. Hardin doit avoir une drôle de réputation sur le campus pour que quelqu'un d'aussi gentil que Landon le connaisse.

– Plus ou moins. Ma coloc est une de ses potes. Ce n'est pas le type que je préfère.

À ce moment-là, je croise les yeux verts d'Hardin et me demande, un peu inquiète, s'il m'a entendue. Que fera-t-il si c'est le cas ? Franchement je m'en fiche – ce n'est pas comme s'il ignorait que nous ne nous apprécions pas, tous les deux. Pourtant, je suis curieuse de savoir ce que Landon sait de lui et je ne peux pas m'empêcher de lui demander,

– Tu le connais ?

– Ouais... c'est...

Il se tait et se tourne pour regarder derrière nous. Je lève les yeux au moment où Hardin s'assied au bureau à côté de moi. Landon ne dit plus un mot pendant le reste du cours, les yeux rivés sur le professeur.

– Ce sera tout pour aujourd'hui. Je vous retrouverai tous mercredi, dit le professeur Hill avant de nous donner congé.

À la sortie, Landon et moi tombons d'accord pour dire que cela va être notre cours préféré. Mais il se rembrunit en voyant Hardin marcher à côté de nous.

– Qu'est-ce que tu veux, Hardin ?

J'espère être aussi grossière que lui, mais ça ne marche pas, ou bien je n'ai pas pris le ton qui convient, mais ma question semble seulement l'amuser.

– Rien du tout. Je suis juste très heureux que nous ayons un cours en commun, dit-il d'un ton moqueur en passant la main dans ses cheveux, qu'il ébouriffe et remonte sur son front.

Au passage, je remarque un tatouage bizarre en forme de signe de l'infini juste au-dessus de son poignet, mais alors que j'essaie de discerner le dessin qui l'entoure, il baisse la main.

– À plus tard, Tessa.

– C'était à prévoir que tu deviendrais pote avec le garçon le plus nul de la classe, dit Hardin en regardant Landon s'éloigner.

– Pourquoi dis-tu ça ? Il est très gentil. Ce n'est pas comme toi.

Là, je m'étonne moi-même : ce garçon a le don de provoquer mes pires réactions. Hardin se tourne vers moi,

– Tu es de plus en plus agressive chaque fois que nous bavardons, Theresa.

– Si tu m'appelles encore une fois Theresa...

Ça le fait rigoler. J'essaie de l'imaginer sans ses tatouages et ses piercings. Même avec, il est très séduisant, c'est son cynisme qui gâche tout. Nous n'avons pas fait vingt pas en direction de ma chambre qu'il s'arrête brusquement en criant :

– Arrête de me reluquer comme ça !

Il prend le premier tournant et disparaît avant même que j'aie pu réagir.

∞

14

Après ces quelques jours épuisants – mais excitants –, vendredi arrive enfin, et ma première semaine à la fac touche à sa fin. Je suis globalement satisfaite de la façon dont les cours se sont passés, ça m'a bien aidée d'avoir le programme de mes différentes matières pour m'avancer dans mon travail. Ce soir, j'ai prévu de regarder des DVD, Steph va probablement aller à une fête et je serai tranquille. Je prends mon sac au vol et pars de bonne heure ce matin. Histoire d'être en pleine forme en ce début de week-end, je m'arrête au passage à la cafétéria pour choper un café.

– Tessa, c'est bien ça ?

Je me retourne sur la nana aux cheveux roses de l'autre soir. Molly, je crois. Nouveau demi-tour vers le comptoir pour éviter d'entamer la conversation.

– Ouais, c'est moi.

– Tu viens à la fête ce soir ?

Elle me fait marcher ! En soupirant je me tourne à nouveau, m'apprêtant à faire non de la tête, mais elle reprend :

– Tu devrais venir, ça va être génial.

Elle passe ses doigts minuscules sur le grand tatouage de son avant-bras, qui représente une fée.

– Désolée, mais j'ai d'autres projets.

– Dommage. Je sais que Zed avait envie de te voir. Il parlait de toi hier, justement.

Je ne peux pas m'empêcher de rire, mais elle se contente de sourire.

– Quoi ? Ça m'étonnerait... mais même si c'est vrai, j'ai un copain.

– Dommage, on aurait pu y aller à quatre, dit-elle en souriant d'un air ambigu.

Ouf, la serveuse apporte ma commande. Je saisis mon gobelet trop brusquement et me brûle en me renversant du café sur la main. Je pousse un juron. J'espère que cela n'augure pas de la tonalité de mon week-end. Molly s'en va en me faisant un signe de la main et je lui retourne un sourire poli avant de sortir de la cafet'. Ses paroles me trottent dans la tête : *Y aller à quatre ? Avec qui ? Elle et Hardin ? Est-ce qu'ils sortent ensemble pour de bon ?* Et Zed a beau être très gentil et très mignon, mon petit ami c'est Noah, et je ne ferai jamais rien qui puisse le faire souffrir. C'est vrai que nous ne nous sommes pas beaucoup parlé cette semaine mais uniquement parce que nous avons tous les deux beaucoup de travail. Je me promets de l'appeler ce soir pour rattraper le temps perdu, et voir comment il s'en sort sans moi.

Après avoir mal commencé, la journée a l'air de vouloir s'arranger. Comme nous l'avions décidé, je retrouve Landon, adossé contre le mur de briques, qui m'accueille d'un large sourire.

– Je vais sortir une demi-heure plus tôt aujourd'hui. J'ai oublié de te dire, je prends l'avion pour rentrer chez moi ce week-end.

Je suis contente pour lui qu'il rende visite à sa copine Dakota, mais je déteste l'idée d'assister au cours de littérature anglaise sans lui, surtout *avec* Hardin, si toutefois il vient. Même si je ne surveille pas ses faits et gestes, j'ai remarqué qu'il était absent mercredi.

Je me tourne vers lui :

– Déjà ? Le semestre vient juste de commencer.

– C'est son anniversaire et ça fait des mois que je lui ai promis d'être là.

Pendant le cours, Hardin prend place à côté de moi sans dire un mot, même quand, comme prévu, Landon quitte le cours une demi-heure avant la fin, ce qui me rend plus sensible à sa présence.

– La semaine prochaine, nous travaillerons sur *Orgueil et préjugés* de Jane Austen, annonce monsieur Hill à la fin du cours.

Je ne cache pas mon enthousiasme et suis même pratiquement sûre d'avoir poussé un cri de joie. J'ai lu ce roman au moins dix fois, c'est l'un de mes préférés. Bien qu'il ne m'ait pratiquement pas adressé la parole pendant tout le cours, Hardin sort à mes côtés. J'évite son regard, mais me revient en mémoire la collection impressionnante de romans dans sa chambre. C'est impossible qu'ils lui appartiennent ? *Ou alors...?* Rien qu'à la façon dont il me regarde, je pourrais jurer de ce qu'il va me dire.

–Laisse-moi deviner, tu es folle amoureuse de Darcy.

–Comme toutes les femmes qui ont lu ce roman.

–Ça ne m'étonne pas de toi.

–Je suis sûre que tu es incapable de comprendre le charme de Darcy.

–Un homme aussi grossier et insupportable, un héros romantique? C'est ridicule. Si Elizabeth avait une goutte de bon sens, elle lui aurait dit d'aller se faire voir dès le début.

Le choix des mots me fait rire, mais je m'arrête immédiatement, la main sur la bouche. En fait, je dois avouer que j'aime bien cette petite controverse, tout comme sa présence. Mais il ne devrait pas tarder à me dire quelque chose de blessant, dans trois minutes au plus, et encore si j'ai de la chance! Je lève les yeux et ne peux m'empêcher de le trouver beau avec son sourire et ses fossettes. Malgré ses piercings et tout le reste. Il ajoute en haussant les sourcils:

–Alors tu es d'accord pour dire qu'Elizabeth est une imbécile.

–Non, c'est un des personnages les plus forts et les plus complexes de la littérature.

C'est une réplique d'un de mes films préférés. Il rit et moi aussi. Mais au bout de quelques secondes, réalisant qu'il rit sincèrement en ma compagnie, il s'immobilise brusquement et son rire s'éteint. Un éclair passe dans son regard.

–À plus, Theresa.

Il tourne les talons et repart d'où nous sommes venus. *Qu'est-ce qui lui prend?* Avant que je puisse analyser sa réaction, mon téléphone se met à sonner. Le nom de Noah s'affiche sur l'écran et je me sens bizarrement coupable en répondant. Son ton est sec et distant.

–Allô, Tess. J'allais t'écrire un texto, mais je me suis dit que ça serait mieux de t'appeler.

–Qu'est-ce que tu fais ? On dirait que tu es pressé.

–Non, je vais rejoindre des potes au grill.

–Ah ok, je ne vais pas te retarder, alors. Je suis trop contente qu'on soit vendredi. J'attendais le week-end.

–Tu vas encore à une fête ? Ta mère est toujours contrariée, tu sais.

Attends, pourquoi est-il allé raconter ça à ma mère ? Je suis ravie qu'il soit proche d'elle, mais par moments c'est comme si j'avais un petit frère casse-pieds et rapporteur. Pas sympa cette comparaison, mais c'est un fait. Bon, je ne vais pas commencer à parler de ça maintenant.

–Non, je ne bouge pas ce week-end. Tu me manques.

–Tu me manques aussi, Tess. Beaucoup. Rappelle-moi dans la soirée, ok ?

Nous échangeons des « je t'aime » avant de raccrocher.

Quand je rentre dans ma chambre, Steph se prépare pour une nouvelle fête, sans doute celle dont Molly m'a parlé, à la maison de la fraternité d'Hardin. Je me connecte sur Netflix et parcours la liste de films.

–J'aimerais trop que tu viennes. Je te jure que nous ne resterons pas toute la nuit, cette fois. Passer la soirée à regarder des films toute seule dans cette petite chambre, ça va être trop triste ! pleurniche Steph, et je me mets à rire.

Elle continue de me supplier en se crêpant les cheveux. Trois tenues plus tard, elle se décide pour une robe verte qui laisse peu de place à l'imagination. Cette couleur acidulée va vraiment bien avec ses cheveux rouges, je dois l'admettre. Je suis relativement sûre de moi, mais je trouve mes hanches et ma poitrine plus volumineuses que la plupart des filles. D'où ma tendance à porter des vêtements amples qui dissimulent ma poitrine, tandis qu'elle, elle essaie d'attirer l'attention sur la sienne au maximum. J'envie son assurance.

– Je sais... je dis pour lui faire plaisir.

Mais soudain, l'écran de mon ordi devient tout noir, j'appuie sur l'interrupteur et j'attends... j'attends. L'écran reste noir.

–Tu vois ! C'est le signe que tu dois venir. Mon ordi est chez Nate, je ne peux pas te le passer.

Les doigts dans ses cheveux, elle a un petit sourire moqueur. En la regardant, je me rends compte que je n'ai pas vraiment envie de rester dans la chambre, toute seule, sans rien faire.

–Très bien, dis-je, ce qui la fait sauter sur place et taper des mains. Mais on rentre avant minuit.

∞

15

J'enlève mon pyjama et passe le tout nouveau jean que je viens d'acheter. Il est un peu plus serré qu'à mon habitude, mais de toute façon je n'ai rien d'autre à me mettre, je n'ai pas eu le temps d'aller à la laverie. J'enfile la chemise blanche boutonnée, avec de la dentelle sur les épaules, qui vient de chez Karl Marc John aussi. L'ensemble me plaît.

– Waouh, j'aime trop ta tenue.

Je souris à Steph et elle me propose de nouveau son eye-liner.

– Pas cette fois, dis-je en repensant à ce que ça a donné la dernière fois, quand j'ai pleuré.

Pourquoi est-ce que j'ai accepté de retourner là-bas ?

– Ok. C'est Molly qui vient nous chercher au lieu de Nate, elle vient juste de m'envoyer un texto, elle arrive dans une minute.

– Je crois qu'elle ne m'aime pas.

Steph penche la tête sur le côté pour me regarder dans la glace.

– Quoi ? Mais si. Elle est juste un peu vache et trop directe, parfois. En fait, je crois que tu l'intimides.

– Que je l'intimide ? *Moi* ? Pourquoi je l'intimiderais ?

Ça me fait rire. Il est clair que Steph n'a pas vu que c'est tout le contraire.

– Je pense que c'est simplement parce que tu es différente.

Je suis bien consciente d'être différente d'eux, mais pour moi ce sont eux qui sont « différents ». Je continue à me regarder dans la glace.

–En tout cas, tu n'as pas à t'inquiéter pour ça, elle sera occupée ce soir.

–Avec Hardin ?

–Non, avec Zed probablement. Elle change de mec toutes les semaines.

Ce n'est pas sympa de dire ça d'une amie, mais Steph se contente de sourire en ajustant sa robe. Et moi, je les revois en train de s'embrasser sur le lit.

–Elle ne sort pas avec Hardin ?

–Ça ne risque pas. Hardin ne sort avec personne. Il baise avec un tas de meufs, mais il ne sort avec personne. Jamais.

–Oh !

C'est tout ce que je trouve à dire.

La fête de ce soir est en tous points pareille à celle de la semaine dernière. Il y a des gens ivres partout sur la pelouse et dans la maison. Pourquoi ne suis-je pas restée dans ma chambre à contempler le plafond, tout simplement ? À peine arrivées, Molly disparaît. Je finis par trouver une place sur le canapé. Ça fait au moins une heure et demie que je suis assise là quand Hardin passe à côté de moi.

–Tu es... différente. Ça te va très bien cette tenue, pour une fois.

Il me regarde de la tête aux pieds avant de revenir à mon visage. Il n'essaie même pas de mettre un peu de subtilité dans la façon dont il m'évalue. Nos regards se croisent. Je soupire et rajuste mon chemisier, regrettant soudain de ne pas avoir mis les vêtements amples que je porte d'habitude.

–C'est une surprise de te voir ici.

–Je suis moi-même un peu surprise.

Je m'éloigne mais, à mon grand regret... il ne me suit pas. Pourquoi ce sentiment ? La raison m'en échappe.

Quelques heures plus tard, Steph est soûle, une fois de plus. Enfin, ni plus ni moins que tout le monde. Zed propose d'une voix pâteuse :

–Si on jouait à Défi ou Vérité ?

Leur petit groupe d'amis se rassemble autour du canapé. Molly passe une bouteille d'un alcool transparent à Nate qui en boit une gorgée au goulot et en verse à Hardin, dont la main est si grande qu'elle dissimule entièrement le gobelet rouge. Une autre fille au look punk se joint au groupe, ce qui donne: Hardin, Zed, Nate, Tristan le coloc de Nate, Molly, Steph et la dernière arrivée.

Je suis en train de me dire qu'un jeu de Défi ou Vérité quand on a bu va obligatoirement mal finir, quand Molly me dit avec un sourire vachard:

–Pourquoi tu ne jouerais pas avec nous, Tessa?

–Non, je ne préfère pas.

–Pour participer à ce jeu, il faudrait qu'elle arrête cinq minutes de jouer les prudes.

La remarque d'Hardin fait rire tout le monde sauf Steph, et me met en colère. Je ne suis pas prude. D'accord, je veux bien admettre que je ne suis pas « débridée », mais je ne sors pas du couvent non plus. Je jette un regard furieux à Hardin et viens m'asseoir en tailleur dans leur petit cercle, entre Nate et une autre fille. Il se met à rire et chuchote quelque chose à l'oreille de Zed avant de commencer.

Dans les premiers tours, Zed est mis au défi d'avaler une cannette de bière d'un trait, Molly de montrer ses seins au groupe, ce qu'elle fait, et Steph de dire si c'est vrai qu'elle a des piercings aux tétons. Puis Hardin demande:

–Défi ou Vérité, Theresa?

–Vérité.

–Évidemment.

Il recommence à rire. Je ne relève pas, mais Nate se frotte les mains. C'est au tour de Zed. Je déglutis avec difficulté, j'ai vraiment la gorge serrée.

–Ok. Es-tu... vierge?

Je m'étrangle, mais personne ne semble décontenancé par cette question indiscrète. Alors que je sens le rouge me monter aux joues, je vois sur tous les visages une lueur moqueuse.

–Alors? insiste Hardin.

Malgré la tentation de fuir à toutes jambes pour aller me cacher, je me contente de hocher la tête. Évidemment que je suis vierge, le plus loin que nous soyons allés, Noah et moi, c'est de nous embrasser en nous pelotant un petit peu, par-dessus les vêtements naturellement. Pourtant, personne ne semble réellement surpris par ma réponse, ils sont juste intrigués.

– Alors, ça fait deux ans que tu sors avec Noah et vous n'avez pas couché ensemble ? demande Steph.

Je m'agite, mal à l'aise, et secoue simplement la tête. Pour faire diversion, je lance rapidement :

– À ton tour, Hardin.

∞

16

– Défi, annonce Hardin avant même que je pose la question.

Ses yeux verts me scrutent avec une telle intensité que j'ai l'impression que c'est moi qui suis sur la sellette, que c'est moi qui suis mise au défi. Pas préparée à cette éventualité et faute d'y avoir réfléchi, je me demande bien ce que je pourrais lui lancer comme défi. Je sais qu'il est capable de faire n'importe quoi, ne serait-ce que pour ne pas perdre la face devant moi.

– Humm... je te mets au défi de...

– De quoi ? s'énerve-t-il.

J'ai envie de le mettre au défi de dire quelque chose d'aimable sur chacun des membres du groupe, mais je laisse tomber, même si ça aurait pu être amusant.

– D'enlever ton t-shirt et de rester torse nu jusqu'à la fin du jeu ! hurle Molly.

Je suis contente. Non pas parce qu'Hardin va enlever son t-shirt, bien sûr, mais parce que je n'avais pas d'idée et pas envie de lui donner des ordres.

– C'est vraiment puéril, grogne-t-il, mais il passe son t-shirt par-dessus sa tête.

Sans le vouloir, mon regard est attiré par le tatouage à l'encre noire qui s'étale sur la peau étonnamment halée de son torse. Des oiseaux ornent sa poitrine, et dessous un grand arbre aux branches nues et fantomatiques, occupe la totalité de la surface de son abdomen.

Il a beaucoup plus de tatouages sur les avant-bras que je ne croyais, et des petits motifs, sans lien apparent, sont disséminés sur ses épaules et ses hanches. Steph me donne un coup de coude, m'obligeant à détourner les yeux. J'espère que personne n'a remarqué la façon dont je le fixais.

Le jeu se poursuit. Molly embrasse Tristan et Zed. Steph nous raconte sa première expérience sexuelle. Nate embrasse l'autre nana. *Comment ai-je pu atterrir au milieu de ce groupe d'étudiants rock and roll, inadaptés et travaillés par leurs hormones ?*

– Tessa, Défi ou Vérité ? demande Tristan.

– Pourquoi tu demandes ? On sait tous qu'elle va dire Vérité...

– Eh non, Hardin. Défi !

Tout le monde est surpris, et moi la première.

– Humm...Tessa je te mets au défi de... boire un shot de vodka, dit Tristan avec un sourire.

– Je ne bois jamais d'alcool.

– C'est tout l'intérêt du défi.

– Écoute, si tu ne veux pas le faire... commence Nate, mais je jette un coup d'œil en direction d'Hardin et de Molly qui rigolent, se moquant ouvertement de moi.

– D'accord, un shot.

J'imagine qu'Hardin va encore me lancer un de ses regards méprisants, mais quand nos yeux se croisent, j'y vois une drôle d'expression.

Quelqu'un me passe la bouteille de vodka. Sans faire exprès, je pose mon nez sur le goulot et l'odeur immonde du liquide me brûle les narines. Je fais la grimace en essayant d'oublier les rires dans mon dos. Il faut que j'évite de penser à toutes les bouches qui ont été en contact avec le goulot. J'incline la bouteille et je bois une gorgée. La vodka me brûle la langue et cette sensation se répand jusque dans mon estomac. Mais je réussis à avaler. C'est infect. Les autres applaudissent avec des petits rires. Tous sauf Hardin. Si je ne le connaissais pas, je croirais qu'il est furieux, ou déçu. Il est trop bizarre.

Au bout d'un moment, je sens la chaleur me monter aux joues, et ce, de plus en plus à mesure qu'on me met au défi de boire d'autres gorgées. Je m'exécute et le taux d'alcool dans mon sang augmente. Je dois reconnaître que, pour une fois, je suis plutôt détendue. Je me sens bien et tout paraît plus facile, même les gens autour de moi me paraissent plus marrants qu'avant.

– Même défi, dit Zed en riant, et il boit une gorgée avant de me tendre la bouteille pour la cinquième fois. Je n'arrive même plus à me rappeler les derniers défis et vérités qui ont été lancés depuis un moment. Cette fois, je bois deux grandes gorgées de vodka avant que quelqu'un m'arrache la bouteille des mains.

– Je crois que tu as assez bu, dit Hardin en tendant la bouteille à Nate, qui se ressert.

Pour qui Hardin Scott se prend-il pour me dire que j'ai assez bu ? Tout le monde continue à boire, pourquoi pas moi ? Je reprends la bouteille des mains de Nate et bois un autre shot en prenant bien le temps de faire un petit sourire à Hardin, avant de porter le goulot à mes lèvres. Zed commente :

– J'y crois pas, Tess ! Tu n'as jamais pris une cuite ? C'est cool, non ?

Je rigole. Je repousse le souvenir des sermons de ma mère sur l'irresponsabilité. C'est juste pour un soir.

– Hardin, Défi ou Vérité ? demande Molly.

Il opte pour le défi, bien sûr.

– Je te mets au défi d'embrasser Tessa, dit-elle avec un petit sourire hypocrite.

Hardin ouvre de grands yeux et, même si l'alcool rend les choses beaucoup plus excitantes, j'ai juste envie de m'enfuir loin d'ici.

– Non, j'ai un copain.

Pour la centième fois de la soirée, je déclenche l'hilarité générale. *Mais qu'est-ce que je fabrique avec ces gens qui n'arrêtent pas de se foutre de moi ?*

– Et alors ? C'est juste un défi. Vas-y, fais-le, insiste Molly en me mettant la pression.

– Non, je n'embrasserai personne, dis-je d'un ton cinglant en me levant.

Hardin se contente de boire un coup sans me regarder. J'espère que je l'ai vexé. En réalité, je m'en fiche, j'en ai ma claque de ces échanges pourris. Il me déteste et il est bien trop grossier.

Je me mets debout, mais l'alcool me tourne la tête et j'ai du mal à garder l'équilibre. Pourtant je réussis à me contrôler et à m'éloigner dignement du groupe. Je ne sais pas comment je parviens à trouver la porte d'entrée au milieu de toute cette cohue. Dehors, un petit vent d'automne vient me fouetter le visage. Je ferme les yeux et savoure la fraîcheur de la brise du soir avant d'aller m'asseoir sur le muret de pierre, qui m'est familier maintenant. Sans réfléchir, je sors mon portable et appelle Noah.

– Allô ?

Le son de sa voix, ajouté aux effets de la vodka, me fait encore plus regretter son absence. Je remonte mes genoux sur ma poitrine.

– Salut… Bébé.

Un ange passe.

– Tessa, est-ce que tu as *bu* ?

– Non… bien sûr que non.

À son ton, il est clair qu'il désapprouve. Je n'aurais jamais dû l'appeler. Je raccroche et j'éteins mon portable. Je ne veux pas qu'il me rappelle. Il m'a fait perdre ma bonne humeur provoquée par la vodka, encore plus rapidement qu'Hardin.

Je rentre dans la maison d'une démarche mal assurée, indifférente aux sifflements et autres commentaires salaces, et trouve une bouteille d'un alcool brun sur le bar de la cuisine. J'en bois une longue gorgée, trop longue. C'est encore plus mauvais que la vodka. Ma gorge est en feu. J'essaie de trouver un gobelet contenant n'importe quoi qui pourrait m'enlever ce goût infâme. Dans un placard, je finis par trouver un vrai verre dans lequel je fais couler de l'eau du robinet. Cela apaise vaguement la sensation de brûlure, mais ce n'est pas encore ça. À travers la foule, j'aperçois le cercle de mes « amis » qui continuent leur jeu stupide.

Sont-ils mes amis ? Je ne le crois pas. Ils aiment bien que je sois là, juste pour se moquer de mon manque d'expérience. Comment Molly a-t-elle osé défier Hardin de m'embrasser, elle sait bien que j'ai un copain. Moi, je ne suis pas comme elle, je ne passe pas mon temps à embrasser n'importe qui. Je n'ai embrassé que deux garçons dans ma vie, Noah et Johnny, un garçon de CE2, avec des taches de rousseur, qui m'a donné un coup de pied dans le tibia juste après. Est-ce qu'Hardin aurait relevé le défi ? J'en doute. Mais ses lèvres sont si roses et pleines, je l'imagine se penchant sur moi pour m'embrasser… mon pouls s'accélère. *Qu'est-ce qui me prend ?*

Pourquoi est-ce que je pense à lui comme ça? C'est vraiment la dernière fois que je bois.

Tout à coup, la pièce commence à tourner. Malgré ce vertige, mes pieds me conduisent à l'étage, dans la salle de bains où je m'assieds devant les toilettes pour vomir. Mais rien ne se passe. Je grogne en me relevant. J'aimerais rentrer à la résidence maintenant, mais je sais que Steph ne sera pas disposée à partir avant des heures. Je n'aurais pas dû venir. Encore une fois.

Sans pouvoir m'en empêcher, je me surprends la main sur la poignée de porte de la seule chambre qui m'est plus ou moins familière dans cette maison immense. Celle d'Hardin. La porte s'ouvre sans problème. Il prétend qu'il ferme toujours sa porte à clé, c'est faux. La preuve! La chambre n'a pas changé depuis la dernière fois, sauf que le sol est beaucoup moins stable sous mes pieds. L'exemplaire des *Hauts de Hurlevent* n'est plus à sa place sur l'étagère, mais sur la table de nuit à côté d'*Orgueil et préjugés*. Je repense aux commentaires d'Hardin sur ce livre. À l'évidence il l'avait déjà lu –et compris–, ce qui est plutôt rare pour quelqu'un de notre âge, surtout un garçon. Il a sans doute été obligé de le lire pour l'école quand il était plus jeune, c'est sûrement ça. Mais pourquoi a-t-il sorti cet exemplaire? Je m'assieds sur le lit, l'ouvre au milieu, parcours les pages des yeux, et la pièce s'arrête de tourner.

Je suis tellement absorbée par le monde de Catherine et Heathcliff que je n'entends pas la porte s'ouvrir.

–Qu'est-ce que tu n'as pas compris dans « Personne Entre Dans Ma Chambre » ?

Sa colère me fait flipper mais, en même temps, je ne suis pas mécontente.

–D... Désolée. Je...

–Dégage!

Je le fusille du regard. La vodka est encore présente dans mes veines, trop présente pour que je le laisse me hurler dessus.

–Tu es vraiment obligé d'être aussi con?

–Je t'ai déjà dit de dégager, et t'es encore une fois dans ma chambre. Ça va comme ça maintenant. Dégage!

J'ai crié plus fort que je ne le voulais, mais lui hurle en s'avançant vers moi d'un air menaçant. Et là, face à un Hardin furieux, méprisant et me traitant comme si j'étais la personne la plus ignoble de la Terre, quelque chose craque en moi. Toute mon assurance se fissure. Et je lui pose la question qui m'obsède, sans que je veuille l'admettre :

– Pourquoi tu ne m'aimes pas ?

Je l'ai dit en le regardant droit dans les yeux. La question est directe mais, pour être franche, je ne pense pas que mon ego, déjà bien malmené, va pouvoir encaisser la réponse.

∞

17

Hardin me regarde d'un air furieux, sur la défensive.

– Pourquoi tu me demandes ça ?

– Je ne sais pas... parce que moi, je suis toujours sympa avec toi, et toi tu ne fais que te montrer grossier avec moi... Pourtant, tu vois, à un moment je pensais vraiment qu'on finirait par être amis.

C'est tellement pathétique que je baisse la tête et me pince l'arête du nez en attendant sa réponse, qui arrive dans un éclat de rire.

– Nous deux ? Amis ? Tu ne vois pas pourquoi c'est impossible ?

– Moi ? Non.

– Eh bien, pour commencer, tu es bien trop coincée. Tu as probablement grandi dans un petit pavillon impeccable, exactement semblable à tous ceux de ta rue. Tes parents t'achetaient certainement tout ce que tu voulais, et tu n'as jamais manqué de rien. Et tu portes des jupes plissées débiles, je veux dire, franchement, qui s'habille encore comme ça à dix-huit ans ?

Je reste bouche bée.

– Tu ne sais rien de moi, espèce de connard arrogant ! Ma vie n'a rien à voir avec ça ! Mon alcoolique de père s'est barré quand j'avais dix ans et ma mère a bossé comme une malade pour me payer des études. Dès que j'ai eu seize ans, j'ai trouvé un boulot pour l'aider à payer les factures. Et il se trouve que mes vêtements *me plaisent,* à moi. Désolée de ne pas m'habiller en pute, comme toutes les nanas que tu connais ! Pour quelqu'un qui essaie tellement de se démarquer et d'être différent des autres, je trouve que tu critiques surtout les gens qui sont différents de *toi*.

Je hurle et mes yeux s'emplissent de larmes. En me retournant pour qu'il ne les voie pas, je remarque qu'il serre les poings. Comme si c'était à lui d'être en colère.

– Tu sais quoi, Hardin, je ne veux pas être ton amie de toute façon.

Je tends la main vers la poignée de la porte. La vodka qui m'a donné ce culot me fait aussi prendre conscience de la tristesse de la situation et de nos hurlements.

– Tu vas où ?

Il est vraiment trop imprévisible. Trop lunatique.

– Prendre le bus pour rentrer dans ma chambre et ne plus jamais, jamais, remettre les pieds ici. C'est fini, je n'essaierai pas d'être amie avec vous.

– Il est trop tard pour que tu prennes le bus toute seule.

Je pivote sur moi-même pour lui faire face et j'éclate de rire. Je n'arrive vraiment pas à le suivre, avec ses sautes d'humeur.

– Sérieusement, tu n'essaies quand même pas de me faire croire que tu t'inquiètes pour moi ?

– Ce n'est pas ce que je dis... je te préviens, c'est tout. Ce n'est pas une bonne idée.

– En fait, Hardin, je n'ai pas le choix. Tout le monde est soûl, moi y compris.

Et c'est là que mes larmes arrivent. Pour comble d'humiliation, il faut justement que ce soit Hardin qui me voie pleurer. Encore une fois.

– Tu pleures toujours dans les fêtes ?

Il me regarde en baissant un peu la tête, mais avec un sourire.

– Il faut croire. Chaque fois que tu y es, en tout cas. Et aussi parce que ce sont les seules fêtes auxquelles je sois jamais allée...

– *Theresa.*

Il a dit ça si bas que je l'entends à peine. Son visage est impossible à déchiffrer. La pièce recommence à tourner et je m'agrippe à une commode à côté de la porte.

– Ça va ?

Peut-être, mais j'ai la nausée.

– Assieds-toi une minute, tu iras prendre le bus après.

– Je croyais que personne n'avait le droit d'entrer dans ta chambre ?

Je m'assieds par terre en hoquetant.

– Si jamais tu dégueules dans ma chambre...

– Je crois que j'ai juste besoin d'un verre d'eau.

– Tiens.

Il me pose la main sur l'épaule pour m'obliger à rester assise et me tend son gobelet rouge. Je souffle en le repoussant.

– J'ai dit de l'eau, pas de la bière.

– *C'est* de l'eau. Je ne bois pas.

Je suis partagée entre la surprise et le rire. Hardin ne boit pas ? Tu parles !

– Morte de rire. Et tu ne vas pas rester assis là, à jouer les nounous, si ?

Dans l'état où je suis, j'ai juste envie d'être seule. Et comme mon euphorie retombe, je commence à me sentir coupable d'avoir crié sur Hardin. Sans vraiment le vouloir, je murmure tout haut :

– Tu fais sortir ce qu'il y a de pire en moi.

– Tu es dure.

Il a l'air de le penser.

– Et, oui, je vais rester assis là, à jouer les nounous pour toi. C'est la première fois de ta vie que tu prends une cuite. En plus, tu as la mauvaise habitude de toucher à mes affaires quand je ne suis pas là.

Et il s'assied sur le lit, les jambes en l'air. Le bord du gobelet sent la menthe et je ne peux pas m'empêcher de penser au goût que doit avoir sa bouche. Mais, à ce moment-là, l'eau entre en contact avec l'alcool dans mon estomac et me provoque une nausée. *Seigneur, c'est vraiment la dernière fois que je bois, c'est juré.*

Au bout d'un moment, Hardin finit par rompre le silence.

– Je peux te poser une question ?

L'expression de son visage me suggère de dire non, mais la pièce autour de moi ne s'est pas encore totalement stabilisée et j'ai l'impression que parler va peut-être m'aider à me recentrer.

– Vas-y.

– Qu'est-ce que tu veux faire après la fac ?

Je le regarde, étonnée. C'est vraiment la dernière question à laquelle je m'attendais. Je croyais qu'il allait me demander pourquoi je suis toujours vierge, ou pourquoi je ne bois pas.

– En fait, je voudrais devenir écrivain ou travailler dans l'édition, ce qui se présentera en premier.

J'ai tort d'être si franche avec lui, il va sûrement se moquer de moi. Sans commentaire de sa part, je m'enhardis et lui retourne la question, mais il ne répond pas. Finalement je lui demande, sans trop espérer de réponse.

– C'est à toi, tous ces livres ?

– Oui.

– Lequel préfères-tu ?

– Je ne m'amuse pas à faire un classement.

Je pousse un soupir en tirant sur un petit fil qui dépasse de mon jean.

– Est-ce que Monsieur Beaugosse sait que tu es encore venue à une fête ?

– Monsieur Beaugosse ?

Je le regarde sans comprendre.

– Ton copain. Jamais vu un crétin pareil.

– Je t'interdis de parler de lui comme ça, il est très... très... gentil.

Hardin éclate de rire. Je me redresse, énervée. Comment peut-il ? Il ne connaît pas Noah.

– Même dans tes rêves, tu ne seras jamais aussi gentil que lui.

– *Gentil* ? C'est le premier mot qui te vient à l'esprit quand tu parles de ton mec ? Gentil, c'est ta façon « gentille » de dire qu'il est chiant ?

– Tu ne le connais même pas.

– Je n'ai pas besoin de le connaître pour savoir qu'il est chiant. Il suffit de voir son cardigan et ses *mocassins.*

Hardin explose de rire, ce qui creuse ses fossettes. Je dois me mettre la main sur la bouche pour ne pas rire avec lui aux dépens de mon petit ami.

– Il ne porte pas de mocassins, d'abord.

– Arrête. Ça fait deux ans qu'il sort avec toi et il ne t'a pas encore baisée ? Je peux te dire que c'est un vrai tocard.

– Qu'est-ce que tu viens de dire ?

Juste quand je me disais qu'on pourrait s'entendre, il faut qu'il me sorte un truc pareil.

– Tu m'as bien entendu, Theresa.

– Tu n'es qu'un connard, Hardin.

Je lui lance le gobelet à moitié plein à la figure. Il reste interdit, exactement comme je l'espérais. Pendant qu'il éponge l'eau sur son visage, je me relève en chancelant, prends appui sur l'étagère et sors de la pièce en trombe sans prêter garde à un ou deux livres qui tombent par terre. Je dégringole l'escalier et me fraye un passage en direction de la cuisine. La rage qui m'anime est plus forte que ma nausée, et tout ce que je veux, c'est effacer de mon esprit son sourire mauvais. Je repère la chevelure noire de Zed dans la pièce d'à côté et me dirige vers lui. Il est assis à côté d'un beau mec très BCBG.

– Hé, Tessa, je te présente Logan, un copain.

– T'en veux ?

Logan me sourit en me montrant la bouteille qu'il tient à la main. J'acquiesce et la sensation de brûlure familière me fait du bien, elle ranime mes sens et j'oublie momentanément Hardin.

– T'as pas vu Steph ?

Zed secoue la tête.

– Elle est peut-être partie avec Tristan.

Elle est partie ? C'est quoi, ce truc ?

Je devrais m'inquiéter, mais la vodka fausse mon jugement et je me surprends à imaginer le beau couple qu'elle ferait avec Tristan. Quelques verres plus tard, je me sens génialement bien. C'est sûrement pour ça que les gens boivent tout le temps. Je me souviens vaguement de m'être juré à un moment de la soirée de ne plus jamais boire d'alcool, mais tant pis.

Pendant le quart d'heure qui suit, Zed et Logan me font tellement rire que j'en ai mal au ventre. Ils sont bien plus sympas qu'Hardin.

– Vous savez qu'Hardin est un vrai connard ?

Un large sourire éclaire leurs visages.

– Ouais, ça lui arrive de l'être.

Zed en profite pour me passer le bras autour de la taille. J'ai envie de le repousser, mais je n'ose pas, et puis je sais qu'il ne pense pas à mal. Petit à petit, les gens s'en vont, moi aussi je commence à me sentir fatiguée. D'un seul coup, je réalise que je n'ai aucun moyen de rentrer.

– Est-ce qu'il y a des bus toute la nuit ?

J'ai la voix pâteuse. Zed hausse les épaules et, juste à ce moment-là, la tête bouclée d'Hardin fait irruption dans ma ligne de mire.

– Zed et toi ?

Sa voix est chargée d'une émotion que j'ai du mal à interpréter. Je me lève et le pousse pour passer, mais il m'attrape par le bras. Il est sans limites. Cherchant des yeux un autre verre pour le lui lancer à la figure, j'ajoute :

– Lâche-moi, Hardin, j'essaie seulement de me renseigner sur les bus.

– Oublie... Il est trois heures du matin, il n'y a plus de bus. Voilà ce que c'est d'être alcoolo, tu es bloquée ici, encore une fois. À moins que tu ne veuilles rentrer avec Zed...

Il y a une joie mauvaise dans son regard et je me retiens de le gifler. Il me lâche le bras et j'en profite pour retourner m'asseoir dans le canapé avec Zed et Logan, exprès parce que je sais que ça va l'énerver. Il reste un moment à hocher la tête, puis finit par tourner les talons en soupirant. En espérant que la petite chambre de la semaine dernière sera libre, je demande à Zed de m'accompagner pour m'aider à la retrouver.

∞

18

Malheureusement, dans la chambre, un des lits est déjà occupé par un mec en train de ronfler, complètement dans les vapes.

–Au moins, l'autre lit est vide, dit Zed en rigolant. Si tu veux, tu peux venir chez moi, je rentre à pied. Tu pourras dormir sur le canapé.

Malgré les vapeurs d'alcool qui m'embrouillent, j'essaie de réfléchir à Zed qui, tout comme Hardin, change de fille tout le temps. J'arrive à la conclusion que si je dis oui, il va croire que je suis d'accord pour l'embrasser... et... enfin... mignon comme il est, il a sûrement l'habitude d'obtenir des filles plus qu'un simple baiser.

–Je pense que je vais plutôt rester ici, au cas où Steph reviendrait.

Il semble un peu déçu mais me sourit d'un air compréhensif et me serre dans ses bras en me disant d'être prudente. Quand il referme la porte, je tourne la clé dans la serrure, on ne sait jamais. Je jette un coup d'œil au ronfleur comateux, mais je ne crois pas qu'il soit près de se réveiller. Mes pensées reviennent à Hardin, à ses propos sur Noah et sur le fait que nous n'ayons pas encore couché ensemble. Peut-être que c'est bizarre pour quelqu'un comme Hardin, qui sort avec une fille différente chaque semaine, mais Noah est un gentleman. Nous n'avons pas besoin de faire l'amour. Nous partageons d'autres choses, comme... heu... on va au ciné ou on va se balader.

Tournant tout ça dans ma tête, je me couche mais ne trouve pas le sommeil, même en fixant le plafond et en comptant les raies du papier peint. De temps en temps, le type bourré dans le lit d'à côté se retourne. Je finis par fermer les yeux et m'endors.

– C'est la première fois... que je te vois ici.

Je fais un bond en entendant cette voix pâteuse dans mon oreille, sa tête vient cogner mon menton, et aïe ! je me mords la langue. Sa main est posée sur le lit, à quelques centimètres de mes cuisses. Il halète, son haleine pue le vomi et l'alcool.

– Comment tu t'appelles, mignonne ? Je ne vais pas te faire de mal... on va juste s'amuser un peu.

Je manque m'étouffer quand il me souffle dans le nez. J'essaie de le repousser, sans autre résultat que de le faire rire. Il se lèche les lèvres et une rigole de salive coule sur son menton.

Mon estomac se soulève. Je ne vois qu'une issue, lui donner un coup de genou bien placé, de toutes mes forces. J'y vais franco en visant bien. Il bascule en arrière en portant la main à son entrejambe, m'offrant une échappatoire. Quand je parviens enfin à déverrouiller la porte malgré mes mains tremblantes, je me précipite dans le couloir sous les regards ébahis des quelques personnes qui se trouvent là.

– Allez, reviens !

C'est la voix répugnante du mec derrière moi. Ça m'étonne que personne ne trouve bizarre de voir un type poursuivre une fille dans le couloir. Il n'est qu'à quelques pas de moi, mais heureusement il est tellement déchiré qu'il n'arrête pas de se cogner contre les murs. Mes pieds trouvent leur chemin tout seuls et me conduisent vers le seul endroit que je connaisse dans cette p... de maison.

– Hardin ! Hardin, s'il te plaît, ouvre-moi !

Je tambourine d'une main sur la porte et, de l'autre, j'essaie de tourner la poignée. Je hurle de plus belle :

– Hardin !

Et soudain la porte s'ouvre. Je ne sais pas ce qui m'a poussée à venir me réfugier dans *sa* chambre, mais je préfère sans conteste affronter Hardin et ses sarcasmes plutôt que le mec bourré qui tente d'abuser de moi.

– Tess ?

Hardin me regarde, éberlué. Il se frotte les yeux. Il n'est vêtu que d'un boxer noir et ses cheveux sont en pétard. Bizarrement, je suis plus surprise de voir à quel point il est bien foutu que par le fait que pour une fois il m'a appelée Tess, et non pas Theresa.

– Hardin, je t'en prie, je peux entrer ? Il y a un mec...

Je regarde derrière moi. En me bousculant, Hardin passe devant moi et s'arrête au beau milieu du couloir. Quand mon harceleur croise son regard, le cinglé terrifiant se transforme en agneau craintif. Il me lance un dernier regard avant de tourner les talons pour reprendre le couloir dans l'autre sens.

– Tu le connais ?

J'ai la voix qui tremble.

– Ouais. Rentre.

Il me tire par le bras et me fait entrer dans sa chambre. Pendant qu'il retourne sur son lit, je ne peux pas m'empêcher de regarder ses muscles. Il n'a pas de tatouages dans le dos, ce que je trouve étrange puisqu'il en a partout sur la poitrine, le ventre et les bras. Et, au réveil, sa voix est encore plus rauque que d'habitude.

– Tu vas bien ?

– Ouais... oui. Je suis désolée de t'avoir réveillé. C'est juste que je ne savais pas...

– T'inquiète pas. (Hardin passe la main dans ses cheveux emmêlés en soupirant.) Il ne t'a pas touchée ?

Il n'y a aucune trace de sarcasme ou de moquerie dans sa voix. L'idée que ce malade aurait pu poser les mains sur moi me donne envie de pleurer, une fois de plus.

– Non, mais il a essayé. J'ai été assez stupide pour m'enfermer dans une chambre avec un inconnu qui avait trop bu, donc j'imagine que c'est de ma faute.

– Ce n'est pas de ta faute. Tu n'as pas l'habitude de ce genre de... situation.

Il dit cela d'un ton si gentil, en totale contradiction avec celui qu'il emploie habituellement, que je me dirige vers son lit en lui demandant silencieusement la permission de m'asseoir à côté de lui. Il tapote le lit pour m'y inviter. Je croise les mains sur les genoux.

– Je n'ai pas l'intention de m'y habituer. C'est vraiment la dernière fois que je viens ici et que je vais à une fête, quelle qu'elle soit d'ailleurs.

Je ne sais même pas pourquoi je suis là. Et ce type... il était juste tellement...

– Ne pleure pas, Tess, murmure Hardin.

Le plus drôle, c'est que je ne me rends pas compte que je pleure. Hardin lève la main et instinctivement je recule, mais du pouce il recueille la larme qui coule sur ma joue. J'ouvre les lèvres, surprise par la douceur de son geste. *Qui est ce mec ? Où est passé le Hardin cruel et grossier que je connais ?* Je lève les yeux et croise ses yeux verts, dont les pupilles se dilatent.

– Je n'avais pas remarqué que tu as les yeux si gris.

Il parle tellement bas que je dois me pencher vers lui pour l'entendre. Sa main est toujours posée sur mon visage, et mon esprit bat la campagne. Il attrape son piercing entre ses dents en aspirant la moitié de sa lèvre inférieure. Nos regards se croisent et je baisse les yeux, ne sachant pas très bien ce qui se passe. Quand il retire sa main, je regarde ses lèvres encore une fois et je sens que ma conscience et mes hormones entrent en conflit.

Je perds tout repère et, à sa grande surprise, j'écrase mes lèvres sur les siennes.

∞

19

Je ne sais pas ce que je fais, mais impossible de m'arrêter. Quand mes lèvres rencontrent les siennes, je le sens reprendre sa respiration. Sa bouche a exactement le goût que j'imaginais, ce léger goût de menthe que je découvre sur sa langue lorsqu'il m'embrasse. M'embrasse vraiment. Sa langue est chaude et caresse la mienne, et je sens le froid de son piercing sur le coin de ma bouche. Mon corps est comme enflammé, c'est une sensation totalement nouvelle. Hardin prend mon visage aux joues écarlates dans ses mains, puis il m'attrape par les hanches, s'éloigne un peu et me plante un petit baiser sur les lèvres.

– Tess, dit-il dans un souffle avant de ramener vivement sa bouche sur la mienne pour y glisser sa langue à nouveau.

Mon esprit perd tout contrôle, un trouble nouveau s'empare de chaque centimètre de mon corps. Sans interrompre notre baiser, Hardin s'allonge sur le lit et m'attire par les hanches contre lui. Ne sachant que faire de mes mains, je les pose sur sa poitrine et je grimpe sur son torse. Sa peau est chaude et sa poitrine monte et descend au rythme de sa respiration, qui s'accélère. Il détache ses lèvres des miennes, mais avant que je n'aie le temps de reprendre ma respiration, sa bouche est dans mon cou et je frissonne sous les caresses de sa langue. Je sens son souffle chaud lorsqu'il m'attrape par les cheveux et me maintient la tête juste au-dessus de la sienne, sans cesser de m'embrasser dans le cou. Je gémis quand ses dents frôlent ma clavicule, et un frisson traverse mon corps lorsqu'il se met à sucer ma peau, doucement. Je serais gênée si je n'étais pas si enivrée, à la fois par l'alcool et par Hardin lui-même. Je n'ai jamais embrassé quelqu'un comme ça. Même pas Noah.

Noah !

– Hardin... arrête.

J'ai la bouche sèche, je ne reconnais pas ma propre voix, basse et sourde. Il continue.

– Hardin !

Cette fois, ma voix est plus claire et plus ferme. Il lâche mes cheveux. Quand je regarde ses yeux, ils sont plus sombres mais plus doux aussi, et ses lèvres sont rouges et gonflées de m'avoir embrassée.

– On ne peut pas faire ça.

J'ai très envie de continuer à l'embrasser, mais je sais qu'il ne faut pas. Toute trace de douceur disparaît de son regard et il se lève en me faisant retomber de l'autre côté du lit. *Qu'est-ce que j'ai fait ?* J'ai l'impression que mon cœur va exploser. Je ne trouve rien d'autre à dire que :

– Excuse-moi, excuse-moi.

– De quoi ?

Hardin va chercher un t-shirt dans sa commode et l'enfile. Mon regard se porte sur son boxer, nettement plus tendu sur le devant. Je rougis et regarde ailleurs.

– De t'avoir embrassé...

En réalité, je n'ai pas vraiment envie de m'excuser.

– Je ne sais pas ce qui m'a pris.

– C'était rien qu'un baiser. C'est pas la peine d'en faire un plat.

Ses paroles me blessent sans que je sache pourquoi. Je me moque qu'il n'ait pas ressenti la même chose que moi... *qu'est-ce que j'ai ressenti, d'ailleurs* ? En fait, il ne me plaît pas vraiment, c'est juste que je suis soûle et qu'il est sexy. La nuit a été longue et je l'ai embrassé sous l'emprise de l'alcool. Quelque part au fond de moi, je refoule l'idée que j'ai très envie de recommencer. Voilà, c'est seulement parce qu'il était gentil avec moi.

– Dans ce cas, on va dire qu'il ne s'est rien passé, d'accord ?

Quelle humiliation s'il allait le raconter à tout le monde ! Je ne suis pas comme ça. Je ne me soûle pas et je ne trompe pas mon petit ami dans les fêtes.

– Sois tranquille, moi non plus je ne tiens pas à ce que ça se sache. C'est bon maintenant, arrête de parler de ça.

Et voilà son arrogance qui refait surface.

– À ce que je vois, tu es redevenu toi-même.

– Je n'ai jamais été quelqu'un d'autre – ne va pas t'imaginer des choses parce que je t'ai embrassée, contre ma volonté au départ.

Aïe ! *Contre sa volonté* ? Je sens encore ses mains dans mes cheveux, la façon dont il m'a attirée contre lui et la façon dont il a dit *Tess* avant de m'embrasser encore. Je me lève d'un bond.

– Tu pouvais m'arrêter.

– Facile à dire !

Ce ton méprisant me donne envie de pleurer. C'est trop humiliant, trop douloureux de l'entendre dire que je l'ai forcé à m'embrasser. J'enfouis ma tête dans mes mains un moment, puis m'avance vers la porte.

– Tu peux rester ici cette nuit puisque tu n'as nulle part où aller, dit-il calmement.

Mais je fais non de la tête. Je le vois venir. Même si sa proposition me semble honnête, après il pourrait dire à tout le monde que je suis une fille facile.

– Non merci.

En arrivant en haut de l'escalier il me semble que je l'entends m'appeler, mais je continue. Dehors, une petite brise très agréable me rafraîchit. Je m'assieds sur le muret et rallume mon portable. Il est presque quatre heures du matin. Normalement j'avais prévu de me lever dans une heure, de prendre une douche et de me mettre à travailler. Au lieu de quoi, je suis assise sur ce mur à moitié écroulé, seule dans le noir.

Je regarde quelques fêtards qui traînent encore dans le coin et, pour me donner une contenance, je fais dérouler sur mon téléphone les messages de Noah et de ma mère. Bien sûr, il a fallu qu'il lui raconte. Ça ne m'étonne pas de lui...

Mais je ne peux même pas me fâcher. De quel droit ? C'est moi qui viens de le tromper...

∞

20

Un peu plus loin les rues sont sombres et calmes et les autres maisons de fraternité paraissent toutes plus petites que celle d'Hardin. Après avoir marché une heure et demie, le GPS à la main, je finis par retrouver le campus. Cette marche m'a totalement dessoûlée, mais vu l'heure, ce n'est plus la peine d'aller me coucher. Je m'arrête donc dans un *deli* pour avaler un café revigorant et je prends conscience qu'il y a un tas de choses qui m'échappent à propos d'Hardin. Du genre : que fait un punk comme lui dans une fraternité de types BCBG ? Et pourquoi passe-t-il du chaud au froid si rapidement ? Ce sont des questions purement théoriques, évidemment, et je me demande même pourquoi je perds mon temps à penser à lui. À partir de ce soir, c'est fini, je n'essaie plus d'être son amie. Je n'en reviens pas de l'avoir embrassé. C'est l'erreur la plus énorme que je pouvais commettre. À la minute même où je baissais ma garde, il a attaqué. Je ne suis pas sûre de pouvoir lui faire confiance sur son silence, mais j'espère que sa gêne d'avoir embrassé « la fille vierge » le poussera à se taire. Je nierai jusqu'au tombeau si jamais on m'en parle.

J'ai intérêt à trouver une bonne explication pour ma mère et Noah sur ma conduite de ce soir. Pas pour le baiser – ils n'en sauront jamais rien – mais à propos de cette nouvelle fête. Il faut aussi que j'aie une discussion avec Noah. Il doit absolument arrêter d'aller tout raconter à ma mère. Je ne suis plus une enfant, ma mère n'a pas besoin de savoir tout ce que je fais.

J'arrive enfin dans ma chambre, ouf, j'en ai plein les pattes et j'ai mal aux pieds. J'ouvre la porte et frôle de peu la crise cardiaque en découvrant Hardin assis sur mon lit.

– J'y crois pas ! C'est une plaisanterie ?

– Où étais-tu ? Ça fait deux plombes que je tourne en voiture à ta recherche.

– *Quoi ?* De quoi tu parles ?

C'est vrai ça, pourquoi ne m'a-t-il pas tout simplement proposé de me ramener tout à l'heure ? Et plus important encore, pourquoi ne lui ai-je pas demandé, sachant qu'il n'avait pas bu ?

– Je pense simplement que ce n'est pas une bonne idée de te balader seule la nuit.

Et comme je suis incapable de déchiffrer son expression, comme Steph est Dieu sait où et que je suis seule avec lui, lui la seule personne qui soit un vrai danger pour moi, je ne peux rien faire d'autre que rire. D'un rire hystérique, hoquetant, qui ne me ressemble pas. Pas parce que je trouve ça drôle, mais parce que je suis trop vidée pour faire autre chose.

Hardin fronce les sourcils, ce qui ne fait que redoubler mon hilarité.

– Barre-toi, Hardin... s'il te plaît, barre-toi.

Il me regarde, la main dans les cheveux, ce qui n'est pas anodin. Ça fait peu de temps que je connais ce mec exaspérant qu'est Hardin Scott, mais j'ai au moins compris qu'il faisait ce geste quand il est stressé ou gêné. En ce moment, j'espère qu'il est les deux.

– Theresa, je...

Des coups impérieux à la porte et des hurlements l'interrompent.

– Theresa ! Theresa Young, ouvre cette porte immédiatement !

Ma mère. C'est *ma mère.* À six heures du matin, alors qu'il y a un garçon dans ma chambre ! Sans perdre une minute, je passe à l'action, comme toujours quand je dois affronter sa colère.

– Oh mon Dieu, Hardin, cache-toi dans le placard.

En chuchotant, je l'attrape par le bras et le fais descendre du lit avec une force qui nous surprend tous les deux. Il me regarde de haut, l'air amusé.

– Ça va pas ? Il est hors de question que je me cache dans un placard. Tu as *dix-huit* ans, quand même !

Il n'a pas tort, mais on voit bien qu'il ne connaît pas ma mère.

Elle tambourine de plus belle. Mais devant Hardin, les bras croisés sur la poitrine dans un geste de défiance, je sais qu'il est inutile d'insister, il ne bougera pas. Ok. Je me regarde dans la glace, je tamponne les poches que j'ai sous les yeux, j'attrape mon tube de dentifrice et m'en étale un peu sur la langue, pour masquer l'odeur d'alcool qui persiste même après le café. Peut-être que les trois odeurs mélangées perturberont son odorat...

Quand j'ouvre la porte, je suis toute prête à l'accueillir, le sourire aux lèvres. Et là je découvre qu'elle n'est pas venue seule. Noah est debout à côté d'elle, évidemment. Elle a l'air furieuse. Quant à lui, il est plutôt... inquiet ? Blessé ?

– Hé ! Qu'est-ce que vous faites là tous les deux ?

Ma mère me pousse et se dirige droit sur Hardin. Noah se glisse silencieusement dans la pièce, la laissant prendre les choses en main. Elle fait des grands gestes dans sa direction.

– Alors, c'est pour ça que tu ne réponds pas au téléphone ? Parce que ce... ce... ce voyou tatoué est dans ta chambre à six heures du matin !

Généralement je suis plutôt craintive et réservée vis-à-vis de ma mère. Elle ne m'a jamais frappée ni rien, mais elle ne se prive pas de me faire remarquer mes erreurs, genre :

Tu ne vas quand même pas mettre ça, Tessa, si ?

Tu aurais pu te brosser les cheveux, Tessa !

Je crois que tu aurais pu mieux faire pour ce contrôle, Tessa !

Elle passe son temps à me mettre la pression pour que je sois parfaite, c'est épuisant.

Noah, lui, reste planté, fusillant Hardin du regard, et j'ai envie de hurler contre eux deux – eux trois en fait. Ma mère me traite comme si j'étais encore une enfant, Noah a encore cafardé. Et Hardin... eh bien, c'est Hardin.

– Alors, c'est ça que tu fais à l'université, jeune fille ? Tu restes debout toute la nuit et tu ramènes des garçons dans ta chambre ? Ce pauvre Noah se fait un sang d'encre à cause de toi, et nous faisons tout ce trajet en voiture, pour quoi ? Pour te trouver en train de te dévergonder avec un inconnu.

– En fait, je viens d'arriver. Et elle ne faisait rien de mal, intervient Hardin.

Je reste interdite. Il n'a pas la moindre idée de qui il a en face de lui. Ma mère est un bloc inamovible, une force que rien ni personne ne peut arrêter. Au fond, ça pourrait peut-être faire un beau combat. Mon subconscient me souffle l'idée de m'asseoir avec un sachet de pop-corn et de profiter du spectacle... Ma mère regarde Hardin d'un air mauvais.

– Pardon ? Je ne vous ai pas adressé la parole. Je me demande même ce que quelqu'un comme vous fait là, à traîner autour de ma fille.

Hardin encaisse le coup sans broncher et reste à la regarder fixement.

– Maman !

Je ne sais pas pourquoi je prends la défense d'Hardin. Peut-être parce que ça me rappelle la façon dont je l'ai traité la première fois. Noah nous regarde l'un après l'autre. Est-ce qu'il sent que je viens d'embrasser Hardin ? Ce souvenir est si frais dans ma mémoire que ma peau frémit rien que d'y penser.

– Tessa, tu ne te contrôles plus. Tu empestes l'alcool, et je ne serais pas surprise que tu subisses l'influence de ta charmante colocataire, et la *sienne*.

Elle pointe un index accusateur vers Hardin.

– J'ai dix-huit ans, maman. C'est la première fois que je bois et je n'ai rien fait de mal. Je ne fais que ce que font tous les étudiants. Je suis désolée pour le téléphone, je n'avais plus de batterie. Et je suis désolée que vous ayez fait tout ce trajet, mais tout va bien.

Après ce discours, je me laisse tomber sur la chaise devant mon bureau, épuisée par l'accumulation de stress et de fatigue de ces dernières heures. Ma mère pousse un soupir. En me voyant résignée, elle se calme quelque peu, ce n'est pas un monstre après tout. Elle se tourne vers Hardin.

– Jeune homme, pourriez-vous nous laisser un instant ?

Hardin me fixe comme pour obtenir mon assentiment. Je hoche la tête. Noah ferme rapidement la porte derrière lui en le suivant des yeux. C'est une sensation étrange, Hardin et moi, ensemble contre ma mère et mon copain. Je sens confusément qu'il va rester à côté jusqu'à ce qu'ils partent.

Ma mère passe les vingt minutes suivantes assise sur mon lit à parler. Elle a peur que je gâche l'occasion d'avoir une éducation hors pair, et elle ne veut plus que je boive. Elle n'approuve pas que je sois amie avec Steph, Hardin ou n'importe lequel de leur bande.

Elle me fait promettre d'arrêter de les fréquenter, et je suis d'accord. À partir de maintenant, je ne veux plus voir Hardin de toute façon, et je n'irai plus à aucune fête avec Steph, donc ma mère n'aura aucun moyen de savoir si je suis copine avec elle ou pas.

Elle finit par se lever et tape dans ses mains.

– Bon, eh bien puisque nous sommes là, autant en profiter pour aller prendre un petit déjeuner et faire un peu de shopping.

C'est une bonne idée, je meurs de faim. J'acquiesce et Noah sourit, appuyé contre la porte. Mon cerveau est encore un peu engourdi par l'alcool et la fatigue, mais mon retour à pied, le café et le sermon de ma mère m'ont dessoûlée. J'avance vers la porte, mais ma mère toussote dans mon dos,

– Il faudrait peut-être que tu fasses un brin de toilette avant d'y aller, tu ne crois pas ?

Elle me gratifie d'un sourire condescendant. J'enfile des vêtements propres dans le placard et retouche rapidement mon maquillage. Noah ouvre la porte et nous tombons sur Hardin assis par terre, adossé à la porte d'en face. Quand il lève les yeux, Noah saisit ma main et la serre d'un geste protecteur. Je résiste à l'envie de la retirer. *Qu'est-ce qui ne va pas chez moi ?*

– Nous allons faire un tour en ville.

Hardin remue la tête plusieurs fois, comme s'il répondait à une question métaphysique. Et, pour la première fois, je lui trouve l'air vulnérable, et peut-être même un peu blessé. *Il t'a humiliée,* me rappelle mon subconscient. Et c'est vrai, mais, sans pouvoir m'en empêcher, je me sens gênée quand Noah me tire par la main en passant devant lui. Hardin détourne le regard du sourire victorieux de ma mère.

– Vraiment, je n'aime pas du tout ce type, dit Noah.

J'acquiesce.

– Moi non plus.

Mais je sais que ce n'est pas vrai.

∞

21

Le petit déjeuner avec Noah et ma mère n'en finit pas. Ma mère continue d'évoquer ma « nuit débridée » et me demande inlassablement si je suis fatiguée ou si j'ai la gueule de bois. D'accord, la nuit dernière n'était pas vraiment mon style, mais ce n'est pas une raison pour remettre ça sur le tapis encore et encore. D'accord, elle ne veut que mon bien, mais est-ce qu'elle a toujours été comme ça ? J'ai l'impression que ça a empiré depuis que je suis à la fac, ou alors je la vois sous un jour nouveau après une semaine d'absence.

– Où nous conseilles-tu d'aller faire du shopping ? demande Noah entre deux bouchées de pancakes.

Je hausse les épaules. J'aurais préféré qu'il vienne seul pour passer du temps avec lui. Et puis, il faut vraiment que nous ayons une discussion tous les deux, il faut qu'il arrête de raconter tous les détails de ma vie à ma mère, surtout les mauvais, et ce serait plus facile si nous étions en tête à tête.

– Peut-être le centre commercial là-bas. Je ne connais pas encore bien le coin.

– As-tu déjà pensé à ce que tu pourrais trouver comme boulot ? me demande Noah.

– Je ne sais pas. Dans une librairie, peut-être ? J'aimerais trouver un stage ou quelque chose en rapport avec l'édition ou l'écriture.

Cela me vaut un large sourire de ma mère, plein de fierté.

– Ce serait formidable, un endroit où tu pourrais travailler jusqu'à ce que tu sortes de la fac et peut-être qu'après tu serais engagée.

– Ouais, ce serait l'idéal.

J'ai essayé de ne pas avoir l'air sarcastique, mais Noah n'est pas dupe. Il saisit ma main sous la table et la serre d'un petit geste de conspirateur.

Le froid de ma fourchette contre mes dents me rappelle l'anneau qu'Hardin a dans la lèvre. Je m'arrête de manger un instant. Cela non plus n'échappe pas à Noah qui me lance un regard interrogateur. Il faut absolument que j'arrête de penser à Hardin. Immédiatement. Je prends la main de Noah et l'embrasse en souriant.

Après le petit déjeuner, ma mère nous emmène au centre commercial. C'est immense et il y a foule.

– Je vais dans le grand magasin. Je vous appelle en sortant.

Ce n'est pas trop tôt. Noah me prend la main et nous partons faire du lèche-vitrines. Mon regard est attiré par une boutique où les mannequins sont habillés exactement comme j'aimerais l'être. Je lève les yeux et lis Karl Marc John sur l'enseigne, décidément ça va devenir ma marque fétiche.

J'écoute avec attention Noah me raconter son match de foot de vendredi et le félicite de son but décisif. Son sourire, blanc de blanc, est adorable. Il porte un cardigan grenat, un pantalon en toile kaki et des mocassins en cuir. Effectivement des mocassins, mais ils sont classe et s'accordent tout à fait avec sa personnalité.

– Tu es très chic, aujourd'hui. Est-ce que tu veux bien qu'on entre dans cette boutique, j'aimerais acheter un chino ? Tu ne le trouves pas joli celui-ci ? je lui demande en lui montrant la vitrine KMJ.

– Tu es jolie comme tu es, Tessa. Mais si ca te fait plaisir...

Je fais la grimace. Je sais que je suis affreuse, mais il est bien trop gentil pour me le dire, je peux compter sur lui. Contrairement à Hardin qui, lui, n'hésiterait pas une seule seconde. *Hardin. Quelle horreur !* Dans un effort désespéré pour me sortir ce grossier personnage de la tête, j'attire Noah contre moi en le prenant par le col de son cardigan. Je m'approche pour l'embrasser, mais il s'écarte en souriant.

– Tessa ! Qu'est-ce que tu fais ? Tout le monde nous regarde.

De la main, il désigne un groupe d'adultes autour d'un kiosque, en train d'essayer des lunettes de soleil. Je hausse les épaules avec espièglerie.

– Mais non. Et puis même ?

Aujourd'hui, je m'en fiche complètement. J'ai vraiment besoin qu'il m'embrasse.

– Embrasse-moi, s'il te plaît.

Il doit lire ma détresse parce qu'il relève mon menton et m'embrasse. C'est un baiser doux et sans précipitation, sans passion. Sa langue frôle à peine la mienne, mais c'est agréable. Familier et chaud. J'attends que le feu s'allume en moi, mais rien ne se passe. Je ne peux pas comparer Noah et Hardin. Noah est mon copain, et je l'aime, et Hardin est un pauvre type qui a toute une liste de nanas avec qui il sort. J'essaie d'attirer Noah contre moi.

– Qu'est-ce qui t'arrive ?

– Rien. Tu m'as manqué, c'est tout.

Je secoue la tête en rougissant. *Ah... au fait, je t'ai trompé hier soir.* C'est ma conscience qui parle, mais je ne l'écoute pas.

– À propos, Noah, pourrais-tu arrêter de raconter mes moindres faits et gestes à ma mère ? Ça me plaît beaucoup que tu sois si proche d'elle, mais j'ai l'impression d'être une gosse quand tu cafardes, on peut dire ça comme ça. Ça m'ennuie vraiment.

Ça me fait du bien d'avoir vidé mon sac.

– Tessa, je suis affreusement désolé. En fait je m'inquiétais pour toi. Je te promets que je ne le ferai plus. Sincèrement.

Il passe son bras autour de mes épaules et m'embrasse sur le front. Je le crois. Nous entrons dans la boutique où je craque pour le chino et un t-shirt tunisien.

Le reste de la journée se passe mieux, surtout après la séance chez le coiffeur décidée par ma mère. Il me coupe en dégradé pour donner du volume à mes cheveux longs et c'est une réussite, Noah ne tarit pas d'éloges. Pendant le retour au campus, l'ambiance est au beau fixe. Je leur dis au revoir devant la porte, promettant encore une fois de me tenir à l'écart de tout ce qui porte tatouage dans un rayon de cent kilomètres. En fait, je suis un peu déçue de retrouver ma chambre vide, en même temps, je ne suis pas sûre d'avoir eu envie de voir Steph ou quelqu'un d'autre.

Je suis tellement crevée et j'ai tellement de sommeil en retard que je ne prends pas la peine d'enlever mes chaussures avant de me laisser tomber sur le lit et de dormir à poings fermés jusqu'au lendemain midi. Quand je me réveille, Steph dort dans son lit. Je passe l'après-midi à la bibliothèque et quand je reviens, elle n'est plus là. Lundi matin, elle n'est toujours pas rentrée, je commence à me demander ce qu'elle a bien pu faire pendant tout le week-end.

∞

22

Avant de me rendre en cours, je m'arrête comme tous les matins pour prendre un café à la cafétéria où Landon m'attend en souriant. Nous avons à peine le temps de nous dire bonjour que nous sommes interrompus par une fille qui nous demande son chemin, et nous ne trouvons le temps de nous raconter notre week-end qu'en nous rendant au cours. C'est le moment que je redoute et que j'attends à la fois depuis ce matin.

– Tu as passé un bon week-end ?

– Horrible ! Je suis encore allée à une fête avec Steph. Je suis sûre que le tien était meilleur. Comment va Dakota ?

Il fait une grimace puis son sourire s'élargit quand je mentionne sa copine. Landon me raconte que Dakota a déposé sa candidature auprès d'une compagnie de ballet à New York et qu'il est très content pour elle. Tout en l'écoutant, je me rends compte que je ne lui ai même pas parlé de la visite de Noah samedi. Je me demande si les yeux de Noah s'illuminent à ce point quand il parle de moi. Landon me raconte combien son père et sa belle-mère étaient ravis de le voir, mais je l'écoute d'une oreille distraite parce que nous entrons dans la classe. Je parcours la pièce du regard, le siège d'Hardin est vide. Nous nous asseyons et je réussis quand même à dire :

– Ça ne va pas être trop dur pour vous deux si Dakota est loin ?

–Nous sommes déjà loin l'un de l'autre, et ça marche. Ce qui compte pour moi, c'est qu'elle ait ce qu'il y a de mieux pour elle, et si c'est New York, eh bien c'est là qu'elle doit être.

Nous nous taisons quand le professeur entre. *Où est Hardin? Il ne va pas sécher le cours simplement pour m'éviter, quand même?* Nous commençons l'étude d'*Orgueil et préjugés* –un roman absolument magique que tout le monde devrait lire– et le cours se termine avant que je m'en aperçoive.

–Tu t'es fait couper les cheveux, Theresa.

Je me retourne, Hardin se tient derrière moi, tout sourires. Landon et lui échangent des regards gênés et j'essaie de trouver quelque chose à dire. Il ne va pas parler de notre baiser en présence de Landon, j'espère. Ses fossettes, plus visibles que jamais, me disent que si, il en est capable.

–Salut, Hardin.

–Tu as passé un bon week-end?

Quelle suffisance!

Je tire Landon par le bras.

–Oui merci. Salut Hardin, à plus.

Il éclate de rire.

Dehors, Landon, qui a apparemment trouvé mon comportement bizarre, me demande:

–Qu'est-ce qui se passe?

–Rien. Mais je ne l'aime pas.

–Toi au moins, tu n'es pas obligée de le voir souvent.

–Euh... ouais, Dieu merci.

Il a une voix bizarre, et surtout que veut-il dire? Est-ce qu'il est au courant pour le baiser? Au bout d'un moment, Landon reprend avec un sourire nerveux,

–Je ne voulais pas te le dire parce que je ne tiens pas à ce que tu m'associes avec lui, mais... le père d'Hardin sort avec ma mère, si on peut dire.

–Quoi?

–Le père d'Hardin...

–Oui, oui, j'ai compris, mais tu veux dire que le père d'Hardin vit *ici*? Je pensais qu'il était anglais. Et si son père vit ici, pourquoi Hardin ne vit-il pas avec lui?

Je bombarde Landon de questions sans pouvoir m'arrêter. Il a l'air gêné, mais moins nerveux que tout à l'heure.

– Il est de Londres. Son père et ma mère habitent près du campus, mais Hardin et son père ne s'entendent pas. Je t'en prie, garde ça pour toi. Déjà que nous ne nous aimons pas beaucoup, lui et moi.

– Bien sûr, ne t'inquiète pas.

Tandis que mon ami recommence à me parler de Dakota, les yeux brillants, une foule d'autres questions se bousculent dans ma tête, mais je les garde pour moi.

Quand je rentre dans ma chambre, Steph n'est pas encore arrivée, ses cours se terminent deux heures après les miens. Je commence à sortir mes livres et mes notes pour me mettre au travail, mais je décide d'abord d'appeler Noah. Il ne décroche pas, et sincèrement je regrette qu'il ne soit pas ici, à la fac avec moi, les choses seraient tellement plus simples et agréables. En ce moment, nous pourrions travailler ou regarder un film ensemble.

C'est parce que je culpabilise d'avoir embrassé Hardin que je pense à ça. Noah est si gentil, il ne mérite pas d'être trompé. J'ai de la chance de l'avoir dans ma vie, il est toujours là pour moi et il me connaît mieux que quiconque. Nous nous connaissons pratiquement depuis toujours. Quand ses parents ont emménagé au bout de ma rue, j'étais aux anges d'avoir un voisin de mon âge avec qui sortir, et cette sensation a grandi à mesure que j'apprenais à le connaître et à comprendre que nous nous ressemblions. Nous passions notre temps à lire, à regarder des films et à jardiner dans la serre au fond du jardin, chez ma mère. La serre a toujours été mon refuge. Quand mon père avait bu, j'allais m'y cacher et personne d'autre que Noah ne savait où j'étais. Le soir où mon père nous a quittées, ça a été horrible. D'ailleurs ma mère refuse toujours d'en parler, pour ne pas risquer de faire tomber le masque qu'elle s'est forgé. Pourtant, j'aimerais bien parfois. Même si je l'ai détesté parce qu'il buvait et brutalisait ma mère, j'ai toujours un profond besoin d'*un père*. Cette nuit-là, réfugiée dans la serre pendant que mon père hurlait et devenait fou, j'ai entendu la vaisselle voler dans la cuisine, puis quand ça s'est arrêté, un bruit de pas. J'étais terrifiée à l'idée que mon père vienne s'en prendre à moi, mais c'était Noah et, de ma vie, je n'ai jamais été aussi soulagée. À partir de ce jour, nous sommes devenus inséparables. Au fil des années, notre amitié s'est transformée en un sentiment amoureux, et ni lui ni moi ne sommes sortis avec personne d'autre.

J'envoie un texto à Noah pour lui dire que je l'aime. Avant de me mettre au travail, j'opte pour une petite sieste. D'abord, vérifier dans mon agenda ce que j'ai à faire. Ça va, je peux me permettre un court somme de vingt minutes. Cela ne fait pas dix minutes que je dors quand quelqu'un frappe à la porte. Pensant que Steph a oublié sa clé, je vais ouvrir, à moitié endormie.

Naturellement, ce n'est pas Steph, c'est Hardin.

– Steph n'est pas rentrée.

Je retourne me coucher en laissant la porte ouverte. Je suis étonnée qu'il ait pris la peine de frapper, il a une clé que Steph lui a donnée au cas où elle perdrait la sienne. D'ailleurs, il va falloir que j'en parle à Steph.

– Je vais l'attendre.

– Fais comme tu veux.

Il se laisse tomber sur le lit de Steph. Sans faire attention à son ricanement, je remonte la couverture et ferme les yeux. Ou plutôt, j'essaie de m'abstraire. Je ne vois pas comment je pourrais dormir en sa présence, mais je préfère faire semblant plutôt que d'affronter la conversation gênante et grossière que nous n'allons pas manquer d'avoir. Je fais comme si je ne l'entendais pas taper doucement sur la tête du lit de Steph jusqu'à ce que mon réveil sonne.

– Tu vas quelque part ?

– Non, je faisais une sieste de vingt minutes.

– Tu mets ton réveil pour être sûre que ta sieste ne durera pas plus de vingt minutes ?

– Ouais. Ça te dérange ?

Je prends mes livres et les pose soigneusement sur mon bureau, dans l'ordre de mon emploi du temps, ensuite je classe les notes correspondantes au-dessus des livres.

– T'as des TOC ou quoi ?

– Mais non, Hardin. On n'est pas nécessairement fou parce qu'on aime les choses ordonnées. Il n'y a pas de mal à être organisé.

Ça le fait rire, bien sûr. Je refuse de le regarder, mais du coin de l'œil je le vois se lever. *S'il te plaît, ne viens pas jusqu'ici. Ne viens pas, par pitié.* Mais c'est trop tard, il est déjà debout à mes côtés et me regarde, assise sur mon lit.

Il s'empare de mes notes du cours de littérature et les retourne plusieurs fois avec ostentation, comme s'il s'agissait d'un objet rare. J'essaie de les lui reprendre mais, bien sûr, cet enquiquineur lève le bras plus haut, je me redresse en tendant le bras au moment où il lance les feuilles en l'air, qui retombent en s'éparpillant sur le sol. Il sourit d'un air narquois.

– Ramasse-les !

– Ok ! Ok !

Mais au lieu de s'exécuter, il attrape mes notes de sociologie et fait la même chose. Je me précipite pour les ramasser avant qu'il ne marche dessus.

– Hardin, arrête !

Mon hurlement ne l'empêche pas de recommencer avec le reste de mes feuilles. Hors de moi, je me relève et le pousse violemment.

– On dirait que tu n'aimes pas qu'on touche à tes affaires, hein ?

Pourquoi est-ce qu'il se moque toujours de moi ?

– Non ! En effet !

Je tente de le repousser encore, mais il fait un pas vers moi et, m'attrapant les poignets, c'est lui qui me pousse contre le mur. Son visage est à quelques centimètres du mien et, brusquement, je me rends compte que je respire beaucoup trop fort. Je voudrais lui crier de me lâcher, exiger qu'il remette mon travail en ordre. J'ai envie de le gifler, de le foutre à la porte de ma chambre. Mais je n'y arrive pas. Je suis paralysée contre le mur, hypnotisée par ses yeux verts qui enflamment les miens.

– Hardin, s'il te plaît.

C'est tout ce que je parviens à dire. Pas assez fort. Je ne sais pas très bien si je le supplie de me lâcher ou de m'embrasser. Mon souffle n'est pas encore ralenti, je sens le sien qui s'accélère, sa poitrine se soulève puissamment. Une éternité semble s'être écoulée quand il retire une main de mes poignets, ne les tenant que de l'autre. Pendant un instant, j'ai l'impression qu'il va me gifler. Mais sa main monte le long de ma joue et repousse doucement une mèche de mes cheveux derrière mon oreille. Je pourrais jurer que j'entends battre son pouls quand ses lèvres s'approchent des miennes, mettant le feu aux poudres.

C'est ce que j'attends depuis samedi soir. Si je ne devais plus ressentir qu'une seule émotion jusqu'à la fin de mes jours, je voudrais que ce soit celle-là.

Je ne cherche pas les raisons pour lesquelles je l'embrasse encore, ni les vacheries qu'il va me sortir après. Je ne veux rien d'autre que me concentrer sur son corps contre le mien quand il lâche mes poignets, me coinçant contre le mur, et sur le goût de menthe que je retrouve sur ses lèvres. Sur la façon dont ma langue épouse la sienne. Mes mains glissent sur ses larges épaules, il passe les siennes derrière mes cuisses et me soulève. Instinctivement je croise les jambes autour de sa taille, stupéfaite par le naturel avec lequel mon corps réagit au sien. J'enfouis les doigts dans ses cheveux les tirant légèrement, tandis qu'il retourne vers mon lit, ses lèvres toujours soudées aux miennes.

La voix de la raison me rappelle que c'est une très mauvaise idée – mais je la fais taire. Cette fois, je ne m'arrêterai *pas*. Je tire plus fort sur les cheveux d'Hardin, ce qui le fait gémir. Lorsqu'à mon tour je gémis, j'écoute l'harmonie de nos râles, c'est le son le plus sexy que j'aie jamais entendu et je suis prête à tout pour l'entendre encore. Hardin se rassied sur mon lit, et je me retrouve sur ses genoux. Il enfonce ses longs doigts dans ma peau, mais la douleur est exquise. Je me mets à balancer mon corps d'avant en arrière sur ses genoux et la pression de ses mains se fait plus forte.

– Putain !

Son souffle est sur mes lèvres et je découvre une sensation inconnue quand je le sens durcir contre moi. *Jusqu'où vais-je le laisser aller ?* Je ne veux pas de réponse à cette question.

Sa main trouve l'ourlet de mon t-shirt, et le remonte. Surtout qu'il ne s'arrête jamais ! Il détache ses lèvres des miennes le temps de m'ôter mon t-shirt. Nos regards se croisent, puis le sien descend sur ma poitrine et il se mordille la lèvre.

– T'es trop sexy, Tess.

Les mots osés ne m'ont jamais attirée, mais pour une raison qui m'échappe, dans la bouche d'Hardin ils deviennent extrêmement sensuels. Si je ne m'achète pas de dessous fantaisie, c'est parce que personne, je dis bien personne, ne les voit; mais en ce moment je regrette de ne porter que ce soutien-gorge noir basique. *Il a sûrement vu tous les modèles qui existent*, serine la voix de la raison dans ma tête. Pour essayer de la faire taire une fois de plus, je me balance de plus belle sur ses genoux et il me prend dans ses bras et m'attire contre lui, sa poitrine touche la mienne...

La poignée de la porte grince, me sortant instantanément de ma transe. Je me lève brusquement en attrapant mon t-shirt. Steph s'arrête net sur le pas de la porte en nous découvrant, Hardin et moi. Quand elle comprend ce qui se passe, elle reste bouche bée.

Le rouge sur mes joues vient en partie de ma gêne, mais aussi de ce qu'Hardin vient de me faire. Elle nous regarde tous les deux avec un large sourire. Je jurerais que ses yeux pétillent de joie.

– Putain, j'ai raté quelque chose ?

– Rien de mémorable, répond Hardin en se levant.

Il va à la porte et sort sans se retourner, nous laissant en plan, moi interloquée et Steph écroulée de rire.

– C'était quoi, ça, bordel ?

Steph se cache le visage en prenant un air faussement horrifié. Mais sa curiosité l'emporte et elle ne résiste pas,

– Toi et Hardin...Toi et Hardin... vous vous pelotez dans les coins ?

– Ça va pas ! Jamais de la vie ! On ne se pelote pas dans les coins.

Je me retourne et fais semblant de ranger des trucs sur mon bureau. Nous nous sommes seulement embrassés, deux fois. Et il m'a enlevé mon t-shirt, et j'étais assise sur lui, et... Mais ça ne va pas plus loin.

– J'ai un copain, je te rappelle.

– Et alors... ça ne veut pas dire que tu ne peux pas rouler des pelles à Hardin. Putain, j'y crois pas ! Moi qui pensais que vous vous détestiez tous les deux. Bon, Hardin déteste tout le monde. Mais je pensais qu'il *te* détestait *toi* encore plus que les autres.

Un petit rire.

– Quand est-ce que... comment c'est arrivé ?

Je m'assieds sur son lit et me passe la main dans les cheveux.

– J'en sais rien. Enfin, samedi, après que tu as quitté la fête, je me suis retrouvée dans sa chambre à cause d'un malade qui voulait me sauter dessus, et j'ai embrassé Hardin. On avait promis de ne plus jamais en parler, mais il se pointe ici et commence à m'enquiquiner, pas comme tu crois, non, tu vois, genre il lance mes affaires dans tous les coins, alors moi je l'ai bousculé et je ne sais pas comment, on s'est retrouvés sur le lit.

Cela paraît trop nul quand je le raconte. Cela ne me ressemble tellement pas, comme dirait ma mère. J'enfouis mon visage dans mes mains. Comment est-ce que j'ai pu faire ça à Noah ? Encore une fois ?

– Waouh, c'est super chaud !

– Non, c'est terrible ! Et en plus, c'est mal. J'aime Noah, et Hardin est un abruti. Je ne veux pas figurer sur la liste de ses conquêtes.

– Tu pourrais apprendre beaucoup de choses avec lui... *sexuellement* parlant.

Je reste bouche bée. *Elle parle sérieusement, là ? Est-ce qu'elle ferait ça, elle ? Attends... est-ce qu'elle l'a fait ? Elle et Hardin ?*

– Ça va pas, non ? Je ne veux rien apprendre avec Hardin. Avec personne, d'ailleurs, à part Noah.

Je n'arrive pas à nous imaginer, Noah et moi, en train de nous embrasser comme ça. J'entends encore Hardin dire : *Tu es trop sexy, Tess.* Noah ne me dirait jamais un truc pareil. Personne ne m'a jamais dit que j'étais sexy. J'en rougis, rien que d'y penser.

– Tu l'as fait, toi ?

– Avec Hardin ? *Non.*

Je me sens un peu mieux quand elle dit ça. Mais aussitôt elle ajoute :

– Enfin... je n'ai pas couché avec lui, mais il s'est passé un petit truc entre nous quand on s'est connus, même si ça m'embête de le reconnaître. Mais ça n'a pas duré. On a été ce qu'on pourrait appeler amis « avec avantages en nature », pendant, disons une semaine à peu près.

Elle dit ça comme si ça n'avait aucune importance, mais je ne peux retenir un réflexe de jalousie. J'ai la bouche sèche et là, Steph m'agace.

– Oh... des avantages en nature ?

– Ouais... rien de bien méchant. Juste quelques épisodes de baisers un peu poussés, deux trois caresses par-ci, par-là. Rien de sérieux.

Cela me fait un coup au cœur. Bon, cela ne me surprend pas vraiment, n'empêche je regrette d'avoir posé la question.

– Hardin a beaucoup d'amies « avec avantages en nature » ?

Je n'ai pas pu m'empêcher de poser la question, même si je n'ai pas envie d'entendre la réponse. Elle renifle et s'assied sur le lit en face de moi.

– Ouais, c'est sûr. Je veux dire, peut-être pas des centaines... mais il est plutôt du genre... actif.

Je sens qu'elle a compris l'effet que ça me fait et qu'elle essaie d'adoucir la pilule, de ne pas en rajouter. Pour la centième fois, environ, je décide intérieurement de garder mes distances avec lui. Je ne veux pas être une « amie avec avantages en nature ». Pour personne. Jamais.

– Il ne fait pas ça pour être méchant ou profiter des meufs. C'est plutôt elles qui se jettent à sa tête, généralement. Et lui, il leur dit clairement qu'il ne sort avec personne.

Je me souviens qu'elle me l'a déjà dit. Mais il ne me l'a pas dit à moi quand nous...

– Pourquoi il ne veut sortir avec personne ?

Pourquoi je n'arrête pas de poser des questions ?

Soudain elle prend un ton plein de sollicitude.

– En fait, je n'en sais rien... Écoute... Je pense que tu pourrais vraiment t'éclater avec Hardin, mais je crois aussi que ça peut être dangereux pour toi. Il faut que tu sois sûre de ne jamais éprouver de sentiments pour lui, garde tes distances. J'ai vu pas mal de meufs tomber amoureuses de lui, et c'est pas joli à voir.

– Tu peux me faire confiance, ça ne risque pas de m'arriver. Je ne sais pas ce qui m'a pris.

J'espère que mon rire ne sonne pas trop faux. Steph sourit.

– Tant mieux. Alors comme ça, ça s'est mal passé avec ta mère et Noah ?

Je lui raconte la discussion avec ma mère, passant sous silence la partie où je promets de ne plus être amie avec elle. Nous passons le reste de la soirée à parler des cours, de Tristan et de tout, sauf d'Hardin.

∞

23

Le lendemain matin, je retrouve Landon à la cafétéria et nous échangeons nos impressions sur le cours de socio. Il m'a fallu une heure hier pour tout remettre en ordre après la petite plaisanterie de cet enquiquineur d'Hardin. Je raconterais bien la scène à Landon, mais je ne tiens pas à ce qu'il ait une mauvaise opinion de moi, surtout maintenant que je connais la relation de leurs parents. Landon doit connaître un tas de choses sur Hardin, mais je ne veux pas lui poser la moindre question. Et je me fiche de ce que fait Hardin.

La journée passe vite et se termine par le cours de littérature où, comme d'habitude, Hardin s'assied à côté de moi. Mais aujourd'hui il ne semble pas disposé à regarder dans ma direction.

– Ceci est notre dernier cours consacré à *Orgueil et préjugés*, annonce le prof. J'espère que vous avez tous apprécié ce roman et puisque vous avez tous lu la fin, notre débat d'aujourd'hui portera sur l'utilisation du pressentiment chez Jane Austen. Diriez-vous que le lecteur s'attend à ce qu'Elizabeth et Darcy forment un couple à la fin ?

Certains étudiants chuchotent ou feuillettent leur livre au hasard comme s'ils allaient y trouver la réponse immédiate. Seuls Landon et moi levons la main, comme toujours.

– Mademoiselle Young.

– Eh bien, la première fois que j'ai lu le livre, j'étais impatiente de savoir s'ils seraient réunis à la fin, ou pas. Même maintenant, et je l'ai lu au moins dix fois, je suis toujours angoissée au début de leur relation. Darcy est si cruel et prononce des mots si haineux à propos d'Elizabeth et de sa famille que je ne sais jamais si elle pourra lui pardonner, et encore moins l'aimer.

Landon acquiesce, et je souris.

– C'est n'importe quoi, dit une voix, rompant le silence qui suit mon intervention.

– Monsieur Scott ? Vous voulez ajouter quelque chose ? demande le professeur, visiblement étonné de la participation d'Hardin.

– Oui. J'ai dit, c'est n'importe quoi. Les femmes veulent toujours ce qu'elles ne peuvent pas avoir. La muflerie de Darcy, c'est justement ce qui attire Elizabeth, c'est donc évident depuis le début qu'ils vont finir ensemble.

Hardin se tait et nettoie ses ongles comme s'il n'était pas le moins du monde intéressé par la discussion.

– Ce n'est pas vrai, les femmes ne veulent pas toujours ce qu'elles ne peuvent pas avoir. C'est seulement parce qu'il est trop fier pour admettre qu'il aime Elizabeth que Darcy se montre désagréable avec elle. Une fois qu'il cesse ce jeu, elle comprend qu'il l'aime réellement.

J'ai parlé plus fort que je le voulais. Beaucoup plus fort, tout le monde dans la salle a les yeux fixés sur nous. Hardin soupire.

– Je ne sais pas quel genre de type t'attire en général, mais je pense que s'il l'aimait, il ne se montrerait pas si odieux avec elle. La seule raison de sa demande en mariage en fin de compte, c'est qu'elle n'arrête pas de se jeter à ses pieds.

Il a dit cela avec tant de conviction que mon cœur se serre. Enfin, on a un aperçu de ce qu'il pense vraiment.

– Elle ne *se jette pas* à ses pieds! Il la manipule pour qu'elle le trouve attirant et il profite de sa faiblesse!

Et moi, je réponds avec tant de véhémence que toute la salle se tait pour de bon. Hardin est rouge de colère et j'imagine que cela doit être la même chose pour moi. Il hurle en agrippant le dossier de son siège:

– Il la « manipule » ? Tu n'as rien compris, elle est... je veux dire, elle en a tellement marre de cette vie monotone qu'elle cherche un peu d'excitation, et elle se précipite sur lui.

–Oui, eh bien, si ce n'était pas un tel dragueur, il aurait pu l'arrêter la première fois au lieu de venir la retrouver dans sa chambre !

Les mots à peine sortis de ma bouche, je me rends compte que je me suis dévoilée. Des ricanements et des murmures de surprise fusent à travers la classe.

–Je vous remercie pour ce débat très animé. Je pense que nous pouvons clore la discussion là-dessus...

Sans écouter le prof jusqu'au bout, j'attrape mon sac à la volée et me rue vers la sortie. Au milieu du hall, j'entends la voix d'Hardin hurler dans mon dos :

–Tu ne vas pas t'échapper cette fois, Theresa !

Je sors, mais alors que j'ai déjà traversé la pelouse, il me rattrape et m'empoigne par le bras. Je me dégage brusquement.

–De quel droit tu me touches tout le temps comme ça ? *Si tu m'attrapes encore une fois le bras, je te flanque ma main sur la figure !*

Je suis la première surprise de la violence de mes paroles, mais j'en ai plus qu'assez de ses conneries. Pourtant, quand à nouveau il me saisit le bras, je suis incapable de mettre ma menace à exécution.

–Qu'est-ce que tu veux, Hardin ? Me dire à quel point je suis pathétique ? Te moquer de moi pour être tombée dans le panneau encore une fois ? J'en ai vraiment marre de ce petit jeu. Je ne joue plus. J'ai un copain qui m'aime, et toi tu es détestable. Tu devrais vraiment te faire soigner pour tes sautes d'humeur. Je n'arrive pas à te suivre. Un moment tu es gentil, l'instant d'après tu es exécrable. Je ne veux plus rien avoir affaire avec toi. Alors, rends-toi service, trouve une autre meuf pour jouer à tes petits jeux, moi, c'est terminé !

–Je fais vraiment ressortir le pire en toi, c'est ça ?

Je me détourne et essaie de concentrer mon attention sur l'animation autour de moi. Le regard perplexe de certains étudiants s'attarde sur Hardin et moi un peu trop longtemps. Quand je me retourne à nouveau vers lui, ses doigts jouent avec un petit trou au bas de son t-shirt noir élimé. Je m'attends à le voir sourire ou même rire, mais il n'en fait rien. Si je ne le connaissais pas, je pourrais croire qu'il est... blessé ? Mais je sais à quoi m'en tenir avec lui, je sais bien qu'il s'en fiche complètement.

–Je n'essaie pas de jouer avec toi, dit-il en se passant la main dans ses cheveux.

– Alors quoi ? Tes sautes d'humeur me donnent la migraine.

Un petit groupe nous entoure et j'aimerais me faire toute petite et disparaître dans un trou. En même temps, ça m'intéresse de savoir ce qu'il a à répondre. *Pourquoi je n'arrive pas à me tenir à l'écart?* Je sais qu'il est dangereux et destructeur. Je ne me suis jamais montrée aussi méchante avec personne. Il l'a cherché, c'est un fait, mais ça ne me plaît pas d'être méchante.

Une fois de plus, Hardin me prend par le bras et m'entraîne dans une petite ruelle entre deux bâtiments, loin des badauds.

– Tess, je... je ne sais pas où j'en suis. C'est toi qui m'as embrassé en premier, je te rappelle.

– Ouais... mais je te rappelle que j'étais ivre. Et hier, c'est toi qui m'as embrassée en premier.

– Ouais... mais tu ne m'as pas arrêté... Ça doit être épuisant ?

– Qu'est-ce qui doit être épuisant ?

– De faire comme si tu n'avais pas envie de moi, alors que nous savons toi et moi que c'est le contraire.

– *Quoi* ? Moi ? Je n'ai pas du tout envie de toi. J'ai un copain.

La véhémence avec laquelle ces mots sortent de ma bouche souligne leur absurdité et le fait sourire. Il vient plus près de moi.

– Un copain qui t'ennuie. Admets-le, Tess. Pas à moi, mais à toi-même. Il t'ennuie.

D'une voix plus basse et sensuelle, il ajoute :

– Est-ce qu'une fois il t'a fait ressentir la même chose que moi ?

– Q... Quoi ? Bien sûr que oui.

Ce qui n'est pas vrai.

– Non... c'est faux. Je suis sûr qu'on ne t'a jamais caressée... pour de vrai.

Ses mots font courir en moi une sensation de chaleur que je commence à connaître. Je recule, mais il fait trois pas vers moi.

– En quoi ça te regarde ?

– Tu n'imagines pas ce que je pourrais te faire ressentir.

Je retiens mon souffle. Comment fait-il pour passer à *ça* juste après m'avoir hurlé dessus ? Et pourquoi est-ce que j'aime tant ce qu'il me dit ? Je suis sans voix. Le ton qu'il prend et les mots suggestifs qu'il emploie me rendent faible et vulnérable. Je suis comme un lapin piégé par un renard.

–Tu n'as pas besoin de le dire, en fait. Je le sais.

Il dit cela d'une voix grave et arrogante. Mais je me contente de secouer la tête, incapable de faire autre chose. Son sourire s'élargit et je recule instinctivement vers le mur. Il fait encore un pas vers moi, je prends une profonde inspiration, pleine d'espoir. Ça ne va pas recommencer...

–Ton pouls s'accélère, non ? Tu as la bouche sèche. Tu penses à moi et tu ressens cette sensation... là *en bas*. Pas vrai, Theresa ?

Tout ce qu'il dit est vrai, et plus il me parle comme ça, plus j'ai envie de lui. C'est bizarre de désirer et de détester quelqu'un en même temps. Cette attirance est purement physique, c'est étrange quand je songe à quel point il est différent de Noah. Je ne me rappelle pas avoir jamais été attirée par quelqu'un d'autre que Noah. Je sens que si je ne dis pas quelque chose tout de suite, il va gagner. Je ne veux pas qu'il ait ce pouvoir sur moi, et qu'en plus il *gagne*.

–Tu as tout faux.

–Je ne me trompe jamais. À ce sujet, en tout cas.

Son sourire suffit à m'envoyer de l'électricité dans tout le corps. Je fais un pas de côté avant qu'il ne me coince complètement contre le mur.

–Tu répètes que je me jette à tes pieds, mais là, c'est toi qui me coinces contre le mur.

Ma colère a rattrapé mon désir pour cet insupportable tatoué. Je m'assieds sur le trottoir pour lui échapper. C'est épuisant de discuter avec lui.

–Mais c'est toi qui as fait le premier pas. Comprends-moi bien, j'en ai été tout aussi surpris que toi.

–J'étais soûle et la nuit avait été longue, comme tu le sais. J'étais troublée parce que tu te montrais trop gentil avec moi. À ta façon, je veux dire.

–Je ne suis pas si méchant que ça avec toi.

Cela sonne plus comme une question que comme une affirmation.

–Si ! Tu fais tout ce que tu peux pour être infect. Pas seulement avec moi, d'ailleurs. Avec tout le monde. Mais j'ai bien l'impression que tu es encore pire avec moi.

–C'est vraiment n'importe quoi. Je ne suis pas pire avec toi qu'avec le reste des gens en général.

Je me lève d'un bond. Je sais bien que ce n'est pas possible de discuter normalement avec lui, que je vais payer pour ma franchise. Je hurle, en rebroussant chemin vers l'allée principale et la pelouse.

– Je ne sais pas pourquoi je continue à perdre mon temps.

– Hé, excuse-moi. Reviens, s'il te plaît.

Je grogne, mais mes pieds réagissent plus vite que mon cerveau et je me retrouve à quelques mètres de lui. Il s'assied sur le trottoir.

– Assieds-toi, m'ordonne-t-il, et j'obtempère. Pourquoi tu t'assieds si loin ? Tu n'as pas confiance en moi ?

– Bien sûr que non, qu'est-ce que tu crois ?

Il a l'air un peu déçu mais se reprend vite. *Qu'est-ce que ça peut lui faire que je ne lui fasse pas confiance ?*

– Est-ce qu'on ne pourrait pas soit éviter de se rencontrer, soit être amis ? Je n'ai pas l'énergie de continuer à me bagarrer avec toi.

Je pousse un soupir en me rapprochant un peu de lui. Il prend une grande inspiration avant de répondre :

– Je n'ai pas envie de t'éviter.

Quoi ? Mon cœur s'affole dans ma poitrine.

– Je veux dire... je ne crois pas que nous puissions nous éviter puisque t'es la coloc d'une de mes meilleures amies. Donc, j'imagine qu'il ne nous reste plus qu'à essayer d'être amis.

Je suis déçue. Pourtant, c'est bien ce que je voulais, non ? Je ne vais pas continuer à embrasser Hardin et à tromper Noah.

– D'accord ? Donc on est amis ?

– Amis.

Il me tend la main.

– Pas « amis avec avantages en nature », je précise en rougissant.

Il rigole et reprend sa main pour jouer avec l'anneau dans son arcade sourcilière.

– Pourquoi tu dis ça ?

– Comme si tu ne le savais pas. Steph m'a tout dit.

– À propos d'elle et moi ?

– Toi et elle, et toutes les autres filles.

Je feins de rire, mais cela ressemble plus à une toux, que j'amplifie pour avoir l'air naturelle. Il hausse les sourcils, mais je ne dis rien. Il sourit comme s'il se rappelait quelque chose :

– En fait, Steph et moi... on s'est éclatés. Et, ouais, il y a des meufs avec qui je baise. Mais qu'est-ce que ça peut te faire, puisqu'on est amis ?

Il dit ça avec nonchalance, mais moi je suis choquée. L'entendre admettre qu'il couche avec d'autres filles ne devrait rien me faire, mais ce n'est pas le cas. Ce n'est pas mon mec. Mon mec, c'est Noah. Noah. Noah.

– Rien, mais je ne veux pas que tu croies que je serai l'une d'entre elles.

– Ah, ah... tu ne serais pas jalouse par hasard, Theresa ?

Il me fait marcher et je le bouscule. Jamais de la vie je n'admettrai une chose pareille.

– Pas du tout ! Je plains ces pauvres filles, c'est tout.

– Ne te donne pas cette peine. Elles aiment ça, tu peux me croire.

– Ok, ok. J'ai compris. On peut changer de sujet ?

Je soupire et je lève la tête pour regarder les nuages. J'ai besoin d'effacer de mon esprit l'image d'Hardin et de son harem. Les yeux au ciel, je murmure d'un ton rêveur :

– Alors, tu vas essayer d'être plus aimable avec moi ?

– Mais oui. Et toi, tu vas essayer d'être moins coincée et teigneuse tout le temps ?

– Je ne suis pas teigneuse, c'est toi qui es odieux.

Je le regarde et j'éclate de rire. Heureusement, il se met à rire avec moi. Cela change avantageusement des hurlements que nous échangeons habituellement. Je me rends bien compte que nous n'avons pas vraiment résolu le problème, celui des sentiments que j'éprouve peut-être, ou pas, mais si je peux faire en sorte qu'il arrête de m'embrasser, je pourrai de nouveau me concentrer sur Noah et enrayer ce cycle infernal avant qu'il soit trop tard.

– Regarde-nous, là, comme deux bons amis.

Son accent est trop mignon quand il arrête de dire des vacheries. Bon sang, même dans ce cas il est mignon. Quand sa voix est douce, son accent la rend encore plus douce, comme du velours. Les mots roulent sur sa langue et passent ses lèvres roses... Je ne dois pas penser à ses lèvres. Je détache mon regard de son visage et me lève en brossant ma jupe.

– Cette jupe est vraiment affreuse, Tess. Si nous devons devenir amis, je ne veux plus la voir.

Sur le moment cela me vexe, mais quand je lève les yeux, je vois qu'il sourit. Ça doit être sa façon de plaisanter, vache bien sûr, mais ce n'est pas sa méchanceté habituelle.

L'alarme de mon portable vibre.

– Je dois aller travailler.

– Tu règles l'alarme de ton téléphone pour savoir quand tu dois travailler ?

– Je règle l'alarme pour un tas de choses, c'est une habitude.

J'espère qu'il ne va pas insister.

– Dans ce cas, tu devrais mettre une alarme pour qu'on fasse quelque chose de cool demain après les cours.

Qui est ce mec ? Où est passé le vrai Hardin ?

– Je ne suis pas sûre que ma définition de la coolitude soit la même que la tienne.

– Eh bien, on pourrait, genre, étrangler *seulement* un chat ou deux, ou mettre le feu à *seulement* un immeuble ou deux...

Je ne peux pas m'empêcher de rire et il me sourit.

– Sérieux, ça ne te ferait pas de mal de t'amuser un peu et puisque nous sommes amis maintenant, on devrait faire quelque chose de cool tous les deux.

Avant de lui donner une réponse, j'ai besoin de réfléchir pour savoir si c'est une bonne idée de me retrouver seule avec lui. Mais sans m'en laisser le temps, il tourne les talons.

– Super. Je suis content que tu sois d'accord. À demain.

Et le voilà parti.

Sans rien dire, je me rassieds sur le bord du trottoir. J'ai la tête qui tourne après ce qui s'est passé ces vingt dernières minutes. D'abord, il me propose pratiquement de coucher avec lui, en me disant en gros que je n'ai pas idée de tout ce qu'il peut me faire ressentir. L'instant d'après, il accepte de faire des efforts pour être plus gentil avec moi, et finalement nous rions ensemble, nous plaisantons et nous passons un moment très agréable. Je me pose encore un tas de questions à son sujet, mais je crois que je peux être amie avec lui, comme Steph. Bon, peut-être pas comme elle, mais comme Nate ou les autres personnes qui traînent avec lui.

C'est vraiment la meilleure solution. Finis les baisers, finies les avances de sa part. On est juste amis.

Mais, en retournant vers ma chambre, en croisant tous les étudiants qui ne connaissent pas Hardin ni ses façons de faire, je n'arrive pas à me débarrasser totalement de la peur d'être tout bêtement tombée dans un autre de ses pièges.

∞

24

Une fois rentrée dans ma chambre, j'essaie de me mettre au travail, mais je n'arrive pas à me concentrer. Pendant près de deux heures, je garde les yeux fixés sur mes notes sans lire vraiment, du coup je décide qu'une douche me fera le plus grand bien. Quand il y a du monde, je suis toujours aussi mal à l'aise dans ces douches mixtes, mais comme personne ne m'a jamais embêtée, j'ai fini par m'y habituer.

C'est magique, l'eau chaude soulage mes tensions. Je devrais me sentir détendue et heureuse que nous ayons pu conclure une sorte de trêve, Hardin et moi, mais en réalité ma colère et mon agacement ont fait place à de la nervosité et de la perplexité. J'ai accepté de passer un moment avec lui demain, pour faire quelque chose de « sympa », mais cette idée me terrifie. J'espère franchement que tout va bien se passer. Je ne m'attends pas à ce que nous devenions les meilleurs amis du monde, mais j'aimerais que nous trouvions un arrangement pour éviter de nous prendre la tête à chaque fois.

Je suis si bien sous la douche que je joue les prolongations et rate Steph rentrée et déjà ressortie. Elle m'a laissé un mot pour me dire que Tristan l'emmène dîner à l'extérieur du campus. J'aime bien Tristan. Il a l'air vraiment sympa, si on fait abstraction de son goût immodéré pour l'eye-liner. Si Steph et Tristan continuent à se voir, quand Noah viendra me rendre visite, on pourra peut-être sortir quelque part tous les quatre... À qui je vais faire croire ça ? Noah ne voudra jamais sortir avec des gens comme eux, mais je dois bien reconnaître qu'il y a seulement trois semaines, je n'aurais pas voulu, moi non plus.

Je finis par appeler Noah avant d'aller me coucher. Nous ne nous sommes pas parlé de la journée. Il est tellement bien élevé que dès qu'il décroche, il me demande si ma journée s'est bien passée. Je devrais lui dire qu'Hardin et moi, on a prévu d'aller se balader demain, mais je ne le fais pas. Il me raconte que son équipe de foot a battu le lycée de Seattle à plate couture, alors qu'ils sont très bons. Et je suis contente pour lui parce qu'il a l'air vraiment heureux d'avoir bien joué.

La journée du lendemain se passe sans que je m'en rende compte. Quand Landon et moi pénétrons dans la salle pour le cours de littérature, Hardin est déjà à sa place.

–Tu n'as pas oublié notre rendez-vous de ce soir ?

Je reste bouche bée. Landon aussi. Je ne sais pas ce qui m'ennuie le plus, Hardin présentant les choses de cette façon ou ce que Landon va penser de moi. Notre entreprise pour devenir amis ne se présente pas tellement bien, pour l'instant. J'essaie de prendre l'air dégagé en me tournant vers Landon :

–On ne peut pas appeler ça un rendez-vous. On va se balader en tout bien tout honneur, en amis.

–C'est pareil, rétorque Hardin.

Je l'évite pendant tout le reste du cours... ce qui n'est pas difficile puisqu'il n'essaie plus de me parler. À la fin du cours, tout en rangeant ses affaires dans son sac à dos, Landon regarde Hardin, puis me dit à voix basse :

–Sois prudente ce soir.

–Oh ! On essaie juste de s'entendre puisque ma coloc est une de ses meilleures copines.

J'espère qu'Hardin ne m'a pas entendue.

–Je sais. Tu es une fille super et je ne suis pas sûr qu'Hardin mérite ta gentillesse.

Il a volontairement haussé le ton, et je lève les yeux, étonnée.

–Tu n'as rien de mieux à faire que de déblatérer sur mon compte ? Va te faire voir, mec !

C'est la voix cinglante d'Hardin, dans mon dos. Landon fronce les sourcils et reporte les yeux sur moi.

– N'oublie pas ce que je t'ai dit.

Je le regarde s'éloigner en espérant ne pas l'avoir trop contrarié.

– Pourquoi t'es aussi vache avec lui – vous êtes pratiquement frères, tous les deux.

Hardin écarquille les yeux. Il gronde :

– Qu'est-ce que tu viens de dire ?

– Ben, tu sais, ton père et sa mère ?

Est-ce que Landon m'a baratinée ? Ou alors, je n'étais peut-être pas censée en parler. Landon m'a dit de ne pas parler des rapports d'Hardin avec son père, mais je n'ai pas compris que ça englobait le reste. Il regarde d'un air furieux la porte par laquelle Landon est sorti.

– Occupe-toi de tes affaires. Je ne sais pas pourquoi ce con t'a parlé de ça. Je vais devoir le faire taire, on dirait.

– Fiche-lui la paix, Hardin. Il n'avait pas l'intention de m'en parler, c'est juste sorti comme ça, sans le vouloir.

L'idée que Hardin pourrait faire du mal à Landon me rend malade. Je m'empresse de changer de sujet.

– Alors, on va où ?

– On ne va nulle part. Ce n'était pas une bonne idée.

Il me jette un regard mauvais, tourne les talons et s'en va. Je reste sur place quelques minutes pour voir s'il va changer d'avis et revenir sur ses pas. *C'est quoi, ça* ? Ce mec est bipolaire, c'est certain.

De retour dans la chambre, je trouve Zed, Tristan et Steph. Tristan dévore Steph des yeux et Zed joue avec un briquet en métal. Habituellement, je n'apprécie pas d'avoir autant de visiteurs imprévus, mais Zed et Tristan sont vraiment gentils et j'ai besoin de me changer les idées.

– Salut Tessa ! C'était bien les cours ?

– Ça va, Steph. Et toi ?

Steph est tout sourires. Je ne peux pas m'empêcher de remarquer l'expression réjouie de Tristan quand il la regarde. Je range mes livres sur la commode pendant qu'elle me raconte que le prof s'est renversé du café dessus, et qu'ils ont fini plus tôt.

–C'est sympa comme t'es habillée aujourd'hui, Tessa, me dit Zed.

–Tu aimes mon nouveau chino ?

–Ouais, où tu l'as trouvé ? questionne Steph.

–Chez KMJ, tu connais ?

–Non, mais ça te va très bien.

En la remerciant, je m'installe avec eux sur le lit de Steph, trop petit, mais on se serre. On se met à parler des profs qui sont bizarres, et tout à coup la porte s'ouvre. Quatre têtes se tournent... Horreur ! C'est Hardin.

–Hé mec, tu pourrais frapper une fois de temps en temps, dit Steph en haussant les épaules. J'aurais pu être à poil.

Elle se met à rire. Apparemment, elle ne lui tient pas rigueur de ses mauvaises manières.

–Ça n'aurait pas été une découverte.

Tristan ne semble pas apprécier la plaisanterie, mais les trois autres rigolent. Je ne trouve pas ça drôle non plus. Je déteste imaginer Steph et Hardin ensemble.

–Oh ! Tais-toi, dit-elle en riant toujours.

Elle prend la main de Tristan qui retrouve le sourire et se serre contre elle.

–Vous faites quelque chose, les gars ? demande Hardin en s'asseyant sur mon lit, en face de nous.

Je réprime l'envie de lui dire d'aller s'asseoir ailleurs. Un instant j'ai cru qu'il était venu pour s'excuser, mais je vois bien que c'est juste pour voir ses potes, dont je ne fais pas partie. Zed sourit.

–En fait, on voulait aller au ciné. Tessa, tu viens ?

–En fait, Tessa et moi avions des projets.

Hardin est intervenu sans me laisser le temps de répondre. Il a une voix bizarre. Seigneur, ce mec est trop lunatique.

–Quoi ? s'exclament Steph et Zed, à l'unisson.

–Ouais, je suis venu la chercher.

Hardin se lève, met les mains dans ses poches et s'avance vers la porte en me regardant.

–T'es prête ou quoi ?

Dans ma tête je hurle, *non !* Pourtant j'acquiesce et me lève du lit de Steph.

–Bon, ben, à plus tard les gars !

C'est tout juste si Hardin ne me pousse pas dehors. Il me conduit jusqu'à sa voiture et, à ma grande surprise, m'ouvre la portière du côté passager. Je reste là, les bras croisés, à le regarder.

– D'accord, je me souviendrai de ne jamais t'ouvrir la porte, à l'avenir...

– C'était quoi, ça ? Je sais pertinemment que tu n'es pas venu me chercher, tu venais à peine de me dire que tu ne voulais pas sortir avec moi !

Voilà, nous recommençons à nous embrouiller. Il me rend vraiment folle.

– Si, je suis venu pour ça. Maintenant, monte dans la voiture.

– Non ! Si tu refuses de reconnaître que tu n'es pas venu pour me voir, je rentre immédiatement et je vais au ciné avec Zed.

Je le vois serrer la mâchoire. *J'en étais sûre.* Je ne sais pas quoi penser de cette révélation, mais d'une certaine façon j'ai senti qu'Hardin ne voulait pas que j'aille au cinéma avec Zed, et que c'est uniquement pour cette raison qu'il veut sortir avec moi, maintenant.

– Reconnais-le, Hardin, ou je m'en vais.

– Ok, d'accord. Je l'admets. Maintenant, monte dans cette fichue voiture. Je ne vais pas te supplier.

Il fait le tour de la voiture pour monter du côté conducteur. Contre toute raison, je monte aussi. Hardin a toujours l'air contrarié en quittant le parking. Il met de la musique, beaucoup trop fort. Je tends le bras pour l'éteindre.

– Ne touche pas à ma radio, râle-t-il.

– Si tu dois te montrer aussi désagréable, je ne vais pas passer du temps avec toi.

Je ne plaisante pas. Si c'est pour qu'il soit comme ça, je descends. Je me fiche de l'endroit où nous sommes, je ferai du stop pour rentrer s'il le faut. Je le revois en train de lancer mes notes en l'air, j'ai bien envie d'arracher son poste et de le jeter par la portière. Si je savais comment le retirer du tableau de bord, je le ferais.

– Ok, mais ne touche pas à ma radio.

– Qu'est-ce que tu en as à faire que j'aille au ciné avec Zed, d'abord ? Steph et Tristan y allaient aussi.

– Je ne pense pas que Zed ait de bonnes intentions, c'est tout, dit-il calmement, les yeux rivés sur la route.

Je me mets à rire et il fronce les sourcils.

– Oh, carrément ? Zed est gentil avec moi, lui au moins.

Je ne peux pas m'arrêter de rire. L'idée qu'Hardin essaie de me protéger, d'une façon ou d'une autre, me paraît vraiment hilarante. Zed est un ami, sans plus. Exactement comme Hardin. Il ne me répond pas et remet la musique. La guitare et la basse m'écorchent les oreilles.

– Pourrais-tu baisser, *s'il te plaît* ?

À mon grand étonnement, il baisse mais laisse la musique en bruit de fond.

– C'est vraiment horrible cette musique.

Ça le fait rire, il tape des doigts sur le volant.

– Pas du tout. Mais ça m'intéresserait de savoir ce que tu considères comme de la *bonne* musique.

Quand il sourit comme ça, il a l'air si insouciant, surtout avec le vent qui entre par la vitre baissée et joue dans ses cheveux. Il lève la main et rejette ses mèches en arrière. J'adore quand il a les cheveux en arrière comme ça. Je repousse cette idée.

– Eh bien, j'aime Bon Iver, et aussi The Fray.

– Ça ne m'étonne pas de toi.

Il rigole, moi pas. Ce sont mes groupes préférés et je n'aime pas qu'on les attaque.

– Qu'est-ce que tu leur reproches ? Ils ont un talent fou et leur musique est formidable.

– Ouais... ils ont du talent. Un super talent pour endormir les gens.

Je lui donne une claque sur l'épaule, en plaisantant. Il fait semblant d'avoir mal et se met à rire.

– De toute façon, c'est comme ça, je les adore, dis-je en souriant.

Si seulement on pouvait garder ce ton léger, je pourrais passer un bon moment. Pour la première fois je regarde par la vitre, je ne sais pas du tout où nous sommes.

– Où va-t-on ?

– Dans un de mes endroits préférés.

– Et c'est où?

– Tu veux toujours tout savoir à l'avance, hein ?

– Ouais... j'aime bien...

– Tout contrôler ?

Je garde le silence. Je sais bien qu'il a raison, mais je n'y peux rien, je suis comme ça.

– Je te le dirai une fois que nous y serons... c'est-à-dire dans cinq minutes tout au plus.

Je me renfonce dans le siège en cuir et tourne la tête pour jeter un coup d'œil sur le siège arrière. D'un côté, il y a une pile désordonnée de manuels scolaires et de feuilles volantes et de l'autre, un sweatshirt noir molletonné.

– Il y a quelque chose qui te fait envie derrière ?

Je suis confuse d'être surprise en train de fouiner.

– Qu'est-ce que c'est comme voiture ?

D'abord je ne sais pas où nous allons, ensuite je me fais pincer en flagrant délit de curiosité, j'ai besoin de faire diversion.

– Une Ford Capri, c'est une voiture ancienne.

À l'évidence, il en est très fier. Il continue à me donner plein de détails techniques auxquels je ne comprends rien du tout. Mais j'aime regarder ses lèvres pendant qu'il me parle, la façon dont elles bougent lentement en prononçant des mots au ralenti. Il me lance un ou deux coups d'œil au cours de la conversation et finit par me dire d'un ton brusque :

– Je déteste qu'on me dévisage.

Mais il me sourit tout de suite après.

∞

25

Nous empruntons une route gravillonnée et Hardin éteint la musique, si bien que nous n'entendons plus que le crissement des cailloux sous les pneus de la voiture. Je me rends compte soudain que nous sommes au milieu de nulle part et ça me rend nerveuse. Nous sommes seuls, vraiment seuls. Il n'y a pas de voitures, pas de maisons, rien.

– Ne t'inquiète pas, je ne t'ai pas amenée ici pour te tuer !

Il dit ça sur le ton de la plaisanterie, mais ma gorge se serre. Ce n'est pas l'idée qu'il pourrait me tuer qui me fait peur, mais ce que je pourrais faire quand je suis seule avec lui. Et je ne crois pas qu'il s'en rende compte.

Au bout d'un kilomètre environ, il arrête la voiture. Je regarde par la vitre, je ne vois rien d'autre que de l'herbe et des arbres. Il y a des fleurs sauvages jaunes sur les talus et une brise très agréable. Il faut reconnaître que cet endroit est calme et paisible. Mais pourquoi m'a-t-il amenée ici ? Je descends de la voiture.

– Qu'est-ce qu'on est venus faire ici ?

– Premièrement, un peu de marche.

Je soupire. *Il m'a amenée ici pour faire du sport ?* Il remarque mon manque d'enthousiasme et ajoute :

– Pas trop de marche.

Il longe une clairière où l'herbe est aplatie par les nombreux passages des promeneurs.

Nous marchons en silence, mis à part quelques commentaires peu aimables d'Hardin qui trouve que j'avance trop lentement. Sans y prêter attention, je regarde autour de moi. Je commence à comprendre pourquoi il aime cet endroit. C'est si calme. Si paisible. Je pourrais rester ici éternellement à condition d'apporter un bouquin. Il quitte le chemin et pénètre sous les arbres. Ma méfiance naturelle est en alerte, mais je le suis. Quelques minutes plus tard, nous sortons du bois. Nous sommes au bord d'un ruisseau, ou plutôt d'une rivière. Je n'ai pas la moindre idée de l'endroit où nous sommes, mais l'eau me semble assez profonde.

Sans dire un mot, Hardin enlève son t-shirt noir, j'en profite pour regarder son torse tatoué. Sous le soleil, les branches nues de l'arbre mort dessinées sur sa peau sont plus attirantes qu'inquiétantes. Il se penche pour détacher ses bottes noires crasseuses et, levant les yeux, surprend mon regard rivé sur son corps à moitié nu.

– Pourquoi tu te déshabilles ?

Je regarde la rivière. *Oh, non !*

– Tu vas te baigner ? Là-dedans ?

– Ouais, et toi aussi. Je fais ça tout le temps.

Il déboutonne son pantalon et je dois m'obliger à ne pas regarder fixement les muscles de son dos qui saillent quand il se penche pour le retirer.

– Hors de question. Je ne me baigne pas là-dedans.

Cela ne me dérange pas de me baigner, mais pas dans un endroit perdu au milieu de nulle part.

– Et pourquoi pas?

Il me montre la rivière.

– Elle est si propre qu'on peut voir le fond.

– Et alors... il y a probablement des poissons et Dieu sait quoi là-dedans.

Je sens bien que je suis ridicule, mais je m'en fiche.

– En plus, tu ne m'as pas prévenue que nous allions nous baigner et je n'ai pas de maillot.

Je ne vois pas ce qu'il peut répondre à ça.

– Tu veux me faire croire que tu es le genre de fille qui ne porte pas de sous-vêtements ?

Il a un sourire ironique, et je le regarde éberluée, lui et ses fossettes.

– Tu vois bien. Alors tu peux te baigner en culotte et soutien-gorge.

Attends. Comme ça, il a pensé qu'une fois ici, j'allais enlever tous mes vêtements et me baigner avec lui? Quelque chose en moi se contracte et une bouffée de chaleur m'envahit à l'idée de me retrouver nue dans l'eau avec Hardin. Qu'est-ce qu'il me fait, là? Je n'ai jamais, jamais, eu ce genre de pensées avant de le connaître.

– Je ne vais pas me baigner en sous-vêtements, espèce de malade.

Je m'assieds dans l'herbe tendre.

– Je vais te regarder.

Il fronce les sourcils. Il n'est plus vêtu que d'un boxer noir moulant. C'est la deuxième fois que je le vois torse nu et il me paraît encore mieux foutu ici, en pleine lumière.

– Tu n'es pas marrante. *Et en plus* tu te prives de quelque chose!

Sur ce, il saute dans la rivière. Les yeux baissés, j'arrache des brins d'herbe que je tourne entre mes doigts. La voix d'Hardin me parvient de la rivière!

– Elle est super bonne, Tess.

D'où je suis, je vois les gouttes d'eau qui tombent de ses cheveux mouillés. En souriant, il rejette sa mèche en arrière et essuie l'eau qui coule sur son visage. L'espace d'un instant, je regrette de n'être pas quelqu'un d'autre, quelqu'un de plus audacieux. Comme Steph. Si j'étais Steph, j'ôterais mes vêtements et je sauterais dans l'eau avec lui. J'enverrais de l'eau partout et je remonterais sur la berge juste pour sauter encore en l'éclaboussant. Je serais libre et insouciante. Mais je ne suis pas Steph. Je suis Tessa.

– Jusqu'ici, c'est pas très marrant d'être ami avec toi... s'exclame Hardin en nageant jusqu'à la rive.

Je lève les yeux au ciel et il rigole.

– Enlève au moins tes chaussures et viens te tremper les pieds. L'eau est super bonne et bientôt il fera trop froid pour se baigner.

C'est vrai que je pourrais au moins me tremper les pieds. J'ôte mes chaussures et roule le bas de mon chino. Je m'approche du bord, plonge les pieds dans l'eau en remuant les doigts de pied. Hardin a raison, elle est chaude et claire. Je ne peux m'empêcher de sourire.

– Alors, elle est bonne, non? Allez, viens te baigner.

Je suis bien forcée de l'admettre. Il m'éclabousse, je recule en fronçant les sourcils.

– Si tu viens dans l'eau, je promets de répondre à une de tes questions indiscrètes. Celle que tu voudras, mais rien qu'une.

Ma curiosité prend le dessus et je réfléchis en penchant la tête. Il est entouré de tant de mystères, et l'occasion se présente d'en élucider un, peut-être.

– L'offre expire dans une minute, dit-il disparaissant sous l'eau.

Je vois son corps élancé nager sous l'eau transparente. Je dois dire que cela fait envie et que le marché qu'Hardin m'a mis en main est tentant. Il a bien compris comment exploiter ma curiosité à son avantage. Sa tête réapparaît à la surface de l'eau.

– Tessa, arrête de te prendre la tête et saute.

– Je n'ai rien pour me changer. Si je saute dans l'eau tout habillée, je devrais rentrer avec des vêtements trempés.

Je ne sais comment faire, or maintenant j'ai presque envie de me baigner. En réalité, j'en ai vraiment envie.

– Prends mon t-shirt.

Je suis choquée de sa proposition et j'attends un instant, pensant qu'il plaisante, mais non il est sérieux.

– Allez, mets mon t-shirt, il est assez long pour que tu te baignes avec, et tu n'as qu'à garder ton soutien-gorge et ta culotte, *si ça te chante,* dit-il avec un sourire.

Je décide de suivre son conseil et d'arrêter de me prendre la tête.

– D'accord, mais tourne-toi et ne me regarde pas pendant que je me change... je ne plaisante pas !

Je fais mon possible pour l'intimider mais je n'arrive qu'à le faire rire. Il se retourne et regarde de l'autre côté ; aussi vite que je peux, j'enlève mon t-shirt et j'attrape le sien. Hardin avait raison, il m'arrive à mi-cuisse. J'apprécie son odeur au passage, comme un léger effluve d'eau de Cologne mêlé à une odeur qui n'appartient qu'à lui.

– Dépêche-toi, bon sang, sinon je me retourne.

Si j'avais un bâton sous la main, je le lui jetterais à la tête. Je déboutonne mon chino et l'enlève. Mes affaires soigneusement pliées, je les pose sur l'herbe à côté de mes chaussures. Quand Hardin se retourne, je tire sur l'ourlet de son t-shirt noir pour le faire descendre le plus bas possible.

Il ouvre de grands yeux en baladant son regard sur moi de la tête aux pieds. Il pince l'anneau de sa lèvre entre ses dents et je vois le rouge lui monter aux joues. Il doit avoir froid parce que je ne peux pas imaginer que c'est moi qui lui fais cet effet-là.

– Hum... tu viens dans l'eau, oui ou non?

Sa voix est plus grave que d'habitude. J'acquiesce et avance lentement vers la berge.

– Vas-y, saute.

– J'arrive, j'arrive.

Il rit de ma nervosité.

– Prends un peu d'élan.

– Ok.

Je recule de quelques pas et me mets à courir. Je me sens stupide, mais ce n'est pas le moment de laisser ma tendance à trop réfléchir reprendre le dessus. Pourtant, au dernier instant, je regarde l'eau et m'arrête juste au bord de la berge.

– Oh, non ! Tu étais si bien partie !

Il s'écroule de rire et je le trouve adorable. *Hardin, adorable ?*

– Je ne peux pas.

Je ne sais pas ce qui m'arrête. L'eau est assez profonde pour sauter dedans, mais pas trop. Hardin a de l'eau jusqu'à la poitrine, ce qui veut dire jusqu'au menton pour moi.

– Tu as peur ?

Il le dit calmement, sans se moquer de moi.

– Non... je ne sais pas. Si, un peu.

– Assieds-toi au bord, je vais t'aider à descendre.

Je m'assieds en serrant les jambes pour qu'il ne voie pas ma culotte. Ce qui ne lui échappe pas et il sourit. Il s'approche de moi en marchant dans l'eau, m'agrippe les cuisses et... je m'enflamme instantanément. *Pourquoi faut-il que mon corps réagisse comme ça chaque fois qu'il me touche ?* Si je veux que nous soyons amis, il ne faut pas que je cède à ce feu. Ses mains remontent jusqu'à ma taille.

– Prête ?

Dès que je fais oui de la tête, il me soulève et me tire dans l'eau ; elle est super bonne et super agréable sur ma peau brûlante. Hardin me lâche trop tôt et je me mets debout. Nous sommes près du bord, l'eau m'arrive à peine sous la poitrine.

– Ne reste pas plantée là comme un piquet.

Sans relever la moquerie, je fais quelques pas vers le milieu de la rivière. L'eau qui pénètre sous le t-shirt le fait remonter et je tire dessus en poussant des petits cris. Une fois qu'il est à nouveau en place, il a l'air de vouloir y rester à peu près.

– Tu ferais aussi bien de l'enlever, dit Hardin avec un sourire moqueur, et je lui lance de l'eau.

– Tu as osé m'éclabousser ?

Il rit et je recommence. Il secoue sa chevelure dégoulinante et plonge pour venir m'attraper sous l'eau. Il enroule ses longs bras autour de ma taille et me fait couler. J'ai juste le temps de me pincer le nez. Je ne sais pas nager sans pince-nez. Quand nous émergeons de l'eau, Hardin est écroulé et je ne peux pas m'empêcher de rire avec lui. Je dois reconnaître que c'est beaucoup plus marrant que d'aller au ciné.

– Je ne sais pas ce qui est le plus drôle, le fait que tu t'éclates vraiment ou le fait que tu te pinces le nez sous l'eau.

Et il rit de plus belle. Dans un sursaut d'audace, je m'avance vers lui, sans me préoccuper de la façon dont le t-shirt remonte à la surface de l'eau, et j'essaie de lui appuyer la tête sous l'eau. Bien sûr, il est trop fort pour moi, il ne bouge pas mais rit à gorge déployée en découvrant ses dents magnifiques. Pourquoi n'est-il pas toujours comme ça ?

– Au fait, tu dois répondre à une question, si je me souviens bien.

Il regarde en direction de la berge.

– C'est juste. Une question, une seule.

Je ne sais pas laquelle choisir parmi toutes celles que je voudrais poser. Sans prendre le temps de réfléchir, pourtant, je me surprends à lui demander :

– Qui aimes-tu le plus au monde ?

Pourquoi est-ce que je lui ai demandé ça ? Il y a des choses plus précises que je voudrais savoir, comme pourquoi il se montre toujours si désagréable ou pourquoi il vit aux États-Unis ?

Il me regarde avec méfiance, comme s'il était dérouté par ma question.

– Moi-même.

Il replonge sous l'eau pour quelques secondes. Quand il refait surface, je secoue la tête.

– Je ne te crois pas.

Je sais bien qu'il est arrogant, mais il doit bien aimer quelqu'un... qui que ce soit.

– Et tes parents ?

Je regrette immédiatement ma question. D'autant plus que son visage se tord et que ses yeux perdent la douceur qui me plaisait tant.

– Ne parle plus jamais de mes parents, d'accord ?

Je me giflerais d'avoir gâché l'ambiance de ce moment.

– Excuse-moi. C'était de la simple curiosité. Tu étais d'accord pour répondre à une question.

Son visage se radoucit un peu et il s'approche de moi, faisant des vagues autour de nous.

– Je suis sincèrement désolée, Hardin. Je ne t'en parlerai plus jamais.

Je n'ai vraiment pas envie de m'embrouiller avec lui dans ce coin perdu. Trop énervé, il serait bien capable de m'abandonner ici toute seule.

Au moment où je m'y attends le moins, il me prend par la taille et me soulève hors de l'eau. Je bats l'air des jambes et des bras en poussant des cris pour qu'il me repose, mais tout ce que j'obtiens, c'est qu'il me jette dans l'eau en riant de plus belle. J'atterris quelques mètres plus loin et lorsque je refais surface, ses yeux sont brillants de joie.

– Tu vas me le payer !

Sa seule réaction à mon hurlement, c'est de faire semblant de bâiller, alors je nage vers lui. Il m'attrape à nouveau mais, cette fois, je croise les jambes autour de sa taille, sans réfléchir. Un cri étouffé sort de ses lèvres.

– Excuse-moi.

Je décroise les jambes, mais il les saisit et les remet en place autour de sa taille. Le courant électrique passe entre nous, plus fort encore que d'habitude. *Pourquoi cela se produit-il toujours ?* Je fais taire mes interrogations et m'accroche à son cou pour ne pas perdre l'équilibre.

– Qu'est-ce que tu me fais, Tess ?

Il passe doucement son pouce sur ma lèvre inférieure.

– Je ne sais pas...

C'est la vérité. Du pouce il suit le contour de mes lèvres.

– Ces lèvres... quand je pense à tout ce qu'elles pourraient faire... dit-il d'un ton séducteur.

Une bouffée de chaleur monte en moi et je deviens toute molle dans ses bras.

– Tu veux que j'arrête ?

Il plonge son regard dans le mien, ses pupilles sont si dilatées que l'iris vert de ses yeux est réduit à un mince cercle. Avant de reprendre mes esprits, je secoue la tête et presse mon corps contre le sien sous l'eau.

– C'est impossible d'être simplement amis, tu t'en rends bien compte, hein ?

Je frissonne quand ses lèvres frôlent mon menton. Il continue de déposer des baisers le long de mes joues. Je sais qu'il a raison. Je n'ai pas la moindre idée de ce que nous sommes l'un pour l'autre, mais je sais que je ne serai jamais capable de n'être qu'une amie pour Hardin. Quand ses lèvres touchent le point sensible juste au-dessous de mon oreille, je pousse un gémissement, ce qui incite Hardin à recommencer, mais cette fois il aspire ma peau entre ses lèvres.

– Oh ! Hardin.

En gémissant, je serre les jambes autour de lui. Je passe les mains dans son dos en griffant légèrement sa peau. J'ai l'impression que je pourrais exploser simplement quand il m'embrasse dans le cou.

– Je veux t'entendre gémir mon nom, Tessa, encore et encore. Laisse-moi faire.

Son ton est désespéré et je sais au fond de moi que je suis incapable de dire non.

– Dis-le, Tessa.

Il prend le lobe de mon oreille entre ses dents. Je fais oui de la tête.

– J'ai besoin que tu le dises, Bébé, à voix haute, pour savoir que tu veux vraiment.

Sa main se déplace et remonte sous le t-shirt que je porte et qui lui appartient.

– Je voudrais...

Les mots sortent de ma bouche en se bousculant et il sourit dans mon cou, sans cesser le doux assaut de ses lèvres. Il ne dit rien mais empoigne mes cuisses, me soulève plus haut contre son torse et marche vers la berge pour sortir de l'eau. En arrivant au bord, il me lâche et grimpe sur la berge. Je pousse un petit cri plaintif, flattant probablement son ego, mais pour l'instant je m'en fiche complètement. Tout ce que je sais, c'est que j'ai envie de lui. J'ai besoin de lui. Il m'attrape les mains pour m'aider à le rejoindre sur la rive.

Ne sachant pas quoi faire, je reste debout dans l'herbe, son t-shirt trempé pesant sur mes épaules et je trouve qu'il est bien trop loin de moi. Il se penche un peu vers moi pour me regarder dans les yeux.

– Tu veux qu'on le fasse ici ? Ou dans ma chambre ?

Je hausse les épaules nerveusement. Je ne veux pas aller dans sa chambre, c'est trop loin – le temps d'y aller, je réfléchirai beaucoup trop à ce que je m'apprête à faire.

– Ici.

Je regarde autour de moi. Nous sommes seuls et je prie pour que personne ne vienne.

– Tu es pressée ?

Il sourit et je fais une tentative pour paraître décontractée mais je ne suis pas sûre de donner le change. La chaleur en moi n'est plus aussi intense maintenant que Hardin ne me touche plus.

– Viens ici, dit-il d'une voix basse qui la ranime.

Je traverse d'un pas feutré l'herbe douce sous mes pieds jusqu'à n'être plus qu'à quelques centimètres d'Hardin. Immédiatement, ses mains s'emparent du bas du t-shirt et le relèvent par-dessus ma tête. La façon dont il me regarde suffit à me rendre folle, mes hormones échappent à mon contrôle. Mon pouls s'accélère tandis qu'il me regarde de la tête aux pieds une fois encore avant de me prendre par la main.

Il étale son t-shirt sur l'herbe en guise de couverture.

– Allonge-toi.

Il me guide vers le sol en s'étendant avec moi, lui couché sur le côté, appuyé sur son coude, et moi sur le dos sur son t-shirt mouillé, nos visages face à face. Personne ne m'a jamais vue si dévêtue auparavant, et Hardin, lui, a déjà vu tant de filles, des filles sûrement plus belles que moi. Je lève les mains pour couvrir ma nudité, mais Hardin se redresse, attrape mes poignets et les repousse sur les côtés.

– Ne te cache jamais, pas avec moi.

Il me regarde droit dans les yeux.

– C'est juste...

Il ne me laisse pas finir.

–Non, je ne veux pas que tu caches ton corps, tu n'as pas à en avoir honte, Tess.

Est-ce qu'il le pense vraiment?

–Je suis sérieux, regarde-toi.

On dirait qu'il lit dans mes pensées.

–Tu es sorti avec tellement de filles.

Je bafouille et il fronce les sourcils.

–Aucune comme toi.

Je pourrais prendre ça de différentes manières, mais je préfère ne pas relever. J'essaie de me rappeler le peu de choses que je connais à propos du sexe.

–Est-ce que tu as un préservatif?

–*Un préservatif?*

Il rigole.

–Je n'ai pas l'intention de coucher avec toi.

La panique me gagne. *Est-ce que tout ça n'est qu'un jeu destiné à m'humilier?*

–Oh!

C'est tout ce que je suis capable de dire avant de me relever. Mais il m'attrape par les épaules et, doucement, me force à me rallonger. Je suis sûre que je suis écarlate, je ne veux pas m'exposer à son regard sarcastique dans cet état. Je bouge.

–Où vas-tu?

Tout à coup, il comprend.

–Oh... mais non, Tess, ce n'est pas ce que je voulais dire, mais c'est simplement que tu n'as jamais rien fait... je veux dire *rien du tout*, donc je ne vais pas coucher avec toi.

Il me regarde fixement pendant un moment avant d'ajouter:

–*Aujourd'hui.*

Alors je sens la tension dans ma poitrine se relâcher un peu.

–Il y a beaucoup d'autres choses que je veux te faire avant.

Il s'allonge au-dessus de moi en s'appuyant sur les mains, comme s'il faisait des pompes. Des gouttes d'eau tombent de ses cheveux encore mouillés sur mon visage et je grimace.

–Je n'arrive pas à croire que personne ne t'ait jamais baisée, murmure-t-il.

Il se déplace pour se recoucher sur le côté. Sa main descend le long de mon cou, puis me caresse du bout des doigts, entre mes seins, sur mon ventre, et s'arrête juste à l'élastique de ma culotte.

On est vraiment en train de faire ça, Hardin et moi ? Que va-t-il me faire ? Est-ce que je vais avoir mal ? Une foule de questions se bousculent dans ma tête, mais je les oublie dès l'instant où sa main se glisse dans ma culotte. Je l'entends retenir son souffle juste avant de poser ses lèvres sur les miennes.

Il bouge un peu les doigts et j'ai un petit sursaut.

– C'est bon ?

Il me caresse tout simplement, pourquoi est-ce que c'est si bon ? Je baisse les yeux et il ralentit le mouvement de ses doigts.

– Est-ce que c'est meilleur que quand tu le fais toi-même ?

Quoi ?

– Alors ?

– Q... Quoi ?

J'ai un peu de mal à contrôler mon esprit et mon corps, en ce moment.

– Quand tu te caresses ? Est-ce que c'est aussi bon ?

Je suis prise de court, je le fixe et vois dans son regard quelque chose se fermer.

– Attends... ne me dis pas que tu n'as jamais fait ça non plus, si ?

Dans sa voix percent la surprise et quelque chose d'autre... du désir ? Il m'embrasse de nouveau et ses doigts continuent leur mouvement de haut en bas.

– Tu es tellement réactive à mes caresses, tellement mouillée.

Je pousse un gémissement. Pourquoi ces mots obscènes sont-ils si sexy dans la bouche d'Hardin ? Soudain un petit pincement envoie une onde de choc qui me traverse de la tête aux pieds.

– Qu'est-ce que c'était... ça ?

Je gémis plus que je ne parle. Cela fait rire Hardin qui ne répond pas mais qui recommence, et je m'arc-boute dans l'herbe. Ses lèvres descendent le long de mon cou, puis sur ma poitrine. Sa langue plonge sous le bonnet de mon soutien-gorge tandis qu'il caresse un de mes seins de sa main restée libre. Je sens monter dans mon ventre une tension délicieuse. Je ferme les yeux en me mordant les lèvres, mon dos se cambre encore une fois et mes jambes se mettent à trembler.

– C'est ça, Tessa, jouis pour moi.

Ses paroles me font perdre tout contrôle.

– Regarde-moi, Bébé, dit-il en ronronnant.

J'ouvre les yeux. La vue de sa bouche mordillant la peau de mes seins me fait basculer, et ma vue se trouble pendant quelques secondes.

– Hardin.

Je dis son nom, encore et encore, et le rouge qui lui monte aux joues me prouve qu'il adore ça. Lentement il retire sa main et la pose sur mon ventre tandis que j'essaie de redonner à ma respiration un rythme normal. Mon corps ne s'est jamais senti aussi énergique et détendu à la fois.

– Tu as une minute pour récupérer.

Il rit tout seul et s'éloigne de moi. Je plisse le front. Je voudrais qu'il reste contre moi, mais bizarrement je suis incapable de parler. Je viens de vivre les instants les plus super de toute ma vie. Je m'assieds et regarde Hardin. Il a déjà remis son jean et ses chaussures.

– On repart déjà ?

Ma gêne s'entend clairement dans ma voix. J'avais pensé qu'il voudrait que je le caresse aussi, même si je ne sais pas très bien comment il faut faire, il aurait pu m'expliquer.

– Ouais. Tu voulais rester plus longtemps ?

– C'est juste que je pensais... je ne sais pas. Je pensais que peut-être tu voudrais que je te fasse quelque chose...

Je ne sais pas comment tourner ça. Heureusement pour moi, il m'interrompt.

– Oh non ! Ça va. Pour le moment.

Il me gratifie d'un petit sourire. Est-ce qu'il va redevenir blessant comme d'habitude ? J'espère que non, pas après ce qui vient de se passer. Je viens de partager avec lui l'expérience la plus intime de toute ma vie. Je ne supporterais pas qu'il se montre odieux avec moi. Il a dit « pour le moment », donc peut-être voudra-t-il quelque chose plus tard ? Je commence à regretter ce qui s'est passé. Je remets mes sous-vêtements mouillés et j'essaie de ne pas faire attention à l'humidité entre mes cuisses. Hardin ramasse son t-shirt et me le tend.

Il voit ma perplexité et me dit :

– Pour t'essuyer.

Il jette un regard vers mon entrejambe.

Oh ! Il ne prend pas la peine de se retourner pendant que j'essuie ma peau sensible à cet endroit. La façon dont il passe sa langue sur sa lèvre inférieure en me regardant ne m'échappe pas. Il sort son portable de la poche de son jean et fait défiler son écran du pouce, plusieurs fois. Je finis de faire ce qu'il m'a recommandé et je lui rends son t-shirt. En enfilant mes chaussures, je trouve que l'atmosphère qui nous entoure est passée de passionnée à distante et je voudrais désormais être le plus loin possible de lui.

Nous retournons à la voiture. J'aimerais qu'il brise le silence, mais il ne dit pas un mot. Je commence déjà à m'imaginer les pires scénarios possibles. Il m'ouvre la portière et je le remercie d'un signe de tête.

– Il y a quelque chose qui ne va pas ? demande-t-il en faisant reculer la voiture dans le chemin de gravillons.

– Je ne sais pas. Pourquoi es-tu si bizarre, maintenant ?

Je ne suis pas sûre d'avoir envie d'entendre la réponse, alors je ne le regarde pas.

– C'est plutôt toi qui es bizarre.

– Non, tu n'as pas dit un mot depuis que... tu sais bien.

– Depuis que je t'ai donné ton premier orgasme ?

Je reste bouche bée, les joues écarlates. *Pourquoi est-ce que je suis encore surprise par son obscénité ?*

– Euh... oui. Depuis ce moment-là, tu n'as pas desserré les dents. Tu t'es rhabillé et nous sommes partis.

Il me semble que la franchise est ma meilleure option à ce moment-là, et j'ajoute :

– J'ai l'impression que tu te sers de moi ou quelque chose comme ça.

– Quoi ? Bien sûr que non. Si je me servais de toi, j'aurais obtenu quelque chose en contrepartie.

Il a dit ça si brusquement que les larmes me montent aux yeux. Je fais de mon mieux pour les retenir, mais il y en a une qui coule sur ma joue.

– Tu pleures ? Qu'est-ce que j'ai dit ?

Il tend le bras et pose sa main sur ma cuisse. Étonnamment, cela me calme.

– Je ne voulais pas te froisser... excuse-moi. Je ne sais pas très bien ce qu'on est censés faire après s'être pelotés comme ça, et puis je n'avais pas l'intention de te larguer devant ta chambre et de partir de mon côté. Je pensais qu'on pourrait peut-être dîner ensemble ou autre chose ? Je suis sûr que tu meurs de faim.

Il me presse gentiment la cuisse. Je lui souris, soulagée. J'essuie la larme qui a coulé trop vite, et mon inquiétude s'envole avec elle.

Je ne sais pas ce qu'il y a chez Hardin qui me rend si émotive, dans tous les sens du terme. L'idée qu'il pourrait se servir de moi me contrarie bien plus qu'elle ne devrait. J'ai du mal à démêler mes sentiments pour lui, ils sont tellement contradictoires. Un instant, je le déteste et le moment d'après, j'ai envie de l'embrasser. Il me fait ressentir des choses que je n'aurais jamais imaginées, et pas seulement sur le plan sexuel. Il me fait passer du rire aux larmes, hurler de rire et de colère mais, plus que tout, il me fait me sentir vivante.

∞

26

La main de Hardin est toujours posée sur ma cuisse et j'aimerais qu'il ne la retire jamais. J'en profite pour regarder de plus près certains des tatouages qui couvrent son bras. Une fois de plus, mon regard est attiré par le symbole de l'infini au-dessus de son poignet, et je me demande s'il a une signification particulière pour lui. L'endroit où il est situé, juste au-dessus de sa main, le rend très personnel. Je cherche s'il y a un symbole correspondant sur l'autre poignet, mais il n'y a rien. C'est un signe assez commun, surtout chez les femmes, mais le fait qu'ici les deux boucles forment des cœurs pique ma curiosité.

– Alors, qu'est-ce que tu voudrais manger ?

C'est rafraîchissant, une question aussi normale, venant de lui. Je relève mes cheveux emmêlés et presque secs en chignon et je réfléchis à ce qui me ferait envie.

– J'aime à peu près tout si je sais ce que c'est, excepté le ketchup.

Ça le fait rire.

– Tu n'aimes pas le ketchup ? Je pensais que tous les Américains adoraient ça.

– C'est possible, mais moi je trouve ça dégoûtant.

Nous rions tous les deux et je le regarde.

– Nous allons donc nous en tenir à un repas normal ?

Je fais oui de la tête et il tend le bras pour mettre de la musique, mais il se ravise et repose sa main sur ma cuisse.

– Alors, qu'est-ce que tu comptes faire après la fac ?

C'est une question qu'il m'a déjà posée, dans sa chambre.

– J'ai l'intention de partir directement à Seattle. Je voudrais trouver un boulot dans une maison d'édition, ou bien devenir écrivain. Je sais que c'est idiot.

Tout à coup, je suis un peu gênée de dévoiler des projets aussi ambitieux.

– Mais tu me l'as déjà demandé, tu te souviens ?

– Ce n'est pas idiot. Je connais quelqu'un aux Éditions Vance, ce n'est pas à côté, mais tu pourrais peut-être poser ta candidature pour un stage. Je pourrais lui en glisser un mot.

– Quoi ? Tu ferais ça pour moi ?

Ma voix est montée d'un ton sous l'effet de la surprise. Il a beau s'être montré gentil avec moi depuis une heure, je ne m'attendais pas à ça.

– Ouais. Sans problème.

Il a l'air un peu gêné. Je parierais que ce n'est pas dans ses habitudes de rendre service.

– Waouh, merci. Sérieux, j'ai besoin de trouver un boulot ou un stage rapidement, et ça, ce serait le rêve, vraiment.

Je tape des mains et il rigole en secouant la tête.

– Tout le plaisir est pour moi.

Il se gare sur un petit parking à côté d'un vieux bâtiment en briques.

– On mange super bien ici, dit-il en descendant de voiture.

Il ouvre le coffre et en sort un autre t-shirt noir. Il doit en avoir toute une cargaison. Ça me plaisait tellement de le voir torse nu que j'avais oublié qu'il devrait en remettre un tôt ou tard.

Quand nous entrons, l'endroit est pratiquement vide. Nous nous asseyons à une table et une vieille femme s'approche pour nous apporter la carte, mais il la repousse et commande un hamburger et des frites, me faisant signe d'en faire autant. Je me fie à son avis et je commande la même chose, sans ketchup, bien sûr.

Pendant que nous attendons d'être servis, je parle à Hardin de mon enfance à Richland, dont il n'a jamais entendu parler bien sûr puisqu'il vient d'Angleterre. Il ne perd pas grand-chose. C'est une petite ville où tout le monde fait les mêmes trucs et d'où personne ne part jamais. Personne à part moi. Je ne retournerai jamais là-bas. Lui ne me raconte pas grand-chose de son passé, mais je ne désespère pas qu'il le fasse. En revanche, il se montre très curieux de ma vie quand j'étais petite et il fronce les sourcils quand je lui dis que mon père buvait. J'y avais déjà fait allusion, au cours d'une de nos disputes, mais cette fois j'entre plus dans les détails.

Pendant une pause dans notre conversation, la serveuse réapparaît avec les hamburgers, qui ont l'air délicieux.

– Ils sont bons, tu ne trouves pas ?

Je lui confirme en m'essuyant la bouche. C'est super bon et nous n'en laissons pas une miette. Je n'ai jamais eu aussi faim de ma vie.

Le trajet du retour au campus est détendu. Du bout des doigts, Hardin dessine des petits cercles sur ma jambe, je suis déçue quand j'aperçois le panneau de WCU et que nous arrivons dans le parking des étudiants.

– Tu as passé une bonne soirée ?

Je me sens beaucoup plus proche de lui que quelques heures plus tôt. Il peut être vraiment sympa quand il veut.

– Ouais, très bonne en fait.

Il a l'air étonné.

– Écoute, je te raccompagnerais bien jusqu'à ta chambre mais je n'ai pas envie de subir un interrogatoire en règle de la part de Steph...

Il sourit et se tourne pour me faire face.

– Je comprends. On se verra demain.

Je ne sais pas si je dois me pencher pour l'embrasser, ou pas, et je suis soulagée quand il avance la main pour repousser une mèche de mes cheveux derrière mon oreille. Je pose mon visage sur sa main ouverte et il se penche pour effleurer mes lèvres des siennes. Cela commence comme un simple petit baiser, mais je sens tout mon corps s'embraser et j'en veux plus. Hardin m'attrape par le bras et me fait signe de grimper par-dessus le séparateur entre les sièges. Je ne me fais pas prier et je m'assieds à cheval sur ses genoux, le dos coincé contre le volant. Je sens que le siège s'incline légèrement, ce qui nous donne plus de place, je relève un peu son t-shirt pour glisser les mains dessous. Ses abdos sont durs et sa peau est chaude. Du bout des doigts, je suis le contour de ses tatouages.

Sa langue pétrit la mienne et il me serre dans ses bras. C'est presque douloureux, mais c'est une douleur négligeable comparée au plaisir d'être si près de lui. Il gémit contre ma bouche et je monte les mains plus haut sous son t-shirt. J'adore le faire gémir, j'adore lui faire cet effet. Je suis à deux doigts de me laisser aller totalement à cette sensation, une fois encore, lorsque nous sommes interrompus par la sonnerie de mon portable.

– Encore une de tes alarmes ? se moque-t-il.

En souriant, je m'apprête à lui répondre sur le même ton, mais le nom de Noah s'affiche sur l'écran. Ça m'arrête net. Je vois qu'Hardin a compris. Son visage change instantanément et, de crainte de le perdre et de gâcher l'ambiance, j'appuie sur le bouton « ignorer » et je jette mon téléphone sur le siège passager. Je ne veux pas penser à Noah en ce moment. Je le repousse dans un coin de mon esprit dont je ferme la porte.

Je me penche sur Hardin pour reprendre notre baiser, mais il me repousse.

– Je ferais mieux d'y aller.

Sa voix est cassante, et l'inquiétude m'envahit. Je recule pour le regarder, ses yeux ont repris leur expression distante et mon sang se glace.

– Hardin, je n'ai pas répondu. Je lui parlerai de tout ça. C'est juste que je ne sais pas quand ni comment lui dire... mais je le ferai rapidement, je te le promets.

Au moment même où j'ai embrassé Hardin pour la première fois, j'ai su confusément que j'allais devoir rompre avec Noah. Je ne peux pas continuer à sortir avec lui alors que je l'ai trompé. Il planerait toujours au-dessus de ma tête comme une ombre de culpabilité, et nous ne voulons de cela ni l'un ni l'autre. Ce que je ressens pour Hardin est une autre raison pour laquelle je ne peux pas rester avec Noah. J'aime Noah, mais si je l'aimais vraiment comme il le mérite, je n'éprouverais pas ces sentiments pour Hardin. Je ne veux pas faire souffrir Noah, mais je ne peux pas revenir en arrière.

– Lui parler de quoi ? dit-il d'un ton cinglant.

– De tout ça... de nous.

–*Nous*? Tu n'es pas en train de me dire que tu vas rompre avec lui... pour *moi*, si?

Ma tête se met à tourner. Je sais que je devrais descendre de ses genoux, mais je suis paralysée.

–Tu ne veux pas... que je le fasse?

Ma voix n'est plus qu'un murmure.

–Non. Pourquoi tu ferais ça? Je veux dire, si tu veux le larguer, vas-y, mais ne le fais pas pour moi.

–C'est juste que... je pensais...

–Je te l'ai déjà dit, je ne sors avec personne, Theresa.

Je me sens comme un lapin pris dans les phares d'une voiture, la seule chose qui me permet de descendre de ses genoux, c'est mon refus qu'il me voie pleurer encore une fois.

–Tu es répugnant.

Pleine d'amertume, je ramasse mes affaires sur le plancher de la voiture. Hardin semble vouloir dire quelque chose, mais il se ravise.

–Ne t'approche plus de moi, à partir de maintenant... et je ne plaisante pas.

J'ai hurlé, et il ferme les yeux.

Je marche aussi vite que je peux vers ma chambre. Je ne sais pas comment je fais, mais je retiens mes larmes jusqu'à ce que je sois à l'intérieur et que j'aie refermé ma porte. Soulagée que Steph soit sortie, je me laisse glisser contre la porte et j'éclate en sanglots. Comment est-ce que j'ai pu être aussi stupide? Je savais à quoi m'en tenir quand j'ai accepté de sortir seule avec lui, et pourtant je lui ai pratiquement sauté dans les bras. Juste parce qu'il a été gentil avec moi aujourd'hui, je me suis imaginé *quoi?* Qu'il allait devenir *mon petit ami?* Je ris de ma naïveté en continuant de sangloter. Je ne peux même pas lui en vouloir. Il m'avait prévenue qu'il ne sortait avec personne, mais aujourd'hui nous avons passé de si bons moments, il était vraiment agréable et drôle, et j'ai cru que nous entamions vraiment une sorte de relation.

Mais ce n'était que du cinéma, tout ça pour arriver à ses fins. Et moi, je l'ai laissé faire.

∞

27

Quand Steph rentre du cinéma, j'ai séché mes larmes, pris une douche et à peu près rassemblé mes esprits.

– Alors, c'était comment ta... balade avec Hardin ?

Elle sort son pyjama de sa commode.

– C'était bien, il était... charmant, comme d'hab', si tu vois ce que je veux dire.

Je me force à rire. J'aimerais bien lui raconter ce qui s'est passé, mais j'ai trop honte. Je sais qu'elle ne me jugerait pas et je voudrais tant pouvoir le raconter à *quelqu'un,* mais en même temps je préfère que personne ne le sache.

Steph me lance un regard soucieux, je détourne les yeux.

– Fais attention, quand même. Tu es trop bien pour quelqu'un comme Hardin.

J'aimerais la serrer dans mes bras et pleurer sur son épaule, mais je détourne la conversation.

– Et toi, c'était bien le film ?

Elle me raconte que Tristan n'a pas arrêté de la gaver de pop-corn pendant le film et qu'elle commence à vraiment bien l'aimer. J'ai envie de la chambrer mais uniquement parce que je suis jalouse qu'Hardin ne m'aime pas comme Tristan l'aime. Pourtant, moi aussi, j'ai quelqu'un qui m'aime et je ferais bien de le traiter un peu mieux, et de rester à l'écart d'Hardin, pour de bon cette fois.

Le lendemain matin, je suis vidée. Sans aucune énergie. J'ai tout le temps envie de pleurer. Mes yeux sont rouges et gonflés d'avoir pleuré la veille, alors je chope la trousse de maquillage de Steph sur sa commode. Je sors l'eye-liner brun et trace un trait sous mes yeux et sur mes paupières. J'ai meilleure mine comme ça. Un peu de poudre pour me donner des couleurs, une touche de mascara et le tour est joué. Je suis contente. Je mets mon jean étroit et un débardeur mais, dans cette tenue, j'ai l'impression d'être toute nue, je préfère attraper un cardigan blanc dans mon placard. Je crois bien que c'est la première fois depuis la photo de classe de terminale que je fais autant d'efforts pour soigner mon apparence un jour d'école ordinaire.

Comme Landon m'a envoyé un texto pour me dire qu'on se retrouvait en classe, je passe à la cafétéria prendre des cafés. Je m'oblige à marcher plus lentement que d'habitude, car je suis pas mal en avance.

– Hé, Tessa ?

Je me retourne et vois un mec très BCBG qui s'avance vers moi.

– Oui. Toi, c'est Logan, c'est ça ?

Il acquiesce d'un signe de tête.

– On te revoit ce week-end ?

C'est un membre de la fraternité, c'est sûr, il a le look. Et il est très beau.

– Non, non, pas cette fois.

Il rit avec moi.

– Bon sang, t'étais marrante. Enfin, si jamais tu changes d'avis, tu connais l'adresse. Je dois y aller, à plus.

Soulevant un chapeau imaginaire, il s'éloigne.

Landon est déjà installé dans la salle. Il se confond en remerciements pour le café.

– Tu as quelque chose de changé, aujourd'hui.

– Eh oui, je me suis maquillée.

Le ton léger de ma réponse le fait sourire. Il ne m'interroge pas sur ma soirée avec Hardin, ce dont je lui suis reconnaissante, je ne sais pas ce que je lui aurais raconté.

La journée démarre bien et je commence à peine à me sortir Hardin de la tête que c'est déjà l'heure du cours de littérature.

Hardin est assis à sa place habituelle, au premier rang. Pour une fois il porte un t-shirt blanc, si fin qu'on peut voir ses tatouages au travers. C'est incroyable à quel point ses tatouages et ses piercings me semblent sexy maintenant, alors que je détestais ça avant. Je détourne les yeux et sors mes notes en m'asseyant à côté de lui. Je ne vais pas renoncer à mes habitudes à cause de ce mufle. Malgré tout, il me tarde que Landon arrive pour ne pas rester trop longtemps seule avec lui.

– Tess ? chuchote-t-il tandis que la salle commence à se remplir.

Ne lui réponds pas. Fais comme s'il n'était pas là.

– Tess ?

Il a parlé plus fort cette fois.

– Ne m'adresse pas la parole, Hardin.

J'évite de le regarder. Je refuse de retomber dans ses pièges.

– Oh allez, arrête.

Je vois bien qu'il trouve la situation amusante.

– Je ne rigole pas, Hardin. Fiche-moi la paix.

– Ok, c'est bon, comme tu voudras.

Sa voix est aussi cinglante que la mienne. À mon grand soulagement, Landon arrive à ce moment-là, je respire. Il remarque aussitôt la tension entre Hardin et moi et gentiment me demande :

– Ça va, toi ?

– Oui, ça va.

Sur ce mensonge, le cours commence.

Hardin et moi continuons à nous ignorer pendant toute la semaine, et chaque jour qui passe sans lui parler m'aide à ne plus penser à lui. Steph et Tristan sont sortis ensemble tous les soirs, ce qui m'a permis d'avoir la chambre pour moi toute seule, la plupart du temps. C'est à la fois bien et pas bien. Bien, parce que j'ai beaucoup travaillé, mais pas bien car, toute seule, je rumine en pensant à Hardin. Cette semaine, je me suis maquillée tous les jours même si je persiste à porter des vêtements classiques et trop larges. Quand arrive le vendredi matin, j'ai le sentiment que toute cette histoire est vraiment finie. Enfin, jusqu'à ce que tout le monde commence à parler d'aller faire la fête à la fraternité. Sérieux, il y a une fête là-bas tous les vendredis, et souvent le samedi aussi, ça me dépasse qu'ils éprouvent le besoin de s'exciter comme ça toutes les semaines.

Comme on m'a demandé au moins dix fois si je serais de la partie, je décide de faire la seule chose qui m'empêchera à coup sûr d'y aller : j'appelle Noah.

– Salut Tessa !

Nous ne nous sommes pas parlé depuis plusieurs jours, cette voix insouciante et joyeuse m'a vraiment manqué.

– Salut. Tu penses que tu pourrais venir me voir ?

– Oui, bien sûr. Le week-end prochain, ça te va ?

– Non, je voulais dire, aujourd'hui. Genre tout de suite, tu vois. Tu pourrais partir maintenant ?

Je sais qu'il aime prévoir les choses à l'avance, comme moi, mais j'ai vraiment besoin de le voir tout de suite.

– Tess, j'ai entraînement après les cours. Je suis au lycée et je n'ai pas encore mangé.

– S'il te plaît, Noah, tu me manques vraiment. Tu ne peux pas partir maintenant et passer le week-end avec moi ? *S'il te plaît ?*

Je me rends bien compte que je suis en train de le supplier, mais je m'en fiche.

– Euh... c'est bon Tessa. Je vais venir. Tu es sûre que tout va bien ?

Le bonheur me submerge, je n'en reviens pas que Noah, lui toujours si carré, accède à ma demande, mais je suis trop contente de le voir.

– Oui, oui. C'est seulement que tu me manques trop. Cela fait presque deux semaines qu'on ne s'est pas vus, je te signale.

Il se met à rire.

– Toi aussi, tu me manques. Je vais m'éclipser et prendre la route dans quelques minutes, comme ça je serai avec toi d'ici trois heures environ. Je t'aime, Tessa.

– Moi aussi, je t'aime.

Eh bien voilà, c'est réglé. Plus de risques que je me retrouve dans cette fête.

C'est l'esprit léger que je me dirige vers le cours de littérature et que je pénètre dans ce magnifique bâtiment de vieilles briques. Ce sentiment s'évanouit à l'instant même où, entrant dans la salle, je vois Hardin penché sur le bureau de Landon.

C'est quoi, ça ?

Je me précipite au moment où Hardin tape du poing sur le bureau en grondant.

– Ne redis plus ce genre de conneries, espèce de minable !

Landon fait mine de se lever, mais il faudrait être fou pour essayer de se battre avec Hardin. Landon est musclé, d'accord, mais il est bien trop gentil, je ne l'imagine pas une seule seconde mettre son poing dans la figure de qui que ce soit. Je saisis le bras d'Hardin et le tire en arrière. Il lève son autre main et je recule, mais réalisant que c'est ma main, il laisse retomber la sienne et jure entre ses dents.

– Laisse-le tranquille, Hardin !

J'ai hurlé. Je me tourne vers Landon, qui a l'air aussi furax, mais il se rassied.

– Tu ferais mieux de t'occuper de tes affaires, Theresa.

Il reprend son siège, l'air narquois. J'aurais préféré qu'il aille s'asseoir au fond. Assise entre eux deux, je me penche vers Landon et chuchote :

– Ça va ? Qu'est-ce qui s'est passé, au juste ?

Il regarde Hardin en soupirant.

– C'est juste un sale con. Il n'y a rien d'autre à dire.

Il a prononcé ces mots à voix haute, avec un petit sourire. Je rigole et me redresse. J'entends la respiration saccadée d'Hardin à côté de moi. Il me vient une idée, un peu puérile je dois l'admettre, mais tant pis. Sur un ton faussement enjoué, je dis à Landon :

– J'ai une bonne nouvelle.

– Ah, oui ? C'est quoi ?

– Noah vient me voir aujourd'hui, et il va rester tout le week-end.

Je tape des mains en souriant. Je suis bien consciente d'en faire trop, mais je perçois le regard d'Hardin sur moi et je devine qu'il a entendu.

– C'est vrai ? C'est super !

Il le pense vraiment. Hardin ne me dit pas un mot du début à la fin du cours. Ça sera comme ça à partir de maintenant et ça me va très bien. Je souhaite un bon week-end à Landon et retourne dans ma chambre retoucher mon maquillage et manger un morceau avant l'arrivée de Noah. Je ris toute seule en me voyant devant le miroir.

Depuis quand est-ce que je fais partie des filles qui doivent « retoucher leur maquillage » pour leur copain ?

Depuis le jour où j'étais avec Hardin au bord de la rivière, en fait. Cette expérience m'a changée, mais le mal qu'il m'a fait encore davantage. Le maquillage n'est qu'un signe discret de cette transformation, mais c'en est un.

Je mange et mets un peu d'ordre dans ma chambre, puis je plie et range les vêtements de Steph. J'espère qu'elle ne m'en voudra pas. Quand Noah m'envoie un message pour me dire qu'il est arrivé, je saute du lit où j'étais allongée et me précipite pour aller l'accueillir dehors. Il est plus élégant que jamais avec son pantalon bleu marine, son cardigan crème et sa chemise blanche. C'est vrai qu'il porte souvent des cardigans, mais moi, j'adore. Son sourire chaleureux me va droit au cœur. Il me prend dans ses bras et me dit à quel point il est content de me voir.

En chemin, il m'observe un moment et finit par me demander:

–Tu te maquilles?

–Oui, un petit peu. C'est juste un essai.

Il sourit.

–Ça te va bien, dit-il en m'embrassant sur le front.

Nous nous installons et cherchons un film dans la section comédies romantiques sur Netflix. Steph m'envoie un texto pour me dire qu'elle est avec Tristan et qu'elle ne rentrera pas ce soir. J'éteins la lumière et nous nous asseyons, calés contre la tête de lit. Noah passe son bras autour de mes épaules et je pose ma tête sur sa poitrine.

Voilà, ça c'est moi. Pas la dévergondée qui se baigne dans une rivière avec le t-shirt d'un punk.

C'est un film dont nous n'avons jamais entendu parler mais, moins de cinq minutes après le début, la porte s'ouvre violemment. Je suppose que c'est Steph qui a oublié quelque chose d'important.

Comme par hasard, c'est Hardin. Son regard se pose directement sur Noah et moi, enlacés sur le lit, éclairés seulement par l'image de la télé. Je rougis. Il est venu tout raconter à Noah, j'en suis sûre. La panique me saisit et je m'éloigne subrepticement de mon petit ami, comme si j'avais sursauté par surprise.

–Qu'est-ce que tu viens faire ici? Tu es gonflé d'entrer comme ça.

Hardin sourit.

– Je cherche Steph. Salut Noah, content de te revoir, dit-il d'un ton narquois.

Noah semble mal à l'aise. Il doit se demander pourquoi Hardin a la clé de la chambre et entre sans frapper.

– Elle est avec Tristan, ils sont probablement déjà chez toi.

J'ai parlé lentement, le suppliant silencieusement de partir. S'il raconte tout à Noah maintenant, je ne sais pas si je m'en remettrai.

– Ah bon ?

Je vois bien à son air qu'il est venu dans le but de me tourmenter. Il va probablement rester jusqu'à ce que ce soit moi qui avoue tout à Noah.

– Vous allez à la teuf tous les deux ?

– Non... on n'y va pas. On essaie de regarder un film.

Noah tend le bras et me prend la main. Même dans le noir, je vois les yeux d'Hardin se concentrer sur la main de Noah qui touche la mienne.

– Tant pis. Bon, ben, je vais y aller...

Il se tourne vers la porte, je commence à me détendre. Mais à ce moment-là, il tourne la tête :

– Au fait, Noah...

Il fait une pause, je sens mon cœur défaillir.

-... Il est cool ton cardigan.

Je laisse échapper un soupir étouffé.

– Merci. Il vient de chez Gap.

Noah ne voit pas qu'Hardin se moque de lui.

– Je l'aurais parié. Allez, amusez-vous bien tous les deux.

Et il sort.

∞

28

– Il n'est pas si méchant, après tout, dit Noah quand la porte se referme.

Je ris nerveusement. Il hausse les sourcils.

– Quoi ?

– Rien, mais ça m'étonne que tu dises ça.

Je reprends ma position contre sa poitrine. La tension qui régnait dans la chambre quelques instants plus tôt commence à se dissiper.

– Je ne dis pas que j'aimerais être copain avec lui, mais il était plutôt sympa, là.

– Hardin est tout sauf sympa.

Noah rigole et me prend dans ses bras. Si seulement il savait ce qui s'est passé entre Hardin et moi, la façon dont nous nous sommes embrassés, la façon dont j'ai gémi en disant son nom pendant qu'il... *Seigneur, Tessa, arrête avec ça.* Je relève la tête et lui embrasse la joue, ce qui le fait sourire. Je voudrais ressentir les mêmes sensations avec Noah qu'avec Hardin. Je m'assieds pour le regarder en face, prends son visage entre mes mains et presse mes lèvres sur les siennes. Il entrouvre les lèvres et me rend mon baiser. Ses lèvres sont douces... comme son baiser. Cela ne me suffit pas, je veux du feu, de la passion. Je le prends par le cou et monte sur ses genoux.

– Oh ! Tessa, qu'est-ce que tu fais ?

Il essaie de me repousser gentiment.

– Quoi ? Rien, j'ai juste envie... de t'embrasser, c'est tout.

Je baisse les yeux. En général, je n'éprouve aucune gêne avec Noah, mais ce ne sont pas des choses dont nous avons l'habitude de parler.

– D'accord ?

Je l'embrasse encore. Je sens sa chaleur, mais pas le feu. Je commence à bouger les hanches, dans l'espoir de l'allumer. Il pose les mains sur ma taille, mais c'est plutôt pour me freiner, pour arrêter mes mouvements. Je sais que nous étions d'accord pour attendre jusqu'au mariage, mais on ne fait rien de plus que s'embrasser, là. J'écarte ses mains et continue à me balancer contre lui. J'ai beau essayer d'appuyer mes baisers, sa bouche reste douce et timide. Je sens bien qu'il commence à être excité mais qu'il ne veut pas aller plus loin.

Ok, je ne fais pas ça pour les bonnes raisons, mais je ne veux pas y penser pour l'instant. J'ai simplement besoin de vérifier que Noah peut me faire ressentir la même chose qu'Hardin. *En réalité ce n'est pas Hardin que je veux, ce sont les sensations... c'est bien ça, non ?*

J'arrête d'embrasser Noah et descends de ses genoux.

– C'était agréable, Tessa.

Il sourit et moi aussi. C'était « agréable » ! Il est si réservé, trop réservé, mais je l'aime quand même. Je remets le film en marche et, quelques minutes plus tard, mon esprit se remet à battre la campagne.

« Je vais y aller », dit Hardin. Il baisse ses yeux verts sur moi. « Où ? » Je n'ai pas envie qu'il s'en aille. « Je vais prendre une chambre à l'hôtel à côté. Je reviendrai demain matin. » Je le regarde fixement et au bout d'un moment son visage s'estompe pour faire place à celui de Noah.

Je sursaute et me frotte les yeux. Noah, c'est Noah. Ça n'a jamais été Hardin.

– Tu as vraiment l'air d'avoir sommeil, et je ne peux pas passer la nuit ici.

Il me caresse la joue, doucement. Je voudrais qu'il reste, mais maintenant j'ai peur de ce que je pourrais faire ou dire dans mon demi-sommeil. En plus, Noah, de toute évidence, pense qu'il ne serait pas convenable qu'il reste dans ma chambre. Hardin et Noah sont diamétralement opposés. À tous points de vue.

– D'accord, c'est gentil d'être venu.

Il m'embrasse doucement sur la joue avant de se lever.

– Je t'aime, dit-il.

Je souris, renfonce mon visage dans l'oreiller et me laisse glisser dans des rêves, dont je ne me souviens plus.

Le lendemain, je suis réveillée par un appel de Noah pour m'annoncer qu'il arrive. Je saute de mon lit et me précipite sous la douche en me demandant ce que nous pourrions bien faire aujourd'hui, lui et moi. Il n'y a pas grand-chose aux alentours à moins d'aller en ville. Je devrais peut-être envoyer un message à Landon pour lui demander ce qu'on peut faire d'autre que des fêtes à la fraternité. C'est la seule personne à qui je peux poser la question.

Je me décide pour ma jupe plissée grise et un t-shirt bleu tout simple sans écouter la voix d'Hardin dans ma tête, qui me dit que c'est affreux. Quand je reviens avec une serviette sur la tête, Noah m'attend dans le couloir.

– Tu es très jolie.

En souriant, il me prend par l'épaule pendant que j'ouvre la porte.

– J'ai juste besoin de me sécher les cheveux, et d'une touche de maquillage.

J'attrape la trousse de maquillage de Steph, qu'heureusement pour moi elle n'a pas emportée avec elle. Il va falloir que je m'en achète une maintenant que je sais que ça me plaît. Noah attend patiemment, assis sur mon lit, que j'aie fini mon brushing. Quand c'est fait, je lui plante un baiser sur la joue avant de me maquiller.

– Qu'est-ce que tu veux faire aujourd'hui ?

Je termine par le mascara et ébouriffe mes cheveux.

– La fac te va à merveille, Tessa. Tu n'as jamais été aussi resplendissante. Je ne sais pas, on pourrait peut-être aller se balader dans un parc, puis aller dîner ?

Je regarde le réveil. Ce n'est pas possible ! Il est déjà treize heures ? J'envoie un texto à Steph pour lui dire que je serai absente pour la journée et elle me répond qu'elle ne reviendra que demain. En gros, elle habite à la fraternité d'Hardin pendant le week-end.

Noah ouvre la portière côté passager. Ses parents se sont assurés qu'il ait la voiture la plus sûre dans le modèle le plus récent. L'intérieur est immaculé, pas de piles de bouquins, pas de vêtements sales. Nous roulons à la recherche d'un parc, ce qui prend peu de temps.

C'est un endroit calme et tranquille, avec une pelouse jaunissante par endroits et quelques arbres. Nous nous garons sur une place de parking.

–Au fait, quand vas-tu commencer à chercher une voiture ?

–Dans la semaine, je pense. Je vais aussi déposer des candidatures pour un job.

Je ne mentionne pas le stage aux Éditions Vance qu'Hardin m'a fait miroiter. Je ne sais pas si je peux encore compter dessus, ni comment je présenterais les choses à Noah si je l'obtenais.

–C'est une super nouvelle. Appelle-moi si tu as besoin de mon aide pour l'une ou l'autre de tes recherches.

Nous faisons le tour du parc avant de nous asseoir à une table de pique-nique. Noah fait la conversation et je hoche la tête de temps en temps. Je m'aperçois que je perds le fil par moments, mais il ne semble pas s'en rendre compte. Nous marchons encore un peu et finissons par tomber sur un ruisseau. Je pousse un petit grognement devant l'ironie de la situation. Noah me lance un regard perplexe.

–Ça te dirait de te baigner ?

Je ne sais pas très bien ce que je cherche en poursuivant ce petit jeu.

–Là-dedans ? Jamais de la vie !

Il se met à rire et je reviens sur Terre en me donnant des baffes mentalement. Il faut que j'arrête de comparer Noah à Hardin.

–Je plaisantais.

Je l'entraîne le long du chemin.

Nous ressortons du parc un peu avant sept heures et décidons, en revenant à la résidence universitaire, de nous faire livrer une pizza et de regarder un classique. Celui où Meg Ryan tombe amoureuse de Tom Hanks grâce à une émission de radio. Je meurs de faim et, quand la pizza arrive, j'en engloutis près de la moitié à moi toute seule. Je dois dire pour ma défense que je n'ai rien mangé de la journée.

Au milieu du film, la sonnerie de mon téléphone retentit, Noah l'attrape et me le passe.

–C'est qui Landon ?

Il n'y a pas la moindre trace de soupçon dans sa voix, seulement de la curiosité. Il n'a jamais été du genre jaloux, il n'a jamais eu de raison de l'être. *Jusqu'à maintenant.*

–C'est un pote de fac.

Qu'est-ce qui lui prend de m'appeler aussi tard? Il ne m'a jamais appelée pour autre chose que pour comparer nos notes prises en cours.

– Tessa?

Il crie presque.

– Oui, tout va bien?

– ... pas vraiment, non. Je sais que Noah est avec toi, mais...

– Qu'est-ce qui se passe, Landon? Tu vas bien?

Mon cœur commence à s'affoler.

– Oui, ce n'est pas moi. C'est Hardin.

La panique me saisit.

– H... Hardin?

J'en bégaie.

– Oui, tu pourrais venir ici si je te donne l'adresse, s'il te plaît?

J'entends un bruit de casse dans le fond. Je bondis hors du lit et enfile mes chaussures sans prendre le temps de réfléchir. Noah se lève aussi, comme pour me seconder.

– Landon, est-ce qu'Hardin est en train d'essayer de te faire du mal?

Je n'arrive pas à imaginer ce qui pourrait se passer d'autre.

– Non, non.

– Envoie-moi l'adresse.

À ce moment-là, j'entends encore un bruit de verre brisé. Je me tourne vers Noah.

– Noah, j'ai besoin de ta voiture.

Il tourne la tête.

– Qu'est-ce qui se passe?

– Je ne sais pas... c'est Hardin. Donne-moi tes clés.

J'ai parlé sur un ton qui n'admet pas de réplique. Il sort les clés de sa poche, mais ajoute avec insistance:

– Je viens avec toi.

Je lui arrache le trousseau des mains et secoue la tête.

– Non, tu... je dois y aller seule.

Mes paroles le blessent, je le vois bien. Et je sais que j'ai tort de le planter là, mais pour le moment je ne pense qu'à une chose, aller retrouver Hardin.

∞

29

2875 Cornell Rd, c'est l'adresse que Landon m'a envoyée par texto, je fais un copier-coller sur mon GPS qui m'indique que c'est à un quart d'heure en voiture. Je me demande bien ce qui se passe pour que Landon ait besoin de moi à cette heure-ci.

Je n'ai pas plus d'éléments de réponse quand j'arrive à l'adresse. Noah m'a appelée deux fois, mais je n'ai pas répondu. J'ai besoin du GPS sur mon écran et, pour être franche, le désarroi que j'ai lu sur son visage en le quittant me culpabilise.

Dans cette rue, toutes les maisons sont imposantes et cossues. Celle-ci en particulier est au moins trois fois plus grande que celle de ma mère. C'est une maison ancienne en briques rouges, avec un jardin en pente qui lui confère une position surélevée comme si elle était en haut d'une colline. Même à la lueur des réverbères, elle est magnifique. J'imagine que c'est chez le père d'Hardin, parce que ce n'est certainement pas un logement d'étudiant et ça expliquerait la présence de Landon. Je prends une profonde inspiration, descends de la voiture et monte les marches. Je cogne à la lourde porte d'acajou qui s'ouvre instantanément.

– Tessa, merci d'être venue. Je suis désolé, je sais que tu as de la visite. Noah est venu avec toi ?

Landon regarde en direction de la voiture tout en me faisant signe d'entrer.

– Non, il est resté à la résidence. Que se passe-t-il ? Où est Hardin ?

– Dans le jardin derrière la maison. Il est complètement ingérable.

– Mais pourquoi m'as-tu appelée, moi ?

J'essaie de rester aimable. *En quoi est-ce que ça me concerne qu'Hardin soit ingérable, ou pas ?*

– Je ne sais pas. Je sais que tu le détestes, mais tu parles avec lui, quand même. Il est complètement ivre, et terriblement agressif. Il est arrivé ici, il a ouvert une bouteille de scotch de son père et en a bu plus de la moitié ! Ensuite il a commencé à tout casser : la vaisselle de ma mère, une vitrine, en gros tout ce qui lui tombait sous la main.

– Quoi ? Mais pourquoi ?

Hardin a prétendu qu'il ne buvait pas... encore un de ses mensonges ?

– Son père venait de lui dire qu'il allait épouser ma mère...

– Et alors ?

Je n'y comprends toujours rien.

– Hardin ne veut pas qu'ils se marient, c'est ça ?

Landon m'emmène dans l'immense cuisine. Je pousse un cri étouffé en découvrant le bazar qu'Hardin a laissé. Des débris d'assiettes jonchent le sol et un grand meuble en bois est renversé, ses portes vitrées ont volé en éclats.

– Oui. En fait c'est une longue histoire. Juste après que son père l'a appelé pour lui annoncer la nouvelle, ils sont partis en week-end pour fêter ça. Je crois que c'est pour ça qu'Hardin a débarqué ici, pour défier son père. Sinon, il ne vient jamais ici.

Landon ouvre la porte de derrière. J'aperçois une ombre assise à une petite table dans le patio. Hardin.

– Je ne vois pas très bien ce que je peux faire, mais je vais essayer de lui parler.

Landon se penche et pose la main sur mon épaule.

– Il a crié ton nom, me dit-il doucement, et mon cœur cesse de battre.

Je m'approche d'Hardin qui me regarde. Ses yeux sont injectés de sang, ses cheveux sont cachés sous un bonnet de laine grise. Il me jette un regard noir, les yeux écarquillés, et je recule d'un pas. Il me fait presque peur sous le faible éclairage de la cour.

– Qu'est-ce que tu fous ici ? dit-il d'une voix forte en se levant.

– C'est Landon... il...

Je regrette aussitôt mes paroles.

– Putain ! C'est toi qui l'as appelée ?

Landon rentre précipitamment dans la maison.

– Fiche-lui la paix, Hardin... Il s'inquiète pour toi.

Il retourne s'asseoir et me fait signe de faire de même. Je m'assieds en face de lui et le regarde attraper la bouteille bien entamée et la porter à ses lèvres. Je vois sa pomme d'Adam monter et descendre quand il avale. Puis il repose la bouteille sur la table, si violemment que je fais un bond. J'ai eu peur qu'il explose la table ou la bouteille, ou les deux.

– Roooh, vous êtes trop mignons tous les deux. Et si prévisibles ! Ce pauvre Hardin ne va pas bien, alors vous vous mettez à deux pour me tomber dessus et me faire culpabiliser d'avoir cassé cette vaisselle de merde.

Il parle d'une voix traînante et sourit comme un malade. Je croise les bras.

– Je croyais que tu ne buvais pas.

– C'était vrai. Jusqu'à maintenant, en tout cas. Ce n'est pas la peine de me prendre de haut, tu sais. Tu n'es pas meilleure que moi.

Il pointe son index vers moi puis reprend la bouteille pour boire une autre gorgée. Il me fait peur, mais je ne peux pas nier que quand je suis près de lui, même dans cet état d'ébriété, je me sens vivante. Cette sensation m'a manqué et il n'y a qu'Hardin qui me la procure.

– Je n'ai jamais prétendu être meilleure que toi. Je veux juste savoir pourquoi tu t'es mis à boire tout à coup.

– Qu'est-ce que ça peut te faire ? Où est ton *petit ami,* d'abord ?

Ses yeux étincellent et l'émotion que je peux y lire est si intense que je détourne les miens. Si seulement je savais quelle est la nature de cette émotion ! De la haine, je suppose.

– Il est resté dans ma chambre. Je désire seulement t'aider, Hardin.

Je me penche au-dessus de la table pour lui prendre la main, mais il a un mouvement de recul.

– M'aider ?

Il ricane. J'aimerais lui demander pourquoi il a crié mon nom pour ensuite se montrer infect avec moi, mais je ne veux pas attirer d'ennuis à Landon.

– Tu veux m'aider ? Eh bien, casse-toi.

– Pourquoi ne veux-tu pas me dire ce qui se passe ?

Je regarde mes mains et tripote mes ongles.

Il pousse un soupir et enlève son bonnet pour se passer la main dans les cheveux, avant de le remettre.

– Mon père attend la dernière minute pour m'annoncer qu'il va épouser Karen et que le mariage aura lieu le mois prochain. Il y a longtemps qu'il aurait dû me le dire. Et par téléphone, en plus. Je suis sûr que le petit Landon le sait depuis un bon moment, lui.

Oh ! Je ne m'attendais pas à ce qu'il me le dise, en fait, et je ne sais pas trop quoi lui répondre.

– Il avait probablement ses raisons pour ne pas te le dire.

– Tu ne le connais pas, il n'en a rien à foutre de moi. Tu sais combien de fois nous nous sommes parlé en un an ? Dix, à tout casser. Tout ce qui compte pour lui, c'est sa maison, sa nouvelle future femme et son nouveau parfait rejeton.

Hardin a la voix pâteuse, il boit encore une gorgée. Je ne dis rien.

– Si tu voyais le taudis dans lequel vit ma mère, en Angleterre ! Elle prétend qu'elle se plaît là-bas, mais je sais que ce n'est pas vrai. C'est plus petit que la simple chambre de mon père, ici. Ma mère m'a pratiquement obligé à venir à la fac ici, pour me rapprocher de lui... et on voit ce que ça a donné !

Avec ces bribes d'informations, j'ai l'impression d'être à même de mieux le comprendre. Hardin souffre. C'est pour cela qu'il se conduit comme il le fait.

– Tu avais quel âge quand il est parti ?

Il me regarde d'un air méfiant.

– Dix ans. Mais déjà avant de partir, il n'était jamais là. Il était tout le temps au bistrot, il en changeait tous les soirs. Maintenant, c'est Monsieur Parfait, qui possède tous ces trucs de merde.

Hardin désigne la maison d'un geste de la main.

Le père d'Hardin est parti quand il avait dix ans, exactement comme le mien, et ils étaient tous les deux alcooliques. Nous avons plus de points communs que je le croyais. Quand il souffre et qu'il a trop bu, Hardin a l'air tellement plus jeune, tellement plus fragile que la personne imposante que je connais.

– Je suis désolée d'apprendre qu'il vous a quittés comme ça, mais...

– Tu peux garder ta pitié.

– Ce n'est pas de la pitié. J'essaie juste de...

– De quoi ?

– De t'aider. D'être là pour toi.

Il sourit. C'est un beau sourire, obsédant, qui me fait espérer que je peux l'aider à traverser cette épreuve, mais en réalité je devine ce qui va suivre.

– Tu es vraiment nulle. Tu ne vois pas que je ne veux pas de toi ici ? Je ne veux pas que tu sois là pour moi. Ce n'est pas parce qu'on s'est un peu amusés ensemble que je veux avoir quoi que ce soit à faire avec toi. Et toi, tu abandonnes ton *gentil* petit ami, la seule personne qui te supporte, pour venir ici et essayer de « m'aider ». C'est vraiment ça être *nul*, Theresa.

Sa voix est pleine de venin, exactement comme je m'y attendais, mais je mets ma douleur de côté et le regarde.

– Tu ne penses pas ce que tu dis.

Je le revois la semaine dernière en train de rire et de me jeter dans l'eau. Je n'arrive pas à savoir si c'est un comédien accompli ou un grand menteur.

– Si, absolument. Rentre chez toi.

Il soulève la bouteille pour boire encore. Je tends le bras à travers la table et la lui arrache des mains pour la jeter dans le jardin.

– Qu'est-ce que tu fous ?

Sans prêter attention à ses hurlements, je me dirige vers la porte. Je l'entends qui se lève en titubant et... il vient me barrer la route.

– Où tu vas ?

Son visage n'est qu'à quelques centimètres du mien.

– Je vais aider Landon à ranger le bazar que tu as fait, avant de rentrer chez moi.

J'ai l'air beaucoup plus calme que je ne le suis en réalité.

– Et pourquoi tu l'aiderais ?

Son mépris est perceptible.

– Parce que, contrairement à toi, il mérite qu'on l'aide, lui.

Il reste bouche bée. Je devrais aller plus loin, lui hurler dessus pour toutes les choses blessantes qu'il vient de me dire, mais je sais que c'est ce qu'il cherche. C'est comme ça qu'il fonctionne, il blesse tout le monde autour de lui et prend son pied à regarder le mal qu'il a fait.

Il me laisse passer sans rien dire.

En rentrant dans la maison, je trouve Landon accroupi en train de relever la vitrine renversée.

– Où est le balai ?

Il me regarde et sourit avec gratitude.

– Juste là. Merci pour tout.

Je commence à balayer les débris. Il y en a partout. Je me sens désolée pour la mère de Landon quand elle va voir que toute sa vaisselle a disparu. J'espère qu'elle n'y attachait pas une valeur sentimentale.

– Aïe !

Je viens de me planter un morceau de verre dans le doigt. Des petites gouttes de sang tombent sur le plancher et je bondis vers l'évier.

– Ça va ? s'inquiète Landon.

– Oui, ce n'est rien, je ne sais pas pourquoi ça saigne autant.

Ce n'est même pas vraiment douloureux. Je ferme les yeux en laissant couler l'eau froide sur mon doigt. Quelques minutes passent et j'entends s'ouvrir la porte de derrière. Je tourne la tête et découvre Hardin dans l'embrasure de la porte.

– Tessa, est-ce que je peux te parler, s'il te plaît ?

Je sais que je devrais dire non, mais quelque chose dans ses yeux me pousse à accepter. Son regard va de ma main au sang sur le plancher. Il vient vers moi d'un pas rapide.

– Tu vas bien ? Que s'est-il passé ?

– Ce n'est rien, juste un petit bout de verre.

Au moment où il prend ma main et touche mon bras, une décharge électrique me traverse. Il regarde mon doigt l'air inquiet, puis se dirige vers Landon. *Il y a deux minutes, il me traitait de nulle et maintenant il se conduit comme s'il se faisait du souci pour ma santé ?* Ce mec va me rendre folle, littéralement folle à lier.

– Où on trouve des pansements dans cette baraque ?

Landon lui répond qu'il y en a dans la salle de bains. En moins d'une minute, Hardin revient et me reprend la main. Il commence par mettre un gel antiseptique sur ma coupure puis il enveloppe doucement mon doigt dans un pansement. Je ne dis rien, aussi déroutée par son comportement que Landon semble l'être.

– Je peux te parler, s'il te plaît ?

Je devrais refuser, mais depuis quand je fais ce que je devrais faire quand il s'agit d'Hardin ?

Quand je lève les yeux, il m'attrape par le poignet et m'entraîne à l'extérieur.

∞

30

Arrivés à la table du patio, Hardin me lâche le poignet et m'avance une chaise. Sa main a laissé sur ma peau une sensation de brûlure si forte que je me frotte le poignet. Il tire l'autre siège pour s'asseoir juste en face de moi. Il est si près que ses genoux touchent presque les miens.

– De quoi veux-tu parler au juste, Hardin ?

J'ai parlé sur le ton le plus provocant possible.

Il prend une profonde inspiration et enlève son bonnet pour le poser sur la table. Il passe ses longs doigts dans sa chevelure épaisse en me fixant droit dans les yeux. Je l'observe.

– Excuse-moi.

Il parle avec une telle intensité que je détourne les yeux pour me concentrer sur le grand arbre dans le fond du jardin. Il se penche vers moi.

– Tu as entendu ce que j'ai dit ?

– Oui, j'ai entendu.

Je le regarde fixement. Il est encore plus fou que je le croyais s'il s'imagine qu'il lui suffit de s'excuser pour que j'oublie la façon abjecte dont il se comporte avec moi pratiquement tout le temps...

– Ce n'est pas facile de s'y retrouver avec toi, dit-il en se renfonçant dans son siège.

Il a récupéré la bouteille que j'avais jetée dans le jardin et boit au goulot. Comment fait-il pour ne pas s'écrouler ?

– Pas facile, *moi* ? Tu rigoles ! Qu'est-ce que tu veux que je fasse, Hardin ? Tu es si dur avec moi... tellement dur.

Je me mords la lèvre inférieure. Pas question que je pleure encore une fois devant lui. Noah, lui, ne m'a jamais fait pleurer. Bien sûr, il nous est arrivé de nous disputer pendant toutes ces années, mais je n'ai jamais été bouleversée au point de pleurer. D'une voix si basse qu'elle se dilue presque dans l'air de la nuit, il reprend :

– Je ne le fais pas exprès.

– Bien sûr que si, et tu le sais très bien. Tu le fais exprès. Personne ne m'a jamais traitée aussi mal, de toute ma vie.

Je me mords la lèvre encore plus fort. Ma gorge se serre. Si je pleure, il aura gagné, et c'est exactement ce qu'il cherche.

– Alors, pourquoi est-ce que tu continues à traîner autour de moi ? Pourquoi tu ne laisses pas tomber, tout simplement ?

– Si je... Je ne sais pas. Mais je peux t'assurer qu'après ce qui s'est passé ce soir, c'est ce que je vais faire. Je vais arrêter le cours de littérature et je le reprendrai au deuxième semestre.

Jusqu'ici je n'y avais pas pensé, mais c'est exactement ce que je dois faire.

– Non, ne fais pas ça.

– Qu'est-ce que ça peut te faire ? Ça t'évitera de côtoyer quelqu'un d'aussi nul que moi, non ?

J'ai le sang qui bout. Si je trouvais les mots pour le blesser autant qu'il me blesse, je n'hésiterais pas un instant.

– Ce n'est pas ce que j'ai voulu dire... C'est moi qui suis nul.

Je le regarde droit dans les yeux.

– Ne compte pas sur moi pour te contredire là-dessus.

Il boit une nouvelle fois et quand je veux prendre la bouteille, il la tire en arrière.

– Parce que tu es le seul à avoir le droit de te soûler ?

Il a un sourire moqueur. La lampe du patio se reflète dans le piercing de son arcade sourcilière quand il me tend la bouteille.

– J'ai cru que tu voulais la jeter, encore.

C'est ce que je devrais faire, mais au lieu de ça je la porte à mes lèvres. L'alcool est tiède et a un goût de réglisse brûlé. Je m'étrangle et Hardin se met à rire. Surtout ne pas rire avec lui.

– Tu bois souvent ? L'autre jour, tu m'as laissé entendre que tu ne le faisais jamais.

– La dernière fois, c'était il y a six mois environ.

Il baisse les yeux comme s'il avait honte.

– Si j'ai un conseil à te donner, tu ferais mieux de ne pas boire du tout. Ça te rend encore plus mauvais que d'habitude.

Sans lever les yeux, il prend l'air sérieux.

– Tu penses vraiment que je suis une mauvaise personne ?

Quoi ? Est-il tellement ivre qu'il s'imagine être quelqu'un de bien ?

– Oui.

– Tu te trompes. Enfin, tu as peut-être raison... Je voudrais que tu...

Il ne finit pas sa phrase, se redresse puis se renfonce dans son siège.

– Tu voudrais que je *quoi* ?

Il faut que je sache ce qu'il allait dire. Je lui tends la bouteille, mais il la pose sur la table. Je n'ai pas envie de boire. Une gorgée a suffi à renforcer mon énervement contre Hardin.

– Rien.

Il ment.

Mais qu'est-ce que je fous ici, d'abord ? Noah est resté dans ma chambre à m'attendre, et moi je suis là à perdre mon temps avec Hardin, une fois de plus.

– Je ferais mieux de m'en aller.

Je me lève et me dirige vers la porte.

– Ne t'en va pas, dit-il doucement.

Son ton suppliant m'arrête net. Je tourne la tête, il est juste derrière moi.

– Pourquoi ? Pour que tu me jettes d'autres insultes à la figure ?

Je me retourne. Il m'attrape par le bras et me tire violemment en arrière.

– Ne me tourne pas le dos !

Il a hurlé encore plus fort que moi.

– Il y a longtemps que j'aurais dû le faire ! (Je le repousse.) Je me demande même ce que je fais ici ! Je suis venue à l'instant où Landon me l'a demandé ! J'ai laissé mon copain en plan, mon copain qui, comme tu l'as dit toi-même, est la seule personne capable de me supporter, pour venir à ton secours ! Tu sais quoi ? Tu as raison Hardin, je suis *vraiment* nulle. Je suis nulle d'être venue ici, je suis même nulle d'essayer...

Mais ses lèvres sont sur les miennes et m'empêchent de finir ma phrase. J'essaie de le repousser, en vain. Mon être tout entier veut lui rendre son baiser, mais je garde le contrôle. Sa langue essaie de s'insinuer entre mes lèvres et ses bras me serrent plus fort, malgré mes efforts pour lui résister. C'est inutile. Il est plus fort que moi.

–Embrasse-moi, Tessa.

Son souffle est sur mes lèvres, mais je secoue la tête. Il pousse un grognement de frustration.

–S'il te plaît, embrasse-moi. J'ai besoin de toi.

Ces mots me font craquer. Ce garçon abject, ivre, indécent, vient de dire qu'il avait besoin de moi et, sans que je sache pourquoi, ces mots résonnent comme de la poésie à mes oreilles. Hardin est comme une drogue, à chaque nouvelle prise, aussi petite soit-elle, j'en veux plus. Il annihile toutes mes pensées, envahit tous mes rêves.

Dès que j'entrouvre les lèvres, sa bouche est sur la mienne, mais cette fois je ne résiste pas. J'en suis incapable. Je sais que ce n'est pas la solution et que je ne fais que m'enfoncer plus encore, mais en cet instant tout m'est indifférent. Seuls comptent ces mots et la façon dont il les a prononcés : *j'ai besoin de toi.*

Est-il possible qu'Hardin ait besoin de moi d'une façon aussi désespérée que moi, j'ai besoin de lui ? J'en doute. Mais, pour le moment, je vais faire comme si c'était le cas. Il pose une main sur ma joue et passe sa langue sur ma lèvre inférieure. Je frissonne, ce qui le fait sourire. L'anneau de sa lèvre me chatouille à la commissure des lèvres. J'entends un bruit, comme un froissement, et je recule. Il ne m'empêche pas d'interrompre notre baiser, mais il garde les bras autour de moi et serre son corps contre le mien. Je regarde la porte en priant pour que Landon n'ait pas été témoin de la terrible erreur de jugement que je viens de commettre. Dieu merci, il n'a pas l'air d'être dans les parages.

–Hardin, il faut vraiment que je m'en aille. On se fait du mal l'un à l'autre. On ne peut pas continuer.

Je baisse les yeux.

–Mais si, on peut.

Il me soulève le menton, m'obligeant à regarder ses yeux verts.

–Non. Tu me détestes et j'en ai marre de te servir de punching-ball. Je ne sais plus où j'en suis. Une fois, tu me dis que tu me trouves insupportable et tu m'humilies juste après ma première expérience intime...

Il ouvre la bouche pour répondre, mais je pose un doigt sur ses lèvres roses, et je continue:

–... Une autre fois, tu m'embrasses en disant que tu as besoin de moi. Je n'aime pas la personne que je suis avec toi, et je déteste ce que je ressens quand tu me dis des choses horribles.

–Quelle personne es-tu quand tu es avec moi?

Ses yeux verts scrutent mon visage dans l'attente de ma réponse.

–Une personne que je ne veux pas être. Une personne qui trompe son petit ami et qui pleure toutes les cinq minutes.

–Tu sais quelle est ma version de cette personne ?

Il glisse son pouce le long de ma joue, j'essaie de rester concentrée.

–Non. C'est quoi?

–Tu es toi-même. Je pense que c'est ta vraie personnalité, mais que tu t'inquiètes beaucoup trop de l'opinion des autres pour t'en apercevoir.

Je ne sais pas quoi penser de ça, mais il a l'air si sincère, si sûr de lui, qu'il me faut un moment pour réfléchir à ce qu'il vient de dire.

–Et je sais le mal que je t'ai fait après t'avoir tripotée.

Mon froncement de sourcils ne lui échappe pas et il se reprend.

–Excuse-moi... après notre expérience. Je sais que j'ai eu tort. Je me sentais très mal lorsque tu es descendue de la voiture.

–Ça m'étonnerait.

Je me rappelle combien j'ai pleuré ce soir-là.

–Je te jure que c'est vrai. Je sais que tu penses que je ne suis pas quelqu'un de bien... mais avec toi...

Il s'arrête au milieu de la phrase.

–Laisse tomber.

Pourquoi faut-il toujours qu'il laisse ses phrases en suspens.

–Termine ce que tu allais dire, Hardin, ou je m'en vais sur-le-champ. Je ne plaisante pas.

La brûlure de ses yeux quand il me regarde, la façon dont ses lèvres s'ouvrent lentement, comme si chacun des mots qui allaient en sortir était porteur d'un message –vérité ou mensonge– me poussent à attendre sa réponse.

–Avec toi... j'ai envie... de devenir quelqu'un de bien, pour toi... Je veux être quelqu'un de bien pour toi, Tess.

∞

31

J'essaie de me dégager de son étreinte, mais il est trop fort. J'ai dû mal entendre. Mes émotions reprennent le dessus, il faut que je me détourne. Je scrute l'obscurité du jardin pour me calmer et tenter de deviner ce qui se cache derrière ses paroles. Hardin veut devenir meilleur pour moi ? *De quelle façon* ? Je ne peux pas croire qu'il le pense... *ou alors ?*

Je lui lance un regard perplexe.

– Quoi ?

Il a l'air... normal... sincère ? Plein d'espoir ? *Ou quoi ?*

– Tu m'as bien entendu.

– Non, je ne suis pas certaine d'avoir bien compris.

– Au contraire. Avec toi je ressens... quelque chose de différent. Je ne sais pas gérer ce genre de sentiments, Tessa, alors je réagis de la seule façon que je connaisse.

Il marque une pause et pousse un soupir.

– C'est-à-dire comme un sale con.

De nouveau, je me sens comme en transe.

– Ça ne pourra pas marcher entre nous, Hardin, nous sommes trop différents. Et d'abord, tu ne sors avec personne, je te rappelle.

– Nous ne sommes pas si différents que ça. Nous aimons les mêmes choses, les livres par exemple.

Quand il parle, je sens son haleine alcoolisée. Même là, j'ai du mal à admettre que c'est Hardin qui essaie de me convaincre que nous pourrions être bien ensemble.

– Encore une fois, tu ne sors avec personne, c'est bien ce que tu as dit ?

– Je sais, mais nous pourrions... être amis ?

Et voilà. Nous voilà revenus à la case départ.

– Je croyais t'avoir entendu dire que nous ne pouvions pas être amis ? Et je ne veux pas être amie avec toi, au sens où tu l'entends. Toi, tu veux tous les avantages du petit ami sans avoir à t'impliquer dans une relation.

Son corps oscille d'avant en arrière. Relâchant son étreinte, il se rassied à la table.

– Pourquoi est-ce si compliqué ? Pourquoi as-tu besoin de mettre une étiquette sur tout ?

J'apprécie de retrouver un peu d'espace entre nous et de pouvoir respirer un peu d'air frais, exempt de vapeurs d'alcool.

– Parce que, Hardin, même si je n'ai pas fait preuve de beaucoup de retenue ces derniers temps, j'ai du respect pour moi-même. Je refuse d'être ton jouet, surtout quand cela implique que tu me traites comme une merde.

Je lève les mains.

– Et, de toute manière, je ne suis pas libre, Hardin.

Son sourire satisfait creuse ses fossettes.

– Et pourtant, c'est avec moi que tu es en ce moment.

Sans réfléchir, je m'exclame :

– Je *l'aime* et il *m'aime*.

Son visage change. Il se lève en faisant basculer son siège.

– Ne me dis pas ça.

Sa voix est pâteuse et son débit s'accélère. J'avais presque oublié à quel point il est ivre.

– Tu dis ça parce que tu es complètement soûl. Dès demain, tu te rappelleras que tu me détestes.

– Je ne te déteste pas.

Il fait quelques pas sur la pelouse. Si seulement il ne me faisait pas autant d'effet... J'aimerais pouvoir partir, simplement. Au lieu de ça, je reste plantée là pour l'entendre me dire :

– Si tu peux me dire, en me regardant droit dans les yeux, que tu veux que je te laisse tranquille et que je ne t'adresse plus jamais la parole, je le ferai. Je te jure qu'à cette minute je ne m'approcherai plus jamais de toi. Il suffit que tu le dises.

J'ouvre la bouche pour le lui dire. Pour lui dire de ne plus m'approcher. Lui dire que je ne veux plus jamais le voir de ma vie.

Il s'approche de moi.

– Dis-le, Tessa. Dis-moi que tu ne veux plus jamais me voir.

Soudain il me touche. Ses mains caressent mes bras, me donnant instantanément la chair de poule.

– Dis que tu ne veux plus jamais sentir mes mains sur toi.

Il murmure, posant la main sur mon cou. Il effleure ma clavicule de son index, puis caresse mon cou. Sa respiration s'accélère quand ses lèvres approchent les miennes à moins d'un centimètre.

– Dis que tu ne veux plus jamais que je t'embrasse.

Je sens la chaleur de son souffle où persiste l'odeur de whisky.

– Dis-le moi, Theresa.

Sa voix cajoleuse m'arrache un gémissement.

– Hardin.

– Tu ne peux pas me résister, Tessa, pas plus que je ne peux te résister.

Ses lèvres se rapprochent des miennes, elles les touchent presque.

– Reste avec moi ce soir.

Je suis prête à faire tout ce qu'il me demande.

Un mouvement à la fenêtre attire mon regard et je fais un bond en arrière. En levant les yeux, j'ai le temps d'apercevoir le visage de Landon, déformé par l'incompréhension, juste avant qu'il ne se retourne et disparaisse dans la maison. Brutal retour à la réalité.

– Il faut que j'y aille.

Hardin jure entre ses dents.

– Je t'en prie, reste. Juste cette nuit, même si tu décides demain matin de me dire que tu ne veux plus me voir... S'il te plaît, reste. Je t'en supplie, ce qui n'est pas dans mes habitudes, Theresa.

Je hoche la tête avant de pouvoir m'en empêcher.

– Mais qu'est-ce que je vais dire à Noah ? Il m'attend et j'ai pris sa voiture.

Je n'y crois pas ! Je suis vraiment en train d'envisager de rester ?

– Tu n'as qu'à lui dire que tu dois rester parce que... je ne sais pas. Ne lui dis rien. Qu'est-ce qu'il va faire ?

Je frissonne. Il va tout raconter à ma mère, j'en suis sûre. Ce qui me met en colère contre Noah, ce n'est pas normal de craindre que mon copain aille tout répéter à ma mère, même si je fais quelque chose de mal.

– De toute façon, il doit probablement dormir, dit Hardin.

– Non, il n'a aucun moyen de rentrer à son hôtel.

– Son hôtel ? Attends... il ne dort pas chez toi ?

– Non, il a pris une chambre à l'hôtel à côté.

– Et tu y dors aussi ?

– Non, lui il est là-bas, et moi dans ma chambre.

– Il est *homo* ?

Une lueur d'amusement danse dans ses yeux injectés de sang. J'écarquille les yeux.

– Bien sûr que non !

– Excuse-moi, mais il y a quelque chose qui cloche. À sa place, je serais absolument incapable de rester loin de toi. Je te baiserais à la moindre occasion.

J'en reste bouche bée. Le langage obscène d'Hardin a sur moi des effets pour le moins surprenants. Je rougis et regarde ailleurs.

– On rentre ? Les arbres se balancent dans tous les sens. Ça doit être le signe que j'ai beaucoup trop bu.

– Tu dors ici ?

Je pensais qu'il rentrait à sa fraternité.

– Ouais, et toi aussi d'ailleurs. Allons-y.

Il me prend par la main et nous nous dirigeons vers la porte de derrière.

Je vais devoir trouver Landon pour tenter de lui expliquer ce qu'il a vu par la fenêtre. Moi-même je ne sais pas ce qui m'arrive, alors lui fournir une explication... mais il va bien falloir que je le fasse. En traversant la cuisine, je remarque qu'elle est presque rangée.

– Tu vas devoir finir de faire le ménage demain.

– Je le ferai, promis.

Une nouvelle fois, j'espère qu'il tiendra sa promesse.

Sans lâcher ma main, il m'entraîne dans l'escalier monumental qui mène à l'étage. Je prie pour que nous ne rencontrions pas Landon dans le couloir. À mon grand soulagement, ma prière est exaucée. Hardin ouvre la porte d'une chambre plongée dans l'obscurité et me fait entrer en me tirant doucement par la main.

∞

32

Mes yeux s'habituent peu à peu à l'obscurité, seul un rayon de lune entre par la baie vitrée.

– Hardin.

Je l'entends jurer quand il se cogne dans quelque chose et j'essaie de ne pas rire.

– Je suis là.

Il allume une lampe de bureau. Je jette un regard sur la chambre spacieuse qui me fait penser à une chambre d'hôtel. Appuyé contre le mur du fond, trône un grand lit à colonnes avec des draps sombres et une vingtaine d'oreillers posés dessus. Sur l'énorme bureau de merisier, un ordinateur dont l'écran est plus grand que ma télévision à la résidence universitaire. Sous la baie vitrée, un banc. Les autres fenêtres sont tendues d'épais rideaux bleu marine qui ne laissent pas entrer le moindre rai de lumière.

– C'est ma... chambre.

Hardin se masse la nuque. Il a presque l'air gêné de m'avouer ça.

– Tu as une chambre ici ?

Ma question est idiote. Nous sommes chez son père et, de toute évidence, Landon aussi habite ici. Il a fait allusion au fait qu'Hardin n'y vient jamais, c'est sans doute pour cela que cette pièce ressemble à un musée ou un hôtel, inhabitée et impersonnelle.

– Ouais... en réalité, je n'y ai encore jamais dormi... jusqu'à ce soir.

Mon cœur se gonfle à l'idée que c'est une première pour Hardin et que j'y participe. Il s'assied sur le coffre au pied du lit et délace ses boots. Il enlève ses chaussettes qu'il enfonce dans ses chaussures.

–Ah! Comment ça se fait?

Je profite de sa franchise, sans doute due à son ébriété.

–Parce que je ne veux pas. Je déteste cette maison.

En prenant son temps, il déboutonne son jean noir qu'il fait descendre le long de ses jambes.

–Qu'est-ce que tu fais?

–Je me déshabille.

C'est évident.

–Je veux dire, pourquoi?

Même si je meurs d'envie de sentir ses mains sur moi, j'espère qu'il ne croit pas que je vais coucher avec lui.

–Parce que je n'ai pas l'intention de dormir avec un jean serré et des boots.

Il rit à moitié. Il repousse de la main une mèche sur son front... Le moindre de ses gestes provoque en moi une sensation incroyable.

–Oh!

Il enlève son t-shirt et je suis incapable de détourner les yeux. Son torse tatoué est parfait. Il me lance le t-shirt, mais je ne le rattrape pas. Devant mon air étonné, il sourit.

–Tu peux le mettre pour dormir. Je suppose que tu ne veux pas dormir en sous-vêtements. Encore que, moi, je n'aie rien contre.

Il me fait un clin d'œil et je rigole.

Pourquoi est-ce que je rigole? Je ne vais pas dormir avec son t-shirt, je me sentirais toute nue.

–Je peux dormir tout habillée.

Il regarde ma tenue. Il n'a encore fait aucun commentaire désagréable sur ma jupe longue et mon chemisier ample, j'espère qu'il ne va pas commencer.

–Comme tu voudras. Si tu n'as pas envie d'être à l'aise, ça te regarde.

Il s'avance vers le lit, vêtu seulement de son boxer, et entreprend de lancer tous les coussins par terre.

J'ouvre le coffre qui, comme je m'y attendais, est vide.

–Hé, ne les jette pas par terre, ils se rangent là.

Il se contente de rire et continue. En marmonnant, je les ramasse et les mets dans le coffre. Riant toujours, il tire la couette, se laisse tomber sur le lit puis met les mains derrière la tête, croise les jambes et me sourit. La position de ses bras étire les mots tatoués sur ses côtes. Son long corps est mince, magnifique.

– Tu ne vas pas râler parce que tu dois dormir dans le même lit que moi, si ?

Je n'en avais surtout pas l'intention. Je sais que c'est mal, mais j'ai plus envie de dormir dans le même lit qu'Hardin que de n'importe qui d'autre.

– Non, il est assez grand pour nous deux.

Je souris. Je ne sais pas si c'est son sourire ou le fait qu'il ne porte que son boxer, mais je suis de bien meilleure humeur.

– Voilà, ça c'est la Tessa que j'aime.

Il me fait marcher, mais mon cœur bondit en entendant ces mots. Je me doute qu'il ne leur donne, et ne leur donnera jamais, le même sens que moi, mais c'est trop agréable d'entendre ça venant de lui. Je grimpe sur le lit mais reste sur le bord, le plus loin possible de son corps. Plus loin, je tomberais du lit. Je l'entends ricaner, je me retourne pour le regarder.

– Qu'est-ce qu'il y a de si drôle ?

– Rien.

Il se mord la lèvre pour ne pas rire de plus belle. J'aime ce Hardin facétieux, à la bonne humeur contagieuse.

– Si, dis-moi.

Je fais la moue en avançant ma lèvre inférieure. Son regard se dirige immédiatement sur ma bouche, il passe sa langue sur ses lèvres avant de coincer son piercing entre ses dents.

– C'est la première fois que tu dors dans le même lit qu'un mec, hein ?

Il se tourne sur le côté et se rapproche de moi.

– Non.

Son sourire s'élargit. Nous ne sommes qu'à quelques centimètres l'un de l'autre et, sans réfléchir, je tends la main et pose mon doigt sur sa fossette. Il me jette un regard surpris. Quand je veux retirer ma main, il la saisit au passage et la repose sur sa joue, la guidant de haut en bas, lentement.

– Je ne sais pas pourquoi personne ne t'a jamais baisée. J'imagine que ton self-control doit vraiment t'aider à résister.

Je déglutis.

– Je n'ai jamais vraiment *eu besoin de* résister.

Il y a eu des mecs au lycée qui me trouvaient attirante et je me suis fait draguer plus d'une fois, mais personne n'a jamais essayé de coucher avec moi. Tout le monde savait que j'étais avec Noah. On nous appréciait et nous étions réélus chaque année au Bureau des élèves.

– Soit tu mens, soit tu étais dans un lycée pour aveugles. Je bande rien qu'à regarder tes lèvres.

Je pousse un petit cri étouffé quand il dit ça, ce qui le fait rire. Il porte ma main à sa bouche et la passe sur ses lèvres humides. Son souffle est chaud sur mes doigts et je sursaute quand il découvre ses dents pour mordiller doucement le gras de mon index, ce qui, bizarrement, se répercute au creux de mon estomac. Il guide ma main le long de son cou et, du bout des doigts, je dessine la volute d'une branche de lierre tatouée sur son cou. Il m'observe attentivement mais n'arrête pas mon geste.

– Tu aimes quand je te parle comme ça, avoue.

Son regard est sombre mais irrésistiblement sexy. Je marque un temps d'arrêt et il sourit encore.

– Je vois bien que tu rougis et j'entends le changement de rythme de ta respiration. Réponds-moi, Tessa, sers-toi de ces lèvres charnues.

Ne sachant que faire d'autre, je ris doucement. Je n'admettrai jamais que ce qu'il dit excite quelque chose au fond de moi.

Il lâche ma main mais enroule ses doigts autour de mon poignet et réduit encore l'espace entre nous. J'ai chaud, trop chaud. Il faut que je me rafraîchisse, sinon je ne vais pas tarder à transpirer.

– Tu peux mettre le ventilateur ?

Il plisse le front.

– S'il te plaît.

Il se lève en soupirant.

– Si tu as trop chaud, pourquoi gardes-tu ces vêtements épais ? En plus, cette jupe doit gratter.

Je me doutais bien qu'il finirait par me chambrer sur mes vêtements, mais ça me fait sourire parce que, là, je vois sa vraie motivation.

– Tu devrais choisir des vêtements qui mettent ton corps en valeur, Tessa. Les vêtements que tu portes dissimulent toutes tes formes. Si je ne t'avais pas vue en soutien-gorge et petite culotte, je n'aurais jamais deviné à quel point ton corps est sexy. Ta jupe est un vrai sac à patates.

Je rêve, il se débrouille pour m'insulter et me complimenter en même temps.

– Et que suggères-tu ? Je devrais porter des bustiers en résille ?

– Non. Enfin, je ne dis pas que ça ne me plairait pas, mais non. Tu devrais juste t'habiller avec des vêtements à ta taille. Cette chemise dissimule ta poitrine, bien sûr, mais tes nichons ne méritent pas que tu les caches.

– Tu vas arrêter d'utiliser ce langage ?

Il sourit et vient coller son corps pratiquement nu contre le mien. J'ai toujours chaud, mais Hardin a une façon ambiguë de me complimenter qui me donne confiance en moi. Je sors du lit.

– Où tu vas ?

Sa voix pâteuse a pris un ton paniqué.

– Me changer.

Je ramasse son t-shirt par terre.

– Tourne-toi, et ne t'avise pas de regarder en douce, dis-je les mains sur les hanches.

– Non.

– Ça veut dire quoi, « non » ?

Comment peut-il me dire non ?

– Non, je ne me retournerai pas. Je veux te voir.

– Ah ! d'accord.

Je secoue la tête et éteins la lumière.

Hardin ronchonne et je souris toute seule en détachant la fermeture de ma jupe. Mais au moment où elle tombe à mes pieds, une autre lampe s'allume.

– Hardin !

Je remonte ma jupe à toute vitesse. Appuyé sur ses coudes, Hardin me regarde, il ne se gêne pas pour balader son regard tout le long de mon corps. Il m'a déjà vue plus dénudée que ça et je sais qu'il ne voudra pas entendre raison, je prends donc une profonde inspiration et ôte mon chemisier. Je dois admettre que je ne déteste pas ce petit jeu entre nous. Au fond de moi, je sais bien que j'ai envie qu'il me regarde, envie qu'il me désire. Je porte un soutien-gorge et une culotte en coton blanc tout simples, sans chichi ni fanfreluches, mais sous le regard d'Hardin je me sens sexy. J'enfile son t-shirt, il sent trop bon, il sent Hardin.

–Viens, dit-il dans un murmure.

Je refuse d'écouter mon subconscient qui me dit de partir en courant aussi vite que possible, et m'avance vers le lit.

∞

33

Le regard brûlant d'Hardin ne me quitte pas. Je m'avance vers lui, pose un genou sur le lit pour monter au moment où il se relève pour s'appuyer contre la tête de lit. Il me tend la main, saisit la mienne de ses longs doigts et m'attire sur lui. Je le chevauche, un genou de chaque côté de lui, en équilibre pour que nos corps ne se touchent pas. J'ai déjà fait ça avec lui, mais jamais aussi peu vêtue. Hardin pose les mains sur mes hanches et me tire vers le bas, doucement. Son t-shirt remonte sur les côtés, découvrant totalement mes cuisses, ce qui me rappelle soudain que j'ai bien fait de m'épiler les jambes ce matin. Au moment où nos corps entrent en contact, mon ventre se contracte. Je sais que ce sentiment de bonheur ne va pas durer, je me sens comme Cendrillon qui attend que les douze coups de minuit sonnent et mettent un terme à une soirée de bonheur.

– C'est beaucoup mieux comme ça.

Hardin me gratifie d'un sourire ambigu. Je sais que son ébriété explique qu'il soit si gentil – enfin, gentil au sens Hardin du terme –, mais pour le moment, je m'en contenterai. *Si c'est vraiment la dernière fois que je suis avec lui, alors je veux que ça se passe comme ça.* C'est ce que je me répète. Je peux faire ce que je veux avec Hardin cette nuit. Quand le jour se lèvera, je lui dirai de ne plus jamais m'approcher, et il le fera. C'est mieux ainsi, et je sais que c'est ce qu'il voudra une fois qu'il aura dessoûlé. Pour ma défense, je dois dire que je suis aussi intoxiquée d'Hardin qu'il l'est par la bouteille de scotch qu'il a avalée. Je me répète ça aussi.

Comme il continue à me regarder fixement, la nervosité me gagne. Qu'est-ce que je suis censée faire, maintenant? Je n'ai pas la moindre idée de ce qu'il a en tête et je ne veux pas me ridiculiser en faisant le premier pas. Il semble remarquer ma gêne.

– Qu'est-ce qui ne va pas?

Il pose la main sur ma joue et, du bout des doigts, effleure ma pommette. Instinctivement, je ferme les yeux sous la surprenante douceur de sa caresse.

– Rien... C'est juste que je ne sais pas ce que je dois faire.

Je baisse les yeux.

– Fais ce dont tu as envie, Tess. Arrête de réfléchir.

Je me penche un peu en arrière pour agrandir l'espace entre nous et pose la main sur sa poitrine nue. Du regard, je lui demande la permission et il acquiesce. J'appuie les deux mains doucement sur sa poitrine, il ferme les yeux. Mes doigts suivent le contour des oiseaux sur son torse et descendent jusqu'à l'arbre mort, plus bas sur son ventre. Il bat des cils quand j'effleure les lettres tatouées sur ses côtes. Il a l'air très calme, mais le mouvement de sa poitrine s'accélère. Je suis incapable de contrôler ma main qui descend et mon index se promène le long de la ceinture de son boxer. Il ouvre les yeux brusquement, l'air nerveux. Hardin, *nerveux*?

– Est-ce que je peux... euh... te caresser?

J'espère qu'il va comprendre ce que je veux dire sans que j'aie besoin de le formuler plus précisément. Je me sens détachée de moi-même. *Qui est cette fille assise à cheval sur un punk et qui lui demande de le caresser... là?* Je repense à ce qu'Hardin a dit plus tôt, que j'étais vraiment moi-même quand j'étais avec lui. Finalement, il a peut-être raison, j'adore ce que je ressens en ce moment. J'adore l'électricité qui me traverse des pieds à la tête quand nous sommes comme ça.

Il sourit.

– Bien sûr.

Alors je descends la main, toujours par-dessus son boxer, et j'atteins lentement le renflement qui étire le tissu. Il aspire l'air brusquement tandis que je l'effleure du bout des doigts. Ne sachant comment faire, je me contente de le caresser, en bougeant les doigts de haut en bas. Je suis trop nerveuse pour le regarder, je garde les yeux baissés sur son entrejambe qui se gonfle peu à peu.

–Tu veux que je te montre comment faire?

Il parle doucement, mais sa voix tremble un peu. Son insolence coutumière a fait place à quelque chose de plus mystérieux.

J'ébauche un oui et il pose sa main sur la mienne pour que je recommence à le caresser. Il ouvre ma main et entoure son membre de mes doigts. Je le regarde entre mes cils chercher son souffle entre ses lèvres. Il enlève sa main et me laisse reprendre le contrôle.

–Putain, Tessa. Ne fais pas ça, grogne-t-il.

Perplexe, j'immobilise ma main et m'apprête à reculer.

–Non, non, pas ça. Continue, ça. Je veux dire, ne me regarde pas comme tu le fais.

–Comment?

–Avec cet air innocent. Ce regard me donne envie de te faire plein de choses cochonnes.

J'ai envie de me jeter sur le lit et de le laisser faire tout ce qu'il veut, envie d'être à lui –d'être libérée de cette chose qui me fait tellement peur. Avec un petit sourire, je reprends le mouvement de ma main. J'ai envie de lui enlever son boxer, mais je n'ose pas. Un gémissement s'échappe de ses lèvres et je resserre l'emprise de mes doigts. J'ai envie d'entendre ce son encore une fois. Je ne sais pas si je dois bouger ma main plus vite, ou pas, je préfère continuer le mouvement lent et serré qui semble lui plaire. Je me penche vers lui et pose mes lèvres sur son cou moite de sueur, ce qui le fait gémir de nouveau.

–Putain, Tess, c'est tellement bon, ta main sur moi.

Je serre un peu plus fort et il grimace.

–Pas si fort, Bébé.

Sa voix est si douce, comment croire que c'est la même qui m'a blessée tant de fois?

–Désolée.

Je l'embrasse dans le cou. Je lèche la peau juste sous son oreille et il sursaute. Ses mains se posent sur ma poitrine et il prend mes seins dans ses paumes.

–Est-ce que je peux... enlever... ton... soutien-gorge?

Sa voix est rauque et mal maîtrisée. C'est incroyable, l'effet que je lui fais. Quand je murmure oui, ses yeux brillent d'excitation. Il passe ses mains tremblantes sous le t-shirt et le dégrafe avec une dextérité qui me laisse songeuse. Je repousse cette idée tandis qu'il fait glisser les bretelles sur mes bras, m'obligeant à le lâcher. Il jette mon soutien-gorge par terre et remet les mains sous le t-shirt pour reprendre possession de mes seins. Du bout des doigts, il en pince légèrement les pointes et se penche en avant pour m'embrasser. Je pousse un gémissement tout en reprenant son sexe dans ma main.

– Oh Tessa, je vais jouir.

Je sens que ma culotte devient humide bien qu'il ne fasse rien de plus que toucher mes seins. J'ai l'impression que je vais jouir moi aussi, juste de ses gémissements et de ses délicats assauts sur mes seins. Soudain, ses jambes se tendent sous moi et son baiser s'alanguit. Ses mains retombent sur le côté et quand je sens l'humidité qui se répand dans son boxer, je retire ma main. C'est la première fois que je fais jouir quelqu'un. Ma poitrine se gonfle d'une sensation inconnue, celle d'avoir franchi une nouvelle étape sur le chemin de la féminité. Mon regard fixe avec orgueil la tache humide sur son boxer. J'adore être capable de lui donner du plaisir, comme il m'en a donné.

Il roule la tête en arrière pour respirer profondément plusieurs fois. Je suis toujours assise sur ses cuisses, sans savoir que faire. Au bout d'un moment, il ouvre les yeux et relève la tête pour me regarder. Un sourire paresseux traverse son visage, il se penche en avant pour m'embrasser sur le front.

– Je n'ai jamais pris un pied comme ça, dit-il, ravivant ma gêne.

– J'ai été si mauvaise que ça ?

J'essaie de descendre de ses jambes, mais il m'arrête.

– Quoi ? Non, tu as été très bonne au contraire. D'habitude il me faut plus qu'une caresse par-dessus mon boxer.

Une pointe de jalousie me traverse. Je ne veux pas penser à toutes les autres filles qui ont fait ressentir ça à Hardin. Il remarque mon silence et prend mon visage dans sa main, passant son pouce sur ma tempe. Cela me rassure de penser que les autres ont dû en faire plus que moi, mais je préférerais quand même *qu'il n'y en ait pas* d'autres. Il faut que j'arrête de me prendre la tête. Ok, Hardin et moi n'avons pas résolu notre problème. Nous ne sortirons jamais ensemble, mais pour le moment, je veux juste vivre cet instant, rien qu'à nous deux. Je ris doucement lorsque cette idée me traverse l'esprit, moi qui ne suis pas du tout du genre à « vivre dans l'instant ».

– À quoi penses-tu ?

Je secoue la tête. Je n'ai pas envie de lui parler de ma jalousie. Elle n'est pas légitime et je ne veux surtout pas avoir cette conversation.

– Allez, Tessa, dis-moi.

Je secoue la tête encore une fois. Dans une pulsion très peu conforme à ses habitudes, il m'attrape par les hanches et commence à me chatouiller. Je hurle de rire et roule sur le lit à côté de lui. Il me chatouille jusqu'à ce que je ne puisse plus respirer. Son rire éclate dans la chambre, c'est le son le plus beau que j'aie jamais entendu. Je ne l'ai jamais entendu rire comme ça et quelque chose me dit que peu de gens l'ont entendu. Malgré ses défauts, ses nombreux défauts, je trouve que j'ai de la chance de partager ce moment.

– Ok... Ok ! Je vais te le dire.

Il s'arrête.

– Tu fais le bon choix, me dit-il.

En baissant les yeux il ajoute :

– Mais attends une seconde, je dois changer de boxer.

Je rougis.

∞

34

D'un tiroir de sa commode, Hardin sort un caleçon à carreaux bleus et blancs. Il le tient en l'air avec une expression dégoûtée.

– Qu'est-ce qu'il y a ?

Je le regarde, la tête appuyée sur le coude.

– Il est affreux.

Je rigole, mais j'ai la réponse à la question que je me posais plus tôt : il y a quelque chose dans cette commode. La mère de Landon ou le père d'Hardin doivent avoir acheté des habits pour lui. Ce qui est triste, c'est de penser qu'ils achètent des vêtements et remplissent les tiroirs dans l'espoir qu'Hardin viendra ici de temps en temps.

– Il n'est pas si mal.

Il n'a pas l'air persuadé ! Je doute qu'il existe quelque chose de mieux que ses boxers noirs habituels, mais encore une fois, je pense que rien ne peut être vraiment *moche* sur lui.

– Enfin, quand on n'a pas le choix... Je reviens dans une minute.

Il sort de la chambre, vêtu de son caleçon mouillé.

Seigneur ! Et si Landon le voit ?

Quelle humiliation ! Il faut absolument qu'avant toute chose, je voie Landon demain matin pour lui expliquer la tournure des événements. Mais qu'est-ce que je vais bien pouvoir lui dire ? *Ce n'est pas ce que tu crois. On a juste parlé et j'ai accepté de rester pour la nuit et, sans savoir comment, je me suis retrouvée en culotte et en t-shirt et je lui ai fait, peut-être pas une branlette mais quelque chose qui s'en rapproche beaucoup ?* On ne peut pas faire pire !

Je pose la tête sur les oreillers et regarde fixement le plafond. Je devrais me lever et aller vérifier mes messages, mais je ne le fais pas. Pour l'instant, la dernière chose dont j'ai besoin, c'est de lire les textos de Noah. Il doit probablement paniquer, mais pour être franche, tant qu'il ne dit rien à ma mère, je m'en fiche un peu. Si je suis complètement honnête avec moi-même, je dois admettre que mes sentiments pour Noah ont changé depuis que j'ai embrassé Hardin pour la première fois.

Je sais que j'aime Noah. Je l'ai toujours aimé. Mais je commence à me demander si je l'aime vraiment comme quelqu'un avec qui je pourrais passer ma vie ou si je l'aime parce qu'il a toujours été une constante dans ma vie. Il a toujours été là pour moi et, sur le papier, nous sommes faits l'un pour l'autre. Pourtant, je ne peux pas ignorer ce que je ressens quand je suis avec Hardin. Pas simplement quand nous sommes l'un sur l'autre, mais aussi les sensations qu'il me procure rien qu'en me regardant, la façon dont je désire désespérément le voir, même quand il me rend folle de rage, et, surtout, la façon qu'il a d'occuper toutes mes pensées alors que je fais tout pour me persuader que je le déteste. Je n'ai jamais ressenti ça auparavant.

Je dois me rendre à l'évidence, je l'ai dans la peau. Je suis dans son lit au lieu d'être avec Noah.

Quand la porte s'ouvre, je suis arrachée à mes pensées. Je lève les yeux et le découvre dans son nouveau caleçon à carreaux. Je rigole. Il est un peu trop grand et beaucoup plus long, mais il lui va bien.

– Il me plaît.

Je souris et il me fusille du regard avant d'éteindre la lumière et d'allumer la télé. Il revient sur le lit et s'allonge à côté de moi.

– Alors, qu'allais-tu me dire ?

J'ai un mouvement de recul. J'espérais qu'il allait oublier.

– Ne fais pas ta timide, tu viens juste de me faire prendre mon pied, je te rappelle.

Il m'attire plus près de lui. J'enfouis mon visage dans l'oreiller et il rit.

Je relève la tête et Hardin repousse une mèche de mes cheveux avant de poser un petit baiser sur mes lèvres. C'est la première fois qu'il m'embrasse aussi tendrement et, pourtant, ce baiser me paraît plus intime qu'avec la langue. Il repose la tête sur l'oreiller et zappe avec la télécommande. J'aimerais qu'il me prenne dans ses bras jusqu'à ce que je m'endorme, mais j'ai l'impression qu'Hardin n'est pas du genre câlin.

Je veux devenir un type bien pour toi, Tess. Ses paroles prononcées plus tôt dans la soirée tournent dans ma tête et je me demande s'il les pensait vraiment où si c'était seulement un effet de l'alcool.

– Est-ce que tu es encore soûl ? je lui demande en posant la tête sur sa poitrine. Tout son corps se tend, mais il ne me repousse pas.

– Non, je pense que notre petit concours de hurlements dans le jardin m'a dessoûlé.

Une de ses mains tient la télécommande et l'autre reste maladroitement en suspens dans l'air comme s'il ne savait qu'en faire.

– Au moins, ça aura servi à quelque chose !

Il tourne la tête et baisse les yeux sur moi.

– Ouais, on peut dire ça.

Il finit par poser la main sur mon dos. C'est une sensation incroyable d'être dans ses bras. Même s'il me dit un tas de choses horribles demain, il ne pourra pas m'enlever ce moment. C'est ma nouvelle position préférée, ma tête sur sa poitrine et son bras sur mes épaules.

– En fait, je crois que je préfère le Hardin qui a trop bu, dis-je en bâillant.

– Vraiment ?

Il me regarde à nouveau.

– Ça se pourrait.

– Tu n'es pas très douée pour faire diversion. Maintenant, dis-le moi.

Bon, je suppose que je n'ai plus le choix. Je sais qu'il ne va pas lâcher l'affaire.

– Je pensais seulement à toutes les filles avec qui tu as... tu sais... fait des choses.

J'essaie de cacher mon visage contre sa poitrine, mais il laisse tomber la télécommande sur le lit et relève mon menton pour m'obliger à le regarder.

–Pourquoi tu penses à ça?

–Je ne sais pas... parce que je n'ai absolument aucune expérience contrairement à toi qui en as eu beaucoup. Dont Steph fait partie.

Quand je les imagine ensemble tous les deux, ça me donne la nausée.

–Tu es jalouse, Tess?

Cela semble l'amuser.

–Non, bien sûr que non.

–Alors, ça ne t'ennuie pas si je te donne des détails, hein?

–Non, ne fais pas ça, s'il te plaît.

Mon ton suppliant le fait rire et il me serre plus fort contre lui.

Il laisse tomber le sujet et je me sens soulagée. Je n'aurais pas supporté de l'entendre me raconter ses aventures en détail. Mes paupières s'alourdissent et j'essaie de me concentrer sur l'écran de la télé. Je me sens tellement bien dans ses bras.

–Tu ne vas pas t'endormir au moins ? Il est encore tôt.

Je l'entends à peine dans mon demi-sommeil.

–Ah bon?

J'ai l'impression qu'il est au moins deux heures du matin. Il était neuf heures quand je suis arrivée.

–Ouais, il est à peine minuit.

–Ce n'est pas si tôt que ça.

Je bâille à nouveau.

–Pour moi, si. Et puis j'ai envie de te renvoyer l'ascenseur.

Quoi? Oh.

Ma peau se couvre déjà de picotements.

–Tu as envie que je le fasse, je me trompe?

Il ronronne et je déglutis.

Bien sûr que j'en ai envie. Je le regarde en essayant de cacher un sourire gourmand. Il le remarque et d'un mouvement vif et gracieux nous fait basculer, si bien qu'il se retrouve au-dessus de moi. Tout son poids repose sur un bras, son autre main descend. Je remonte une jambe sur le côté et plie le genou, sa main me caresse de la cheville jusqu'en haut de la cuisse.

–Tu es si douce.

Il recommence, me pince un peu la cuisse et, instantanément, ma peau se couvre de chair de poule. Il se penche et pose un baiser sur la face intérieure de mon genou, ma jambe tressaute. Il la saisit en riant et passe son bras sous mon genou.

Qu'est-ce qu'il va faire ? L'attente me rend folle.

– Je veux savoir le goût que tu as, Tessa.

Les yeux dans les miens, il étudie ma réaction. Ma bouche s'assèche instantanément. *Pourquoi me demande-t-il la permission de m'embrasser, quand il sait qu'il peut le faire quand il veut ?*

J'entrouvre les lèvres dans l'attente de son baiser.

– Non, là, en bas.

Il pose la main entre mes jambes. Mon manque d'expérience doit le stupéfier, mais au moins il se retient de sourire. Il me touche du doigt par-dessus ma culotte, je retiens ma respiration. Sans me quitter des yeux, il caresse doucement mon sexe.

– Tu es déjà trempée pour moi.

Sa voix est plus rauque. Son souffle chaud passe sur mon oreille et il fait courir sa langue sur le bord de mon lobe.

– Parle-moi, Tessa. Dis-moi à quel point tu en as envie.

Il a un petit sourire et je me tortille quand il appuie sa caresse sur ma zone sensible.

L'embrasement de mon corps à ce contact me laisse sans voix. Au bout de quelques secondes, il retire sa main. Je pousse un gémissement frustré.

– Je voudrais que tu continues, dis-je d'un ton plaintif.

– Tu n'as rien dit.

Son ton blessant me fait reculer. Je n'ai pas envie de ce Hardin-là. J'ai envie du Hardin facétieux qui rit tout le temps.

– Ça se voit, non ?

Je fais un mouvement pour m'asseoir. Il se redresse et s'assied sur mes cuisses, faisant porter tout son poids sur ses genoux écartés. Il effleure mes cuisses du bout des doigts et mon corps réagit immédiatement, mes hanches se soulèvent pour aller vers les siennes.

– Dis-le.

Il sait très bien ce que je veux. Il veut simplement que je le dise à haute voix. Je hoche la tête, mais il agite son index devant mon nez.

– Pas de ça, dis-moi tout simplement ce que tu veux, Bébé.

Il s'écarte de moi. Dans ma tête, je pèse le pour et le contre. Est-ce que l'humiliation de dire à Hardin que je veux qu'il... m'embrasse là en bas, vaut la sensation que j'éprouverai quand il le fera ? Si c'est aussi bon que ce qu'il m'a fait avec les doigts la dernière fois, alors oui, cela en vaut la peine. Je tends les bras et l'attrape par les épaules pour l'empêcher de s'éloigner. Je réfléchis trop, je le sais, mais mon esprit refuse de s'arrêter.

– Je veux que tu le fasses.

Je m'approche de lui.

– Que je fasse quoi, Theresa ?

Il me fait marcher. Il sait exactement ce qu'il fait.

– Tu sais bien... que tu m'embrasses.

Son sourire s'élargit. Il se penche vers moi et me plante un petit baiser sur les lèvres. Je lui rends son sourire. Il pose un autre baiser sur mes lèvres.

– C'est ça que tu voulais ?

Il me nargue et je lui frappe le bras. Il veut que je le supplie.

– Embrasse-moi... là, en bas.

Je m'empourpre et me couvre le visage des mains. Il les écarte en riant et je fronce les sourcils.

– Tu fais exprès de me faire rougir.

Ses mains sont toujours sur les miennes.

– Je ne veux pas te faire rougir. Je veux seulement t'entendre dire ce que tu veux de moi.

– Oh ! c'est bon, Hardin !

Je pousse un profond soupir. Parce que je suis *réellement* gênée et que peut-être mes hormones partent dans tous les sens et perturbent mes sentiments, en tout cas maintenant c'est trop tard et je suis énervée par son ego et son incessant besoin de me faire marcher. Je me retourne sur le côté, en lui tournant le dos, et je tire la couverture sur moi.

– Hé ! Je suis désolé.

Je ne réponds pas. Je sais qu'en partie ce qui m'énerve, c'est de constater que la fréquentation d'Hardin a fait de moi l'ado typique, travaillée par ses hormones.

– Bonne nuit, Hardin.

Je l'entends soupirer. Il marmonne quelque chose entre ses dents, quelque chose comme « d'accord ! » mais je ne lui demande pas de répéter. Je m'oblige à fermer les yeux et j'essaie de penser à autre chose qu'à la langue d'Hardin ou à la façon dont il m'entoure de ses bras au moment où je m'endors.

∞

35

J'ai chaud, trop chaud. J'essaie de repousser les couvertures, mais elles résistent. Quand j'ouvre les yeux, les événements de la soirée me reviennent en cascade: Hardin qui me crie dessus dans le jardin, son haleine chargée de whisky, le verre cassé dans la cuisine, Hardin qui m'embrasse, Hardin qui gémit sous ma caresse, son boxer trempé. J'essaie de me relever, mais il est trop lourd. Sa tête posée sur ma poitrine et son bras passé autour de ma taille, tout son corps recouvre le mien. Je suis surprise, il doit avoir bougé dans son sommeil. Il faut bien admettre que je n'ai pas envie de quitter ce lit, de quitter Hardin, mais je dois le faire. Il faut que je retourne à ma chambre. Noah m'attend là-bas. Noah. Noah.

La main sur son épaule, je repousse Hardin doucement en le faisant rouler sur le dos. De lui-même, il se remet sur le ventre en grognant mais sans se réveiller.

Je me lève rapidement et ramasse mes vêtements éparpillés sur le sol. Avec ma lâcheté habituelle, je préfère sortir d'ici avant qu'il se réveille, j'imagine que cela ne le dérangera pas. Et au moins, si je m'en vais, il ne gaspillera pas son énergie à essayer de me vexer délibérément. C'est mieux comme ça pour nous deux. Tout est différent à la lumière du jour, sauf l'évidence de notre belle soirée. Quand Hardin se rappellera le plaisir d'avoir été ensemble cette nuit, il éprouvera le besoin de se montrer super abject pour se rattraper.

Il fonctionne comme ça, mais ce sera sans moi cette fois. Pendant un instant, j'ai cru que la nuit passée ensemble le ferait changer d'avis, que ça lui donnerait envie d'aller plus loin avec moi. Mais, au fond, je sais bien à quoi m'en tenir.

Je plie soigneusement son t-shirt et le pose sur la commode puis je remonte la fermeture de ma jupe. Mon chemisier est froissé d'avoir passé la nuit par terre, mais c'est bien le dernier de mes soucis pour l'instant. J'enfile mes chaussures et, la main sur la poignée de la porte, je me dis, *un dernier regard, ça ne peut pas faire de mal.*

Je me retourne vers Hardin endormi. Ses cheveux emmêlés sont étalés sur l'oreiller et son bras pend maintenant sur le côté du lit. Il a l'air si paisible, il est trop beau malgré les piercings de son visage.

Je me tourne vers la porte et j'appuie sur la poignée.

– Tess ?

Mon cœur défaille. Je me retourne lentement vers lui, prête à affronter le regard furieux de ses yeux verts. Mais ils sont fermés, les sourcils froncés, il dort toujours. Je suis à la fois soulagée parce qu'il n'est pas réveillé et triste parce qu'il a crié mon nom. *L'a-t-il vraiment fait ou bien est-ce que j'entends des voix ?*

Rapidement, je sors de la chambre et ferme la porte sans bruit. Je ne sais pas du tout comment sortir de cette maison. Alors je fonce tout droit dans le couloir et ouf ! je trouve l'escalier sans difficulté. Je descends à pas feutrés et manque de percuter Landon. Mon pouls s'accélère tandis que je cherche quelque chose à dire. Il scrute mon visage sans un mot, attendant une explication, je suppose.

– Landon... je...

Je ne sais pas quoi dire.

– Tu vas bien ? dit-il d'un air inquiet.

– Oui, ça va. Je sais ce que tu dois penser...

– Je ne pense rien. Je te remercie vraiment d'être venue. Je sais que tu n'aimes pas Hardin, et j'apprécie vraiment que tu sois venue pour m'aider à le calmer.

Il est si gentil. Trop gentil. J'ai envie qu'il me dise qu'il est dégoûté que j'aie passé la nuit avec lui et que j'aie laissé mon copain seul dans ma chambre toute la nuit après avoir emprunté sa voiture pour venir au secours d'Hardin. Au moins, je pourrais me sentir aussi coupable que je le devrais.

– Alors vous êtes réconciliés, Hardin et toi ?

Je hausse les épaules.

– Je n'en sais rien, en fait. Je ne sais pas ce que je fais. Il est... il...

Je fonds en larmes. Landon me prend dans ses bras pour me réconforter.

– Tout va bien. Je sais qu'il peut être vraiment infect, dit Landon d'une voix douce.

Attends... il doit penser que je pleure parce qu'Hardin m'a fait quelque chose d'horrible. Il ne lui viendrait probablement jamais à l'idée que je pleure parce que j'ai des sentiments pour lui.

Je dois absolument sortir de cette maison avant d'anéantir la bonne opinion qu'il a de moi et avant qu'Hardin se réveille.

– Il faut que j'y aille. Noah m'attend.

Landon me fait un sourire compréhensif avant de me dire au revoir.

Je monte dans la voiture de Noah et rentre à la résidence universitaire aussi vite que possible. Qu'est-ce que je vais lui dire ? Je sais que je lui dois une explication – je ne peux pas lui mentir. Je préfère ne pas imaginer le mal que je vais lui faire. Je suis vraiment infecte de lui avoir fait ça. Pourquoi est-ce que je n'ai pas pu m'éloigner d'Hardin, tout simplement ?

J'ai à peu près réussi à me calmer quand je me gare sur le parking étudiant. Je marche lentement, me demandant comment je vais affronter Noah.

Quand j'ouvre la porte de la chambre, je le trouve allongé sur mon petit lit, les yeux fixés au plafond. Il sursaute en me voyant entrer.

– Seigneur, Tessa ! *Où as-tu passé la nuit* ? Je n'ai pas arrêté de t'appeler.

C'est la première fois que Noah élève la voix sur moi. Il nous est déjà arrivé de nous chamailler, mais là il me fait un peu peur.

– Excuse-moi. Je suis vraiment désolée. Je suis allée chez Landon parce qu'Hardin était soûl et qu'il cassait tout dans la maison, et le temps a passé, je suppose, et quand on a fini de tout nettoyer et remettre en ordre il était vraiment tard, et je n'avais plus de batterie.

Je n'en reviens pas moi-même de pouvoir lui mentir d'une façon aussi éhontée – quand je pense à toutes les fois où il a été là pour moi. Je sais que je lui dois la vérité, mais je ne peux pas me résoudre à lui faire du mal.

– Pourquoi tu n'as pas pris le téléphone de quelqu'un d'autre ?

Il est furieux, mais il marque une pause.

– Laisse tomber... Alors Hardin cassait tout ? Et toi, tu vas bien ? Pourquoi es-tu restée là-bas s'il était violent ?

J'ai l'impression qu'il me pose mille questions à la fois et je ne sais plus où j'en suis.

– Il n'était pas violent, il était soûl. Il ne me ferait aucun mal.

Je pose la main sur ma bouche, je voudrais pouvoir ravaler ces derniers mots.

– Que veux-tu dire par *il ne te ferait pas de mal* ? Tu ne le connais même pas, Tessa.

Il s'avance vers moi brusquement.

– Je veux seulement dire qu'il ne me ferait pas de mal, physiquement, tu vois. Je le connais assez pour en être sûre. J'essayais juste de rendre service à Landon, qui était là, lui aussi.

En fait, Hardin est tout à fait capable de me faire du mal, émotionnellement. Il l'a déjà fait et je suis sûre qu'il ne se gênera pas pour recommencer. Et moi, je suis là, en train de le défendre.

– Je croyais que tu arrêterais de fréquenter ce genre de personne ? Tu me l'avais promis, et à ta mère aussi, non ? Tessa, ils ont une mauvaise influence sur toi. Tu t'es mise à boire et à traîner dehors le soir, et tu m'as laissé tomber toute la nuit, je ne sais même pas pourquoi tu m'as fait venir si c'était pour t'en aller en me plantant là.

Il s'assied sur le lit et se prend la tête dans les mains.

– Ils ne sont pas mauvais. Tu ne les connais pas. Depuis quand es-tu si moralisateur ?

Je devrais le supplier de me pardonner pour l'avoir traité comme ça, mais je ne peux pas m'empêcher d'être irritée par la façon dont il parle de mes copains.

Surtout d'Hardin, me rappelle ma conscience, et je la giflerais volontiers.

– Je ne suis pas moralisateur, mais tu ne serais jamais sortie avec des gothiques avant.

– Quoi ? Ce ne sont pas des gothiques, Noah, ils sont seulement eux-mêmes.

Je suis au moins aussi étonnée que Noah par mon ton provocateur.

– Eh bien, en tout cas, je n'aime pas que tu sortes avec eux, tu as changé à leur contact. Tu n'es plus la Tessa dont je suis amoureux.

Je me rends compte qu'il n'y a aucune méchanceté dans sa voix, seulement de la *tristesse.*

– Écoute Noah...

À ce moment précis, la porte s'ouvre violemment. Mon regard suit les yeux de Noah qui découvrent un Hardin furieux entrant en trombe dans la chambre.

Je regarde Hardin, puis Noah, puis Hardin à nouveau. Impossible d'imaginer que les choses puissent bien tourner.

∞

36

Bien que je n'aie pas envie d'entendre sa réponse, surtout devant Noah, je demande à Hardin :

– Qu'est-ce que tu fais là ?

– D'après toi ? Tu te casses en douce quand je dors encore – c'était quoi ça, putain?

Je retiens ma respiration, sa voix résonne dans la pièce. Un éclair de colère passe sur le visage de Noah et je sens qu'il commence à reconstituer le puzzle.

Je suis déchirée entre la nécessité d'expliquer à Noah ce qui se passe et le désir d'expliquer à Hardin pourquoi je suis partie.

– Réponds-moi !

Il hurle en se plantant devant moi. À ma grande surprise, Noah vient se mettre entre nous.

– Ne lui parle pas sur ce ton, dit-il d'un air menaçant.

Je suis figée sur place. La colère déforme le visage d'Hardin. Pourquoi est-il si furieux que je sois partie ? Il se moquait de mon inexpérience hier soir et il m'aurait probablement fichue dehors ce matin, de toute manière. Il faut que je dise quelque chose avant que tout ça ne me pète à la figure.

– Hardin... je t'en prie, ne fais pas ça, pas maintenant.

Je le supplie. S'il part maintenant, je pourrai essayer d'expliquer à Noah ce qui se passe.

– Faire *quoi*, Theresa ? demande Hardin en contournant Noah.

J'espère que celui-ci va garder ses distances, Hardin n'hésiterait à le flanquer par terre. Grâce au foot Noah est costaud, surtout en comparaison du corps mince d'Hardin, mais je ne doute pas un instant qu'Hardin puisse lui tenir tête, et très probablement prendre le dessus.

Qu'est-ce qui se passe dans ma vie, bon sang, pour que j'en arrive à avoir peur que Noah et Hardin se battent ?

– Hardin, je t'en prie, va-t'en. Nous reparlerons de tout ça plus tard.

Je voudrais faire retomber la tension. Mais Noah se contente de secouer la tête.

– Parler de *quoi* ? Qu'est-ce qui se passe Tessa, bon sang ?

Oh, Seigneur.

– Dis-lui. Vas-y, dis-lui.

Je n'arrive pas à croire qu'il fasse ça. Je sais qu'il peut être cruel mais là, il va trop loin.

– Me dire quoi, Tessa ?

Sa question est agressive, mais il se radoucit parce qu'il s'inquiète pour moi.

– Rien de plus que ce que je t'ai déjà dit, j'ai passé la nuit chez Hardin et Landon.

J'essaie de regarder Hardin dans les yeux en espérant qu'il arrête ça tout de suite, mais il détourne le regard immédiatement.

– Dis-lui, Tessa, ou c'est moi qui le fais, gronde-t-il.

Je sais que c'est foutu. Je sais qu'il est inutile de mentir plus longtemps. Je me mets à pleurer. Mais je préfère que Noah l'entende de ma bouche, et pas de celle de ce connard narquois qui nous a entraînés jusque-là. Je me sens humiliée, pas pour moi mais pour Noah. Il ne mérite pas ça et j'ai honte de la façon dont je l'ai traité et des aveux que je vais être obligée de lui faire devant Hardin.

– Noah... je... Hardin et moi avons...

– Oh, mon Dieu.

Il bégaie et des larmes lui montent aux yeux.

Comment est-ce que je peux lui faire ça ? Qu'est-ce que j'ai dans la tête, putain ? Noah est si gentil, et Hardin assez cruel pour lui briser le cœur.

Noah se prend la tête dans les mains.

–Comment est-ce que tu as pu, Tessa ? Après tout ce que nous avons fait ensemble ? Quand ça a commencé ?

Des larmes coulent de ses beaux yeux bleus et ruissellent sur son visage. Je ne me suis jamais sentie aussi minable –c'est moi qui ai provoqué ces larmes. Je regarde Hardin et ma haine pour lui est si forte que je le bouscule sans répondre à Noah. Hardin, qui ne s'y attendait pas, perd l'équilibre mais se rattrape juste à temps.

–Noah, je suis tellement désolée. Je ne sais pas ce qui m'a pris.

Je me précipite sur mon petit ami et j'essaie de le prendre dans mes bras, mais il me repousse. Et il a probablement raison. Pour être honnête, ça fait un moment que je ne suis pas sympa avec lui. Je ne sais pas ce que je croyais, probablement quelque chose de dingue, du genre Hardin va devenir un mec bien et je romprai avec Noah pour pouvoir sortir avec lui. Quelle idiote ! Ou j'arriverai à ne plus m'approcher d'Hardin et Noah ne saura jamais rien de ce qui s'est passé entre nous ? Le problème, c'est que je suis *incapable* de ne pas m'approcher d'Hardin. Je suis un insecte attiré par sa flamme, et il n'hésite jamais à me brûler les ailes. Ces illusions étaient aussi stupides et naïves l'une que l'autre. J'ai tout faux depuis que je connais Hardin.

–Moi non plus je ne sais pas.

Le regret et la douleur se lisent dans ses yeux.

–Je ne te reconnais plus du tout.

Sur ce, il sort de la chambre. De ma vie.

–Noah, s'il te plaît ! Attends !

Je me précipite derrière lui, mais Hardin m'attrape par le bras pour essayer de me retenir.

–Ne me touche pas ! Je n'y crois pas ! C'était vraiment un coup bas, Hardin, même venant de toi !

En hurlant, je dégage mon bras et je le pousse violemment. C'est la première fois de ma vie que je fais ça, mais je le déteste plus que tout.

–Si tu lui cours après, tout est fini.

J'en reste bouche bée.

–Fini ? Qu'est-ce qui est fini ? Fini de jouer avec mes sentiments ? Je te hais !

Mais comme je ne veux pas le laisser satisfait de m'avoir fait enrager, je baisse le ton et j'ajoute plus calmement :

– Tu ne peux pas finir quelque chose qui n'a jamais commencé.

Il laisse retomber les bras le long de son corps et il ouvre la bouche pour parler, mais aucun son ne sort.

– Noah !

Je me rue dehors et cours le long du couloir. Je traverse la grande pelouse et finis par le rattraper sur le parking. Il accélère le pas.

– Noah, je t'en prie, écoute-moi. Je suis désolée. J'avais bu. Je sais que ce n'est pas une excuse, mais je...

J'essuie mes larmes et son visage se radoucit.

– Je ne veux plus t'écouter...

Il a les yeux rouges. Je tente de lui prendre la main, mais il la retire.

– Noah, s'il te plaît. Je suis tellement désolée. Je te demande pardon. S'il te plaît.

Je ne veux pas le perdre. Je ne peux pas, tout simplement.

En arrivant à sa voiture, il passe la main dans ses cheveux impeccablement coiffés, puis il se tourne vers moi.

– J'ai besoin d'un peu de temps, Tessa. Je ne sais plus quoi penser, là maintenant.

Je pousse un soupir résigné. Je n'ai rien à répondre à ça. Il a juste besoin de temps pour digérer ça et tout redeviendra comme avant. Il a juste besoin de temps.

– Je t'aime, Tessa.

Me prenant par surprise, il m'embrasse sur le front avant de monter dans sa voiture et de s'éloigner.

∞

37

Conforme à son écœurant personnage, je retrouve Hardin assis sur mon lit. Des visions de meurtre à coups de lampe me traversent l'esprit, mais je n'ai pas l'énergie suffisante pour me battre avec lui.

– Ne compte pas sur moi pour m'excuser, me dit-il tandis que je le contourne pour aller vers le lit de Steph.

Hors de question de m'asseoir à côté de lui, sur mon lit.

– Je le sais bien.

Je m'allonge sur le lit de Steph. Je refuse de me laisser entraîner dans cette bagarre et je n'ai aucune illusion, il ne s'excusera pas. Je commence à le connaître, maintenant. Enfin, les événements récents tendraient à prouver que je ne le connais pas si bien que ça. Hier soir, je pensais qu'il n'était qu'un garçon en colère parce que son père l'avait abandonné et qu'il s'accrochait à cette souffrance, se servant de cette unique émotion pour tenir les autres à distance. Ce matin, je vois qu'il n'est en fait qu'une personne horrible et débordante de haine. Il n'y a rien de bon chez Hardin. S'il m'est arrivé de croire le contraire, c'est seulement parce que je me suis fait avoir.

– Il avait le droit de savoir.

Je me mords les lèvres pour retenir mes larmes. Je garde le silence jusqu'à ce que je l'entende se lever pour venir vers moi.

– Va-t'en, Hardin.

Pourtant, lorsque je lève les yeux, il est toujours là, debout à côté de moi. Quand il s'assied sur le lit, je me lève d'un bond.

– Il fallait qu'il sache, répète-t-il.

La colère bout en moi. Je sais bien que c'est ce qu'il cherche.

– *Pourquoi*, Hardin ? *Pourquoi* faut-il qu'il sache ? À quoi ça peut servir de le faire souffrir ? Ça ne change absolument rien pour toi qu'il ne soit pas au courant. Tu pouvais continuer ta journée sans rien lui dire. Tu n'avais aucun droit de faire ça, ni à lui ni à moi.

Je sens les larmes monter de nouveau, mais cette fois je n'arrive pas à les contenir.

– Moi, à sa place, j'aurais préféré savoir.

Sa voix est ferme et glaciale.

– Oui mais voilà, tu n'es pas à sa place. Et tu n'y seras jamais. J'ai été idiote de croire que tu pouvais lui ressembler un tant soit peu. Et d'abord, depuis quand attaches-tu de l'importance à ce qui est bien ou mal ?

– Ne t'avise pas de me comparer à lui !

Je ne supporte pas cette habitude qu'il a de ne réagir qu'à une partie de ce que je dis. Surtout qu'il détourne généralement mes paroles à son avantage. Il se lève et vient vers moi, mais je passe de l'autre côté du lit.

– Il n'y a rien à comparer. Tu ne l'as pas encore compris ? Tu es un abruti cruel et répugnant qui n'en a absolument rien à foutre des autres. Lui, lui, il m'aime. Lui, il accepte d'essayer de me pardonner mes erreurs. (Et j'ajoute en le regardant dans les yeux.) Mes épouvantables erreurs.

Hardin recule comme si je l'avais poussé.

– Te pardonner ?

– Oui, il va me pardonner ce que j'ai fait. Je sais qu'il le fera. Parce qu'il m'aime, alors ton plan minable pour le pousser à rompre avec moi, assis à regarder, en rigolant, n'a pas marché. Maintenant, sors de ma chambre.

– Ce n'était pas... Je...

Je ne le laisse pas finir. J'ai déjà perdu assez de temps avec lui comme ça.

– Dégage ! Je suis sûre que tu es déjà en train de préparer ton prochain coup, mais tu sais quoi, Hardin ? Ça ne prendra plus.

Maintenant, casse-toi, putain !

Je suis moi-même surprise de ma véhémence, mais je ne regrette pas d'être aussi dure avec lui.

– Tu te trompes, Tess. Je pensais qu'après ce qui s'est passé cette nuit... je ne sais pas, je pensais que toi et moi...

Il semble avoir du mal à trouver les mots, ce qui serait bien la première fois. Une partie de moi, la plus grande, meurt d'envie de savoir ce qu'il allait dire, mais c'est comme ça que je suis tombée dans ses filets la première fois. Il se sert de ma curiosité contre moi, c'est un jeu pour lui. Je m'essuie les yeux furieusement, ravie de ne pas m'être maquillée hier.

– Tu ne crois quand même pas que je vais gober ça, sérieux ? Toi, tu as des *sentiments* pour moi ?

Je dois arrêter ça tout de suite, il faut qu'il s'en aille avant de planter ses griffes plus profondément dans ma chair.

– Évidemment que j'en ai, Tessa. Avec toi je me sens si...

– Ne recommence pas, Hardin. Je refuse de t'écouter. Je sais que tu mens et que c'est ta façon perverse de t'en sortir. De me faire croire que tu pourrais partager mes sentiments, pour ensuite tirer le tapis sous mes pieds. Je sais comment tu fonctionnes maintenant, et je ne me laisserai pas faire.

– Partager tes sentiments ? Tu es en train de me dire que tu... tu as des sentiments pour moi ?

Un éclair passe dans ses yeux, qui ressemble à de l'espoir. Il est encore plus comédien que je le croyais.

Il sait bien que j'en ai, ce n'est pas possible autrement. Sinon, pourquoi est-ce que je continuerais à entretenir ce cycle malsain entre nous ?

Avec une sensation de peur, assez nouvelle pour moi, je me rends compte que je viens d'énoncer devant lui ce que je me suis à peine avoué à moi-même, mes sentiments pour lui. Lui donnant la possibilité de tout piétiner, plus encore qu'auparavant.

Je sens que mes défenses tombent peu à peu et je ne dois pas le laisser faire.

– Va-t'en Hardin. Je ne vais pas te le redemander. Si tu ne pars pas, j'appelle la sécurité.

– Tess, je t'en prie, réponds-moi.

– Ne m'appelle pas Tess. Ce nom est réservé à ma famille, mes *amis,* aux gens qui tiennent vraiment à moi – va-t'en.

J'ai hurlé, beaucoup plus fort que je ne voulais. Il faut qu'il s'en aille et me laisse tranquille. Je déteste qu'il m'appelle Theresa, mais je déteste encore plus qu'il m'appelle Tess. Il a une façon de le prononcer qui le rend plus intime, plus sensuel. Putain, Tessa, arrête ça immédiatement !

– S'il te plaît, il faut que je sache si tu...

– Putain quel week-end, les amis. Je suis morte !

Steph entre comme une tornade dans la chambre, nous faisant partager sa fatigue sur un ton joyeux et dans un langage fleuri. Mais elle s'arrête net en voyant les traces de larmes sur mes joues. Elle plisse les yeux en regardant Hardin.

– Qu'est-ce qui se passe ? Qu'est-ce que tu as fait ? Où est Noah ?

Elle me regarde en posant la question.

– Il est parti et Hardin s'apprêtait à en faire autant.

– Tessa... commence Hardin.

– Steph, *s'il te plaît,* emmène-le.

Elle accepte. Hardin reste bouche bée en me voyant utiliser Steph contre lui. Il pensait qu'il me tenait, une fois de plus.

– On y va, Superman.

Elle l'attrape par le bras et le tire vers la porte. Je garde les yeux fixés sur le mur jusqu'à ce que j'entende la porte se refermer, mais j'entends leurs voix dans le couloir.

– C'est quoi ce bordel, Hardin ? Je t'ai dit de la laisser tranquille. C'est ma coloc et elle n'est pas comme les autres filles avec qui tu sors en général. Elle est gentille, innocente et, si tu veux mon avis, beaucoup trop bien pour toi.

Je suis à la fois contente et surprise de la façon dont elle me soutient. Mais cela ne suffit pas à calmer la douleur dans ma poitrine. J'ai le cœur qui me fait carrément mal. Je croyais savoir ce que c'était qu'avoir le cœur brisé après la journée à la rivière, mais ce n'était rien comparé à ce que j'éprouve maintenant. Ça me fait horreur, mais je dois admettre que cette nuit passée avec lui a renforcé mes sentiments. Son rire pendant qu'il me chatouillait, le chaste baiser sur mes lèvres, ses bras couverts de tatouages autour de moi, le battement de ses paupières et ses yeux qui se fermaient quand je passais mes doigts sur sa peau nue, voilà pourquoi je suis amoureuse de lui. Je l'aime davantage pour ces moments d'intimité partagée, mais j'en souffre plus encore. Et pour couronner le tout, j'ai tellement blessé Noah qu'il n'y a rien d'autre à faire que prier pour qu'il me pardonne.

– Ce n'est pas ce que tu crois.

Sa colère renforce son accent et hache ses paroles.

– Arrête tes conneries, Hardin. Je te connais. Trouve-toi quelqu'un d'autre pour t'amuser, ce ne sont pas les filles qui manquent. Elle n'est pas du genre avec qui tu peux faire ça. Elle a un mec et elle ne sait pas gérer ce merdier.

Ça ne me plaît pas de l'entendre dire que je suis trop sensible, genre je suis trop faible ou quoi, mais je suppose qu'elle n'a pas tort. Je n'arrête pas de pleurer depuis que je connais Hardin. Je n'ai pas l'étoffe d'une amie avec avantages en nature, malgré ce qu'il provoque en moi. J'ai plus de respect de moi-même que ça et je suis trop émotive. Et maintenant, il a essayé de détruire mon histoire avec Noah.

– D'accord, je ne l'approcherai plus. Mais tu ne l'amènes plus jamais aux fêtes de ma fraternité.

Sa voix est cassante et je l'entends partir d'un pas bruyant. En s'éloignant dans le couloir, sa voix perd de son intensité quand il crie :

– Je suis sérieux. Je ne veux plus la voir ! Si je la vois, je la détruis.

∞

38

Steph revient et me prend immédiatement dans ses bras minuscules. C'est étrange que des bras aussi frêles puissent être si réconfortants.

– Merci de m'avoir débarrassée de lui.

Je sanglote et elle me serre plus fort. Maintenant mes larmes ruissellent et elles ne semblent pas près de s'arrêter.

– Hardin est mon pote, c'est sûr, mais toi aussi, tu es ma pote et je ne veux pas qu'il t'embête. Je suis désolée, tout ça est de ma faute. Je sais que j'aurais mieux fait de donner ma clé à Nate, et je n'aurais pas dû le laisser venir ici tout le temps. Il peut être un vrai connard, quand il veut.

– Non, tu n'y es pour rien. C'est moi qui suis désolée. Je ne veux pas interférer dans votre amitié.

– Pas de problème.

Lorsque je me dégage de ses bras, je suis frappée de l'inquiétude que je lis sur son visage. Elle ne saura jamais à quel point j'apprécie sa présence à mes côtés en ce moment. Je me sens si seule. Noah a besoin de temps pour décider s'il rompt ou pas, Hardin est un sombre connard, ma mère péterait les plombs si je lui racontais tout, et Landon serait très déçu s'il savait jusqu'où je suis allée avec Hardin. Je n'ai vraiment personne d'autre, à part cette fille tatouée aux cheveux flamboyants avec qui jamais je n'aurais cru devenir amie. Mais je suis vraiment contente qu'elle le soit.

– Tu veux qu'on en parle ?

– En fait, oui.

Je veux me libérer de ce poids sur ma poitrine. Je lui raconte tout, depuis le premier baiser avec Hardin et notre journée à la rivière, en passant par l'orgasme qu'il m'a donné et comment il a crié mon nom dans son sommeil, jusqu'à la façon dont il a réduit à néant mon respect pour lui quand il m'a obligée à tout avouer à Noah. Pendant mon récit, l'expression de son visage passe d'inquiète à triste puis carrément choquée. Quand j'arrive au bout, mon chemisier est trempé de larmes et elle me tient la main.

– Waouh ! Je n'aurais jamais imaginé qu'il s'était passé tout ça. Tu aurais pu m'en parler la première fois. Je me suis doutée qu'il y avait quelque chose le soir où Hardin s'est pointé ici avant que nous allions au cinéma. Je venais à peine de raccrocher le téléphone avec lui qu'il était déjà là. Je l'avais soupçonné d'être venu pour te voir. Écoute, Hardin peut être un mec bien, parfois. Je veux dire, tout au fond de lui, il ne sait pas comment s'intéresser à quelqu'un de la façon dont toi – comme la plupart des filles – tu veux qu'on s'intéresse à toi. À ta place j'essaierais plutôt de me rabibocher avec Noah, parce qu'Hardin est incapable d'être le petit ami de qui que ce soit.

Elle serre ma main comme pour appuyer ses propos.

Je sais bien que tout ce qu'elle me dit est vrai et qu'elle a raison. Alors pourquoi est-ce si douloureux ?

Le lundi matin, Landon m'attend, adossé contre le mur de la cafétéria. Je lui fais signe et c'est alors que je remarque un cercle bleuâtre autour de son œil gauche. Je regarde de plus près et vois qu'il a aussi un bleu sur la joue.

– Qu'est-ce que tu as à l'œil ?

Je cours vers lui et, soudain, la vérité me tombe dessus et arrête ma course, comme un camion.

– Landon ! C'est Hardin qui t'a fait ça ?

J'ai la voix qui tremble.

– Oui...

Je suis horrifiée.

– P... pourquoi ? Que s'est-il passé ?

J'ai envie de le tuer pour avoir fait du mal à Landon.

– Il est sorti en trombe de la maison après ton départ et quand il est revenu, environ une heure plus tard, il était furax. Il a commencé à chercher ce qu'il pourrait casser d'autre, et je l'en ai empêché. Enfin j'ai essayé. On s'est battus. Ce n'est pas si terrible que ça en a l'air. Je pense que nous avions tous les deux des comptes à régler. Je ne l'ai pas raté moi non plus.

Je ne sais pas quoi dire. Je suis surprise qu'il le prenne sur le ton de la plaisanterie.

– Tu es sûr que tu vas bien ? Est-ce que je peux faire quelque chose ?

Je me sens coupable. Hardin était furieux contre moi, mais de là à se battre avec Landon ?

– Non, non, je t'assure. Tout va bien.

En chemin, il me raconte comment le père d'Hardin, qui par chance est rentré avant qu'ils ne s'entretuent, s'est interposé entre eux et combien sa mère a pleuré en voyant qu'Hardin avait cassé toute sa vaisselle. Même si elle n'avait aucune valeur sentimentale, elle était choquée qu'il ait pu faire ça.

– Mais j'ai une bonne nouvelle, Dakota vient me voir le week-end prochain. Elle vient pour le feu de camp.

– Le feu de camp ?

– Ben oui, tu n'as pas vu les panneaux partout sur le campus ? Ça se passe tous les ans, pour fêter le début de l'année. Tout le monde y va. En général je n'aime pas trop ce genre de truc, mais là c'est cool, en principe. Demande à Noah de venir. On pourrait y aller tous les quatre.

J'approuve en souriant. Si j'invitais Noah, ce serait l'occasion de lui montrer qu'il y a aussi des gens bien parmi mes amis, comme Landon. Je sais qu'Hardin et Landon – je veux dire Noah et Landon – s'entendraient super bien, et j'ai bien envie de rencontrer Dakota.

Maintenant que Landon m'en a parlé, je vois des affiches pour le feu de camp sur pratiquement tous les murs, je devais être vraiment trop préoccupée toute cette semaine pour ne pas l'avoir remarqué.

Sans m'en apercevoir, je me retrouve en cours de littérature et balaie la salle du regard pour repérer Hardin, malgré les avertissements de ma conscience. Je ne le vois nulle part, mais ses mots résonnent dans ma tête : *je la détruirai.*

Que pourrait-il me faire de pire que tout dévoiler à Noah ? Je ne sais pas, mais je commence à imaginer des choses quand Landon me tire de ma rêverie.

– Je ne crois pas qu'il soit là. Je l'ai entendu dire à ce Zed qu'il permutait ses cours. Bon sang, si tu pouvais voir l'œil au beurre noir que je lui ai mis !

Landon me sourit et je détourne vivement les yeux vers les premiers rangs.

J'aimerais pouvoir dire que je ne cherchais pas Hardin, mais je sais que c'est inutile. Hardin a un œil au beurre noir ? J'espère qu'il va bien. En fait, non, en vérité j'espère que ça le fait horriblement souffrir.

– Ah ? D'accord.

Je prends l'air dégagé. Landon ne parle plus d'Hardin pendant tout le reste du cours.

Les autres jours de la semaine se déroulent exactement de la même façon : je ne parle d'Hardin à personne et personne ne me parle de lui. Tristan a zoné dans notre chambre toute la semaine, mais ça ne me dérange pas. En fait, je l'aime bien, il fait rire Steph et moi aussi quelquefois, même si je n'ai jamais passé une aussi mauvaise semaine de toute ma vie. Je porte n'importe quoi du moment que c'est propre et pratique et je m'attache les cheveux en chignon tous les jours. Ma relation éphémère avec l'eye-liner a pris fin et j'ai retrouvé ma routine familière.

Sommeil, cours, boulot, repas, sommeil, cours, boulot, repas...

Quand arrive vendredi, Steph s'est clairement mis en tête de sortir la vieille fille pour lui faire prendre l'air.

– Allez, Tessa, c'est vendredi. Viens avec nous et on te ramènera juste avant d'aller chez Har... je veux dire à la fête.

J'ai du boulot et je dois appeler ma mère. Je ne lui ai pas répondu de toute la semaine et il faudrait que j'appelle Noah pour savoir s'il a pris une décision. Je lui ai fichu la paix à part quelques textos sympas dans l'espoir qu'il viendra. J'ai vraiment envie qu'il soit là pour le feu de camp vendredi prochain.

– Non, merci, je préfère rester... je vais voir des voitures demain et j'ai besoin de me reposer.

Ce n'est qu'un demi-mensonge. Je dois réellement chercher une voiture le lendemain, mais je sais très bien que ça ne va pas beaucoup me reposer de rester là toute seule, à ruminer à propos de Noah qui ne se décide pas, et d'Hardin qui était vraiment sérieux quand il a dit qu'il ne me verrait plus. Je suis vraiment contente qu'il l'ait fait. Mais je ne peux pas me l'enlever de la tête. *Il me faut plus de temps, c'est tout.* C'est ce que je me répète sans arrêt.

Pourtant son attitude la dernière fois que je l'ai vu, comme s'il attendait quelque chose de moi, a semé le trouble dans mon esprit.

Mes pensées vagabondent vers un lieu où Hardin serait agréable et drôle, et où on s'entendrait bien. Un lieu où on pourrait sortir ensemble, vraiment, et où il m'emmènerait au cinéma ou au restaurant. Il passerait son bras autour de ma taille et il serait fier qu'on nous voie ensemble, il mettrait sa veste sur mes épaules quand il fait froid et m'embrasserait pour me dire bonsoir et à demain.

–Tessa?

La voix de Steph me sort de ma rêverie et mes pensées s'envolent en fumée. Elles étaient complètement irréalistes et ce garçon ne serait jamais Hardin.

–Oh! Arrête, tu as mis ce pantalon de pyjama molletonné toute la semaine, dit Tristan pour me vanner, et ça me fait rire.

C'est mon pyjama préféré pour dormir, surtout quand je suis malade ou lors d'une rupture, ou les deux. Je continue à me demander comment Hardin et moi avons pu mettre fin à quelque chose qui n'avait pas de début.

–Ok, ok. Mais vous me promettez de me ramener juste après le dîner, parce que je dois vraiment me lever tôt.

Steph saute sur place en tapant des mains.

–Yesss! Mais tu veux bien que je te fasse une petite faveur?

Elle sourit d'un air innocent, en battant des cils. Ce qui n'augure rien de bon.

–Quoi?

–Laisse-moi juste te faire une beauté. S'il te plaaaîîît!

Elle a dit ça sur son ton le plus théâtral.

–Hors. De. Question.

Je me vois d'ici, les cheveux roses et des tonnes d'eye-liner, avec seulement une brassière en guise de t-shirt.

– Rien de trop voyant, je veux juste que tu aies l'air… de ne pas avoir hiberné en pyjama tout ce temps.

Elle sourit et Tristan se mordille les lèvres pour ne pas éclater de rire. Bon, je cède.

– D'accord.

Elle applaudit de nouveau.

∞

39

Après que Steph m'a épilé les sourcils – opération très douloureuse –, elle me fait tourner sur moi-même en m'interdisant de me regarder jusqu'à ce qu'elle ait fini de me maquiller. J'essaie de combattre l'angoisse qui me serre l'estomac pendant qu'elle me met de la poudre sur le visage. Je lui dis et redis d'y aller mollo sur le maquillage et elle me promet encore et encore de ne pas m'en faire. Elle me brosse les cheveux puis les boucle au fer avant de les recouvrir d'un film de laque.

– Maquillage et coiffure, c'est fait ! Maintenant, au tour des vêtements et ensuite tu auras le droit de te voir. J'ai quelques trucs qui devraient t'aller.

Elle est visiblement fière de son travail. J'espère seulement que je n'ai pas l'air d'un clown. Je la suis vers son placard, j'essaie de me regarder en douce dans son petit miroir, mais elle me pousse.

– Tiens, mets ça.

Elle décroche une robe noire d'un cintre.

– Toi, dehors, crie-t-elle à Tristan, qui sort de la pièce en riant.

C'est une robe bustier qui me paraît extrêmement courte.

– Je ne peux pas mettre ça !

– D'accord... que penses-tu de celle-ci ?

Elle sort une autre robe noire. Elle en a au moins dix. Celle-ci paraît plus longue que l'autre et elle a des bretelles solides. J'ai un problème avec les décolletés en forme de cœur car mon buste n'est pas aussi menu que le sien.

Elle trouve que je mets trop de temps à me décider et soupire.

– Essaie-la au moins.

J'accepte pour lui faire plaisir et j'enlève mon pyjama douillet que je plie soigneusement. Elle lève les yeux au plafond pour plaisanter et je souris en enfilant la robe. Elle me semble un peu trop ajustée avant même d'avoir fermé le zip. Steph et moi faisons à peu près la même taille, mais elle est plus grande et moi plus ronde. Le tissu est légèrement brillant et soyeux. L'ourlet m'arrive à mi-cuisses. Elle n'est pas aussi courte que je croyais, mais quand même plus courte que tout ce que je porte habituellement. Je me sens presque nue avec les jambes dévoilées comme ça. Je tire sur le bas pour essayer de la rallonger un peu.

– Tu veux un collant ?

– Oui. C'est juste que je me sens un peu... nue.

Elle plonge la main dans son tiroir et en sort deux collants différents.

– Celui-ci est noir, basique. Et celui-là a un motif de dentelle.

Un collant en dentelle, c'est *too much* pour moi, surtout si on pense que j'ai probablement des tonnes de maquillage sur le visage. J'attrape le collant noir et je l'enfile pendant que Steph fouille dans son placard pour me trouver des chaussures.

– Les talons, c'est pas possible pour moi !

Je ne peux vraiment pas. Avec des talons, je me déplace comme un pingouin blessé.

– Sinon j'ai des petits talons ou des sandales à semelles compensées. Tessa, je suis désolée, mais tes Toms, ça ne le fera vraiment pas avec cette robe.

Je fronce les sourcils pour rire. Moi, je peux parfaitement porter des Toms tous les jours. Elle sort une paire de chaussures à talons noirs avec une chaîne en argent sur le devant et je dois admettre qu'elles m'ont tapé dans l'œil. Je ne pourrais jamais les porter mais, pour une fois, je le regrette.

– Elles te plaisent ?

Je fais oui de la tête.

– Ouais, mais je vais me casser la figure avec ça.

– Non. La bride autour de la cheville t'empêchera de tomber.

– C'est vraiment à ça qu'elle sert ?

– Non, mais ça aide. Essaie-les, tu verras.

Je m'assieds sur le lit et j'étends les jambes en lui faisant signe de me les mettre aux pieds. Puis elle m'aide à me lever et je fais quelques pas. Effectivement, les brides devraient me permettre de ne pas trop perdre l'équilibre.

– Je ne peux plus attendre ! Regarde-toi.

Elle ouvre l'autre porte du placard. En voyant mon image dans le miroir en pied, j'étouffe un petit cri.

Bon sang ! Qui est cette fille ? C'est moi, mais en mieux.

J'avais très peur qu'elle en fasse des tonnes avec le maquillage, mais non. L'ombre brune sur mes paupières fait ressortir le gris de mes yeux et le rose du blush sur mes joues souligne mes pommettes. Mes cheveux brillent et ondulent en grosses vagues qui n'ont rien à voir avec les bouclettes serrées auxquelles je m'attendais.

– Impressionnant !

Je me regarde de plus près en souriant. Je me pince la joue pour m'assurer que c'est bien moi.

– Tu vois, c'est toujours toi. En plus sexy, plus sophistiquée.

En gloussant de plaisir, elle appelle Tristan.

Il ouvre la porte et reste bouche bée.

– Où est Tessa ?

Pour plaisanter il regarde autour de la chambre, soulève un oreiller et regarde dessous.

– Qu'est-ce que tu en penses ?

Je tire une nouvelle fois sur le bas de la robe.

– Tu es super, vraiment super.

Il sourit et passe le bras autour de la taille de Steph. Elle se colle contre lui et je regarde ailleurs.

– Oh ! un dernier truc, dit-elle en tendant la main vers la commode.

Elle prend un tube de gloss et avance les lèvres. Je ferme les yeux en faisant la même chose et elle passe le tube de gloss sur mes lèvres.

– Prête ?

En sortant, j'attrape mon sac où je glisse une paire de Toms, on ne sait jamais.

Pendant le trajet, assise à l'arrière, je regarde par la vitre, laissant mon esprit vagabonder. Nous arrivons au restaurant et j'ai un mouvement de recul en voyant le nombre de motos garées devant. Je croyais que nous irions au TGI Friday ou chez Applebee, pas dans un resto pour motards. Quand nous entrons, j'ai la sensation que tous les yeux sont rivés sur moi alors que ce n'est sûrement pas le cas.

Steph m'attrape par la main et m'entraîne vers un box dans le fond.

– Nate va nous rejoindre. C'est ok pour toi ?

– Oui, sans problème.

Du moment que ce n'est pas Hardin, tout va bien. Et puis je n'ai rien contre un peu de compagnie, pour l'instant j'ai un peu l'impression de tenir la chandelle.

Une femme encore plus tatouée que Steph et Tristan s'approche de notre table à grands pas et prend nos commandes. Steph et Tristan demandent une bière, ça doit être pour ça qu'ils aiment venir ici, on n'exige pas leur carte d'identité. La serveuse prend l'air étonné quand je commande un Coca, mais je ne veux pas boire d'alcool. J'ai du boulot qui m'attend. Quelques minutes plus tard, elle nous apporte nos verres et je bois une longue gorgée quand j'entends un sifflement d'admiration. Nate et Zed se dirigent vers nous. Quand ils sont un peu plus près, j'aperçois la chevelure rose de Molly... suivie d'Hardin.

Je recrache le Coca dans mon gobelet.

Les yeux de Steph s'arrondissent en voyant Hardin et elle me regarde.

– Je te jure que je ne savais pas qu'il allait venir. On peut partir maintenant si tu veux, murmure-t-elle tandis que Zed se glisse sur la banquette à côté de moi.

Je dois faire un effort pour ne pas regarder dans la direction d'Hardin.

– Waouh, Tessa, tu es super sexy ! s'exclame Zed.

Ce qui me fait rougir.

– Vraiment... genre, waouh, je ne t'ai jamais vue comme ça.

Je le remercie d'un petit sourire. Nate, Molly et Hardin s'asseyent dans le box derrière nous. J'ai envie de demander à Steph de changer de place avec moi pour tourner le dos à Hardin, mais je n'arrive pas à m'y résoudre. Je vais juste éviter son regard toute la soirée. Je dois pouvoir faire ça.

– C'est vrai que t'as l'air super bonne, Tessa, renchérit Nate par-dessus la séparation.

Je souris parce que je ne suis pas habituée à toute cette attention. Hardin ne fait aucun commentaire sur mon nouveau look, mais c'est normal. C'est déjà bien qu'il ne m'insulte pas.

Avec Molly, ils sont assis juste dans ma ligne de mire. Je vois parfaitement le visage d'Hardin entre les épaules de Steph et Tristan.

Juste un regard, ça ne peut pas faire de mal... Je jette un coup d'œil en douce et je le regrette immédiatement. Hardin a passé le bras autour des épaules de Molly.

La jalousie me transperce – ma punition pour l'avoir regardé quand je n'aurais pas dû. C'est évident qu'ils flirtent à nouveau. Ou encore. Ils n'ont probablement jamais arrêté. Je me rappelle comme elle avait l'air à l'aise quand elle était à califourchon sur lui à la fête, et je ravale l'amertume qui me monte à la bouche. Hardin est libre de faire ce qu'il veut avec qui il veut.

– Elle est super, non ?

Steph les encourage et tous acquiescent.

Je sens le regard d'Hardin posé sur moi, mais je ne peux pas le regarder une deuxième fois. Il porte un t-shirt blanc et on doit voir ses tatouages au travers, ses cheveux sont savamment ébouriffés, mais je m'en fiche. Je me fiche qu'il soit beau ou que Molly soit habillée comme une pétasse.

Elle est trop énervante avec ses stupides cheveux roses et ses vêtements de pute. C'est une pute.

Je m'étonne moi-même de penser ça et d'être aussi en colère contre elle, mais c'est vrai. Vraiment, je ne l'aime pas. Je pense que c'est la première fois que je traite quelqu'un de pute, même en pensée.

Bien sûr, c'est le moment qu'elle choisit pour me complimenter.

– C'est vrai que tu n'as jamais été aussi canon ! me dit-elle en se collant contre la poitrine d'Hardin.

Je la regarde dans les yeux en lui décochant un sourire hypocrite.

– Tu permets ?

Zed me fauche mon gobelet et boit dedans. Je le laisse faire, ce qui n'est pas dans mes habitudes, mais je me sens tellement mal à l'aise, là, que j'ai du mal à réagir. Il avale d'un trait la moitié de mon Coca et je lui donne un coup de coude dans les côtes.

– Désolé, Bébé, je vais t'en commander un autre.

Il est vraiment très séduisant, il ressemble plus à un mannequin qu'à un étudiant. S'il n'avait pas tant de tatouages, il *serait* probablement mannequin, d'ailleurs.

Un bruit nous parvient du box d'à côté et je cherche automatiquement Hardin des yeux. Il s'éclaircit la gorge bruyamment en me fusillant du regard. Je voudrais regarder ailleurs, mais je ne peux pas, je suis comme paralysée. Zed lève le bras et le repose sur le dossier de la banquette juste derrière moi.

Hardin plisse les yeux et je décide de m'amuser un peu.

Me rappelant qu'il était assez intraitable sur le fait que je ne devais pas sortir avec Zed, avant, je me laisse aller contre Zed. Hardin écarquille les yeux, mais il se reprend immédiatement. Je me rends bien compte que ce petit jeu est totalement immature et ridicule, mais ça m'est égal. Puisque je me retrouve près de lui, je tiens à ce qu'il soit aussi mal à l'aise que moi.

La serveuse revient et prend les commandes des plats. Pour moi, un burger avec des frites, sans ketchup, et pour les autres des chicken wings pimentés. Elle apporte un Coca à Hardin et une deuxième tournée de bière pour les autres. J'attends toujours mon Coca, mais je ne veux pas me montrer impolie en lui faisant remarquer.

– C'est ici qu'ils font les meilleurs wings, me dit Zed, et je lui souris.

– Au fait, tu vas au feu de camp le week-end prochain ?

– Je ne sais pas, ce n'est pas trop mon truc.

Il prend une gorgée de sa bière et retire son bras du dossier pour le poser franchement sur mes épaules.

– Et toi ?

Bien que je ne regarde pas dans sa direction, j'imagine l'agacement d'Hardin en voyant ça. La vérité, c'est que je me sens vraiment coupable de jouer les coquettes avec lui, je n'ai jamais essayé de faire ça à personne jusqu'ici, et je me sens très mauvaise à ce jeu.

– Oui, j'y vais avec Landon.

C'est un éclat de rire général.

– Landon *Gibson ?* demande Zed, hilare.

– Ouais, c'est un ami.

J'ai répondu sur un ton brusque, mais je n'aime pas la façon dont ils rient tous de lui.

– Ça ne m'étonne pas qu'il aille au feu de camp, il est tellement nul, dit Molly.

Je lui jette un regard furieux.

– Ce n'est pas vrai. En fait, il est très cool.

Je comprends que nous n'avons pas la même définition du mot cool. Mais c'est la mienne qui est la bonne.

– Landon Gibson et *cool* ne font pas partie du même vocabulaire, dit Molly en repoussant la mèche de cheveux d'Hardin sur son front.

Je la hais !

– Eh bien, je suis désolée qu'il ne soit pas assez *cool* pour faire partie de votre bande, mais il est...

Je crie en me redressant sur la banquette, ce qui fait retomber le bras de Zed qui était sur mes épaules.

– Hé, Tessa, ne t'emballe pas. On ne fait que vanner, dit Nate.

Molly me sourit d'un air narquois. J'ai le sentiment qu'elle ne m'aime pas beaucoup non plus.

– Je n'aime pas qu'on vanne mes potes, surtout quand ils ne sont pas là pour se défendre.

Il faut que je me calme... C'est parce qu'Hardin est dans le coin et qu'il fait du plat à Molly devant moi que je perds le contrôle de mes émotions.

– Ok, ok, excuse-moi. En plus, c'est quand même lui l'auteur du magnifique œil au beurre noir d'Hardin, ce qui n'est pas rien, je dois dire, dit Zed en reposant son bras sur mes épaules.

Ça fait rire tout le monde, même moi. Seul Hardin ne semble pas trouver ça drôle.

– Ouais, heureusement que le prof les a séparés, sinon Hardin aurait reçu une méga raclée de la part de ce loser, dit Nate en me souriant d'un air gêné.

– Désolé, ça m'a échappé.

Un *professeur?* Je croyais que c'était le père d'Hardin qui les avait séparés. Soit Landon m'a menti, soit... attends, je me demande si ces gens savent que Landon sera bientôt le demi-frère officiel d'Hardin. Je le regarde, il a l'air inquiet. Il leur a menti. Je devrais le griller là, devant tout le monde.

Mais je ne peux pas. Je ne suis pas comme ça. Contrairement à lui, je trouve ça difficile de faire du mal aux autres.

À part à Noah ? me rappelle ma conscience, mais je refuse de l'écouter.

– Moi, je pense que le feu de camp, ça peut être sympa.

Zed me regarde avec intérêt.

– J'y ferai peut-être un tour, finalement.

– Moi j'irai, dit Hardin négligemment depuis l'autre box.

Tout le monde se tourne vers lui, et Molly se met à rire.

– C'est ça, genre toi tu vas y aller !

Elle rit de plus belle.

– Non, c'est vrai, ça peut être sympa.

Hardin insiste doucement, ce qui lui vaut un autre regard en coin de la part de Molly.

Hardin veut y aller parce que Zed a dit qu'il irait ? Je suis peut-être meilleure allumeuse que je le croyais, en fin de compte.

La serveuse nous apporte nos plats et me tend mon burger. Il est très appétissant, si on oublie le ketchup qui dégouline sur le côté. Je fronce le nez et essaie d'en enlever une partie avec la serviette en papier. Je déteste renvoyer les plats, et puis j'ai mon compte pour ce soir. La dernière chose dont j'ai besoin, c'est de me faire remarquer encore plus.

Dans les deux box, la conversation dévie sur la fête de ce soir tandis que tout le monde mord dans ses ailes de poulet et que moi, je picore mes frites. Finalement la serveuse revient et demande si nous avons besoin d'autre chose.

– Non merci, c'est parfait, dit Tristan et la serveuse s'éloigne.

– Attendez. Elle a commandé un burger sans ketchup, dit Hardin d'une voix forte.

Je laisse retomber ma frite. La serveuse me regarde d'un air ennuyé.

– Je suis désolée, vous voulez que je le remporte ?

Je suis horriblement gênée. Je secoue la tête, c'est tout ce que je trouve à faire.

– Ouais, c'est ce qu'elle veut, dit Hardin à ma place.

À quoi joue-t-il, putain ? Et d'abord comment a-t-il su qu'il y avait du ketchup dedans ? Tout ce qu'il veut, c'est me mettre mal à l'aise.

– Allez, chérie, donnez-moi votre assiette, dit la serveuse en souriant. J'en rapporte un autre.

Je la lui tends et la remercie en baissant les yeux. J'entends Molly demander à Hardin :

– C'était quoi, ça ?

Elle ferait bien de faire un effort sur le chuchotement.

– Rien, elle n'aime pas le ketchup, c'est tout.

Molly souffle avant de boire une gorgée de sa bière.

– Et alors ?

Hardin lui jette un regard furieux.

– Et alors, rien. Laisse tomber.

Au moins, je sais maintenant que je ne suis pas la seule avec qui il se conduit comme un mufle.

Mon nouveau burger *sans* ketchup arrive et je le mange pratiquement en entier, sans appétit. Pour finir, Zed paie pour moi, ce qui est à la fois sympa et maladroit. L'agacement d'Hardin semble augmenter quand Zed passe de nouveau son bras autour de mes épaules en sortant.

– Logan dit que la fête est déjà *blindée !* dit Nate en regardant ses messages.

– Tu devrais venir avec moi, propose Zed qui a l'air déçu quand je secoue la tête.

– Je ne vais pas à la fête. Tristan me ramène.

– Je peux la reconduire à sa chambre puisque je suis venu en voiture, dit Hardin.

Je manque m'étaler en entendant ça, heureusement Steph me rattrape et sourit à Hardin.

– Ce n'est pas la peine. Tristan et moi allons la raccompagner, Zed peut venir avec nous.

Si un regard pouvait tuer, Steph s'écroulerait sur le sol à cet instant.

Hardin se tourne vers Tristan.

– Tu ne vas pas conduire sur le campus avec ce que tu as bu, on est vendredi soir et la police aligne les PV.

Steph me regarde, attendant que je dise quelque chose, mais je ne sais pas quoi dire. Je ne veux pas me retrouver seule en voiture avec Hardin, mais je ne veux pas non plus monter avec Tristan qui a bu. Je hausse les épaules et me laisse aller contre Zed, ils n'ont qu'à décider ça entre eux.

– Génial ! On la largue chez elle et on va s'éclater après, dit Molly à Hardin, mais celui-ci secoue la tête.

– Non, toi tu montes avec Tristan et Steph.

Molly se recroqueville sur elle-même.

–Pour l'amour de Dieu, est-ce qu'on pourrait pas tout simplement monter en voiture et se casser ? soupire Nate en sortant ses clés.

–Allez, on y va, Tessa, dit Hardin.

Je lève les yeux vers Zed puis vers Steph.

–Tessa ! aboie Hardin en déverrouillant la portière de sa voiture.

Il tourne la tête pour me regarder et j'ai l'impression que si je ne le suis pas, il va me tirer par les cheveux jusqu'à sa voiture. Mais pourquoi voudrait-il être avec moi alors qu'il a dit à Steph que j'avais intérêt à ne pas m'approcher de lui ? Il disparaît dans la voiture et met le moteur en marche.

–Ça va aller, mais tu m'envoies un texto dès que tu es rentrée, me dit Steph.

Je la regarde et avance vers la voiture d'Hardin. Ma curiosité prend le dessus. Il faut que je sache quelles sont ses intentions. Il le faut.

∞

40

J'ai fait tout ce que j'ai pu pour l'éviter pendant toute la semaine et voilà que je me retrouve en voiture avec lui. Je monte et boucle ma ceinture sans qu'il me regarde, puis, une fois encore, je tire sur le bas de la robe pour essayer de couvrir mes cuisses. Je lui suis reconnaissante de ne pas avoir laissé Molly monter avec nous, j'aurais préféré rentrer à pied plutôt que la voir minauder avec lui. Nous restons silencieux pendant qu'il sort du parking. Au moment où il s'engage sur l'autoroute, il finit par me demander :

– C'est quoi ce nouveau look ?

– C'est une idée de Steph. Elle voulait innover, je suppose.

Je garde les yeux rivés sur les immeubles que je vois défiler par la portière. Son habituelle musique agressive joue en sourdine.

– C'est un peu *too much*, tu ne trouves pas ?

Je serre les poings sur mes genoux. Alors, c'est ça le programme d'aujourd'hui, me raccompagner chez moi en m'insultant pendant tout le trajet ?

– Tu n'étais pas obligé de me raccompagner, tu sais.

Je passe la tête par la vitre, dans une vaine tentative de mettre le plus de distance possible entre lui et moi.

– Ne sois pas si agressive. Tout ce que je dis, c'est que ton changement est un peu excessif.

–Ce qu'il y a de bien, c'est que je me fiche de ton opinion. Mais vu ton aversion pour mon look habituel, je suis un peu étonnée que tu ne me préfères pas comme ça.

Je ferme les yeux. Je suis déjà épuisée d'être avec lui, il me pompe le peu d'énergie qui me restait.

Je l'entends ricaner doucement. Il éteint la radio.

–Je n'ai jamais dit que je n'aimais pas ton look. Bon, tes vêtements... mais je préfère te voir avec tes horribles jupes longues qu'habillée comme ça.

Il essaie de se justifier, mais sa réponse n'a aucun sens. Il semble apprécier que Molly s'habille comme ça, voire carrément comme une pute, alors pourquoi pas moi ? Mais je ne réponds pas.

–Tu m'entends, Tessa ?

Je sens sa main se poser sur ma cuisse. Je fais un bond en arrière et ouvre les yeux.

–Oui. Simplement, je n'ai rien à répondre. Si tu n'aimes pas la façon dont je suis habillée, eh bien, regarde ailleurs !

L'avantage quand je parle avec lui c'est que, pour une fois dans ma vie, je peux dire exactement ce qui me vient à l'esprit sans avoir peur de heurter ses sentiments, pour la bonne raison qu'il n'en a pas.

–C'est justement le problème. Je ne peux pas m'empêcher de te regarder.

Entendre ça ! Je vais peut-être ouvrir la portière et me jeter sur l'autoroute !

– Je t'en prie !

J'éclate de rire. Je sais qu'il est parfaitement capable de me dire des choses plutôt sympas, quoiqu'un peu sibyllines, pour que ce soit encore plus douloureux quand il les retire, et de me couvrir d'insultes après coup.

–Quoi ? C'est vrai. Cette nouvelle façon de t'habiller me plaît, mais tu n'as pas besoin de tout ce maquillage. Les filles ordinaires doivent mettre des tonnes de maquillage pour être aussi jolies que toi, même sans.

Quoi ? Il a dû oublier qu'on se fait la gueule, qu'il a essayé de détruire ma vie il y a moins d'une semaine et que nous nous méprisons l'un l'autre.

–Tu ne t'attends pas à ce que je te remercie, j'espère ?

Je ris à moitié. Il est si déroutant. Il peut me faire la tête ou m'engueuler, et juste après m'avouer qu'il ne peut pas s'empêcher de me regarder. Il change de conversation :

– Pourquoi tu ne leur as pas dit la vérité à propos de Landon et moi ?

– Parce qu'il était clair que tu ne voulais pas qu'ils sachent.

– Justement, pourquoi tu gardes mes secrets ?

– Parce que ce n'est pas à moi de les dire.

Il me regarde par en dessous avec un léger sourire.

– J'aurais compris que tu le fasses, après ce que je t'ai fait avec Noah.

– Eh bien, je ne suis pas toi.

– Non, non, en effet, dit-il d'une voix plus calme.

Pendant tout le reste du trajet, il garde le silence, et je fais de même. Je n'ai rien de plus à lui dire. Nous arrivons enfin sur le campus et, bien entendu, il se gare le plus loin possible de ma chambre.

Lorsque j'approche ma main de la poignée, Hardin touche ma cuisse de nouveau, en souriant.

– Tu ne me dis pas merci ?

– Merci de m'avoir raccompagnée, dis-je, sarcastique, en descendant, dépêche-toi de rentrer, Molly va t'attendre.

J'espère qu'il ne m'a pas entendue, je ne sais même pas pourquoi j'ai dit ça.

– Ouais... je ferais mieux. C'est vrai qu'elle est marrante quand elle a trop bu, dit-il avec un sourire narquois.

Ne surtout pas lui montrer que c'est comme s'il m'avait donné un coup de poing dans l'estomac. Je me penche pour le regarder par la vitre côté passager.

– Ouais, j'en suis sûre. Noah va bientôt venir, de toute façon.

– Ah bon ?

Ses yeux se rétrécissent et il joue avec ses ongles. Un geste machinal, je suppose.

– Ouais, à un de ces jours.

Je souris en m'éloignant. Je l'entends descendre de voiture et claquer la portière.

– Attends.

Je me retourne.

– Je… non, ce n'est rien, je croyais que tu avais… euh… laissé tomber quelque chose, mais non.

Il rougit. De toute évidence, il ment et j'aimerais savoir ce qu'il allait dire, mais il faut que je parte tout de suite.

– Au revoir, Hardin.

Ces mots ont plus de sens qu'ils n'en ont l'air. Je ne me retourne pas pour voir s'il me rattrape, je sais qu'il ne le fera pas.

Je n'attends pas d'arriver pour enlever mes hauts talons et je traverse le campus pieds nus. La première chose que je fais en arrivant, c'est remettre mon pyjama molletonné, puis j'appelle Noah qui répond à la deuxième sonnerie.

– Salut.

Ma voix est trop aiguë. *Ce n'est que Noah. Pourquoi suis-je si tendue ?*

– Salut, Tessa, ta journée s'est bien passée ?

Lui n'a plus cette voix distante qu'il a eue toute la semaine. Je pousse un soupir de soulagement.

– Bien. En fait, ce soir je traîne dans ma chambre. Et toi, qu'est-ce que tu fais ?

Je laisse intentionnellement de côté mon dîner avec Steph et toute la bande, Hardin en particulier. Ça ferait désordre dans mon entreprise de réhabilitation.

– Je sors de l'entraînement. Ce soir, j'ai l'intention de travailler parce que demain j'ai prévu d'aider les nouveaux voisins à couper un arbre.

Il est toujours en train d'aider quelqu'un. Décidément, il est trop bien pour moi.

– Moi aussi, je vais travailler ce soir.

– C'est dommage qu'on ne puisse pas travailler ensemble.

– Tu le penses vraiment ?

– Bien sûr que oui, Tessa. Je t'aime toujours et tu me manques. Mais il faut que tu me promettes que ce qui s'est passé ne se reproduira plus jamais. Je suis prêt à essayer d'oublier, mais tu dois me promettre de ne pas le revoir.

Il n'a pas besoin de dire son nom.

– Bien sûr, je te le jure – Je t'aime !

Une petite voix que je n'écoute pas me dit: Si tu tiens tant à ce que Noah te pardonne, c'est parce que tu as peur de te retrouver complètement seule, alors que tu es en train de tout faire pour plaire à Hardin.

Après avoir échangé des « je t'aime », il accepte de m'accompagner au feu de camp le week-end prochain, puis nous raccrochons. Je cherche sur Internet des marchands de voitures proches du campus. Une chance pour moi, il semble qu'il y ait un grand nombre de vendeurs de voitures d'occasion désireux de plumer les étudiants. Je note certaines adresses.

Je fouille dans la trousse de maquillage de Steph et finis par trouver les cotons à démaquiller. Ça prend des heures et c'est tellement pénible que je me promets de ne plus jamais me maquiller, même si c'était très réussi.

∞

41

Je sors mes notes et mes manuels, et me plonge dedans pour m'avancer sur les cours de la semaine prochaine. J'aime prendre de l'avance, genre une semaine au moins, pour ne pas risquer d'être distancée. Mais, très vite, mes pensées dérivent vers Hardin et ses sautes d'humeur, et j'ai du mal à me concentrer sur la dissertation que je suis censée rédiger. Il n'y a que deux heures que j'ai parlé avec Noah, mais j'ai l'impression que ça fait le double.

Je décide de regarder un film dans mon lit, avant de m'endormir. Mon choix s'arrête sur *Je te promets,* bien que je l'aie déjà vu un nombre incalculable de fois. Ça ne fait pas dix minutes que le film a commencé que j'entends dans le couloir quelqu'un jurer. Je monte le son de mon ordi et n'y prête pas attention : on est vendredi, ce qui veut dire qu'il va y avoir de la viande soûle à la résidence ce soir. Quelques minutes plus tard, les jurons recommencent – une voix d'homme, puis une voix de femme s'y met aussi. Le mec crie plus fort et je reconnais l'accent. L'accent d'Hardin.

Je bondis et ouvre la porte brusquement. Je le trouve assis par terre, le dos appuyé contre le mur d'en face. Une fille aux cheveux décolorés, furieuse, l'engueule, les poings sur les hanches.

– Hardin ?

Il lève la tête. Un large sourire passe sur son visage.

–Theresa... dit-il en se levant.

–Pourrais-tu dire à ton petit ami de se barrer de devant ma porte. Il a renversé de la vodka partout !

–Ce n'est pas mon...

Hardin m'empêche de continuer en m'entraînant vers ma chambre.

–Désolé pour la vodka, dit-il en faisant une grimace à l'intention de la blonde.

Elle souffle, entre dans sa chambre dont elle claque la porte violemment.

–Hardin, qu'est-ce que tu fais là ?

Il essaie de passer devant moi pour entrer, mais je bloque la porte.

–Pourquoi tu ne veux pas que j'entre, Tessa ? Je te promets d'être sympa avec ton papy.

Il rit et je soupire, comprenant qu'il se moque de Noah.

–Il n'est pas là.

–Ah bon ? Alors, tu peux me laisser entrer.

Sa voix est pâteuse.

–Non. Tu as bu ?

Je scrute son visage. Il a les yeux rouges et son sourire le trahit. Il se mord les lèvres et enfonce ses mains dans ses poches.

–Je croyais que tu ne buvais pas, c'est ce que tu m'as dit, pourtant ces temps-ci tu n'arrêtes plus.

–Ça ne fait que deux fois, n'exagère pas.

Il me pousse pour passer et se laisse tomber sur mon lit.

–Alors, il n'est pas venu, Noah. Pourquoi ?

–Je ne sais pas.

Il remue la tête, comme s'il y réfléchissait sérieusement.

–Je sais. Il y avait probablement des soldes sur les cardigans chez Gap, alors il a annulé sa visite.

Il éclate de rire, il y met tellement d'énergie que je ne peux que l'imiter.

–Et Molly, où elle est ? Aux soldes chez Pétasse et Compagnie ?

Hardin s'arrête un instant puis se met à rire de plus belle.

–Ta tentative de répartie est minable, Theresa.

Je lui flanque un coup de pied dans le tibia.

–En tout cas, tu ne peux pas rester ici. Noah et moi sommes de nouveau ensemble, c'est officiel.

Je remarque que son sourire s'efface. Il se frotte les genoux.

– Joli pyjama.

Je baisse les yeux. Pourquoi est-il si cavalier ? Nous n'avons rien résolu et, pour autant que je sache, nous nous tenons à l'écart l'un de l'autre.

– Hardin, il faut que tu partes.

– Laisse-moi deviner. Une des conditions que Noah a posées pour se réconcilier avec toi, c'est que tu arrêtes de me voir ?

Il ne plaisante plus maintenant.

– Oui, et si je me souviens bien, toi et moi n'étions plus potes, on ne se parlait même plus. Pourquoi as-tu laissé tomber le cours de littérature ? Pourquoi as-tu frappé Landon ?

– Et pourquoi faut-il que tu poses toujours autant de questions ? Je n'ai pas envie de parler de tout ça. Qu'est-ce que tu faisais dans ce super pyjama avant que j'arrive ? Pourquoi as-tu éteint la lumière ?

Hardin est beaucoup plus enjoué quand il a bu, mais je me demande pourquoi il s'est mis à boire ? Peut-être que si je suis sympa, il acceptera de répondre à certaines de mes questions.

– Je regardais un film.

– Lequel ?

– *Je te promets.*

Je l'observe. Je m'y attends, il va me casser dans quelques secondes, et ça ne rate pas.

– Ça ne m'étonne pas que tu aimes ce genre de mélo, tellement irréaliste.

– C'est inspiré d'une histoire vraie.

– N'empêche, c'est idiot.

– Est-ce que tu l'as vu au moins ?

Il secoue la tête.

– Je n'ai pas besoin de le voir pour savoir que c'est idiot. Je te raconte la fin quand tu veux : elle retrouve la mémoire et ils vivent heureux jusqu'à leur mort.

Il a parlé d'une voix suraiguë.

– Justement non, ça ne finit pas comme ça, je réponds en riant.

La plupart du temps, Hardin me rend folle, mais ce sont des moments rares comme celui-ci qui me font oublier qu'il peut être abject. J'oublie que je suis censée le haïr, et je me retrouve en train de lui lancer l'un des oreillers de Steph à la figure. Il me laisse faire, même s'il pourrait facilement m'en empêcher, et il pousse des petits cris comme s'il avait vraiment mal. Une fois de plus, nous voilà en train de rire.

– Je peux le regarder avec toi ?

– Je ne pense pas que ce soit une bonne idée.

Il hausse les épaules.

– Les plus mauvaises idées sont souvent les meilleures. Et puis, tu ne vas pas me laisser rentrer chez moi en voiture alors que je suis déchiré, si ?

Je ne peux pas résister à son sourire, pourtant je sais que je ne devrais pas.

– D'accord, mais tu t'assieds par terre ou sur le lit de Steph.

Il fait la moue, mais je ne lâche pas. Dieu sait ce qui pourrait se passer entre nous si nous nous installons sur mon petit lit. Je rougis à la simple évocation de ces possibilités, et je me sermonne de penser à des choses pareilles, *juste* après avoir promis à Noah de ne plus voir Hardin. Ça paraissait tellement simple de promettre, mais en dépit de tout, je trouve toujours le moyen d'aller vers lui. Ou c'est lui qui vient vers moi, comme ce soir.

Hardin se laisse glisser sur le sol et j'en profite pour admirer son sex-appeal dans son t-shirt blanc tout simple. Le contraste est parfait entre le noir du tatouage et le blanc du t-shirt. J'adore voir les branches de lierre le long de son cou et les lignes noires qu'on devine par transparence.

J'appuie sur la touche *play*. Immédiatement, il me demande :

– T'as du pop-corn ?

– Non, tu n'avais qu'à en apporter, dis-je en plaisantant, et je tourne l'écran pour qu'il voie mieux depuis le sol.

– Je me contenterais bien d'un autre genre d'en-cas.

Je lui donne une petite claque sur la tête.

– Tais-toi et regarde le film, ou je te flanque à la porte.

Hardin fait le geste de fermer une glissière sur ses lèvres et de me tendre la clé, ce qui me fait rigoler, et je fais semblant de la jeter par-dessus mon épaule. Il appuie sa tête contre le bord du lit. J'avoue que, depuis le début de la semaine, je ne me suis pas sentie aussi calme et en paix. Hardin me regarde plus qu'il ne regarde le film, mais ca m'est égal. Je remarque comme il sourit quand je ris aux dialogues, ou comme il fronce les sourcils quand je sanglote parce que Paige a perdu la mémoire, et comme il pousse lui aussi un soupir de soulagement quand Paige et Leo se retrouvent à la fin. Je fais dérouler le menu pour trouver un autre film.

–Alors, qu'est-ce que tu en penses ?

– Totalement nul.

Mais il sourit et, sans réfléchir, je lui ébouriffe les cheveux. Quand je m'en rends compte, je me redresse et il se tourne vers le mur. *Si tu voulais rendre la situation embarrassante, c'est réussi, Tessa.*

Hardin tend le bras vers mon ordi.

–Je peux choisir le film suivant ?

–Qui a dit que tu pouvais rester ?

Il lève les yeux au ciel et ajoute avec un sourire espiègle :

–Je ne peux pas conduire. Je n'ai pas encore dessoûlé.

Je sais qu'il ment. Il est pratiquement dégrisé, mais il a raison, il vaut mieux qu'il reste. Et si je peux passer un peu de temps avec lui, il sera toujours temps demain de supporter ses brimades. Je suis vraiment nulle, il avait raison de le dire. Mais là, à cet instant précis, ça m'est parfaitement égal.

Je voudrais lui demander ce qu'il est venu faire ici et pourquoi il n'est pas à la fête de la fraternité, mais je décide d'attendre la fin du film ; je sais bien qu'il va devenir désagréable dès que je commencerai à lui poser des questions. Il jette son dévolu sur un *Batman* que je n'ai jamais vu, en jurant que c'est le meilleur film de tous les temps. Il tente de me raconter les épisodes précédents de la trilogie et son enthousiasme me fait rire, même si je n'ai pas la moindre idée de ce dont il parle. Noah et moi regardons toujours des films ensemble, mais je ne me suis jamais autant amusée qu'avec Hardin. Noah regarde l'écran en silence alors qu'Hardin n'arrête pas de faire des commentaires sarcastiques hilarants.

–J'ai les fesses endolories d'être assis par terre, se plaint-il dès le début du film.

–Le lit de Steph est moelleux et confortable.

Il fronce les sourcils.

–Mais je ne verrai pas l'écran de là-bas. Allez, Tessa, je te promets de garder les mains dans les poches.

– D'accord.

Je me pousse en grognant.

Il sourit et s'allonge sur le ventre près de moi en m'imitant, les genoux pliés et les pieds en l'air. Il pose la tête sur ses mains, ce qui estompe tous les angles de son visage et le rend adorable. Ce film est bien meilleur que ce que je croyais et j'ai dû être beaucoup plus absorbée par l'action qu'Hardin parce qu'au moment du générique de fin, je me tourne vers lui et le vois endormi profondément.

Il a l'air si parfait, si paisible dans son sommeil. J'adore regarder ses paupières qui frémissent, sa poitrine qui monte et descend et le souffle adorable qui sort de ses lèvres charnues. J'ai envie de tendre la main pour lui caresser le visage, mais je résiste. Je devrais le réveiller et lui dire de partir, mais je pose ma couverture sur lui et vais fermer la porte à clé avant de m'allonger sur le lit de Steph. Je le regarde encore une fois et j'admire la façon dont la lueur diffuse de la télévision illumine son visage. Il a l'air plus jeune et plus heureux dans son sommeil.

En m'endormant, je réalise que j'ai déjà passé plusieurs nuits en compagnie d'Hardin, ce que je n'ai jamais fait avec Noah. Ma conscience me rappelle que ce n'est *pas la seule* chose que j'ai faite avec Hardin et pas avec Noah.

∞

42

Un bourdonnement insidieux et régulier flotte dans mon rêve. Pourquoi ne s'arrête-t-il pas ? Je me retourne, je n'ai pas envie de me réveiller, mais le bruit insistant me force à le faire. Je suis désorientée, je ne sais plus où je suis. Je réalise alors que je suis dans le lit de Steph. J'ai presque oublié la présence d'Hardin dans la chambre.

Comment se fait-il qu'on finisse toujours par se retrouver ensemble ? Et d'où vient ce bruit agaçant ? Éclairée par la faible lumière venant de la fenêtre, je trace le bruit qui me mène à la poche d'Hardin. Dans mon demi-sommeil, j'ai comme la sensation qu'il m'est destiné. Les yeux attirés par la forme du portable dans la poche de son jean étroit, j'hésite à y glisser la main. Le bruit s'arrête juste au moment où j'arrive devant mon lit et je profite de l'occasion pour admirer combien Hardin est paisible quand il dort. Son perpétuel froncement de sourcils a disparu et ses lèvres roses sont détendues. Je soupire en me retournant quand la vibration recommence. Il faut que j'attrape son téléphone sans le réveiller. Je tends la main pour fouiller dans sa poche. Si son jean n'était pas si serré, je pourrais le sortir... mais je n'ai pas cette chance.

– Qu'est-ce que tu fabriques ? grogne-t-il.

Je recule brusquement.

– Ton téléphone vibre et ça m'a réveillée.

J'ai parlé à voix basse alors que nous sommes seuls dans la chambre. Je l'observe en silence tandis qu'il plonge la main dans sa poche pour essayer d'en sortir l'appareil.

– Quoi ? demande-t-il brusquement quand il parvient enfin à l'attraper, et il se passe la main sur le front en écoutant la réponse.

– Non, je ne reviens pas ce soir. Je suis chez un pote.

Sommes-nous potes ? Bien sûr que non. Je suis juste une excuse commode pour expliquer qu'il ne retournera pas à la fête. Je reste plantée là, mal à l'aise, à danser d'un pied sur l'autre.

– Non, tu ne vas pas dans ma chambre. Tu le sais. Je vais me rendormir maintenant, ne me réveille pas une fois de plus. Et ma porte est fermée à clé, inutile de perdre ton temps à essayer de l'ouvrir.

Il raccroche et je recule instinctivement. Sa mauvaise humeur est palpable et je n'ai pas envie que ça me tombe dessus. Je me glisse dans le lit de Steph en remontant la couverture.

– Désolé que ça t'ait réveillée, c'était Molly.

– Ah !

Je me tourne sur le côté en soupirant. Je suis face à lui et il me sourit de l'autre côté de la pièce, comme s'il savait ce que je pense de Molly. Je ne peux pas nier la petite bulle d'excitation qui m'emplit à l'idée qu'il est ici et non pas avec elle, même si son comportement dépasse mon entendement.

– Tu ne l'aimes pas, hein ?

Il s'est tourné complètement vers moi, ses cheveux sont étalés en désordre sur mon oreiller. Je secoue la tête.

– Pas vraiment, en effet. Mais je t'en prie, ce n'est pas la peine de lui dire. Je ne veux pas d'histoire.

Je sais bien que je ne peux pas lui faire confiance mais, avec un peu de chance, il oubliera de se servir de cette information qui créerait une controverse.

– Non, non. Je ne l'aime pas non plus.

– Ouais, tu as vraiment l'air de ne pas l'aimer ! dis-je sur le ton le plus sarcastique dont je sois capable.

– Non, c'est vrai. Je veux dire elle est marrante et tout, mais elle est plutôt casse-pieds.

Cette remarque vient renforcer ma bulle d'espoir.

– Dans ce cas, tu devrais peut-être arrêter de flirter avec elle.

Je me rallonge sur le dos, pour qu'il ne puisse pas voir mon visage.

– Et pour quelle raison je ferais ça ?

– Si tu la trouves si pénible que ça, pourquoi tu continues à flirter avec elle ?

Je sais bien que je n'ai pas envie d'entendre la réponse, mais c'est plus fort que moi.

– Ça m'occupe, je suppose.

Je ferme les yeux et je prends une profonde inspiration. Le simple fait de penser à Hardin flirtant avec Molly me fait souffrir plus que je n'aurais cru. Sa voix enjôleuse me tire de mes pensées jalouses.

– Viens t'allonger près de moi.

– Non.

– Allez, viens. Je dors mieux quand tu es près de moi.

Il dit ça comme si c'était un aveu. Je m'assieds dans le lit pour le regarder.

– Qu'est-ce que tu dis ?

Je ne peux pas cacher ma surprise. Qu'il pense vraiment ce qu'il vient de dire ou pas, ses paroles me font fondre.

– Je dors mieux quand tu es avec moi.

Il baisse les yeux.

– Le week-end dernier j'ai mieux dormi que je ne l'avais fait depuis très longtemps.

– C'était probablement dû au whisky plus qu'à moi.

J'essaie de faire comme si je prenais son aveu à la légère. Je ne sais pas quoi faire ni quoi dire d'autre.

– Non, c'était toi.

– Bonne nuit, Hardin.

Je me retourne. S'il continue à dire des choses comme ça et que je continue à les écouter, je vais encore me rendre à sa merci, une fois de plus.

– Pourquoi tu ne me crois pas ?

– Parce que tu fais toujours ça. Tu commences par dire des choses gentilles, ensuite tu arrêtes tout et je finis en larmes.

– Je te fais pleurer ?

Comme s'il ne le savait pas ! Il m'a vue pleurer bien plus que n'importe qui.

– Ouais. Souvent.

Je me cramponne à la couverture de Steph. J'entends le lit craquer légèrement et je ferme les yeux, de peur mais d'autre chose aussi. Les doigts d'Hardin effleurent mon bras tandis qu'il vient s'asseoir sur le bord du lit, et je me dis qu'à quatre heures du matin, il est trop tard, ou trop tôt, pour ça.

– Je ne fais pas exprès de te faire pleurer.

J'ouvre les yeux et le fixe.

– Mais si, tu le fais exprès. C'est *précisément* ton intention chaque fois que tu me dis des choses blessantes. Comme quand tu m'as obligée à tout dire à Noah et quand tu m'as humiliée la semaine dernière dans ton lit parce que je ne pouvais pas dire exactement ce que tu voulais. Ce soir, tu me dis que tu dors mieux quand je suis là, mais si je m'allongeais près de toi, à l'instant même où nous nous réveillerions, tu me dirais que je suis affreuse ou que tu ne peux pas me supporter. Après notre balade à la rivière, je pensais que... Bon, laisse tomber. Je peux dire ce que je veux, ça ne change rien.

Je prends une ou deux inspirations profondes, paniquée de ce que pourrait provoquer ce flot de paroles.

– Je t'écoute, en ce moment.

Ses yeux sont impénétrables, mais ils me poussent à continuer.

– Je ne sais pas pourquoi tu aimes tant jouer au chat et à la souris avec moi. Tu es sympa et, tout de suite après, tu es odieux. Tu dis à Steph que tu vas me détruire si je m'approche de toi et après tu insistes pour me raccompagner chez moi. Tu ne sais pas ce que tu veux.

– Je ne voulais pas dire ça. Que je te détruirais. C'est juste... je ne sais pas. Parfois je dis des choses... dit-il en se passant la main dans les cheveux.

– Pourquoi as-tu laissé tomber le cours de littérature ?

– Parce que tu ne veux plus que je t'approche, et il ne faut pas que je m'approche de toi.

– Pourquoi tu le fais, alors ?

Confusément, je me rends compte que l'atmosphère a changé dans la pièce. Sans le vouloir, nous nous sommes rapprochés l'un de l'autre, nos corps ne sont plus qu'à quelques centimètres.

– Je n'en sais rien.

Il frotte ses mains l'une sur l'autre puis les repose sur ses genoux.

Je voudrais dire quelque chose – n'importe quoi –, mais je ne peux pas lui dire que je ne veux *pas* qu'il garde ses distances, que je pense à lui à chaque seconde, tous les jours.

Finalement, c'est lui qui rompt le silence.

– Est-ce que je peux te poser une question à laquelle tu me répondras en toute franchise ?

Je hoche la tête.

– Est-ce que... est-ce que je t'ai manqué cette semaine ?

Je ne m'attendais pas du tout à ça. Je cligne des yeux à plusieurs reprises pour éclaircir mon esprit en pleine confusion. Je lui ai dit que je répondrai en toute franchise, mais j'ai peur de le faire.

– Alors ?

– Ouais, je marmonne en me cachant le visage dans les mains.

Mais il les écarte, et son contact sur mes poignets embrase ma peau tout entière.

– Ouais, quoi ?

Sa voix est tendue, comme s'il attendait désespérément ma réponse.

– Tu m'as manqué.

Je déglutis, m'attendant au pire.

En revanche, je n'attendais pas du tout son soupir de soulagement ni le sourire qui illumine son beau visage. J'aimerais lui demander si moi, je lui ai manqué, mais il se met à parler sans m'en laisser l'occasion.

– C'est vrai ?

On dirait presque qu'il ne me croit pas. Je confirme d'un signe de la tête, ce qui me vaut un sourire timide. Hardin *timide* ? Il est plus probablement satisfait de mon aveu lui prouvant qu'il m'a à sa botte.

– Je peux me rendormir maintenant ?

Je me doute qu'il ne va pas répondre à ma confession par un aveu, et il est vraiment tard.

– Seulement si tu dors avec moi. Dans le même lit, bien sûr.

Il sourit.

Je soupire en marmonnant

– Oh Hardin, on ne peut pas dormir, tout simplement ?

Et je me retourne, en prenant bien garde à ne pas le toucher. Mais, soudain, je pousse un petit cri de surprise quand il me tire par les jambes et me soulève du lit pour me jeter sur son épaule. II me porte jusqu'à mon lit sans tenir compte ni de mes coups de pieds ni de mes supplications. Il pose un genou sur le lit et m'allonge doucement du côté du mur avant de s'étendre près de moi. Je le fusille du regard sans dire un mot, de crainte, si je résiste trop fort, qu'il ne parte, ce que je ne veux pas.

Il tend le bras pour ramasser l'oreiller que je lui ai jeté à la figure un peu plus tôt, et il le met entre nous comme une barrière avec un sourire ironique.

– Voilà, maintenant tu peux dormir en toute sécurité.

Je lui souris, c'est plus fort que moi.

– Bonne nuit.

Je glousse.

– Bonne nuit, Tessa.

Il rit aussi et je me tourne sur le côté.

Et là, j'ai beau regarder fixement le mur, je n'ai plus sommeil du tout. J'espère que mon excitation va retomber et que je vais réussir à m'endormir. Enfin, j'espère à moitié.

Quelques minutes plus tard, je sens l'oreiller bouger et Hardin entoure ma taille de ses bras et me tire contre sa poitrine. Je ne le repousse pas, je ne proteste pas. Je savoure trop la sensation pour cela.

– Tu m'as manqué aussi, murmure-t-il dans mes cheveux.

Je souris, sachant qu'il ne me voit pas. Je sens la douce pression de ses lèvres sur ma tête et mon ventre se contracte. J'ai beau adorer ça, je suis plus confuse que jamais en m'endormant.

∞

43

L'alarme de mon téléphone retentit trop tôt, je me retourne et lève la main pour faire taire cet horrible bip qui m'agresse. Elle retombe violemment sur une surface chaude et douce et je bats des paupières pour ouvrir les yeux sur Hardin qui me regarde fixement. Je saisis mon oreiller pour couvrir mon visage rouge de honte, mais Hardin me l'arrache des mains.

– Bonjour à toi aussi, dit-il avec un sourire, en se frottant le bras.

À mon tour, je le regarde fixement en préparant une excuse dans ma tête. *Depuis combien de temps me regarde-t-il?*

– Tu es mignonne quand tu dors.

Je m'assieds aussitôt dans le lit, convaincue d'être affreuse, comme toujours le matin. Il me tend mon téléphone.

– C'est pour quoi cette alarme?

Je l'éteins et sors du lit.

– Je dois me trouver une voiture aujourd'hui. Tu peux partir quand tu veux.

– Il est évident que tu n'es pas du matin.

Il plisse le front. J'attache mes cheveux en queue de cheval pour éviter qu'ils ressemblent à un nid d'oiseau.

– Je suis... je ne veux pas te retenir.

Je me sens un peu coupable d'être aussi impolie mais, pour être honnête, je m'attendais à ce que ce soit lui qui le soit.

– Pas de problème. Est-ce que je peux venir avec toi?

Je tourne la tête dans tous les sens, me demandant si j'ai bien entendu. Finalement, je le regarde d'un air suspicieux.

– Pour chercher une voiture ? Pourquoi tu ferais ça ?

– Je suis obligé d'avoir une raison ? Tu as l'air de penser que j'ai l'intention de te tuer ou je ne sais quoi.

Il rit et se lève en ébouriffant ses cheveux.

– En fait, je suis juste un peu surprise par ton humeur enjouée ce matin... et que tu veuilles aller quelque part avec moi... et que tu... ne m'insultes pas.

Je me détourne de lui et ramasse mes affaires et ma trousse de toilette. Avant tout, j'ai besoin de prendre une douche.

Pas du tout perturbé par ma franchise, Hardin insiste.

– Ça va être cool, je t'assure. Laisse-moi te prouver que nous pourrions... que je peux être sympa. C'est juste pour une journée.

Son beau sourire est très convaincant. Mais Noah va sûrement me quitter et définitivement refuser de me parler s'il apprend qu'Hardin a dormi avec moi, dans mon lit, en me tenant dans ses bras. Je ne sais pas ce qui fait que j'ai constamment peur de perdre Noah. Peut-être que je crains la réaction de ma mère si jamais nous rompons, ou peut-être que mon vieux moi est trop lié à Noah. Il a toujours été là et j'ai le sentiment que je nous dois, à lui autant qu'à moi, de ne pas rompre notre relation. Mais je crois que la principale raison, c'est que je sais pertinemment qu'Hardin ne peut pas et ne veut pas m'offrir le genre de relation dont j'ai besoin et que j'attends de lui.

Perdue dans ces pensées, je me dis qu'entendre la respiration régulière d'Hardin endormi dans mon oreille en valait la peine, même si Noah ne devait plus jamais me parler de sa vie.

– Allô la Terre ? Tessa ?

Hardin m'appelle, me faisant sortir brusquement de ma rêverie. J'étais plantée là, perdue dans mon débat intérieur, et j'ai complètement oublié sa présence.

– Quelque chose ne va pas ? demande-t-il en s'approchant de moi.

Oh ! Rien du tout, seulement que je viens d'admettre que j'ai des sentiments pour toi et que je ne veux pas en rester là, tout en sachant très bien que tu n'en auras jamais rien à faire de personne, et surtout pas de moi.

– Non, je me demandais juste ce que j'allais mettre.

Son regard se porte sur les vêtements que j'ai dans la main et il incline la tête mais se contente de dire :

– Alors, est-ce que je peux venir ? Ce sera plus facile pour toi de toute façon, tu n'auras pas besoin de prendre le bus.

En fait, oui, ça pourrait être cool. Et ce serait plus facile.

– Ok d'accord. Laisse-moi juste me préparer.

J'avance vers la porte, Hardin sur les talons.

– Qu'est-ce que tu fais ?

– Je viens avec toi.

– Euh... là, je vais prendre une douche.

Je balance ma trousse de toilette devant ses yeux, qu'il m'arrache des mains.

– Quelle coïncidence ! Moi aussi.

Putains de salles de bains mixtes ! Il me passe devant et ouvre la porte sans se retourner. Je me précipite pour le rattraper et j'empoigne son t-shirt.

– C'est gentil de m'accompagner, dit-il pour rigoler.

– La journée n'a pas encore commencé que tu m'embêtes déjà, je plaisante aussi.

Un groupe de filles passe à côté de nous et entre dans la salle de bains, elles n'essaient même pas de dissimuler leur intérêt pour Hardin.

– Mesdames ! les salue Hardin, et elles se mettent à glousser comme des écolières.

Ce sont des écolières, quelque part, mais ce sont aussi des adultes, qui devraient se comporter comme telles.

∞

44

Quand j'arrive après un arrêt aux toilettes, je n'entends ni ne vois Hardin dans les douches. Naturellement, je commence à m'inquiéter en pensant qu'il est parti quelque part avec les filles. Il n'a même pas apporté d'affaires avec lui ; s'il se douche, il va devoir remettre ses vêtements d'hier. Hardin pourrait porter des affaires couvertes de boue, il serait quand même plus attirant que tous les autres mecs. *En dehors de Noah, bien sûr.*

Je me douche rapidement, me sèche et m'habille avant de retourner dans ma chambre où je le retrouve avec soulagement, assis sur mon lit. *Prenez ça dans les dents, les meufs* ! Il est torse nu et ses cheveux sont encore plus noirs, mouillés. Je ferme la bouche pour ne pas tirer la langue.

– T'en as mis du temps, dit-il en s'allongeant.

Ses muscles se contractent quand il passe ses bras derrière la tête pour s'appuyer contre le mur.

– Tu es censé être gentil avec moi, je te rappelle.

J'ouvre la porte du placard de Steph pour utiliser le miroir, je m'assieds devant, les jambes croisées, et attrape sa trousse de maquillage.

– Mais je *suis* gentil.

Je me tais en essayant de me maquiller. Après trois tentatives pour faire une ligne droite sur ma paupière, je jette l'eye-liner sur le miroir et Hardin éclate de rire.

– Tu n'en as pas besoin, de toute façon.

– J'aime bien ça.

–D'accord. On n'a qu'à rester assis ici toute la journée pendant que tu te peinturlures la figure.

Et voilà, c'est ça le *gentil* Hardin.

Il se rattrape aussitôt en disant vivement

–Excuse-moi, excuse-moi.

J'enlève l'eye-liner et abandonne l'idée de me maquiller. C'est un peu compliqué de faire ça avec un Hardin qui regarde.

–Je suis prête.

Il se lève d'un bond.

–Tu ne mets pas de t-shirt?

–Si, j'en ai un dans mon coffre.

J'avais raison. Il doit en avoir un stock dans sa voiture. Je préfère ne pas savoir pourquoi.

Comme il l'a dit, Hardin sort un t-shirt noir de son coffre de voiture et finit de s'habiller sur le parking.

–Arrête de me regarder comme ça et monte dans la voiture.

Je bégaie une vague protestation, mais j'obtempère.

–J'aime bien quand tu mets un t-shirt blanc.

Les mots m'ont échappé sans que je réfléchisse. Il incline la tête sur le côté et me sourit d'un air suffisant.

–Ah oui ?

Il hausse un sourcil.

–Eh bien, moi je t'aime bien avec ce jean. Il te fait un cul magnifique.

Je reste bouche bée. Hardin et ses gros mots!

Je lui donne une petite tape sur le bras, ce qui le fait rire, mais je me félicite d'avoir mis ce jean. Ça me plaît qu'Hardin me regarde, même si je ne l'admettrais pour rien au monde. Et cette façon étrange de me complimenter, sans en avoir l'air, me flatte.

–Alors, on va où?

Je sors mon smartphone et je lui lis la liste des vendeurs de voitures d'occasion dans un rayon de dix kilomètres, plus les commentaires des clients, pour certains d'entre eux.

–Tu planifies beaucoup trop. Nous n'irons à aucune de ces adresses.

–Bien sûr que si. J'ai tout prévu. Il y a une Prius que je veux voir chez Bob's Super Cars.

Le nom me fait frémir.

–Une *Prius?* dit-il, l'air dégoûté.

–Quoi ? Elles consomment très peu et elles sont sûres et...

–Ennuyeuses. Je me doutais que tu voudrais une Prius. C'est écrit sur ton front: « Femme avec un agenda organiseur dans sa Prius ».

Il dit ça avec une voix de fausset et ricane.

–Tu peux te moquer de moi tant que tu veux, n'empêche que j'économiserai un max d'essence tous les ans.

Je ris quand il se penche vers moi et me pince la joue. Je le regarde, stupéfaite d'un geste aussi anodin mais adorable. Il a l'air aussi étonné que moi de ce qu'il vient de faire.

–Tu es mignonne, parfois.

Je regarde devant moi à nouveau.

–Waouh. Merci.

–Ne le prends pas mal, je voulais dire que parfois tu fais des choses mignonnes, marmonne-t-il.

Les mots ne sortent pas aisément de sa bouche, il faut dire qu'il n'a pas l'habitude de dire ce genre de chose.

–D'accord...

Je regarde par la portière.

Chaque minute passée avec lui accroît mes sentiments à son égard même s'il est dangereux pour moi de laisser se reproduire ces moments, brefs et apparemment innocents, où Hardin me fait perdre tout contrôle sur moi-même. Je deviens une simple passante dans la tempête.

Hardin finit par me conduire jusque chez Bob's et je le remercie. Bob est un homme court sur pattes, transpirant et aux cheveux collés par trop de gel, qui sent le tabac et le cuir et dont le sourire dévoile une dent en or. Pendant qu'il me parle, Hardin se tient à ses côtés et fait des grimaces quand il ne regarde pas. Le petit homme semble intimidé par l'allure agressive d'Hardin, et je peux le comprendre. Je jette un coup d'œil à l'état de la Prius d'occasion et décide de ne pas la prendre. J'ai le sentiment qu'à peine sortie du garage elle tombera en panne, or chez Bob, la formule « ni repris-ni échangé » est à prendre au pied de la lettre.

Nous faisons plusieurs autres garages, ils sont tous aussi pourris.

Après une matinée à fréquenter un nombre incalculable d'hommes au crâne dégarni, je décide d'arrêter là ma recherche de voiture. Il faudra que je m'éloigne davantage du campus pour trouver une voiture correcte, et aujourd'hui je n'en ai pas envie. Nous décidons de trouver quelque chose à manger dans un self et, tout en mangeant dans la voiture, Hardin, à ma grande surprise, me raconte comment Zed s'est fait arrêter l'année dernière pour avoir vomi partout chez Wendy. La journée se passe mieux que j'aurais imaginé, pour une fois j'ai l'impression que nous pourrions aller jusqu'à la fin du semestre sans nous entretuer.

Sur le chemin du campus, nous passons devant un adorable petit bar de glaces au yaourt où je supplie Hardin de s'arrêter. Il grogne et fait comme s'il n'était pas d'accord, mais je décèle un soupçon de sourire derrière le masque grognon. Il me dit de trouver une table et va chercher nos glaces, en empilant dessus tous les bonbons et cookies possibles. Ça me semble dégoûtant, mais il me persuade que c'est la seule façon d'en avoir pour son argent. En fait, c'est délicieux. Je n'arrive même pas à finir la moitié du mien, mais Hardin vient à bout de sa coupe et de ce qui reste de la mienne.

– Hardin ?

Il relève brusquement la tête et plisse les yeux. *Est-ce que j'ai entendu comme un accent* ? L'inconnu tient un sac à la main et un plateau couvert de coupes de glaces.

– Hum... salut, dit Hardin et je devine instinctivement que l'inconnu est son père. L'homme est grand et mince, comme Hardin, et leurs yeux ont la même forme, sauf que les siens ne sont pas verts comme ceux d'Hardin mais d'un brun profond. À part ça, ils sont diamétralement opposés. Son père porte un pantalon gris et un pull jacquard sans manches. Ses cheveux sont bruns avec quelques fils argentés sur les tempes, son allure est froide, professionnelle. Enfin, jusqu'à ce qu'il sourie et révèle une chaleur semblable à celle de son fils, quand celui-ci ne fait pas tout son possible pour jouer les abrutis.

– Bonjour, je m'appelle Tessa.

Je lui tends la main. Hardin me jette un regard assassin. Mais je me doute qu'il n'allait pas me présenter.

– Bonjour Tessa. Moi c'est Ken, le père d'Hardin, dit-il en me serrant la main. Hardin, tu ne m'avais pas dit que tu avais une petite amie, vous devriez venir dîner tous les deux ce soir. Karen sera ravie de faire la cuisine. C'est une excellente cuisinière.

Pour devancer un accès de colère d'Hardin, je m'apprête à lui dire que je ne suis pas sa petite amie, mais Hardin ne m'en laisse pas le temps.

– Ce n'est pas possible ce soir. Moi je vais à une fête et elle, elle ne veut pas venir.

Je pousse un cri étouffé, choquée par la façon dont il parle à son père. Ken accuse le coup et je suis triste pour lui.

– En fait, je viendrais volontiers. Je suis aussi une amie de Landon, nous avons certains cours en commun.

Le sourire amical de Ken réapparaît.

– Vraiment ? Eh bien, c'est génial. Landon est un gentil garçon, je serai heureux de vous avoir à dîner ce soir.

Je souris. Je sens qu'Hardin me fusille du regard quand je demande :

– À quelle heure devons-nous venir ?

– Nous ? demande son père, et je souris. D'accord... disons sept heures. Il faut que je prévienne Karen un peu à l'avance sinon elle va me tuer, dit-il en plaisantant.

Hardin regarde par la fenêtre d'un air furieux.

– C'est parfait. À ce soir, alors !

Il dit au revoir à Hardin, qui l'ignore grossièrement malgré mon coup de pied sous la table. Une minute après le départ de son père, Hardin se lève brusquement et repousse violemment sa chaise contre la table. Il la balance d'un coup de pied au milieu de la pièce avant de sortir en trombe, me laissant affronter tous les regards fixés sur moi. Mal à l'aise, je laisse ma glace où elle est, bégaie une vague excuse et ramasse la chaise maladroitement avant de lui courir après.

∞

45

Je l'appelle, mais il ne répond pas. À deux pas de la voiture, il fait volte-face si brusquement que je manque lui rentrer dedans.

– Bon sang, Tessa ! C'était quoi, ça, putain ?

Il hurle. Des passants se retournent, mais il continue.

– À quoi tu joues exactement ?

Il s'avance vers moi, furieux, menaçant même.

– Ce n'est pas un jeu, Hardin. Tu n'as pas vu à quel point il veut que tu viennes ? Il essaie de te tendre la main et toi, tu es tellement *irrespectueux* !

Je ne sais pas très bien pourquoi je hurle aussi, mais je ne peux quand même pas le laisser me crier dessus sans réagir.

– *Me tendre la main* ? Tu te fous de ma gueule ? Il aurait peut-être pu me tendre la main à l'époque où il a abandonné sa famille !

Les veines de son cou saillent sous sa peau.

– Arrête de me parler comme ça. Il essaie peut-être de faire amende honorable. Les gens font des erreurs, Hardin, et il est clair qu'il tient à toi. Il y a cette chambre pour toi chez lui, pleine de vêtements pour le cas où...

– Tu ne sais rien de lui, Tessa, bordel !

Il hurle, tremblant de colère.

– Il habite dans un putain d'hôtel particulier avec sa nouvelle famille pendant que ma mère se crève le cul, cinquante heures par semaine, pour payer ses factures ! Alors, arrête de me faire la morale et mêle-toi de tes affaires !

Il monte dans la voiture et claque la portière. Je me dépêche de monter aussi, de crainte qu'il me plante là, tellement il est furieux. Pour une journée sans engueulade, c'est réussi !

Il ne décolère pas mais, heureusement, reste silencieux. S'il pouvait continuer pendant tout le trajet du retour, ce serait parfait. En même temps, une partie de moi insiste pour lui faire comprendre qu'il n'est pas question qu'on m'engueule comme il le fait. C'est une des qualités que je dois à ma mère. Elle m'a montré précisément comment ne pas se laisser maltraiter par un homme.

– D'accord, dis-je en feignant d'être calme. Je vais me mêler de mes affaires, mais je vais accepter l'invitation à dîner de ce soir, que tu viennes ou pas.

Aussi brusquement qu'un animal sauvage piqué au vif, il se tourne vers moi,

– Non, tu n'iras pas !

Je continue à feindre le calme.

– Tu n'as pas ton mot à dire, Hardin, je fais ce que je veux, et au cas où tu ne l'aurais pas remarqué, j'ai été invitée. Dois-je demander à Zed de m'accompagner ?

– Qu'est-ce que tu as dit, là ?

De la poussière et des graviers volent tout autour de la voiture quand Hardin tourne le volant pour s'arrêter brusquement sur le bas-côté de la route, où la circulation est dense. Je sais que j'y suis allée un peu fort, mais maintenant je suis aussi en colère que lui et je hurle :

– T'es malade ! Qu'est-ce qui te prend de t'arrêter comme ça ?

– La vraie question, c'est qu'est-ce qui te prend, *toi* ? D'abord tu dis à mon père que j'irai dîner chez lui et après, tu as l'audace de parler d'y aller avec Zed !

– Ah ouais, c'est vrai, excuse-moi. Tes potes, si cool, ne savent pas que Landon est ton demi-frère et tu as peur qu'ils le découvrent.

Je ris, tellement c'est ridicule.

– Et d'une, ce n'est pas mon demi-frère. Et de deux, tu sais bien que ce n'est pas pour ça que je ne veux pas voir Zed là-bas.

Il a baissé le ton, mais sa voix est toujours aussi chargée de colère.

Pourtant, malgré la violence qui règne dans la voiture, ma fameuse bulle d'espoir renaît de la jalousie d'Hardin. Je sais que ses sentiments sont plus dictés par l'esprit de compétition que par une réelle inquiétude de me voir avec Zed, pourtant j'ai cette sensation au creux de l'estomac.

– Ben, si tu ne veux pas venir avec moi, je serai obligée de l'inviter.

Je ne ferais jamais ça, en réalité, mais Hardin ne le sait pas. Il regarde fixement la route devant lui pendant quelques secondes puis il pousse un soupir, ce qui fait baisser un peu la tension.

– Tessa, je n'ai vraiment pas envie d'y aller. Je n'ai pas envie de m'asseoir autour d'une table avec la famille parfaite de mon père. Ce n'est pas pour rien que je les évite.

– Je ne veux pas te forcer à y aller si ça te fait de la peine, mais j'aimerais vraiment que tu viennes avec moi. De toute façon, moi, j'irai.

On a commencé par manger des glaces, puis on s'est hurlé dessus et maintenant on est calmes à nouveau. J'ai la tête qui tourne au moins aussi vite que mes sentiments.

– Me faire de la peine ?

Il a l'air incrédule.

– Ouais, si cela t'ennuie autant que ça d'y aller, je ne vais pas insister.

Je sais que je ne pourrais jamais lui faire faire quelque chose contre sa volonté, il n'est pas du genre coopératif.

– Qu'est-ce que ça peut te faire que ça me fasse de la peine ?

Son regard croise le mien et je détourne les yeux, mais une fois de plus je suis sous son charme.

– Bien sûr que ça me fait quelque chose. Pourquoi pas ?

– La question, c'est *pourquoi* ?

Son regard semble supplier, comme s'il voulait que je dise les mots, mais je ne peux pas. Il s'en resservirait contre moi et ne voudrait probablement plus jamais sortir avec moi. Je deviendrais la fille casse-pieds qui l'aime bien, le genre de filles dont Steph m'a parlé.

– J'attache de l'importance à ce que tu ressens.

J'espère que cette réponse va lui suffire.

Nous sommes interrompus par la sonnerie de mon portable. Je le sors de mon sac, c'est Noah. Sans réfléchir, j'appuie sur la touche « ignorer » tout en réalisant ce que je viens de faire.

– C'est qui ?

Hardin est trop curieux.

–Noah.

–Et tu ne réponds pas ?

Il a l'air étonné.

–Non. Nous sommes en train de parler.

Et je préfère parler avec toi, ajoute ma conscience.

–Oh !

Il ne dit rien de plus, mais son sourire est éloquent.

–Alors, tu viendras avec moi ? Ça fait un moment que je n'ai pas mangé un vrai repas fait à la maison, je ne vais pas passer mon tour.

Je souris. L'atmosphère dans la voiture est plus légère malgré une certaine tension encore.

–Non, j'ai d'autres projets, de toute façon.

Je ne veux pas savoir si Molly fait partie de ces projets.

–Oh, je vois. Tu seras furieux si j'y vais, moi ?

C'est un peu bizarre d'aller chez le père d'Hardin sans lui. Mais Landon aussi est mon ami et on *m*'a invitée.

–Je suis toujours furieux contre toi, Tess.

Il me lance un regard amusé. Je ris.

–Je suis toujours furieuse contre toi, moi aussi.

Il rigole.

–On peut y aller, maintenant ? Si un flic passe par là, on va se prendre un PV.

Il acquiesce, enclenche une vitesse et engage la voiture sur la chaussée. La dispute avec Hardin s'est arrêtée plus vite que je ne le craignais. Je suppose qu'il a beaucoup plus l'habitude que moi des conflits latents. Je préférerais de beaucoup passer du temps avec lui sans qu'on se bagarre. Je m'étais promis de ne pas lui poser la question, mais il faut que je sache...

–Alors, c'est quoi tes... euh... projets pour ce soir ?

–Pourquoi me demandes-tu ça ?

Je sens qu'il m'observe, mais je regarde par la portière.

–Il y a encore une fête. En gros, c'est ce que je fais tous les vendredis et samedis, sauf hier soir et samedi dernier...

Du doigt, je dessine un cercle sur la vitre.

–Ce n'est pas un peu gonflant à force ? Toujours la même chose, tous les week-ends, avec les mêmes personnes bourrées ?

J'espère que je ne l'ai pas offensé.

–Ouais... c'est possible. Mais on est à la fac, et je suis dans une fraternité, qu'est-ce qu'on peut faire d'autre ?

–Je ne sais pas... C'est relou non, de nettoyer le bordel de tout le monde, tous les week-ends, surtout quand, toi-même, tu ne bois pas ?

–Tu as raison, mais je n'ai rien trouvé de mieux à faire, alors...

Il ne finit pas sa phrase. Je sais qu'il me regarde toujours, mais je continue de regarder ailleurs.

Le reste du trajet se déroule dans le silence. Sans malaise, juste dans le silence.

En rentrant jusqu'à ma chambre, seule et à pied, je me sens agitée, pleine d'émotions contradictoires. Je viens de passer la nuit et la plus grande partie de la journée avec Hardin et, dans l'ensemble, ça s'est plutôt bien passé. En réalité, je me suis éclatée, vraiment. Pourquoi est-ce que je ne peux pas passer des moments aussi agréables avec quelqu'un qui m'aime bien, simplement ? Quelqu'un comme Noah. Je sais que je devrais le rappeler, mais j'ai envie de prolonger ma sensation de bien-être.

Je suis tout étonnée de trouver Steph dans la chambre, habituellement elle disparaît pendant tout le week-end.

–Où étiez-vous passée, jeune fille ? plaisante-t-elle avant d'engloutir une pleine poignée de pop-corn au fromage.

Je ris en enlevant mes chaussures avant de me laisser tomber sur mon lit.

–Je cherchais une voiture.

–Et t'en as trouvé une ?

Je lui raconte mes aventures dans les minables garages d'occasion, sans mentionner le rôle d'Hardin.

Au bout d'une minute, quelqu'un frappe à la porte, Steph se lève pour ouvrir.

–Hardin ! Qu'est-ce que tu fais là ?

Hardin. Je jette un rapide coup d'œil dans sa direction pendant qu'il s'avance jusqu'à mon lit. Il a les mains dans les poches et se balance d'un pied sur l'autre.

–J'ai oublié quelque chose dans ta voiture ?

J'entends le cri étouffé de Steph. Il faudra que je lui explique plus tard, bien que je ne sois pas sûre de savoir moi-même comment on s'est retrouvés à se balader tous les deux.

– Euh... non. Hum... J'ai pensé que je pourrais peut-être t'emmener chez mon père ce soir. Comme tu n'as pas trouvé de voiture...

Il a sorti ça sans remarquer ou se préoccuper de la présence de Steph qui nous regarde bouche bée.

– Sinon... ça ne fait rien. J'ai juste pensé que je devais te le proposer.

Je m'assieds et le vois aspirer l'anneau de son piercing entre ses dents. J'adore quand il fait ça. Je suis si stupéfaite de sa proposition que j'en oublie presque de lui répondre.

– Ouais... ça serait génial. Merci.

Je lui souris et il me sourit aussi, un sourire chaleureux et apparemment soulagé. Il sort une main de sa poche et se la passe dans les cheveux avant de l'y remettre promptement.

– Ok... je passerai vers six heures et demie, comme ça tu seras à l'heure.

– Merci Hardin.

– De rien, Tessa, dit-il calmement avant de sortir et de refermer la porte derrière lui.

– C'était quoi, ça, putain ? crie Steph d'une voix perçante.

– À vrai dire, je n'en sais rien.

Dès que je crois qu'Hardin ne peut plus me surprendre, il fait un truc comme ça.

– Je n'y crois pas ! Je veux dire, Hardin... la façon dont il est entré, genre, comme s'il avait le trac ou je ne sais quoi ! Bon Dieu ! Et il t'a proposé de te conduire chez son père... attends ? Qu'est-ce que tu vas faire chez son père ? Et tu croyais que tu avais laissé quelque chose dans sa voiture ? Qu'est-ce que j'ai manqué, putain ? Il me faut tous les détails.

En criant, elle bondit pratiquement sur mon lit. Alors je lui raconte tout, en lui expliquant qu'il s'est pointé hier soir et que nous avons regardé une vidéo et qu'il s'est endormi, que nous sommes allés voir des voitures aujourd'hui et que je ne lui en ai pas parlé plus tôt parce que je me disais qu'ayant insisté pour qu'elle m'aide à le tenir à l'écart, ce serait bizarre d'admettre que j'avais passé tout ce temps avec lui. Je n'en dis pas trop à propos de son père, à part le fait que j'y vais pour dîner, mais elle semble plus intéressée par la nuit dernière, de toute façon.

–Je n'arrive pas à croire qu'il a dormi ici, c'est vraiment incroyable. Hardin qui ne dort jamais ailleurs que dans son lit. Et qui ne laisse jamais personne dormir avec lui. J'ai entendu dire qu'il faisait des cauchemars, ou je ne sais quoi. Je ne sais pas. Non, sérieux, qu'est-ce que tu lui as fait ? Je regrette de ne pas avoir pris en photo la tête qu'il faisait quand il est arrivé ici.

Elle hurle de rire.

–Je continue à penser que ce n'est pas une bonne idée, mais il faut reconnaître que tu t'en sors mieux avec lui que la plupart des meufs. Sois prudente, c'est tout.

Qu'est-ce que je lui ai fait ? Rien, c'est sûr. C'est seulement qu'il n'a pas l'habitude d'être gentil mais, pour une raison que j'ignore, il est gentil avec moi. Peut-être est-ce une façon de me battre à un jeu quelconque, ou de prouver qu'il peut faire semblant d'avoir des bonnes manières ? Je n'en sais rien et ça me fatigue d'essayer de comprendre.

Je mentionne Tristan et, à partir de ce moment-là, Steph prend la direction de la conversation. J'essaie d'écouter ce qu'elle me raconte : ce qui s'est passé à la fête hier soir, comment Molly a fini sans son t-shirt (ça ne m'étonne pas) et comment Logan a battu Nate à la lutte alors qu'ils étaient tous les deux à moitié soûls. Elle me jure que c'est le genre de truc qui est bien plus rigolo quand on y assiste. Mes pensées retournent vers Hardin, bien sûr, et je regarde la pendule pour m'assurer que j'ai encore du temps pour me préparer. Il est quatre heures, ça va, je commencerai à me préparer vers cinq heures.

Steph parle jusqu'à cinq heures et demie et elle est aux anges quand je lui demande de me coiffer et de me maquiller. Pourquoi je fais tant d'efforts pour m'habiller pour un repas de famille où je ne devrais pas aller ? Je ne sais pas. Elle me fait un maquillage léger, presque invisible, mais qui change tout. Naturel et joli. Puis elle boucle mes cheveux comme elle l'a déjà fait. Je décide de mettre ma robe grenat, malgré les efforts de Steph pour me convaincre d'enfiler quelque chose sorti de son placard. Ma robe grenat est classique et sympa, parfaite pour un repas de famille.

– Mets au moins un collant en dentelles avec, ou bien laisse-moi lui couper les manches ? dit-elle en grognant.

– D'accord, passe-moi le collant en dentelle. Cette robe n'est pas mal, pourtant. Elle me va bien.

– Je sais, elle est juste... terne.

Elle fronce le nez. Elle a l'air plus satisfaite quand je passe le collant en dentelle et que j'accepte de mettre des talons hauts. J'ai gardé une paire de Toms dans mon sac depuis hier, juste au cas où.

Comme on approche de six heures et demie, je me rends compte que j'ai plus le trac à la perspective du trajet que du dîner en lui-même. Je tripote mon collant et je m'entraîne à marcher dans la chambre plusieurs fois avant qu'Hardin ne frappe à la porte. Steph me fait un sourire bizarre et j'ouvre la porte.

– Waouh, Tessa, tu es... hum... super, marmonne-t-il, et je souris.

Depuis quand rythme-t-il chacune de ses phrases de « hum » ? Steph nous accompagne jusqu'à la porte, me fait un clin d'œil et s'écrie, comme une maman fière de sa progéniture :

– Amusez-vous bien tous les deux.

Hardin lui fait un doigt d'honneur, elle lui retourne le geste obscène au moment où il lui ferme la porte au nez.

∞

46

Le trajet jusque chez son père se passe bien. La musique en sourdine dans la voiture joue les distractions, mais je remarque que ses mains sont un peu crispées sur le volant. Il semble tendu, mais je sais que s'il voulait me parler de quelque chose, il n'aurait pas de scrupules à aborder le sujet.

Je descends de voiture et monte les marches du perron. Le soleil est encore haut dans le ciel et une vieille vigne vierge à petites fleurs blanches grimpe sur les murs de la maison. J'entends la portière d'Hardin s'ouvrir puis se fermer, et le bruit de ses boots sur le trottoir. Allons donc ! Je me retourne pour le découvrir à quelques pas derrière moi.

– Qu'est-ce que tu fais ?

– Comme tu peux le voir, je viens avec toi.

Il lève les yeux au ciel et, en deux enjambées, me rejoint en haut des marches.

– Ah bon ? Je pensais que tu ne...

– Ouais. Maintenant, entrons et apprêtons-nous à passer la pire soirée de notre vie.

Son visage se tord d'un sourire, le plus faux que j'aie jamais vu. Je lui donne un coup de coude et je sonne à la porte.

– Je ne sonne pas aux portes, dit-il en tournant la poignée.

Je suppose que c'est normal puisque c'est chez son père, mais je me sens quand même un peu mal à l'aise.

Son père apparaît au moment où nous traversons l'entrée. La surprise est visible sur son visage, mais il nous fait son charmant sourire et va embrasser son fils. Hardin se dérobe et passe devant lui. Une gêne passe rapidement sur ses traits harmonieux, mais je détourne les yeux pour qu'il ne voie pas que je m'en suis rendu compte.

– Merci beaucoup de nous recevoir, Monsieur Scott.

– Merci à vous d'être venue, Tessa. Landon m'a longuement parlé de vous. Il semble beaucoup vous apprécier. Et je vous en prie, appelez-moi Ken.

Il sourit et je le suis dans le salon. Lorsque j'entre, Landon est assis dans le canapé, son manuel de littérature sur les genoux. Son visage s'éclaire et il ferme son livre quand je m'assieds à ses côtés. Je ne sais pas où Hardin est allé, mais il réapparaîtra tôt ou tard.

– Comme ça, Hardin et toi, vous donnez une nouvelle chance à votre amitié ? me demande Landon, les sourcils froncés.

J'aimerais lui expliquer ce qui se passe entre Hardin et moi, mais franchement je n'en ai aucune idée moi-même.

– C'est compliqué.

J'essaie de sourire, mais sans y parvenir.

– Tu es toujours avec Noah, non ? Parce que Ken a l'air de croire qu'Hardin et toi vous sortez ensemble.

Il rit. J'espère que mon rire ne sonne pas aussi faux que l'impression que j'en ai.

– Je n'ai pas eu le cœur de le contredire, mais je suis sûr qu'Hardin va s'en charger.

Je change de position, mal à l'aise, ne sachant pas quoi dire.

– Ouais, je suis toujours avec Noah, c'est juste...

– Vous devez être Tessa !

Une voix de femme traverse la pièce. La mère de Landon vient vers moi avec un charmant sourire. Elle porte une robe bleu turquoise, dans le genre de la mienne, sous un tablier imprimé de petites fraises et de bananes.

– Je suis si contente de vous rencontrer. Merci de m'avoir invitée. Votre maison est très belle.

Un sourire s'élargit quand elle me serre la main.

– Je vous en prie, ma chère petite. Cela me fait plaisir.

Elle a l'air réjouie.

La sonnerie d'un minuteur se fait entendre dans la cuisine et elle a un petit sursaut.

– Bon, je retourne dans la cuisine, mais je vous retrouve tous dans la salle à manger dans quelques minutes.

– Qu'est-ce que tu fais ?

Landon sort un classeur.

– Le boulot pour la semaine prochaine. Cette disserte sur Tolstoï va me tuer.

Je ris en hochant la tête. Moi, j'ai mis des heures à l'écrire.

– Ouais, c'était mortel. Il n'y a que quelques jours que je l'ai finie.

– Bon, les intellos, quand vous aurez fini de comparer vos notes, j'aimerais bien aller dîner avant l'année prochaine.

Je fusille Hardin du regard, mais Landon se contente de rire et de poser ses livres avant de se diriger vers la salle à manger. Il semblerait que leur bagarre leur ait fait du bien, finalement. Ils pénètrent dans la grande salle à manger et je leur emboîte le pas. Une grande table, tout en longueur, est magnifiquement décorée, le couvert y est dressé et une grande variété de mets en occupe le centre. Karen a vraiment mis les petits plats dans les grands pour l'occasion. Hardin a intérêt à bien se tenir, sinon je le tue.

– Tessa, Hardin et vous vous assiérez de ce côté.

Karen fait un geste vers la gauche de la table. Landon est assis en face d'Hardin, tandis que Ken et Karen prennent leur place de l'autre côté de Landon. Je la remercie et m'assieds à côté d'Hardin, qui garde le silence et semble mal à l'aise. Je les observe tandis que Karen prépare l'assiette de Ken, ce dont il la remercie d'un petit baiser sur la joue. C'est tellement mignon, je regarde ailleurs. Je remplis mon assiette de rosbif, de pommes de terre et de purée de légumes, et je finis par un petit pain. Hardin ricane sans bruit à la vue de cette montagne de nourriture.

– Quoi ? J'ai faim.

– Rien. Les meufs qui ont faim sont les meilleures.

Il rit de nouveau et empile encore plus de nourriture que moi sur son assiette.

– Eh bien Tessa, comment trouvez-vous Washington Central pour le moment ? demande Ken.

J'avale rapidement ce que j'ai dans la bouche pour pouvoir répondre.

– Je m'y plais beaucoup. Mais bien sûr, ce n'est que mon premier semestre, il faudrait me le redemander dans quelques mois.

J'ai dit cela sur le ton de la plaisanterie et tout le monde rit, sauf Hardin.

– C'est super. Vous êtes-vous inscrite dans des clubs sur le campus ? demande Karen en s'essuyant la bouche avec sa serviette.

– Pas encore. J'ai l'intention de m'inscrire au Club littéraire le semestre prochain.

– Vraiment ? Hardin en faisait partie avant, ajoute Ken.

Je jette un coup d'œil en direction d'Hardin. Il plisse les yeux et semble agacé. Pour faire diversion, je demande :

– Et cela vous plaît d'habiter tout près de WCU ?

Son regard s'adoucit, j'imagine que c'est sa façon de me remercier.

– Nous sommes contents. Quand Ken a pris la présidence de l'université, nous habitions dans un endroit beaucoup plus petit. Et puis nous avons trouvé cette maison et nous en sommes tombés amoureux immédiatement.

Je lâche ma fourchette qui tombe dans mon assiette.

– Président ? De WCU ?

J'en ai le souffle coupé

– Oui. Hardin ne vous l'a jamais dit ? demande Ken en jetant un regard à son fils.

– Non... je ne l'ai pas dit.

Karen et Landon tournent les yeux vers Hardin, qui s'agite nerveusement sur sa chaise.

De son côté, Hardin lance à son père un regard de pure haine puis bondit sur ses pieds, en criant :

– Non ! Ok, non, je ne lui ai pas dit, je ne vois pas où est le problème, putain. Je n'ai pas besoin de me servir de ton nom ni de ta situation.

Lorsqu'il sort de table en trombe, Karen semble être au bord des larmes et Ken est tout rouge.

– Je suis désolée, je ne savais pas qu'il...

– Ne vous excusez pas pour lui, vous n'y êtes pour rien, répond Ken.

J'entends claquer la porte de derrière.

– Excusez-moi.

Et je me lève de table pour aller chercher Hardin.

∞

47

Je sors précipitamment par la porte de derrière pour voir Hardin faire les cent pas sur la terrasse. Je ne vois pas bien ce que je peux faire pour dénouer la situation, mais je préfère être dehors avec lui plutôt que d'affronter sa famille dans la salle à manger après son éclat. Je me sens responsable, puisque c'est moi qui ai accepté de venir, alors qu'Hardin, lui, ne voulait pas. S'il devenait tout d'un coup copain avec ma mère, je sens que cela ne me plairait pas beaucoup.

Tu parles, comme si ça risquait d'arriver! me fait remarquer ma conscience.

Comme s'il avait entendu mes pensées, Hardin me jette un regard agacé. Quand je m'approche, il se détourne.

– Hardin...

– C'est bon, Tessa. Je sais ce que tu vas me dire, que je dois rentrer pour m'excuser, mais il n'en est pas question, putain! Alors, économise ta salive! Pourquoi tu n'y retournes pas, toi, tout simplement? Va finir ton dîner et fous-moi la paix!

Je fais un pas de plus et parviens juste à dire:

– Je n'ai pas envie de retourner avec eux.

– Pourquoi pas? C'est ton élément, ces gens bégueules et chiants.

Aïe! Pourquoi suis-je là, déjà? Ah, oui, c'est vrai, pour servir de punching-ball à Hardin.

–Tu sais quoi ? *D'accord* ! Je m'en vais... je ne sais pas pourquoi *je continue à faire des efforts pour toi !*

J'espère qu'on ne m'a pas entendue crier de l'intérieur.

–Parce que tu ne comprends pas ce qu'on te dit, je suppose.

Je fixe les dalles du sol en essayant de digérer ses paroles, mais c'est impossible. À l'instant où je lève les yeux, je croise son regard glacial.

–Cette fois, j'ai compris. C'est tout ce que tu trouves à dire pour te défendre ? Tu ne *mérites* pas que je perde mon temps avec toi. Tu ne mérites même pas que *je te parle,* ou que les gens adorables qui sont dans cette maison perdent leur temps à préparer un dîner pour que tu gâches tout. *La seule chose que tu fais, c'est de détruire tout, tout* ! Et je *ne veux plus* être une des choses que tu détruis.

Des larmes ruissellent sur mon visage et Hardin s'avance vers moi. En reculant précipitamment, je trébuche sur quelque chose. Il tend le bras pour me retenir, mais je saisis une chaise de jardin. Je n'ai pas besoin, je ne veux pas, plus, de son aide.

Il a l'air exténué, je m'en rends compte. Qui plus est, quand il dit doucement :

–Tu as raison.

–Je sais.

Je me détourne de lui.

Plus vite que je l'aurais imaginé, il enroule ses doigts autour de mon poignet et m'attire contre lui. Sans hésiter, je me colle à lui, mon désir de le toucher est plus fort que tout. Il faut je me reprenne. Mon cœur bat la chamade contre sa poitrine, j'y entends comme un avertissement. Je me demande si Hardin l'entend aussi ou s'il sent mon pouls sous ses doigts. Ses yeux sont pleins de colère, et les miens doivent refléter la même chose.

Sans prévenir, il écrase ses lèvres sur les miennes, si fort que c'en est presque douloureux. Il y a tellement de désespoir et de désir dans son geste que je m'y perds. Je me perds en lui. Dans le goût salé de mes larmes sur nos lèvres, dans ses doigts emmêlés dans mes cheveux. Ses mains descendent de ma tête vers ma taille et il me soulève pour m'asseoir sur la rampe. Pour lui, mes jambes s'écartent naturellement et il se place au milieu sans jamais détacher ses lèvres des miennes. Ainsi enlacés, nous formons une masse de chaleur et de soupirs. Mes dents frottent sa lèvre inférieure, ce qui le fait grogner. Il me serre encore plus fort contre lui.

Le grincement de la porte de derrière qui s'ouvre vient rompre le charme. Je me retourne et, horrifiée, je croise le doux regard de Landon. Il est tout rouge, les yeux écarquillés. Je repousse Hardin et redescends de la rampe d'un bond, avant de rajuster ma robe.

– Landon, je...

Il me fait taire d'un geste de la main et s'avance vers nous. Hardin respire fort, il a les joues écarlates et un regard sauvage.

– Je n'y comprends plus rien. Je croyais que vous vous détestiez tous les deux, et je vous trouve là, comme ça... Tu as un copain, Tessa, je ne te croyais pas comme ça.

Les mots de Landon sont durs, mais sa voix est douce.

– Je ne suis pas... je ne sais pas ce qui se passe.

Je fais un geste qui va d'Hardin à moi. Celui-ci ne dit rien, je préfère.

– Noah est au courant, enfin, pour ce qui s'est passé avant. J'avais l'intention de t'en parler, mais je ne veux pas que tu changes d'avis sur moi.

– Je ne sais plus quoi penser...

Landon repart en direction de la maison. Juste à ce moment-là, comme dans un film, un coup de tonnerre retentit. Hardin lève les yeux vers le ciel qui s'assombrit.

– On dirait qu'il va y avoir de l'orage.

Sa voix calme tranche sur son allure agitée.

– Un orage ? Landon vient de nous trouver... en train de nous embrasser, et toi...

– Il s'en remettra.

Je m'attends à trouver du dédain sur son visage, mais non. Il pose la main sur mon dos et me caresse doucement.

– Tu veux retourner dans la maison ou tu préfères que je te ramène chez toi ?

C'est stupéfiant la vitesse à laquelle son humeur peut passer de la colère au calme, ou au désir passionné.

– J'aimerais retourner finir mon dîner. Et toi ?

– Pourquoi pas ? On peut aussi bien rentrer. La nourriture est plutôt bonne !

Il sourit, ce qui me fait glousser.

– Quel adorable bruit ! me dit-il.

– Tu sembles de bien meilleure humeur.

Je le regarde droit dans les yeux, il me sourit et se frotte la nuque comme il en a l'habitude.

– Je ne comprends pas, moi non plus.

Il est aussi paumé que moi, alors ? J'aimerais que mes sentiments pour lui ne soient pas aussi forts, ça serait plus facile à gérer. Quand il dit des choses comme ça, je l'aime encore plus. Si seulement il pouvait partager mes sentiments, mais Steph, et même lui, m'ont prévenue que cela n'arriverait jamais.

Le tonnerre gronde encore et Hardin me prend par la main.

– Rentrons avant qu'il commence à pleuvoir.

Il garde ma main dans la sienne quand nous entrons dans la salle à manger. Évidemment, Landon le remarque aussitôt, mais il ne dit rien. J'aurais préféré qu'il ne le voie pas, mais j'adore sentir la main d'Hardin sur la mienne, beaucoup trop pour la retirer. Landon reporte son attention sur son assiette et nous reprenons nos places à table. Hardin lâche ma main et regarde son père et Karen.

– Je suis désolé d'avoir crié comme ça, marmonne-t-il. J'espère ne pas avoir gâché le repas que tu t'es donné tant de mal à préparer.

La surprise se lit sur tous les visages et il baisse les yeux. C'est plus fort que moi, je pose ma main sur la sienne sous la table avec une petite pression.

– Ce n'est pas grave, Hardin, nous comprenons. Mais ne gâchons pas le reste de la soirée, il n'est pas trop tard pour apprécier ce repas.

Karen sourit et Hardin lui retourne un petit sourire, ce qui, j'en suis sûre, requiert beaucoup d'efforts de sa part. Ken ne dit rien, mais acquiesce d'un hochement de tête.

Doucement, je retire ma main, mais Hardin enlace nos doigts et me lance un regard de côté. J'espère que la confusion de mes sentiments ne se reflète pas sur mon visage. Pour la première fois de mon existence sans doute, je ne réfléchis pas trop. Pas comme avec Noah.

Le dîner se passe bien, mais je me sens un peu intimidée par Ken maintenant que je sais qu'il est président de l'université. Ce n'est pas rien quand même. Il nous raconte comment il a quitté l'Angleterre, et combien il aime l'Amérique et l'État de Washington en particulier. Hardin me tient toujours la main et, si nous avons des difficultés à manger d'une seule main, ni lui ni moi ne semblons y porter attention.

– Le climat pourrait être meilleur, mais c'est très beau ici, dit Ken d'un air songeur.

– Quels sont vos projets après la fac ? me demande Karen alors que nous finissons nos assiettes.

– J'ai l'intention de m'installer à Seattle et, si tout va bien, de travailler dans l'édition tout en commençant l'écriture de mon premier roman, dis-je avec assurance.

– Dans l'édition ? Vous pensez à un éditeur en particulier ? demande Ken.

– Pas vraiment. Je saisirai toute occasion qui se présentera.

– C'est super. Il se trouve que j'ai des relations chez Vance. Vous en avez entendu parler ?

Je regarde Hardin. Il m'a déjà dit qu'il connaissait quelqu'un chez eux.

– Oui, j'en ai entendu dire beaucoup de bien.

– Je peux leur passer un coup de fil, si vous voulez, pour voir s'il y a une possibilité de vous prendre comme stagiaire. Ce serait une bonne opportunité pour vous. Vous avez l'air d'être une fille brillante, et j'aimerais vous aider.

Je reprends ma main à Hardin, et applaudis doucement.

– Vraiment ? Ce serait trop gentil de votre part ! Je vous suis très reconnaissante.

Ken me dit qu'il va appeler la personne qu'il connaît dès lundi, et je me confonds en remerciements. Il m'assure que ce n'est rien et qu'il adore rendre service quand il le peut. Je remets la main sous la table, mais Hardin a retiré la sienne, et quand Karen se lève et commence à débarrasser, il s'excuse et monte à l'étage.

∞

48

Karen a paru surprise quand j'ai proposé de l'aider à ranger la cuisine et m'a souri avec gratitude. Je remplis le lave-vaisselle pendant qu'elle lave les grands plats. Les assiettes ont toutes l'air flambant neuves, ça me rappelle les dégâts qu'Hardin a causés l'autre soir. Il peut être si violent, parfois.

–Excusez ma curiosité, mais depuis combien de temps voyez-vous Hardin ?

Sa propre question la fait rougir, mais je lui souris aimablement. Je suppose qu'il vaut mieux jouer l'ambiguïté à propos de notre relation.

–Eh bien, cela ne fait qu'un mois environ qu'on se connaît, il est ami avec Steph, ma coloc.

–Nous n'avons rencontré que très peu d'amies d'Hardin. Vous êtes... comment dire, vous êtes différente de celles que j'ai vues jusqu'ici.

–Oui, nous sommes très différentes.

–Waouh, il tombe des cordes, dit-elle en refermant la petite fenêtre au-dessus de l'évier.

Des éclairs zèbrent le ciel et la pluie commence à battre sur les vitres.

–Hardin n'est pas aussi méchant qu'il en a l'air.

On a l'impression qu'elle cherche à s'en convaincre elle-même.

– Il est perturbé. J'adorerais me dire que cela changera avec le temps. Je dois admettre que j'ai été très surprise de le voir arriver ce soir, et je ne peux pas m'empêcher de penser que c'est grâce à votre influence.

Me prenant de court, elle passe ses bras autour de moi. Ne sachant que dire, je fais de même. Puis elle recule en laissant ses mains parfaitement manucurées sur mes épaules.

– Un grand merci, vraiment.

Elle s'essuie les yeux avec un mouchoir en papier sorti de la poche de son tablier, avant de reprendre la vaisselle. Elle est trop gentille pour que je lui avoue n'avoir aucune influence sur Hardin. S'il est venu ce soir, c'est seulement pour m'embêter. C'est incroyable qu'Hardin, qui déteste tout le monde, sauf lui-même et peut-être sa mère, soit entouré de gens qui l'aiment et qu'il refuse pourtant de se laisser aller à les aimer. Il a de la chance de les avoir, de nous avoir, car je sais que j'en fais partie. Je ferais n'importe quoi pour lui, même si je ne l'avouerais à personne. Noah et ma mère, à eux deux, ne tiennent pas autant à moi que la future belle-mère d'Hardin tient à lui.

– Je vais voir ce que devient Ken. Faites comme chez vous.

Je décide d'aller à la recherche d'Hardin, ou de Landon, celui des deux qui apparaîtra le premier.

Ne trouvant pas Landon au rez-de-chaussée, je me dirige vers la chambre d'Hardin. Je tourne la poignée, mais la porte est fermée à clé.

– Hardin ?

J'essaie de parler à voix basse pour que personne ne m'entende. Je frappe à la porte, mais je n'entends rien et juste au moment où je m'apprête à partir, j'entends la clé dans la serrure.

– Je peux entrer ?

Il entrouvre la porte et je me glisse à l'intérieur. De la baie vitrée ouverte passe un courant d'air chargé de l'odeur de la pluie. Il va s'asseoir sur la banquette sous la fenêtre, les genoux remontés sous le menton, regardant fixement dehors sans rien dire. Je m'assieds en face de lui sans bouger, écoutant le rythme apaisant de la pluie qui tambourine sur les carreaux. Je finis par demander :

– Qu'est-ce qui s'est passé ?

Il me regarde sans comprendre.

–Je veux dire, en bas. Tu me tenais la main et puis… pourquoi l'as-tu retirée ?

Le ton désespéré de ma question me gêne. Je sais que je n'aurais pas dû poser la question, mais il est trop tard pour retirer mes paroles.

–C'est l'histoire du stage ? Tu ne veux pas que je le fasse ? Tu m'avais proposé de m'aider, avant.

–C'est justement ça, Tessa. Je veux t'aider, moi, pas que lui t'aide.

–Pourquoi ? Ce n'est pas une compétition, tu m'en as parlé le premier et je t'en remercie.

Je tiens à le rassurer, bien que je ne voie pas où est le problème. Il pousse un soupir exaspéré et resserre les bras autour de ses genoux. Le silence s'installe entre nous, nous regardons tous les deux par la fenêtre. Le vent s'est levé et les arbres se balancent dans la nuit. Les éclairs sont plus fréquents maintenant.

–Tu veux que je m'en aille ? Je peux appeler Steph pour lui demander si Tristan peut venir me chercher.

Je n'ai pas envie de partir, mais cela me rend dingue de rester assise en silence avec lui.

–Que tu t'en ailles ? Je te dis que je veux t'aider et toi tu en déduis que je veux que tu partes ?

–Je… je ne sais pas. Tu ne me parles pas et l'orage menace…

–Tu es exaspérante, absolument exaspérante, Theresa.

–Qu'est-ce que j'ai fait ?

–J'essaie de te dire que je… que je veux t'aider et je te tiens la main, mais ça ne sert à rien… Tu ne comprends toujours pas. Je ne sais plus quoi faire d'autre.

Il se prend la tête dans les mains. *Il ne peut pas vouloir dire ce que je crois comprendre.*

–Comprendre quoi ? Je ne comprends pas quoi, Hardin ?

–Que je te veux. Plus que je n'ai jamais voulu quelqu'un ou quelque chose de toute ma vie.

Il détourne les yeux. Mon estomac fait un bond et ma tête se met à tourner. L'atmosphère entre nous a encore changé. L'aveu non voilé d'Hardin m'a prise de front. Parce que, moi aussi, je le veux. Plus que tout.

–Je sais que tu… tu ne ressens pas ça pour moi, mais je…

Cette fois, c'est moi qui l'interromps.

Je prends ses mains sur ses genoux pour l'approcher de moi. Il m'observe, je lis de la perplexité dans le vert de ses yeux. Je glisse mon doigt dans le col de son t-shirt et l'attire vers moi. Les yeux dans les yeux. Il pose le genou à côté de ma cuisse sans détacher son regard qui va et vient de mes yeux à mes lèvres. Sa respiration est courte. Il passe la langue sur sa lèvre inférieure et je me rapproche.

– Embrasse-moi, dis-je d'un ton suppliant.

Il baisse la tête et s'appuie contre moi. Il passe le bras sous mon dos et me guide pour que je m'allonge sur les coussins de la banquette. Pour la deuxième fois de la journée, j'ouvre les jambes pour qu'il s'allonge entre elles. Son visage n'est qu'à quelques centimètres du mien, je redresse la tête pour l'embrasser. Je n'en peux plus d'attendre. Comme nos lèvres s'effleurent, il recule doucement, enfouit son visage dans mon cou, y pose un petit baiser puis, lentement, il rapproche ses lèvres des miennes. Il embrasse le coin de ma bouche, puis mon cou, provoquant des frissons de plaisir dans tout mon corps. Ses lèvres caressent les miennes une fois encore et il passe la langue sur ma lèvre inférieure avant de refermer sa bouche puis de la rouvrir. Son baiser est lent et doux, sa langue s'enroule autour de la mienne. Une de ses mains est posée sur ma hanche, agrippant le tissu de ma robe remontée sur mes cuisses. De l'autre main, il caresse ma joue, je croise les bras dans son dos, le serrant fort. J'ai envie de lui mordre la lèvre, d'enlever son t-shirt, mais la façon douce et délicate dont il m'embrasse maintenant est encore plus agréable que ses baisers passionnés.

Les lèvres d'Hardin se moulent sur les miennes, mes mains remontent dans son dos. Ses hanches étroites m'écrasent et un gémissement s'échappe de mes lèvres. Il aspire mon cri étouffé en suivant de ses lèvres tous les mouvements de ma bouche.

– Oh, Tessa, tu me fais un effet... tu me donnes des envies de...

Ses mots me décoincent complètement, je tends le bras vers le bas de son t-shirt. Ses mains descendent le long de mes joues, puis sur ma poitrine et sur mon ventre où ma peau se hérisse. Ses doigts se glissent vers le petit espace entre nos corps, entre mes jambes, je retiens ma respiration quand il me caresse doucement par-dessus mon collant. Il accentue légèrement la pression de ses doigts et je m'arc-boute en gémissant.

En dépit de la colère ou de la contrariété qu'il fait naître parfois, une seule de ses caresses et je suis sous son contrôle. Mais là, son calme et sa maîtrise semblent lui faire défaut, je sens qu'il s'accroche mais que sa volonté lâche. Il frotte son nez contre ma joue. Je tire son t-shirt par-dessus sa tête, d'une main il m'aide en se soulevant, puis il le jette par terre et immédiatement il baisse la tête pour reprendre mes lèvres. J'attrape sa main et la replace entre mes cuisses ; un petit rire le secoue et il baisse les yeux vers moi.

– Que veux-tu faire, Tessa ?

Sa voix est rauque.

– Tout ce que tu veux.

Je le pense vraiment. Je ferais n'importe quoi avec lui et je me moque des conséquences. S'il dit qu'il me veut, il peut me prendre. Je suis à lui depuis qu'il m'a embrassée la première fois.

– Ne dis pas tout ce que je veux, parce qu'il y a beaucoup de choses que je pourrais te faire, grogne-t-il en appuyant son pouce sur ma culotte.

– C'est toi qui décides.

Je gémis quand il fait des petits cercles avec son pouce.

– Tu es si mouillée que je le sens à travers ton collant.

Il se lèche les lèvres et je gémis encore.

– Et si on enlevait ce collant ? D'accord ?

Avant que j'aie eu le temps de répondre, il se soulève. Il glisse les mains sous ma robe, saisit le haut de mon collant, le fait descendre, retirant ma culotte en même temps. L'air frais me saisit et je soulève mes hanches involontairement.

– Putain, murmure-t-il.

Son regard suit mon corps et s'arrête entre mes jambes. Incapable de se contenir, il tend le bras et fait glisser un doigt sur mon point sensible. Puis il le porte à sa bouche et le suce les yeux mi-clos. Oh ! Le seul fait de le regarder fait chauffer tout mon corps.

– Tu te souviens quand j'ai dit que je voulais te goûter ?

Je ferme les yeux.

– Eh bien, je veux te le faire maintenant. Ok ?

Le désir se lit sur son visage. Je suis un peu gênée par cette idée mais si c'est aussi bon que quand il m'a caressée à la rivière, j'ai envie qu'il le fasse. Il se lèche les lèvres encore une fois et plante son regard dans le mien. La dernière fois que j'étais prête à le laisser faire, nous avons fini par nous disputer parce qu'il était trop cruel. J'espère qu'il ne va pas tout gâcher cette fois encore.

– Tu veux ?

– Je t'en prie Hardin, ne m'oblige pas à le dire.

Il repose la main sur moi et, du bout des doigts, dessine de grands cercles sur mes hanches.

– D'accord.

Je suis soulagée. Il pousse un soupir.

– On devrait aller sur le lit, tu auras plus de place.

Il me tend la main. En me levant, je tire sur ma robe, ce qui me vaut un sourire malicieux. Sur le bord de la fenêtre, il tire une cordelette qui libère les épais rideaux bleus, plongeant la pièce dans une semi-obscurité.

– Enlève-la, m'ordonne-t-il calmement. Et j'obtempère.

La robe tombe à mes pieds et je me retrouve avec mon soutien-gorge pour seul vêtement. C'est un soutien-gorge blanc tout simple avec un petit nœud entre les bonnets. Hardin ouvre de grands yeux qui s'attardent sur ma poitrine. Il tend la main et pince le petit nœud de ses longs doigts.

– Mignon.

Il va falloir que j'investisse dans des dessous si Hardin doit continuer à me voir dans cette tenue. J'essaie de couvrir ma nudité. Même si je suis plus à l'aise avec Hardin qu'avec quiconque, je suis quand même encore un peu timide, là, debout, vêtue seulement de mon soutien-gorge. Je regarde vers la porte et il va vérifier qu'elle est bien fermée à clé.

– Tu te moques de moi ?

Il secoue la tête.

– Jamais de la vie.

Il rigole et me conduit jusqu'au lit.

– Allonge-toi au bord du lit, avec les pieds sur le sol pour que je puisse m'agenouiller devant toi.

Je m'allonge sur le grand lit et il me fait glisser en m'attrapant les cuisses. Mes pieds pendent dans le vide, ils ne touchent pas le sol.

– Je ne m'étais jamais rendu compte que ce lit était si haut, dit-il en riant. Remonte plutôt vers le haut.

Je rampe vers le haut du lit et Hardin me suit. Il passe les bras autour de mes cuisses et plie légèrement mes genoux pour se retrouver accroupi devant moi, entre mes jambes. J'aimerais avoir plus d'expérience pour savoir à quoi m'attendre. Ne pas savoir ce que je vais ressentir me rend folle.

Ses boucles me chatouillent l'intérieur des cuisses quand il baisse la tête.

– Tu vas adorer ce que je vais te faire.

Mon sang bat dans mes oreilles, et j'oublie temporairement que nous ne sommes pas seuls dans la maison.

– Écarte les jambes, Bébé.

Je fais ce qu'il me demande. Il me lance un sourire troublé, baisse la tête et m'embrasse juste sous le nombril. Sa langue dessine des petites vagues sur ma peau, je ferme les yeux. Il mordille la peau tendre de mes hanches et je pousse un petit cri de surprise. Il aspire ma peau entre ses lèvres. Ça pique, mais il y a quelque chose de si sensuel dans ce qu'il fait que la douleur ne me gêne pas.

– Hardin, s'il te plaît, dis-je dans un souffle.

L'excitation provoquée par sa lente torture demande satisfaction. Alors, sans prévenir, il presse sa langue sur le centre de mon désir, m'arrachant un cri de plaisir. Il me caresse par petits coups de sa langue. Je m'agrippe des deux mains à la couverture et me tortille sous l'action de sa langue experte. Il resserre l'étreinte de ses bras pour me maintenir en place. En même temps que sa langue, je sens un doigt me caresser. Une flamme s'allume dans mon ventre. Je ressens le métal froid de son piercing de lèvre, qui ajoute du piment à la sensation.

Sans me demander la permission, il glisse lentement un doigt en moi, me pénétrant délicatement. Je serre les paupières, attendant que la sensation inconfortable se dissipe.

– Ça va ?

Il lève la tête légèrement, ses lèvres brillantes de ma moiteur. Du regard je lui réponds oui, incapable de trouver les mots. Il retire lentement son doigt pour le glisser de nouveau en moi. Associé à sa langue, la sensation est incroyable. Je grogne en posant ma main sur sa tête, j'emmêle mes doigts dans ses cheveux et je tire sur ses boucles. Son doigt continue à aller et venir lentement en moi.

Le tonnerre rugit à travers toute la maison, se répercutant sur les murs et tout autour, mais je suis ailleurs.

– Hardin.

Je gémis quand, de la langue, il trouve ce point hypersensible qu'il se met à sucer. Je n'aurais jamais cru que quelque chose puisse être aussi bon. Mon corps est submergé de sensations et de plaisir. Je jette un coup d'œil sur Hardin, si incroyablement sexy entre mes jambes, sur ses muscles qui se tendent au rythme du va-et-vient de son doigt en moi.

– Tu veux que je te fasse jouir comme ça ?

Je gémis et hoche la tête frénétiquement. Il me fait un sourire moqueur et sa langue revient sur moi, cette fois avec des mouvements plus appuyés sur cet endroit précis de mon anatomie que je commence à adorer, littéralement.

– Oh ! Hardin.

Je reprends mon souffle et il grogne contre moi, envoyant ses vibrations directement dans mon ventre. Mes jambes se raidissent et je murmure son nom encore et encore, tandis que je me délite. Ma vue se trouble et je serre les paupières. Hardin me tient dans ses bras tout en accélérant les mouvements de sa langue. Je retire ma main de ses cheveux pour m'en couvrir la bouche et la mordre pour éviter de crier. Quelques secondes plus tard, ma tête retombe sur l'oreiller, ma poitrine monte et descend tandis que j'essaie de reprendre ma respiration. L'état d'euphorie dans lequel j'étais plongée un instant plus tôt se poursuit d'un fourmillement qui parcourt tout mon corps. J'ai à peine conscience que le corps d'Hardin se soulève et vient s'allonger à côté de moi. Il se redresse sur un coude et me caresse la joue. Il me laisse revenir à la réalité avant d'essayer de me faire parler.

– Alors, c'était comment ?

Un soupçon d'incertitude traîne dans sa voix quand je tourne la tête pour le regarder.

– Mmm-hmm.

Il a un petit rire satisfait. C'était incroyable, et même au-delà. Maintenant je sais pourquoi tout le monde fait ce genre de truc.

– Ça calme, non ?

Du gras de son pouce, il dessine ma lèvre inférieure, je sors la langue pour humecter mes lèvres et lécher son pouce.

– Merci.

Je souris timidement. Je ne sais pas pourquoi je me sens timide après ce qui vient de se passer entre nous. Hardin m'a vue dans l'état le plus vulnérable qui soit, il est le seul, et ça me terrifie autant que ça m'excite.

– J'aurais dû te prévenir avant de mettre mon doigt. J'ai essayé d'y aller doucement, dit-il sur un ton d'excuse.

Je secoue la tête.

– Pas de problème, c'était bien.

Je rougis. Il sourit et passe mes cheveux derrière mon oreille. Un petit frisson court le long de mon dos et Hardin fronce les sourcils.

– Tu as froid ?

J'acquiesce. Il prend le bord de la couette et en recouvre mon corps complètement nu, ce qui me surprend. Je m'enhardis à me glisser plus près de lui. Il me regarde attentivement tandis que je me love contre son corps et que je pose la tête sur ses abdos tendus. Sa peau est plus froide que ce que je croyais, le courant d'air après l'orage continue à traverser la pièce. Je tire les draps et j'en recouvre sa poitrine, en cachant ma tête dessous. Il les soulève et je recule en riant à ce petit jeu de cache-cache. Je voudrais pouvoir rester là, allongée avec lui pendant des heures, à écouter les battements de son cœur contre ma joue.

– Dans combien de temps faut-il qu'on redescende ?

Il hausse les épaules.

– On ferait mieux de ne pas tarder, sinon ils vont penser qu'on est en train de baiser !

Nous rions tous les deux. Petit à petit, je m'habitue à son langage cru, mais ça me choque toujours, le naturel avec lequel il emploie ce genre de mots. Mais ce qui est le plus choquant, c'est le fourmillement qui court sur ma peau chaque fois qu'il les emploie.

Je me lève en grognant. Je sens les yeux d'Hardin posés sur moi quand je me baisse pour ramasser mes affaires. Il passe son t-shirt, puis ébouriffe ses cheveux rebelles. J'enfile ma culotte en me tortillant sous son regard. Et là, je manque me prendre les pieds dedans.

– Arrête de me regarder, ça me rend nerveuse.

Il sourit, ses fossettes plus visibles que jamais. Il glisse les mains dans ses poches et regarde le plafond en sifflotant. Je glousse et finis par remonter mon collant.

– Tu pourras m'aider à fermer le zip de ma robe ?

Il parcourt mon corps du regard et je vois à trois mètres ses pupilles se dilater. Je baisse les yeux et je comprends. Mes seins sortent de mon soutien-gorge et le collant en dentelle arrive juste au dessus de mes hanches. Je me sens soudain comme une fille sur la couverture d'un magazine porno.

– O-ouais... je... t'aiderai.

Il déglutit. C'est stupéfiant que quelqu'un d'aussi attirant – disons-le, d'aussi sexy – puisse réagir comme ça en me voyant. Je sais bien qu'on me trouve jolie, mais je suis loin d'être comme les filles avec lesquelles il sort habituellement. Je n'ai pas de tatouages, pas de piercings et je m'habille de façon classique.

Je passe ma robe, relève mes cheveux et me tourne pour qu'il m'aide. Ses doigts dessinent ma colonne vertébrale avant de remonter la fermeture. Je frissonne, m'appuie contre lui, je l'entends reprendre son souffle. Ses mains descendent sur mes hanches et il me serre doucement. Je le sens durcir contre mon dos, une décharge électrique me traverse de part en part pour la centième fois de la journée, au moins.

– Hardin ?

C'est la voix de Karen qui appelle depuis le couloir, on entend quelques petits coups légers sur la porte. Heureusement que nous sommes habillés tous les deux ; Hardin lève les yeux au ciel et me murmure à l'oreille :

– Plus tard.

II avance vers la porte et allume la lumière avant de l'ouvrir.

– Je suis désolée de vous déranger, mais j'ai fait des desserts et j'ai pensé que vous en voudriez tous les deux ?

Hardin ne dit rien, mais se tourne vers moi, attendant ma réponse.

– Volontiers, c'est très gentil à vous.

– Super ! Je vous attends en bas.

Elle tourne les talons et disparaît dans le couloir.

– J'ai déjà pris mon dessert, dit Hardin malicieusement, ce qui lui vaut une tape sur le bras.

∞

49

Karen nous a fait des montagnes de gâteaux. J'en mange quelques-uns tout en discutant avec elle de sa passion pour la pâtisserie. Landon ne vient pas nous rejoindre dans la salle à manger, mais cela ne semble troubler personne. Je jette un coup d'œil, il est assis sur le canapé, un livre sur les genoux, et je me dis qu'il faut que je lui parle rapidement. Je n'ai pas envie de perdre son amitié.

– Moi aussi, j'aime bien faire de la pâtisserie, mais je ne suis pas très douée, dis-je à Karen, ce qui la fait rire.

– Je pourrais t'apprendre. Cela me ferait plaisir. Je peux te tutoyer ?

Il y a un tel espoir dans ses yeux que je ne peux qu'acquiescer.

– Ce serait génial.

Je n'ai pas le cœur de refuser, elle me fait de la peine. Elle fait vraiment des efforts pour me connaître. Elle me prend pour la petite amie d'Hardin et je ne peux pas la détromper. J'aimerais que ma vie tout entière soit comme cette soirée, à passer du temps avec lui, nos regards se croisant sans cesse, tandis que je converse avec son père et sa future belle-mère. Il se montre gentil, au moins depuis une heure, et j'adore quand son pouce frôle mes doigts dans un geste délicat qui me donne la chair de poule. Dehors, la pluie continue de tomber et le vent rugit dans les arbres.

Après les desserts, il se lève de table. Je l'interroge du regard et il se penche pour murmurer à mon oreille :

– Je reviens tout de suite. Je vais aux toilettes.

Je le vois disparaître dans le couloir.

– Nous ne savons comment te remercier. C'est si merveilleux d'avoir Hardin, même si c'est seulement pour un repas, dit Karen, et Ken lui prend la main.

– Elle a raison. En tant que père, je trouve merveilleux de voir que mon fils unique est amoureux. Je me suis toujours inquiété pour lui, je pensais qu'il n'en serait pas capable... C'était un... un enfant en colère.

Ken me regarde. Il doit remarquer que je m'agite nerveusement sur ma chaise parce qu'il poursuit :

– Je suis désolé, je ne voulais pas t'embarrasser, nous sommes juste contents de le voir heureux.

Heureux ? Amoureux ? Je m'étrangle et suis prise d'une quinte de toux, que je calme en buvant une gorgée d'eau fraîche. Je les regarde, ils croient qu'Hardin est amoureux de moi ? Ce serait incroyablement grossier de leur rire à la figure, mais il est évident que Ken ne connaît pas son fils.

Avant même que j'aie le temps de réagir, Hardin revient et je remercie le Ciel de m'avoir évité de répondre à leur gentille, bien que fausse, supposition. Il ne se rassied pas mais reste debout derrière moi, les mains sur le dossier de ma chaise.

– Il faut qu'on y aille. Je dois ramener Tessa à la résidence universitaire.

– Oh ! ne sois pas bête. Vous devriez rester dormir tous les deux. Il y a de l'orage et ce n'est pas la place qui manque. N'est-ce pas, Ken ?

Il approuve.

– Bien sûr, vous nous feriez plaisir en restant.

Hardin me regarde. J'ai envie de rester. Pour prolonger le temps passé avec lui dans cette bulle complètement à l'écart du monde, surtout quand il est de si bonne humeur.

– Moi, ça me va.

Mais je ne voudrais pas le contrarier en disant que je veux rester ici plus longtemps. Son regard est impénétrable, mais il n'a pas l'air en colère.

– Super. C'est arrangé alors. Je vais montrer sa chambre à Tessa... à moins que vous ne dormiez tous les deux dans celle d'Hardin.

Il n'y a aucun jugement dans sa voix, seulement de la gentillesse.

– Merci, mais je préférerais une chambre à part, si c'est possible.

Hardin me lance un regard assassin.

Il aurait voulu que je dorme avec lui, dans sa chambre? La pensée m'excite, mais je n'ai pas envie qu'ils sachent que nous en sommes déjà à ce stade. Ma conscience trouble-fête me rappelle que nous ne sortons pas ensemble, qu'il n'en est même pas question, et donc que nous n'en sommes à aucun « stade ». Et que j'ai déjà un copain qui n'est pas Hardin. Comme d'habitude, je choisis de ne pas l'écouter et je monte les escaliers derrière Karen. Je me demande pourquoi elle nous envoie directement au lit, mais je ne suis pas assez à l'aise pour poser la question.

Elle me fait entrer dans une chambre juste en face de celle d'Hardin. Elle n'est pas aussi grande, mais aussi joliment décorée. Il y a un lit un peu plus petit avec une tête de lit blanche. Des images de bateaux et des ancres ornent la pièce. Je la remercie à plusieurs reprises et elle me prend dans ses bras avant de quitter la chambre.

Le jardin, que j'aperçois par la fenêtre, est beaucoup plus grand que je croyais. Je n'avais vu que la terrasse et les arbres sur la gauche; en fait, à droite, se trouve un petit bâtiment qui ressemble à une serre mais que je ne vois pas bien à cause de la pluie battante.

Ma vue se trouble, mes pensées recommencent à s'agiter. Cette journée a été la meilleure que j'ai passée avec Hardin, malgré ses éclats répétés. Il m'a tenu la main, ce qu'il ne fait jamais, il a posé une main sur mon dos pendant que nous marchions et il a fait de son mieux pour me réconforter quand je m'inquiétais au sujet de Landon. Nous ne sommes jamais allés aussi loin dans notre... amitié, si on peut appeler ça comme ça. C'est justement ce qui m'intrigue, je sais que nous ne pouvons pas sortir ensemble pour de bon, et que nous ne le ferons jamais, mais peut-être dois-je me satisfaire de la relation que nous avons pour le moment ? Je n'ai jamais pensé que je pourrais avoir le statut d'« amie avec avantages en nature » pour quelqu'un, mais je sais aussi que je ne serai pas capable de rester loin de lui. J'ai déjà essayé plusieurs fois et ça ne marche jamais.

Un coup léger à ma porte me tire de mes pensées. Je m'attends à trouver Karen ou Hardin, mais c'est Landon. Il a les mains dans les poches, un petit sourire gêné sur les lèvres.

– Salut.

– Salut, viens, entre.

Je vais m'asseoir sur le lit, il tire la chaise devant une petite table dans le coin et s'assied.

– Je…

Nous avons parlé tous les deux en même temps, ce qui nous fait éclater de rire.

– Toi d'abord.

– D'accord. Je suis vraiment désolée que tu aies découvert pour Hardin et moi, de cette manière. Je n'avais pas ça en tête en allant le chercher. Je voulais juste m'assurer qu'il allait bien. Ce dîner avec son père le mettait dans tous ses états et je ne sais pas comment nous avons fini par… nous embrasser. Je sais que c'est nul de ma part et que je suis horrible de tromper Noah, mais je ne sais plus où j'en suis, j'ai vraiment essayé d'éviter Hardin, je te le jure.

– Je ne te juge pas, Tessa. Mais j'ai été vraiment étonné de vous voir vous embrasser sur la terrasse. Quand je suis sorti, je pensais vous trouver en train de vous écharper.

Il rit avant de poursuivre.

– J'ai su qu'il se passait quelque chose quand vous vous êtes engueulés au cours de littérature, puis quand tu es restée dormir le week-end dernier et quand on s'est battus tous les deux. Tous les signes étaient là, mais je pensais que tu m'en parlerais, même si je comprends pourquoi tu ne l'as pas fait.

Mes épaules se libèrent d'un gros poids.

– Tu n'es pas furieux contre moi ? Et tu n'as pas changé d'avis à mon sujet ?

– Bien sûr que non. Mais je m'inquiète pour toi et Hardin. Je ne veux pas qu'il te fasse de mal, et je crois malheureusement qu'il va t'en faire. Je suis désolé de te dire ça mais, en tant qu'ami, j'ai besoin que tu saches qu'il t'en fera.

Je voudrais le défendre et me mettre en colère mais, quelque part, je sais qu'il a raison. Je ne peux qu'espérer qu'il ait tort.

– Alors, que comptes-tu faire pour Noah ?

– Je n'en sais rien. Si je romps, j'ai peur de le regretter, mais ce que je fais n'est pas honnête. Il me faut un peu de temps pour décider de ce que je vais faire.

Il acquiesce.

– Landon, je suis trop soulagée que tu ne sois pas en colère contre moi. Je me suis conduite comme une idiote tout à l'heure. Je ne savais pas quoi te dire. Je suis désolée.

– Moi aussi. Je comprends.

Nous nous levons et il me prend dans ses bras, dans un geste chaleureux et réconfortant. À ce moment-là, la porte s'ouvre.

– Hum... je dérange ?

– Non, entre.

Hardin lève les yeux au ciel. J'espère qu'il est toujours de bonne humeur.

– Je t'ai apporté des affaires pour dormir.

Il pose un petit tas de vêtements sur le lit et s'apprête à ressortir.

– Merci, mais tu peux rester.

Je n'ai pas envie qu'il s'en aille. Il regarde Landon et dit d'un ton cassant :

– Non, ça va.

Et il quitte la pièce.

– Il est si lunatique !

Je me laisse tomber sur le lit. Landon ricane et se rassied.

– Oui, on peut appeler ça comme ça.

Nous éclatons de rire et Landon commence à me parler de Dakota. Il me dit qu'il attend avec impatience sa venue le week-end prochain. J'avais presque oublié le feu de camp. Et que Noah vient. Je devrais peut-être lui dire de ne pas venir ? Et si ce changement dans ma relation avec Hardin n'existait que dans ma tête ? J'ai pourtant l'impression que quelque chose a changé aujourd'hui, il m'a vraiment dit qu'il me désire plus qu'il n'a jamais voulu quelqu'un. Il n'a pas vraiment dit qu'il a des sentiments pour moi, seulement qu'il a envie de moi. Pendant une heure, nous bavardons de tout et de rien, depuis Tolstoï jusqu'à la *skyline* de Seattle, puis il me souhaite une bonne nuit et se retire dans sa chambre, me laissant seule avec mes pensées et le bruit de la pluie.

∞

50

Je prends les vêtements qu'Hardin m'a apportés : un de ses t-shirts noirs favoris, un pantalon à carreaux rouges et gris, et une paire de chaussettes noires trop grandes. Je soulève le t-shirt, il a son odeur. Celui-ci, il l'a porté et récemment. C'est une odeur enivrante, mentholée et indescriptible, mais c'est ma nouvelle odeur préférée au monde. Le pantalon est beaucoup trop grand, mais très confortable. Je m'étends sur le lit, remonte les draps jusqu'au menton et, les yeux fermés, je repasse dans ma tête le film de la journée. Je glisse peu à peu dans le sommeil, vers des rêves peuplés d'yeux verts et de t-shirts noirs.

– NON !

La voix d'Hardin me réveille brusquement. *Est-ce que j'ai rêvé* ?

– S'il te plaît !

Un nouveau hurlement. Je me lève d'un bond et me rue de l'autre côté du couloir. Dans le noir, je trouve la poignée de porte de sa chambre. Pourvu qu'elle ne soit pas fermée à clé ! Dieu merci, elle s'ouvre.

– NON ! S'il te plaît...

Je n'ai pas réfléchi avant d'agir. Si quelqu'un était en train de lui faire du mal, je n'ai pas la moindre idée de ce que je ferais. À tâtons, je trouve la lampe et l'allume. Hardin, torse nu, est emmêlé dans une épaisse couette et il donne des coups de pieds dans tous les sens. Spontanément, je m'assieds sur le lit et tends le bras vers son épaule. Sa peau est chaude, trop chaude.

– Hardin !

J'essaie de le réveiller. Il tourne la tête sur le côté en gémissant, mais ne se réveille pas.

– Hardin, réveille-toi !

Je le secoue plus fort et, instinctivement, je m'assieds à cheval sur lui, l'attrape par les épaules et le secoue encore. Ses paupières se soulèvent. Ses yeux s'emplissent de terreur, puis de confusion et enfin de soulagement. Son front est couvert de sueur.

– Tess, s'étrangle-t-il.

La manière dont il a dit mon nom me brise le cœur, pour immédiatement le réparer. Très vite, il dégage ses bras, les croise derrière mon dos et m'attire contre sa poitrine. La moiteur de son torse me fait sursauter, mais je ne bouge pas. Je sens les battements rapides de son cœur contre ma joue. Pauvre Hardin. Je le serre dans mes bras. Dans le noir, il me caresse les cheveux en répétant mon nom encore et encore, comme si j'étais une forme de talisman.

– Hardin, ça va ? dis-je d'une voix presque inaudible.

– Non.

Sa poitrine monte et descend plus lentement maintenant, mais sa respiration est encore courte. Je ne veux pas le pousser à me raconter quelles terreurs il a affrontées dans son rêve. Je ne lui demande pas s'il veut que je reste, je le sais. Quand je me soulève pour éteindre la lampe, son corps s'immobilise.

– J'allais éteindre, à moins que tu ne préfères que je laisse allumé.

Quand il comprend mon intention, il se détend et me laisse accéder à l'interrupteur.

– Non, éteins s'il te plaît.

Une fois l'obscurité revenue, je repose ma tête sur sa poitrine. J'aurais pensé qu'être allongée à cheval sur lui, comme ça, serait inconfortable, mais c'est réconfortant, pour lui comme pour moi. Le bruit régulier de son cœur dans sa poitrine est apaisant, plus apaisant que le bruit de la pluie sur le toit. Je ferais n'importe quoi, je donnerais n'importe quoi pour pouvoir passer toutes les nuits avec Hardin, allongée comme ça avec lui, ses bras autour de moi et son souffle léger à mon oreille.

Ce sont les mouvements d'Hardin sous moi qui me réveillent. Je suis toujours allongée sur lui, mes genoux de chaque côté. Je lève la tête de sa poitrine et rencontre son regard vert hallucinant. À la lumière du jour, je ne suis pas certaine d'être aussi désirable que la veille au soir. Son visage est impénétrable et mon angoisse prend le dessus. Je me relève pour changer de position. Ma nuque est raide d'avoir dormi la tête posée sur sa poitrine et j'ai besoin de me dégourdir les jambes de toute urgence.

– Bonjour.

Son sourire et ses fossettes apaisent mes craintes.

– Bonjour.

– Où tu vas ?

– J'ai mal dans la nuque.

Il m'aide à m'allonger à son côté, mon dos contre lui. Il me fait sursauter en posant les mains sur ma nuque, mais je me détends quand il commence à me masser le cou. Mes yeux se ferment, je fais une petite grimace quand il appuie sur le point douloureux, mais le massage fait vite disparaître la douleur.

Il rompt le silence le premier.

– Merci.

Je tourne la tête vers lui.

– De quoi ? *Peut-être qu'il veut que je le remercie de m'avoir massé le cou ?*

– D'être... venue et d'être restée.

Le rouge lui monte aux joues et il détourne vivement le regard. Il a l'air gêné. Hardin gêné ? Il n'en finit pas de me surprendre et de m'épater.

– Tu n'as pas à me remercier. Tu veux qu'on en parle ?

J'espère que oui. J'aimerais savoir de quoi il rêve.

– Non, dit-il simplement.

Je le pousserais bien à continuer, mais je sais ce qui arrivera si je le fais.

– En revanche, je veux te dire à quel point tu es extraordinairement sexy dans mon t-shirt.

Il appuie sa tête contre la mienne et pose ses lèvres sur ma peau. Mes yeux se ferment lorsque ses lèvres charnues aspirent le lobe de mon oreille et le tirent délicatement. Je le sens durcir contre moi, et cela me met dans un état second, incroyablement agréable. C'est le genre de saute d'humeur que j'apprécie.

–Hardin, dis-je d'une petite voix fluette qui le fait rire dans mon cou.

Ses mains se baladent sur mon corps, il passe son pouce le long de la ceinture de mon pyjama trop grand. Mon pouls se met à battre plus vite et j'étouffe un petit cri lorsque sa main glisse sur le devant de mon pantalon. Il me fait cet effet à chaque fois, en un rien de temps je sens tout mon être se concentrer dans ma culotte. Il enveloppe mon sein de son autre main et sa respiration devient sifflante lorsqu'il caresse du pouce mon téton ultra sensible. J'ai bien fait d'avoir retiré mon soutien-gorge pour dormir.

–Je ne me lasse pas de te toucher, Tess.

Sa voix rauque se fait encore plus grave, chargée de désir. Sa main se referme sur ma culotte et il m'attire le plus près possible de lui. Je sens son érection contre moi. Je retire sa main de mon pantalon. Quand je me tourne vers lui, il fronce les sourcils.

–Je... je voudrais faire quelque chose pour toi, je murmure lentement, gênée.

Un sourire efface la contrariété de son visage et il relève mon menton pour m'obliger à le regarder.

–Que veux-tu faire ?

Je ne sais pas exactement. Je sais seulement que je voudrais lui faire ressentir la même chose que ce qu'il me fait à moi. Je voudrais le voir perdre le contrôle comme je l'ai fait dans cette même chambre.

–Je ne sais pas... que veux-tu que je fasse ?

Mon inexpérience s'entend dans ma voix mal assurée. Hardin prend mes mains dans les siennes et les fait descendre le long du renflement de son pantalon.

–J'ai vraiment envie de sentir tes lèvres pulpeuses se refermer sur moi.

Ses mots me coupent le souffle et je sens la tension monter entre mes cuisses.

–Est-ce que c'est ça que tu veux ?

Nos mains bougent en cercle sur son entrejambe. Ses yeux obscurcis par le désir me scrutent, jaugeant ma réaction.

J'acquiesce en avalant ma salive, ce qui me vaut un sourire. Il s'assied et m'attire contre lui. Mon corps est submergé par un trac mêlé de désir. Soudain, la sonnerie de son téléphone résonne dans la chambre et il pousse un grognement avant de le prendre d'un geste brusque sur la table de nuit.

– Je reviens tout de suite, dit-il avant de sortir de la chambre.

Lorsqu'il revient, quelques minutes plus tard, son humeur a changé, une fois de plus.

– Karen prépare le petit déjeuner. C'est presque prêt.

Il ouvre un tiroir de la commode et en sort un t-shirt qu'il enfile sans même un regard dans ma direction.

– Ok.

Je me lève pour m'en aller, il faut que j'aille mettre un soutien-gorge avant de descendre rejoindre sa famille.

– On se voit en bas, dit-il d'un ton impassible.

Je ravale le nœud qui se forme dans ma gorge. Des différentes facettes de sa personnalité, le Hardin renfermé est celui que j'aime le moins, encore moins que le Hardin en colère. *Qui lui a téléphoné? Qu'est-ce qui l'a rendu aussi distant? Pourquoi ne peut-il pas tout simplement rester de bonne humeur?*

En traversant le couloir, je perçois l'odeur du bacon, et mon estomac se met à réclamer bruyamment.

Je mets mon soutien-gorge et serre la cordelette du pantalon à carreaux aussi fort que possible. Je me demande si je ne devrais pas plutôt remettre ma robe, mais tant pis, je suis plus à l'aise comme ça, si tôt le matin. Petite inspection dans le grand miroir sur le mur: je me passe les doigts dans les cheveux et me frotte les yeux pour en retirer les dernières traces de sommeil. Au moment où je referme la porte de ma chambre, Hardin ouvre la sienne. Au lieu de le regarder, je me concentre sur le papier peint en me dirigeant vers l'escalier. J'entends ses pas dans mon dos et, arrivée à l'escalier, il me prend par le coude et me tire doucement en arrière.

– Qu'est-ce qu'il y a?

Il a l'air inquiet.

– Rien, Hardin.

J'ai répondu sur un ton cassant. Je suis hyper émotive, surtout quand je n'ai pas encore pris mon petit déjeuner.

– Vas-y, dis-moi.

Je craque.

– C'était qui au téléphone ?

– Personne.

Menteur.

– C'était Molly ?

Je n'ai pas envie d'entendre la réponse.

Il ne dit rien, mais son expression le trahit, j'avais raison. Il est sorti de la chambre au moment où j'allais... lui faire... ça... pour prendre un appel de Molly ? Pourquoi est-ce que cela ne m'étonne pas plus que ça ?

– Tessa, ce n'est pas...

Je dégage mon bras, je vois qu'il serre les mâchoires.

– Salut, les jeunes.

Landon apparaît dans le couloir, je lui souris. Il a les cheveux en pétard et porte le même pantalon à carreaux que moi. Il a l'air encore tout ensommeillé, il est trop mignon. Je passe devant Hardin pour le rejoindre. Je refuse de montrer à Hardin combien je suis gênée et vexée qu'il ait répondu à Molly alors que nous étions... dans un moment comme ça.

– Tu as bien dormi ? me demande Landon, et je lui emboîte le pas dans les escaliers en abandonnant Hardin à sa frustration.

Encore une fois, Karen a bien fait les choses, comme on pouvait s'en douter. Quand Hardin nous rejoint, j'ai déjà empilé des œufs, du bacon, des toasts, une gaufre et une grappe de raisins sur mon assiette.

– Merci beaucoup de nous avoir préparé le petit déjeuner, Karen.

Je parle pour Hardin et moi, sachant qu'il ne prendra pas la peine de la remercier.

– Avec plaisir, ma chérie. Tu as bien dormi ? J'espère que l'orage ne t'a pas réveillée.

Elle sourit. Je sens Hardin se raidir à côté de moi, il craint probablement que je parle de son cauchemar. Il devrait pourtant savoir que je ne ferais jamais ça. Son manque de confiance ne fait qu'ajouter à ma contrariété.

– J'ai super bien dormi, je peux vous dire que je n'ai pas regretté mon lit à la cité U !

Je ris et tout le monde en fait autant, sauf Hardin, bien entendu.

Il boit une gorgée de jus d'orange et garde les yeux rivés sur le mur d'en face, tandis que la pièce résonne de bavardages sans importance et que Ken et Landon se chamaillent à propos d'un match de foot quelconque.

Après le petit déjeuner, j'aide Karen à ranger la cuisine encore une fois. Hardin traîne devant la porte et se contente de me regarder sans proposer son aide.

– Excusez ma curiosité, mais c'est une serre, là-bas dans le jardin ?

– Oui, c'est ça. Je n'y ai pas fait grand-chose cette année, mais j'adore jardiner. Si tu l'avais vue l'année dernière ! Tu aimes le jardinage ?

– Oh oui ! Chez ma mère aussi il y a une serre derrière la maison, c'est là que je passais le plus clair de mon temps libre quand j'étais enfant.

– C'est vrai ? Eh bien, vous devriez venir plus souvent tous les deux, on pourrait tirer quelque chose de la mienne.

Karen est si gentille, si affectueuse. Tout ce que ma mère n'est pas.

Je souris.

– Ça serait génial !

Hardin disparaît quelques instants puis revient et se racle la gorge bruyamment. Nous nous tournons vers lui.

– On va y aller.

Je fronce les sourcils. Il tient mes vêtements et mon sac à la main et mes tend mes Toms. Je trouve étrange qu'il ne me laisse pas le temps de me changer et un peu embarrassant qu'il ait fouillé dans mes affaires, mais je laisse courir. Nous disons au revoir, j'embrasse Karen et Ken tandis qu'Hardin s'impatiente à la porte.

Je promets de revenir bientôt en espérant que ce soit vrai. Je savais que mon temps ici était compté, mais cette échappée loin de mon univers, de mes listes, de mes alarmes et de mes obligations, était tellement agréable, que je ne me suis pas préparée à cette interruption brutale.

∞

51

Dans la voiture, l'atmosphère est pesante. Je serre mes vêtements sur mes genoux et regarde fixement par la portière, attendant de voir si Hardin va briser le silence. Il ne semble pas vouloir le faire, je sors donc mon portable de mon sac. Il est éteint, la batterie doit être en rade depuis hier soir. J'essaie quand même de le rallumer et l'écran s'anime. Je suis soulagée de constater que je n'ai ni message ni texto. On n'entend que le bruit de la pluie et le grincement des essuie-glaces.

– Tu es toujours en colère ? finit-il par dire en entrant sur le campus.

– Non.

Ce n'est pas vrai, ou plutôt je ne suis pas précisément en colère, je suis vexée.

– Pourtant tu as vraiment l'air en colère. Arrête de te conduire comme une enfant.

– Je ne le suis pas, Hardin. Je me fiche complètement que tu veuilles me laisser tomber pour aller retrouver Molly.

Les mots se bousculent sans que je puisse les arrêter. Je déteste ce que je ressens en pensant à lui et Molly. Cela me rend malade de les imaginer ensemble. Qu'est-ce qu'il lui trouve, d'abord ? Ses cheveux roses ? Ses tatouages ?

– Ce n'est pas le cas, mais quand bien même, ça ne te regarde pas, dit-il d'un ton méprisant.

– Ah oui ? N'empêche que tu t'es précipité pour répondre à ton portable alors que j'allais... tu sais bien...

J'aurais mieux fait de me taire. Je n'ai pas envie de me battre avec lui. Surtout que je ne sais pas quand je le reverrai, maintenant qu'il a laissé tomber le cours de littérature. Il a vraiment l'art de me pousser à bout.

– Ce n'est pas ça, Theresa.

Ah, on est revenus à Theresa ?

– Vraiment ? C'est pourtant ce que je crois, moi. Mais je m'en fous complètement. Je savais que ça ne durerait pas.

Je finis par l'admettre. La raison pour laquelle je n'avais pas envie de partir de chez son père, c'est que je savais qu'une fois qu'on se retrouverait tous les deux, ça recommencerait. Comme toujours.

– Qu'est-ce qui ne durerait pas ?

– Ça... nous. Que tu te conduises correctement avec moi.

Si je le regarde, je vais me faire avoir, comme à chaque fois.

– Alors quoi ? Tu vas encore m'éviter pendant une semaine ? Tu sais aussi bien que moi que le week-end prochain, tu seras de nouveau dans mon lit, dit-il d'un ton cassant.

Il n'a quand même pas osé dire ça !

– Par-don ?!

J'ai hurlé, mais je ne trouve pas les mots. Personne ne m'a jamais parlé comme ça... personne ne m'a jamais manqué de respect à ce point. Les larmes me montent aux yeux tandis qu'il ralentit la voiture pour se garer.

Sans lui laisser le temps de réagir, j'ouvre la portière, j'attrape mes affaires et pars en courant. Je me maudis d'avoir coupé par la pelouse détrempée et non par le trottoir, mais ce qui compte, c'est de m'éloigner le plus possible d'Hardin. Quand il a dit qu'il me voulait, cela voulait seulement dire *sexuellement*. J'avais beau m'en douter, ça fait mal d'en avoir la preuve.

– Tessa !

Je laisse tomber une des chaussures à talon de Steph, mais tant pis je ne m'arrête pas pour la ramasser. Je lui en rachèterai une paire.

– Bon sang, Tessa ! Arrête !

Je n'avais pas imaginé qu'il me suivrait. Je me force à accélérer le pas, j'atteins mon bâtiment et je cours dans le couloir. Quand j'arrive devant ma chambre, je pleure à chaudes larmes. Je pousse la porte brutalement, la claque derrière moi. Les larmes et la pluie se mêlent sur mon visage. Je me tourne pour prendre une serviette...

Et je reste paralysée sur place quand je vois Noah assis sur mon lit.

Mon Dieu, non, pas maintenant. Hardin va s'amener en trombe d'une minute à l'autre.

– Tessa, qu'est-ce qui se passe ? Où étais-tu ?

Il veut prendre mon visage dans ses mains, mais je tourne la tête. Ses yeux ont l'air si tristes que j'évite le contact.

– C'est... je suis vraiment désolée, Noah.

Je me mets à pleurer quand Hardin ouvre violemment la porte, faisant craquer les charnières.

Les yeux de Noah s'arrondissent, puis se rétrécissent quand ils croisent ceux d'Hardin. Il s'écarte de moi, l'air horrifié. Hardin jette sur le lit la chaussure que j'ai perdue dans l'herbe. C'est comme si Noah n'était pas là.

– Ce n'est pas ce que j'ai voulu dire.

Noah me regarde, la haine est perceptible dans sa voix quand il s'écrie :

– C'est là que tu étais ? Tu étais avec lui toute la nuit ? Et tu portes ses vêtements ? J'ai essayé de t'appeler et de t'envoyer des textos toute la nuit et toute la matinée, je t'ai laissé un nombre *incalculable* de messages et tu étais avec *lui* ?

– Quoi ? Je...

Je m'arrête net et me tourne vers Hardin.

– Tu as fouillé dans mon téléphone, c'est ça ? Tu as effacé les messages !

Je hurle. Ma raison me dicte de répondre à Noah, mais mon cœur est totalement concentré sur Hardin.

– Ouais... c'est vrai.

– Pourquoi as-tu fait ça, putain ? Alors toi, tu peux répondre à Molly, mais tu effaces les messages de mon copain ?

Il grimace en m'entendant appeler Noah mon copain.

– Comment oses-tu jouer à ce petit jeu avec moi, Hardin ?

J'éclate en sanglots, de nouveau. Noah m'attrape par le poignet et m'oblige à lui faire face. Hardin le bouscule en le repoussant par les épaules.

–Ne la touche pas, gronde-t-il.

Je n'y crois pas. Je regarde se dérouler ce feuilleton à l'eau de rose, ce que ma vie est devenue.

–Ne me dis pas ce que je dois faire avec ma petite amie, espèce de con, dit Noah, furieux, en poussant Hardin.

Hardin revient vers lui, menaçant, mais je l'attrape par son t-shirt et le tire en arrière. Je devrais peut-être les laisser se battre. Hardin mériterait de prendre un bon coup de poing dans la figure.

–Arrêtez ! Hardin, casse-toi, maintenant.

J'essuie mes larmes. Hardin vient se planter juste devant moi, lançant à Noah un regard assassin. Je tends le bras et pose doucement la main sur le dos d'Hardin en espérant le calmer.

– Non, Tessa, cette fois je ne partirai pas. Je l'ai déjà fait trop souvent.

Il pousse un soupir en se passant la main dans les cheveux.

–Tessa, dis-lui de partir !

Je n'écoute pas la supplication de Noah. Je veux savoir ce qu'Hardin a à dire.

–Je ne pensais pas ce que j'ai dit dans la voiture, et je ne sais pas pourquoi j'ai pris l'appel de Molly. Machinalement, je suppose. Je t'en prie, donne-moi une nouvelle chance. Je sais que tu m'en as déjà donné plus que je méritais, mais j'ai besoin que tu m'en donnes encore une. S'il te plaît, Tess.

Il pousse un soupir déchirant. Il a l'air épuisé.

–Pourquoi je ferais ça, Hardin ? Je n'ai pas arrêté de te donner des chances d'être mon ami, encore et encore. Je ne suis pas sûre d'avoir encore la force d'essayer.

Je sens confusément que Noah nous regarde, interloqué, mais en ce moment, ça m'est égal. Je sais que c'est mal –je sais que j'ai tort– mais, plus fort que tout au monde, je veux savoir ce qu'Hardin va dire.

–Je ne veux pas que nous soyons seulement amis... je veux plus que ça.

Ses paroles me coupent le souffle.

–Ce n'est pas vrai.

Hardin ne sort avec personne, me rappelle ma conscience.

–Si, c'est vrai. Je t'assure que c'est vrai.

– Tu as dit que tu ne sortais avec personne et que je n'étais pas ton genre, je te rappelle.

Je n'arrive toujours pas à croire que j'ai cette conversation avec Hardin, et devant Noah, en plus.

– Tu n'es pas mon genre, comme je ne suis pas le tien. Mais c'est justement pour ça que nous allons bien ensemble – nous sommes si différents, et pourtant nous sommes pareils. Tu m'as dit une fois que je faisais sortir ce qu'il y avait de pire en toi. Eh bien, toi, tu fais sortir ce qu'il y a de meilleur en moi. Je sais que tu le sais, Tessa. Et, oui c'est vrai, je ne sortais avec personne, jusqu'à ce que je te connaisse. Tu me donnes envie de m'engager. Tu me donnes envie de devenir meilleur. Je veux que tu me trouves digne de toi. Je veux que tu me veuilles autant que je te veux. Je veux me bagarrer avec toi, et même qu'on s'engueule jusqu'à ce que l'un de nous admette ses torts. Je veux te faire rire, et t'écouter disserter sur tes romans classiques. J'ai juste... besoin de toi. Je sais que je suis cruel parfois... enfin, tout le temps, mais c'est seulement parce que je ne sais pas être autrement.

Sa voix devient un murmure, son regard est fou.

– Je suis comme ça depuis si longtemps, je n'ai jamais voulu être autrement. Jusqu'à maintenant, jusqu'à toi.

Je suis sans voix. Il a dit tout ce que je voulais entendre. Je croyais qu'il ne le dirait jamais. Ce n'est pas le Hardin que je connais, mais la manière de prononcer ces mots, dans une tirade ininterrompue avec cette respiration haletante, les a rendus plus naturels et spontanés.

– C'est quoi ça, putain ? *Tessa* ! s'écrie Noah, frénétiquement.

Dans un murmure et sans quitter Hardin des yeux, je lui réponds :

– Tu ferais mieux de partir.

Noah fait un pas en avant et coasse, l'air victorieux,

– *Je te remercie* ! Je pensais que ça ne finirait jamais.

Hardin a l'air absolument effondré, le cœur brisé.

– Noah, j'ai dit : *toi, tu ferais mieux de partir.*

Les deux hommes restent bouche bée. Je vois le soulagement sur le visage d'Hardin et je lui prends les mains, croisant mes doigts avec les siens, qui tremblent.

– *Quoi ?* hurle Noah. Tu n'es pas sérieuse, Tessa ! Nous nous connaissons depuis si longtemps – ce mec se sert de toi, c'est tout.

Il te jettera dès qu'il en aura fini avec toi. Alors que moi, *je t'aime*! Ne fais pas cette erreur, Tessa, dit-il d'un ton suppliant.

J'ai de la peine pour lui, et cela me fait mal de lui faire ça, mais je sais que je ne peux plus être avec Noah. C'est Hardin que je veux. Plus que tout ce que je n'ai jamais voulu dans ma vie. Et Hardin me veut. Il me veut plus encore. Mon cœur se serre à nouveau quand je regarde Noah ouvrir la bouche pour dire quelque chose.

– À ta place, je n'ajouterais rien, le prévient Hardin.

– Je suis vraiment désolée que ça se passe comme ça, vraiment.

Il ne dit plus rien. L'air brisé, il sort de la chambre en ramassant son sac à dos.

– Tessa... je... Tu ressens vraiment la même chose que moi?

Je hoche la tête. *Comment peut-il encore en douter?*

– Ne hoche pas la tête, s'il te plaît, dis-le.

Il a l'air désespéré.

– Oui, Hardin, je ressens la même chose.

Je ne me lance pas dans un long et beau discours comme il l'a fait, mais ces simples mots semblent lui suffire. Le sourire dont il me gratifie soulage un peu ma tristesse d'avoir brisé le cœur de Noah.

– Alors, qu'est-ce qu'on fait, maintenant? Tout ça est nouveau pour moi, dit Hardin en rougissant.

– Embrasse-moi.

Il m'attire contre sa poitrine, en agrippant son t-shirt que j'ai sur le dos. Ses lèvres sont fraîches et sa langue est chaude quand elle se glisse dans ma bouche. En dépit du chaos qui vient juste de bouleverser ma chambre, je me sens calme. C'est comme dans un rêve. Quelque part, je sais que c'est le calme avant la tempête, mais pour le moment Hardin est mon ancre. Je prie seulement pour qu'il ne m'entraîne pas au fond.

∞

52

Finalement Hardin rompt notre baiser, il s'assied sur mon lit où je le rejoins.

Pendant quelques minutes, nous restons silencieux, et je commence à me sentir nerveuse, comme s'il y avait quelque chose que je devrais faire maintenant que nous sommes... plus engagés, mais je n'ai pas la moindre idée de ce que c'est.

– Qu'est-ce que tu as de prévu pour le reste de la journée, demande-t-il doucement.

– Rien. Il faut que je bosse.

– Cool.

Il claque la langue contre son palais. Il a l'air nerveux, lui aussi, et je suis contente de ne pas être la seule.

– Viens ici.

Hardin me fait signe et ouvre les bras. Au moment où je m'assieds sur ses genoux, la porte s'ouvre et il pousse un grognement. Steph, Tristan et Nate entrent brusquement et nous regardent hébétés. Je descends des genoux d'Hardin et vais m'asseoir de l'autre côté du lit.

– Oh ! Alors vous baisez ensemble, maintenant ? dit Nate sans ambages.

– Non ! Ce n'est pas ça !

Je ne sais pas quoi leur dire, j'attends qu'Hardin dise quelque chose, mais il garde le silence pendant que Tristan et Nate commencent à lui raconter ce qui s'est passé à la fête hier soir.

– On dirait que je n'ai pas manqué grand-chose.

– Jusqu'au strip-tease de Molly. Elle s'est mise complètement nue, tu aurais dû voir ça, réplique Nate.

Je me recroqueville en regardant Steph qui, les yeux écarquillés, souhaite probablement que Tristan ne commente pas le fait que Molly était nue.

Hardin sourit.

– Rien que je n'aie déjà vu.

Je pousse un cri étouffé que j'essaie immédiatement de transformer en une quinte de toux.

Il n'a pas pu dire ça.

Son visage s'allonge, il vient sûrement juste de comprendre ce qu'il a fait.

En fait, je n'aurais pas dû réagir comme ça. C'est déjà assez embarrassant et c'est encore plus évident maintenant que tout le monde est dans la chambre. Pourquoi ne leur a-t-il pas dit que nous sortons ensemble ? *Et est-ce que nous sortons ensemble ?* Je ne comprends pas très bien moi-même. Je pensais que oui, après sa confession, mais nous ne l'avons jamais vraiment verbalisé. *Peut-être que ce n'est pas nécessaire ?* Cette incertitude me rend folle. Pendant tout le temps où j'ai été avec Noah, je n'ai jamais eu à m'inquiéter de ses sentiments. Je n'ai jamais eu à gérer des ex-« amies avec avantages en nature ». Noah n'a jamais embrassé une autre fille que moi et, franchement, cela me plaisait. Je voudrais qu'Hardin n'ait jamais rien fait avec d'autres filles, ou au moins, qu'elles soient moins nombreuses.

– Je me change et on va au bowling. Tu viens avec nous ? me demande Steph, mais je secoue la tête.

– J'ai pris du retard dans mon boulot. Je n'ai pratiquement pas travaillé ce week-end.

Je regarde ailleurs tandis que les événements du week-end se bousculent dans ma mémoire.

– Tu devrais venir, on va s'éclater, dit Hardin.

Il faut vraiment que je reste, et j'espérais un peu qu'il resterait avec moi.

Steph entre dans le dressing et en ressort quelques minutes plus tard, vêtue différemment.

– Vous y êtes, les mecs ? Tu es sûre que tu ne veux pas venir ?

– Certaine.

Ils se lèvent tous pour partir, et Hardin me fait un petit signe de la main et un sourire avant de sortir. Je suis déçue de sa façon de me dire au revoir. J'espère au moins que ce projet date d'avant ce week-end et la scène d'aujourd'hui. Mais qu'est-ce que je croyais ? Qu'il allait se jeter sur moi pour m'embrasser et me dire que j'allais lui manquer ? Je ris rien que d'y penser. Je me demande même si quelque chose va changer entre Hardin et moi, sauf que nous n'aurons plus besoin d'essayer désespérément de nous éviter. J'ai tellement l'habitude de la façon dont je fonctionne avec Noah que je ne sais pas du tout ce qui va se passer, et je déteste ne pas contrôler la situation.

Je me mets au travail puis j'essaie de faire une sieste, mais au bout d'une heure je craque et je prends mon téléphone pour envoyer un texto à Hardin. *Attends, je n'ai même pas son numéro de portable.* Ça ne m'était même pas venu à l'esprit jusque-là, mais nous n'avons jamais parlé au téléphone, nous ne nous sommes jamais envoyé de messages. Nous n'en avons jamais eu besoin, nous ne pouvions pas nous supporter. Cette situation s'annonce plus compliquée que ce que je pensais.

J'appelle ma mère pour prendre de ses nouvelles, et surtout pour savoir si Noah lui a parlé de ce qui vient de se passer. Il ne devrait pas tarder à arriver, il y a deux heures de route, et je suis sûre qu'il va directement aller vider son sac auprès d'elle. Elle se contente d'un bonjour, j'en déduis donc qu'elle n'est pas encore au courant. Je lui raconte ma tentative malheureuse pour trouver une voiture et la possibilité du stage chez Vance. Bien sûr, elle me fait remarquer que cela fait plus d'un mois que je suis à la fac, amplement le temps de trouver une voiture. Je ne relève pas et la laisse continuer à discourir sur sa semaine passée. Mon portable clignote pendant que je l'écoute. Je mets le haut-parleur pour lire le texto.

TU AURAIS DÛ VENIR AVEC NOUS, AVEC MOI.

Mon cœur s'emballe, c'est Hardin. Je fais semblant d'écouter ma mère en marmonnant, « Hmm... oh... » à plusieurs reprises, tout en répondant à Hardin.

TU AURAIS DÛ RESTER.

Je garde les yeux sur l'écran, dans l'attente de sa réponse. Elle arrive après ce qui me semble être une éternité.

Je viens te chercher.

Quoi ? Non, je n'ai pas envie d'aller au bowling et toi tu y es déjà. Restes-y.

Je suis déjà en route. Prépare-toi.

Bon sang, il est très autoritaire, même par texto.

Ma mère continue de parler, mais je n'ai pas la moindre idée de ce qu'elle raconte. J'ai arrêté d'écouter quand j'ai reçu le premier message d'Hardin.

– Maman, je te rappelle plus tard.

– Pourquoi ? demande-t-elle d'un ton surpris et dédaigneux.

– Je... euh... je viens de renverser du café sur mes notes. Il faut que je te laisse.

Je raccroche et me précipite dans le dressing, j'enlève le pyjama d'Hardin et sans hésitation, j'enfile mon nouveau jean et le t-shirt mauve KMJ dans lesquels je me sens bien. Je me brosse les cheveux, ce qui est la moindre des choses vu que je ne les ai pas lavés. Je regarde l'heure, cours à la salle de bains pour me brosser les dents et, quand je reviens, Hardin m'attend sur mon lit.

– T'étais où?

– Je me brossais les dents.

– Tu es prête ?

Il se lève et avance vers moi. Je m'attends plus ou moins à ce qu'il me prenne dans ses bras, mais non, il va tout droit vers la porte. Bon, j'attrape mon sac et mon portable. Il laisse la radio en fond sonore en conduisant. Je n'ai vraiment pas envie d'aller au bowling, j'ai horreur du bowling, mais j'aimerais trop passer du temps avec lui. Ça m'ennuie d'être déjà si dépendante de lui.

– On va rester longtemps ?

– Je ne sais pas... pourquoi ?

Il me regarde de côté.

– Je ne sais pas... je n'aime pas trop le bowling.

– Ce sera sympa, tu verras. Tout le monde est là-bas.

J'espère que sa pétasse occasionnelle, Molly, n'en fait pas partie.

– J'imagine.

– Tu ne veux pas y aller ?

Sa voix est calme.

– Pas vraiment, c'est pour ça que j'ai dit non la première fois.

– On peut aller ailleurs, si tu veux ?

– Où?

– Chez moi.

J'accepte en souriant. Il me fait un grand sourire qui fait ressortir ses fossettes, je les aime de plus en plus.

– Chez moi, donc.

Il tend le bras et mets sa main sur ma cuisse. Ma peau se réchauffe à son contact et je pose ma main sur la sienne. Un quart d'heure plus tard, nous nous garons devant la maison de la fraternité. Je n'y suis pas revenue depuis le soir où nous nous sommes disputés et où je suis rentrée à pied. Nous montons l'escalier et aucun des mecs qui sont là ne fait attention à nous, ils doivent avoir l'habitude de voir Hardin rentrer avec une fille. Mon estomac se serre quand j'y pense. Il faut que j'arrête d'être comme ça, sinon je vais devenir folle, ce qui n'y changera rien, de toute façon.

– On y est, dit-il en ouvrant la porte avec sa clé.

Je le suis à l'intérieur. Il allume, retire ses boots et va sur le lit où il me fait signe de venir m'asseoir à côté de lui. Mais ma curiosité est la plus forte,

– Molly était là-bas ? Au bowling ?

Je regarde par la fenêtre.

– Ouais, bien sûr. Pourquoi ?

Je m'assieds sur le lit moelleux d'Hardin qui me tire près de lui par les chevilles. Je ris et me glisse près de lui sur le dos, je plie les genoux et pose mes pieds de l'autre côté de ses jambes.

– Je me demandais, simplement...

Il sourit.

– Elle sera toujours dans les parages, elle fait partie de la bande.

Je sais que je suis idiote d'être jalouse d'elle, mais elle m'énerve. Elle fait comme si elle m'aimait bien alors que je sais que c'est faux, et je sais qu'elle aime bien Hardin. Maintenant que nous sommes... ce que nous sommes, je n'ai pas envie qu'elle tourne autour de lui.

– Tu n'es pas, genre, inquiète que je baise avec elle, si ?

Je lui frappe le bras à cause de son langage. J'adore la façon dont les mots obscènes sonnent dans sa bouche, mais pas quand il s'agit d'elle.

– Non, enfin... peut-être que si. Je sais que vous l'avez déjà fait, et je ne veux pas que ça recommence.

Je me doute qu'il va se moquer de ma jalousie, alors je tourne la tête. Mais il pose la main sur mon genou et presse doucement.

– Je ne ferais pas ça... plus maintenant. Ne t'inquiète pas pour elle, ok ?

Il dit cela gentiment, et je le crois.

– Pourquoi tu ne leur as rien dit pour nous ?

Je sais que je ferais mieux de me taire, mais ça me tracasse.

– Je ne sais pas... je n'étais pas sûr que tu voulais que je le fasse. Et puis, ce que nous faisons ne regarde que nous.

Sa réponse me convient beaucoup mieux que ce que j'avais en tête.

– Je suppose que tu as raison. J'ai cru que peut-être ça te gênait ou quelque chose dans le genre.

Ça le fait rire.

– Pourquoi je serais gêné d'être avec toi ? Regarde-toi.

Ses yeux s'assombrissent et il pose la main sur mon ventre. Il soulève ma chemise et, du bout des doigts, dessine des cercles sur ma peau nue. Cela me donne la chair de poule et il sourit.

– J'adore la façon dont ton corps réagit à mes caresses.

Je sais ce qui va se passer. J'en meurs d'impatience.

∞

53

Ma respiration s'accélère quand les doigts d'Hardin remontent plus haut sous ma chemise. Il s'en rend compte, son beau visage ébauche un sourire.

– Un seul contact et te voilà déjà haletante, murmure-t-il d'une voix rauque.

Il se penche au-dessus de moi et écarte mes jambes de ses genoux. Sa langue descend tout le long de mon cou et je frissonne. Mes doigts s'emmêlent dans ses cheveux bouclés et je tire dessus pendant qu'il me mordille. Une de ses mains glisse entre mes cuisses, mais je saisis son poignet pour l'arrêter.

– Qu'est-ce qu'il y a ?

– Rien... juste, je voudrais faire quelque chose pour toi, cette fois.

Je détourne les yeux, mais il prend mon menton dans sa main pour m'obliger à le regarder dans les yeux. Il essaie de dissimuler son sourire moqueur, mais je le vois.

– Et qu'est-ce que tu voudrais faire pour moi ?

– Eh bien... je pensais que je pourrais, tu vois, ce que tu disais l'autre jour ?

Je ne sais pas pourquoi je suis si timide pour parler alors qu'Hardin, lui, dit tout ce qu'il pense, mais l'expression « faire une pipe » ne fait pas partie de mon vocabulaire.

– Tu veux me sucer la bite ?

Il a vraiment l'air étonné. Officiellement je suis horrifiée. Mais au fond ça m'excite, d'une certaine façon.

– Euh... ouais. Je veux dire, si tu veux ?

J'espère que, quand notre relation sera plus avancée, j'arriverai à lui dire ces choses. J'adorerais être assez à l'aise avec lui pour avoir le courage de lui dire exactement ce que je veux lui faire.

– Bien sûr que je veux. J'ai envie de ta bouche sur moi depuis la première fois où je t'ai vue.

Bizarrement, je me sens flattée par cette remarque grossière, mais à ce moment-là il me demande :

– Mais, tu es sûre ? Est-ce que tu as déjà... vu une queue, au moins ?

Je suis certaine qu'il connaît la réponse à cette question, peut-être veut-il m'obliger à le dire ?

– Bien entendu. Pas en vrai, mais j'ai vu des images, et une fois je suis entrée chez mon voisin alors qu'il regardait un film cochon.

Il a du mal à se retenir de rire.

– Arrête de te moquer de moi, Hardin.

– Je ne me moque pas, Bébé. C'est juste que j'ai jamais vu quelqu'un d'aussi inexpérimenté. Mais c'est bien, je te jure. Je suis un peu surpris de ton innocence, mais c'est terriblement excitant de savoir que personne d'autre que moi ne t'a jamais fait jouir, même pas toi.

Cette fois, il ne rit pas et je préfère ça.

– Ok... eh bien, allons-y.

Il sourit et me caresse la joue de son pouce.

– Tu es si insolente, j'adore.

Il se lève.

– Où tu vas ?

Il sourit.

– Nulle part. J'enlève juste mon pantalon.

– Je voulais le faire.

Je fais la moue et il rigole en remontant son pantalon.

– À toi l'honneur, Bébé.

Il met les mains sur ses hanches. Je m'avance en souriant et je descends son pantalon. Est-ce que je devrais descendre son boxer aussi ? Hardin recule d'un pas et appuie ses talons contre le lit avant de s'asseoir. Je me laisse tomber à genoux devant lui, je l'entends inspirer profondément.

– Viens plus près, Bébé.

Je m'approche, je pose les mains sur ses genoux.

– Ça va ? me demande-t-il doucement.

Je lui confirme d'un petit signe de tête et il me tire par les coudes.

– On s'embrasse un peu d'abord, ok ?

Il me prend sur ses genoux. Je dois reconnaître que je suis soulagée : je suis toujours d'accord pour le faire, mais il me faut un peu de temps pour me préparer, et je serai plus à l'aise si on s'embrasse. Il m'embrasse, lentement au début, mais en quelques secondes le courant monte en intensité. Je serre ses bras très fort en me balançant d'avant en arrière sur ses genoux. Le renflement sous le fin tissu de son boxer grossit et je lui tire doucement les cheveux. *Je regrette de ne pas avoir mis une jupe que je pourrais soulever pour le sentir contre moi...* je suis choquée de penser ça, mais je tends la main pour le toucher à travers son boxer.

– Bordel, Tessa, si tu continues comme ça, je te jure que vais jouir encore une fois dans mon boxer, gémit-il.

J'arrête et descends pour me remettre à genoux.

– Enlève ton jean.

Je le déboutonne et le fais glisser le long de mes jambes. Enhardie, j'ôte mon t-shirt et le jette par terre. Quand je me replace devant lui, Hardin aspire sa lèvre entre ses dents. J'attrape la ceinture de son boxer et le tire tandis qu'il se soulève du lit pour le faire descendre complètement.

Mes yeux s'écarquillent et j'étouffe un petit cri quand la virilité d'Hardin apparaît. Waouh ! Elle est grosse. Beaucoup plus grosse que je croyais. *Comment est-ce que je vais pouvoir la prendre dans ma bouche ?* Je garde les yeux braqués sur lui un instant avant de tendre la main et de la toucher de l'index. Hardin rigole quand elle bouge légèrement.

– Comment... je veux dire... qu'est-ce que je dois faire... pour commencer ?

Je bégaie. Je suis intimidée par sa taille, mais je veux toujours le faire.

– Je vais te montrer. Là... mets tes doigts comme l'autre fois...

Mes doigts se posent autour d'elle en remuant un peu. La peau qui la recouvre est beaucoup plus douce que ce que j'imaginais.

Je me rends compte que je l'examine comme pour une expérience scientifique, mais tout ça est tellement nouveau pour moi que c'est presque le cas.

Je la prends dans ma main légèrement et lui imprime un mouvement de haut en bas, lentement.

– Comme ça ?

Hardin plisse les yeux, sa poitrine monte et descend.

– Maintenant, prends-la dans ta bouche. Pas en entier, enfin, si tu peux... mais autant que tu peux.

J'inspire profondément et me penche en avant. J'écarte les lèvres, je la prends dans ma bouche, environ jusqu'à la moitié. Sa respiration devient sifflante, il pose les mains sur mes épaules. Je recule légèrement et sens un goût salé sur ma langue. Est-ce qu'il a déjà joui ? Le goût se dissipe et je bouge la tête de haut en bas. Un instinct me dicte de passer la langue sur son membre en même temps.

– Putain. Ouais, comme ça.

Hardin grogne et je recommence. Il resserre son emprise sur mes épaules et soulève les hanches pour être plus loin dans ma bouche. Je me pousse en avant, réussissant à la faire entrer pratiquement en entier, et je le regarde. Ses yeux sont révulsés, il a l'air d'être au septième ciel. Le muscle long sous son tatouage est bandé, ce qui fait bouger les caractères imprimés sur ses côtes. Je reporte mon attention sur ce que je suis en train de faire et j'accélère le mouvement.

– Mets ta main sur... sur le reste, dit-il le souffle court, et je fais ce qu'il demande.

Ma main monte et descend sur le bas de son membre tandis que ma bouche s'active sur le haut. Je rentre mes joues et il pousse un autre grognement.

– Putain... putain... Tessa. Je vais... je vais... Si tu ne veux pas que... je jouisse dans ta bouche, arrête... tout de suite.

Je lève les yeux vers lui et le garde dans ma bouche. J'adore le voir perdre le contrôle grâce à moi.

– Merde... continue... à me regarder.

Son corps se tend comme un arc tandis qu'il m'observe. Je bats des cils, lui faisant le grand jeu. Hardin jure en prononçant mon nom à plusieurs reprises, c'est magnifique, et je sens un léger soubresaut dans ma bouche quand un liquide chaud et salé fuse dans ma gorge en petit jets. Je m'étouffe et recule. Ce n'est pas aussi mauvais que j'aurais pensé. Mais on ne peut pas dire que ça soit bon, non plus. Ses mains quittent mes épaules pour aller sur mes joues. Il est hors d'haleine et dans un état second.

Je me relève pour aller m'asseoir sur le lit à côté de lui. Il me prend dans ses bras et pose la tête sur mon épaule.

–C'était... comment ?

–J'ai trouvé ça bien.

Il rit.

–Bien ?

–Je veux dire, c'était marrant. De te voir comme ça. Et ce n'était pas aussi mauvais que je pensais.

Ça devrait me gêner de reconnaître que ça m'a plu, mais non.

–Et pour toi ? C'était comment ? je demande nerveusement.

–J'ai été trop... agréablement surpris... la meilleure pipe que j'ai jamais eue.

Il me fait rougir.

–C'est sûr ? dis-je en plaisantant.

J'apprécie l'effort qu'il fait pour ne pas me faire sentir mon manque d'expérience.

–Non, je te jure. Cette façon que tu as d'être si... pure, ça m'excite. Et bordel, quand tu m'as regardé...

–Ok, ok !

Je l'interromps d'un signe de la main. Je n'ai pas spécialement envie de revivre en détail cette première expérience. Il ricane et me fait tomber gentiment sur le matelas.

–À mon tour, maintenant, de te donner du plaisir.

Il grogne dans mon oreille en suçant la peau de mon cou. Sa main accroche l'élastique de ma culotte et la descend prestement.

–Tu préfères le doigt ou la langue ? murmure-t-il d'une voix de velours.

–Les deux.

Il sourit.

–Tes désirs sont des ordres.

Il plonge la tête entre mes jambes. Je pousse un gémissement en lui tirant les cheveux, une fois de plus. Je le fais souvent, mais il semble aimer ça. Je m'arc-boute sur le lit et en un rien de temps je suis dans un état d'euphorie totale, criant le nom d'Hardin quand je me perds.

Quand ma respiration reprend un rythme normal, je me redresse et passe les doigts le long du tatouage sur sa poitrine. Il m'observe avec attention, mais me laisse faire. En silence il s'allonge contre moi, me laissant profiter de mon état de bien-être et de quiétude.

– Personne ne m'a jamais touché comme ça, dit-il, et je ravale toutes les questions que je voudrais lui poser. Au lieu de l'interroger, je lui fais un petit sourire et un baiser rapide sur la poitrine.

– Reste avec moi cette nuit.

– Impossible. Demain c'est lundi et nous avons cours.

J'aimerais rester avec lui, mais pas le dimanche. Il me lance un regard plein de tendresse.

– S'il te plaît.

– Je n'ai pas de vêtements pour demain.

– Tu remettras ceux d'aujourd'hui. S'il te plaît, reste avec moi. Juste une nuit, je te promets que tu seras à l'heure en cours.

– Je ne sais pas. .

– Je ferai même en sorte que tu arrives un quart d'heure en avance, comme ça tu auras le temps de retrouver Landon à la cafet'.

Je reste bouche bée.

– Comment tu sais ça ?

– Je t'observe... je veux dire, pas tout le temps. Mais je te vois beaucoup plus que tu ne crois.

Quand il dit ça, mon cœur déborde. Je suis en train de tomber amoureuse, vite et fort.

– Je reste, mais à une condition.

– Laquelle ?

– Reviens au cours de littérature.

Il plonge son regard dans le mien.

– Marché conclu.

Cette simple réponse me fait sourire et il me serre dans ses bras.

∞

54

Je reste dans les bras d'Hardin pendant un moment tout en commençant à gamberger.

– Et pour ma douche demain matin ?

– Tu peux la prendre ici, au bout du couloir.

Il pose les lèvres sur ma joue et y dépose des lignes de baisers, de haut en bas. Ses lèvres sur ma peau obscurcissent mon jugement, il sait très bien ce qu'il fait.

– Dans une fraternité ? Et si quelqu'un entre ?

– Et d'une, il y a un verrou et de deux, je viendrai avec toi, bien évidemment.

Le ton sur lequel il dit ça me fait froncer les sourcils, mais je choisis de l'ignorer.

– D'accord, mais si possible, j'aimerais bien en prendre une maintenant, avant qu'il ne soit trop tard.

Il se lève et tend le bras pour attraper son jean. Je me lève et je fais la même chose, sans mettre ma culotte.

– Pas de culotte ?

Il sourit d'un air narquois. Je ricane et lui demande :

– Tu as du shampooing ? Je n'ai même pas de brosse.

Je commence à m'angoisser en pensant à tout ce dont je vais avoir besoin.

– Et des Cotons-Tiges et du fil dentaire ?

– Relax, on a tout ça. On a même probablement une brosse à dents de plus, et je sais qu'il y a une brosse à cheveux ou deux dans la salle de bains. Il doit même y avoir des culottes de toutes les tailles qui traînent quelque part, si tu veux.

– Des culottes ?

Je comprends tout à coup qu'elles ont été oubliées par d'autres filles.

– Laisse tomber.

Il rit. J'espère qu'Hardin n'est pas un collectionneur pervers de sous-vêtements des filles avec lesquelles il a couché ! Il m'entraîne dans la salle de bains. Le fait d'y être déjà venue à plusieurs reprises m'aide à être à l'aise. Hardin tourne le robinet et enlève son t-shirt.

– Qu'est-ce que tu fais ?

– Je prends une douche.

– Oh ! Je pensais la prendre en premier.

– Viens la prendre avec moi.

Il a dit ça tout naturellement.

– Euh... non ! Certainement pas !

Je ris. Je ne peux pas prendre ma douche avec lui.

– Pourquoi ? Je t'ai déjà vue et tu m'as déjà vu. Où est le problème ?

– Je ne sais pas... je ne veux pas, c'est tout.

Il est vrai qu'il m'a déjà vue nue, mais ce n'est pas la même chose. Cela me semble plus intime même que ce que nous venons de faire.

– Bon, toi d'abord, alors.

Une légère tension perce dans sa voix. Je souris sans relever son ton grognon et me déshabille. Ses yeux se baladent sur mon corps avant de se détourner. Je passe la main derrière le rideau pour vérifier la température et entre sous la douche. Comme je me lave les cheveux, je n'entends plus Hardin. Il est trop silencieux... Est-ce qu'il est sorti ?

– Hardin ?

– Ouais ?

– Je croyais que tu étais parti.

Il tire un peu le rideau et passe sa tête bouclée à l'intérieur.

– Non, non, toujours là.

– Il y a quelque chose qui ne va pas ?

Je fronce les sourcils pour montrer ma sollicitude. Il secoue la tête sans rien dire. Est-ce qu'il boude vraiment comme un enfant gâté parce que je ne veux pas prendre ma douche avec lui ? Je suis tentée de lui demander de me rejoindre, mais je veux lui prouver qu'il ne peut pas toujours tout avoir. Sa tête disparaît derrière le rideau et je l'entends s'asseoir sur les toilettes.

Le shampooing et le gel douche ont des parfums forts et musqués, je regrette le mien, mais ça ira pour cette fois. J'aurais préféré que ce soit Hardin qui passe la nuit dans ma chambre, mais Steph aurait été là, c'est un peu compliqué, et je ne crois pas qu'Hardin serait aussi affectueux avec elle dans les parages. Cette idée m'ennuie, mais je ne m'y attarde pas. Je coupe l'eau.

– Tu peux me passer une serviette ? Ou deux si tu en as assez ?

J'aime en avoir une pour mes cheveux et une autre pour mon corps. Il me passe deux serviettes par le rideau. Je le remercie et il marmonne quelque chose que je ne comprends pas.

Il enlève son jean pendant que je me sèche. Je ne peux m'empêcher d'admirer son corps nu. Plus je le vois dans cette tenue, plus je trouve beaux les dessins tatoués sur sa peau. Je garde les yeux fixés sur lui quand il entre dans la douche. Le jet coule sur ses cheveux sombres et il ferme le rideau. J'aurais dû la prendre avec lui, pas parce qu'il boude, mais parce que maintenant j'en ai envie.

– Je retourne dans ta chambre.

J'imagine qu'il ne va même pas me répondre, mais il ouvre brusquement les rideaux, qui grincent bruyamment sur la tringle.

– Pas question !

– Ok, c'est quoi ton problème ?

– Rien. Mais tu ne retournes pas là-bas toute seule. Il y a trente mecs qui vivent ici, ce n'est pas la peine que tu te balades comme ça dans les couloirs.

– Non, il y a autre chose. Tu fais la gueule depuis que j'ai dit que je ne voulais pas prendre ma douche avec toi.

– Non... ce n'est pas vrai.

– Dis-moi pourquoi tu fais la gueule, sinon j'y vais avec seulement cette serviette sur moi.

Je sais très bien que je ne ferais jamais ça. Il plisse les yeux et m'attrape le bras pour m'en empêcher, éclaboussant partout.

– Je n'aime pas qu'on me dise non, c'est tout.

Sa voix est basse mais beaucoup plus douce que quelques instants plus tôt. J'imagine qu'avec les filles, ça arrive rarement, voire jamais, qu'il s'entende dire *non*. Ce serait bien de lui dire de s'y habituer, mais il est vrai que je ne lui ai encore jamais dit non, moi non plus. Dès qu'il me touche, je fais tout ce qu'il veut.

– Je ne suis pas comme les autres filles, Hardin.

J'ai parlé sèchement, poussée par la jalousie. Un petit sourire s'affiche sur ses lèvres, l'eau ruisselant sur son visage.

– Je sais, Tess, je sais.

Il referme le rideau et je me rhabille tandis qu'il coupe l'eau.

– Tu peux me prendre des habits pour dormir.

J'entends à peine ce qu'il dit tellement je suis occupée à regarder son corps luisant. Il se frictionne la tête avec la serviette blanche, laissant ses cheveux en bataille, puis il entoure la serviette autour de sa taille. Elle pend très bas sur ses hanches. Comme ça, il incarne la sexualité. On dirait que la température de la pièce a monté de vingt degrés. Il se penche pour ouvrir un placard et en sort une brosse à cheveux qu'il me tend.

– Viens.

Je secoue la tête pour me débarrasser de toutes mes pensées salaces. Quand nous arrivons au bout du couloir, un grand type blond manque de me rentrer dedans... je lève les yeux et mon sang se fige.

– Ça faisait longtemps, ronronne-t-il, et j'ai un haut-le-cœur.

– Hardin !

Il se retourne, il ne lui faut pas longtemps pour reconnaître le type qui avait essayé de me draguer l'autre fois.

– Ne t'approche pas d'elle, Neil, aboie-t-il.

Neil pâlit. Il ne devait pas avoir vu Hardin devant moi. Dommage pour lui.

– Au temps pour moi, Scott, dit-il en s'éloignant.

– Merci, Hardin.

Il me prend la main et ouvre sa porte.

– Je devrais aller lui casser la gueule, non ?

Je m'assieds sur son lit.

– Non ! Arrête.

Je ne saurais dire s'il est sérieux ou pas, mais je n'ai pas envie de le savoir. Il prend la télécommande sur la commode et allume la télé avant d'ouvrir un tiroir et de me lancer un t-shirt et un boxer. J'enlève mon jean et j'enfile le boxer en le retournant plusieurs fois à la taille.

– Est-ce que ça t'embête si je mets le t-shirt que tu portais aujourd'hui ?

Je ne me rends compte de la bizarrerie de ma demande qu'une fois les mots sortis de ma bouche. Il sourit d'un air moqueur.

– Quoi ?

– Je... enfin... laisse tomber. Je dis n'importe quoi.

C'est un mensonge. *J'ai envie de mettre ton t-shirt sale parce qu'il sent bon.* C'est vraiment n'importe quoi. En ricanant, il le ramasse sur le sol et s'approche :

– Tiens, Bébé.

Je suis contente qu'il m'épargne une gêne supplémentaire, n'empêche, je me sens quand même un peu bête.

– Merci.

J'enlève mon t-shirt et j'enfile le sien. Je le respire, il a exactement l'odeur incroyable que j'attendais. Il s'en aperçoit et son regard est attendri.

– Tu es belle, dit-il, et il détourne les yeux.

J'ai l'impression qu'il n'avait pas l'intention de dire ça à voix haute, ce qui me ravit plus encore. Je lui souris en avançant vers lui.

– Toi aussi.

– Bon, ça va ! dit-il en riant, le rouge aux joues. À quelle heure tu dois te lever demain ?

Il s'assied sur le lit en zappant d'une chaîne à l'autre.

– À cinq heures, mais je vais mettre l'alarme sur mon portable.

– Cinq heures ? Cinq heures du matin ? Ton premier cours est à quoi ? Neuf heures ? Pourquoi tu te lèves si tôt ?

– Je ne sais pas, pour avoir le temps de me préparer, je suppose.

Je passe la brosse dans mes cheveux.

– Bon, on va se lever à sept heures, je ne suis pas opérationnel avant sept heures.

Je pousse un grognement, nous sommes si différents lui et moi. J'essaie de trouver un compromis.

– Six heures et demie ?

– D'accord, six heures et demie.

Nous passons le reste de la soirée à regarder des séries avant qu'Hardin ne s'endorme, la tête sur mes genoux, tandis que je lui caresse les cheveux. Je me glisse sur le côté et m'allonge près de lui en essayant de ne pas le réveiller.

– Tess ?

Il grogne et tend les mains devant lui comme pour m'attraper.

– Je suis là, je murmure derrière lui.

Il se retourne et met ses bras autour de moi avant de se rendormir. Il dit qu'il dort mieux quand je suis avec lui, et je crois que c'est vrai pour moi aussi.

Le lendemain matin, quand l'alarme se déclenche, je saute dans mes vêtements de la veille en essayant de faire lever Hardin pour qu'il s'habille. Il a trop de mal à se réveiller. Je suis énervée car je n'ai pas eu le temps de me préparer, mais nous réussissons à être dans ma chambre à sept heures et quart, ce qui me laisse du temps pour me changer, me brosser les dents et les cheveux encore une fois. Steph dort toujours et j'ai toutes les peines du monde à empêcher Hardin de lui verser un verre d'eau sur la tête pour la réveiller. Je suis aussi très contente qu'il ne fasse pas de commentaire désobligeant quand je mets une de mes jupes longues et un t-shirt bleu tout simple.

– Tu vois, il est à peine huit heures. Ça nous laisse vingt minutes avant de partir pour aller à la cafet', dit Hardin, très fier de lui.

– Nous ?

– Ouais. Je pensais qu'on irait ensemble, non ? Sinon, ça me va aussi, dit-il en détournant les yeux.

– Ouais, bien sûr, d'accord.

Je ne suis tout simplement pas habituée à ce changement entre Hardin et moi. Ce sera sympa de ne plus avoir à l'éviter ou à m'inquiéter de risquer de tomber sur lui. *Que va penser Landon ? Et d'abord, est-ce qu'on va lui dire ?*

– Qu'allons-nous faire de ces vingt minutes ?

Je souris.

– J'ai bien quelques idées.

Un sourire coquin effleure ses lèvres et il m'attire sur lui.

– Steph est là, je te rappelle.

Il suce la peau au-dessous de mon oreille.

– Je sais, mais on ne fait que s'embrasser.

Il rit et presse ses lèvres sur les miennes.

Quand nous partons, Steph n'est toujours pas réveillée. Hardin propose de porter mon sac, un geste sympa et inattendu.

– Où sont tes livres ?

– Je ne les prends pas. Tous les jours j'en emprunte un, pour chaque cours, ça m'évite d'avoir à porter un truc pareil, dit-il en montrant mon sac sur son épaule.

J'éclate de rire.

Quand nous arrivons à la cafétéria, Landon est appuyé contre le mur de briques et semble surpris de voir Hardin avec moi. Je lui lance un regard qui veut dire « je t'expliquerai plus tard », et il me sourit.

– Bon, ben, je ferais mieux d'y aller. Je dois aller dormir en cours, dit Hardin.

Qu'est-ce que je suis censée faire ? Le prendre dans mes bras ?

Sans me laisser le temps de décider, il laisse tomber mon sac et me prend par la taille pour m'attirer contre lui et m'embrasser. Je ne l'ai pas vu venir. Je lui rends son baiser, puis il me lâche.

– À plus, dit-il en souriant, et il regarde Landon en partant.

C'était on ne peut plus embarrassant, je suis vraiment gênée de l'attitude fanfaronne d'Hardin. D'ailleurs, Landon en est resté bouche bée.

– Euh… désolée.

Je n'aime pas spécialement les embrassades en public. Noah et moi n'avons jamais fait ça, sauf la fois où j'ai voulu l'embrasser au centre commercial pour me sortir Hardin de la tête.

– J'ai un tas de choses à te raconter, dis-je à Landon qui ramasse mon sac.

∞

55

Landon reste silencieux pendant que je lui raconte ma rupture avec Noah, mes interrogations sur la nature de ma relation avec Hardin et mon impression de sortir avec lui même si nous n'en avons pas vraiment parlé en ces termes.

– Je sais que je t'ai déjà prévenue, alors je ne vais pas recommencer. Mais je t'en supplie, fais attention avec lui. Même s'il faut bien admettre qu'il semble aussi épris de toi que quelqu'un comme lui peut l'être.

En dépit de son inimitié pour Hardin, il fait tout son possible pour se montrer compréhensif, pour me soutenir, et cela compte pour moi. Quand j'entre en cours de sociologie, le troisième cours de la journée, le professeur me fait signe de venir le voir.

– On vient de me dire que vous êtes attendue au bureau du président.

Quoi ? Pourquoi ? Une foule de questions angoissées se bousculent dans ma tête, puis je me souviens que le président n'est autre que le père d'Hardin. Je me détends un peu, mais de nouvelles questions m'assaillent. Qu'est-ce qu'il peut bien me vouloir ? Je sais que je ne suis plus au lycée, pourtant ça me donne la même impression qu'une convocation au bureau du proviseur, et en l'occurrence le proviseur c'est le père de mon... *petit ami ?*

Je reprends mon sac et me dirige vers le bâtiment administratif de l'autre côté du campus. C'est assez loin, environ une demi-heure.

Je donne mon nom à la secrétaire à l'accueil et elle prend immédiatement son téléphone. Je n'entends pas ce qu'elle dit à part « Professeur Scott ».

– Il vous attend, dit-elle avec un sourire professionnel en me montrant la porte en bois de l'autre côté du couloir.

Je m'avance, mais la porte s'ouvre avant même que je frappe. Ken m'accueille en souriant.

– Tessa, merci d'être venue.

Il me fait entrer et me fait signe de m'asseoir. Lui-même s'assied dans le grand fauteuil pivotant situé derrière l'énorme bureau en merisier. Dans ce décor, il est bien plus intimidant que chez lui.

– Désolé de t'avoir fait appeler pendant tes cours. Je ne savais pas comment te joindre autrement et tu sais combien joindre Hardin peut être... difficile.

– Ce n'est rien, je vous assure. Est-ce qu'il y a un problème ?

– Non, non. Tout va bien. Il y a une ou deux choses dont je veux discuter avec toi. Commençons par le stage.

Il se penche vers moi en posant les mains sur son bureau.

– J'ai le plaisir de t'annoncer que j'ai parlé à mon ami chez Vance et qu'il aimerait te rencontrer, le plus tôt possible. Si tu es libre demain, ce serait parfait.

– C'est vrai ?

C'est tellement excitant que je bondis de mon fauteuil. Embarrassée de me retrouver debout, je me rassieds immédiatement. C'est fantastique, je n'arrive pas à croire qu'il ait fait ça pour moi.

– C'est trop génial, merci beaucoup ! Vous ne savez pas à quel point je vous suis reconnaissante.

– Cela me fait plaisir, Tessa, vraiment.

Il hausse les sourcils avec intérêt.

– Alors je peux lui dire que tu te présenteras demain ?

Je déteste manquer des cours mais là, ça en vaut la peine, de toute façon je me suis avancée dans mon travail.

– Oui, oui, super, encore merci. Waouh !

– Maintenant le deuxième point, et tu es libre de refuser, sans problème. C'est une demande d'ordre plus personnel, même une faveur, il me semble. Si tu refuses, cela n'aura aucune conséquence sur ton stage.

Ces préambules me rendent un peu nerveuse. J'acquiesce et il poursuit.

–Je ne sais pas si Hardin t'a dit que Karen et moi nous marions le week-end prochain.

–Je savais qu'il était question de mariage. Toutes mes félicitations.

Je ne savais pas que c'était si proche. Je repense au soir où Hardin était entré de force chez eux et avait pratiquement vidé une bouteille de scotch. Il sourit avec gentillesse.

–Merci beaucoup. Je me demandais s'il y avait une chance... que tu parviennes à... convaincre Hardin de venir.

Il détourne le regard et fixe le mur.

–J'ai bien conscience de dépasser les limites, là, mais je serais très peiné s'il n'était pas présent parmi nous. Et franchement, je crois que tu es la seule personne capable de le convaincre de venir. Je lui ai déjà demandé à plusieurs reprises et il a toujours refusé.

Il pousse un soupir de frustration. Je ne sais vraiment pas quoi lui répondre. J'adorerais décider Hardin à assister au mariage de son père, mais j'en doute. Je me demande pourquoi tout le monde a l'air de penser qu'il m'écoute. Je me souviens que Ken m'a dit qu'il croyait Hardin amoureux de moi –idée aussi absurde que fausse. Avec franchise, je réponds :

–Comptez sur moi pour lui parler. J'adorerais qu'il accepte.

–Vraiment ? Merci beaucoup Tessa. J'espère que tu ne t'es pas sentie obligée de dire oui, mais je serais tellement content de vous y voir tous les deux.

Aller à un mariage avec Hardin ? C'est une idée très séduisante, mais Hardin ne va pas se laisser convaincre facilement.

–Karen t'aime beaucoup, elle a vraiment apprécié ta présence ce week-end. Tu es la bienvenue chez nous, quand tu veux.

–Moi aussi, j'étais contente d'être là. Je pourrais peut-être la contacter pour ces fameuses leçons de pâtisserie.

Nous rions tous les deux. Quand il sourit, il ressemble tellement à Hardin que mon cœur est prêt à fondre. Il veut si désespérément établir une relation avec ce fils en colère, brisé, que j'ai de la peine pour lui. Si je peux faire quelque chose pour l'aider, je le ferai, sans hésitation.

–Elle serait ravie ! Passe quand tu veux.

Je me lève.

– Encore merci de votre aide pour ce stage. C'est très important pour moi.

– J'ai jeté un coup d'œil à ta lettre de candidature et à ton dossier scolaire, ils sont impressionnants. Hardin pourrait en prendre de la graine.

Il me regarde, une lueur d'espoir dans les yeux. Je sens le rouge me monter aux joues en le saluant. Le temps que je retraverse le campus pour rejoindre le bâtiment de littérature, il ne reste que cinq minutes avant le début du cours. Hardin est déjà assis à son ancienne place, ce qui me fait sourire.

– Tu as tenu ta part du marché, donc j'en fais autant, dit-il, me retournant un sourire.

Je dis bonjour à Landon et je m'assieds à ma place, entre eux deux.

– Pourquoi tu arrives si tard ? murmure Hardin alors que le cours commence.

– Je te le dirai après le cours.

– Dis-le moi.

– Après le cours, je te dis. Ça peut attendre.

Je sens que si j'en parle tout de suite, il va faire une scène au beau milieu du cours. Il soupire mais laisse tomber. À la fin du cours, Hardin et Landon se lèvent. Auquel des deux vais-je parler ? Généralement, je discute avec Landon pendant que nous sortons du cours, mais maintenant qu'Hardin est revenu, je ne sais pas quoi faire. Landon parle en premier :

– Est-ce que tu viens toujours au feu de camp avec Dakota et moi vendredi ? Je pensais que tu pourrais venir dîner avant. Je sais que ma mère serait ravie.

– Ouais, je serai là, bien sûr. Et ce dîner me semble une super idée. Tu n'auras qu'à me dire pour l'heure.

Je suis impatiente de rencontrer Dakota. Elle rend Landon heureux et, rien que pour ça, je l'aime déjà.

– Je t'envoie un texto, dit-il en s'éloignant.

– *Je t'envoie un texto,* ricane Hardin.

– Arrête de te moquer de lui.

– Oh c'est vrai, j'oubliais à quel point ça te met en colère. Je me rappelle que quand Molly l'a fait, tu as failli sauter par-dessus la séparation entre les box pour lui tomber dessus.

Il rigole et je le pousse.

– Je suis sérieuse, Hardin. Laisse-le tranquille.

Puis j'ajoute, pour alléger l'atmosphère:

–S'il te plaît.

–Il habite avec mon père. Ça me donne le droit de me moquer de lui.

Il me sourit. Quand nous sortons du bâtiment, je me dis que c'est maintenant ou jamais.

–À propos de ton père...

Je vois qu'Hardin est déjà tendu. Il prend un air méfiant, attendant la suite.

–J'étais dans son bureau tout à l'heure. Il m'a obtenu un entretien chez Vance pour demain. C'est génial, non?

–Il a fait *quoi?* dit-il avec dédain.

C'est parti. Je le supplie de se montrer compréhensif.

–Il a obtenu un entretien pour moi. C'est une super opportunité, Hardin.

–Très bien, soupire-t-il.

–Il y a autre chose.

–Je m'en serais douté.

–Il m'a invitée au mariage le week-end prochain... enfin, nous. Il *nous* a invités à son mariage.

Il me lance un tel regard que j'ose à peine le dire.

–C'est non. Je n'irai pas. Fin de la discussion.

Il tourne les talons et s'éloigne.

–Attends, écoute-moi, s'il te plaît.

J'essaie de le retenir par le poignet, mais il se dégage d'un geste brusque.

–Non. Tu dois absolument rester en dehors de ça, Tessa. Je ne plaisante pas. Occupe-toi de tes affaires, pour une fois, putain.

–Hardin...

Sans répondre, il fonce vers le parking. Je suis pétrifiée sur place, incapable de le suivre. Je regarde sa voiture blanche sortir du parking. Je savais qu'il dirait non, mais j'avais espéré qu'on pourrait au moins en discuter.

Qui je crois tromper? Il n'y a que deux jours que nous avons commencé cette nouvelle relation. Pourquoi je continue à attendre que les choses changent du jour au lendemain ? Elles changent dans une certaine mesure, Hardin est plus gentil avec moi et il m'a embrassée en public, ce qui était une vraie surprise. Mais, en gros, Hardin est toujours Hardin, borné et caractériel. En soupirant, je passe mon sac sur mon épaule et retourne dans ma chambre.

Quand je rentre, Steph est assise en tailleur par terre, les yeux rivés à la télé.

– T'étais où la nuit dernière ? Ça ne te ressemble pas de passer une nuit dehors quand on a cours le lendemain, jeune fille.

Je ne sais pas si je dois lui dire que j'ai passé la nuit avec Hardin. Sur le même ton badin, je lui réponds :

– Je suis... sortie.

– Avec Hardin, dit-elle à ma place. Je le sais, il m'a demandé ton numéro, puis il est parti du bowling et n'est jamais revenu.

Elle sourit de toutes ses dents, elle a l'air d'être très heureuse pour moi.

– Ne le dis à personne. En fait, je ne sais pas moi-même exactement ce qui se passe.

Steph me promet d'être muette et nous passons le reste de l'après-midi à parler d'elle et de Tristan jusqu'à ce qu'il vienne la chercher pour l'emmener dîner. Il l'embrasse dès qu'elle ouvre la porte, lui tient la main pendant qu'elle ramasse ses affaires et lui sourit tout le temps. Pourquoi Hardin n'est-il pas comme ça avec moi ?

Je n'ai pas eu de ses nouvelles depuis plusieurs heures, mais je n'ai pas envie d'être celle qui envoie le premier texto. C'est mesquin, d'accord, mais tant pis. Quand Steph et Tristan s'en vont, je finis mon boulot et au moment de prendre mes affaires pour aller me doucher, mon portable se met à vibrer. Mon cœur fait un bond quand je vois s'afficher le nom d'Hardin.

TU DORS AVEC MOI CETTE NUIT ?

Il ne me donne pas de nouvelles depuis des heures, mais il veut que je dorme avec lui ? Encore ?

POURQUOI ? POUR QUE TU PUISSES CONTINUER À ME FAIRE LA GUEULE ?

J'ARRIVE, PRÉPARE TES AFFAIRES.

Le ton autoritaire de son texto m'agace, mais c'est plus fort que moi, je suis super excitée à l'idée de le voir.

Je me précipite pour prendre ma douche, comme ça je n'aurai pas à le faire à la fraternité. Après, il me reste à peine le temps de préparer mes affaires pour le lendemain. Ça m'embête de prendre le bus pour aller chez Vance alors que ce n'est qu'à une demi-heure en voiture, ça renforce ma décision d'en acheter une. Je suis en train de plier soigneusement mes vêtements dans mon sac quand Hardin ouvre la porte, sans frapper, évidemment.

– Prête ?

Il attrape mon sac à main sur la commode. Je passe mon sac sur mon épaule avant de lui emboîter le pas. Nous marchons en silence jusqu'à sa voiture et je me surprends à faire une petite prière pour que la soirée ne continue pas comme ça.

∞

56

Je n'ai pas envie d'être la première à briser le silence, alors je regarde par la portière. Un ou deux carrefours plus loin, Hardin allume la radio et met le son à fond. Je soupire mais me tais... jusqu'à ce que je craque. Je déteste la musique qu'il écoute et qui me donne instantanément la migraine. Sans lui demander la permission, je baisse le son et il me regarde.

– Quoi ?

– Ouh ! On est d'une humeur de chien !

– Non, je veux juste ne pas écouter ça, et si quelqu'un est de mauvaise humeur, c'est plutôt toi. D'abord tu es grossier avec moi, ensuite tu m'envoies un texto pour me dire de passer la nuit avec toi, je n'y comprends rien.

– J'étais furax parce que tu as mis ce mariage sur le tapis. Maintenant qu'on s'est mis d'accord pour ne pas y aller, je n'ai plus de raison d'être furieux.

Il parle sur un ton calme et assuré.

– On *ne s'est pas* mis d'accord... on n'en a même pas parlé.

– Si. Je t'ai dit que je n'irai pas, alors laisse tomber Theresa.

– Peut-être que tu n'iras pas, mais moi si. Et je dois passer chez ton père cette semaine pour que Karen m'apprenne à faire des gâteaux.

Il serre les mâchoires et me lance un regard furibond.

– Tu n'iras pas à ce mariage, et c'est quoi cette histoire ? Karen et toi êtes les meilleures amies du monde maintenant ? Tu la connais à peine.

– Et alors, qu'est-ce que ça change ? *Toi aussi,* je te connais à peine.

Son visage se ferme, et je m'en veux, mais c'est la vérité.

– Pourquoi tu fais toujours des histoires ? dit-il les dents serrées.

– Parce que ce n'est pas à toi de me dire ce que je dois faire, Hardin. Pas question. Si je veux aller à ce mariage, j'irai, et j'aimerais vraiment que tu viennes avec moi. Ça pourrait être cool, tu pourrais même t'y amuser, va savoir. Ton père et Karen seraient hyper contents mais ça, je suppose que tu t'en fous.

Il ne répond rien, soupire, et je me tourne pour regarder ailleurs. Le reste du trajet se déroule dans le silence, nous sommes tous les deux trop en colère pour parler. Une fois garés devant la fraternité, Hardin attrape mon sac sur le siège arrière et le passe sur son épaule.

– Et d'abord, pourquoi es-tu membre d'une fraternité ?

J'avais envie de lui poser la question depuis la première fois où j'ai découvert sa chambre.

Il prend une grande inspiration et nous montons l'escalier.

– Parce que quand j'ai accepté de venir ici, il n'y avait plus de place à la résidence universitaire et il n'était pas envisageable que je vive chez mon père, alors c'était une des seules options qui me restaient.

– Mais pourquoi y habiter ?

– Parce que je ne veux pas habiter avec mon père, Tessa. En outre, regarde cette maison. Elle est sympa et j'ai réussi à avoir la plus grande chambre.

Il a un petit rire et je suis contente de voir que sa colère est en train de retomber.

– Je veux dire, pourquoi tu n'habites pas en ville ?

Il hausse les épaules. Il n'a peut-être pas envie de trouver un boulot. Je ne dis plus rien jusqu'à la porte de sa chambre, qu'il ouvre avec sa clé.

– Pourquoi tu ne laisses personne entrer dans ta chambre ?

Il prend l'air exaspéré et grogne en s'asseyant sur le fauteuil.

– Et toi, pourquoi tu poses tout le temps des questions ?

– Je ne sais pas. Et pourquoi tu ne veux pas y répondre ?

Il ne répond pas, naturellement.

– Est-ce que je peux mettre mes vêtements pour demain sur un cintre ? Si je les laisse dans mon sac, ils seront tout froissés.

Il semble y réfléchir une seconde avant de faire oui et de se lever pour prendre un cintre dans son placard. Je sors ma jupe et mon chemisier, en faisant mine de ne pas voir son expression dédaigneuse devant ma tenue.

– Je dois me lever encore plus tôt que d'habitude demain, il faut que je sois vers neuf heures moins le quart à l'arrêt de bus qui est à trois pâtés de maison d'ici pour aller aux Éditions Vance.

– Quoi ? C'est demain que tu y vas ? Pourquoi tu ne me l'as pas dit ?

– Je l'ai fait... mais tu étais trop occupé à bouder pour y faire attention.

– Je vais t'emmener. Tu ne vas pas te payer genre une heure de bus.

Je refuserais bien sa proposition, ne serait-ce que pour l'embêter, mais je renonce. La voiture d'Hardin sera beaucoup plus confortable qu'un bus blindé de monde.

– Il faut que je m'achète une voiture rapidement. Je ne peux pas continuer comme ça. Si j'obtiens ce stage, c'est trois fois par semaine que je devrai prendre le bus.

– Je t'emmènerai, dit-il d'une voix pratiquement inaudible.

– C'est mieux si j'ai une voiture à moi. Imagine que tu sois furieux contre moi et que tu ne viennes pas me chercher.

– Je ne ferai jamais ça.

Il parle sérieusement.

– Mais si. Tu pourrais le faire. Et je me retrouverais plantée, à essayer de trouver un bus. Non merci.

Je ne plaisante qu'à moitié. Pour être honnête, j'ai l'impression que je pourrais compter sur lui, mais je ne veux pas prendre de risques. Il est trop lunatique.

Hardin allume la télé et se lève pour se changer, je me concentre sur ce qu'il fait. J'ai beau être en colère contre lui, je ne laisserais jamais passer une occasion de le regarder se déshabiller. D'abord, il enlève son t-shirt, puis ses muscles se contractent quand il déboutonne et fait glisser sur ses jambes son jean noir étroit. Alors que je pensais qu'il allait rester en boxer, il sort un pantalon en coton fin de son tiroir et l'enfile. Il reste torse nu, heureusement pour moi.

– Tiens, marmonne-t-il en me tendant le t-shirt qu'il vient juste d'enlever.

Je ne peux m'empêcher de sourire. Ça doit être notre truc maintenant. Il doit aimer que je mette son t-shirt pour dormir autant que j'aime sentir son odeur sur le tissu. Hardin reporte son attention sur la télévision pendant que je me change et passe son t-shirt et un pantalon de yoga. C'est plutôt une sorte de legging en lycra, mais c'est confortable. Quand j'ai fini de plier mes vêtements et mon soutien-gorge, Hardin se décide à me regarder. Il s'éclaircit la gorge en baladant son regard sur moi.

– Ce... euh... ce truc est vraiment sexy.

Je rougis.

– Merci.

– Beaucoup plus que ton pantalon molletonné.

Je me mets à rire en m'asseyant par terre. Je me sens étrangement à l'aise dans sa chambre, c'est peut-être à cause des livres, ou d'Hardin lui-même. Je ne sais pas.

– Tu le pensais vraiment dans la voiture quand tu as dit que tu me connaissais à peine ?

Je ne m'attendais pas à cette question.

– Plus ou moins. Tu n'es pas la personne la plus facile à connaître.

– Moi j'ai l'impression de te connaître.

Ses yeux sont plongés dans les miens.

– Ouais, parce que je me livre. Je te dis des choses sur moi.

– Moi aussi, je te dis des choses. Tu ne t'en rends peut-être pas compte, mais tu me connais mieux que la plupart des gens.

Il a l'air triste et vulnérable, tellement différent de son état colérique habituel, mais tout aussi fascinant. Je ne sais pas comment réagir à cet aveu. J'ai effectivement l'impression de le connaître intimement, d'une certaine façon nous avons une connexion plus profonde que le laissent deviner ces petits bouts d'information à propos de l'autre, mais cela ne me suffit pas. J'ai besoin d'en savoir davantage.

– Toi aussi, tu me connais mieux que n'importe qui.

Il me connaît, il connaît la vraie Tessa. Pas la Tessa que je dois faire semblant d'être quand je suis avec ma mère ou même avec Noah. J'ai dit à Hardin des choses à propos du départ de mon père, des reproches de ma mère et de mes peurs, que je n'ai jamais dites à personne. Hardin semble très content que je lui dise ça. Un sourire s'affiche sur son beau visage, il se lève de son fauteuil et vient vers moi. Il me prend les mains pour me relever.

– Que veux-tu savoir, Tessa ?

Mon cœur exulte. Hardin accepte enfin de m'en dire plus sur lui. Je me rapproche du moment où je vais enfin comprendre cet homme compliqué, en colère, mais qui peut être si adorable.

Nous nous allongeons sur le lit, les yeux au plafond, et je lui pose au moins cent questions. Il me raconte l'endroit où il a grandi, Hampstead, et comme c'était bien d'habiter là-bas. Il me parle de la cicatrice sur son genou, souvenir de la première fois où il a fait du vélo sans petites roues, et comment sa mère s'est évanouie en voyant le sang. Son père était dans un bar ce jour-là, comme tous les jours, donc c'est sa mère qui lui a appris. Il me parle de l'école primaire et du fait qu'il passait le plus clair de son temps à lire. Il n'a jamais été très sociable, et quand il a grandi, son père s'est mis à boire de plus en plus et ses parents se disputaient tout le temps. Il me raconte comment il s'est fait virer du collège parce qu'il s'était battu et que sa mère les a suppliés de le reprendre. Il a fait faire ses premiers tatouages quand il avait seize ans, c'était un ami qui les faisait dans son sous-sol. Le premier, c'était une étoile, et une fois qu'il en a eu un, il en a voulu toujours plus. Il me dit qu'il n'y a pas de raison spéciale pour qu'il n'en ait pas dans le dos, c'est simplement que pour l'instant il ne l'a pas fait. Il déteste les oiseaux, même s'il en a deux tatoués au-dessus de ses clavicules, et il adore les voitures anciennes. Le meilleur souvenir de sa vie, c'est quand il a passé son permis de conduire et le pire, quand ses parents ont divorcé. Son père a arrêté de boire quand il avait quatorze ans et depuis il essaie de se rattraper pour toutes les années horribles, mais Hardin ne peut pas lui pardonner.

J'ai la tête qui déborde de toutes ces nouvelles informations et j'ai enfin l'impression de le comprendre. Il y a encore une foule de choses que j'aimerais savoir sur lui, mais il s'endort en me parlant de la cabane en carton que lui, sa mère et une amie à elle avaient fabriquée quand il avait huit ans. En le regardant dormir, je trouve qu'il a l'air beaucoup plus jeune maintenant que je connais son enfance, qui semble avoir été heureuse jusqu'à ce que l'alcoolisme de son père la pourrisse, faisant naître chez Hardin la colère qui l'habite toujours aujourd'hui. Je me penche vers lui, je pose un baiser sur la joue du fier rebelle avant de me rouler en boule pour dormir, moi aussi.

Pour ne pas le réveiller, je tire la couette sur le côté. Cette nuit, mes rêves sont assombris par un petit garçon aux cheveux bouclés qui tombe de son vélo.

– Arrête !

Je suis réveillée en sursaut par la voix douloureuse d'Hardin. Je le cherche des yeux, puis le découvre par terre à côté du lit, le corps agité de soubresauts. Je saute du lit pour m'agenouiller à côté de lui et le secoue doucement par les épaules pour essayer de le réveiller. Je me rappelle comme ça a été difficile la dernière fois. Je me penche sur lui et j'entoure ses épaules de mes bras fluets alors qu'il se débat dans son sommeil. Un gémissement s'échappe de ses lèvres parfaites et, brusquement, il ouvre les yeux.

– Tess, souffle-t-il en m'entourant de ses bras.

Il est haletant, couvert de sueur. J'aurais dû l'interroger à propos de ses cauchemars, mais je n'ai pas voulu exagérer, il m'en a déjà dit beaucoup, beaucoup plus que je n'espérais.

– Je suis là, je suis là.

J'essaie de le rassurer. Je tire son bras en lui faisant signe de se lever et de revenir dans le lit. Quand son regard croise le mien, la confusion et la peur se dissipent peu à peu.

– J'ai cru que tu étais partie.

Nous nous recouchons et il me tient contre lui, aussi serrée que possible. Je passe la main dans ses cheveux indisciplinés trempés de sueur, et ses paupières se ferment peu à peu.

Sans rien dire, je continue à lui masser le cuir chevelu pour le calmer.

– Ne me quitte jamais, Tess, dit-il dans un murmure avant de se rendormir.

Mon cœur est près d'exploser. Aussi longtemps qu'il voudra de moi, je serai là.

∞

57

Quand je me réveille le lendemain matin, Hardin dort toujours et je réussis à rouler au-dessus de lui en démêlant nos jambes, sans le réveiller. Mon cœur se serre au souvenir du soulagement avec lequel il a dit mon nom, et de tous les secrets qu'il m'a révélés. Il était si vulnérable, si confiant hier soir, que mes sentiments pour lui se sont encore renforcés. La profondeur de ces sentiments m'effraie car, si j'en suis consciente, je ne suis pas vraiment prête à les assumer.

Je prends mon fer à boucler et la petite trousse de maquillage que j'ai empruntée à Steph, avec sa permission bien sûr, et je me dirige vers la salle de bains.

Le couloir est vide et personne ne vient frapper à la porte pendant que je me prépare. Malheureusement, je n'ai pas la même chance en retournant dans sa chambre. Dans le couloir, je croise trois mecs, dont Logan.

– Salut Tessa.

Il me gratifie de son plus beau sourire.

– Salut, ça va ?

Je ne suis pas vraiment à l'aise en face de ces trois mecs qui me dévisagent.

– Ça va, on allait sortir. Tu t'installes ici ou quoi ?

Il se marre.

– Certainement pas. Je suis... euh... en visite.

Il m'a prise de court. Le plus grand des trois se penche et murmure quelque chose à l'oreille de Logan. Je n'entends pas ce qu'il dit, mais je détourne le regard.

– Bon, ben, à plus tard, les mecs.

– Ouais, à ce soir, à la fête, dit Logan en partant.

Quelle fête ? Pourquoi Hardin ne m'a-t-il rien dit ? Il n'a peut-être pas prévu d'y aller ? *Ou peut-être qu'il ne veut pas que tu y ailles*, ajoute ma conscience. Et d'abord, qui fait une fête un mardi soir ?

Quand j'arrive à la porte d'Hardin, elle s'ouvre avant même que je ne touche la poignée.

– Où étais-tu ? dit-il en l'ouvrant assez pour me laisser entrer.

– Je me coiffais. J'ai préféré te laisser dormir.

– Je t'ai dit de ne pas te balader dans les couloirs, Tessa.

– Et moi, je t'ai dit d'arrêter de me donner des ordres, Hardin.

Mon ton sarcastique le calme, les traits de son visage se radoucissent.

– Touché.

Il rigole, s'avance, pose une main sur mes reins et glisse l'autre sous mon t-shirt, sur mon ventre. Ses doigts rugueux et calleux caressent doucement ma peau, de plus en plus haut.

– N'empêche, tu ferais mieux de mettre un soutien-gorge quand tu traînes dans les couloirs d'une fraternité, Theresa.

Il pose sa bouche sur mon oreille au moment précis où ses doigts trouvent mes seins. Et il insiste sur leur zone sensible avec ses pouces, ce qui les fait immédiatement durcir. Il prend une profonde inspiration, je suis pétrifiée, mais mon cœur bat à se rompre.

– On ne sait jamais quel genre de pervers traîne dans l'ombre !

De ses pouces, il fait des petits cercles sur mes tétons puis les pince légèrement. Ma tête tombe sur sa poitrine, je n'arrive plus à contrôler mes gémissements tandis que ses doigts poursuivent leur douce attaque.

– Je parie que je peux te faire jouir rien qu'en faisant ça, dit-il en augmentant la pression de ses doigts.

Je n'aurais jamais imaginé que cela puisse être aussi... bon. Hardin rigole, sa bouche contre mon oreille.

– Tu veux que je le fasse ? Que je te fasse jouir ?

Je hoche la tête. A-t-il besoin de le demander ? Ma respiration plus rapide et mes genoux qui flageolent me trahissent.

– C'est bien, passons à...

L'alarme de mon portable retentit soudain.

– Mon Dieu ! Il faut qu'on parte dans dix minutes, Hardin, tu n'es même pas habillé. Et moi non plus !

Je m'écarte de lui, mais il secoue la tête, m'attire vers lui et fait descendre mon pantalon et ma culotte sur mes pieds. Il me soulève pour me porter jusqu'au lit, me fait asseoir, s'agenouille devant moi et me tire par les chevilles jusqu'au bord du lit.

– Écarte les jambes, Bébé, dit-il en chantonnant.

Je fais ce qu'il me dit.

Oui, je sais que cela ne faisait pas partie de mon programme de la matinée, mais je ne connais pas meilleure façon de commencer la journée. Un de ses longs doigts descend le long de ma cuisse, de l'autre main il me tient. Il plonge la tête et lèche mon endroit le plus intime de haut en bas avant de rassembler ses lèvres pour me sucer. C'est ça, encore, oh Seigneur ! Mes hanches se soulèvent brusquement, il me repousse et continue à me maintenir en place. De l'autre main, il me pénètre d'un doigt, en allant et venant plus vite que jamais. Je n'arrive pas à décider ce que je préfère, ses doigts ou sa bouche qui me suce, mais la combinaison des deux est stupéfiante. En moins d'une minute, je sens cette brûlure dans mon ventre et il accélère encore le va-et-vient de son doigt.

– Je vais essayer avec deux, tu es d'accord ?

J'approuve en gémissant. La sensation est étrange et légèrement inconfortable, comme la première fois où il a fait pénétrer son doigt en moi, mais quand il repose ses lèvres sur moi et recommence à me sucer, j'oublie cette légère douleur. Je gémis quand Hardin me prive de sa bouche une fois de plus.

– Merde, tu es si étroite, Bébé. Ça va ?

Ses mots suffisent à me faire perdre le contrôle. J'attrape ses boucles à pleines mains et je pousse sa tête vers le bas. Il se marre et repose ses lèvres sur moi. Je gémis son nom et lui tire les cheveux en atteignant le plus grand orgasme que j'aie eu. Ce n'est pas que j'en aie déjà eu tant que ça, mais celui-ci est certainement le plus rapide et le plus fort. Hardin dépose un petit baiser sur ma hanche avant de se relever et d'aller vers le placard. Je lève la tête en essayant de reprendre mon souffle. Il revient vers moi et m'essuie avec un t-shirt, ce qui me gênerait terriblement si j'étais dans mon état normal.

– Je reviens tout de suite. Je vais me brosser les dents.

Il sort de la pièce en souriant. Je me lève et m'habille. Je regarde l'heure, nous avons encore trois minutes avant de devoir partir. Hardin revient, il s'habille rapidement et nous nous mettons en route. Quand il démarre la voiture, je lui demande :

– Tu connais le chemin ?

– Ouais, Christian Vance est le meilleur ami de mon père depuis l'université. Je suis déjà allé là-bas deux ou trois fois.

– Ben dis donc...

Je savais que Ken connaissait quelqu'un là-bas, mais je ne savais pas que le PDG était son meilleur ami.

– Ne t'inquiète pas, il est cool. Un peu carré mais cool, tu seras dans ton élément.

Son sourire est contagieux.

– Tu es très élégante, au fait.

– Merci. Tu as l'air de bonne humeur ce matin.

– Ouais, me retrouver la tête entre tes cuisses de si bon matin, c'est le présage d'une bonne journée.

Il rit et me prend la main.

– Hardin, dis-je d'un ton sévère, mais il rit de plus belle.

Le trajet est rapide et, en un rien de temps, nous nous garons à l'arrière d'un immeuble de verre de six étages avec un grand V sur la façade.

– J'ai le trac.

Je jette un dernier coup d'œil à mon maquillage dans le rétroviseur.

– Tout va bien se passer, ne t'en fais pas. Tu es *très* brillante, il le verra tout de suite.

Seigneur, j'adore quand il est aussi gentil.

– Merci.

Je me penche pour l'embrasser. Un petit baiser chaste.

– Je t'attends dans la voiture.

Il me donne un dernier baiser.

L'intérieur du bâtiment est aussi élégant que l'extérieur. Je me présente à l'accueil où on me remet un badge pour la journée et des instructions pour me rendre au sixième étage. Là, je donne mon nom à un jeune homme qui me fait son plus beau sourire avant de m'accompagner jusqu'à un grand bureau.

– Monsieur Vance, Theresa Young est arrivée.

De la porte, je vois un homme d'âge mûr avec une barbe de quelques jours. Monsieur Vance me fait signe d'entrer et vient vers moi, la main tendue. Ses yeux verts éclairent son visage, et son sourire chaleureux me rassure. Il m'invite à prendre un siège.

– Je suis ravi de vous rencontrer, Theresa. Merci d'être venue.

– Tessa, appelez-moi Tessa. Merci de me recevoir.

– Comme ça, Tessa, vous êtes en première année de licence d'anglais ?

– Oui, Monsieur.

– Ken Scott vous a chaudement recommandée à moi. Il dit que j'ai tout à gagner à vous engager comme stagiaire.

– C'est très aimable de sa part.

Il acquiesce en se frottant la barbe. Il me demande ce que j'ai lu récemment, qui sont mes auteurs préférés, ceux que j'aime le moins, et de justifier mes choix. Il ponctue mes explications de hochements de tête et de murmures approbateurs et, à la fin, il sourit.

– Eh bien, Tessa, quand pouvez-vous commencer ? D'après Ken, vous pouvez facilement concentrer votre emploi du temps de manière à être ici deux jours par semaine et suivre les cours à la faculté les trois autres jours.

Je reste bouche bée.

– C'est vrai ?

C'est tout ce que je trouve à dire. C'est bien mieux que ce que j'espérais. J'avais imaginé que je devrais suivre les cours le soir et venir ici pendant la journée, c'est-à-dire *si* j'étais prise.

– Oui, et vous bénéficierez d'heures de crédit que vous pourrez valider pour votre diplôme, pour le temps passé ici.

– Je ne sais comment vous remercier. C'est une opportunité extraordinaire. Merci, merci beaucoup.

Je n'en reviens pas, quelle chance j'ai !

– Nous discuterons de votre rémunération lundi quand vous commencerez.

– Ma rémunération ?

J'avais pensé que c'était un stage non payé.

– Oui bien sûr, vous serez payée pour votre travail.

Il sourit. Je me contente de hocher la tête, de peur, si j'ouvre la bouche, de me perdre en remerciements.

Je me précipite vers la voiture, Hardin en descend.

– Alors ?

– C'est bon, je l'ai. Je viendrai deux jours par semaine et j'irai en cours trois jours... en plus, je serai payée et j'aurai des crédits pour la fac... et il a été trop gentil... et ton père est formidable d'avoir fait ça pour moi... et toi aussi, bien sûr... je suis trop excitée et je... enfin... je crois que c'est tout.

Je ris et il me prend dans ses bras, me serre contre lui et me soulève en l'air.

– Je suis trop content pour toi.

Je plonge mes doigts dans ses cheveux. Il me repose par terre.

– Merci. Non, sérieux, merci de m'avoir accompagnée et de m'avoir attendue.

Il m'assure que ce n'est rien et nous remontons en voiture.

– Qu'est-ce que tu veux faire maintenant ?

– Retourner à la fac, bien sûr. On peut encore arriver à temps pour le cours de littérature.

– Tu crois ? Je suis sûr qu'on pourrait trouver quelque chose de plus marrant à faire.

– Non, j'ai déjà manqué trop de cours cette semaine. Je ne veux pas en manquer d'autres. Je vais au cours de littérature, et tu devrais en faire autant.

Avec une petite moue moqueuse, il acquiesce.

On arrive juste à temps et je déballe tout à Landon au sujet du stage. Il me félicite et me serre dans ses bras. Hardin fait des bruits de bouche grossiers dans notre dos, je lui retourne un coup de pied dans le tibia.

À la fin du cours, nous sortons tous les trois en discutant des détails du feu de camp de vendredi. Landon et moi convenons de nous retrouver chez lui à cinq heures pour dîner et d'aller ensuite au feu de camp vers sept heures. Hardin ne dit rien, je me demande s'il a l'intention de m'accompagner. À un moment, il avait dit qu'il viendrait, mais je suis pratiquement sûre que c'était seulement pour faire comme Zed. Landon nous salue quand nous arrivons au parking et s'éloigne en sifflant.

– Scott !

Nous nous retournons en même temps pour voir arriver Nate et Molly. Molly, génial ! Elle porte un débardeur et une jupe en cuir rouge. On n'est que mardi et elle a déjà utilisé son quota de fringues de pétasse pour la semaine. Elle devrait garder ces trucs-là pour le week-end.

– Salut, dit Hardin en s'écartant de moi.

– Salut, Tessa, répond Molly.

Je lui retourne son salut et reste plantée là, mal à l'aise, tandis qu'Hardin et Nate discutent.

– C'est bon ? lui demande Nate.

Il est clair qu'Hardin leur a donné rendez-vous ici. Je ne sais pas pourquoi je m'étais imaginé que nous allions passer le reste de l'après-midi ensemble. On n'est pas obligés d'être tout le temps ensemble, mais il aurait pu me prévenir.

– Ouais, c'est bon.

– À plus, Tessa, me dit-il d'un air désinvolte, et il part avec eux.

Molly se retourne et me regarde, un sourire narquois sur son visage outrageusement maquillé, puis elle s'assied sur le siège passager de la voiture d'Hardin et Nate monte à l'arrière.

Et moi, je reste plantée sur le trottoir à me demander ce qui vient de se passer.

∞

58

En rentrant dans ma chambre, je réalise à quel point j'ai été stupide de croire qu'Hardin allait changer. Je devrais savoir à quoi m'en tenir, depuis le temps. J'aurais dû deviner que c'était trop beau pour être vrai. Hardin qui m'embrasse devant Landon. Hardin gentil et qui veut aller plus loin. Hardin qui me raconte son enfance. J'aurais dû me douter que dès qu'il retrouverait ses copains, il redeviendrait le Hardin que je méprisais il y a quinze jours encore.

– Salut, toi ! Tu viens ce soir ? me demande Steph au moment où j'entre dans la chambre.

Tristan est assis sur son lit et la regarde avec adoration, comme j'aimerais qu'Hardin me regarde.

– Non, je dois travailler.

C'est sympa de savoir que tout le monde a été invité et qu'Hardin n'a même pas jugé utile de me parler de cette fête. Probablement pour pouvoir s'amuser avec Molly sans être dérangé.

– Oh, allez, viens ! On va s'éclater. Hardin sera là.

Elle sourit et je me force à faire de même.

– Non, sérieux. Je dois appeler ma mère pour prendre de ses nouvelles et puis il faut que je prépare mes contrôles de la semaine prochaine.

– C'est nul ! plaisante Steph en prenant son sac. Bon, comme tu voudras. Je ne rentrerai pas ce soir, donc si tu as besoin de quelque chose, ne te gêne pas.

Elle m'embrasse pour me dire au revoir.

J'appelle ma mère et je lui parle de mon stage. Bien sûr, elle est aux anges de cette incroyable opportunité. Je ne parle pas d'Hardin, en revanche je mentionne le rôle de Ken, le présentant comme le futur beau-père de Landon, ce qui est la vérité. Elle m'interroge au sujet de Noah et moi, mais j'élude ses questions. Au moins, c'est une agréable surprise de savoir que Noah n'a pas tout dit à ma mère. Il ne me doit rien, mais je lui suis reconnaissante de cette omission. Après l'avoir écoutée parler, bien trop longtemps, de sa nouvelle collègue qu'elle soupçonne d'avoir une aventure avec son patron, je l'interromps en lui disant qu'il faut vraiment que je travaille et je raccroche. Instantanément je recommence à penser à Hardin, comme toujours. Ma vie était infiniment plus simple avant de le connaître, et maintenant... elle est compliquée et stressante, car, ou je suis extrêmement heureuse, ou je me consume de jalousie quand je l'imagine avec Molly.

Je vais devenir folle si je reste ici toute seule, et il n'est que six heures quand j'arrête de faire semblant de travailler. Peut-être devrais-je aller faire une balade à pied ? Il faut vraiment que je me fasse d'autres amis. J'attrape mon portable et j'appelle Landon.

– Salut Tessa !

Sa voix amicale apaise un peu mes angoisses.

– Salut Landon, je te dérange ?

– Non, je regarde un match. Pourquoi, tu as un souci ?

– Non, je me demandais simplement si je pouvais passer te dire bonsoir... ou prendre ta mère au mot pour ses leçons de pâtisserie... si cela ne l'embête pas, bien sûr.

Je lâche un petit rire faiblard.

– Non, bien sûr. Elle sera ravie... Je vais lui dire que tu passes.

– Ok. Le prochain bus n'est pas avant une demi-heure, mais j'arrive dès que je peux.

– Le bus ? Ah, c'est vrai, j'oubliais que tu n'as pas trouvé de voiture. Je passe te chercher.

– Non, vraiment, ce n'est pas la peine. Je peux me débrouiller. Je ne veux pas te déranger.

– Tessa, ce n'est pas loin. Je pars immédiatement.

Finalement, j'accepte.

En prenant mon sac, je vérifie mon portable une dernière fois.

Bien sûr, Hardin ne m'a pas appelée et n'a pas envoyé de texto. J'ai horreur de constater à quel point je me sens dépendante de lui, surtout qu'il a prouvé que je ne pouvais pas compter sur lui.

Bien décidée à faire preuve d'indépendance, j'éteins mon portable. Si je ne le fais pas, je sais que je vais devenir dingue en regardant ma messagerie toutes les cinq minutes. Je ferais aussi bien de le laisser ici, je le pose dans le tiroir du haut de ma commode et je sors pour attendre Landon.

Quelques minutes plus tard, il arrive en klaxonnant un petit coup. Je sursaute sur le trottoir et nous rions tous les deux quand je monte dans la voiture.

– C'était la folie dans la cuisine quand je suis parti, alors tu peux t'attendre à un cours de pâtisserie très détaillé.

– Vraiment ? J'adore les détails.

– Je sais. Nous nous ressemblons sur ce point.

Il allume la radio. Je reconnais une de mes chansons préférées.

– Je peux mettre plus fort ?

– Tu aimes les Fray ? demande-t-il étonné, en montant le son.

– Oh oui ! C'est mon groupe préféré – je les adore. Toi aussi ?

– Tout le monde les aime, non ?

Il rit. Je suis à deux doigts de lui dire que ce n'est pas le cas d'Hardin, mais je me ravise. Quand nous arrivons chez lui, Ken nous accueille avec un grand sourire. J'espère qu'il ne s'attendait pas à voir Hardin avec moi, en tout cas je ne lis aucune déception sur son visage.

– Karen est dans la cuisine. Si tu entres, c'est à tes risques et périls !

Ce n'était pas une blague. Karen a recouvert tout l'îlot central de casseroles, bols à mixer et autres ustensiles que je ne connais pas.

– Tessa ! Je suis en train de tout préparer.

Elle est radieuse en me montrant d'un geste tout cet étrange attirail.

– Je peux faire quelque chose pour vous aider ?

– Non, pas tout de suite. J'ai presque fini... Ça y est, c'est bon.

– Je suis désolée de débouler comme ça, j'aurais dû vous prévenir avant.

– Mais non, ma chérie, tu viens quand tu veux, tu le sais.

Je suis sûre qu'elle est sincère.

Elle me tend un tablier et je m'attache les cheveux. Landon s'assied sur le banc pour bavarder avec nous pendant que Karen me montre tous les ingrédients nécessaires pour faire des cupcakes. Puis je verse la préparation dans le mixer que je mets sur vitesse lente.

Je ris.

– J'ai déjà l'impression d'être une pro !

Landon se penche vers moi et passe la main sur mon visage.

– Tu as de la farine sur la joue.

Il rougit, ce qui me fait sourire.

Je verse la pâte dans les moules à cupcakes. Quand nous les mettons dans le four et que nous commençons à parler des cours et de la maison, Landon nous laisse à nos « bavardages de filles » et va dans l'autre pièce pour finir de regarder le match de foot qu'il a enregistré.

Toutes à notre conversation, nous attendons que nos créations cuisent et refroidissent, et quand Karen annonce que les cupcakes sont prêts pour le glaçage, je les contemple, très fière de mon travail. Karen me montre comment utiliser la poche à douille, je dessine un « L » sur l'un d'eux que je mets de côté pour Landon. D'une main experte, elle dessine des fleurs et des brins d'herbe verts sur ses gâteaux pendant que je fais ce que je peux avec les miens.

– La prochaine fois, on fera des cookies.

Elle sourit et range les gâteaux dans une boîte. Je mords dans un de mes cupcakes.

– Ça me va très bien.

– Et où est Hardin ce soir ?

Je m'applique à mâcher mon gâteau lentement en essayant de deviner pourquoi elle me demande ça.

– Chez lui.

Je n'ajoute rien et elle fronce légèrement les sourcils, mais sans insister, avant d'aller porter quelques cupcakes à Ken. Landon revient traîner dans la cuisine.

– Il est pour moi, celui-là ? dit-il en me montrant le gâteau avec le « L » maladroit.

– Ouais, je dois encore m'entraîner avec la poche à douille.

Il prend une grosse bouchée.

– L'important, c'est qu'il soit bon, dit-il la bouche pleine.

Je rigole et j'attaque un second gâteau pendant que Landon me parle du match, ce qui ne m'intéresse pas beaucoup, mais il est si gentil que je fais semblant d'écouter. Mes pensées s'évadent vers Hardin, une fois de plus, et je regarde par la fenêtre.

– Ça va ?

Landon me tire de ma rêverie. Je souris, l'air contrit.

– Ouais, je suis désolée, j'ai perdu le fil.

– Ce n'est pas grave. C'est à cause d'Hardin ?

– Ouais... comment tu le sais ?

– Il est où ?

– À la fraternité. Il y a une fête ce soir...

Je décide de me confier à lui.

– ... et il ne m'en a même pas parlé. Il a donné rendez-vous à ses potes et il m'a juste dit : « À plus, Tessa ».

Je me sens complètement idiote de raconter ça. Je sais que j'ai l'air d'une imbécile, mais ça me rend folle.

– Il y a cette Molly avec qui il sortait plus ou moins avant, et il est avec elle en ce moment, et il ne leur a pas dit que nous sommes... enfin je ne sais pas ce que nous sommes.

Je pousse un profond soupir.

– Vous n'êtes pas censés sortir ensemble, tous les deux ?

– Ben... si. Enfin c'est ce que je croyais, mais maintenant je ne sais plus.

– Pourquoi n'essaies-tu pas de lui parler ? Ou d'aller à la fête ?

Je le regarde, ébahie.

– Je ne peux quand même pas y aller.

– Pourquoi pas ? Ce ne serait pas la première fois, et puis Hardin et toi, vous sortez plus ou moins ensemble, genre, et ta coloc aussi y sera. Si j'étais toi, j'irais.

– Tu crois ? C'est vrai que Steph m'a invitée... je ne sais pas.

J'ai envie d'y aller juste pour voir si Hardin est avec Molly, mais j'ai peur d'avoir l'air d'une idiote en me pointant là-bas.

– Oui, je crois que tu devrais y aller.

– Et si tu venais avec moi ?

– Ah non ! Tessa. Désolé. Nous sommes amis, mais ça, non.

Je savais qu'il dirait non, mais ça valait le coup d'essayer.

– Je vais peut-être y aller, alors. Au moins pour lui parler.

–Bien. Mais essuie d'abord la farine que tu as sur la figure.

Il rit et je lui mets une petite tape sur le bras. Je traîne encore un peu avec Landon, je ne veux pas qu'il croie que je me suis juste servie de lui pour qu'il m'emmène à la fête, même si je sais qu'il ne le pense pas.

–Bonne chance. Appelle-moi si tu as besoin de moi, me dit-il quand je sors de sa voiture devant la fraternité.

Quand il part, je me traite d'imbécile d'avoir laissé mon portable dans ma chambre pour éviter de me prendre la tête à cause d'Hardin, tout ça pour me pointer chez lui en fin de compte.

Une bande de filles à peine vêtues se tiennent dans le jardin, je jette un œil à ma tenue: jean et cardigan. Je ne suis presque pas maquillée et j'ai les cheveux attachés en chignon sur le dessus de la tête. *Qu'est-ce qui m'a pris de venir ici, putain?*

Je ravale mon angoisse et j'entre. Je ne vois aucun visage connu à part Logan, qui fait un *body shot* sur le corps d'une fille vêtue seulement de son soutien-gorge et de sa culotte. Je traverse la cuisine et quelqu'un me tend un gobelet rouge plein d'alcool que je porte à mes lèvres. Si je dois affronter Hardin, il vaut mieux que je boive quelque chose. Dans le salon, je me fraye un chemin à travers la cohue en direction du canapé que sa bande a l'habitude de squatter. Entre les corps et par-dessus les épaules, je vois apparaître les cheveux roses de Molly...

Je tremble quand je vois qu'elle n'est pas assise sur le canapé mais sur les genoux d'Hardin. Il a une main sur sa cuisse et elle est appuyée contre lui, riant avec ses amis comme si c'était la chose la plus naturelle du monde.

Comment me suis-je fourrée dans une situation pareille avec Hardin? J'aurais dû prendre le large depuis longtemps. Je le savais dès le début et voilà, ça me revient en pleine figure. Je ferais mieux de partir comme je suis venue. Je n'ai rien à faire ici, il est hors de question de pleurer encore une fois devant ces gens. J'en ai marre de pleurer à cause d'Hardin, et d'essayer de vouloir le changer. Chaque fois que je pense avoir touché le fond, il fait quelque chose de pire me prouvant que j'ignore encore le calvaire de sentiments non partagés. J'observe Molly: elle pose les mains sur celles d'Hardin, il dégage sa main mais c'est pour la poser sur sa hanche et la pincer légèrement, ce qui la fait glousser, cette dinde. J'essaie de me contraindre à bouger, à reculer, courir, ramper, n'importe quoi pourvu que je sorte d'ici, mais mes yeux sont scotchés sur le garçon dont j'étais en train de tomber amoureuse et qui, lui, a les yeux scotchés sur elle.

– Tessa ! crie quelqu'un.

Hardin relève brusquement la tête et ses yeux verts, écarquillés de surprise, plongent dans les miens. Molly regarde de mon côté et se colle un peu plus contre Hardin qui ouvre la bouche comme pour dire quelque chose, mais reste finalement silencieux.

Zed apparaît à côté de moi. Je réussis enfin à détacher mon regard de celui d'Hardin et j'essaie de me forcer à sourire à Zed, mais toute mon énergie est concentrée à m'empêcher de fondre en larmes.

– Tu bois quelque chose ?

Je baisse les yeux. *J'avais bien un verre de bière dans la main ?*

Mon gobelet est à mes pieds, la bière répandue sur la moquette. En temps normal, j'aurais nettoyé en m'excusant, mais là je décide de faire comme si ce n'était pas à moi. Il y a tellement de monde, personne n'en saura rien.

J'ai deux options : soit je sors d'ici en pleurs et montre à Hardin qu'il a eu ce qu'il voulait, soit je fais contre mauvaise fortune bon cœur comme si je n'en avais rien à faire de son attitude et du fait qu'il a toujours Molly sur les genoux.

Je choisis la deuxième option.

– Volontiers, oui, je veux bien un verre, dis-je d'une voix blanche.

∞

59

Je suis Zed dans la cuisine, en me préparant mentalement à survivre à cette fête. J'avais envie de me jeter sur Hardin pour l'insulter, de lui dire de ne plus jamais m'adresser la parole, de le gifler et d'arracher les cheveux roses de Molly. Mais il se contenterait probablement de me regarder d'un air narquois. Je décide de boire cul sec le verre de vodka sour à la cerise que Zed m'a servi et de lui en demander un autre. Hardin m'a déjà bousillé suffisamment de soirées, je refuse d'entrer dans son jeu.

Zed me prépare un autre cocktail, mais quand je lui tends mon gobelet de nouveau quelques minutes plus tard, il se met à rire en levant les mains.

– Ho ! Du calme, tueuse, tu en as déjà descendu deux.

– C'est trop bon !

Je ris en léchant le goût de cerise sur mes lèvres.

– Ouais, ben, on y va mollo sur le suivant, d'accord ?

Quand je dis oui, il m'en prépare un autre puis ajoute :

– Je pense qu'on va faire une autre partie de Défi ou Vérité.

Qu'est-ce qu'ils ont tous ces mecs avec ces parties de Défi ou Vérité ? Je croyais que les gens arrêtaient de jouer à ces jeux stupides quand ils arrivaient au lycée. La douleur dans ma poitrine se réveille quand je pense à tous les défis qu'Hardin et Molly ont peut-être eu à relever ce soir.

– Qu'est-ce que j'ai manqué pendant la dernière manche ?

Je lui décoche mon plus beau sourire enjôleur. J'ai probablement l'air d'une folle, mais il me sourit, il semblerait que ça marche.

– Juste quelques ivrognes en train de se rouler des pelles, comme d'habitude.

Il hausse les épaules. La boule remonte dans ma gorge, mais je réussis à la faire redescendre avec mon cocktail. Je simule un rire en continuant à boire tandis que nous allons rejoindre les autres. Zed s'assied par terre en face d'Hardin et Molly sur le canapé, et je m'assieds à côté de lui, plus près que je ne le ferais normalement, mais je le fais exprès. J'avais plus ou moins espéré qu'il aurait fait descendre Molly de ses genoux maintenant, mais non. Très bien, je me rapproche encore un peu plus de Zed.

Les yeux d'Hardin ne sont plus que des fentes, mais je n'en tiens pas compte. Molly est toujours perchée sur ses genoux comme la pétasse qu'elle est. Steph me fait un sourire compatissant et jette un regard en direction d'Hardin. La vodka commence à faire son effet quand vient le tour de Nate.

– Défi ou Vérité ? demande Steph.

– Vérité.

Elle lève les yeux au ciel.

– Couille molle !

Son langage fleuri me surprend toujours.

– Ok... Est-ce que c'est vrai que tu as pissé dans le placard de Tristan le week-end dernier ?

Tout le monde éclate de rire, sauf moi. Je n'ai aucune idée de ce dont ils parlent.

– Non ! Je vous l'ai déjà dit, *ce n'était pas moi.*

Tout le monde rit encore plus fort. Zed se tourne vers moi et me fait un clin d'œil au milieu de ce boucan. Je n'y avais pas vraiment porté attention jusque-là, mais *qu'est-ce qu'il est sexy, vraiment sexy !*

– Tessa, tu joues ? me demande Steph, et je hoche la tête.

Je lève les yeux vers Hardin qui me regarde fixement. Je lui souris, puis je regarde Zed. Le froncement de sourcils d'Hardin enlève un peu du poids que j'ai sur la poitrine. J'espère qu'il se sent aussi mal que moi.

– Ok. Défi ou Vérité ? demande Molly.

Évidemment, il faut que ce soit elle qui me le demande.

– Défi, je réponds bravement.

Dieu sait ce qu'elle va me demander de faire.

– Je te mets au défi d'embrasser Zed.

On entend quelques cris étouffés et quelques ricanements.

– On sait déjà comment elle répond à ce défi. Choisis quelqu'un d'autre, dit Hardin, les mâchoires serrées.

– Ça ne me dérange pas.

Il veut jouer, eh bien jouons.

– Je ne pense pas...

– Ferme-la, Hardin, dit Steph en me décochant un sourire d'encouragement.

J'ai accepté d'embrasser Zed ! J'hallucine ! Même si c'est un des mecs les plus séduisants que j'ai jamais vus. De ma vie, je n'ai vraiment embrassé que Noah et Hardin. J'imagine que Johnny, à l'école primaire, ne compte pas, surtout qu'il sentait la colle.

– Tu es sûre ? demande Zed.

Il fait semblant d'être inquiet, mais l'excitation est visible sur ses traits parfaitement harmonieux.

– Ouais, je suis sûre.

Je bois un coup en m'obligeant à ne pas regarder Hardin, de peur de changer d'avis. Tout le monde a les yeux rivés sur nous tandis que Zed se lèche les lèvres et se penche vers moi. À cause du verre qu'il vient de boire, ses lèvres sont froides et sa langue a la douceur du jus de cerise. Ses lèvres sont douces, mais me paraissent dures, et sa langue joue avec expertise avec la mienne. Je sens la chaleur monter dans mon ventre, pas autant qu'avec Hardin, mais c'est tellement bon que quand les mains de Zed se posent sur ma taille, nous nous mettons à genoux tous les deux...

– Ok... c'est bon. Elle a dit embrasser, pas baiser devant tout le monde.

Molly crie à Hardin de la fermer.

Je jette un coup d'œil en direction d'Hardin, il a l'air furieux et même plus que ça. Mais il l'a bien cherché. Je m'écarte de Zed, je me sens rougir car tout le monde a les yeux fixés sur nous. Steph lève le pouce, en signe d'approbation, mais je baisse les yeux. Zed a l'air très content. Moi, je suis inquiète mais en même temps excitée par la réaction d'Hardin.

–Tessa, à ton tour de demander à Tristan, dit Zed.

Tristan choisit le défi, je fais donc la proposition la moins originale qui soit, je le mets au défi de boire un *shot*.

–Zed, Défi ou Vérité ? demande Tristan en avalant le *shot*.

Je vide le reste de mon verre. Plus je bois, plus mes sentiments sont émoussés.

–Défi, dit Zed, et Steph murmure quelque chose à l'oreille de Tristan qui le fait sourire.

–Je te mets au défi d'emmener Tessa en haut pendant dix minutes.

Je m'étrangle. Là, c'est trop.

–Ça, c'est bien trouvé, dit Molly en se moquant de moi.

Zed me regarde comme pour me demander si je suis d'accord. Sans réfléchir, je me lève et le prends par la main. Il a l'air aussi surpris que tous les autres, mais il se lève.

–Ça ne fait pas partie du jeu, c'est... euh... enfin... c'est complètement con, grogne Hardin.

–Qu'est-ce que ça peut te faire ? Ils sont célibataires tous les deux et c'est pour le plaisir, alors qu'est-ce que t'en as à faire ? lui demande Molly.

–Je... je n'en ai rien à faire, c'est juste que je trouve ça idiot.

Ma poitrine se serre de nouveau. De toute évidence, il n'a jamais prévu de dire à ses copains que nous sommes... étions... ce que nous étions. Il m'a utilisée pendant tout ce temps. Je suis juste une fille de plus pour lui et j'ai été débile, complètement débile, de croire à autre chose.

–Donc, ça ne te regarde pas, Hardin, et c'est tant mieux.

Je tire Zed par la main.

« Putain ! » « Cassé ! »

J'entends les commentaires qui fusent et Hardin jurer alors que Zed et moi nous éloignons. Nous trouvons une chambre au hasard à l'étage, Zed ouvre la porte et allume la lampe. Maintenant que je suis loin d'Hardin, je commence à me sentir beaucoup moins à l'aise de ce tête-à-tête avec Zed. Même si je suis hyper en colère, je n'ai pas envie de flirter avec lui. Enfin, je ne peux pas dire que ça ne me plairait pas, mais je sais que je ne devrais pas. Je ne suis pas ce genre de fille. Je lui demande d'une voix aiguë :

–Alors, qu'est-ce que tu veux faire ?

Il rigole un peu et m'entraîne vers le lit. Oh, mon Dieu!

–Si on parlait, ok? (J'acquiesce en baissant la tête.) En fait, il y a un tas d'autres choses que j'adorerais faire avec toi, tu peux me croire, mais tu es ivre et je ne voudrais pas profiter de la situation. Surprise?

Il est radieux, ce qui me fait rigoler.

–Un peu, je dois l'admettre.

–Pourquoi? Je ne suis pas un connard, moi, pas comme Hardin.

Une fois de plus, je détourne les yeux.

–Tu sais, je croyais qu'il y avait quelque chose entre Hardin et toi, depuis quelque temps.

–Non... on est juste... enfin, on était amis, mais c'est fini.

Je refuse d'avouer à quel point j'ai été stupide de croire aux mensonges d'Hardin.

–Alors tu vois toujours ton petit ami du lycée?

Soulagée que nous ne poursuivions pas sur Hardin, je me détends.

–Non. Nous avons rompu.

–C'est dommage. Il ne sait pas ce qu'il a perdu.

Il me sourit gentiment. Zed est trop charmant. Je me laisse aller à plonger dans ses yeux noisette. Il a des cils encore plus longs et plus épais que les miens.

–Merci.

–Peut-être que je pourrais t'inviter un de ces jours? Un vrai rencard? Genre, pas dans une chambre pendant une fête de fraternité.

Il rit nerveusement.

–Euh...

Je ne sais pas quoi dire.

–Et si je te le redemandais demain quand tu seras sobre?

Il est beaucoup plus sympa que je le croyais. Habituellement, les mecs aussi beaux que lui sont de vrais cons... comme Hardin.

–D'accord.

Il me reprend par la main.

–Super. Si on redescendait?

Quand nous arrivons en bas, Hardin et Molly sont toujours sur le canapé, mais Hardin a un verre à la main et Molly a changé de position. Maintenant, elle est assise à côté de lui, les jambes sur ses genoux. Quand les yeux d'Hardin se posent sur mes doigts enlacés à ceux de Zed, je m'écarte instinctivement, mais je les rattrape vivement. Hardin serre les dents et je regarde ailleurs, dans la foule des fêtards.

– C'était bien ? demande Molly avec son sourire moqueur.

– Super, je réponds.

Zed ne dit rien. Je le remercierai plus tard de ne pas m'avoir contredite.

– C'est au tour de Molly, annonce Nate quand nous nous rasseyons par terre.

– Défi ou Vérité ? lui demande Hardin.

– Défi, bien sûr.

Hardin me regarde droit dans les yeux et lui dit :

– Je te mets au défi de m'embrasser.

Mon cœur s'arrête littéralement. Il ne bat carrément plus. Ce salaud est encore pire que je l'avais imaginé. Mon cœur se remet à cogner quand Molly me jette un regard victorieux avant de se coller à Hardin. Toute la colère que je ressentais s'évanouit pour être remplacée par une douleur, une douleur qui consume tout, et je sens de chaudes larmes couler sur mon visage. Je ne peux plus les regarder, ce n'est juste plus possible.

En un rien de temps, je suis debout et je traverse la foule des ivrognes. J'entends Zed et Steph qui m'appellent, mais la pièce tourne et quand je ferme les yeux, tout ce que je vois, c'est Hardin et Molly. Je bouscule des gens, mais je ne me retourne pas. Je finis pas arriver à la porte et l'air frais dans mes poumons me ramène à la réalité.

Comment peut-il être si cruel ?

Je descends en courant les marches jusqu'au trottoir. Il faut que je parte d'ici. Je voudrais ne l'avoir jamais rencontré. Je voudrais avoir eu une autre coloc. Je regrette même d'être venue à WCU.

– Tessa !

Je me retourne, persuadée que j'entends des voix, lorsque je vois Hardin me courir après.

∞

60

Je n'ai jamais été très athlétique, mais mon adrénaline joue à plein régime et je réussis à accélérer l'allure. Pourtant, quand j'arrive au bout de la rue, je commence à fatiguer. Bon sang, où est-ce que je vais aller ? J'ai oublié le chemin que j'avais pris pour rentrer à la résidence la dernière fois. Et, comme une imbécile, j'ai laissé mon portable dans ma chambre. Pour me prouver quoi ? Mon indépendance vis-à-vis d'Hardin ? Hardin qui me poursuit dans la rue en criant :

– Tessa, arrête-toi !

Et je m'arrête, effectivement. Je m'arrête net. *Et d'abord, pourquoi est-ce que je cours pour lui échapper ?* Je dois lui demander des explications, pourquoi continue-t-il à me faire marcher, *moi* ?

– Que t'a dit Zed ?

Quoi ?

Quand je me retourne pour lui faire face, il n'est qu'à quelques mètres de moi et il a l'air stupéfait, il ne s'attendait pas à ce que je m'arrête.

– Quoi, Hardin ? Qu'est-ce que tu veux de moi, en fin de compte ?

Je hurle, mon cœur cogne dans ma poitrine d'avoir couru, mais aussi parce qu'il est en miettes.

– Je...

Il semble être pris de court, pour une fois.

– Est-ce que Zed t'a dit quelque chose ?

– Non… pourquoi ?

Je me rapproche de lui et nous nous retrouvons face à face. Je suis tétanisée par la colère.

– Je suis désolé, ok ?

Sa voix est calme. Il me regarde dans les yeux en essayant de me prendre la main. Je le repousse violemment. Il ne prend pas la peine de répondre à ma question au sujet de Zed, mais je suis trop furieuse pour insister.

– Tu es désolé ? Tu es désolé ?

J'éclate de rire.

– Oui, vraiment.

– Va te faire foutre, Hardin !

Je commence à m'éloigner, mais il me rattrape par le bras. Ma colère revient en force et je lui retourne une gifle magistrale. Je suis aussi surprise que lui par cet accès de violence et je suis à deux doigts de m'excuser de l'avoir frappé, mais la douleur qu'il m'a infligée est d'une autre nature qu'une simple claque sur la joue. Il porte la main à son visage et masse lentement la marque rouge sur sa joue. Il me regarde, colère et confusion se mêlent dans ses yeux.

– Qu'est-ce qui te prend, bordel ? C'est quand même toi qui as commencé en embrassant Zed, hurle-t-il.

Une voiture passe à côté de nous et le conducteur nous dévisage, mais je n'y fais pas attention. En ce moment, je me moque bien de faire une scène en public.

– Tu ne vas pas sérieusement essayer de me mettre ça sur le dos ! Tu m'as menti et tu m'as fait passer pour une imbécile, Hardin ! Juste quand je croyais que je pouvais te faire confiance, tu m'humilies ! Si tu voulais être avec ta Molly, pourquoi ne pas me dire tout simplement de te laisser tranquille ? Au lieu de ça, tu me racontes un tas de conneries, comme quoi tu veux aller plus loin, et tu me supplies de passer la nuit avec toi, pour profiter de moi ! C'était quoi ton idée ? Qu'est-ce que ça te rapportait ? À part te faire tailler une pipe, bien sûr ?

L'expression a un goût bizarre dans ma bouche.

– Quoi ? C'est ça que tu crois ? Tu crois que je profite de toi ?

– Non, ce n'est pas ce que je *crois*, Hardin – c'est ce dont je suis sûre. Mais, tu sais quoi ? C'est terminé. J'en ai plus que marre.

Je changerai de résidence universitaire s'il le faut, si c'est la condition pour ne plus jamais te revoir.

Et je vais le faire. Je peux me passer de tous ces gens qui me rendent la vie impossible.

– Tu exagères.

Je dois faire un effort pour me retenir de le gifler de nouveau.

– J'exagère ? Tu n'as pas parlé de nous à tes copains, tu ne m'as pas parlé de la fête, et tu m'as laissée en plan sur le parking comme une conne pour partir, et avec Molly en plus ! Et quand j'arrive, je la trouve sur tes genoux, et après tu l'embrasses. Juste devant moi. Hardin, moi je trouve que ma réaction est *totalement* justifiée.

À la fin, ma voix n'est guère plus qu'un murmure. Épuisée, j'essuie de nouvelles larmes sur mon visage et je cligne des yeux en regardant le ciel.

– Toi, tu as embrassé Zed juste devant moi ! Et je ne t'ai pas parlé de la fête parce que *rien ne m'y oblige* ! Tu n'aurais pas voulu venir, de toute façon – tu aurais été trop occupée à travailler ou à regarder les mouches voler ! aboie-t-il.

Je regarde sa silhouette brouillée par mes larmes et lui demande simplement :

– Alors, pourquoi perdre ton temps avec moi ? Pourquoi m'as-tu suivie jusqu'ici, Hardin ? (Son silence est sa seule réponse.) C'est bien ce que je pensais. Tu croyais pouvoir venir t'excuser et que j'allais accepter de rester ton secret, ta petite amie ennuyeuse et cachée. Tu te trompes, tu as pris ma gentillesse pour de la faiblesse et là, tu t'es gravement trompé.

– Petite amie ? Tu pensais être *ma petite amie,* s'esclaffe-t-il.

La douleur dans ma poitrine est instantanément multipliée par mille et j'ai du mal à tenir debout.

– Non... je...

Je ne sais pas quoi dire.

– Tu ne croyais pas ça, quand même ? dit-il en riant.

– Tu sais bien... que si.

Il m'a déjà humiliée, alors au point où j'en suis, je n'ai plus rien à perdre.

– Tu m'as servi ton baratin, disant que tu voulais plus, et je t'ai cru. J'ai cru à toute cette merde que tu m'as racontée, toutes ces choses que tu prétendais n'avoir jamais dites à personne, mais je suis sûre que c'était des conneries, ça aussi. Je suis sûre que tu as tout inventé. Mais tu sais quoi ? Je ne suis même pas en colère contre toi. Je suis furieuse contre moi d'y avoir cru. Je savais qui tu étais avant de tomber amoureuse de toi. Je savais que tu allais me faire souffrir. C'était quoi, déjà, ton expression ? *Tu me détruirais ?* Non, *démolirais,* c'est ça, tu me démolirais. Eh bien, félicitations, Hardin, tu as gagné.

J'éclate en sanglots.

Une expression douloureuse passe dans son regard... enfin quelque chose qui ressemble à de la douleur. C'est probablement de l'humour. Je n'en ai plus rien à faire de gagner ou de perdre, ni même de jouer à ces jeux exténuants. Je tourne les talons et retourne vers la fraternité, me disant que je trouverai bien quelqu'un qui me prêtera son portable pour appeler Landon, ou alors qui pourra me ramener en voiture à la résidence universitaire.

– Où tu vas ?

Cela me fait encore plus mal de voir qu'il n'a rien à me dire, aucune explication à offrir. Il ne fait que confirmer ce que je savais déjà, à savoir qu'il n'a pas de cœur. J'accélère le pas sans répondre. Il me suit en m'appelant une fois ou deux, mais je refuse de me laisser encore charmer par sa voix. La première chose que je vois en arrivant devant les marches de la maison, c'est bien sûr la chevelure rose de Molly.

– Oh regarde ! Elle t'attend. Vous allez vraiment bien ensemble, tous les deux.

– Ce n'est pas ça, et tu le sais bien.

– Je ne sais rien du tout !

Je monte les marches quatre à quatre. Zed apparaît dans l'embrasure de la porte et je me précipite vers lui.

– Tu peux me passer ton téléphone ? S'il te plaît ?

Il me le donne.

– Tu vas bien ? J'ai essayé de te rattraper, mais tu étais trop loin.

Hardin reste debout devant Zed et moi pendant que j'appelle Landon pour lui demander de venir me chercher. Ils échangent un regard quand ils m'entendent prononcer le nom de Landon, et Zed regarde ailleurs, puis se retourne vers moi l'air inquiet.

– Il va venir ?

– Ouais, il sera là dans quelques minutes. Merci de m'avoir prêté ton téléphone.

– De rien. Tu veux que je l'attende avec toi ?

– Non, je vais rester avec elle, intervient Hardin d'une voix haineuse.

– Ça me ferait très plaisir que tu attendes avec moi, Zed.

Je redescends les marches avec lui. Hardin, en bon abruti qu'il est, nous suit et reste planté derrière nous, comme un imbécile. Steph, Tristan et Molly déboulent eux aussi.

– Ça va ? me demande Steph.

– Ouais, ça va. Mais je rentre. J'aurais mieux fait de ne pas venir.

Steph m'embrasse et Molly murmure tout bas :

– Ça, tu peux le dire.

Je tourne la tête brusquement en entendant ce qu'elle vient de dire. En général, j'ai horreur de la confrontation, mais je déteste encore plus Molly.

– Tu as raison ! Je n'ai rien à faire ici. Je n'ai pas l'habitude de me soûler et de sauter sur tous les mecs qui passent, comme toi.

– Pardon ?

– Tu m'as bien entendue.

– C'est quoi ton problème ? T'es furieuse parce que j'ai embrassé Hardin ? Mais tu sais quoi, chérie ? J'embrasse Hardin *quand je veux.*

Je sens mon visage se vider de son sang. Je cherche Hardin des yeux. Il ne dit rien. Donc, il a continué à voir Molly pendant tout ce temps ? Cela ne me surprend pas plus que ça. Je ne trouve même rien à lui répondre. J'essaie de trouver quelque chose de percutant, n'importe quoi, mais rien ne vient. Je suis sûre que dès qu'elle aura le dos tourné, je trouverai une douzaine de réparties, mais là, tout de suite, je ne trouve rien.

– Si on rentrait…

Tristan prend Molly et Steph par le bras et je m'efforce de lui faire un sourire reconnaissant quand ils se tournent pour rentrer.

– Toi aussi Hardin, barre-toi.

– Je ne l'ai pas embrassée. Je veux dire, pas récemment. Sauf ce soir. Je te le jure.

Molly se retourne. *Pourquoi me dit-il ça devant tout le monde ?*

– Tu embrasses qui tu veux, je n'en ai rien à foutre. Maintenant, dégage !

Une impression de soulagement me submerge quand je vois la voiture de Landon s'arrêter au bord du trottoir.

– Encore merci, Zed.

– De rien. N'oublie pas ce que nous avons dit tout à l'heure.

Il fait allusion à notre prochain « rencard ».

– Tessa !

C'est Hardin qui m'appelle au moment où je m'avance vers la voiture. Comme je ne réponds pas, il crie plus fort.

– Tessa !

– Je n'ai plus rien à te dire, Hardin. J'en ai marre de t'écouter déblatérer tes conneries. Maintenant, fous-moi la paix, putain !

Je me retourne pour lui faire face. Je suis consciente que tout le monde a les yeux braqués sur nous, mais j'en ai vraiment assez.

– Je... Tessa... je...

– Tu *quoi* ? Tu *quoi*, Hardin ?

Je crie de plus en plus fort.

– Je... je t'aime ! hurle-t-il.

Tout l'air contenu dans mes poumons s'échappe d'un seul coup.

Molly s'étrangle. Steph a l'air d'avoir vu un fantôme. Et, l'espace d'un instant, tout le monde reste figé comme si un souffle surnaturel était passé par là et nous avait tous paralysés. Quand je retrouve l'usage de la parole, je dis doucement :

– Tu es malade, Hardin, tu es vraiment malade, putain !

Même si je sais très bien que cela fait partie de son jeu, quelque chose en moi s'est réveillé quand j'ai entendu ces mots dans sa bouche. Je pose la main sur la portière de la voiture de Landon, mais Hardin me retient.

– C'est vrai. Je sais que tu ne vas pas me croire, pourtant c'est la vérité, je t'aime.

Ses yeux s'emplissent de larmes. Ses lèvres ne forment plus qu'une ligne mince et il se couvre le visage de la main. Il recule puis avance d'un pas, et quand il retire sa main, son regard vert a l'air sincère, et paniqué.

Hardin... il est encore meilleur comédien que je pensais. Je n'en reviens pas qu'il puisse dire ça devant tout le monde. Je le repousse brutalement, monte dans la voiture et verrouille la portière avant qu'il ne retrouve son équilibre. Tandis que Landon s'éloigne du trottoir,

Hardin frappe de la main sur la vitre et je mets la main sur mon visage pour qu'il ne me voie pas pleurer.

∞

61

Quand j'arrête enfin de sangloter, Landon me demande doucement :

– J'ai bien entendu ? Il t'a dit qu'il t'aimait ?

– Ouais... je ne sais pas... je suppose qu'il voulait juste faire son numéro.

Je suis au bord des larmes de nouveau.

– Tu ne penses pas... ne le prends pas mal... mais tu ne penses pas que ça pourrait être vrai ? Qu'il t'aime vraiment ?

– Quoi ? Bien sûr que non. Je ne suis même pas sûre qu'il m'aime bien. Je veux dire, quand nous sommes tous les deux, il est tellement différent. Dans ces cas-là, oui, je me dis qu'il tient à moi. Mais je sais qu'il n'est pas amoureux de moi. Il est incapable d'aimer qui que ce soit, en dehors de lui-même.

– Je suis de ton côté, Tessa, tu le sais. Mais cette expression sur son visage quand nous sommes partis, il semblait vraiment avoir le cœur brisé. Et tu ne peux ressentir ça que si tu es amoureux.

Ce n'est pas vrai. J'ai senti mon cœur se briser quand je l'ai vu embrasser Molly, et pourtant je ne l'aime pas.

– Est-ce que tu l'aimes ?

La tension est perceptible dans ma voix quand je réponds, trop vite :

– Non, je ne l'aime pas... il est... enfin... c'est un connard. Cela ne fait pas deux mois que je le connais et nous avons passé la moitié de ce temps... en fait, la totalité de ce temps, à nous engueuler. On ne peut pas aimer quelqu'un qu'on ne connaît que depuis deux mois.

Et en plus, c'est un connard.

–Tu l'as déjà dit.

Je remarque le léger sourire qui flotte sur les lèvres de Landon malgré ses efforts pour garder un visage neutre. Je n'aime pas la tension que je sens dans ma poitrine quand nous parlons de ça. Cela me donne la nausée et je manque d'air dans cette voiture. J'appuie la tête contre la vitre que j'entrouvre pour sentir un peu d'air frais sur moi.

–Tu préfères revenir chez nous ou bien rentrer à la résidence universitaire ?

J'ai envie de rentrer dans ma chambre et de me rouler en boule sur mon lit, mais j'ai peur de voir débouler Steph ou Hardin. Les risques qu'il vienne chez son père sont si minces que cela me semble être la meilleure option.

–Chez vous. Mais est-ce qu'on peut faire un crochet par ma chambre pour que je prenne quelques affaires ? Excuse-moi de te demander de faire le chauffeur.

–Tessa, c'est à côté et tu es mon amie. Arrête de me remercier et de t'excuser tout le temps.

Il a dit ça d'un air sévère, mais son sourire est si gentil que je ris. C'est la meilleure personne que j'ai rencontrée ici et j'ai trop de chance de l'avoir.

–Alors, permets-moi de te remercier une dernière fois d'être un ami aussi génial.

Il fronce les sourcils pour rire.

–Je t'en prie. Bon, allons-y.

Je rassemble mes affaires, vêtements et livres, à toute vitesse. J'ai l'impression que je ne suis plus jamais dans cette chambre. Ce sera la première fois depuis des jours que je ne dormirai pas avec Hardin. Je commençais à en prendre l'habitude, comme une imbécile. J'attrape mon portable dans le tiroir de la commode et retourne à la voiture de Landon.

Il est plus de onze heures quand nous arrivons là-bas. Je suis épuisée et contente que Ken et Karen soient couchés. Landon met une pizza dans le four et je mange un des cupcakes que j'ai faits dans l'après-midi. Le moment où nous avons fait ces gâteaux avec

Karen me semble tellement loin, j'ai du mal à croire que c'était il y a quelques heures à peine. La journée a été si longue, et elle avait si bien commencé, ce matin avec Hardin et le stage. Pourtant il a fallu qu'il bousille tout, comme d'habitude. Après la pizza, Landon et moi montons à l'étage. Il me montre la chambre d'amis, celle dans laquelle j'ai passé la nuit la dernière fois. Enfin, on ne peut pas dire que j'y ai *passé la nuit* puisque j'ai été réveillée par les cris d'Hardin. Le temps ne ressemble à rien depuis que je le connais, tout est allé si vite, je suis étourdie quand je pense aux bons moments passés ensemble, entrecoupés de toutes ces disputes. Je remercie Landon encore une fois, il lève les yeux au ciel avant de se retirer dans sa chambre. Quand j'allume mon portable je trouve une tonne de messages d'Hardin, de Steph et de ma mère. J'efface tout, sauf ceux de ma mère mais je ne les lis pas, je sais ce qu'ils contiennent et j'ai eu mon compte pour la journée. Je coupe la sonnerie, j'enfile mon pyjama et je me couche.

Il est une heure du matin et je dois me lever dans quelques heures. Demain va être une longue journée. Si je n'avais pas manqué les cours ce matin, je serais restée à la maison, enfin, ici. Ou retournée dans ma chambre. Pourquoi ai-je persuadé Hardin de revenir au cours de littérature ? Après m'être tournée et retournée dans mon lit, je regarde l'heure : Il est presque trois heures. Cette journée a beau avoir été une des meilleures et ensuite une des pires de ma vie, je suis trop exténuée pour dormir.

Sans réfléchir à ce que je fais, je me retrouve devant la porte de la chambre d'Hardin. Je l'ouvre et j'entre. Sans témoin pour me juger, à part moi-même, j'ouvre le second tiroir de la commode et je sors un t-shirt blanc. Je vois bien qu'il n'a jamais été porté, mais tant pis. J'enlève mon t-shirt et j'enfile celui-ci à la place. Je m'allonge sur le lit et pose la tête sur son oreiller. Son odeur mentholée emplit mes narines et je finis par m'endormir.

∞

62

Quand je me réveille, il me faut un moment pour me rappeler que je n'ai pas dormi avec Hardin. J'ouvre les yeux, le soleil entre délicatement par la baie vitrée et il me semble apercevoir une silhouette. Je m'assieds d'un bond dans le lit, essayant de retrouver mes repères. Mes yeux finissent par s'accommoder à la pénombre, j'ai l'impression de devenir folle.

– Hardin ?

Je me frotte les yeux.

– Salut.

Il est assis dans une bergère, les coudes sur les genoux. Des cernes lui dévorent le visage.

– Qu'est-ce que tu fous là ?

Mon cœur me fait déjà souffrir.

– Tessa, il faut qu'on parle.

– Tu m'as observée pendant mon sommeil ?

– Non, bien sûr que non, ça fait à peine une minute que je suis là.

Je me demande s'il a fait des cauchemars cette nuit sans moi. Si je n'en avais pas été témoin, je pourrais penser que ça fait partie de ses trucs, mais je me souviens d'avoir tenu son visage entre mes mains et d'avoir vu la peur, bien réelle, dans ses yeux verts. Je me tais. Je n'ai pas envie de me disputer avec lui. Je veux juste qu'il s'en aille. Je me déteste, parce qu'au fond de moi je ne veux pas vraiment qu'il s'en aille.

– Il faut qu'on parle, dit-il une seconde fois.

Quand je fais non de la tête, il se passe les mains dans les cheveux et pousse un profond soupir.

– Je dois aller en cours.

– Landon est déjà parti. J'ai désactivé ton alarme. Il est onze heures.

– Tu as fait quoi ?

– Tu t'es couchée tard. J'ai pensé que...

– Comment as-tu osé ? Dégage !

La douleur qu'il m'a infligée hier soir est encore vive et bien plus forte que la colère d'avoir manqué mes cours de ce matin, mais je ne dois montrer aucune faille, sinon il va s'y engouffrer immédiatement. Comme toujours.

– Mais tu es dans ma chambre.

Je sors du lit, sans me soucier du fait que je ne porte qu'un t-shirt, son t-shirt.

– Tu as raison. Je m'en vais.

Le nœud dans ma gorge grossit et les larmes menacent.

– Non, je voulais dire... je voulais dire... pourquoi tu es dans ma chambre ?

– Je ne sais pas... c'est juste... que je ne pouvais pas dormir...

Surtout, ne pas en dire plus.

– Ce n'est pas vraiment ta chambre de toute façon. J'ai dormi ici aussi souvent que toi. Et même plus maintenant.

– Ton t-shirt à toi, ça n'allait pas ? demande-t-il, les yeux fixés sur le t-shirt blanc que je porte.

Bien sûr, il se fiche de moi. Je suis au bord des larmes. Il essaie de croiser mon regard, mais je détourne les yeux.

– Vas-y, moque-toi de moi.

– Je ne me moque pas de toi.

Il se lève et vient vers moi. Je recule et lève les mains pour l'empêcher d'avancer. Il s'arrête.

– Il faut que tu écoutes ce que j'ai à te dire, ok ?

– Qu'est-ce que tu pourrais dire de plus, Hardin ? On fait ça tout le temps. On se dispute toujours, encore et encore, et c'est pire à chaque fois. Je n'en peux plus. Ça va comme ça.

– Je t'ai dit que j'étais désolé de l'avoir embrassée.

– Il ne s'agit pas de ça. Enfin, pas uniquement. Ça va beaucoup plus loin que ça, et le fait que tu ne le comprennes pas prouve que nous perdons notre temps. Tu ne seras jamais celui que je voudrais que tu sois, et je ne suis pas celle que tu veux.

J'essuie mes larmes pendant qu'il regarde par la fenêtre.

– Mais si, tu es celle que je veux.

J'aimerais pouvoir le croire. J'aimerais qu'il ne soit pas si dénué de sentiments.

– Eh bien, pas toi.

Je ne voulais pas pleurer devant lui, mais c'est plus fort que moi. J'ai pleuré trop souvent depuis que je le connais, et si je retombe dans ses filets, ce sera toujours comme ça.

– Quoi, pas moi ?

– Tu n'es pas celui que je veux que tu sois, la seule chose que tu sais faire, c'est me faire souffrir.

Je passe devant lui et traverse le couloir pour aller dans la chambre d'amis. J'enfile rapidement un pantalon et je rassemble mes affaires, Hardin, qui m'a suivie, guette chacun de mes mouvements.

– Tu n'as pas entendu ce que je t'ai dit hier ?

J'espérais qu'il ne remettrait pas ça sur le tapis.

– Réponds-moi.

– Si... je t'ai entendu.

J'évite de regarder dans sa direction. Sa voix devient hostile.

– Et tu n'as rien à dire ?

– Non.

Il se plante devant moi.

– Pousse-toi.

Il est dangereusement proche de moi et je sais ce qu'il va faire, quand il se penche pour m'embrasser. J'essaie de reculer, mais il m'attire fermement vers lui, m'empêchant de me soustraire à son emprise. Sa bouche se pose sur la mienne et sa langue essaie de forcer le barrage de mes lèvres, mais je refuse. Il rejette légèrement la tête en arrière.

– Embrasse-moi, Tess.

– Non.

Je le pousse en arrière.

– Dis-moi que tu ne ressens pas la même chose que moi, et je m'en irai.

Son visage n'est qu'à quelques centimètres du mien, je sens son souffle chaud sur moi.

– Je ne ressens pas la même chose que toi.

Ça me fait mal de le dire, mais il faut qu'il parte.

– Si, je suis sûr que si, dit-il d'un ton désespéré.

– Non, Hardin., et toi non plus. Tu ne crois quand même pas que je vais gober ça ?

Il me lâche brusquement.

– Tu ne veux pas croire que je t'aime ?

– Bien sûr que non. Tu me prends vraiment pour une idiote ?

Il me dévisage une seconde avant d'ouvrir la bouche pour la refermer aussitôt.

– Tu as raison.

– Quoi ?

Il hausse les épaules.

– Tu as raison, je ne t'aime pas. C'était juste pour ajouter un peu de piment à toute cette histoire.

Il se met à rire. Je savais qu'il ne pensait pas ce qu'il disait, mais ça n'en rend pas sa franchise moins blessante. Une partie de moi, plus importante que je ne veux l'admettre, espère toujours qu'il le pensait vraiment. Il reste debout contre le mur tandis que je sors de la chambre, mon sac à la main.

Quand j'arrive en haut de l'escalier, Karen lève la tête et me sourit.

– Tessa chérie, je ne savais pas que tu étais là !

Son sourire s'évanouit quand elle remarque la détresse sur mon visage.

– Tout va bien ? Il s'est passé quelque chose ?

– Non, ça va. Je me suis retrouvée à la porte de ma chambre, hier soir, alors je...

– Karen.

– Hardin !

Elle retrouve son sourire.

– Vous voulez manger quelque chose, tous les deux ? Un petit déjeuner ? Enfin, déjeuner serait plus exact, il est midi.

– Non merci. J'allais rentrer à la résidence universitaire.

Je descends les escaliers.

– Moi, je mangerais bien un morceau, dit Hardin dans mon dos.

Elle semble étonnée et ses yeux font le va-et-vient entre Hardin et moi.

–Ok, super. Je vais préparer quelque chose dans la cuisine.

Une fois qu'elle est partie, je me dirige vers la porte d'entrée.

–Où tu vas?

Il m'attrape par le poignet. Je me débats et il me lâche.

–J'ai dit que je rentrais.

–Et tu vas y aller à pied?

–Qu'est-ce qui ne va pas chez toi? Tu fais comme s'il ne s'était rien passé. Comme si on ne s'était pas engueulés, comme si tu n'avais rien fait. Tu es vraiment un grand malade, Hardin. Je crois que tu relèves de l'asile psychiatrique, avec médicaments, murs capitonnés et tout et tout. Tu me dis des horreurs et après tu me proposes de me ramener en voiture?

Je n'arrive pas à le suivre.

–D'abord, je ne t'ai rien dit d'horrible, tout ce que j'ai dit, c'est que je ne t'aime pas, ce que tu as prétendu déjà savoir. Et, deuxièmement, je ne te proposais pas de te ramener en voiture. Je te demandais simplement si tu comptais rentrer à pied.

Son expression pleine de suffisance me rend dingue. Pourquoi est-il venu me chercher jusqu'ici s'il n'en a rien à faire de moi? Il n'a rien de mieux à faire que me torturer?

–Qu'est-ce que j'ai fait?

Je me décide enfin à poser la question. Cela fait un moment que je voulais le faire, mais jusqu'ici j'ai toujours eu peur de sa réponse.

–Quoi?

J'essaie de ne pas parler trop fort pour que Karen ne m'entende pas.

–Qu'est-ce que j'ai fait pour que tu me détestes à ce point? Tu peux avoir pratiquement toutes les filles que tu veux et tu t'acharnes à perdre ton temps –et le mien– à inventer de nouvelles façons de me faire du mal. Qu'est-ce que tu cherches? Est-ce que je te déplais tant que ça?

–Non, ce n'est pas ça. Je ne te déteste pas, Tessa. C'est juste que tu fais une cible tellement facile –ce n'est qu'une question de tableau de chasse, tu vois?

Il dit ça d'un air satisfait, mais avant qu'il ne puisse continuer, Karen l'appelle et lui demande s'il veut des cornichons dans son sandwich. Il va dans la cuisine pour lui répondre et je sors de la maison.

En marchant jusqu'à l'arrêt du bus, je réalise que j'ai déjà raté tellement de cours dernièrement que je peux aussi bien rater le reste de la journée pour me chercher une voiture. Heureusement, le bus arrive quelques minutes plus tard et je trouve une place dans le fond. En me laissant tomber sur le siège, je repense à ce que Landon a dit au sujet des chagrins d'amour, que si on n'aime pas la personne, elle ne peut pas nous briser le cœur. Hardin n'arrête pas de me briser le cœur, même quand je crois qu'il n'y a plus rien à briser.

Et j'aime Hardin. Je l'aime.

∞

63

Le vendeur a l'air louche et sent le vieux mégot, mais je n'ai plus le temps de faire la difficile. Après une heure de négociations, je lui fais un chèque d'acompte et il me donne les clés d'une Corolla 2010 correcte. La peinture blanche est éraflée à plusieurs endroits, mais j'ai réussi à lui faire baisser suffisamment le prix pour laisser courir. J'appelle ma mère avant de sortir du garage pour lui annoncer la nouvelle et, bien entendu, elle me dit que j'aurais dû prendre une voiture plus grande et en énumère toutes les bonnes raisons. Je finis par faire semblant de n'avoir plus de réseau et éteins mon portable.

C'est une impression formidable de conduire sa propre voiture. Maintenant je n'ai plus à dépendre des transports en commun, je suis indépendante pour aller à mon stage. J'espère que le fait d'avoir coupé les ponts avec Hardin ne va pas changer la donne pour mon stage. Je ne crois pas que ce soit possible, mais si jamais il ne se contentait plus de me faire pleurer mais décidait de faire quelque chose pour me bousiller ? Je devrais peut-être parler à Ken pour essayer de lui expliquer qu'Hardin et moi ne sommes plus... ensemble ? Comme il croit que nous sortons ensemble, il faudrait que je trouve autre chose que « votre fils est la personne la plus cruelle au monde, il est néfaste pour moi, je ne veux donc plus avoir de contact avec lui ».

J'allume la radio, je monte le son, plus fort que d'habitude, et ça marche : ça annihile toutes mes pensées et je me concentre sur les paroles de toutes les chansons. Je refuse d'entendre que chacune d'entre elles me rappelle Hardin.

Avant de retourner au campus, je décide d'aller faire quelques emplettes. Il commence à faire plus froid, il me faut une parka et un ou deux jeans. Et puis, je commence à en avoir assez de porter mes jupes longues tout le temps. J'entre chez KMJ, je sais que j'y trouverai ce que j'aime maintenant. Je finis par acheter quelques nouvelles tenues pour aller travailler chez Vance, un t-shirt tout simple, une chemise à carreaux, une parka parfaite, une adorable robe en sweat et deux jeans. Ils sont plus étroits que d'habitude, mais ils me vont plutôt bien.

Steph n'est pas là quand je rentre, tant mieux. J'envisage vraiment de me renseigner pour changer de chambre. J'aime bien Steph, mais on ne peut pas continuer à cohabiter si Hardin est dans le coin. En fonction de ce que je vais gagner pendant mon stage, je pourrais peut-être prendre mon propre appartement à l'extérieur du campus. Ma mère va péter les plombs, mais elle n'a rien à dire.

Je plie mes nouveaux vêtements et je les range avant de prendre ma trousse de toilette et de me diriger vers les douches. Quand je reviens, Steph et Zed sont assis sur son lit devant l'ordinateur.

Super.

Elle lève des yeux endormis.

– Salut, Tessa. Est-ce qu'Hardin t'a retrouvée hier soir ?

Quand je fais oui de la tête, elle demande :

– Bon, alors vous vous êtes expliqués ?

– Non. Enfin, si, je suppose. C'est terminé.

Elle ouvre de grands yeux, elle avait probablement cru qu'il me remettrait le grappin dessus.

– Eh bien, c'est une bonne nouvelle, en ce qui me concerne.

Zed sourit et Steph lui donne une tape sur le bras. Son téléphone bipe, elle regarde l'écran.

– Tristan est arrivé, on y va. Ça te dit ?

– Non merci. Je vais rester ici. Au fait, je me suis trouvé une voiture aujourd'hui.

Elle pousse des cris aigus.

–C'est pas vrai? C'est génial! Il faudra que tu me la montres à mon retour.

Ils vont vers la porte. Steph sort, mais Zed traîne dans l'embrasure de la porte.

–Tessa?

Sa voix est douce comme du velours. Je lève les yeux, il me sourit.

–Tu as pensé à notre rencard?

Il me regarde droit dans les yeux.

–Je...

Je m'apprête à rejeter sa demande, mais pourquoi pas, après tout? Il est très beau et il a l'air sympa. Il n'a pas profité de la situation quand il aurait pu facilement le faire. Je sais qu'il serait d'une compagnie plus agréable qu'Hardin, et il n'aurait pas de mal, à vrai dire.

–Oui.

Je souris.

–Tu veux dire que tu acceptes mon invitation?

Son sourire s'élargit.

–Ouais, pourquoi pas?

–Ce soir?

–Ouais, ce soir, c'est bien.

Je ne crois pas que ce soir soit une bonne idée, vu le boulot que j'ai à rattraper, mais je suis toujours en avance même en ayant manqué plusieurs cours cette semaine.

–Génial, je serai là à sept heures, ça te va?

–Ok.

Il se mord la lèvre inférieure.

–À ce soir, Beauté.

En rougissant, je lui fais un petit signe de la main et il sort de la chambre.

Il est quatre heures, il me reste donc trois heures. Je me fais un brushing en bouclant les pointes de mes cheveux, et à ma grande surprise, c'est très réussi. Je me maquille légèrement et enfile une de mes nouvelles tenues, un jean foncé avec un débardeur blanc et un long pull beige. Je me regarde dans la glace, ça me rend nerveuse. *Je devrais peut-être mettre autre chose?* Je change pour un débardeur bleu et la chemise écossaise. Je n'y crois pas, j'ai un rencard avec Zed.

De toute ma vie, je n'ai eu qu'un petit ami et, maintenant, j'ai un rencard avec Zed après tout ce bazar avec Hardin. Peut-être que les mecs avec des tatouages et des piercings sont devenus mon genre ?

Je sors mon vieil exemplaire d'*Orgueil et préjugés* et, pour passer le temps, je me mets à lire. Mais je n'arrive pas à me concentrer et le souvenir de Noah continue de me tracasser. Est-ce que je ne devrais pas l'appeler ? Je prends mon portable et fais dérouler la liste de mes contacts jusqu'à ce que son nom apparaisse. Je regarde l'écran fixement et ma raison reprend le dessus. Je balance mon téléphone sur mon lit.

Je n'ai pas vu le temps passer quand tout à coup on frappe à la porte. Je sais que ça ne peut être que Zed, parce qu'Hardin ne frapperait pas. Il entrerait en trombe et balancerait toutes mes affaires à travers la chambre.

Quand j'ouvre la porte, je reste interdite. Zed porte un jean noir serré, des baskets blanches et un blouson en jean sans manches sur un T-shirt blanc. Il est trop sexy.

– Tu es très belle, Tessa, dit-il en me tendant une fleur.

Une fleur ? Je suis surprise et en même temps flattée de cette attention.

– Merci.

Je respire le parfum du lis blanc.

– Tu es prête ? me demande-t-il poliment.

– Oui, où est-ce que tu m'emmènes ?

– J'ai pensé que nous pourrions aller dîner puis au cinéma, quelque chose de simple, pas de stress.

Il est radieux. Je tends la main vers la poignée de la portière côté passager, mais il m'arrête.

– Permettez-moi, dit-il avec une pointe d'humour.

– Oh. Merci.

Je suis toujours nerveuse, mais Zed est si gentil que je commence à me détendre. Une fois dans la voiture, il n'allume pas la radio et nous bavardons, il me pose des questions sur ma famille et mes projets d'avenir. Il me dit qu'il est à WCU pour se spécialiser en sciences environnementales, ce qui m'étonne et m'intrigue.

Nous arrivons dans un restaurant décontracté, genre café, et nous

nous asseyons à une table sur la terrasse. Après avoir passé notre commande, nous continuons à bavarder en attendant qu'on nous serve. Zed mange tout ce qu'il y a dans son assiette, puis commence à piquer des frites dans la mienne. Je lève ma fourchette d'un geste menaçant.

– Si tu me fauches encore une frite, je te tue.

Il me regarde d'un air faussement innocent et rit en passant la langue entre ses dents. Je ris pendant ce qui me semble une éternité, ça fait du bien.

– Tu as un rire adorable, me dit-il.

Nous finissons par aller voir un film assez nul qui ne nous fait rire ni l'un ni l'autre. Mais ce n'est pas grave, parce qu'on s'amuse à faire des plaisanteries pendant la séance et, vers la fin, il pose sa main sur la mienne. Ce n'est pas désagréable. Mais ce n'est pas pareil qu'avec Hardin. Je réalise tout à coup que je viens de passer plusieurs heures sans penser à lui, ce qui me change agréablement de d'habitude où, vingt-quatre heures sur vingt-quatre, il me prend la tête.

Quand Zed me ramène sur le campus, il est presque onze heures. Je suis contente qu'on soit mercredi, plus que deux jours avant le week-end, je vais pouvoir rattraper le sommeil en retard.

Il sort de la voiture et vient vers moi tandis que j'ajuste mon sac sur ma hanche.

– J'ai passé une très agréable soirée, merci d'avoir accepté de sortir avec moi.

– J'ai passé une bonne soirée, moi aussi.

Je souris.

– Je pensais... tu te souviens l'autre jour, tu m'as demandé si j'allais au feu de camp ? Ça t'embête si je viens avec toi ?

– Pas du tout, ce serait sympa. Mais je serai avec Landon et sa copine.

Je ne crois pas qu'il faisait partie du groupe qui se moquait de Landon, mais je préfère m'assurer qu'il connaît mon désaccord sur le sujet.

– Pas de problème, il a l'air sympa.

– C'est d'accord, alors. On se retrouve sur place ?

Il n'est pas question que je l'emmène dîner chez Landon.

– D'accord. Encore merci pour ce soir.

Il avance vers moi.

Est-ce qu'il va m'embrasser? Je commence à paniquer. Mais il prend ma main dans la sienne et la porte à ses lèvres. Il pose un seul baiser sur le dos de ma main, ses lèvres sont douces sur ma peau et son geste est très délicat.

–Bonne nuit, Tessa, dit-il en regagnant sa voiture.

Je respire profondément, soulagée qu'il n'ait pas essayé de m'embrasser. Il est mignon et il a prouvé qu'il embrassait bien quand on a joué à Défi ou Vérité, mais là, ça ne me semblait pas être le bon moment.

Le lendemain matin Landon m'attend à la cafétéria. Je lui raconte pour Zed, mais la première chose qu'il demande c'est:

–Est-ce qu'Hardin est au courant?

–Non, je ne vois pas pourquoi il devrait l'être. Ça ne le regarde pas.

Je me rends compte que j'ai répondu un peu sèchement, alors j'ajoute:

–Excuse-moi, c'est un sujet un peu sensible.

–Je vois ça. Mais fais attention.

C'est gentil de sa part de me prévenir et je lui promets de le faire.

Le reste de la journée passe à toute vitesse, Landon ne me reparle ni d'Hardin ni de Zed. Finalement arrive l'heure du cours de littérature, et je retiens mon souffle en entrant dans la salle avec Landon. Hardin est assis à sa place habituelle. Ma poitrine se serre en le voyant. Il me jette un regard mais se retourne tout de suite. Puis, quand je m'assieds, il me demande:

–Alors comme ça, tu es sortie avec Zed hier soir?

–Je ne vois pas en quoi ça te regarde.

Il se tourne sur son siège et approche son visage du mien.

–Les nouvelles vont vite dans notre bande, Tessa, ne l'oublie jamais.

Est-ce qu'il me menace de raconter à ses copains tout ce que nous avons fait tous les deux?

Cette idée me met hors de moi. Je lui tourne le dos et me concentre sur le professeur, qui se racle la gorge avant de commencer.

–Ok, tout le monde, reprenons là où nous nous sommes arrêtés la dernière fois dans notre commentaire des *Hauts de Hurlevent.*

Mon estomac se noue. Nous n'étions pas censés étudier *Les Hauts de Hurlevent* avant la semaine prochaine. Voilà ce que je gagne à manquer les cours. Je sens le regard d'Hardin sur moi. Peut-être que, comme moi, il se souvient de cette première fois, dans sa chambre, où il m'a trouvée en train de lire son exemplaire du roman.

Le professeur passe devant nous, les mains derrière le dos.

– Donc, comme nous l'avons vu, Catherine et Heathcliff ont une relation très passionnelle, leur passion est d'une telle force qu'elle emporte dans son sillage la vie de pratiquement tous les autres personnages du roman. Certains pensent qu'ils se détruisent l'un l'autre, et d'autres pensent qu'ils devraient se marier au lieu de combattre leur amour depuis le début.

Il marque une pause et regarde l'assemblée.

– Alors, qu'en pensez-vous ?

Habituellement, j'aurais immédiatement levé la main, fière d'étaler ma connaissance approfondie des textes classiques, mais celui-ci me touche de trop près.

Une voix répond du fond de la salle.

– Je crois qu'ils sont néfastes l'un pour l'autre, ils se battent constamment et Catherine refuse d'admettre son amour pour Heathcliff. Elle épouse Edgar alors qu'elle sait pertinemment depuis le début qu'elle aime Heathcliff. S'ils s'étaient mariés au début, ils auraient évité beaucoup de souffrance à tout le monde.

Hardin me regarde et je sens le rouge me monter aux joues.

– Je pense que Catherine est une garce égoïste et prétentieuse, dit-il.

Des cris étouffés fusent de toutes parts et le professeur fusille Hardin du regard. Mais il continue.

– Désolé, mais elle se croit trop bien pour Heathcliff, et elle a peut-être raison. Pourtant elle sait qu'Edgar ne sera jamais à la hauteur d'Heathcliff et elle l'épouse quand même. Catherine et Heathcliff sont simplement trop semblables, c'est pour cela qu'ils ont du mal à s'entendre, mais si Catherine n'était pas si butée, ils pourraient vivre heureux ensemble très longtemps.

Je me sens idiote parce que, moi aussi, je commence à nous comparer, Hardin et moi, aux personnages du roman. La différence, c'est qu'Heathcliff aime follement Catherine, tellement qu'il ne fait rien quand elle en épouse un autre et qu'il finit par en épouser une autre, lui aussi. Hardin ne m'aime pas de cette façon, il ne m'aime pas du tout, alors il n'a aucun droit de se comparer à Heathcliff.

Toute la classe semble me regarder et attendre que je réagisse. Ils espèrent probablement que nous allons nous disputer comme la dernière fois, mais je ne dis rien. Je sais qu'Hardin essaie de m'attirer dans un piège et je n'y tomberai pas.

∞

64

À la fin du cours, je salue Landon et vais directement voir le professeur pour m'excuser de mes absences. Il me félicite pour mon stage et m'explique qu'il a un peu modifié le planning. Je m'arrange pour faire durer notre conversation jusqu'à ce qu'Hardin sorte de la salle.

Toute seule dans ma chambre, j'étale toutes mes notes et mes bouquins sur mon lit. J'essaie de me concentrer sur mon travail, mais je suis sur les nerfs. Je m'attends tout le temps à voir arriver Steph ou Hardin ou une des nombreuses personnes qui vont et viennent dans cette chambre. Alors, je rassemble tout mon matériel dans mon sac et je me dirige vers ma voiture. Je vais chercher un endroit pour travailler à l'extérieur du campus, peut-être une cafétéria. Sur le trajet vers le centre-ville, je repère une petite bibliothèque au coin d'une rue animée. Il n'y a que quelques voitures sur le parking, je décide donc de me garer. Je vais tout au fond de la bibliothèque, m'assieds près de la fenêtre et sors toutes mes affaires pour me mettre au travail. C'est la première fois que je peux étudier tranquillement sans être distraite. Cet endroit va devenir mon sanctuaire, l'endroit rêvé pour étudier.

– Nous fermons dans cinq minutes, Mademoiselle, vient me dire un bibliothécaire d'un certain âge.

Ils ferment? Je regarde par la fenêtre et je m'aperçois qu'il fait nuit.

Je n'ai même pas remarqué que le soleil déclinait. J'étais tellement absorbée par mes livres, les heures ont passé sans que je m'en rende compte. Décidément, il faudra que je vienne ici plus souvent.

– Ah ? D'accord. Merci.

Je remballe mes affaires. En regardant mon portable, je vois que j'ai un texto de Zed.

JE VOULAIS JUSTE TE DIRE BONNE NUIT. J'AI HÂTE D'ÊTRE À VENDREDI.

Il est vraiment gentil. Alors je réponds :

C'EST TRÈS GENTIL, MERCI. MOI AUSSI JE SUIS IMPATIENTE D'Y ÊTRE.

Quand je reviens à la chambre, Steph n'est pas rentrée, je me mets vite en pyjama et j'ouvre *Les Hauts de Hurlevent.* Je ne tarde pas à m'endormir en rêvant à Heathcliff sur la lande.

Quand je me réveille le vendredi, un texto de Landon me dit qu'il ne sera pas sur le campus de la journée parce que Dakota arrive plus tôt que prévu. L'idée de sécher le cours de littérature me traverse brièvement l'esprit, mais je n'y cède pas. Je ne vais pas laisser Hardin me pourrir la vie.

Je passe un peu plus de temps à me préparer aujourd'hui et me tresse les cheveux. Il devrait faire chaud, alors je passe un sweat-shirt et un jean. Avant les cours, je passe à la cafétéria, je repère Logan devant moi dans la file, qui se retourne avant que j'aie le temps de m'éclipser en douce.

– Salut Tessa.

– Salut Logan. Ça va ?

– Ça va. Tu viens ce soir ?

– Au feu de camp ?

– Non, à la fête. Le feu de camp, ça va être nul, comme toujours.

– Ah ? Eh bien moi, je vais au feu de camp.

Je ris avec légèreté et il ricane.

– Si jamais tu t'ennuies, tu pourras toujours venir faire un saut, dit-il en prenant son café.

Je le remercie tandis qu'il s'éloigne. Je suis soulagée que la bande d'Hardin ne soit pas intéressée par le feu de camp, ça m'évitera de tomber sur eux ce soir.

Quand vient l'heure du cours de littérature, je vais droit à ma place sans un regard en direction d'Hardin. Le débat sur *Les Hauts de Hurlevent* se poursuit, mais Hardin garde le silence. Dès la fin du cours, je ramasse mes affaires et je me précipite vers la sortie.

– Tessa !

Hardin m'appelle, mais j'accélère l'allure. Sans Landon à mes côtés, je me sens plus vulnérable. Quand j'arrive sur le trottoir, je sens qu'on me touche le bras. Le picotement sur ma peau me dit que c'est lui.

– Quoi ?

Il recule d'un pas et me tend un carnet.

– Tu as perdu ça.

Le soulagement et la déception se le disputent en moi. Je voudrais que cette douleur dans ma poitrine s'en aille. Au lieu de diminuer, elle semble grandir de jour en jour. Je n'aurais pas dû m'avouer à moi-même que je l'aime. Si j'avais refusé de regarder la vérité en face, cela m'aurait fait peut-être moins mal.

– Ah ! Merci.

Je lui prends le carnet des mains en grommelant. Nos regards se croisent, nous nous regardons quelques secondes sans rien dire quand je me rappelle soudain que nous sommes au beau milieu d'un trottoir bondé, et je jette un regard aux gens qui passent autour de nous. Hardin secoue la tête et repousse sa mèche en arrière avant de tourner les talons et de s'éloigner.

Je prends ma voiture et vais directement chez Landon. Normalement, je ne devais pas y aller avant cinq heures et il n'est que trois heures, mais je n'ai pas envie d'attendre toute seule dans ma chambre. Je ne tourne vraiment pas rond depuis qu'Hardin est entré dans ma vie.

Karen m'ouvre la porte avec un grand sourire et me fait entrer.

– Je suis toute seule, Dakota et Landon sont allés faire quelques courses pour moi, dit-elle en me faisant entrer dans la cuisine.

– Ça ne fait rien. Excusez-moi d'arriver si tôt.

– Ce n'est pas grave. Tu vas m'aider à faire la cuisine !

Elle me tend une planche à découper et me voilà en train de couper des oignons et des pommes de terre pendant que nous parlons du temps et de l'hiver qui approche.

– Tessa, tu es toujours partante pour m'aider à remettre la serre en marche ? La température est contrôlée, on n'a donc pas à s'en faire pour l'hiver.

– Bien sûr. Ça me plairait beaucoup.

– Super, demain ça t'irait ? Le week-end prochain, je vais être un peu *occupée*, plaisante-t-elle.

Son mariage. J'avais presque oublié. J'essaie de lui sourire.

– Oui, j'imagine.

Je regrette de n'avoir pas réussi à décider Hardin à y aller, mais c'était impossible avant, et maintenant c'est encore pire. Karen met le poulet dans le four et prépare les assiettes et l'argenterie pour que nous puissions dresser la table.

– Est-ce qu'Hardin vient dîner ce soir ? demande-t-elle quand nous commençons à mettre la table.

Il est évident qu'elle essaie d'avoir l'air détaché, mais je sens que la question est sensible.

– Non, il ne viendra pas.

Je baisse les yeux.

Elle s'arrête.

– Ça va, vous deux ? Je ne voudrais pas être indiscrète.

– Ça ne fait rien.

Je peux aussi bien tout lui dire.

– Non, je ne pense pas que ça aille.

– Oh ! ma chérie, je suis désolée d'entendre ça. Vous sembliez aller très bien ensemble, tous les deux. Mais je sais que ce n'est pas facile d'être avec quelqu'un qui a peur de montrer ses sentiments.

Le tour que prend la conversation me met mal à l'aise. Je ne pourrais pas parler avec ma mère de ce genre de choses, mais il y a chez Karen une disponibilité qui me rend les choses plus faciles.

– Que voulez-vous dire ?

– Eh bien, je ne connais pas Hardin autant que je le souhaiterais, mais je sais qu'il est renfermé et qu'il cache ses émotions. Ken restait souvent éveillé la nuit à s'inquiéter à son sujet. Il a toujours été un enfant mal dans sa peau. Il ne voulait même pas dire à sa mère qu'il l'aimait.

Elle a les yeux brillants.

– Quoi ?

– Il refusait de le dire. Je ne sais pas pourquoi. Ken ne se rappelle pas qu'il ait jamais dit à l'un d'entre eux qu'il l'aimait. C'est vraiment triste. Pas seulement pour Ken, mais pour Hardin aussi.

Elle se tamponne les yeux. Pour quelqu'un qui refuse de dire à quiconque qu'il les aime, même à ses propres parents, on peut dire qu'il n'a pas perdu de temps pour utiliser ces mots contre moi d'une façon vraiment horrible.

– Il est... il est très difficile à comprendre.

C'est tout ce que je trouve à dire.

– Oh oui, ça c'est sûr. Mais, Tessa, j'espère que tu continueras à venir ici même si vous ne réussissez pas à vous rabibocher.

– Bien sûr.

Sans doute sensible à mon humeur, Karen change de conversation. Nous parlons de la serre en attendant que le repas soit prêt, puis nous posons tout sur la table. Au milieu d'une phrase, Karen s'arrête de parler et affiche un large sourire. Je me retourne et vois Landon entrer dans la cuisine, suivi d'une très jolie fille aux cheveux bouclés. Je savais d'avance qu'elle serait superbe, mais elle l'est encore plus que ce que j'avais imaginé.

– Salut, tu dois être Tessa, dit-elle avant que Landon ait eu le temps de nous présenter.

Elle vient directement vers moi pour m'embrasser, instantanément elle me plaît.

– Dakota, j'ai tellement entendu parler de toi, je suis contente de te rencontrer enfin.

Elle me sourit. Landon la suit des yeux tandis qu'elle passe devant moi pour aller embrasser Karen et s'asseoir devant le plan de travail.

– On a doublé Ken en venant. Il allait prendre de l'essence, il ne devrait pas tarder, dit Landon à sa mère.

– Super, nous avons mis la table Tessa et moi.

Landon s'avance vers Dakota, la prend par la taille et la conduit jusqu'à la table. Je m'assieds en face d'eux et regarde la place vide à côté de moi. Karen a mis un couvert pour des raisons de « symétrie », mais ça me rend un peu triste. Dans une autre vie, Hardin serait assis à côté de moi en me tenant la main comme Landon le fait avec Dakota et je pourrais m'appuyer contre lui sans avoir peur d'être rejetée. J'en viens presque à regretter de ne pas avoir invité Zed, bien que cela eût été extrêmement gênant. Mais dîner en compagnie de deux couples profondément amoureux peut s'avérer encore pire.

Ken entre, ce qui me tire de mes pensées. Il s'avance vers Karen et l'embrasse sur la joue avant de s'asseoir.

– C'est très appétissant, chérie, dit-il en posant une serviette sur ses genoux. Dakota, tu es plus belle chaque fois que je te vois.

Il lui sourit, puis se tourne vers moi.

– Tessa, toutes mes félicitations pour ton stage chez Vance. Christian m'a appelé pour m'en parler. Tu lui as fait excellente impression.

– C'est moi qui vous remercie de l'avoir appelé. C'est vraiment une opportunité incroyable.

Je souris et nous nous taisons pour entamer le délicieux poulet que Karen a cuisiné.

– Désolé d'être en retard.

Je lâche ma fourchette qui retombe bruyamment dans mon assiette.

– Hardin ! Je ne t'attendais pas.

Karen me regarde, je détourne les yeux. Mon pouls commence à s'accélérer.

– Ah bon ? On en a parlé la semaine dernière, Tessa, tu te souviens ?

Il me lance un sourire menaçant en s'asseyant à côté de moi.

Qu'est-ce qui ne tourne pas rond chez lui ? Pourquoi ne peut-il pas me foutre la paix tout simplement ? Je sais que c'est en partie de ma faute, je n'aurais pas dû le laisser se servir de moi, mais apparemment, il prend un malin plaisir à ce jeu du chat et de la souris. Tous les yeux sont braqués sur moi, alors je hoche la tête et ramasse ma fourchette. Dakota se demande ce qui se passe et Landon a l'air inquiet.

– Tu dois être Delilah.

– Euh, Dakota, en fait.

– Ouais, Dakota, c'est la même chose.

Je lui donne un coup de pied sous la table. Landon lui lance un regard assassin, mais Hardin ne semble pas y faire attention. Ken et Karen se mettent à parler entre eux tout comme Dakota et Landon. Je garde le nez dans mon assiette tout en réfléchissant à une stratégie de fuite.

– Alors, tu passes une bonne soirée ? me demande Hardin d'un ton détaché.

Il sait bien que je ne vais pas faire une scène, alors il en profite pour me provoquer.

– Très bonne.

– Tu ne me demandes pas si moi, je passe une bonne soirée ?

– Non.

Je continue de manger.

– Tessa, c'est ta voiture, là dehors ? me demande Ken, et j'acquiesce.

– Eh oui, j'ai enfin ma voiture à moi.

J'en rajoute un peu dans l'espoir que tout le monde va apporter son grain de sel, comme ça je ne serai plus obligée de parler en tête à tête avec Hardin. Il hausse les sourcils.

– Depuis quand ?

– L'autre jour.

Tu sais bien, le jour où tu m'as dit qu'il n'était question que de tableau de chasse.

– Ah. Tu l'as trouvée où?

– Chez un vendeur de voitures d'occasion.

Je vois que Dakota et Landon essaient tous les deux de masquer leur sourire. Je profite de cette occasion pour détourner l'attention de moi.

– Alors, Dakota, Landon m'a dit que tu envisageais d'aller à New York dans une école de danse ?

Elle nous parle de son projet de partir pour New York, et Landon a l'air sincèrement heureux pour elle malgré la distance qui va les séparer. Quand elle se tait, Landon regarde son portable.

– Hé, il va falloir qu'on y aille. Le feu de camp n'attendra pas.

– Déjà ? dit Karen. Bon, mais emportez au moins du dessert, alors.

Landon accepte et l'aide à remplir un Tupperware.

– Tu montes avec moi ? dit Hardin.

Je regarde autour de moi, comme si je me demandais à qui il s'adresse.

– C'est à toi que je parle.

– Quoi ? Mais tu n'y vas pas.

– Si, j'y vais. Et tu ne peux pas m'en empêcher, alors autant monter avec moi.

Il sourit en essayant de poser une main sur ma cuisse.

– Qu'est-ce qui ne tourne pas rond chez toi ?

– Est-ce qu'on peut aller parler dehors ?

Il regarde son père en me disant ça.

– Non.

Chaque fois que nous « parlons » lui et moi, je finis par pleurer. Mais il se lève brusquement et me tire par la main pour me faire lever.

– On vous attend dehors.

Il me fait traverser le salon et m'entraîne à l'extérieur. Une fois sortis, je dégage vivement mon bras.

– Ne me touche pas !

Il hausse les épaules.

– Excuse-moi, mais tu n'avançais pas.

– Parce que je ne *voulais* pas venir.

– Je suis désolé, pour tout, ok ?

Il joue avec le piercing de sa lèvre et j'évite de regarder sa bouche. Je suis scotchée par la façon dont ses yeux scrutent mon visage.

– Tu es *désolé* ? Tu n'es pas désolé le moins du monde, Hardin, tu veux juste t'amuser avec moi. Maintenant ça suffit. Je suis épuisée. Je suis vidée à force de me battre avec toi tout le temps. Je n'en peux plus. Il n'y a pas quelqu'un d'autre que tu peux faire marcher ? Bon sang ! Je serais même prête à t'aider à trouver quelqu'un, une pauvre fille innocente que tu pourrais torturer, du moment que ce ne serait pas moi.

– Ce n'est pas ça. Je sais que je change souvent d'attitude avec toi, et je ne sais pas pourquoi je fais ça. Mais si tu me laisses encore une chance, une dernière chance, j'arrêterai. J'ai essayé de t'éviter, mais je n'y arrive pas. J'ai besoin de toi...

Il baisse les yeux vers la terrasse, frottant les pointes de ses boots l'une contre l'autre. L'aplomb avec lequel il me parle m'aide à contenir mes larmes, pour une fois. Elles ont assez flatté son ego comme ça.

– Arrête ! Arrête ça tout de suite ! Tu n'en as pas marre de ça ? Si tu avais vraiment besoin de moi, tu ne me traiterais pas comme tu le fais. Tu m'as dit toi-même qu'il ne s'agissait que de ton tableau de chasse, tu te souviens ? Tu ne peux pas te pointer devant moi comme ça et faire comme si de rien n'était.

– Je ne le pensais pas et tu le sais bien.

– Donc tu reconnais avoir dit ça uniquement pour me faire de la peine.

Je le fusille du regard en m'efforçant de ne pas faiblir.

– Ouais...

Il baisse les yeux. Je n'arrive pas à le suivre. D'abord, il dit qu'il veut que les choses aillent plus loin entre nous, puis il embrasse Molly, puis il me dit qu'il m'aime pour aussitôt retirer ce qu'il a dit, et maintenant il recommence à s'excuser ?

– Pourquoi est-ce que je devrais te pardonner ? Tu viens juste de reconnaître que tu agis uniquement pour me faire de la peine.

– Une dernière chance ? S'il te plaît, Tess. Je te dirai tout.

Je suis à deux doigts de croire à la tristesse de ses yeux quand il les baisse vers moi.

– Je ne peux pas. Il faut que j'y aille.

– Pourquoi est-ce que je ne peux pas venir avec toi ?

– Parce que... parce que j'ai rendez-vous avec Zed là-bas.

Je vois son visage changer d'expression, il semble s'effondrer, là devant moi. Je dois faire un effort considérable sur moi-même pour ne pas le consoler. Mais Hardin l'a bien cherché. Même si, en fin de compte, ça lui fait vraiment quelque chose, il est trop tard.

– Zed ? Alors vous... quoi... vous sortez ensemble tous les deux ?

Il a l'air dégoûté.

– Non, nous n'avons même pas parlé de ça. Nous... je ne sais pas, nous passons du temps ensemble, c'est tout.

– Vous n'en avez pas parlé ? Alors s'il te le demandait, tu *dirais oui* ?

– Je ne sais pas...

Et c'est la vérité.

– Il est gentil et poli, et correct avec moi.

Pourquoi est-ce que j'essaie de me justifier auprès de ce mec ?

– Tessa, tu ne le connais même pas, tu ne sais pas...

La porte d'entrée s'ouvre brusquement et un Landon exubérant m'appelle.

– Prête ?

Ses yeux se posent sur Hardin qui, pour une fois, semble vulnérable et même... abattu.

Je m'oblige à marcher jusqu'à ma voiture et je suis Landon qui sort de la pente du garage. C'est plus fort que moi, je regarde dans le rétroviseur, Hardin est toujours sous le porche et me regarde partir.

∞

65

Je gare ma voiture à côté de celle de Landon et envoie un texto à Zed pour le prévenir que je viens d'arriver. Il me répond immédiatement pour me dire de le retrouver dans le coin gauche du terrain. J'explique à Landon et Dakota où il est.

– Cela semble bien, dit-il, mais il n'a pas l'air très enthousiaste.

– Qui est Zed ? demande Dakota.

– C'est un... copain.

Il n'est rien de plus qu'un copain.

– Hardin c'est ton petit ami, non ?

Je la regarde. Elle ne semble pas sous-entendre autre chose, elle a juste l'air un peu perdue. *Bienvenue au club.*

– Non, Bébé, dit Landon en riant. Ni l'un ni l'autre ne l'est.

Je ris aussi.

– Ce n'est pas aussi grave qu'on pourrait le croire.

Dès que nous rejoignons la foule des spectateurs, l'orchestre de l'école commence à jouer et le terrain se remplit de plus en plus. Ouf ! J'aperçois Zed appuyé contre la barrière. Je le montre du doigt et nous nous dirigeons vers lui.

– Oh !

Je ne saurais dire si Dakota est étonnée par ses tatouages et ses piercings, ou par sa beauté. Peut-être les deux.

– Salut, Beauté, dit Zed avec un large sourire.

Il me prend dans ses bras. Je lui retourne son sourire et son embrassade.

– Salut, moi c'est Zed. C'est sympa de vous rencontrer tous les deux.

Il fait un signe de tête en direction de Landon et Dakota. Je sais qu'il connaît déjà Landon, peut-être qu'il essaie juste d'être poli.

– Il y a longtemps que tu es là ?

– Une dizaine de minutes environ. Il y a beaucoup plus de monde que je le pensais.

Landon avance vers un endroit moins bondé près de l'énorme tas de bois, et nous nous asseyons dans l'herbe. Dakota s'assied entre les jambes de Landon et s'adosse contre sa poitrine. Le soleil descend et une brise se lève. J'aurais dû mettre un pull.

– Tu es déjà venu à un de ces feux de camp ?

Zed secoue la tête.

– Non, ce n'est pas trop mon truc, dit-il en riant avant d'ajouter : Mais je suis content d'être là ce soir.

Je souris pour le remercier de son compliment au moment où quelqu'un monte sur l'estrade centrale et nous accueille au nom de l'école et de l'orchestre. Après quelques minutes de discours, ils commencent le compte à rebours pour allumer le feu, et trois, deux, un... le feu démarre et embrase le tas de bois. C'est réellement magnifique d'être si près des flammes et je comprends que je ne vais pas avoir froid, en fin de compte.

– Tu restes combien de temps ? demande Zed à Dakota.

Elle fronce les sourcils.

– Seulement le week-end. J'aimerais pouvoir revenir le week-end prochain pour le mariage.

– Quel mariage ?

Je regarde Landon, qui répond :

– Celui de ma mère.

– Ah...

Il baisse les yeux comme s'il pensait à quelque chose.

– Quoi ?

– Rien. J'essaie juste de me rappeler qui d'autre m'a parlé d'un mariage la semaine prochaine... Ah ouais, Hardin, je crois. Il nous a demandé comment il devait s'habiller pour aller à un mariage.

Mon cœur s'arrête de battre. J'espère que ça ne se voit pas sur mon visage. Donc, il est clair qu'Hardin n'a toujours pas dit à ses copains que son père était le président de l'université ni qu'il s'apprêtait à épouser la mère de Landon.

– C'est marrant comme coïncidence, non ?

– Non, ils sont...

J'interromps Dakota.

– En effet. En même temps, dans une ville de cette taille, il y en a probablement plusieurs chaque semaine.

Zed acquiesce d'un signe de tête et Landon chuchote quelque chose à l'oreille de Dakota. *Hardin envisage-t-il vraiment d'aller au mariage ?* Zed rigole.

– En tout cas, j'ai du mal à imaginer Hardin dans un mariage.

– Pourquoi ?

J'ai parlé plus sèchement que je n'aurais voulu.

– Je ne sais pas. Parce que c'est Hardin. La seule chose qui pourrait le décider à aller à un mariage serait d'être sûr de pouvoir coucher avec les demoiselles d'honneur. Toutes les demoiselles d'honneur.

Il a l'air très satisfait de sa remarque.

– Je croyais que vous étiez potes, Hardin et toi ?

– C'est le cas. Je ne dis pas de mal de lui – c'est juste qu'il est comme ça. Il couche avec une fille différente chaque week-end, et quelquefois avec plusieurs.

Mon sang bat dans mes oreilles et un feu me brûle la peau. Je me lève sans réfléchir.

– Où tu vas ? Ça ne va pas ? demande Zed.

– Non, ça va... j'ai juste besoin d'air. D'air frais.

Je sais que ça a l'air idiot, mais tant pis.

– Je reviens tout de suite. J'en ai pour une seconde.

Je m'éloigne rapidement sans leur donner le temps de me suivre. *Qu'est-ce qui ne va pas chez moi ?* Zed est adorable, il m'aime bien, il aime être avec moi et pourtant il suffit que le nom d'Hardin soit mentionné pour que je me mette à penser à lui. Je fais un petit tour au milieu des stands et je prends quelques profondes inspirations avant d'aller les rejoindre.

– Désolée, j'avais juste... trop chaud.

Je me rassieds. Zed a son portable à la main mais détourne l'écran de moi en le remettant dans sa poche. Il me dit qu'il n'y a pas de problème et nous bavardons de tout et de rien avec Landon et Dakota pendant une heure.

– Je me sens un peu fatiguée, je me suis levée tôt pour prendre l'avion, dit Dakota à Landon.

– Ouais, moi aussi je suis fatigué. On va y aller.

Landon se lève et aide Dakota à se mettre debout.

– Tu veux rentrer aussi ? me demande Zed.

– Non, ça va. À moins que tu veuilles y aller.

Il secoue la tête.

– Tout va bien.

Nous disons bonsoir à Landon et Dakota et les regardons se fondre dans la foule.

– C'est quoi l'origine de ce feu de camp, au juste ?

Je ne suis pas sûre que Zed le sache vraiment.

– Je crois que c'est pour célébrer la fin de la saison de football. Ou le milieu, ou quelque chose comme ça... ?

Je regarde autour de moi et remarque pour la première fois qu'un tas de gens portent des maillots.

– Ah... en effet, je vois ça maintenant.

Je rigole.

– Ouais.

Soudain, il plisse les yeux.

– Ce n'est pas Hardin là-bas?

Je tourne la tête dans la direction de son regard. En effet, c'est bien Hardin qui vient vers nous accompagné d'une petite brune en jupe. Je me rapproche de Zed. C'est exactement pour ça que je ne l'ai pas écouté tout à l'heure sous le porche : il a déjà trouvé une fille à amener ici, rien que pour m'embêter.

– Salut Zed, dit la fille d'une voix aiguë.

– Salut Emma.

Zed me prend par les épaules. Hardin lui jette un regard assassin mais s'assied à côté de nous. Je sais que je suis impolie en ne me présentant pas à cette fille, mais c'est plus fort que moi, je ne l'aime pas.

– Comment ça se passe ? demande Hardin.

– Chaud. Et presque fini, je pense, répond Zed.

La tension entre eux est palpable. Et je ne vois pas pour quelle raison. Hardin a bien fait comprendre à ses potes qu'il n'en a rien à faire de moi.

– On peut manger, ici ? demande la fille de sa voix agaçante.

– Ouais, il y a une buvette.

– Hardin, viens, on va chercher quelque chose à manger.

Il soupire mais se lève.

– Rapporte-moi un bretzel, ok ? crie Zed avec un sourire, et Hardin serre les dents.

Qu'est-ce qui leur prend ? Dès qu'Hardin et Emma ont disparu, je me tourne vers Zed.

– Hé, on peut y aller ? Je n'ai pas vraiment envie de traîner avec Hardin. On se déteste plus ou moins lui et moi, au cas où tu l'aurais oublié.

J'essaie de rire avec légèreté, mais ce n'est pas très réussi.

– Ouais, d'accord, d'accord.

On se lève tous les deux et il me prend par la main. Nous marchons main dans la main et je me surprends à chercher Hardin des yeux en espérant qu'il ne le verra pas.

– Tu veux aller à la fête ? me demande Zed quand nous arrivons au parking.

– Non, vraiment pas. C'est bien le *dernier* endroit où j'ai envie d'aller.

– Ok, on pourra aller se balader un autre...

– Non, je veux bien traîner avec toi. Mais je ne veux pas rester ici ni aller à la fraternité.

Nos yeux se croisent et il a l'air surpris.

– Ok... on peut aller chez moi ? Si tu es d'accord, sinon, on peut aller ailleurs ? En fait je ne sais pas très bien où on peut aller dans cette ville.

Il rit et je ris avec lui.

– Chez toi, c'est bien. Je te suis.

Pendant le trajet, je ne peux pas m'empêcher d'imaginer la tête d'Hardin quand il va revenir et constater que nous sommes partis. Après tout, c'est lui qui a amené une fille là-bas, alors il n'a aucun droit d'être contrarié, mais cette idée ne suffit pas à dénouer mon estomac.

L'appartement de Zed est juste à l'extérieur du campus. Il est petit mais propre et bien rangé. Zed me propose un verre, mais je refuse, j'ai l'intention de rentrer en voiture ce soir. Je me laisse tomber sur le canapé et il me tend la télécommande avant de retourner dans la cuisine pour se préparer un verre.

– Je te laisse choisir, je ne connais pas tes goûts.

– Tu vis seul ?

Il hoche la tête. Ça me fait un peu bizarre quand il s'installe à côté de moi et me passe le bras autour de la taille, mais je cache ma nervosité derrière un sourire. Le portable de Zed se met à vibrer dans sa poche et il se lève pour répondre. Il lève un doigt pour me dire qu'il revient et retourne dans le coin cuisine.

– On est partis... Et alors... Normal... Dommage.

Les bribes de conversation que je capte n'ont pas de sens pour moi, à part « on est partis ». *Est-ce que c'est Hardin au téléphone?* Je me lève pour rejoindre Zed dans la cuisine au moment où il raccroche.

– C'était qui ?

– Personne d'important.

Il me raccompagne vers le canapé.

– Je suis vraiment content qu'on fasse connaissance toi et moi, tu es différente des autres filles d'ici.

– Moi aussi, je suis contente. Tu la connais, Emma ?

Je n'ai pas pu m'empêcher de poser la question.

– Ouais, c'est la petite amie de la cousine de Nate.

– La petite amie ?

– Ouais, ça fait un moment qu'elles sont ensemble. Emma est très sympa.

Alors Hardin n'était pas venu avec elle, pas dans ce sens-là du moins. C'était peut-être vraiment pour me parler, une fois de plus, et non pour me faire marcher avec une autre fille.

Je regarde Zed juste au moment où il se penche vers moi pour m'embrasser. Ses lèvres sont fraîches d'avoir bu, elles ont un goût de vodka. Ses mains sont délicates et douces sur mes bras puis sur ma taille. Mais le visage triste d'Hardin jaillit brusquement dans ma tête, la manière dont il m'a suppliée de lui accorder une dernière chance quand moi j'ai refusé de le croire, la tête qu'il faisait en me regardant partir en voiture, son éclat en classe à propos de Catherine et Heathcliff, l'habitude qu'il a de toujours apparaître quand je n'ai pas envie de le voir, le fait qu'il n'ait jamais dit à sa mère qu'il l'aimait, la façon dont il a dit qu'il m'aimait devant tout le monde, la façon blessante qu'il a eu de retirer ce qu'il avait dit, son attitude quand il est en colère et qu'il casse des objets, le fait qu'il soit venu chez son père ce soir, même s'il déteste cette maison, et le fait qu'il ait demandé à ses potes comment s'habiller pour le mariage, tout se tient et en même temps rien de tout cela n'a de sens. Hardin m'aime. À sa façon à lui, il m'aime vraiment. Quand je le comprends brutalement, cela m'arrive en pleine figure avec la violence d'un camion lancé à toute allure.

– Quoi ? dit Zed en s'écartant de moi.

– Quoi ?

– Tu viens de prononcer le nom d'Hardin.

– Mais non.

– Si, si, je t'assure.

Il se lève et s'éloigne du canapé.

– Il faut que j'y aille... je suis désolée.

Je ramasse mon sac et sors précipitamment sans lui laisser le temps de réagir.

∞

66

Un instant, je prends le temps de réfléchir à ce que je suis en train de faire. J'ai laissé tomber Zed pour aller à la recherche d'Hardin, mais il faut vraiment que je réfléchisse à ce qui va se passer ensuite. Soit Hardin va me dire des choses horribles, m'insulter et me dire de partir, soit il va admettre qu'il a des sentiments pour moi et que tous ces jeux avec moi ne sont que sa façon à lui de les exprimer. S'il adopte le premier scénario, ce qui est le plus probable à mon avis, ce ne sera pas pire que maintenant. Mais si c'est le second ? Est-ce que je suis prête à lui pardonner toutes les horreurs qu'il m'a dites et qu'il m'a fait endurer ? Si nous reconnaissons tous les deux ce que nous ressentons l'un pour l'autre, est-ce que tout va changer ? Est-ce que *lui* va changer ? Est-il capable de m'aimer comme j'ai besoin qu'il m'aime, et si oui, suis-je capable, moi, de tolérer ses sautes d'humeur ?

Le problème, c'est que je ne peux répondre à aucune de ces questions toute seule. Je déteste la façon dont il me trouble et me fait perdre confiance en moi. J'ai horreur de ne pas savoir ce qu'il va dire ou faire.

J'arrive devant cette foutue fraternité où j'ai déjà passé beaucoup trop de temps. Je déteste cette baraque. Je déteste beaucoup de choses en ce moment, et ma colère pour Hardin est près d'exploser. Je me gare devant le trottoir et je monte les marches quatre à quatre.

C'est blindé comme d'habitude. Je vais directement au vieux canapé sur lequel Hardin s'assied habituellement, mais comme je ne vois pas sa chevelure abondante, je me planque derrière un mec costaud pour éviter que Steph ou quelqu'un d'autre ne me repère.

Je monte à toute vitesse les escaliers qui mènent à sa chambre et tape du poing sur la porte, agacée qu'elle soit fermée à clé, comme d'habitude.

– Hardin, c'est moi, ouvre !

Je continue à frapper désespérément mais sans succès. *Où est-il passé, bon sang ?*

Je n'ai pas envie de l'appeler sur son portable, même si ça semble la solution la plus facile, mais je suis en colère et j'ai besoin de rester en colère pour pouvoir dire ce que j'ai à dire – ce qu'il faut que je dise – sans culpabiliser.

J'appelle Landon pour savoir s'il est chez son père, mais non. Le seul autre endroit où il pourrait être c'est le feu de camp, mais ça m'étonnerait qu'il y soit resté. Pourtant je ne vois rien d'autre pour le moment. Alors je retourne au stade et me gare en répétant le discours furieux que j'ai préparé contre Hardin, je veux être sûre de ne rien oublier au cas où il serait effectivement là. En m'approchant du terrain, je réalise qu'il n'y a pratiquement plus personne et que le feu est presque éteint. Je fais le tour, plissant les yeux à cause de la lumière déclinante pour discerner si Hardin et Emma se trouvent parmi les couples qui sont encore là, sans succès.

Juste au moment où je décide de laisser tomber, je finis par le découvrir appuyé contre la barrière, à côté des buts. Il est seul et ne semble pas m'avoir vue approcher quand il s'assied dans l'herbe en s'essuyant la bouche. Quand il retire sa main, on dirait qu'elle est rouge.

Il saigne ?

Soudain, il lève la tête comme s'il avait senti ma présence. Effectivement, il a du sang au coin de la bouche et un hématome est en train de se former sur sa joue. Je m'agenouille dans l'herbe devant lui.

– Putain ! Qu'est-ce... Qu'est-ce qui t'est arrivé ?

Il lève les yeux vers moi et son regard est si hanté que ma colère se dissout comme du sucre sur la langue.

– Qu'est-ce que ça peut te foutre ? Qu'est-ce que tu as fait de ton *rencard* ?

J'écarte sa main de sa bouche, pour examiner sa lèvre tuméfiée. Il me repousse violemment, mais je ne réagis pas.

–Dis-moi ce qui s'est passé. Tu t'es battu ?

Il soupire et se passe la main dans les cheveux. Ses phalanges sont enflées et couvertes de sang. La coupure sur son index semble profonde et douloureuse.

–À ton avis ?

–Avec qui ? Tu vas bien ?

–Ouais, ça va. Maintenant fiche-moi la paix.

–Je suis là parce que je te cherchais.

Je me mets debout et je brosse l'herbe collée sur mon jean.

–Ok. Tu m'as trouvé. Maintenant dégage !

–Tu n'as pas besoin d'être aussi con. Je pense que tu devrais rentrer chez toi et faire nettoyer ça. Ton doigt a peut-être besoin de points de suture.

Hardin se lève et passe devant moi sans répondre. Je suis venue pour l'engueuler d'être aussi stupide et lui dire le fond de ma pensée, mais il ne me facilite pas la tâche. C'était couru d'avance.

–Où tu vas ?

Je le suis comme un petit chien.

–Je rentre. Enfin, je vais appeler Emma pour voir si elle peut revenir me chercher.

–Elle t'a planté là ?

Vraiment je ne l'aime pas.

–Non. Enfin, si, mais c'est moi qui lui ai dit de partir.

–Je te ramène.

Je le tire par le blouson. Il me repousse sans ménagement et je me retiens de le gifler. Ma colère est en train de revenir et elle est encore plus violente qu'avant. La donne a changé, notre relation... ou je ne sais quoi s'est modifié. Pour une fois, ce n'est pas moi qui essaie de fuir.

–Arrête de me fuir !

Il se retourne les yeux furibards.

–Je te ramène, j'ai dit.

J'ai hurlé et il a un demi-sourire qui se transforme en froncement de sourcils. Il soupire.

–Très bien. Où est ta voiture ?

L'odeur particulière d'Hardin emplit immédiatement l'habitacle mais il s'y mêle maintenant une nuance métallique. Ça reste l'odeur que je préfère au monde. Je mets le chauffage et me frotte les bras pour me réchauffer.

– Pourquoi es-tu revenue ? me demande-t-il tandis que je sors du parking.

– Je te l'ai dit, pour te chercher.

J'essaie de me rappeler tout ce que j'avais décidé de lui dire, mais j'ai l'esprit vide et je ne pense qu'à une chose, embrasser cette bouche tuméfiée.

– Pour quoi faire ?

– Pour qu'on discute, il y a tellement de choses dont on doit discuter.

J'ai envie de pleurer et de rire à la fois et je me demande bien pourquoi.

– Je croyais que nous n'avions plus rien à nous dire.

Il tourne la tête et regarde par la fenêtre d'un air décontracté que je trouve plus qu'agaçant.

– Est-ce que tu m'aimes ?

Les mots ont jailli de ma bouche, je n'avais pas prévu de dire ça. Il tourne la tête vivement pour me regarder. Il a l'air stupéfait.

– Quoi ? Pardon ?

– Oui ou non ?

J'ai l'impression que mon cœur va exploser dans ma poitrine. Il détourne les yeux et regarde fixement devant lui.

– Sérieusement, tu ne me demandes pas ça en voiture ?

– Quelle importance où et quand je te le demande ? Contente-toi de répondre.

– Je... je ne sais pas... non, je ne t'aime pas.

Il regarde autour de lui, comme s'il voulait s'échapper.

– Et on ne demande pas à quelqu'un s'il vous aime quand cette personne est enfermée dans une voiture avec vous. Qu'est-ce qui ne tourne pas rond chez toi, putain ?

Aïe.

– Ok.

C'est tout ce que je réussis à dire.

– Et d'abord pourquoi tu veux le savoir ?

– C'est sans importance.

Je suis perdue, maintenant, trop perdue. Mon projet de discuter de nos problèmes s'effondre, comme le peu de dignité qui me restait.

– Dis-moi pourquoi tu me demandes ça. Tout de suite.

– Ne me dis pas ce que je dois faire !

J'ai crié aussi fort que lui. Je m'arrête devant chez lui et il regarde la pelouse blindée de monde.

– Emmène-moi chez mon père.

– Quoi ? Je ne suis pas chauffeur de taxi, merde !

– Emmène-moi là-bas. Je viendrai chercher ma voiture demain.

Si sa voiture est là, il peut bien y aller tout seul. Mais je n'ai pas envie de mettre un terme à notre discussion, alors je repars en direction de la maison de son père, en marmonnant :

– Je croyais que tu détestais cet endroit ?

– C'est vrai. Mais je n'ai pas envie de me retrouver avec tous ces gens pour l'instant. Est-ce que tu vas me dire pourquoi tu m'as posé cette question ? Est-ce que ça a quelque chose à voir avec Zed ? Est-ce qu'il t'a dit quelque chose ?

Il a vraiment l'air inquiet. Pourquoi est-ce qu'il n'arrête pas de me demander si Zed m'a dit quelque chose ?

– Non... ça n'a rien à voir avec Zed. C'était juste pour savoir.

On ne peut pas dire que ça ait un rapport avec Zed, ça a un rapport avec le fait que je l'aime et que l'espace d'un instant j'ai imaginé qu'il m'aimait peut-être, lui aussi. Plus je suis avec lui, plus cette possibilité me semble ridicule.

– Où êtes-vous allés avec Zed quand vous êtes partis du feu de camp ?

Je m'arrête dans la montée du garage devant chez son père.

– Chez lui.

Je sens le corps d'Hardin se tendre et il serre les poings, aggravant la plaie sur ses mains.

– Tu as couché avec lui ?

J'en reste bouche bée.

– Quoi ? Qu'est-ce qui te fait croire ça, putain ? Tu ne me connais pas mieux que ça depuis le temps ? Et tu te prends pour qui pour me poser une question aussi personnelle ? *Et même* si je l'avais fait, tu as dit clairement que tu n'en avais rien à foutre de moi, alors ?

– Alors, tu ne l'as pas fait ?

Ses yeux sont durs comme de la pierre.

– Bon Dieu, Hardin ! Non ! Il m'a embrassée, mais je ne coucherais jamais avec quelqu'un que je connais à peine.

Il se penche et coupe le moteur. Il enlève les clés du contact et les serre dans ses doigts tuméfiés.

– Tu lui as rendu son baiser ?

Ses yeux sont voilés et semblent me regarder sans me voir.

– Ouais... enfin... Je n'en sais rien. Je crois, oui.

Je ne me souviens de rien, sauf du visage d'Hardin dans ma tête. Il hausse le ton :

– Comment ça, tu n'en sais rien ? Tu as bu ou quoi ?

– Non, c'est juste que...

– Que quoi ?

Il crie en se tournant vers moi. L'énergie qui passe entre nous me dépasse et, pendant un instant, je reste là à essayer de savoir comment m'y prendre.

– C'est juste que je n'arrêtais pas de penser à toi.

Son visage impassible s'adoucit incroyablement et il me regarde dans les yeux.

– Viens.

Il ouvre la portière.

∞

67

Karen et Ken sont assis sur le canapé dans le salon et lèvent les yeux quand nous entrons.

– Hardin ! Qu'est-ce qui t'est arrivé ?

Son père, paniqué, se lève d'un bond et se précipite vers nous, mais Hardin le repousse.

– Tout va bien.

Ken se tourne vers moi.

– Qu'est-ce qui s'est passé ?

– Il s'est battu, mais il ne m'a pas dit avec qui ni pourquoi.

– Hé, je suis là, et je viens de dire que tout va bien, putain !

– Ne parle pas comme ça à ton père.

Hardin me regarde, les yeux ronds. Au lieu de me crier dessus, il m'attrape par le poignet et me tire hors de la pièce. Pendant que Ken et Karen continuent à parler de son état, Hardin me force à monter les escaliers et j'entends son père se demander à voix haute pourquoi il continue à venir ici. Arrivés dans sa chambre, il me colle contre le mur en immobilisant mes deux poignets et s'approche tellement de moi que nous ne sommes qu'à quelques centimètres l'un de l'autre.

– Ne recommence jamais ça, dit-il les dents serrées.

– Quoi ? Lâche-moi, immédiatement !

Il roule des yeux, mais il me lâche et s'avance vers son lit. Je reste près de la porte.

– Tu ne me dis pas comment je dois parler à mon père, ok ? Occupe-toi déjà de ta relation avec *ton propre père* avant de te mêler de la mienne.

À peine les mots sont-ils sortis de sa bouche qu'Hardin réalise ce qu'il vient de dire, et aussitôt il a l'air consterné.

– Excuse-moi... ce n'est pas ce que je voulais dire... c'est sorti comme ça.

Il vient vers moi les bras ouverts, mais je recule vers la porte.

– Ouais – comme toujours, « ça sort comme ça », c'est ça ?

Je ne peux empêcher les larmes de me monter aux yeux. Mêler mon père à cette histoire, ça va vraiment trop loin, même de la part d'Hardin.

– Tess, je...

Il s'interrompt quand je lève la main. *Qu'est-ce que je fais ici ?* Pourquoi je continue à croire que ce fil ininterrompu d'insultes va cesser assez longtemps pour avoir une vraie conversation ? Parce que je suis une imbécile, voilà pourquoi.

– En fait, c'est ça. Tu viens de dévoiler qui tu es, et ce que tu fais. Tu cherches le point faible chez les gens et quand tu l'as trouvé, tu l'exploites. Tu l'utilises à ton avantage. Depuis combien de temps tu attendais pour dire quelque chose à propos de mon père ? Tu cherchais probablement l'instant propice depuis le moment où tu m'as rencontrée.

– Bordel ! Ce n'est pas vrai ! Je ne pensais pas ce que je disais. Mais c'est de ta faute, aussi. Tu me provoques exprès !

Il crie encore plus fort que moi.

– Moi, je te provoque ? Je te provoque ? Alors là il va falloir que tu m'expliques, s'il te plaît.

Tout le monde doit nous entendre dans la maison, mais, pour une fois, je m'en fiche.

– Tu me pousses à bout ! Tu me cherches tout le temps ! Tu sors avec Zed, putain ! Tu crois que ça me plaît d'être comme ça ? Tu crois que j'aime que tu aies le contrôle sur moi ? Je déteste cette façon que tu as de t'insinuer sous ma peau. J'ai horreur de m'apercevoir que je n'arrête pas de penser à toi ! Je te déteste... vraiment ! Tu es une prétentieuse petite...

Il s'arrête et me regarde. Je m'oblige à le regarder en faisant comme s'il ne venait pas de me réduire en miettes à chacun de ses mots.

– C'est exactement de ça que je parle !

Il se passe les mains dans les cheveux en faisant les cent pas dans la chambre.

– Tu me rends fou, littéralement dingue, putain ! Et tu as le culot de me demander si je t'aime ? Mais qu'est-ce qui te prend de me demander ça ? Parce que je l'ai dit une fois par accident ? Je t'ai déjà dit que je ne le pensais pas, alors pourquoi est-ce que tu me le redemandes ? Tu aimes te faire jeter, c'est ça ? C'est pour ça que tu continues à me tourner autour, non ?

Je n'ai qu'une idée : partir en courant sans jamais, jamais, me retourner. Il faut que je le fasse ! Il faut que je *me sauve*. J'essaie de me retenir, mais il m'a mise dans une telle rage que je hurle la seule chose qui, j'en suis sûre, va l'atteindre et faire tomber ses défenses.

– Non, si je continue à venir c'est *parce que je t'aime* !

Je me mets immédiatement la main sur la bouche, regrettant de ne pouvoir ravaler les mots que je viens de prononcer. Mais je ne veux pas me retrouver dans des années à me demander ce qui se serait passé si je le lui avais dit, et, de toute façon, il ne peut pas me faire encore plus mal. J'accepte l'idée qu'il ne m'aime pas. C'est moi qui me suis mise dans cette situation alors que je savais depuis le début comment il était.

Il a l'air stupéfait.

– Tu *quoi* ?

Il cligne des yeux comme s'il essayait de comprendre les mots.

– Vas-y, redis-moi à quel point tu me détestes. Continue à me dire combien je suis stupide d'aimer quelqu'un qui ne peut pas me supporter.

Ma voix sonne étrangement à mon oreille, je ne la reconnais pas, c'est presque un geignement. Je m'essuie les yeux et le regarde, c'est comme si je venais de subir une sévère défaite et que je devais quitter le champ de bataille pour aller panser mes blessures.

– Je m'en vais, maintenant.

Comme je m'apprête à sortir, il se rapproche de moi à grandes enjambées. Je refuse de le regarder quand il pose les mains sur mes épaules.

– Putain ! Ne t'en va pas.

Sa voix est pleine d'émotion. Quelle émotion ? C'est la question.

– Tu m'aimes ?

Il parle à voix basse en me relevant le menton de sa main blessée. Je détourne les yeux et je remue la tête lentement, m'attendant à ce qu'il me rie à la figure.

– Pourquoi ?

Son souffle chaud frôle mon visage. Je finis par le regarder dans les yeux et il a l'air... *effrayé* ?

– Quoi ?

– Pourquoi est-ce que tu... comment est-ce que tu peux m'aimer ?

Sa voix se fêle et il me regarde, les yeux écarquillés. J'ai le sentiment que ce que je vais dire va déterminer mon avenir plus que tout ce que j'ai pu faire jusqu'à présent.

– Comment peux-tu ne pas savoir que je t'aime ?

Il ne pense pas que je pourrais l'aimer ? Je n'ai pas d'explication, c'est comme ça. Il me rend folle, jamais de ma vie je n'ai été aussi en colère, mais pourtant je suis tombée amoureuse de lui, gravement.

– Tu m'as dit le contraire. Et tu es sortie avec Zed. Tu me quittes tout le temps, tu m'as laissé sous le porche tout à l'heure quand je te suppliais de me laisser encore une chance. Je t'ai dit que je t'aimais et tu m'as rejeté. Est-ce que tu te rends compte combien ça a été dur pour moi ?

Ça doit être mon imagination qui voit des larmes poindre au coin de ses yeux, mais je suis bien consciente de ses doigts calleux sur mon menton.

– Tu as retiré ce que tu avais dit avant même que j'aie eu le temps de m'en rendre compte. Tu as fait beaucoup de choses pour me faire du mal, Hardin.

Il acquiesce.

– Je sais... je suis désolé. Laisse-moi me rattraper. Je ne te mérite pas, je le sais. Je n'ai pas le droit de te demander ça... mais je t'en prie, donne-moi une dernière chance. Je ne te promets pas de ne plus me disputer avec toi, ou de ne plus être furieux contre toi, mais je te promets de me donner à toi, corps et âme. S'il te plaît, laisse-moi essayer d'être celui dont tu as besoin.

Il a l'air si peu sûr de lui que je fonds littéralement.

– J'aimerais croire que ça peut marcher, mais je ne vois pas, avec tout ce qui a déjà été détruit, comment ce sera possible.

Mais mes yeux me trahissent et laissent couler mes larmes. Hardin lâche mon menton pour les essuyer avec ses doigts, quand une larme unique roule sur sa propre joue.

– Tu te souviens quand tu m'as demandé qui j'aimais le plus au monde ?

Ses lèvres ne sont plus qu'à quelques centimètres des miennes. Je hoche la tête bien que cela me semble si loin, et à l'époque je ne pensais même pas qu'il y avait fait attention.

– C'est toi. Tu es la personne que j'aime le plus au monde.

Je suis stupéfaite, en un éclair, toute la douleur et la colère nichées dans ma poitrine s'envolent. Avant de me laisser aller à le croire et à devenir de la pâte à modeler dans ses bras, je lui demande :

– Ça ne fait pas partie d'un de tes jeux pervers, c'est sûr ?

– Non, Tessa. J'ai fini de jouer. Je te veux, c'est tout. Je veux être avec toi, partager une vraie relation. Il va falloir que tu m'apprennes ce que ça peut bien vouloir dire, bien entendu.

Il rit nerveusement et je ris franchement, moi aussi.

– Ton rire m'a manqué. Je ne l'ai pas assez entendu. Je veux être celui qui te fait rire, pas celui qui te fait pleurer. Je sais que je ne suis pas facile à vivre...

Je l'interromps en posant mes lèvres sur les siennes. Ses baisers sont impatients et je sens le goût du sang sur sa coupure. Mes genoux menacent de céder sous la force des décharges électriques qui me traversent. J'ai l'impression qu'il y a un temps fou que je n'ai pas goûté sa bouche. J'aime ce salaud, endommagé, qui se déteste, je l'aime tellement que je crains que cela ne me détruise. Il me soulève et je croise les jambes autour de sa taille, emmêlant mes doigts dans ses cheveux. Il gémit sur mes lèvres et, poussant un cri étouffé, je tire plus fort sur ses cheveux. Ma langue court sur sa lèvre inférieure mais il grimace, alors j'arrête.

– Avec qui tu t'es battu ?

Il rit.

– Tu me demandes ça maintenant ?

– Oui, je veux savoir.

– Tu poses toujours tant de questions ! Je ne peux pas répondre plus tard ?

Il fait la moue.

– Non, dis-le moi.

– Seulement si tu restes.

Il me serre plus fort contre lui.

– S'il te plaît ?

– D'accord.

Je l'embrasse encore, oubliant complètement ma question.

∞

68

Après un long baiser, je vais m'asseoir et Hardin vient me rejoindre, chacun d'un côté du lit.

– Bon, maintenant dis-moi avec qui tu t'es battu. Avec Zed ?

J'ai peur de sa réponse.

– Non, c'était des mecs qui passaient.

Je suis soulagée que ce ne soit pas Zed, mais tout à coup je réalise ce qu'il vient de dire.

– Attends, *des* mecs ? Ils étaient combien ?

– Trois... ou quatre, je ne suis pas totalement sûr.

Il se met à rire.

– Ce n'est pas drôle. Pourquoi vous vous êtes battus, d'ailleurs ?

– Je n'en sais rien... J'étais furax que tu sois partie avec Zed et ça m'a semblé une bonne idée à ce moment-là.

– Ce *n'était pas* une bonne idée. Regarde dans quel état tu es ! (Il incline la tête sur le côté, l'air intrigué.) Quoi ?

– Rien... Viens là.

Il tend les bras vers moi. Je remonte vers lui et m'adosse entre ses jambes.

– Je suis désolé de t'avoir traitée comme ça... de *te traiter* comme ça.

Son souffle dans mon oreille et son excuse spontanée font courir un long frisson tout le long de mon dos.

– Ce n'est rien. Enfin, pas vraiment rien. Mais je vais te laisser encore une chance.

– Merci. Je sais que je ne la mérite pas. Mais je suis assez égoïste pour la saisir, dit-il, la bouche dans mes cheveux.

J'espère qu'il ne va pas me le faire regretter. Je ne crois pas que je pourrais supporter un autre de ces chauds et froids. Il me prend dans ses bras, et d'être assise comme ça avec lui me procure une sensation à la fois étrange et nostalgique. Comme je ne dis rien, il me prend par les épaules et m'oblige à le regarder.

– Qu'est-ce qui ne va pas ?

– Rien. J'ai juste peur que tu changes d'avis encore une fois.

J'ai envie de plonger tête baissée, mais je suis morte de peur de toucher le fond.

– Je ne changerai pas d'avis. Je ne l'ai jamais fait. J'ai juste combattu mes sentiments pour toi. Je sais que tu n'es pas prête à me croire sur parole, mais je veux gagner ta confiance. Je ne te ferai plus de peine, promis. S'il te plaît.

Il pose son front contre le mien. Je sais que je suis pathétique.

– Je t'aime, Tessa.

Mon cœur bondit dans ma poitrine. Les mots qu'il vient de prononcer sont si parfaits que je ferais n'importe quoi pour pouvoir les entendre de nouveau.

– Je t'aime, Hardin.

C'est la première fois que nous prononçons ces mots ouvertement, et je combats ma peur panique qu'il puisse les reprendre encore une fois. Mais, même s'il le fait, je garderai toujours en mémoire la façon dont ils ont sonné et la sensation qu'ils m'ont procurée.

– Dis-le encore une fois, murmure-t-il.

Dans ses yeux, je lis plus de vulnérabilité que j'aurais pu imaginer. Je me mets à genoux, prends son visage dans mes mains en caressant sa barbe naissante, sur son visage parfait. J'y lis son besoin de me l'entendre dire, encore et encore. Je le dirai aussi souvent qu'il le faudra pour qu'il se croie digne d'être aimé.

– Je t'aime.

J'embrasse ses lèvres. Il soupire d'aise, sa langue passe doucement sur la mienne. Embrasser Hardin est nouveau et différent à chaque fois, il est comme une drogue dont je ne peux me rassasier. Ses mains appuient sur mes reins et nos poitrines se touchent. Mon esprit me dicte d'y aller doucement, de l'embrasser délicatement et de savourer chaque seconde de ce moment de paix. Mais mon corps me pousse à agripper une poignée de ses cheveux et à lui enlever son t-shirt. Ses lèvres glissent le long de ma joue et vont se fixer dans mon cou.

C'est le déclencheur. Je ne me contrôle plus. Ça c'est nous, la colère et la passion, auxquelles maintenant s'ajoute l'amour. Un gémissement s'échappe de mes lèvres et il grogne dans mon cou en m'attrapant par la taille ; nous basculons sur le lit, maintenant il est au-dessus de moi.

– Tu... m'as... tellement... manqué.

Il ponctue sa déclaration de petits suçons dans mon cou. Je n'arrive pas à garder les yeux ouverts, c'est trop bon. Il ouvre la fermeture Éclair de mon blouson pour me regarder avec avidité. Sans me demander la permission, il remonte mon débardeur et me l'enlève. Prenant une profonde inspiration, il dégrafe mon soutien-gorge pendant que je m'arc-boute pour l'aider.

– Ton corps m'a manqué... C'est si bon d'y promener mes mains.

Pour le confirmer, il prend mes seins dans ses paumes. Je gémis de nouveau et il s'appuie contre moi afin que je sente son érection, pressée contre le bas de mon ventre. Nous ne contrôlons plus notre souffle saccadé, je ne l'ai jamais autant désiré. On dirait, et j'en suis heureuse, que le fait d'avoir admis nos sentiments n'a en aucune façon diminué la passion qui nous dévore. Sa main descend le long de mon ventre nu et fait sauter le bouton de mon jean. Quand ses doigts s'insinuent dans ma culotte, il pousse un cri étouffé.

– Ça m'a manqué de te sentir mouillée pour moi.

Ses paroles m'excitent et je soulève les hanches de nouveau, recherchant désespérément le contact.

– Que veux-tu, Tessa ?

Il respire lourdement dans le creux de mon cou.

– Toi.

J'ai répondu sans me poser de question, mais je sais que c'est vrai. Je désire Hardin d'une façon primale, animale. Son doigt me pénètre sans effort et je rejette la tête sur l'oreiller tandis qu'il va et vient en moi.

– J'adore te regarder, te reluquer quand je te donne du plaisir.

Pour toute réponse, je gémis. J'agrippe son t-shirt dans son dos.

Il est beaucoup trop habillé. Mais je n'arrive pas à aligner trois mots cohérents pour lui demander d'enlever ses vêtements. Comment sommes-nous passés de « je te déteste » à « je t'aime », pour finir par en arriver là ? En réalité, je m'en fous. Tout ce qui m'importe, c'est ce qu'il me fait ressentir, ce qu'il me fait ressentir à chaque fois. Son corps glisse sur le mien et il retire la main de ma culotte, m'arrachant un gémissement de frustration, ce qui le fait sourire. Quand il baisse mon jean et ma culotte, je lui fais un signe.

– Déshabille-toi.

Il rigole.

– Mais certainement, Madame.

Avec un sourire entendu, il retire son t-shirt, dévoilant son torse tatoué. J'ai envie de lécher chaque trait de ses tatouages. J'adore le symbole de l'infini sur son poignet, si différent des flammes tatouées en dessous.

– Pourquoi as-tu fait faire celui-ci ?

Je passe mon index sur le dessin.

– Quoi ?

Il est distrait, ses yeux et ses mains sont scotchés sur mes seins.

– Ce tatouage. Il est tellement différent des autres. Tellement... plus doux, presque féminin ?

Ses doigts se baladent sur mes seins et il se penche en avant, appuyant son érection contre ma jambe.

– Féminin, hein ?

Il sourit en passant ses lèvres sur les miennes avant de s'écarter et de hausser un sourcil.

J'oublie totalement son tatouage ou la raison qui l'a poussé à le faire. J'ai juste envie de le toucher et de sentir sa bouche sur la mienne.

Avant que l'un d'entre nous ne gâche ce moment en continuant de parler, je l'agrippe par les cheveux et j'attire son visage. Je l'embrasse brièvement sur les lèvres puis descends dans son cou. D'après ma petite expérience de ce qui plaît à Hardin, je sais que ce point de son cou, juste au-dessus de sa clavicule, le rend dingue. J'y dépose des baisers humides et chauds et je sens que son corps tressaute et se tend tandis que je rapproche mes hanches de lui. La sensation de son corps nu sur le mien est délicieuse. La transpiration commence à rendre nos peaux brillantes. Si nous faisons le moindre mouvement, nous allons franchir un degré. Un degré que je n'ai pas été encore prête à atteindre jusqu'à maintenant. Quand Hardin se frotte lentement sur moi, en gémissant, ses muscles se bandent et je sens que je ne vais pas résister beaucoup plus longtemps.

– Hardin...

À nouveau, son corps glisse sur moi, me tirant d'autres gémissements.

– Oui, Bébé ?

Il s'immobilise. Des talons, je pousse sur ses cuisses, le forçant à recommencer à bouger. Il ferme les yeux.

– Putain !

– J'ai envie...

– Tu as envie de quoi ?

Son souffle est chaud et lourd sur ma peau moite.

– J'ai envie... tu sais...

Je me sens subitement gênée malgré l'intimité de la situation.

– Oh...

Il s'immobilise de nouveau et me regarde droit dans les yeux, visiblement en proie à un débat intérieur.

– Je... je ne sais pas si c'est une bonne idée...

Quoi ?

– Pourquoi ?

Je le repousse. Ça recommence.

– Non... non, Bébé. Je veux juste dire, ce soir.

Il me prend dans ses bras et m'allonge sur le côté, puis se glisse à côté de moi. Je me sens trop humiliée pour le regarder.

– Écoute et regarde-moi.

Il relève mon menton.

– J'en ai envie, moi aussi. Putain ! À un point que tu n'imagines pas, tu peux me croire. J'ai envie de me sentir en toi depuis que je te connais, mais je... je pense qu'après tout ce qui s'est passé aujourd'hui... et... je veux juste que tu sois prête. Je veux dire, vraiment prête à aller jusqu'au bout, parce qu'une fois qu'on l'aura fait, ce sera irréversible. Tu ne pourras pas revenir en arrière.

Mon sentiment d'humiliation se dissipe en un instant. Je sais qu'il a raison. Je sais que je dois y réfléchir. Mais j'ai du mal à croire que ma réponse puisse être différente demain. Il faudrait que j'y réfléchisse quand je ne suis pas sous l'influence de son corps nu contre moi. Il est pire qu'une dose d'alcool dans le sang.

Il ajoute:

– Ne m'en veux pas, s'il te plaît, il faut juste que tu y réfléchisses un peu et, si tu es sûre que c'est ce que tu veux, c'est avec grand plaisir que je te baiserai. Encore et encore, où et quand tu voudras. J'ai envie de...

– Ok, ok!

Je lui ferme la bouche de la main. Il rit contre ma paume et hausse les épaules comme pour dire:

– C'était juste pour dire.

Quand j'écarte ma main, il la mord gentiment et m'attire contre lui.

– Je ferais peut-être mieux de me rhabiller pour que tu ne sois pas tentée, plaisante-t-il, ce qui me fait rougir.

Je ne sais pas ce qui me surprend le plus, le fait que je viens juste de suggérer que nous fassions l'amour ou le fait qu'il me respecte assez pour décliner.

– Mais avant, laisse-moi te donner du plaisir.

Il me bascule sur le lit en un mouvement rapide. Sa bouche descend entre mes jambes et en moins d'une minute j'ai les jambes qui tremblent et je mets ma main sur ma bouche pour éviter que tout le monde m'entende crier son nom.

∞

69

Quand je me réveille, Hardin ronfle légèrement, les lèvres appuyées contre mon oreille. Mon dos est tout contre sa poitrine et ses jambes repliées sous les miennes. Je souris en repensant à la soirée d'hier. Mais mon euphorie cède rapidement la place à un sentiment de panique.

Sera-t-il dans le même état d'esprit à la lumière du jour ? Ou bien va-t-il me torturer et se moquer de moi pour m'être offerte à lui ? Je me retourne doucement pour le regarder, pour examiner la perfection de ses traits que le sommeil a débarrassés de son perpétuel air renfrogné. Ma main caresse son piercing à l'arcade sourcilière, puis l'hématome sur sa joue. Sa lèvre a l'air d'aller mieux, tout comme ses mains, qu'il m'a finalement laissé nettoyer hier soir.

Il ouvre les yeux brusquement quand mes doigts dessinent avec gourmandise le contour de ses lèvres.

– Qu'est-ce que tu fais ?

Je n'arrive pas à décoder le ton de sa voix, cela me met mal à l'aise.

– Excuse-moi... je ...

Je ne sais pas quoi dire. Je ne sais pas quelle va être son humeur après que nous nous sommes endormis dans les bras l'un de l'autre.

– Continue, murmure-t-il en fermant les yeux.

Le poids disparaît de ma poitrine, aussi légèrement qu'un sourire.

Je reprends le geste de mon doigt sur ses lèvres charnues en faisant bien attention d'éviter sa blessure.

– Qu'est-ce que tu as prévu de faire aujourd'hui ? me demande-t-il quelques minutes plus tard en ouvrant les yeux.

– J'avais l'intention d'aider Karen dans la serre.

– Ah bon ?

Il s'assied dans le lit. Il doit être furieux. Je sais qu'il n'aime pas Karen, c'est pourtant une des personnes les plus délicieuses que j'aie jamais rencontrées.

– Oui.

– Je suppose que je n'ai pas à m'inquiéter de savoir si ma famille t'aime bien. Ils t'aiment même probablement plus que moi.

Il ricane en me caressant la joue, ce qui fait courir un frisson le long de ma colonne vertébrale. Le ton de sa voix est léger, mais son regard est sombre.

– Le seul problème c'est que si je continue à traîner ici, mon père pourrait s'imaginer des choses, genre que je l'aime bien !

– Ton père et toi vous pourriez passer un peu de temps ensemble pendant que nous serons dehors ?

– Certainement pas ! Je vais rentrer chez moi, mon vrai chez-moi, et attendre que tu aies fini.

– J'avais envie que tu restes... On peut en avoir pour un moment, vu l'état de la serre.

Il semble être pris de court, ce qui me réchauffe le cœur, car je sens qu'il n'a pas envie d'être séparé de moi trop longtemps.

– Je... je ne sais pas, Tessa. De toute façon, mon père n'a probablement aucune envie de passer du temps avec moi...

– Bien sûr que si. Il y a combien de temps que vous ne vous êtes pas retrouvés tous les deux, seuls dans la même pièce ?

Il hausse les épaules.

– Je ne sais pas... des années. Mais je ne suis pas sûr que ce soit une bonne idée.

Il se passe la main dans les cheveux.

– Si tu es mal à l'aise, tu pourras toujours venir nous rejoindre dehors.

Au fond de moi, je suis sincèrement étonnée qu'il envisage de passer un peu de temps avec son père.

– Très bien... mais je le fais uniquement parce que l'idée de te quitter, ne serait-ce qu'un petit moment, c'est...

Il se tait. Je sais qu'il n'est pas très enclin à exprimer ses sentiments, je me tais pour lui laisser le temps de rassembler ses idées.

– Disons que c'est encore pire que de passer du temps avec mon connard de père.

Je souris malgré la brutalité des mots qu'il emploie pour parler de son père. Le père qu'Hardin a connu dans son enfance n'est pas le même que celui qui est en bas, j'espère qu'Hardin finira par s'en rendre compte. Quand je me lève, je réalise que je n'ai emporté aucun vêtement, ni brosse à dents ni rien.

– Il faut que je passe chercher des affaires dans ma chambre.

Il se raidit.

– Pourquoi ?

– Parce que je n'ai pas de vêtements propres et aussi que j'ai besoin de me brosser les dents. Qu'est-ce qu'il y a ?

J'ai peur de sa réponse. Le petit sourire qui flotte sur ses lèvres ne monte pas jusqu'à ses yeux.

– Rien... T'en as pour combien de temps ?

– Eh bien, je pensais que tu viendrais avec moi...

Il a l'air de se détendre. *Mais qu'est-ce qui lui prend ?*

– Ah !

– Tu veux bien me dire pourquoi tu es si bizarre ?

– Je ne suis pas... seulement, je pensais que tu essayais de t'en aller. De me quitter.

Il dit ça d'une si petite voix, si inhabituelle chez lui, que je suis tentée de le prendre dans mes bras pour le câliner. Au lieu de ça, je lui fais signe de venir, il approuve, se lève et se plante devant moi.

– Je ne m'en vais nulle part. J'ai juste besoin de vêtements propres.

– J'ai compris... Il va seulement me falloir un peu de temps d'adaptation. J'ai l'habitude que tu me fuies, pas que tu partes et que tu reviennes.

– Moi, j'ai l'habitude que tu me repousses, alors on doit tous les deux s'adapter à ce changement.

Je souris en posant la tête sur sa poitrine. Bizarrement, son inquiétude me rassure. J'étais terrifiée à l'idée qu'il ait changé d'avis ce matin, c'est bon de savoir qu'il avait aussi peur que moi.

– Ouais, je suppose. Je t'aime.

Ces mots me frappent aussi violemment que la première fois, et que la vingtième, hier soir.

– Et je t'aime aussi.

Il fronce les sourcils.

– Ne dis pas *aussi.*

– Quoi ? Pourquoi ?

Mes doutes se réveillent, prêts à l'entendre me repousser, mais espérant qu'il ne va pas le faire.

– Je ne sais pas... c'est comme si tu disais ça juste pour dire la même chose que moi.

Il baisse les yeux. Je me rappelle la promesse que je me suis faite la nuit dernière de faire tout mon possible pour l'aider à vaincre ses doutes.

– Je t'aime.

Au moment où je redis ces mots, il lève les yeux vers moi. Son regard s'adoucit et il pose doucement ses lèvres sur les miennes.

– Merci.

Il s'écarte de moi. J'adore regarder la perfection de son corps vêtu d'un simple t-shirt blanc et d'un jean noir. Il ne porte jamais autre chose que des t-shirts blancs ou noirs et des jeans noirs, tous les jours, mais il est toujours parfait. Il n'a pas besoin de suivre la mode, son style lui va trop bien. Je remets mes vêtements de la veille et il prend mon sac avant que nous descendions. Karen et Ken sont dans le salon.

– Le petit déjeuner est prêt, dit Karen joyeusement.

Ça me met un peu mal à l'aise que Karen et Ken sachent que j'ai encore dormi avec Hardin. J'ai beau me dire que ce n'est pas un problème pour eux, et que *nous sommes* adultes, cela n'empêche pas le rouge de me monter aux joues.

– Merci.

Je souris et elle me lance un regard intrigué. Je pense que je ne vais pas couper aux questions tout à l'heure, dans la serre. Dans la cuisine, Hardin et moi remplissons nos assiettes avant de nous asseoir à table. Quand Karen entre, je lui demande :

– Est-ce que Landon et Dakota sont là ?

Dakota va sûrement être interloquée de me voir avec Hardin après m'avoir vue avec Zed hier soir, mais je repousse toute pensée négative.

– Non, ils sont partis à Seattle pour la journée faire un peu de tourisme. Tu es toujours d'accord pour travailler dans la serre aujourd'hui ?

– Oui, bien sûr. Il faut juste que j'aille chez moi me changer.

– Excellent ! Pendant ce temps-là, je vais demander à Ken d'apporter les sacs de terreau qui sont dans l'abri de jardin.

– Si vous attendez qu'on revienne, Hardin pourra l'aider.

Je regarde Hardin. C'est à moitié une demande, à moitié une proposition.

– C'est vrai ? Tu restes là aujourd'hui ?

Son sourire s'élargit. Comment fait-il pour ne pas voir que les gens tiennent à lui ?

– Euh... ouais. Je pensais traîner ici aujourd'hui... Si ça v... vous v... va ?

Il en bégaie.

– Mais bien sûr ! Ken ! Tu as entendu ça ? Hardin va passer la journée avec nous !

Son excitation me fait sourire mais Hardin a l'air tendu. Je lui chuchote à l'oreille :

– Sois gentil.

Comme son sourire est le plus hypocrite que j'aie jamais vu, je rigole et lui envoie un coup de pied sous la table.

∞

70

Je me déshabille et prends une douche rapide. Tant pis si je me salis en faisant du jardinage avec Karen. Hardin attend patiemment en fouillant dans mon tiroir de sous-vêtements. Quand j'ai fini, il me dit de prendre les affaires nécessaires pour passer encore une nuit avec lui, ce qui fait naître un sourire chez moi. Je passerais bien toutes les nuits avec lui si je pouvais. Je lui demande :

– Tu veux passer chercher ta voiture ?

– Non ce n'est pas la peine, à condition que tu arrêtes de zigzaguer d'un côté à l'autre de la rue.

– Pardon ? Je suis une excellente conductrice.

Il pousse un grognement méprisant mais ne fait pas de commentaire.

– Au fait, qu'est-ce qui t'a décidé à acheter une voiture ?

– Le stage, et je n'avais pas non plus envie de continuer à prendre le bus ni de dépendre des autres pour me déplacer.

Il regarde par la vitre.

– Oh... tu y es allée toute seule ?

– Ben oui... pourquoi ?

– Juste pour savoir.

Quel menteur !

– J'étais toute seule, ça n'était pas un bon jour pour moi.

– Combien de fois es-tu sortie avec Zed ?

Pourquoi mettre ça sur le tapis, maintenant?

– Deux fois. La première fois, on est allés au resto et au cinéma, et la deuxième fois pour le feu de camp. Rien qui puisse t'inquiéter.

– Il ne t'a embrassée qu'une fois?

Beurk.

– Oui, une seule fois. Enfin, si on ne compte pas la fois où.. tu étais là. On peut parler d'autre chose maintenant? Tu ne me vois pas en train de te poser des questions sur Molly, si?

– Ok... ok. On ne va pas se disputer. C'est la première fois qu'on s'entend bien pendant aussi longtemps, alors on ne va pas tout gâcher.

Il me prend la main et dessine des petits cercles dans ma paume.

– D'accord.

Je suis contrariée. Le souvenir de Molly sur ses genoux trouble ma vision.

– Allez, Tessa. Tu ne vas pas bouder?

Il se met à rire et me donne des petits coups dans les côtes. C'est plus fort que moi, je me mets à glousser.

– Arrête de me distraire! Je conduis!

– C'est sans doute la seule fois où tu vas me demander de ne pas te toucher.

– C'est peu probable – ne sois pas si sûr de toi!

Nos rires se mélangent, c'est un son merveilleux à mes oreilles. Sa main sur ma cuisse me caresse lentement.

– Tu crois?

Sa voix rauque me fait frissonner. Mon corps réagit instantanément, mon pouls bat la chamade, je déglutis en hochant la tête, il soupire et enlève sa main.

– Je sais que ce n'est pas vrai... mais je préfère que tu ne sortes pas de la route, alors je vais attendre pour te mettre un doigt.

Je le frappe en rougissant.

– Hardin!

– Excuse-moi, Bébé.

Il sourit, lève les mains, faussement innocent, et regarde par la portière. J'adore qu'il m'appelle Bébé, personne ne l'a jamais fait avant. Avec Noah nous pensions que les petits noms ridicules que les gens utilisent étaient trop gamins pour nous. Mais quand Hardin le fait, mon sang chante dans mes veines.

Quand nous arrivons chez son père, Ken et Karen nous attendent dans le jardin derrière la maison. Ken n'a pas l'air dans son élément en jean et t-shirt de WCU. Je ne l'ai jamais vu habillé de façon si décontractée, comme ça il ressemble un peu à Hardin. Ils nous accueillent avec un sourire qu'Hardin s'efforce de rendre, mais plutôt embarrassé, il danse d'un pied sur l'autre, les mains enfoncées dans les poches.

–Quand tu veux, dit Ken à Hardin.

Il a l'air aussi mal à l'aise que son fils, peut-être même un peu plus nerveux, alors qu'Hardin est plutôt méfiant. Celui-ci me regarde et je lui fais un petit signe d'encouragement de la tête, étonnée d'être devenue soudain quelqu'un auprès de qui il cherche à être rassuré. Il semble que nos rapports aient radicalement changé, ce qui me rend plus heureuse que je ne l'aurais cru.

–On va dans la serre. Vous nous apporterez le terreau là-bas, d'accord ?

Karen embrasse Ken sur la joue. Hardin regarde ailleurs. L'espace d'un instant, je pense qu'il va peut-être m'embrasser lui aussi, mais non. Karen se dirige vers la serre et je lui emboîte le pas. Je pousse un petit cri en entrant : elle est immense, bien plus grande qu'elle paraît de l'extérieur, et quand Karen a dit qu'il y avait du boulot, ce n'était pas pour rire, elle est pratiquement vide.

En ménageant ses effets, Karen met les poings sur les hanches avec une joie manifeste.

–C'est un vrai challenge, mais je pense qu'on peut y arriver.

–Oui, oui, moi aussi.

Hardin et Ken entrent avec chacun deux sacs de terreau. Sans un mot, ils les laissent tomber à l'endroit que Karen leur a indiqué, avant de ressortir. Vingt sacs de terreau, des centaines de graines et des dizaines de pieds de fleurs et de légumes plus tard, nous avons de quoi nous y mettre.

Sans que je m'en sois aperçue, le soleil a commencé à décliner et je n'ai pas vu Hardin depuis plusieurs heures. J'espère que Ken et lui sont toujours vivants.

–Il me semble que ça ira pour aujourd'hui, dit Karen en s'essuyant le visage.

Nous sommes toutes les deux couvertes de terre, de la tête aux pieds.

– Oui, je ferais bien d'aller voir comment va Hardin.

Elle rit.

– Nous sommes très touchés, et Ken plus particulièrement, qu'Hardin vienne ici plus souvent, et je sais que c'est à toi qu'on le doit. D'après ce que je comprends, vous avez réussi à surmonter vos différences, tous les deux ?

– Plus ou moins... j'espère... Nous sommes quand même toujours très différents.

Si seulement elle pouvait imaginer ! En tout cas, elle me fait un sourire entendu.

– Tu sais, c'est parfois nécessaire d'être différents. C'est bien de se poser des défis.

– Ça, pour un défi, c'en est un !

Nous éclatons de rire et elle me prend dans ses bras.

– Tu es adorable, tu as fait plus pour nous que tu ne l'imagines.

Je sens monter les larmes et je baisse la tête.

– J'espère que cela ne vous a pas dérangés que je passe la nuit ici, encore une fois.

– Non, bien sûr que non. Vous êtes adultes et je vous fais confiance pour vous protéger.

Oh, mon Dieu. Je sens que mes joues prennent une nuance de rouge encore plus foncée que les bulbes que nous venons de planter.

– Nous... euh... non.

Je bégaie. Pourquoi est-ce que je parle de ça avec la future belle-mère d'Hardin ? Je suis mortifiée.

– Ah bon ! dit-elle aussi gênée que moi. Allons, rentrons.

Nous laissons nos chaussures pleines de terre à l'entrée. De là, j'ai vue sur le salon, Hardin est assis sur le bord du canapé, Ken dans un fauteuil. Les yeux d'Hardin croisent immédiatement les miens et je peux y lire du soulagement.

– Si tu veux aller te doucher, je vais préparer un petit souper pendant ce temps-là, dit Karen.

Hardin vient vers moi. Il a l'air content de quitter la pièce.

– On revient.

Nous montons à l'étage.

– Comment ça s'est passé ?

Au lieu de me répondre, il m'attrape par ma queue de cheval, m'appuie de tout son poids contre la porte et presse ses lèvres sur les miennes.

–Tu m'as manqué.

Je fonds.

–C'est vrai ?

–Oui, c'est vrai. Je viens de passer plusieurs heures avec mon père, dans un silence gêné ponctué ici et là de quelques commentaires encore plus coincés. J'ai besoin d'un dérivatif.

Il passe la langue sur ma lèvre inférieure et j'arrête de respirer. C'est différent. Bienvenu et très sexy, mais différent. Ses mains se baladent sur mon ventre et s'arrêtent sur le bouton de mon jean.

–Hardin, j'ai besoin d'une douche, là je suis pleine de terre.

Je ris.

Il passe la langue sur mon cou.

–Tu me plais comme ça, gentille et sale.

Il me décoche son fameux sourire à fossettes. Mais je le pousse et attrape mon sac pour aller dans la salle de bains. Ma respiration est haletante et je suis un peu désorientée, alors quand j'essaie de refermer la porte et qu'elle se bloque à moitié, je ne comprends pas ce qui se passe. Jusqu'à ce que je voie un des boots d'Hardin dans l'embrasure.

–Tu veux bien de moi ?

En souriant, il pousse la porte et entre dans la pièce sans me laisser le temps de répondre.

∞

71

Il enlève son t-shirt, puis tend le bras derrière moi pour ouvrir l'eau.

– On ne va pas prendre une douche ensemble ! Nous sommes chez ton père, et Landon et Dakota peuvent rentrer d'un moment à l'autre.

L'idée de voir Hardin complètement nu sous la douche n'est pas pour me déplaire, mais c'est aller trop loin.

– Dans ce cas, je vais prendre une bonne douche bien chaude pendant que tu vas rester là à te prendre la tête.

Son pantalon et son boxer tombent sur le sol, et il me passe devant pour entrer sous le jet d'eau. Il se tient face à moi, ses yeux se baladent le long de mon corps tout habillé, de la même façon que les miens sur son corps nu. Il est mouillé des pieds à la tête et sa peau tatouée luit dans l'ombre de la douche. Je réalise que je suis en train de le regarder fixement lorsqu'il ferme le rideau brusquement, dérobant sa silhouette parfaite à ma vue.

– Tu n'aimes pas prendre une douche chaude après une longue journée de travail ?

Sa voix est en partie recouverte par le bruit de l'eau, mais j'y perçois quand même de l'ironie.

– Je ne peux pas le savoir, un mec nu et impoli m'a grillé la place.

– Un mec nu, impoli et *sexy ?* Allez, viens avant qu'il n'y ait plus d'eau chaude.

–Je...

J'en ai envie, mais prendre une douche avec quelqu'un me paraît si intime, trop intime.

–Allez, vis un peu ! Ce n'est qu'une douche.

Il ouvre le rideau, tend la main et j'aperçois son torse couvert de tatouages, brillant de l'eau qui ruisselle sur sa peau.

–S'il te plaît.

–Ok.

Ses yeux ne me quittent pas un seul instant pendant que je me déshabille.

–Arrête de me regarder comme ça.

Il joue les innocents et pose une main sur son cœur.

–Douterais-tu de la noblesse de mes sentiments ? Je suis *offensé.*

Il rit et tend le bras pour m'aider, j'essaie de ne pas sourire. Je n'en reviens pas de faire ça : prendre ma douche avec quelqu'un. Je fais de mon mieux pour couvrir mon corps de mes bras en attendant qu'il se pousse pour me laisser de la place sous le jet.

–Tu trouves ça bizarre que j'aime que tu sois encore timide avec moi ?

Il décroise mes bras, me dépossédant de mon bouclier. Comme je ne proteste pas, il me tire doucement par les bras pour que je vienne sous le jet d'eau qu'il bloque de son corps. Il baisse la tête et mes épaules sont trempées.

–Je crois que ce qui m'attire, c'est que tu sois si timide et innocente et qu'en même temps tu me laisses te faire des choses cochonnes.

Son souffle contre mon oreille est encore plus chaud que l'eau, ses mains glissent lentement le long de mes bras.

–Et je sais avec certitude que ça te plaît quand je te dis des choses cochonnes.

J'avale ma salive et il sourit dans mon cou.

–Tu vois, ton pouls s'accélère... je peux presque le voir battre sous ta peau diaphane.

Il tapote du doigt la veine de mon cou. Je ne sais pas comment je fais pour tenir encore debout, mes jambes sont en coton, tout comme mon cerveau d'ailleurs. Ses mains se promènent sur moi, me faisant oublier toutes mes inquiétudes de ne pas être seuls dans la maison. Elles me donnent envie d'être insouciante et de le laisser faire ce qu'il veut de moi. Quand ses mains se posent sur mes hanches, je me penche instinctivement contre lui.

– Je t'aime, Tessa. Tu me crois, hein ?

Je me demande pourquoi il me pose cette question maintenant, alors que nous n'avons pas arrêté de nous le dire pendant ces dernières vingt-quatre heures. D'une voix rauque, je réponds :

– Oui, je te crois.

– Je n'ai jamais aimé personne avant.

Il change si vite ! D'espiègle, il se fait séducteur pour finir dans le plus grand sérieux, j'ai vraiment du mal à le suivre.

– Jamais ?

Je pense que je le savais déjà, mais c'est très différent de l'entendre de sa bouche, surtout dans un moment comme celui-ci. Je ne pensais pas qu'il exprimerait ses sentiments maintenant, mais plutôt qu'il aurait la tête entre mes jambes.

– Non, jamais. Je ne m'en suis même pas approché.

Je me demande s'il a déjà eu une petite amie avant – mais non, je préfère ne pas le savoir. Il m'a dit qu'il ne sortait avec personne, je vais m'en tenir à ça. Tout ce que je trouve à dire, c'est :

– Oh.

– Est-ce que tu m'aimes autant que tu as aimé Noah ?

Un son qui tient à la fois de la toux et du cri étouffé sort de ma bouche et je regarde ailleurs. J'attrape le shampooing sur l'étagère. Ça fait plusieurs minutes que nous sommes là-dedans et je n'ai pas encore commencé à me laver.

– Alors ?

Je ne sais pas quoi répondre à ça. C'est totalement différent avec Hardin. J'aimais Noah. Je crois. Je sais que je l'aimais, mais ce n'était pas comme ça. Aimer Noah, c'était confortable et sécurisant. C'était toujours calme. Aimer Hardin, c'est sauvage et excitant. Ça allume toutes mes terminaisons nerveuses et je ne suis jamais rassasiée de lui. J'ai toujours envie d'être avec lui. Même quand il me rendait folle, il me manquait et je devais résister pour ne pas aller le rejoindre.

– Je prends ça pour un non.

Il se détourne de moi en me laissant toute la place sous le jet d'eau. Je me sens enfermée dans cet espace réduit où je manque d'air, il y a trop de vapeur.

– Ce n'était pas la même chose.

Comment lui expliquer ça sans passer pour une folle ? Ses épaules s'affaissent. Je suis sûr qu'il a pris un air renfrogné. Je l'attrape par la taille et je pose mes lèvres sur son dos.

– Ce n'est pas la même chose, mais pas dans le sens que tu crois. Je t'aime différemment. Noah était si confortable que pour moi il était comme un membre de ma famille. C'était comme si j'étais censée l'aimer, mais en réalité je ne l'aimais pas, en tout cas pas de la façon dont je t'aime, toi. Ce n'est que quand je me suis rendu compte que je t'aimais que j'ai vu à quel point l'amour c'était autre chose que ce que je croyais. Je ne sais pas si je suis très claire.

Je me sens coupable de dire que je n'aimais pas Noah, mais je pense que je l'ai su dès la première fois où j'ai embrassé Hardin.

– Si, très claire.

Quand il se retourne, ses yeux se sont beaucoup adoucis. Le désir, puis la méfiance ont disparu pour laisser place à... de l'amour ? Ou du soulagement... je ne sais pas, mais il se penche sur moi et m'embrasse sur le front.

– Je veux être la seule personne que tu aimeras jamais, comme ça tu ne seras qu'à moi.

Comment le connard qu'il était peut-il me faire une telle déclaration d'amour ? Mis à part leur côté possessif, ses paroles sont douces et étonnamment humbles de la part d'Hardin.

– Tu es cette personne, je te le promets.

Il a l'air satisfait de ma réponse et son sourire revient.

– Maintenant, tu peux te pousser, que je me lave avant que l'eau soit totalement froide ?

Je le pousse doucement sur le côté.

– Laisse, je vais le faire.

Il prend le gant de toilette et verse du gel douche dessus. Je retiens ma respiration pendant qu'il me frotte doucement pour faire partir la saleté de mon corps, et frissonne quand il passe sur mes endroits sensibles, où il s'attarde un peu.

– Je te demanderais bien de me laver, mais je crains de ne pas être capable d'empêcher ce qui ne manquerait pas de se passer après.

Il me fait un clin d'œil, je rougis. J'ai précisément envie de découvrir ce qui se passerait après, et j'adorerais toucher chaque centimètre de son corps. Mais Karen a probablement fini de préparer le repas et elle pourrait ne pas tarder à venir nous chercher.

Je sais ce qui serait raisonnable: sortir de la douche, mais c'est difficile de se forcer à être raisonnable avec Hardin, nu en face de moi. Je tends la main vers lui et je prends son membre dans ma paume, il recule jusqu'au mur de la douche. Il me regarde avec de grands yeux pendant que je le caresse lentement de haut en bas.

– Tess.

Il gémit, la tête appuyée contre le mur carrelé. Je continue le mouvement de ma main, je veux le faire gémir encore. J'adore les bruits qu'il fait. J'apprécie le jet d'eau qui nous éclabousse et qui facilite la caresse de ma main.

– C'est tellement bon, putain !

Ses yeux fixés sur moi me rendent un peu nerveuse, mais ses dents serrées et ses paupières qui battent montrent qu'il veut que je lui donne encore plus de plaisir. Du pouce, je caresse la tête de son pénis et il jure à voix basse.

– Je vais jouir, maintenant, déjà. Bordel !

Il ferme les yeux et je sens la chaleur de son éjaculation se mélanger à l'eau chaude. Impossible de m'empêcher de regarder ma main fixement jusqu'à ce qu'il ne reste plus que de l'eau dessus. Hardin se penche vers moi et pose un baiser sur ma bouche.

– Incroyable.

Il m'embrasse encore.

Quand je suis propre et calmée, mais encore tout excitée d'avoir caressé Hardin, je me sèche rapidement et j'enfile mon pantalon de yoga et un t-shirt pris dans mon sac, puis me brosse les cheveux et les relève en chignon. Hardin se passe une serviette autour de la taille et vient derrière moi pour me regarder dans la glace. Il est trop merveilleux, il est beau comme un dieu, il est parfait et il est à moi.

– Avec ce pantalon, ça va être difficile de regarder ailleurs.

– Est-ce que tu as toujours été aussi lubrique ?

Il me sourit.

C'est au moment où nous entrons dans la cuisine que je me rends compte de quoi nous avons l'air, tous les deux avec les cheveux mouillés. Il est évident que nous venons de nous doucher ensemble.

Hardin n'a pas l'air gêné, mais il faut dire qu'il se moque bien des bonnes manières.

– Il y a des sandwichs sur le plan de travail, annonce Karen joyeusement.

Elle pointe du doigt l'endroit où Ken est assis, un tas de dossiers posés devant lui. Elle ne semble pas surprise ni gênée par notre allure. Ma mère pèterait un câble si elle savait ce que je viens de faire. Surtout avec quelqu'un comme Hardin.

– Merci beaucoup.

– J'ai passé un bon moment, aujourd'hui, Tessa.

Karen et moi commençons à parler de la serre en dégustant un sandwich. Hardin mange en silence, me jetant un coup d'œil de temps en temps.

– On pourrait peut-être remettre ça le week-end prochain. (Je me rattrape aussitôt.) Enfin, je veux dire, le week-end d'après.

Je ris.

– Oui, bien sûr.

– Euh, il y a un thème ou quelque chose pour le mariage ? intervient Hardin.

Ken lève les yeux de son dossier.

– À vrai dire, il n'y a pas de thème à proprement parler, mais on a choisi le noir et blanc pour la décoration, répond Karen nerveusement.

Je suis certaine que c'est la première fois qu'ils discutent du mariage avec Hardin depuis qu'il a pété un câble quand Ken le lui a annoncé.

– Ah bon ? Alors comment je dois m'habiller ?

– Tu seras là ?

Ken est surpris, c'est clair, mais il a l'air très heureux. J'ai envie d'aller l'embrasser en voyant la réaction de son père.

– Ouais... je crois.

Hardin hausse les épaules en mordant dans son sandwich. Ken échange un sourire avec Karen, se lève et s'approche d'Hardin.

– Merci, fiston, cela me touche beaucoup.

Il lui met une petite tape sur l'épaule. Hardin se raidit mais gratifie son père d'un pâle sourire.

– C'est une super nouvelle, dit Karen en tapant des mains.

– Ce n'est rien, marmonne Hardin.

Je vais m'asseoir à côté de lui et pose ma main sur la sienne sous la table. Je n'ai jamais pensé que j'arriverais à le décider à accepter ce mariage, et encore moins à en parler avec Ken et Karen.

Je lui murmure à l'oreille « je t'aime » quand Ken et Karen ne font pas attention. Il sourit et serre ma main.

– Je t'aime, répond-il à voix basse.

– Alors, Hardin, comment ça se passe tes cours ? demande Ken.

– Bien.

– J'ai vu que tu avais encore changé.

– Ouais, et alors ?

– Tu as gardé ta dominante en anglais, quand même ?

Ken insiste, sans se rendre compte qu'il joue avec le feu. Je vois bien qu'Hardin commence à être agacé.

– Ouais.

– C'est super. Je me rappelle quand tu avais dix ans, tu récitais des passages entiers de *Gatsby le magnifique*, toute la journée, tous les jours. J'ai su à ce moment-là que tu étais un petit génie de la littérature.

– Vraiment ? Tu te souviens de ça ?

Le ton d'Hardin est dur. Je serre sa main pour lui dire de se calmer.

– Bien sûr que je m'en souviens.

Les narines d'Hardin se pincent et il regarde son père méchamment.

– J'ai du mal à te croire étant donné que tu étais ivre du matin au soir et que, si je me souviens bien, et c'est le cas, tu as déchiré ce livre en petits morceaux parce que j'avais renversé ton verre de scotch. Alors, n'essaie pas de me faire le coup des souvenirs, tu ne sais pas de quoi tu parles, putain !

Il se lève tandis que Karen et moi étouffons un petit cri.

– Hardin ! implore Ken alors qu'il sort de la pièce.

Je me précipite derrière lui, mais j'entends Karen hurler :

– Tu n'aurais pas dû, Ken. Il venait tout juste d'accepter d'assister à notre mariage. Je croyais qu'on était d'accord pour y aller doucement ! Et toi tu ne trouves rien de mieux que de dire ça ! Tu aurais dû le laisser tranquille.

Elle est hors d'elle, mais j'entends à sa voix qui se brise qu'elle s'est mise à pleurer.

∞

72

En arrivant en haut de l'escalier, j'entends claquer la porte de la chambre d'Hardin. Je tourne la poignée, je suppose qu'elle est fermée à clé, mais non, elle s'ouvre.

– Ça va ?

Pour toute réponse, il saisit la lampe sur la table de chevet et la lance contre le mur. Elle vole en éclats. Je fais un bond en arrière en poussant un cri aigu. Il marche à grands pas vers le bureau, attrape le clavier, l'arrache de l'ordinateur et le jette derrière lui.

– Hardin, je t'en prie, arrête !

Sans un regard pour moi, il précipite le moniteur sur le sol et se met à hurler.

– Pourquoi ? Pourquoi, Tessa ? Tu crois qu'il n'a pas les moyens de s'offrir un nouvel ordinateur, bordel ?

– Tu as raison.

Je me mets à piétiner le clavier, continuant à le réduire en miettes.

– Qu'est-ce que tu fais ?

Je le ramasse et le laisse retomber par terre. Je ne sais pas très bien ce que je fais, mais le clavier est déjà cassé et cela me paraît être la meilleure solution sur le moment.

– Je te donne un coup de main.

Une certaine perplexité passe dans son regard furieux avant que l'humour ne prenne le dessus. Je ramasse le moniteur et le jette lui aussi à terre. Il s'avance vers moi avec un petit sourire tandis que je le ramasse, mais il m'arrête et me prend le moniteur des mains pour le reposer sur le bureau.

– Tu n'es pas furieuse contre moi pour avoir hurlé sur mon père comme je l'ai fait ?

Il prend mon visage dans ses mains et me caresse, doucement, tout en plongeant ses yeux verts dans les miens.

– Non. Tu as tout à fait le droit de t'exprimer. Je ne serai jamais furieuse pour ça.

Il vient juste de se disputer avec son père, mais il s'inquiète que je sois furieuse contre lui ?

– À moins, bien sûr, que tu te conduises comme ça sans raison, ce qui n'était pas le cas en l'occurrence.

– Oh...

Le peu de distance entre nos lèvres est trop tentant. Je me penche en avant et appuie mes lèvres sur les siennes, qu'il ouvre immédiatement pour m'embrasser, vraiment. J'enfonce les doigts dans ses cheveux et il gémit quand je tire un peu. Sa colère reflue comme un raz-de-marée. Je le pousse en arrière et il me fait pivoter si bien que le bas de mon dos cogne le bureau. Il pose les mains sur mes hanches et me soulève sur le bureau. *Je suis sa diversion.* À l'idée que je puisse être ce qu'il faut pour Hardin, je me sens indispensable à un point que je n'imaginais pas. Je me sens plus légitime maintenant, plus nécessaire à sa vie, et je m'offre à ses baisers tandis que, debout entre mes jambes, il pousse sa langue plus profondément dans ma bouche.

– Plus près, gémit-il.

Il me tire par les genoux jusqu'au bord du bureau. Je m'accroche à son jean, mais il détache sa bouche de la mienne.

– Quoi... ?

Il lève un sourcil interrogateur. Il doit se dire que je suis folle de venir l'aider à briser des objets pour ensuite essayer de le déshabiller. Et je le suis peut-être. En ce moment, je m'en moque. Tout ce qui compte, c'est la façon dont le creux des clavicules d'Hardin est dans l'ombre que dessine le clair de lune dans la chambre, et la délicatesse avec laquelle il tient mon visage dans sa main comme si j'étais fragile, alors que quelques minutes plus tôt il voulait tout casser dans la pièce. En guise de réponse, je croise les jambes derrière lui et je l'attire tout contre moi.

– Je pensais vraiment que tu allais entrer en trombe dans la chambre pour m'engueuler.

Il sourit et pose son front sur le mien.

– Tu avais tort.

Je lui fais un petit sourire satisfait.

– Je vois, sur toute la ligne. Et je n'ai pas envie de redescendre ce soir.

Il cherche mon regard.

– Tu n'es pas obligé.

Il se détend et pose sa tête dans mon cou. C'est étonnant comme les choses sont faciles entre nous. Je m'attendais à ce qu'il m'envoie promener, ou même à ce qu'il me vire quand je suis entrée, mais il est là, serré contre moi. Je vois bien qu'il fait de son mieux pour entretenir notre relation en dépit de ses gigantesques sautes d'humeur.

– Je t'aime.

Je sens l'anneau dans sa lèvre bouger contre mon cou quand il sourit.

– Je t'aime, réplique-t-il.

– Tu veux qu'on parle de ce qui s'est passé ?

Il secoue la tête, toujours enfouie dans mon cou.

– Ok. Tu veux qu'on regarde un film ? Quelque chose de drôle peut-être ?

Au bout d'un long moment, il jette un coup d'œil vers le lit.

– Tu as apporté ton ordi ?

J'acquiesce.

– On regarde encore une fois *Je te promets ?*

Je ris.

– Tu parles du film que tu prétends mépriser ?

– Oui... enfin, *mépriser* est un peu fort. Je pense juste que c'est une histoire d'amour idiote et un film médiocre.

– Alors pourquoi tu veux le regarder ?

– Parce que je veux te regarder le regarder.

Je me souviens de la façon dont il m'a observée pendant toute la durée du film ce soir-là dans ma chambre. Ça me paraît si loin. Je ne me doutais pas de ce qui nous attendait. Je n'aurais jamais imaginé que nous en arriverions là.

Mon sourire lui suffit comme réponse et il me prend par la taille pour m'allonger sur le lit. Quelques minutes plus tard, il est blotti contre moi et scrute mon visage pendant que je regarde le film. Vers le milieu du film, je sens que mes paupières deviennent lourdes. Je bâille.

– Je m'endors.

– Ils meurent tous les deux à la fin. Tu ne manques pas grand-chose.

Je lui donne un coup de coude.

– Tu as vraiment un problème.

– Et toi, tu es adorable quand tu t'endors.

Il ferme mon ordi et me tire vers le haut du lit avec lui.

– Et toi, tu es inhabituellement gentil quand je m'endors.

– Non, je suis gentil parce que je t'aime. (Je fonds littéralement.) Endors-toi, Beauté.

Il me pose un petit baiser sur le front, je suis trop fatiguée pour demander plus.

Le lendemain matin, je suis réveillée par la lumière crue, trop crue. Quand je me retourne pour enfouir ma tête dans le creux de l'épaule d'Hardin, il soupire dans son sommeil et me serre contre lui. Quand j'émerge vraiment, il est réveillé et fixe le plafond. Il a le regard sombre, et son visage est indéchiffrable.

– Ça va ?

Je me blottis tout contre lui.

– Ouais, ça va.

Je vois bien qu'il ment.

– Hardin, si quelque chose ne va pas...

– Tout va bien.

Je n'insiste pas. Nous nous sommes bien entendus pendant tout le week-end, c'est un record pour nous, je ne veux pas tout gâcher. Je lève la tête et pose un seul baiser sur sa joue, il me serre plus fort.

– J'ai des trucs à faire aujourd'hui, alors quand tu seras prête, tu pourras me déposer à la maison ?

Mon estomac se serre devant son ton distant.

– Bien sûr.

Je m'écarte de lui. Il essaie de m'attraper par le poignet, mais je vais plus vite que lui. Je prends mon sac et me rends à la salle de bains pour m'habiller et me brosser les dents. Nous avons passé ce week-end dans notre bulle et je crains que, sans la protection de ces murs, les choses ne changent.

Je suis soulagée de ne pas tomber sur Landon ou Dakota dans le couloir et encore plus de trouver Hardin tout habillé quand je reviens. Je ne veux pas que ça traîne. Il a ramassé les morceaux de verre sur le sol et le clavier est dans la poubelle, la lampe et le moniteur empilés à côté.

En bas, je dis au revoir à Ken et Karen, alors qu'Hardin sort sans un mot. Je leur promets qu'il viendra quand même au mariage malgré la scène de la veille. Je leur dis pour l'ordinateur et la lampe, mais ils ne semblent pas y attacher d'importance.

– T'es furax ou quoi ? me demande Hardin au bout d'une dizaine de minutes de silence.

– Non.

Je ne suis pas furax. Je suis juste... nerveuse, je crois. Je sens un changement entre nous et je ne l'avais pas anticipé après ce week-end.

– On dirait bien, pourtant.

– Eh bien, non.

– Il faut me le dire si tu l'es.

– C'est juste que tu es distant et que tu me demandes de te laisser à ta fraternité alors que je pensais que tout allait bien entre nous.

– Tu es contrariée parce que j'ai des choses à faire ?

Quand il le dit comme ça, je réalise à quel point je suis ridicule et obsessionnelle. *Est-ce pour ça que je suis contrariée ? Parce qu'il ne va pas rester avec moi toute la journée ?*

– Peut-être.

Je ris de ma bêtise.

– Je ne veux pas que tu sois distant avec moi, c'est tout.

– Je ne le suis pas... pas volontairement en tout cas. Excuse-moi si je t'ai fait penser ça. Rien ne va changer, Tessa.

Il pose la main sur ma cuisse. Ses paroles m'apaisent, mais il y a toujours une pointe de doute derrière mon sourire.

– Tu veux venir avec moi ?

– Non, ça va. Il faut que je travaille, de toute façon.

– Ok, Tess. Il ne faut pas que tu oublies que tout ça est nouveau pour moi. Je n'ai pas l'habitude de tenir compte des autres quand je fais des projets.

– Je sais.

– Je peux te retrouver dans ta chambre quand j'aurai fini ? Ou on peut aller dîner ou autre chose.

Je pose la main sur sa joue puis je passe les doigts dans sa chevelure rebelle.

– Ça va, je t'assure, Hardin. Appelle-moi quand tu auras terminé et on décidera à ce moment-là.

Quand je m'arrête devant sa maison, il se penche et me fait un baiser rapide avant de sortir de la voiture.

– Je t'envoie un texto, dit-il avant de monter quatre à quatre les marches de cette satanée maison.

∞

73

La sensation de vide qui m'envahit après avoir déposé Hardin est étrange et je me trouve un peu pathétique. Même après le court trajet jusqu'à ma chambre, j'ai déjà l'impression que je l'ai quitté depuis des heures. Steph n'est pas là, et ça m'arrange. Il faut vraiment que je travaille et que je prépare ma première journée chez Vance. Il faut que je me choisisse une tenue et que je décide ce que je dois emporter.

Je sors mon organiseur et prépare ma semaine heure par heure, puis je m'occupe de mes vêtements. Pour le premier jour chez Vance, ma nouvelle jupe noire, un petit haut rouge et des chaussures noires à talons, pas trop hauts mais quand même plus que ce que j'aurais porté il y a deux mois. Ça fait très « cadre dynamique », mais c'est féminin quand même. Je me demande vaguement si ça va plaire à Hardin.

Pour me le sortir de la tête, je termine tout mon travail pour la semaine qui vient et prends même un peu d'avance. Quand j'arrive au bout, le soleil est couché et je meurs de faim, mais à cette heure-ci la cafétéria est fermée. Hardin ne m'a toujours pas envoyé de texto, j'en déduis qu'il n'a pas l'intention de passer ce soir.

Je prends mon sac et décide d'aller acheter quelque chose à manger. Je me souviens d'avoir vu un restaurant chinois près de la petite bibliothèque, mais quand j'y arrive, il est fermé. Je cherche le restaurant le plus proche sur mon téléphone, il m'indique un endroit qui s'appelle *The Ice House.* J'y vais. C'est tout petit, on dirait une boîte en aluminium, mais j'ai faim et à l'idée de chercher autre chose, mon estomac proteste. En entrant, je m'aperçois que c'est plus un bar qui sert à manger qu'un restaurant et que c'est blindé, mais je parviens à trouver une petite table libre dans le fond.

Je ne tiens pas compte des regards des clients qui doivent se demander pourquoi je suis seule, mais je mange souvent seule. Je ne fais pas partie de ces gens qui ont besoin d'être accompagnés partout où ils vont. Je vais faire du shopping toute seule, je dîne dehors toute seule et je suis déjà allée au cinéma seule plusieurs fois quand Noah ne pouvait pas venir. Cela ne m'a jamais dérangée d'être seule... jusqu'à maintenant, si je suis franche avec moi-même. Hardin me manque plus qu'il ne devrait et ça m'embête qu'il n'ait même pas pris la peine de m'envoyer un texto.

Alors que j'attends ma commande, la serveuse m'apporte une boisson rose avec un parapluie jaune planté dans le verre.

– Je n'ai pas commandé ça.

Mais elle le pose devant moi quand même.

– C'est le jeune homme, là-bas.

En souriant, elle fait un signe de tête vers le bar. Mon premier réflexe, c'est d'espérer que c'est Hardin et je tends le cou pour regarder. Mais non, c'est Zed qui, de l'autre bout de la salle, me fait un petit signe de la main, accompagné d'un sourire ravageur. Nate arrive et s'assied sur le tabouret vide à côté de lui en me souriant, lui aussi.

– Ah ! merci.

On dirait que tous les bars autour du campus servent de l'alcool aux mineurs, à moins que ceux-ci n'aillent que dans les bars qui le font. La serveuse m'assure que mon plat ne va pas tarder à arriver, puis s'éloigne. Quelques minutes plus tard, Zed et Nate s'approchent, prennent un siège et s'installent à ma table. J'espère que Zed ne m'en veut pas pour vendredi.

– Tu es la dernière personne que je m'attendais à rencontrer ici, surtout un dimanche, dit Nate.

– Oui. C'est un hasard. Je voulais aller au chinois, mais c'était fermé.

– Tu n'as pas vu Hardin ? me demande Zed en souriant avant d'échanger un regard mystérieux avec Nate puis de revenir sur moi.

–Non, pas depuis un moment. Et vous ?

Ma nervosité transparaît dans ma voix.

–Non, pas depuis quelques heures, mais il ne devrait pas tarder, dit Nate.

–Ah bon ?

Mon plat arrive, mais je n'ai plus faim. Et si Molly était avec lui ? Je ne le supporterai pas, pas après le week-end que nous venons de passer.

–Ouais, on vient souvent ici, tu veux que je l'appelle pour savoir quand il arrive ?

–Non, ce n'est pas la peine. Je vais y aller de toute façon.

Je cherche la serveuse des yeux pour lui demander l'addition.

–Tu n'as pas aimé ? demande Zed en montrant mon verre.

–Non, enfin, je n'ai même pas goûté. Merci de me l'avoir offert, mais il faut vraiment que j'y aille.

–Vous vous êtes encore disputés ?

Nate s'apprête à dire quelque chose, mais Zed le fusille du regard. Qu'est-ce qui se passe ? Il boit une gorgée de bière et regarde Nate à nouveau.

–Qu'est-ce qu'il t'a dit ?

–Rien, il a juste dit que ça allait mieux entre vous, rétorque Zed.

Le petit bar me semble encore plus étriqué maintenant, je n'ai qu'une hâte : sortir d'ici.

–Ah, les voilà, dit Nate.

Je tourne vivement la tête vers la porte pour découvrir Hardin, Logan, Tristan, Steph et Molly – j'en étais sûre. Je sais qu'ils sont amis et je ne veux pas avoir l'air de tout contrôler ou d'être hystérique, mais je ne peux pas supporter de le voir avec cette fille. Quand nos regards se croisent, Hardin a l'air surpris et même un peu effrayé. Ça ne va pas recommencer ! La serveuse passe à côté alors qu'ils s'approchent de ma table.

–Est-ce que je peux avoir mon plat à emporter et l'addition, s'il vous plaît ?

Elle a l'air étonné. Elle regarde ceux qui viennent d'arriver et hoche la tête avant de retourner dans la cuisine.

–Tu t'en vas ? me demande Steph.

Ils s'installent tous les cinq à la table d'à côté. Je me retiens de regarder Hardin. Je le déteste quand il est avec ses potes. Pourquoi est-il si différent du Hardin avec qui j'ai passé le week-end ?

– Je... j'ai du boulot.

Elle me fait un sourire insistant.

– Allez, reste un peu... tu travailles trop !

Tout espoir qu'Hardin me prenne dans ses bras et me dise que je lui ai manqué s'est envolé. La serveuse m'apporte mon repas, je lui donne un billet de vingt dollars puis je me lève pour partir.

– Allez, bonne soirée.

Je lance un regard à Hardin et baisse les yeux.

– Attends.

Je me retourne. Pourvu qu'il ne me fasse pas une de ces remarques grossières dont il a le secret, ou qu'il n'embrasse pas Molly, encore une fois.

– Et mon baiser du soir ?

Il sourit. Je regarde ses potes qui ont tous l'air surpris, voire perplexes.

– Q... quoi ?

J'en bégaie. Je redresse les épaules et je le regarde.

– Tu ne vas pas partir sans m'embrasser ?

Il se lève et vient vers moi. C'est ce que je voulais mais là, ça me gêne que les autres nous regardent. Je ne sais pas quoi dire.

– Euh...

– Pourquoi elle ferait ça ? dit Molly en riant.

Seigneur, je ne la supporte pas !

– Ben, ils sont genre ensemble, on dirait, réplique Steph.

– *Quoi ?*

– Ferme-la, Molly ! dit Zed.

J'ai envie de lui dire merci, mais il y a quelque chose dans sa voix et dans les termes qu'elle a choisis qui sonne bizarrement. C'est vraiment très embarrassant.

– À plus.

Je me dirige vers la porte. Hardin me suit et me retient par le bras.

– Pourquoi tu t'en vas ? Et d'abord, qu'est-ce que tu faisais ici ?

– À ton avis ? J'avais faim, je suis venue dîner. Et maintenant je m'en vais parce que tu faisais comme si je n'étais pas là et je...

– Je ne faisais pas comme si tu n'étais pas là. Je ne savais pas quoi faire ni quoi dire. J'ai été pris de court.

– Ça, je veux bien le croire. Tu ne m'as pas envoyé un seul texto de la journée et je te retrouve ici avec Molly ?

J'ai l'air de pleurnicher et ça m'énerve.

– Et avec Logan, Tristan et Steph. Pas seulement Molly.

– Je sais... mais il y a eu quelque chose entre vous deux, avant, et ça m'énerve.

Je mérite sûrement la palme de la scène de jalousie la plus rapide.

– Tu l'as dit toi-même, Bébé, c'était *avant*. Ça n'avait rien à voir avec ça... avec nous.

Je soupire.

– Je sais, mais c'est plus fort que moi.

– Je sais bien. Qu'est-ce que tu crois que ça m'a fait en entrant, de te voir ici, attablée avec Zed ?

– Ce n'est pas la même chose. Molly et toi, vous avez couché ensemble.

Ça me fait mal rien que de le dire.

– Tess...

– Oui, je sais, c'est stupide, mais je ne peux pas m'empêcher d'y penser.

– Ce n'est pas stupide. Je comprends. Mais je ne vois pas ce que je peux y faire. Molly fait partie de la bande et ce sera probablement toujours comme ça.

Je ne sais pas ce que j'espérais qu'il dise mais certainement pas cette autre façon de me dire « dommage pour toi ».

– Ok.

Je devrais être contente qu'en gros il ait dit à tout le monde que nous sortons ensemble maintenant, mais il avait l'air trop détaché.

– J'y vais.

– Alors je viens avec toi.

– Tu es sûr que tu as envie de laisser tes potes ?

Il ne relève pas et me suit jusqu'à ma voiture. J'essaie de dissimuler mon sourire. Au moins, je sais qu'il préfère être avec moi plutôt qu'avec Molly.

– T'étais là depuis combien de temps quand je suis arrivé ? me questionne-t-il quand nous sortons du parking.

– Une vingtaine de minutes environ.

– Tu n'avais pas rendez-vous avec Zed ?

– Non. Il n'y avait plus que ça d'ouvert pour dîner. Je ne savais pas qu'il était là. Ni que tu t'y pointerais, d'ailleurs. Comment je l'aurais su ? Tu ne m'as pas envoyé un seul texto.

– Ah oui.

Au bout d'un moment il me jette de nouveau un coup d'œil.

– Et de quoi vous avez parlé ?

– De rien. Il n'était assis à ma table que depuis quelques minutes quand vous êtes arrivés. Pourquoi tu me demandes ça ?

– Pour rien, je me demandais, c'est tout.

Il pianote des doigts sur son genou.

– Tu m'as manqué aujourd'hui.

– Toi aussi tu m'as manqué. Mais j'ai bien avancé dans mon boulot et j'ai préparé mes affaires pour mon premier jour chez Vance.

– Tu veux que je t'emmène demain ?

– Non. Pourquoi je me suis acheté une voiture, d'après toi ?

Je ris.

– Bien sûr. Mais je pourrais t'emmener quand même.

Nous arrivons à la résidence universitaire et nous nous dirigeons vers ma chambre.

– Non, ça ira, je suis assez grande pour y aller toute seule. Mais merci quand même.

Juste au moment où je m'apprête à lui demander ce qu'il a fait toute la journée – pourquoi il ne m'a pas envoyé de texto si je lui manquais tant que ça –, je reste interdite, la panique m'envahit.

Ma mère est plantée devant ma porte, les bras croisés et l'air profondément contrarié.

∞

74

Hardin suit mon regard et ses yeux s'arrondissent quand il la voit. Il veut me prendre la main, mais je me dégage et passe devant lui.

– Salut, Mam...

– Non mais qu'est-ce qui t'est passé par la tête ?

Je voudrais me faire toute petite et disparaître.

– Je... quoi ?

J'ignore ce qu'elle sait, alors je me tais. Sous la colère, ses cheveux paraissent encore plus brillants et encadrent son visage parfaitement maquillé.

– À quoi penses-tu, Theresa ? Cela fait deux semaines que Noah m'évite et quand je suis finalement tombée sur Madame Porter à l'épicerie, tu sais ce qu'elle m'a dit ? Que vous aviez rompu ? *Pourquoi ne m'as-tu rien dit ?*

Elle hurle.

– Ce n'est pas si grave, Maman. On a rompu, voilà.

Elle pousse un cri étouffé. Hardin reste derrière moi, mais je sens sa main sur mes reins.

– Ce n'est pas grave ? Comment oses-tu ? Cela fait des années que vous êtes ensemble, Noah et toi. C'est un *bon parti* pour toi, Tessa. Il a de l'avenir et il vient d'une bonne famille !

Elle s'arrête pour reprendre sa respiration, mais je me tais, elle n'a pas encore vidé son sac. Elle se redresse et reprend aussi calmement que possible.

– Heureusement, j'ai eu une conversation avec lui et il est d'accord pour te reprendre, malgré ta conduite inconvenante.

La moutarde me monte au nez.

– Comment *j'ose, moi ?* Si je n'ai plus envie de sortir avec lui, c'est mon droit. Qu'est-ce qu'on en a à faire du genre de famille dont il vient ? Ce qui compte, c'est que je sois heureuse, non ? Comment *as-tu pu te permettre* de lui parler de ça ? Je ne suis plus une petite fille.

Je la pousse pour ouvrir la porte, Hardin sur mes talons. Ma mère nous suit comme une furie.

– Tu ne te rends pas compte à quel point tu es ridicule ! Et tu arrives ici avec ce... ce... *punk* ! Regarde-le, Tessa ! C'est ta façon de te révolter contre moi ? Qu'est-ce que je t'ai fait pour que tu me détestes à ce point ?

Hardin est debout à côté de ma commode, les mâchoires serrées et les poings enfoncés dans les poches. Si elle savait que son père est président de l'université et a encore plus d'argent que la famille de Noah... Mais je ne le lui dirai pas, ça ne la regarde pas.

– Ça n'a rien à voir avec toi ! Pourquoi faut-il que tu ramènes toujours tout à toi ?

Les larmes me montent aux yeux, mais je refuse de me laisser impressionner. Quand je suis en colère, je pleure et je déteste cette faiblesse, mais je ne peux pas m'en empêcher.

– Tu as raison, il ne s'agit pas de moi... il s'agit de ton avenir ! Tu dois penser à ton avenir, pas à ce que tu ressens maintenant. Je comprends que tu sois attirée par le plaisir et le danger, mais il n'y a pas d'avenir là-dedans !

Elle désigne Hardin.

– Pas avec ce... cette espèce de dégénéré !

Avant de me rendre compte de ce que je fais, je me précipite sur ma mère. Hardin avance et m'attrape par les coudes pour m'éloigner d'elle.

– Ne parle pas de lui comme ça !

Ma mère a les yeux écarquillés et rouges.

– Je ne te reconnais plus. La fille que j'ai élevée ne me parlerait jamais comme ça ! Elle ne mettrait jamais son avenir en danger et elle ne serait pas si irrespectueuse !

Je commence à culpabiliser, mais c'est exactement ce qu'elle veut, et je ne dois pas rentrer dans son jeu. Je dois lui tenir tête.

– Je ne mets pas mon avenir en danger ! Mon avenir n'est même pas en question. J'aurai les meilleures notes et j'ai trouvé un super stage qui commence demain. Tu es vraiment égoïste de débarquer ici comme ça en essayant de me culpabiliser parce que je suis heureuse. Il me rend heureuse, maman, et si cela ne te plaît pas, tu ferais mieux de partir.

– Pardon ?

Elle souffle, mais en vérité je suis aussi surprise qu'elle par ce que je viens de dire.

– Tu le regretteras, Theresa. Je ne peux pas te regarder tellement tu me dégoûtes.

La pièce commence à tourner. Je ne m'étais pas préparée à me battre avec ma mère, pas aujourd'hui en tout cas. Je savais que ce n'était qu'une question de temps avant qu'elle ne découvre la vérité, mais je n'avais pas prévu que ce serait pour aujourd'hui.

– J'ai su qu'il y avait anguille sous roche dès le premier jour, quand je l'ai vu dans ta chambre. Je ne pensais quand même pas que tu serais si prompte à écarter les jambes pour lui !

Hardin se met entre nous.

– Vous allez trop loin.

Son regard est sombre et menaçant. Je crois qu'Hardin pourrait être la seule personne capable de rendre à ma mère la monnaie de sa pièce.

– Restez en dehors de ça, vous, dit-elle sur un ton cinglant. (Les bras croisés, elle se tourne vers moi.) Si tu continues à le voir, je ne t'adresserai plus jamais la parole, et je ne pense pas que tu puisses financer tes études toi-même. *Rien que cette chambre me coûte les yeux de la tête.*

Je suis stupéfaite que ma mère en arrive là.

– Tu menaces de me couper les vivres et de remettre mes études en question parce que tu n'approuves pas la personne que j'aime ?

– *Que tu aimes ?* reprend-elle sur un ton sarcastique. Oh Theresa ! Ma Theresa, si naïve, tu n'as pas la moindre idée de ce qu'est l'amour. (Elle part d'un rire qui sonne comme un caquètement écœurant.) Et tu t'imagines qu'il t'aime ?

– Oui, je l'aime, intervient Hardin.

– Bien voyons.

Elle rejette la tête en arrière.

– Maman...

– Theresa, je te préviens. Si tu continues de le voir, il y aura des conséquences. Je m'en vais maintenant, mais j'attends ton coup de fil, quand tu auras les idées plus claires.

Elle sort en trombe et je m'arrête à la porte pour la regarder partir à grands pas, en faisant claquer ses talons qui résonnent dans le couloir. Je me tourne vers Hardin.

– Je suis terriblement désolée.

– Tu n'as pas à t'excuser. Je suis fier de la façon dont tu lui as tenu tête.

Il prend mon visage dans ses mains et pose un baiser sur mon nez. Je jette un coup d'œil circulaire dans la chambre en me demandant comment on en est arrivés là. Il me prend dans ses bras, et, ma tête sur sa poitrine, me masse le cou pour en faire partir la tension.

– Je n'y crois pas ! Je n'en reviens pas qu'elle ait menacé d'arrêter de payer la fac. Elle ne paie pas tout, en plus ! J'ai une bourse et des prêts étudiant. Elle ne paie que vingt pour cent de ce que ça coûte. La plus grosse partie va pour le logement en résidence universitaire. Mais qu'est-ce que je vais faire si elle ne paie plus ? Il faudra que je trouve un boulot en plus du stage.

Il pose la main sur ma nuque et j'éclate en sanglots sur sa poitrine.

– Chut... chut... Tout va bien, on trouvera quelque chose. Tu peux venir habiter avec moi. (Je me mets à rire et je m'essuie les yeux.) Sérieux, tu pourrais. Ou on pourrait prendre un appart en dehors du campus. J'ai assez d'argent.

Je lève les yeux vers lui.

– Tu ne parles pas sérieusement ?

– Mais si.

– On ne peut pas habiter ensemble.

Je ris et renifle en même temps.

– Pourquoi pas ?

– Parce qu'on ne se connaît que depuis quelques mois et qu'on a passé la majeure partie de ce temps à se bagarrer, je te rappelle.

– Et alors ? Ce week-end, on a bien réussi à s'entendre, non ?

Il sourit et nous éclatons de rire.

– Tu es fou. Je ne risque pas d'aller habiter avec toi.

Il me serre dans ses bras.

–Tu peux y réfléchir... J'ai envie de quitter la maison de la fraternité de toute façon. Je ne suis pas vraiment à ma place là-bas, au cas où tu ne l'aurais pas remarqué.

C'est vrai que lui et sa petite bande de potes sont les seuls à ne pas porter des polos et des pantalons kaki tous les jours.

–Je n'y suis allé que pour faire chier mon père, mais ça n'a pas eu le résultat escompté.

–Tu pourrais prendre un appart tout seul, si tu n'aimes pas la fraternité.

Il n'est pas question que j'emménage avec lui, si vite.

–Je pourrais, mais ça ne serait pas aussi marrant.

–Ça ne nous empêcherait pas de nous amuser.

Avec un sourire coquin, il pose ses deux mains sur mes fesses et me serre.

–Hardin!

La porte s'ouvre, j'arrête de respirer. Je revois ma mère en furie et j'ai peur qu'elle ne soit revenue pour la deuxième manche. C'est avec soulagement que je vois entrer Steph et Tristan.

–J'ai l'impression que j'ai manqué quelque chose de grandiose. Ta mère vient de me faire flipper sur le parking, dit Steph.

C'est plus fort que moi, j'éclate de rire.

∞

75

Steph est partie chez Tristan, du coup Hardin a décidé de rester cette nuit avec moi. Nous passons le reste de la soirée à parler et à nous embrasser jusqu'à ce qu'Hardin s'endorme, la tête sur mes genoux. Mes rêves m'emportent dans un temps et un lieu où nous pourrions réellement vivre ensemble. J'adorerais me réveiller tous les matins avec Hardin à mes côtés, mais ce n'est pas réaliste. Je suis trop jeune, tout va beaucoup trop vite.

Lundi matin. Mon alarme se déclenche avec dix minutes de retard, décalant toute mon organisation. Je me douche et me maquille rapidement puis je réveille Hardin avant de brancher mon sèche-cheveux.

– Quelle heure est-il ?

– Six heures et demie. Je dois faire mon brushing.

– Six heures et demie ? Tu n'as pas besoin d'arriver là-bas avant neuf heures. Reviens te coucher.

– Non, je dois encore faire mon brushing et aller prendre un café. Il faut que je sois partie à sept heures et demie, puisqu'il faut trois quarts d'heure pour aller là-bas.

– Tu seras trois quarts d'heure en avance, tu devrais partir à huit heures.

Il ferme les yeux et se retourne. Je n'y fais pas attention et branche mon séchoir : Hardin prend un oreiller et se le met sur la tête ! Après avoir bouclé mes cheveux, je regarde mon organiseur une fois de plus pour m'assurer que je n'ai rien oublié.

– Tu vas aller directement en cours en partant d'ici ? je lui demande en m'habillant.

– Ouais, probablement.

Il sort du lit en souriant.

– Je peux t'emprunter ta brosse à dents ?

– Euh, oui... j'en rachèterai une en rentrant.

C'est la première fois que quelqu'un me demande d'utiliser ma brosse à dents. Je m'imagine la remettre dans ma bouche après qu'il s'en sera servi, mais ce n'est pas une bonne idée.

– Je continue à penser que tu n'as pas besoin de partir avant huit heures. Imagine tout ce qu'on pourrait faire en une demi-heure.

Je l'observe, lui et ses fossettes attirantes, et la façon dont ses yeux se baladent sur moi. Lorsque je remarque la protubérance dans son boxer, ma température grimpe illico. Mes doigts s'immobilisent sur le bouton du milieu de mon chemisier quand il traverse paresseusement la courte distance qui nous sépare pour venir derrière moi. Je lui fais signe de remonter la fermeture de ma jupe et il s'exécute mais en caressant délicatement ma peau nue au passage.

– Il faut que j'y aille. Je dois encore aller prendre mon café. Et s'il y a des embouteillages ? Un accident ? Je pourrais crever ou tomber en panne d'essence. Je pourrais me perdre ou ne pas trouver de place pour me garer. Et si je dois me garer de l'autre côté du bâtiment et que je dois refaire tout ce chemin à pied et que j'arrive tout essoufflée et que j'ai besoin de quelques minutes pour...

– Bébé, il faut que tu te calmes. Tu es une boule de nerfs.

Il souffle doucement sur mon oreille. Je le regarde dans la glace. Il est si parfait quand il se réveille. Les traces de sommeil l'adoucissent.

– Je ne peux pas m'en empêcher. Ce stage est tellement important pour moi. Je ne veux pas courir le risque de tout gâcher.

Je carbure à cent à l'heure. Ça ira mieux demain quand je saurai ce qui m'attend et que je pourrai organiser ma semaine en conséquence.

– Tu ne peux pas arriver là-bas dans un tel état de nervosité. Ils vont te manger toute crue.

Il pose un chapelet de petits bisous tout le long de mon cou.

– Ça va aller.

Du moins je l'espère. Son souffle chaud dans mon cou me donne la chair de poule.

– Laisse-moi d'abord t'aider à te détendre.

Sa voix est basse et séductrice, même encore un peu endormie.

– Je...

Il passe les doigts le long de ma clavicule et descend sur ma poitrine. Nos yeux se croisent dans le miroir et je soupire, vaincue.

– Cinq minutes ?

– Je n'ai pas besoin de plus.

Je m'apprête à me retourner, mais il m'arrête.

– Non, je veux que tu regardes, ronronne-t-il dans mon oreille.

Ses paroles déclenchent l'élancement familier entre mes jambes. J'avale ma salive, il ramène mes cheveux sur mon épaule gauche et colle son corps contre le mien. Ses mains descendent jusqu'à l'ourlet de ma jupe.

– Heureusement que tu n'as pas mis de collant aujourd'hui. Je dois dire que j'aime beaucoup cette jupe.

Il la remonte jusqu'à ma taille.

– Surtout comme ça.

Mes yeux sont scotchés sur le reflet de ses mains dans la glace et mon pouls bat la chamade. Ses doigts sont un peu froids quand ils se glissent dans ma culotte, leur contact me fait sursauter et Hardin rigole dans mon cou. Son autre main passée sur ma poitrine me maintient en place. Je me sens si vulnérable, mais terriblement excitée en même temps. Le regarder me toucher entraîne mon esprit vers des contrées dont je ne soupçonnais même pas l'existence. Ses doigts bougent lentement en moi et il m'embrasse doucement dans le cou.

– Regarde comme tu es belle, murmure-t-il contre ma peau.

Je me regarde dans la glace et c'est tout juste si je reconnais la fille en face de moi. Mes joues sont écarlates, mes yeux grands ouverts brillent d'un éclat sauvage. Avec ma jupe remontée sur mes hanches et les doigts d'Hardin bougeant en moi, je suis... différente... voire sexy. Je ferme les yeux en sentant mon ventre se contracter. Hardin poursuit son assaut magnifiquement lent et je me mords la lèvre inférieure pour étouffer un gémissement.

– Ouvre les yeux.

J'obéis et quand mon regard croise le sien, je perds le contrôle. Hardin derrière moi, qui me tient et qui me regarde me décomposer sous ses caresses, il n'en faut pas plus. Ma tête roule sur son épaule et mes jambes se mettent à trembler.

– C'est ça, Bébé.

Il resserre son étreinte et me soutient tandis que ma vue se trouble et que je dis son nom en gémissant. Quand je rouvre les yeux, Hardin m'embrasse sur la tempe et caresse mes cheveux avant de tirer ma jupe sur mes cuisses. Je me retourne et regarde la pendule. Il n'est que huit heures moins vingt-cinq.

Il n'a vraiment eu besoin que de cinq minutes. Ça me fait sourire de me dire ça.

– Tu vois, tu es beaucoup plus détendue et prête à affronter le monde de l'entreprise américaine, non ?

Il est radieux, visiblement très fier de lui. Et je le comprends.

– Oui, c'est vrai. Mais toi tu fais un piètre Américain, je plaisante en attrapant mon sac.

– Je ne prétends pas autre chose. Bon, c'est ta dernière chance pour que je t'emmène. Enfin, étant donné que je n'ai pas ma voiture, il faudrait que je t'emmène dans ta voiture.

– Non, mais c'est gentil.

– Bonne chance. Tu vas très bien t'en sortir.

Il m'embrasse. Un petit merci puis je ramasse mes affaires et je pars en le laissant dans ma chambre. Finalement et malgré le retard de dix minutes de mon alarme, ce matin commence super bien. Le trajet est rapide, la circulation fluide et quand j'arrive dans le parking, il n'est que huit heures trente. J'appelle Hardin pour passer le temps.

– Ça va ?

– Je suis déjà arrivée.

J'imagine son expression satisfaite.

– Je te l'avais dit. Tu aurais pu rester dix minutes de plus pour me tailler une pipe.

Je glousse.

– Espèce de pervers lubrique, tu ne changes pas, même si tôt le matin.

– Ouais, on ne peut pas dire que je ne sois pas cohérent.

– Ce n'est pas moi qui dirai le contraire.

On continue sur le même ton à propos de son manque de vertu jusqu'à ce qu'il soit l'heure que j'y aille. Je monte au dernier étage, où se trouve le bureau de Christian Vance, et je m'annonce à l'accueil. L'hôtesse passe un coup de fil et, au bout de quelques instants, me fait un large sourire.

– Monsieur Vance va venir vous chercher dans une minute.

La porte du bureau dans lequel s'est déroulé mon entretien s'ouvre et Monsieur Vance lui-même apparaît.

– Mademoiselle Young !

Il porte un costume si élégant que je suis un peu intimidée, mais contente du choix de ma tenue. Il porte un gros dossier sous le bras.

– Bonjour, Monsieur Vance.

Je lui tends la main en souriant.

– Vous pouvez m'appeler Christian. Je vais vous montrer votre bureau.

– Mon bureau ?

– Oui, vous allez avoir besoin de votre propre espace. Il n'est pas très grand, mais vous serez chez vous. On va y aller pour faire vos papiers.

Il sourit et s'éloigne si rapidement que j'ai du mal à le suivre avec mes talons. Il tourne sur la gauche dans un couloir où se trouve une succession de petits bureaux.

– Et voilà.

Il y a une étiquette noire, à côté de la porte, avec mon nom écrit en lettres majuscules blanches.

Je crois rêver. Le bureau est aussi grand que ma chambre à la résidence universitaire. Monsieur Vance et moi n'avons pas la même notion du « pas très grand » ! Il y a un bureau en merisier de taille moyenne, deux classeurs, deux fauteuils, une étagère, un ordinateur... et une *fenêtre* ! Il s'assied face au bureau, je fais donc le tour pour m'asseoir derrière. Il va me falloir un temps d'adaptation pour me faire à l'idée que ceci est vraiment mon bureau.

– Donc, Mademoiselle Young, voyons les tâches que vous aurez à accomplir. Vous devrez lire au moins deux manuscrits par semaine. S'ils sont excellents et correspondent à notre ligne éditoriale, vous me les faites passer. S'ils ne valent pas la peine que je les regarde, vous les mettez à la poubelle.

Je reste bouche bée. Ce stage est littéralement un rêve devenu réalité. Je vais être payée et obtenir des crédits pour lire.

– Vous commencerez à deux cents dollars par semaine et, si vous donnez satisfaction, au bout de quatre-vingt dix jours vous recevrez une augmentation.

Deux cents dollars par semaine! Cela devrait me permettre de prendre mon propre appartement, même s'il est petit.

– Merci mille fois, c'est tellement plus que ce que j'attendais!

J'ai hâte d'appeler Hardin pour lui dire tout ça.

– Je vous en prie. Je sais de source sûre que vous êtes très travailleuse. Et puis, vous pourrez peut-être dire à Hardin que c'est bien, comme ça il reviendra travailler pour moi.

– Quoi?

– Hardin. Il travaillait pour nous avant que Bolthouse nous le pique. Il a commencé comme stagiaire ici l'année dernière. Il a fait du très bon travail et je l'ai rapidement embauché. Mais ils lui ont offert un salaire plus intéressant, tout en lui permettant de travailler de chez lui. Il disait qu'il n'aimait pas l'environnement des bureaux, alors il nous a quittés. Ça cadre bien avec le personnage...

Il sourit et ajuste sa montre. Je ris nerveusement.

– Je lui rappellerai combien cet endroit est super.

Je n'aurais jamais imaginé qu'il avait un boulot. Il ne m'en a jamais parlé. Monsieur Vance me passe le dossier en le faisant glisser sur le bureau.

– Finissons-en avec cette paperasserie.

Après une demi-heure de « signez ici » et « paraphez là », nous en avons enfin fini et Monsieur Vance me laisse me « familiariser » avec l'ordinateur et le bureau. Mais à peine est-il sorti et a-t-il refermé la porte que je ne pense qu'à pousser un petit cri de joie et pivoter sur moi-même dans mon fauteuil, à ma table, dans mon nouveau bureau!

∞

76

Quand je sors après le meilleur « premier jour » qu'on puisse imaginer, j'appelle Hardin, mais il ne répond pas. Je voudrais lui raconter à quel point cette matinée a été géniale et lui demander pourquoi il ne m'a pas dit qu'il avait un boulot ni qu'il avait travaillé chez Vance.

Il n'est que treize heures quand j'arrive sur le campus, ils m'ont laissé partir tôt parce qu'ils avaient des réunions importantes de haut niveau, ou quelque chose du genre. J'ai pratiquement toute la journée de libre, alors je vais faire un tour au centre commercial. Après être entrée et sortie de chacune des boutiques, je vais dans un grand magasin, deux ou trois nouvelles tenues pour mon stage ne seraient pas du luxe. Subitement je nous revois, Hardin et moi, reflétés dans le miroir ce matin, et je me dis que ce ne serait pas mal non plus de renouveler ma lingerie. Mes sous-vêtements sont trop basiques et ça fait un moment que je les ai. Hardin ne semble pas y faire attention mais j'adorerais voir son expression si, au moment où je retire mon chemisier, j'avais un autre soutien-gorge que mon sempiternel basique noir ou blanc. Je cherche dans le rayon et trouve quelques ensembles prometteurs. Mon préféré est rose et presque entièrement en dentelle. Le seul fait de le sortir du présentoir me fait rougir, mais il me plaît vraiment. Une vendeuse, aux cheveux bouclés et avec beaucoup trop de rouge à lèvres, vient vers moi pour m'aider.

– Oui, ce n'est pas mal, mais que pensez-vous de ce modèle ?

Elle me montre quelque chose qui ressemble à une pelote de ficelle rose fuchsia accrochée sur un cintre.

– Euh... ce n'est pas trop mon style.

Je baisse les yeux.

– Je vois, vous n'aimez pas les sous-vêtements ajourés ?

Pourquoi faut-il que nous discutions de mes choix en matière de sous-vêtements ? C'est on ne peut plus gênant.

– Vous devriez essayer le style shorty, c'est très sexy sans l'être trop.

Elle me montre un ensemble du même rose pâle que celui que je tiens à la main, mais la culotte n'a pas la même forme. Un shorty. Je n'ai jamais fait attention à mes culottes parce que personne ne les voyait jamais. Qui aurait dit que cela puisse être aussi humiliant et compliqué ?

– Ok.

Je la laisse faire. Elle prend plusieurs autres modèles sur le présentoir : un blanc, un noir et un rouge. Le rouge me paraît un peu violent, mais je dois admettre que cela change. Même le noir et le blanc semblent plus exotiques que ce que je choisis d'habitude parce qu'ils sont en dentelle. La vendeuse me fait un large sourire, un peu effrayant.

– Essayez-les, vous verrez, c'est exactement votre style.

J'ébauche un sourire poli et les lui prends des mains en espérant que, si je m'éloigne, elle ne va pas me suivre. Soulagée de voir qu'elle ne le fait pas, je prends plusieurs robes et une paire de chaussures habillées mais confortables. Arrivée à la caisse, je fais répéter trois fois le montant de la facture avant de payer, les sous-vêtements chic sont beaucoup plus chers que ce que je croyais ! Hardin a intérêt à les trouver à son goût.

Steph n'est pas dans la chambre quand je rentre et aucune nouvelle d'Hardin, je décide donc de faire une sieste. Une fois mes achats rangés, j'éteins la lumière.

Une sonnerie inconnue me tire de mon sommeil. Je me retourne et ouvre les yeux. Bien sûr, Hardin est assis sur la chaise, les pieds sur la commode de Steph.

– Bien dormi ? me demande-t-il en souriant.

– En fait, oui. Comment es-tu entré ?

Je me frotte les yeux.

– J'ai redemandé ma clé à Steph.

– Oh ! Et tu es là depuis longtemps ?

– Environ une demi-heure. Ça s'est bien passé chez Vance ? Je ne pensais pas que tu serais déjà rentrée, il n'est que six heures. Mais je t'ai trouvée là, en train de ronfler, c'est que la journée a dû te paraître longue.

Il rit. Je me soulève sur un coude et le regarde.

– C'était génial. J'ai un bureau à moi, avec mon nom sur la porte extérieure. Je n'y crois pas ! C'est top ! Je vais gagner beaucoup plus d'argent que je ne pensais pour lire des manuscrits. Elle est pas belle la vie ? J'ai juste peur de tout faire rater parce que c'est trop parfait. Tu vois ?

– Waouh ! Vance t'a à la bonne, visiblement. Mais tu vas très bien t'en sortir, je ne m'inquiète pas pour toi.

– Il m'a dit que tu avais travaillé pour lui.

Je veux voir sa réaction.

– Ça ne m'étonne pas.

– Pourquoi tu ne me l'avais pas dit ? Ni que tu as un autre boulot, maintenant ? Quand trouves-tu le temps de travailler ?

– Il faut toujours que tu poses tout un tas de questions.

Il se passe la main dans les cheveux.

– Mais je vais te répondre. Je ne te l'ai pas dit parce que... en fait, je n'en sais rien. Et je trouve le temps de travailler quand il le faut. Quand je ne suis pas avec toi, je le trouve.

Je m'assieds en tailleur face à lui.

– Monsieur Vance t'aime vraiment bien. Il a dit qu'il aimerait que tu reviennes travailler pour lui.

– J'en suis sûr, mais non merci. Je gagne plus là-bas *et* je travaille moins.

Je lève les yeux au ciel.

– Parle-moi de ton boulot. Qu'est-ce que tu fais exactement ?

Il hausse les épaules.

– Je lis des manuscrits. Je les corrige. La même chose que ce que tu vas faire mais avec plus de responsabilités.

– Oh. Et ça te plaît ?

– Oui, Tessa, ça me plaît.

Son intonation est un peu sèche.

– Tant mieux. Tu voudrais travailler chez un éditeur quand tu auras ton diplôme ?

– Je ne sais pas ce que je veux faire.

– J'ai dit quelque chose de mal ?

– Non, mais tu n'arrêtes pas de poser des questions, tout le temps.

– Quoi ?

Je ne sais pas s'il est sérieux ou sarcastique.

– Tu n'as pas besoin de connaître tous les détails de ma vie.

– On discute, c'est tout. Une discussion banale au sujet de ton boulot. Ça fait partie des choses que les gens font. Excuse-moi de m'intéresser à ta vie de tous les jours.

Il ne dit rien. C'est quoi son problème, putain ? J'ai passé une super journée et je n'ai pas la moindre envie de me disputer avec lui. Je reporte mon attention au plafond et je me tais aussi. À la fin, j'ai compté quatre-vingt seize panneaux au-dessus de ma tête et quarante vis pour les maintenir là-haut.

– Je vais prendre une douche.

– C'est ça, vas-y.

Je fais les gros yeux en attrapant ma trousse de toilette.

– Tu sais, je croyais qu'on avait dépassé ce stade, celui où tu te conduis connement sans raison.

Dans la douche, je prends mon temps, je me rase méticuleusement les jambes pour pouvoir mettre la robe que je viens de m'acheter pour aller chez Vance demain. Je n'ai plus le trac, mais mon excitation est à son comble. Je regrette qu'Hardin se soit montré si grossier. Je n'ai rien fait d'autre que lui poser des questions au sujet d'un boulot dont il ne m'avait pas parlé. Je ne vois pas ce qu'il y a de mal à ça. Il y a tellement de choses que j'ignore à son sujet que ça me met mal à l'aise.

Je réfléchis à un moyen de lui faire comprendre ça, mais quand je reviens dans la chambre, Hardin n'est plus là.

∞

77

Son comportement irrationnel m'agace prodigieusement, mais j'essaie de penser à autre chose. Je démêle mes cheveux mouillés et mets la lingerie rose pâle que je viens d'acheter. J'enfile un t-shirt par-dessus, puis j'inspecte mes affaires pour demain. Je ne pense qu'à une chose : où est-il allé ? Je sais que je suis obsessionnelle et un peu folle, mais c'est plus fort que moi, je me dis qu'il est avec Molly.

Alors que je suis en train de me demander si je l'appelle ou pas, je reçois un texto de Steph me disant qu'elle ne rentrera pas ce soir. Elle pourrait aussi bien emménager avec Tristan et Nate, elle dort là-bas cinq nuits par semaine et Tristan est positivement fou d'elle. Il lui a probablement raconté son boulot dès leur deuxième rendez-vous et jamais il ne lui parlerait aussi sèchement avant de la laisser en plan sans raison, lui.

– Elle a de la chance, elle !

J'attrape sa télécommande et zappe distraitement avant de m'arrêter sur la rediffusion d'un épisode de *Friends* que j'ai déjà vu... au moins une centaine de fois. Je ne me rappelle plus la dernière fois où j'ai regardé la télévision, mais c'est agréable d'être dans mon lit devant une comédie sympa et d'échapper à une dernière dispute idiote avec Hardin. Après plusieurs épisodes de différentes séries, je tombe de sommeil. Juste avant de m'assoupir, ma colère étant momentanément retombée, j'envoie un texto à Hardin pour lui souhaiter une bonne nuit, mais je m'endors avant qu'il m'ait répondu.

– Et merde !

Un bruit sourd me réveille brusquement. Je m'assieds d'un bond dans mon lit et j'allume. C'est Hardin, titubant, qui essaie de trouver son chemin dans le noir.

– Qu'est-ce que tu fais ?

Quand il lève les yeux, je vois qu'ils sont rouges et brillants. Il a bu. *Super.*

– Je suis venu te voir.

Il se vautre dans le fauteuil.

– Pourquoi ?

J'ai envie qu'il soit là, mais pas ivre à deux heures du matin.

– Parce que tu m'as manqué.

– Dans ce cas, pourquoi es-tu parti ?

– Parce que tu me cassais les pieds.

Aïe.

– Ok. Je me rendors. Tu es bourré et de toute évidence tu vas encore te montrer désagréable.

– Je ne me montre pas désagréable, Tessa. Et je ne suis pas bourré... ok... je *suis* bourré, et alors ?

– Je me fiche que tu sois bourré, mais c'est un soir de semaine et j'ai besoin de dormir.

Je resterais volontiers debout toute la nuit avec lui si j'étais sûre qu'il ne me dise pas des choses blessantes toutes les cinq minutes.

– *C'est un jour de semaine,* répète-t-il en m'imitant. Tu ne peux pas être encore plus conformiste ?

Il rit comme s'il avait dit la chose la plus drôle qui soit.

– Tu ferais mieux de partir.

Je me recouche, me tournant face au mur. Je n'aime pas ce Hardin-là. Je veux qu'on me rende la moitié sympa de mon Hardin. Pas cette espèce de connard bourré.

– Roooh, Bébé, te mets pas en colère. Tu veux vraiment que je m'en aille ? Tu sais ce qui arrive quand je dors sans toi.

Mon cœur se serre. Oui, je sais ce qui arrive, mais c'est déloyal de se servir de cet argument contre moi alors qu'il a bu et qu'il me fait marcher.

– Très bien. Tu peux rester, mais moi je me rendors.

– Quoi ? Tu ne veux pas dormir avec moi ?

– Tu as bu et tu es méchant.

Je finis par me retourner pour le regarder.

– Je n'ai pas été méchant. J'ai simplement dit que tu me cassais les pieds.

– On ne peut pas dire que ce soit très gentil. Surtout que je n'ai rien fait d'autre que te poser des questions sur ton boulot.

– Seigneur, tu ne vas pas recommencer. S'il te plaît, Tessa, laisse tomber. Je n'ai pas envie de parler de ça maintenant.

Il parle d'une voix geignarde et pâteuse.

– Pourquoi est-ce que tu as bu ?

Cela ne me dérange pas qu'il boive, je ne suis pas sa mère et il est adulte. Ce qui m'ennuie, c'est qu'il boit toujours pour une raison. Il ne boit pas pour le plaisir.

Il détourne les yeux et regarde la porte comme s'il voulait s'échapper.

– Je... je ne sais pas... j'avais juste envie d'un verre... ou deux. Tu ne veux pas arrêter d'être en rogne contre moi ? Je t'aime.

Il me regarde droit dans les yeux. Ces simples mots ont raison d'une grande part de ma colère et déclenchent mon envie d'être dans ses bras.

– Je ne suis pas en rogne contre toi. Mais je ne veux pas faire marche arrière dans notre relation. Ça ne me plaît pas que tu t'en prennes à moi sans raison, puis que tu t'en ailles sans rien dire. Si quelque chose te déplaît, je préfère que tu m'en parles ouvertement.

– Tu ne supportes pas de ne pas tout contrôler.

– Pardon ?

– Tu es une maniaque du contrôle.

Il hausse les épaules comme si c'était un fait reconnu.

– C'est faux. J'ai ma façon de voir les choses.

– Ouais, et tu penses que c'est la seule.

– Si je comprends bien, nous n'avons pas fini de nous disputer. Il y a autre chose que tu veux me dire pendant qu'on y est ?

– Non, seulement que tu es une maniaque du contrôle et que je veux que tu viennes habiter avec moi. (*Quoi ?* Ses revirements incessants me donnent le tournis.) Tu devrais emménager avec moi. J'ai trouvé un appart aujourd'hui. Je n'ai pas encore signé, mais il est sympa.

– Quand ?

J'ai du mal à suivre les cinq personnalités d'Hardin Scott.

– En partant d'ici.

– Avant de te soûler ?

Il grimace. La lumière de la lampe se reflète dans l'anneau de son arcade sourcilière et je dois faire un effort pour résister à son pouvoir d'attraction.

– Bien sûr, avant de me soûler. Alors qu'en dis-tu ? Tu vas venir habiter avec moi ?

– Je sais que tu n'es pas habitué à sortir régulièrement avec quelqu'un, mais généralement les gens ne demandent pas à leur petite amie de venir s'installer avec eux juste après l'avoir insultée.

Je me mords la lèvre pour ne pas sourire.

– Eh bien, ladite petite amie ferait bien, de temps en temps, d'être un peu plus relax.

Même bourré, il sait y faire.

– Et ledit petit ami ferait bien d'arrêter de se conduire comme un con.

Il se met à rire, se lève de son fauteuil et avance vers mon lit.

– Je fais ce que je peux, je te le jure. Parfois, c'est plus fort que moi. (Il s'assied au bord du lit.) Je suis très, très bon à ce petit jeu.

– Je sais.

Je soupire. Si on met de côté l'épisode de ce soir, je sais qu'il a vraiment fait des efforts pour être plus sympa. Je ne veux pas lui trouver des excuses, mais il a bien mieux réussi que je ne l'espérais.

– Alors, tu vas venir habiter avec moi ?

Il sourit, plein d'espoir.

– Seigneur ! Une chose à la fois. Pour l'instant, je vais arrêter d'être en colère contre toi.

Je m'assieds dans mon lit.

– Maintenant, viens me rejoindre.

Il fait mine d'hésiter, comme pour dire : Qu'est-ce que je te disais, une maniaque du contrôle ! Mais il se lève et retire son jean malgré tout. Quand il enlève son t-shirt, il le pose sur le lit devant moi et ça me plaît qu'il aime autant que moi que je porte ses t-shirts. Je retire le mien pour mettre celui-ci, mais il m'arrête. Je lève les yeux.

– Putain ! Attends, c'est quoi ça, putain ?

Il ouvre des yeux ronds.

– Je... je me suis acheté des sous-vêtements aujourd'hui.

Je rougis et regarde ailleurs.

– Je vois ça... putain !

– Tu te répètes !

Je rigole. L'éclat dans les yeux d'Hardin fait courir un frisson sur ma peau.

– Tu es super sexy avec ça !

Il déglutit.

– Tu l'es toujours, mais là, c'est juste...

La bouche sèche, je baisse les yeux vers le renflement qui étire son boxer. L'énergie qui passe entre nous change de nature, pour la énième fois de la soirée.

– Je voulais te le montrer tout à l'heure, mais tu étais trop occupé à jouer au con.

– Humm...

Visiblement, il ne prête pas la moindre attention à ce que je dis. Il pose un genou sur le lit et me regarde de la tête aux pieds avant de s'allonger sur moi. Ses lèvres ont le goût du whisky et de la menthe, et le mélange est délicieux. Nos baisers sont doux et provocants, nous jouons à cache-cache, sa langue glissant avec légèreté sur la mienne. Il passe la main dans mes cheveux et je sens son érection pousser mon ventre quand il resserre son étreinte. Il lâche mes cheveux pour s'appuyer sur son coude et me caresse de l'autre main. Il plonge ses longs doigts sous le bord de mon soutien-gorge en dentelle, puis les retire. En se léchant les lèvres, il enveloppe mes seins de ses larges paumes et me caresse de haut en bas.

– Je n'arrive pas à savoir si je veux le garder... (C'est le dernier de mes soucis, je suis bien trop hypnotisée par ses doigts experts sur ma peau.) Ce sera sans !

Il dégrafe mon soutien-gorge. Je m'arc-boute pour l'aider à le retirer et il gémit en pressant son entrejambe contre le mien.

– Qu'est-ce que tu veux faire, Tessa ?

Sa voix tremble de manière incontrôlée.

– Je te l'ai déjà dit.

Je regrette qu'il ait bu ce soir, mais peut-être que son état d'ébriété me fera paraître moins maladroite. Je pousse un cri quand ses doigts me pénètrent et je passe un bras autour de lui pour essayer de me raccrocher à quelque chose, n'importe quoi. Je passe l'autre main entre nous pour le prendre dans ma paume. Il pousse un gémissement, j'appuie légèrement avec mes doigts puis je le caresse délicatement.

– Tu es sûre ?

Sa respiration est haletante. Je lis le doute dans ses yeux vert clair.

– Oui, je suis sûre. Arrête de te poser des questions.

Bon Dieu, ce que les choses ont changé ! Maintenant c'est moi qui dis ça !

– Je t'aime. Tu le sais, hein ?

– Oui. (J'appuie mes lèvres sur les siennes.) Je t'aime, Hardin.

Ses doigts poursuivent leur lent mouvement de va-et-vient en moi tandis que sa bouche descend dans mon cou. Il suce ma peau rudement puis il passe la langue sur le suçon pour calmer la douleur. Il recommence encore et encore jusqu'à embraser mon corps tout entier.

– Hardin... je suis...

Je n'arrive pas à le dire, il retire sa main rapidement et m'embrasse. Puis sa main redescend et fait glisser ma culotte sur mes jambes pour l'enlever. Il place ses deux mains sur mes cuisses et serre doucement avant de poser des baisers en descendant sur mon ventre puis de souffler sur mon sexe humide. Mon corps se soulève instinctivement, sa langue monte et descend sur moi, il entoure mes cuisses de ses bras en les maintenant écartées. En quelques secondes, mes jambes se mettent à trembler et je m'accroche aux draps alors qu'il continue de me lécher.

– Dis-moi que tu trouves que c'est bon.

Des sons étranglés s'échappent de mes lèvres quand j'essaie de dire quelque chose. Hardin continue à dire des cochonneries, sans arrêter de me lécher, ce qui constitue un délicieux mélange, mes jambes tremblent et mes doigts de pied se contractent. Quand je reprends conscience, il repose sa bouche sur la mienne, avec un goût étrange sur les lèvres. Ma poitrine se soulève et ma respiration est saccadée.

– Est-ce que tu es...

– Chut... oui, je suis sûre.

Je l'embrasse, avec fougue. Je plante mes ongles dans son dos, puis je descends son boxer sur ses hanches. Il soupire quand cette barrière disparaît, et nous gémissons ensemble quand nos peaux reprennent contact.

– Tessa, je...

– Chut...

Je veux ça plus que tout et je ne veux pas qu'il continue de parler.

– Mais, Tessa, il faut que je te dise quelque chose...

– Chut, Hardin, s'il te plaît, arrête de parler.

Je l'embrasse de nouveau. Je saisis son membre en érection et glisse la main de haut en bas sur toute sa longueur. Il ferme les yeux et bloque sa respiration. L'instinct me guide, je passe le pouce sur le bout de son sexe, en essuyant l'humidité qui s'y forme et je le sens battre dans ma main.

– Je vais jouir si tu refais ça.

Soudain il se redresse et se lève d'un bond. Avant que je ne puisse lui demander où il va, il sort un petit paquet de la poche de son jean. *Oh. C'est réellement en train d'arriver.*

Je me dis que je devrais avoir peur ou me sentir nerveuse, mais tout ce que je ressens, c'est de l'amour pour lui. Anticiper ce qui va arriver m'emplit de curiosité et le temps qu'il revienne dans le lit semble passer au ralenti. J'avais toujours pensé que ma première fois serait avec Noah au cours de notre nuit de noces. Nous aurions été dans un lit immense, dans un bungalow sur une île tropicale. Mais me voilà, dans ma petite chambre de résidence universitaire, sur mon petit lit, avec Hardin, et je n'échangerais pas ma place pour tout l'or du monde.

∞

78

Je n'avais jamais vu de préservatif, sauf en cours d'éducation sexuelle au lycée, où ils semblaient tellement suggestifs. Mais là, j'ai juste envie de l'arracher des mains d'Hardin pour le lui mettre aussi vite que je peux. Heureusement qu'il n'entend pas mes pensées indécentes, même si son langage est beaucoup plus salace que n'importe laquelle de mes pensées.

– Est-ce...

Il parle lentement.

– Si tu me demandes encore une fois si je suis sûre, je te tue.

Il sourit puis se met à rire en agitant le préservatif entre son pouce et son index.

– J'allais dire, est-ce que tu veux m'aider à le mettre ou je le fais tout seul ?

– Oh, non, je veux bien t'aider, mais tu vas devoir me montrer comment on fait.

Je me mords la lèvre. Je me rends compte que les cours d'éducation sexuelle ne m'ont pas préparée à ce moment et je ne veux pas tout gâcher.

– Ok.

Il s'assied sur le lit et je m'installe face à lui, jambes croisées. Il se penche et m'embrasse sur le front. Quand il déchire l'emballage, je tends la main mais il rigole en secouant la tête.

– Je vais te montrer, comme ça.

Il me prend la main, sort le petit disque et, de nos deux mains emmêlées, il place le préservatif au-dessus de lui. Il a l'air glissant sous les doigts.

– Maintenant, vers le bas.

Il a les joues rouges. Quand nos deux mains font glisser le préservatif sur sa peau tendue, il plisse les yeux et il devient un peu plus grand.

– Ce n'était pas si mal pour une fille vierge et un mec bourré ! je plaisante.

Il me sourit. Je suis contente que nous plaisantions et que nous ne soyons pas trop sérieux. Cela atténue mon trac par rapport à ce qui va se passer.

– Je ne suis pas bourré, Bébé. J'ai bu quelques verres, mais cela m'a fait dessoûler de discuter avec toi, comme d'habitude.

Il me décoche son sourire à fossettes et passe le gras de son pouce sur ma lèvre inférieure.

Je suis soulagée de l'entendre. Je ne voudrais pas qu'il perde connaissance en cours de route ou qu'il me vomisse dessus. Je me marre toute seule en le regardant. Ses yeux sont clairs mais ils ne brillent plus comme tout à l'heure.

– Et maintenant ?

Il rit et me prend la main qu'il pose sur son sexe.

– Impatiente ?

Je hoche la tête.

– Moi aussi.

J'adore le contact de sa chair tendue dans ma main. Il change de position et vient se mettre au-dessus de moi. Du genou, il écarte mes jambes et je sens ses doigts qui me caressent. Je me demande s'il va être délicat avec moi... j'espère que oui.

– Tu es trempée, cela va être plus facile.

Il prend une grande inspiration et ses lèvres rejoignent les miennes dans un lent baiser voluptueux. Ses lèvres se moulent parfaitement sur les miennes, comme si elles étaient faites pour moi. Il recule légèrement et embrasse les coins de ma bouche, puis mon nez et mes lèvres de nouveau. Je replace mes mains sur son dos dans une tentative désespérée de l'attirer encore plus près de moi.

– Doucement, Bébé, doucement. Cela va te faire un peu mal au début, donc tu me dis si tu veux que j'arrête, ok ?

Il parle gentiment et me regarde droit dans les yeux en attendant ma réponse.

– D'accord.

J'ai entendu dire qu'on avait mal en perdant sa virginité, mais ça ne doit pas être si terrible. Du moins je l'espère.

Hardin m'embrasse de nouveau. Je sens la paroi soyeuse du préservatif frotter contre moi et je frissonne. Quelques secondes plus tard, je le sens pousser en moi... C'est une sensation si étrange... je ferme les yeux et je m'entends étouffer un cri.

– Ça va ?

D'un regard je le rassure et il me pénètre plus profondément. La sensation de pincement au fond de moi me fait grimacer. C'est aussi douloureux que ce qu'on dit... sinon plus.

– *Putain,* gémit Hardin.

Son corps est figé, immobile, mais c'est toujours incroyablement désagréable.

– Est-ce que je peux bouger ?

Sa voix est rauque et tendue.

– Oui.

La douleur ne s'arrête pas, mais Hardin m'embrasse partout, sur les lèvres, les joues, le nez et les larmes qui se forment au coin de mes yeux. Je me concentre sur ses bras que j'empoigne et sur la sensation que me procure sa langue chaude dans mon cou.

– Seigneur, gémit-il en rejetant la tête en arrière. Je t'aime, je t'aime tant, Tess.

Je sens son souffle dans mon cou. Sa voix rassurante fait légèrement reculer ma douleur, mais elle est toujours présente quand il roule ses hanches sur les miennes.

Je voudrais lui dire que je l'aime, mais j'ai peur de me mettre à pleurer si je parle.

– Est-ce que... bordel... est-ce que tu veux que j'arrête ?

J'entends le plaisir et l'inquiétude mêlés dans sa voix.

Je l'observe, stupéfaite, quand il ferme les yeux. Il se concentre et serre les mâchoires, ses muscles se contractent sous ses tatouages. La douleur disparaît presque totalement tandis que je le regarde se décomposer. Il me caresse les pommettes du bout des doigts et m'embrasse encore une fois avant d'enfouir son visage dans le creux de mon cou. Son souffle saccadé est chaud et violent contre ma peau. Il relève la tête et ouvre les yeux. Je suis prête à avoir mal encore et encore s'il le faut pour pouvoir continuer à éprouver cette sensation, cette connexion profonde avec Hardin qui m'entraîne dans des lieux inexplorés. L'émotion que je lis dans le vert de ses yeux plongés dans les miens libère mes larmes, elle me renvoie dans l'oubli et puis me ramène enchaînée à lui. Je l'aime et je sais avec certitude qu'il m'aime. Même si notre histoire ne dure pas éternellement, et si nous devons finir un jour par ne plus nous adresser la parole, je garderai en moi l'idée qu'en cet instant il représentait tout pour moi.

Je vois bien que cela lui demande un effort terrible de se contrôler, d'aller lentement pour ne pas me brusquer, et je l'aime d'autant plus pour ça. Le temps se ralentit et s'arrête, accélère et s'arrête encore au rythme de son mouvement de va-et-vient en moi. Ses lèvres ont le goût salé de sa sueur quand il m'embrasse et j'en veux encore. Je l'embrasse dans le cou et sur le point, juste sous son oreille, qui le rend dingue.

Il frissonne et dit mon nom en gémissant.

– Tu es trop bonne, Bébé. Je t'aime tellement.

Je n'ai plus mal, mais c'est toujours inconfortable et je ressens un léger pincement à chacune de ses poussées en moi. Je pose les lèvres dans son cou et tire ses cheveux.

– Je t'aime, Hardin.

Il pousse un gémissement et pose ses lèvres gonflées sur les miennes.

– Oh, Bébé, je vais jouir. Ça va ?

Il serre les dents.

Je l'embrasse de nouveau dans le cou en suçant doucement sa peau. Ses yeux ne quittent pas les miens tandis qu'il jouit. Des promesses d'éternité et d'amour inconditionnel sont prononcées tandis que son corps se tend et qu'il se laisse partir en moi. Je perçois les battements redoublés de son cœur contre ma poitrine et je pose un baiser sur ses cheveux humides. Le rythme de sa respiration redevient normal et il se soulève, en se retirant. Le vide soudain me fait grimacer tandis qu'il retire le préservatif et le noue pour le poser par terre sur l'emballage en alu.

– Ça va ? Comment c'était ? Comment tu te sens ?

Il scrute mon visage et me semble plus vulnérable que je l'aurais cru.

– Je vais bien.

Je serre mes cuisses l'une contre l'autre pour endormir la douleur. Je vois le sang sur mes draps, mais je n'ai pas envie de bouger. Il repousse sa mèche sur son front.

– Est-ce que c'était... est-ce que c'était comme tu l'imaginais ?

– C'était mieux.

Je le pense vraiment. Même avec la douleur, l'expérience était délicieuse. Je me surprends à fantasmer sur la prochaine fois.

– C'est vrai ?

Il sourit. J'acquiesce et il se penche vers moi en appuyant son front contre le mien.

– Comment c'était pour toi ? Ce sera mieux quand j'aurai plus... d'expérience.

Son sourire s'envole et il me relève le menton pour m'obliger à le regarder en face.

– Ne dis pas ça. C'était super, Bébé. C'était même mieux que ça, c'était... ce que j'ai connu de mieux.

Je suis sûre qu'il a été avec des filles bien meilleures qui savent ce qu'il faut faire et quand. Comme s'il lisait dans mes pensées, il répond :

– Je ne les aimais pas. C'est une expérience complètement différente quand tu aimes. Franchement, Tessa. C'est incomparable. Je t'en prie, ne te rabaisse pas, et ne dénigre pas ce que nous venons de faire.

Le ton de sa voix est si doux et sincère que mon cœur déborde et je l'embrasse sur le nez. Il sourit et passe un bras autour de ma taille pour m'attirer contre sa poitrine. Il sent si bon, même en sueur, l'odeur d'Hardin est celle que je préfère.

– Est-ce que tu as mal ?

Il passe les doigts dans mes cheveux et enroule une mèche autour de son index.

– Un peu. (Je ris.) J'ai un peu peur de me mettre debout.

Il me presse contre lui et m'embrasse sur l'épaule.

– C'est la première fois que je le fais avec une fille vierge.

Je lève les yeux vers lui, son regard est plein de douceur, sans la moindre nuance de moquerie.

– Oh.

Aussitôt une foule de questions me viennent à l'esprit au sujet de sa première fois. Les traditionnelles quand, où, avec qui et pourquoi. Mais je les repousse – il ne l'aimait pas. Il n'a jamais aimé personne d'autre que moi. Je me moque des femmes de son passé, maintenant. C'est tout ce qu'elles sont, son passé. Plus rien ne m'importe que cet homme, beau et imparfait, qui vient juste de me faire l'amour, pour la première fois de ma vie.

∞

79

Une heure plus tard, Hardin me demande :

– Tu es prête à te lever ?

– Je sais que je devrais, mais je n'ai pas envie.

Je frotte ma joue sur sa poitrine.

– Je ne veux pas te stresser, mais il faut vraiment que j'aille pisser.

En riant, je m'écarte de lui et sors du lit.

– Ouille...

– Ça va ?

C'est la centième fois qu'il me le demande. Il tend le bras pour me retenir.

– Ouais, c'est juste un peu endolori.

Je fais la grimace en regardant mes draps. Il jette un coup d'œil.

– Ouais, je vais les jeter.

Il enlève les draps du petit lit.

– Pas ici, Steph va les voir.

– Ah bon ? Où alors ?

Il saute sur place. Il doit se retenir depuis un moment.

– Je ne sais pas... tu pourrais les mettre dans une benne à ordures en partant ?

– Qui a dit que je partais ? Ah ! je vois ce que c'est, tu couches avec moi et après tu me fous dehors !

Ses yeux sourient. Il ramasse son jean sur le sol et l'enfile. Je lui passe son t-shirt et je lui mets une claque sur les fesses.

– Va pisser et emporte les draps en partant, juste au cas où.

Je ne sais pas pourquoi je m'en fais autant, mais la dernière chose dont j'ai envie, c'est de répondre à une batterie de questions de Steph sur la perte de ma virginité.

– D'accord ! Je ne vais pas avoir l'air chelou si on me voit porter des draps pleins de sang dans ma voiture dans le noir !

Je lui fais les gros yeux, il roule les draps en boule et s'avance vers la porte.

– Je t'aime, dit-il en sortant.

Maintenant qu'il a quitté la pièce, j'ai un peu de temps pour rassembler mes idées. Je me demande si cet état de bien-être et, curieusement, de paix intérieure que je ressens se reflète sur mon visage. Au souvenir d'Hardin penché sur moi au moment où il m'a pénétrée, mon ventre se contracte. Maintenant, je sais pourquoi on fait tant d'histoires du sexe. Je manquais vraiment quelque chose, mais je suis sûre que si ma première fois n'avait pas été avec Hardin, elle n'aurait pas été aussi extraordinaire. Quand je me regarde dans le miroir, je n'en reviens pas. J'ai les joues écarlates et mes lèvres sont toutes gonflées. Mes joues me plaisent comme ça, d'une certaine façon je suis différente. Le changement est imperceptible et j'ai du mal à le définir, mais il me plaît. Je prends une seconde pour admirer les petites marques rouges disséminées sur mes seins. Je ne me rappelle même pas comment il m'a fait ça. Je le revois en train de me faire l'amour, sa bouche chaude et humide sur ma peau. Je suis tirée de mes pensées par la porte qui s'ouvre en me faisant sursauter.

– Alors, on se trouve belle ?

Hardin ferme la porte à clé avec un petit sourire moqueur.

– Non... je...

Je ne sais pas quoi dire vu que je suis devant mon miroir, complètement nue, en train de fantasmer sur ses lèvres sur mon corps.

– Pas de stress, Bébé. Avec un corps comme le tien, c'est normal de s'admirer dans la glace.

Il me fait rougir.

– Je crois que je vais aller prendre une douche.

J'essaie de couvrir ma nudité de mes mains. Je n'ai pas envie de me débarrasser de son odeur sur mon corps, mais il faut que je me lave.

– Je vais en prendre une aussi.

Devant mon air interrogateur, il lève les mains en jouant l'innocence.

– Pas ensemble, je sais. Pourtant... si nous vivions ensemble, on pourrait.

Quelque chose a changé chez lui aussi. Son sourire semble plus profond et son regard plus brillant. Je ne pense pas que quelqu'un d'autre s'en rendrait compte, mais je le connais mieux que quiconque en dépit de ses nombreux secrets, que je me promets de percer.

– Quoi ?

Il penche la tête sur le côté.

– Rien, je t'aime, c'est tout.

Ma déclaration le fait rougir légèrement et il m'adresse un grand sourire qui se reflète dans le mien.

On a l'air shootés tous les deux et j'adore ça. Quand je tends la main pour attraper mon peignoir, il se met devant moi.

– As-tu au moins réfléchi à ma proposition de venir habiter avec moi ?

– Tu me l'as demandé hier. Je ne peux prendre qu'une seule décision cruciale à la fois.

Je ris. Il se masse les tempes.

– J'aimerais bien signer les papiers rapidement. Il faut absolument que je me tire de cette putain de fraternité.

– Tu peux le prendre tout seul cet appart, non ?

– Je voudrais que ce soit le nôtre.

– Pourquoi ?

– Parce que je veux passer le plus de temps possible avec toi. Qu'est-ce qui te fait hésiter ? C'est une question d'argent ? C'est moi qui paierai tout, bien entendu.

– Ça va pas, non ? Si jamais j'acceptais, je paierais ma part, je ne veux pas me faire entretenir.

Je n'en reviens pas que nous ayons cette discussion pour de vrai.

– Mais alors, pourquoi ?

– Je ne sais pas... il n'y a pas si longtemps qu'on se connaît. J'ai toujours pensé que je n'accepterais pas de vivre avec quelqu'un sans être mariée...

Ce n'est pas la seule raison, il ne faut pas négliger ma mère et ma peur de dépendre de quelqu'un. Même d'Hardin. C'est ce que ma mère a fait. Elle a été dépendante des revenus de mon père jusqu'à ce qu'il s'en aille, et après, elle s'est accrochée à la maigre illusion de son retour. Elle a toujours espéré qu'il reviendrait s'occuper de nous, il ne l'a jamais fait.

–Mariée? C'est assez démodé comme idée, non?

Il s'assied en rigolant.

–Qu'est-ce que tu reproches au mariage? Je ne parle pas de nous. Mais au mariage en général?

Il hausse les épaules

–Rien en particulier. Mais ce n'est pas pour moi, c'est tout.

Notre conversation prend un tour trop sérieux. Je n'ai pas envie de parler de mariage avec Hardin, mais cela m'ennuie qu'il dise que ce n'est pas pour lui. Je n'ai jamais sérieusement envisagé de me marier avec lui, il est beaucoup trop tôt pour ça. Pas avant des années. Mais cela ne me déplairait pas à long terme, et je veux être mariée avant d'avoir vingt-cinq ans et avoir au moins deux enfants. Mon avenir est tout tracé. *Était,* me souffle ma conscience. Mon avenir était tout tracé avant ma rencontre avec Hardin et, maintenant, mon avenir change constamment.

–Ça t'ennuie, on dirait?

C'est comme s'il lisait dans mes pensées. Le fait que nous ayons fait l'amour, lui et moi, a tissé un lien invisible entre nous, qui unit nos corps et nos esprits. Ces changements dans mes projets, ça va plutôt dans le bon sens... non?

–Non.

J'essaie vainement de cacher l'émotion qui perce dans ma voix.

–Mais c'est la première fois que j'entends quelqu'un dire ouvertement qu'il ne veut pas se marier. Je pensais que c'était ce que tout le monde voulait, c'est le but principal de la vie, non?

–Pas exactement. Je crois que les gens veulent simplement être heureux. Pense à Catherine, regarde ce que le mariage leur a apporté, à elle et à Heathcliff.

J'adore le fait que nous ayons les mêmes références littéraires. Personne d'autre ne me parlerait comme ça, de la façon qui me parle le mieux.

–Ils ne se sont pas mariés *ensemble,* c'est ça leur problème.

Je me mets à rire. Je repense à cette époque où on pouvait établir tant de parallèles entre ma relation avec lui et celle de Catherine avec Heathcliff.

– Rochester et Jane ?

Cette référence à *Jane Eyre* me surprend agréablement.

– Tu rigoles ? Il est froid et dissimulateur. Il demande Jane en mariage sans lui dire qu'il est déjà marié avec cette folle qu'il a enfermée dans le grenier. Tu n'as pas beaucoup d'arguments de poids, jusqu'ici.

– Je sais. Mais j'adore t'entendre disserter sur tes héros littéraires.

Il repousse sa mèche sur son front et, dans un réflexe puéril, je lui tire la langue.

– En gros, tu es en train de me dire que tu veux m'épouser ? Je peux t'assurer que je ne cache aucune épouse foldingue chez moi.

Il avance vers moi. Il n'a pas d'épouse, ça c'est sûr, mais ce sont les autres choses qu'il me cache qui m'inquiètent.

Mon cœur bat à tout rompre quand il se rapproche.

– Quoi ? Non, bien sûr que non. Je parlais du mariage en général. Pas de nous en particulier.

Je suis nue, en train de parler de mariage avec Hardin. Qu'est-ce qui m'arrive, putain !

– Alors tu me dis que tu ne voudrais pas ?

– Non, je ne voudrais pas. Enfin, je n'en sais rien... Pourquoi on parle de ça, d'ailleurs ?

J'enfouis mon visage contre sa poitrine, secouée de rire.

– Je me posais la question, c'est tout. Mais maintenant que tu m'as opposé un argument de poids, il se pourrait que je reconsidère ma position anti-mariage. Tu vas peut-être faire de moi un homme honnête.

Il a l'air de parler sérieusement, mais je sais très bien qu'il ne l'est pas. Si ? Juste comme je commence à avoir des doutes sur sa santé mentale, il se met à rire et m'embrasse sur la tempe.

– On peut parler d'autre chose ?

Perdre ma virginité et parler de mariage, ça fait beaucoup trop pour mon esprit embrumé.

– Bien sûr. Mais je ne lâche pas le morceau pour l'appart. Tu as jusqu'à demain pour te décider. Je n'attendrai pas éternellement.

– Comme c'est gentiment dit !

– Tu me connais, Monsieur Romantique, c'est moi.

Il m'embrasse sur le front.

– Allez, on va se doucher. Te voir là devant moi, toute nue, me donne envie de te culbuter sur le lit pour te baiser comme un malade encore une fois.

Je secoue la tête et m'arrache à son étreinte puis j'enfile mon peignoir.

– Tu viens ou quoi ?

J'attrape ma trousse de toilette.

– J'aimerais bien venir en toi, mais je suppose que je vais devoir me contenter d'une douche !

Il me fait un clin d'œil, je lui mets une tape sur le bras, puis nous sortons dans le couloir.

∞

80

Quand nous sortons de la douche et que nous nous recouchons, il est presque quatre heures du matin.

– Il faut que je me lève dans une heure.

– Tu sais bien que tu pourrais dormir jusqu'à sept heures et demie et arriver à l'heure quand même.

Je n'ai pas très envie de devoir courir pour être à l'heure, mais j'ai vraiment besoin de dormir. J'ai bien fait de faire une sieste, avec un peu de chance je ne dormirai pas debout pour mon premier jour de travail effectif chez Vance.

– Humm...

– Je vais régler ton alarme, me dit-il, tandis que je sombre dans le sommeil.

Même en essayant de boucler mes cheveux indisciplinés, j'ai les yeux qui se ferment. Ils sont rougis par le manque de sommeil, je les assombris donc d'un trait d'eye-liner brun, puis j'enfile ma nouvelle robe rouge. Elle a un décolleté carré juste assez profond pour mettre ma poitrine en valeur sans être provocante. Elle m'arrive pile au-dessus du genou et, avec sa fine ceinture marron, elle donne l'illusion d'avoir des finitions particulièrement étudiées, ce qui n'est pas le cas. Je me demande si je ne devrais pas mettre un peu de blush, mais mes joues sont encore roses de ma nuit avec Hardin. J'enfile mes chaussures neuves. Dernière vérification dans la glace :

la robe est vraiment seyante et je me trouve plutôt à mon avantage. Je jette un coup d'œil à Hardin enveloppé dans la couverture sur mon lit étroit : ses pieds dépassent, ce qui me fait sourire. J'attends la dernière minute pour le réveiller. J'ai la tentation de ne pas le réveiller du tout, mais je suis trop égoïste, j'ai envie de l'embrasser avant de partir.

– Il faut que j'y aille.

Je le secoue doucement par l'épaule.

– Je t'aime, marmonne-t-il en avançant les lèvres vers moi sans ouvrir les yeux.

– Tu vas en cours ?

– Non.

Et il se retourne. Je pose un autre baiser sur son épaule puis j'attrape ma veste et mon sac. Je meurs d'envie de me recoucher avec lui. *Ce ne serait peut-être pas si mal de vivre avec lui après tout, nous passons déjà presque toutes nos nuits ensemble.* J'écarte cette pensée en secouant la tête. C'est une mauvaise idée. C'est trop tôt. Beaucoup trop tôt.

Pourtant, pendant tout le trajet, je m'imagine prenant un appart avec Hardin, choisissant les rideaux, repeignant les murs. Quand j'arrive en face de l'ascenseur chez Vance, j'ai déjà choisi le rideau de douche et les tapis de bain, mais quand les portes s'ouvrent au troisième, un jeune homme en costume bleu marine monte et interrompt ma rêverie.

– Salut.

Il tend la main vers les boutons mais, voyant celui du dernier étage déjà allumé, il s'adosse à la paroi.

– Vous êtes nouvelle ici ?

Il sent la savonnette et ses yeux sont d'un bleu vif qui contraste de façon saisissante avec le noir de ses cheveux.

– Je suis seulement stagiaire.

– Seulement stagiaire ?

Il se met à rire.

– Je veux dire, je suis une stagiaire, je ne suis pas une employée.

– J'ai commencé comme stagiaire il y a quelques années et après j'ai été embauché à plein temps. Vous êtes à WCU ?

– Oui, vous aussi ?

– J'y étais. J'ai obtenu mon diplôme l'année dernière. Je suis bien content que ce soit fini. Vous verrez, vous allez vous plaire ici.

– Merci. En fait, j'adore déjà.

Nous sortons de l'ascenseur et je m'apprête à tourner au bout du couloir quand il ajoute :

– Je n'ai pas retenu votre nom.

– Tessa. Tessa Young.

Il sourit et me fait un petit signe de la main.

– Moi, c'est Trevor. Content de t'avoir rencontrée, Tessa.

La même femme qu'hier est à l'accueil. Cette fois, elle se présente, Kimberly. Elle me sourit, me souhaite bonne chance et me désigne une table garnie de viennoiseries et de café. Je la remercie d'un sourire et prends un beignet et une tasse de café avant de me diriger vers mon bureau. Sur ma table de travail, je trouve une épaisse pile de papiers avec un mot de Monsieur Vance me disant de commencer mon premier manuscrit et me souhaitant bonne chance. J'adore le sentiment de liberté qui accompagne ce stage... j'ai même du mal à croire que je puisse avoir tant de chance. Je mords à belles dents dans mon beignet, décolle le Post-it de la pile et m'attelle à ma tâche.

Le manuscrit est très bon, du coup je n'arrive pas à m'en extraire. Je n'en ai lu qu'un tiers environ quand la sonnerie du téléphone sur mon bureau retentit.

– Allô ?

Je m'aperçois que je n'ai pas la moindre idée de la façon dont je dois répondre à mon propre téléphone professionnel. Je ne veux pas paraître débutante alors j'ajoute :

– Je veux dire, le bureau de Tessa Young.

Je me mords la lèvre en entendant un petit rire à l'autre bout du fil.

– Mademoiselle Young, il y a quelqu'un pour vous. Est-ce que je le fais entrer ?

– Tessa. Appelez-moi Tessa, je vous en prie.

Ça me semble irrespectueux de lui demander de m'appeler Mademoiselle Young, elle est plus âgée que moi et plus ancienne dans la maison.

– Tessa...

Je vois d'ici son sourire aimable.

– Je le fais entrer ?

– Oui. Attendez… qui est-ce ?

– Je ne suis pas sûre… un jeune type… euh… avec des tatouages, plein de tatouages, chuchote-t-elle.

Je me mets à rire.

– Ok. Je vais venir le chercher.

La présence d'Hardin m'excite et m'effraie à la fois, j'espère que tout va bien. Quand j'arrive dans l'entrée, il attend, les mains dans les poches. Kimberly est au téléphone, j'ai l'impression qu'elle fait semblant, mais je ne pourrais pas le jurer. J'espère qu'on ne va pas croire que je profite de la formidable opportunité que me donne Monsieur Vance pour recevoir des visites dès le deuxième jour.

– Salut, tout va bien ?

– Ouais, je voulais juste voir comment se passait ton véritable premier jour.

Il sourit et joue avec l'anneau de son arcade sourcilière.

– Oh, c'est super. Je…

Je m'arrête en apercevant Monsieur Vance s'avancer vers nous à grands pas.

– Eh bien, ça alors… tu es venu reprendre ton ancien job ?

Il fait un grand sourire à Hardin en lui donnant une tape sur l'épaule.

– Tu peux toujours courir, espèce de vieux fou, répond Hardin en riant.

Je reste bouche bée. Monsieur Vance rigole et lui donne un coup de poing amical dans les côtes. Visiblement, ils sont plus proches que ce que je croyais.

– Alors, que me vaut l'honneur ? À moins que tu ne sois là pour harceler ma nouvelle stagiaire ?

Il me jette un coup d'œil.

– La seconde proposition. Harceler les stagiaires est mon passe-temps favori.

Mon regard va de l'un à l'autre, je ne sais pas quoi dire. J'adore ce côté facétieux de la personnalité d'Hardin.

– Tu as le temps de venir déjeuner, si tu ne l'as pas encore fait ?

Je regarde la pendule sur le mur, il est déjà midi. Je n'ai pas vu passer le temps. Je regarde Monsieur Vance qui hausse les épaules.

– Vous avez une heure pour déjeuner. Il faut bien vous nourrir !

Il sourit, dit au revoir à Hardin et disparaît au bout du couloir. Nous entrons dans l'ascenseur.

– Je t'ai envoyé plusieurs textos pour savoir si tu étais bien arrivée, mais tu ne m'as pas répondu.

– Je n'ai pas regardé mon téléphone, j'étais plongée dans un manuscrit super intéressant.

Je lui prends la main. Il me regarde droit dans les yeux,

– Tu vas bien, hein ? Tout est cool entre nous ?

– Ouais, pourquoi ça n'irait pas ?

– Je... je ne sais pas... j'étais inquiet parce que tu ne me répondais pas. Je me disais que... tu regrettais peut-être, pour hier soir.

Il baisse les yeux.

– Quoi ? Bien sûr que non. Je te jure que je n'ai pas pris une seconde pour regarder mon téléphone. Je n'ai aucun regret pour hier soir, pas le moindre.

Je ne peux dissimuler un sourire en y repensant.

– Tant mieux. Je préfère.

– Tu es venu jusqu'ici uniquement parce que tu pensais que je regrettais ?

C'est un peu excessif, mais flatteur, il faut bien le dire.

– Ouais... enfin, il n'y a pas que ça. Je voulais aussi t'inviter à déjeuner.

En souriant, il porte ma main à ses lèvres. Nous sortons de l'ascenseur et marchons sur le trottoir. J'aurais dû prendre ma veste, je frissonne et Hardin le remarque aussitôt.

– J'ai un blouson dans ma voiture. On peut passer le prendre et aller chez Brio au coin de la rue... c'est très bon.

De son coffre, il sort un blouson de cuir noir, ce qui me fait rire. Il a une véritable garde-robe là-dedans. Depuis que je le connais, il n'arrête pas de sortir des vêtements de ce coffre. Ce blouson est étonnamment chaud et garde l'odeur d'Hardin. Bien sûr, il est dix fois trop grand pour moi, je secoue les bras pour remonter les manches.

– Merci.

Je l'embrasse sur la joue.

– Il te va bien. Tout à fait ta taille...

Il me prend par la main pour marcher sur le trottoir, ce qui nous vaut quelques regards surpris de la part des hommes et femmes d'affaires que nous croisons. Parfois j'oublie que nous sommes très différents vus de l'extérieur. Nous sommes diamétralement opposés dans presque tous les domaines, et pourtant ça marche entre nous.

Brio est un petit restaurant italien à l'ancienne. Le sol est recouvert de dalles multicolores, une fresque sur le mur représente le paradis avec des chérubins joufflus et souriants qui attendent devant des grilles blanches, et un couple d'anges, un blanc et l'autre noir, s'enlacent derrière eux. L'ange blanc semble essayer d'entraîner le noir de l'autre côté de la grille.

–Tess ?

Hardin me tire par la manche.

–J'arrive.

Nous avançons vers la table du fond. Hardin s'assied à côté de moi et non en face, rapprochant sa chaise un peu plus et posant les coudes sur la table. Il commande pour nous deux, ce qui me semble normal puisqu'il est déjà venu.

–Je ne savais pas que Monsieur Vance et toi étiez très proches ?

–Je ne dirais pas ça. Mais on se connaît assez bien.

–Vous m'avez paru bien vous entendre, en tout cas. J'aime bien te voir comme ça.

Un soupçon de sourire passe sur ses lèvres et il pose sa main sur ma cuisse.

–Vraiment ?

–Oui, j'aime te voir heureux.

J'ai le sentiment qu'il ne me dit pas tout à propos de sa relation avec Monsieur Vance, mais je n'insiste pas pour l'instant.

–Je suis heureux. Plus heureux que je croyais pouvoir l'être... un jour.

–Qu'est-ce qui t'arrive ? Tu te ramollis avec moi !

Ma petite pointe le fait rigoler.

–Si tu veux, je peux renverser une table ou deux, et distribuer deux ou trois beignes pour te rafraîchir la mémoire.

Je lui donne un coup d'épaule.

–Non merci.

Nos plats arrivent, je remercie la serveuse. Hardin a commandé des sortes de raviolis très appétissants, je respire les arômes subtils avant de goûter, c'est délicieux.

– C'est bon, hein ?

Visiblement content de lui, il prend une énorme bouchée, j'acquiesce et fais la même chose. Au moment de l'addition, nous nous chamaillons un peu pour savoir qui va payer, c'est Hardin qui finit par gagner.

– Tu me rembourseras plus tard.

Il me fait un clin d'œil dans le dos de la serveuse.

Quand nous revenons aux éditions, Hardin me suit à l'intérieur.

– Tu montes avec moi ?

– Ouais, j'aimerais bien voir ton bureau. Après, je te laisse tranquille, promis.

– Ça marche.

Quand l'ascenseur nous laisse au dernier étage, je lui rends son blouson, qu'il enfile aussitôt. J'ouvre de grands yeux : il est vraiment sexy en cuir.

– Ah ! re-bonjour.

Nous croisons le mec au costume bleu marine en longeant le couloir. Je souris.

– Re-bonjour.

Il lance un regard à Hardin qui se présente.

– Enchanté. Je m'appelle Trevor. Je travaille au pôle financier.

Il fait un petit signe de la main et ajoute, avant de s'éloigner :

– Bon, à plus.

Dans mon bureau, Hardin m'attrape par le poignet et m'oblige à lui faire face.

– C'était quoi ça, sans blague !

Est-ce qu'il plaisante ? Je regarde mon poignet dans sa main, je n'y crois pas. On ne peut pas dire qu'il serre mais il me maintient en place.

– Quoi ?

– Ce mec, là.

– Oui, et alors ? Je l'ai rencontré pour la première fois ce matin dans l'ascenseur.

Je me dégage.

– On n'aurait pas dit que vous veniez juste de faire connaissance. Vous flirtiez tous les deux devant moi.

C'est plus fort que moi, j'éclate d'un rire qui ressemble assez à un aboiement.

– Quoi ? Ça ne va vraiment pas dans ta tête, tu crois que je flirtais ? J'ai été polie et lui aussi. Pourquoi est-ce que je flirterais avec lui ?

J'essaie de ne pas élever la voix. Faire un scandale ne serait pas très bon pour moi.

– Pourquoi pas ? Il était gentil et propre sur lui, avec son petit costume et tout.

Je me rends compte qu'il a l'air plus blessé et inquiet que vraiment en colère. D'instinct, j'ai envie de l'engueuler et de lui dire d'aller se faire voir, mais je décide une approche différente. Tout comme la fois où il cassait tout chez son père.

– C'est ce que tu crois ? Que j'ai envie de quelqu'un comme lui ? De quelqu'un de complètement différent de toi ?

Je parle d'une voix douce. Surpris, Hardin ouvre de grands yeux. Je sens qu'il s'attendait à ce que je m'énerve, mais ce changement d'attitude le calme et il réfléchit à ce qu'il va dire.

– Je ne sais pas... ça se pourrait.

Nos regards se croisent.

– Eh bien, tu as tort, comme d'habitude.

Je souris. Il faudra qu'on en reparle plus tard, mais pour l'instant j'ai plus besoin de le rassurer que de le détromper.

– Excuse-moi si je t'ai fait penser que je flirtais avec lui, ce n'était pas mon intention. Je ne te ferais jamais ça.

Ses yeux s'adoucissent et je pose la main sur sa joue. Comment une même personne peut-elle être à la fois si forte et si faible ?

– Je... ok.

Je ris en lui caressant la joue. J'adore le prendre à contrepied.

– Pourquoi lui alors que je t'ai, toi ?

Il bat des paupières et finit par sourire. Je viens de comprendre que j'ai appris à désactiver la bombe qu'est Hardin, et j'en suis soulagée.

– Je t'aime, me dit-il en appuyant ses lèvres sur les miennes. Je suis désolé d'avoir pété les plombs comme ça.

– Excuses acceptées ! Maintenant laisse-moi te montrer mon bureau, dis-je joyeusement.

– Je ne te mérite pas.

Il a parlé doucement, trop doucement. Je décide de ne pas relever et de garder mon attitude enthousiaste.

– Alors, qu'est-ce que tu en penses ?

Il rigole et m'écoute attentivement quand je lui montre tous les petits détails, tous les livres sur l'étagère et le cadre vide sur mon bureau.

– Je me disais que j'aimerais bien mettre une photo de nous dans ce cadre.

Nous n'avons jamais pris de photos ensemble et ça ne m'était même pas venu à l'esprit jusqu'à ce que je place ce cadre vide à cet endroit. Hardin n'est pas du genre à poser souriant pour une photo, même avec un téléphone portable.

– Je ne fais jamais de photos.

C'est bien ce que je pensais. Pourtant, quand il voit que je suis un peu déçue de son refus, il fait un effort.

– Je veux dire... on pourrait faire un selfie. Un, pas plus.

– On verra ça plus tard.

Je souris, il a l'air soulagé.

– Maintenant, parlons plutôt de cette robe dans laquelle tu es si sexy. Je ne pense qu'à ça depuis que je suis arrivé.

Sa voix a baissé d'une octave et il avance vers moi. Mon corps s'enflamme aussitôt. Ses paroles ne manquent jamais de me faire lâcher prise.

– Tu as de la chance que je ne t'aie pas vue ce matin. Sinon...

Du bout des doigts il suit mon décolleté.

– ... je ne t'aurais jamais laissée partir.

De l'autre main, il soulève l'ourlet de ma robe et me caresse la cuisse.

– Hardin...

J'essaie de résister, mais ma voix me trahit et ma protestation ressemble plutôt à un gémissement.

– Quoi, Bébé... tu ne veux pas que je fasse ça ?

Il me soulève et m'assied sur le bord de mon bureau.

– C'est...

Mon esprit est troublé par ses lèvres dans mon cou. Je plante mes doigts dans ses cheveux et il me mordille la peau.

– On ne peut pas... quelqu'un pourrait entrer... ou autre chose.

Les mots se bousculent, je ne suis pas très cohérente. Il pose les mains sur mes cuisses et les écarte davantage.

– Ce n'est pas pour rien qu'il y a une serrure à la porte... j'ai vraiment envie de te prendre là, sur ce bureau. Ou peut-être contre la fenêtre.

Sa bouche descend sur ma poitrine. Cette simple évocation suffit à m'envoyer une décharge électrique dans tout le corps. Ses doigts caressent la dentelle de mon soutien-gorge.

– Tu me tues.

Il gémit en apercevant entre mes jambes le shorty en dentelle blanche que j'ai acheté hier. Je n'arrive pas à croire que je suis en train de le laisser faire, sur ma table, dans mon nouveau bureau, le second jour de mon stage. Cette pensée m'excite autant qu'elle me terrifie.

– Tourne la...

Mais nous sommes interrompus par la sonnerie aiguë de mon téléphone. Je saute sur mes pieds et fais le tour du bureau pour décrocher.

– Allo ? Tessa Young à l'appareil.

– Mademoiselle Young, Tessa, Monsieur Vance veut vous voir avant de partir, il est en route pour votre bureau.

Je perçois une certaine touche d'amusement dans sa voix. Je rougis en la remerciant. Il est clair qu'elle a senti à quel point je trouve Hardin irrésistible.

∞

81

Hardin finit par s'en aller après s'être chamaillé avec Monsieur Vance à propos d'un match de foot. Je m'excuse d'avoir reçu de la visite, mais il me dit que ce n'est rien, qu'Hardin fait partie de la maison et qu'il peut venir quand il veut. Des images d'Hardin me faisant l'amour sur le bureau s'emparent de mon imagination et Monsieur Vance doit me répéter trois fois ses propos sur la paye, avant que je ne revienne à la réalité.

Je me remets à la lecture du manuscrit, je suis tellement absorbée qu'il est plus de cinq heures lorsque je lève à nouveau les yeux. Je devrais être partie depuis une heure et j'ai un appel manqué d'Hardin. Je le rappelle en arrivant à ma voiture, mais il ne répond pas. La circulation est plutôt fluide et, quand j'arrive, je suis étonnée de trouver Steph sur son lit. Parfois j'oublie presque qu'elle habite ici, elle aussi.

– Ça fait un bail.

Je laisse tomber mon sac et retire mes chaussures.

– Ouais... dit-elle en reniflant.

– Ça va pas ? Qu'est-ce qui se passe ?

Je m'assieds sur le lit à côté d'elle.

– Je crois que Tristan et moi, c'est fini.

Elle éclate en sanglots. C'est bizarre de la voir pleurer, elle si forte et si sûre d'elle d'habitude.

–Pourquoi ? Qu'est-ce que ça veut dire : *je crois* ?

Je lui passe la main dans le dos pour la consoler.

–On s'est disputés et j'ai dit que c'était fini, mais je ne le pensais pas. Je ne sais pas pourquoi j'ai fait ça... J'étais juste furax parce qu'il était assis avec *elle*, et je sais comment elle est.

–Qui ?

Quelque part, je sais déjà de qui il s'agit.

–Molly. Tu aurais dû voir comment elle flirtait avec lui et comment elle buvait ses paroles.

–Mais elle sait bien que vous êtes ensemble, c'est ton amie, non ?

–Elle s'en balance, elle est prête à tout pour attirer l'attention des mecs.

En voyant Steph pleurer et s'essuyer les yeux, je déteste de plus en plus Molly.

–Je ne crois pas que Tristan s'intéresserait à elle. J'ai bien vu la façon dont il te regarde. Il tient vraiment à toi. Je pense que tu devrais l'appeler pour avoir une explication avec lui.

–Et s'il est avec elle ?

–Je suis sûre que non.

Je ne vois pas du tout Tristan se barrer avec cet horrible serpent à cheveux roses.

–Qu'est-ce que tu en sais ? Quelquefois on croit connaître les gens, mais on se trompe.

Elle me regarde droit dans les yeux.

–H...

–Salut...

Hardin entre en trombe dans la chambre et s'arrête net en nous voyant.

–Euh... je repasse plus tard ?

Il danse d'un pied sur l'autre, mal à l'aise. Il n'est pas le genre de mec à consoler une fille en larmes, amie ou pas.

–Non, je vais aller retrouver Tristan et essayer de m'excuser.

Elle se lève.

–Merci, Tessa.

Elle me serre dans ses bras et regarde Hardin. Ils échangent des regards gênés et elle sort. Hardin se tourne vers moi et m'embrasse.

–T'as faim ?

– Oui, en effet.

Il faudrait que je travaille, mais j'ai pris de l'avance. Je me demande vraiment où et quand Hardin travaille !

– Je me disais qu'après avoir mangé un morceau, tu pourrais appeler Karen ou Landon pour voir comment je devrais m'habiller pour le... tu sais. Le mariage.

J'ai un pincement au cœur quand il mentionne Landon. Ça fait plusieurs jours que je ne lui ai pas parlé et il me manque. J'aimerais lui parler de mon stage et peut-être de ma relation avec Hardin. Pour ça, je n'ai pas encore décidé, mais quoi qu'il en soit, j'aimerais bien lui parler.

– Ouais. Je vais appeler Landon. Je suis tout excitée par ce mariage !

Je réalise qu'il va falloir que je me trouve une tenue, moi aussi.

– Ouais, moi aussi. Je suis trop excité. Qu'est-ce que je peux être excité !

Il lève les yeux au ciel en m'imitant, ce qui me fait rire.

– Au moins je suis contente que tu y ailles. C'est très important pour ton père et pour Karen.

Il secoue la tête, mais il a fait du chemin depuis le peu de temps que je le connais.

– Ouais... ouais. Bon, on va dîner ?

Il attrape ma veste en grommelant.

– Attends, laisse-moi d'abord me changer.

Je sens son regard sur moi pendant que je me déshabille et que je prends un jean et un sweatshirt de WCU dans ma commode. Je les enfile rapidement.

– Tu es adorable. Femme d'affaires sexy la journée et mignonne étudiante le soir, dit-il en plaisantant.

Ses paroles me font vibrer et je me hisse sur la pointe des pieds pour l'embrasser sur la joue.

Nous décidons de dîner au centre commercial afin de pouvoir faire des courses ensuite. Nous nous asseyons, j'appelle Landon, il va demander à sa mère comment Hardin devrait s'habiller et me rappeler.

– On pourrait commencer par ta tenue.

– Je ne sais pas ce que je vais mettre, moi non plus.

–Toi au moins, tu as la chance d'être belle quoi que tu portes.

–Ce n'est pas vrai. Et toi, il faut absolument que tu laisses tomber ton look « je me fous de mon look, parce que de toute façon je suis parfait ».

Il me fait un sourire en coin en se renfonçant dans son siège.

–Pourtant c'est le cas, non ?

Je souris. Mon portable se met à vibrer. C'est Landon.

–Salut ! Ma mère dit que le mieux serait que tu sois en blanc. Je sais que ça ne se fait pas normalement, mais elle y tient. Essaie au moins de convaincre Hardin de mettre un pantalon habillé et une cravate. Pour être franc, je ne crois pas qu'ils se font trop d'illusions en ce qui le concerne.

Il rit.

–D'accord. Je vais faire mon possible pour le convaincre de mettre une cravate.

Je jette un coup d'œil en direction d'Hardin, qui grimace.

–Bonne chance ! Comment ça se passe, ton stage ?

–Très bien. Pour tout dire, c'est top. Le rêve. Je n'y crois toujours pas. J'ai mon bureau à moi et, en gros, on me paie pour que je lise toute la journée. On ne peut pas rêver mieux. Et les cours ? Le cours de littérature me manque.

Hardin se renfrogne subitement, et pas pour rire cette fois. Je suis la direction de son regard. Zed, Logan et un type que je n'ai jamais vu se dirigent vers nous. Zed me fait un petit signe amical et je lui souris sans réfléchir. Hardin me fusille du regard et se lève.

–Je reviens.

Il s'avance vers eux. J'essaie de poursuivre ma discussion avec Landon tout en observant Hardin. Je ne sais pas trop quoi faire.

–Ouais, ce n'est pas la même chose quand tu n'es pas là, mais je suis trop content pour toi. Déjà, Hardin n'est pas venu au cours, comme ça je n'ai pas à le rencontrer.

–Comment ça, il n'est pas allé en cours ? Enfin, à part aujourd'hui, bien sûr. Mais il était là hier, non ?

–Non, j'ai pensé qu'il avait laissé tomber parce que tu n'y étais pas et qu'apparemment il ne peut pas se passer de toi plus de cinq minutes.

Sa plaisanterie me fait chaud au cœur même si ça m'ennuie de savoir qu'Hardin a séché les cours.

Je lui lance un regard. Bien qu'il me tourne le dos, je vois de la tension dans ses épaules, quelque chose ne va pas. Le mec que je ne connais pas arbore un sourire supérieur et Zed secoue la tête. Logan semble plus intéressé par une bande de filles qui passe à côté d'eux. Hardin fait un pas vers le type, je ne sais pas ce qui se passe entre eux.

– Excuse-moi, Landon, je dois te laisser. Je te rappelle.

Abandonnant nos plateaux sur la table, en espérant que personne n'y touchera, je m'approche.

– Salut, Tessa, comment tu vas ?

Zed s'avance vers moi et me serre dans ses bras. Je me sens rougir et je lui rends son accolade poliment. Je préfère ne pas regarder Hardin. Zed a les cheveux dressés sur la tête dans un négligé très étudié et très sexy. Il est entièrement vêtu de noir et porte un blouson de cuir avec des pièces partout devant et dans le dos.

– Hardin, tu ne me présentes pas ta copine ?

Le sourire de l'inconnu me fait frissonner. Il n'a pas l'air sympa.

– Euh, si.

Hardin fait un geste de la main entre nous.

– Tessa, une amie. Tessa, je te présente Jace.

Une amie ? J'ai l'impression d'avoir pris un coup de pied dans l'estomac. Je fais de mon mieux pour dissimuler mon humiliation derrière un sourire.

– Vous êtes à WCU ?

Ma voix, calme et maîtrisée, ne trahit pas mon trouble intérieur.

– Ah non, putain ! La fac c'est pas mon truc. Mais si toutes les filles là-bas étaient roulées comme toi, je ne demanderais pas mieux que de reconsidérer ma position.

Il rigole d'un air satisfait. Je déglutis et attends qu'Hardin intervienne. Ah, j'oubliais, je suis *une amie*. Pourquoi ferait-il ça ? Je ne réponds pas. Je regrette de ne pas être restée assise à table.

– On va sur les docks, ce soir. Vous devriez venir faire un tour, tous les deux, dit Zed.

– Ce soir ce n'est pas possible. Peut-être une prochaine fois.

Je me demande si je ne vais pas dire que moi je peux, mais je suis trop furieuse pour parler.

– Pourquoi ce n'est pas possible ? demande Jace.

– Elle travaille demain. Je passerai peut-être dans la soirée. Seul.

– Dommage.

Jace me sourit. Une mèche blond filasse lui tombe dans les yeux et il secoue la tête pour la rejeter en arrière. Hardin le regarde, les mâchoires serrées. J'ai l'impression que quelque chose m'échappe. C'est qui ce mec, d'ailleurs ?

– Ouais. Je vous rejoindrai plus tard, en rentrant.

Je tourne les talons et je m'en vais. J'entends les boots d'Hardin claquer lourdement derrière moi, mais je continue de marcher. Il ne m'appelle pas, je suppose qu'il ne veut pas attirer l'attention de ses potes, mais il continue de me suivre. J'accélère le pas pour m'engouffrer chez Macy et tourne brusquement dans la première allée en espérant le perdre. Manque de pot, il m'attrape par le coude et me fait pivoter pour m'obliger à lui faire face.

– Qu'est-ce que tu as ?

Il est visiblement agacé.

– C'est toi qui me le demandes, Hardin ?

J'ai crié, ce qui me vaut le regard outré d'une vieille dame. Je lui fais un sourire d'excuse.

– Oui, je te le demande ! C'est toi qui as serré Zed dans tes bras il n'y a pas cinq minutes !

Il hurle. Nous commençons à attirer des spectateurs, mais je suis tellement énervée que là, c'est le dernier de mes soucis.

– Tu as honte de moi ou quoi ? Je veux dire, je peux comprendre, je ne suis pas exactement une nana cool, mais je croyais...

– Quoi ? Mais bien sûr que non, je n'ai pas honte de toi. T'es folle ou quoi ?

Je vais devenir folle, en effet.

– Pourquoi m'as-tu présentée comme « *une amie* » ? Tu n'arrêtes pas de me demander de venir vivre avec toi et après tu dis à tes potes que je suis « *une amie* » ? C'est quoi ton plan ? Tu veux me cacher ? Je refuse d'être le secret de qui que ce soit. Si je ne suis pas assez bien pour que tes amis sachent que nous sommes ensemble, alors je préfère qu'on en reste là.

Je tourne les talons et pars d'un pas décidé pour donner du poids à mon petit speech.

– Tessa ! Bordel...

Il me poursuit à travers le magasin. Quand j'arrive aux salons d'essayage, je m'arrête.

– Je vais entrer avec toi, dit-il, comme s'il lisait dans mes pensées.

Et je sais qu'il va le faire. Alors je me retourne et je gagne la sortie du magasin.

– Ramène-moi chez moi, tout de suite.

Je marche en silence, au moins trois mètres devant lui, jusqu'à sa voiture. Il s'approche pour m'ouvrir la portière, mais mon regard furieux l'en dissuade. Si j'étais lui, je garderais mes distances.

Je regarde par la vitre, ruminant toutes les choses horribles que je pourrais lui dire, mais je garde le silence. En gros, je suis vexée qu'il ne puisse pas se résoudre à dire aux gens que nous sommes ensemble. Je sais bien que je suis différente de ses potes qui pensent probablement que je suis nulle, ou que je ne suis pas assez cool, mais il devrait s'en moquer. Je me demande si Zed cacherait notre relation à ses amis, *lui*, et je ne peux pas m'empêcher de penser que non. Quand j'y pense, Hardin ne m'a jamais appelée sa petite amie. Avant de coucher avec lui, j'aurais probablement dû attendre qu'il me confirme, à moi au moins, que nous sortions bien ensemble.

– Ça y est, tu as fini de faire une scène ?

Il engage la voiture sur l'autoroute.

– Une scène ? Non mais tu rigoles ?

Ma voix emplit la voiture.

– Je ne vois pas où est le problème, j'ai dit que tu étais une amie, et alors ? Ce n'est pas ce que je voulais dire. J'ai été pris au dépourvu.

Je vois qu'il ment, il est incapable de me regarder en face.

– Si tu as honte de moi, je ne veux plus jamais te voir.

Je me plante les ongles dans la cuisse pour me retenir de pleurer.

– Ne me dis pas ça.

Il prend une profonde inspiration.

– Tessa, qu'est-ce qui te fait croire que j'ai honte de toi ? C'est complètement ridicule, putain !

– Amuse-toi bien à ta fête, ce soir.

– Arrête ! Je n'y vais pas. J'ai dit ça juste pour que Jace laisse tomber.

Ce que je dis ensuite est une idée horrible, je sais, mais je veux lui prouver que j'ai raison.

– Si tu n'as pas honte de moi, alors emmène-moi à cette fête.

– C'est hors de question, bordel !

– C'est exactement ce que je voulais dire.

– Je ne t'y emmènerai pas parce que Jace est un vrai con, d'une part. D'autre part, ce n'est pas un endroit pour toi.

– Pourquoi pas ? Je suis assez grande pour savoir ce que je fais.

– Jace et ses copains et toi, vous ne jouez pas dans la même cour, Tessa. Moi non plus d'ailleurs. Ce sont tous des toxicos et des racailles.

– Alors, pourquoi es-tu pote avec lui ?

– Il y a une grande différence entre être amical et être ami.

– Ok. Et Zed alors ? Pourquoi il traîne avec lui ?

– Qu'est-ce que j'en sais ? Jace n'est pas le genre de mec à qui on peut dire non.

– Donc tu as peur de lui. C'est pour ça que tu n'as pas réagi quand il m'a fait du plat.

Jace doit être un vrai dur si Hardin a peur de lui. À ma grande surprise, il éclate de rire.

– Il ne me fait pas peur. Mais je ne veux pas le provoquer. Il aime les défis. Si je l'avais provoqué à cause de toi, tu serais devenu un défi pour lui.

Il serre le volant avec tant de force que ses phalanges blanchissent.

– Ah bon ? C'est une bonne chose que nous ne soyons qu'amis, alors.

Par la portière, je regarde défiler cette ville superbe. Je ne suis pas parfaite. Je sais que je me conduis comme une gamine, mais c'est plus fort que moi. Maintenant que je sais que ce Jace est un sale con, je comprends l'attitude d'Hardin, mais cela ne fait pas moins mal pour autant.

∞

82

Arrivés dans la chambre, nous nous asseyons sur le lit. Je suis toujours en colère – un peu moins que tout à l'heure –, mais la rencontre avec ce Jace n'a fait que soulever des questions qu'encore une fois Hardin ne veut pas que je pose, c'est évident.

– Je suis vraiment désolé, je ne voulais pas te faire de peine.

Je ne le regarde pas, sinon je sais que je vais m'attendrir. Il faut qu'il sache que je n'accepterai pas qu'il me fasse ce genre de choses.

– Tu... veux... tu veux toujours de moi ?

Sa voix tremble, je le sens si vulnérable. Je pousse un soupir, je ne suis pas capable de rester fâchée très longtemps quand il a l'air si inquiet.

– Mais oui, bien sûr. Viens ici.

Je tapote le lit à côté de moi. Avec lui, je n'ai aucune volonté.

– Est-ce que tu me considères comme ta petite amie ?

– Ouais. Je veux dire, c'est juste un peu bête de t'appeler comme ça.

– Bête ?

Je me tripote les ongles, une mauvaise habitude que je n'arrive pas à perdre.

– Pour moi, tu es bien plus que cette expression d'ados retardés !

Il pose ses grandes mains de part et d'autre de mon visage. Sa réponse me noue l'estomac, mais pour la bonne cause ! Impossible de retenir le sourire béat qui envahit mon visage. La tension disparaît instantanément de ses épaules.

– Je n'aime pas que tu refuses que les gens soient au courant pour nous deux. Comment pourrions-nous vivre ensemble si tu ne veux même pas le dire à tes amis ?

– Ce n'est pas ça. Tu veux que j'appelle Zed là tout de suite pour lui dire ? C'est plutôt toi qui devrais avoir honte de moi. Je vois bien la façon dont les gens nous regardent quand nous sommes ensemble.

Alors, comme ça, il remarque la manière dont les gens nous regardent...

– Ils nous regardent comme ça parce que nous n'avons pas le même look, mais c'est leur problème, Hardin. Je ne serai jamais gênée d'être vue avec toi. Jamais.

– J'ai cru que tu allais me laisser tomber.

– Te laisser tomber ?

– Tu es la seule constante dans ma vie, tu sais ça ? Je ne sais pas ce que je ferais si tu me quittais.

– Je ne te quitterai pas si tu ne me donnes pas de raison de le faire. Jamais.

Je dis ça, mais je ne vois pas ce qu'il pourrait faire qui me conduirait à le quitter. Je suis trop accro. À la simple idée de le quitter, une douleur insupportable me cloue sur place. Ça me détruirait. Même si nous passons notre temps à nous bagarrer, je l'aime.

– Je ne t'en donnerai pas. (Il détourne le regard un instant, puis replonge ses yeux dans les miens.) J'aime bien la personne que je suis avec toi.

Je frotte ma joue sur sa main.

– Moi aussi.

Je l'aime, j'aime tout en lui. Toutes ses personnalités. Surtout, j'aime celle que je suis devenue avec lui, nous avons tous les deux changé au contact de l'autre, en mieux. D'une certaine façon, je l'ai amené à ouvrir son cœur et je lui ai apporté du bonheur, et lui, il m'a appris à vivre et à ne pas me prendre la tête avec les détails.

– Je sais que je te mets en colère parfois... enfin, très souvent, et Dieu sait que tu me rends dingue !

– Merci !

– Ce que je veux dire, c'est que ce n'est pas parce que nous nous disputons que nous ne pouvons pas être ensemble. Tout le monde se dispute. Bon, nous un peu plus que les gens normaux. Toi et moi, nous sommes très différents, alors il va falloir qu'on apprenne à s'adapter l'un à l'autre. Ça deviendra de plus en plus facile avec le temps.

Je lui retourne son sourire.

– Avec tout ça, on n'a toujours pas trouvé nos tenues pour le mariage !

– Bon sang, on ne va pas pouvoir y aller !

Il fait la grimace la plus hypocrite que j'aie jamais vue et m'embrasse sur le nez.

– Ne rêve pas. On n'est que mardi. On a toute la semaine.

– On pourrait se défiler et à la place je t'emmènerais à Seattle pour le week-end ?

– Quoi ?

Je me redresse.

– Non ! Je veux dire, nous allons au mariage. Mais tu pourrais m'emmener à Seattle le week-end d'après.

– Non, c'est une offre limitée dans le temps.

Il me fait asseoir sur ses genoux.

– Très bien, je suppose que je vais devoir trouver quelqu'un d'autre pour m'emmener à Seattle.

Ses mâchoires se serrent et je caresse du bout des doigts la barbe naissante sur son menton et sa mâchoire.

– Tu n'oserais pas.

Il a du mal à garder le sourire.

– Bien sûr que si. Seattle est l'endroit que je préfère, après tout.

– L'endroit que tu préfères ?

– Oui, à vrai dire, je ne suis jamais allée ailleurs.

– Quel est l'endroit le plus éloigné où tu es allée ?

Je pose la tête sur sa poitrine et il s'adosse contre la tête de lit en me serrant dans ses bras.

– Seattle. Je ne suis jamais sortie de l'État de Washington.

– Jamais ?

– Non, jamais.

– Pourquoi ?

– Je ne sais pas. On n'avait pas les moyens après le départ de mon père. Ma mère travaillait tout le temps et j'étais trop obsédée par l'école, et l'idée de quitter cette ville pour penser à autre chose...

– Où aimerais-tu aller ?

Il me caresse les bras du bout des doigts.

– Chawton. J'ai envie de voir la maison de Jane Austen. Ou Paris. J'adorerais voir l'endroit où Hemingway a vécu quand il était là-bas.

– J'étais sûr que tu dirais ça. Je pourrais t'y emmener.

Il parle sérieusement. Et moi, je rigole :

– Commençons déjà par Seattle.

– Je suis sérieux, Tessa. Je pourrais t'emmener où tu veux. Surtout en Angleterre. J'ai grandi là-bas, après tout. Tu pourrais rencontrer ma mère et le reste de ma famille.

– Euh...

Je ne sais pas quoi dire. Il est trop bizarre. Il y a une heure il me présente comme « une amie » et maintenant il m'emmène en Angleterre pour rencontrer sa mère.

– Et si on commençait déjà par Seattle ?

– Très bien. Mais je suis sûr que tu adorerais conduire à travers la campagne anglaise, aller voir la maison où Jane Austen a passé son enfance...

Je n'ose imaginer la réaction de ma mère si je lui disais que j'allais à l'étranger avec Hardin. Elle m'enfermerait probablement à double tour dans le grenier pour ne plus jamais me laisser ressortir. Je ne lui ai toujours pas parlé depuis qu'elle est sortie comme une furie de ma chambre, après m'avoir menacée de m'empêcher de revoir Hardin. Je repousse cette discussion inévitable aussi loin que je peux.

– Qu'est-ce qu'il y a ?

Il baisse la tête pour me regarder dans les yeux.

– Rien. Excuse-moi. Je pensais à ma mère.

– Ne t'inquiète pas, elle reviendra, Bébé.

Il a l'air d'en être sûr, mais je la connais mieux que lui. Il faut que j'arrête de penser à elle.

– Ça m'étonnerait. Mais parlons d'autre chose.

Nous nous mettons à discuter du mariage. Au bout d'un moment, le portable d'Hardin se met à vibrer dans sa poche. Je me pousse pour qu'il puisse le sortir, mais il ne bouge pas.

– Ils peuvent bien attendre.

Ça me fait plaisir.

– On dormira chez ton père après le mariage, samedi ?

– Tu veux ?

– Ouais. J'aime bien être là-bas. Ici, le lit est minuscule.

Je fronce le nez, ce qui le fait rire.

– Nous pourrions aussi dormir plus souvent dans ma chambre. Tu veux qu'on y aille ?

– Je vais à mon stage demain matin.

– Et alors ? Tu peux emporter tes affaires et demain te préparer dans une vraie salle de bains. Ça fait un moment que je ne suis pas allé dans ma chambre, ils sont probablement en train d'essayer de la sous-louer, dit-il pour plaisanter. Ça ne te dirait pas, pour une fois, de prendre ta douche sans qu'il y ait trente personnes dans la même pièce ?

– Ça marche.

Je saute du lit en souriant.

Hardin m'aide à mettre mes affaires du lendemain dans un sac. Je suis excitée d'aller à la fraternité, j'avais horreur de cette maison, et c'est toujours plus ou moins le cas, mais l'idée de me doucher dans une vraie salle de bains et de dormir dans le grand lit d'Hardin est trop attirante pour refuser. Il sort l'ensemble de lingerie rouge de ma commode et me le tend avec des hochements de tête entendus. En rougissant, je le fourre dans mon sac avec une de mes vieilles jupes noires et un chemisier blanc, pour ne pas mettre mes robes neuves tous les jours.

– Un soutien-gorge rouge sous un chemisier blanc ?

Hardin a raison. Je ressors le chemisier blanc et le remplace par un bleu.

– Tu pourrais emporter quelques tenues supplémentaires, ça t'en ferait moins à prendre la prochaine fois.

Il a envie que je laisse des affaires chez lui. J'adore ce sous-entendu que nous allons passer toutes les nuits ensemble à partir de maintenant.

– Tu as raison.

Je prends ma nouvelle robe blanche et plusieurs autres trucs au hasard.

– Tu sais ce qui rendrait les choses beaucoup plus faciles ? demande-t-il en passant mon sac sur son épaule tandis que nous sortons.

– Quoi ?

Je sais d'avance ce qu'il va dire. Il sourit.

– Qu'on habite tous les deux au même endroit. On n'aurait plus besoin de décider où on va dormir et tu n'aurais plus besoin de faire ton sac. Tu aurais ta douche privée tous les jours, enfin pas tout à fait privée.

Il me fait un clin d'œil coquin. Et alors que je crois qu'il a fini, en m'ouvrant la portière, il ajoute :

– Tu pourrais te réveiller et te faire ton café toi-même dans notre cuisine et te préparer pour la journée, et nous pourrions nous retrouver chez nous à la fin de la journée, tous les jours. Finies ces conneries de coloc ou de fraternité.

Chaque fois qu'il dit « notre », j'ai un pincement à l'estomac. Plus j'y pense, plus l'idée me plaît. Mais je suis terrifiée à la pensée que nous allons trop vite. Je n'ai pas envie que ça me pète à la figure. Dans la voiture, il pose sa main sur ma cuisse et me redit :

– Arrête de te poser des questions.

J'entends son portable vibrer de nouveau, mais il ne répond pas. Cette fois-ci, je ne peux pas m'empêcher d'être un peu soupçonneuse. Pourquoi ne le prend-il pas ? Mais je rejette cette pensée.

– Qu'est-ce qui te fait peur ?

– Je ne sais pas. Qu'est-ce qui se passerait si mon stage s'arrêtait pour une raison ou pour une autre et que je ne puisse plus payer ? Ou si ça n'allait plus entre nous ?

Il fronce les sourcils mais se reprend aussitôt.

– Bébé, je t'ai déjà dit que c'est moi qui paierai le loyer. C'est mon idée, et je gagne plus que toi, alors laisse-moi m'occuper de ça.

– Je me fiche de combien tu gagnes. C'est l'idée que ce soit toi qui payes tout qui ne me plaît pas.

– Tu peux payer pour le câble, si tu veux.

Il fait un petit sourire. Je ne sais plus si je parle au conditionnel ou au futur :

– Le câble et la nourriture ?

– Ça marche. La nourriture... c'est sympa, tu ne trouves pas ? Tous les soirs, tu pourrais me préparer mon dîner quand je rentrerai à la maison.

– Pardon ? Tu veux dire, le contraire.

– On pourrait alterner ?

– Ok.

– Alors c'est décidé, tu viens vivre avec moi ?

Je ne crois pas avoir jamais vu un sourire aussi large éclairer son visage.

– Je n'ai pas dit ça, j'ai juste...

– Tu sais que je vais m'occuper de toi, hein ? Toujours, promis.

Je voudrais lui dire que je ne veux pas qu'on me prenne en charge, que je veux gagner ma vie et payer ma part, mais j'ai le sentiment qu'il ne parle pas que d'argent.

– J'ai peur que ce soit trop beau pour être vrai.

J'ai fini par réussir à le dire à Hardin, mais aussi à moi-même. À ma grande surprise, il répond :

– Moi aussi.

– Tu le penses vraiment ?

Je suis soulagée qu'il ressente la même chose que moi.

– Ouais, tout le temps. Tu es trop bien pour moi et j'attends juste le moment où tu vas t'en apercevoir, en espérant que ça n'arrive pas.

Il ne quitte pas la route des yeux.

– Ça n'arrivera pas.

Et je le pense sincèrement. Il ne dit rien.

– D'accord.

– D'accord quoi ?

– D'accord, je vais venir vivre avec toi.

Je souris. Il pousse un soupir si profond qu'on dirait qu'il le retenait depuis des heures.

– C'est vrai ?

Ses fossettes se creusent quand il me gratifie d'un large sourire.

– Oui.

– Tu n'imagines pas ce que cela représente pour moi, Theresa.

Il pose sa main sur la mienne et la serre. Lorsqu'il tourne dans sa rue, mon esprit bat la campagne. Nous sommes vraiment en train de faire ça. Nous nous installons ensemble. Hardin et moi. Seuls, tous les deux. Tout le temps. Dans notre appart à nous. Notre lit à nous. Notre tout. J'ai une trouille bleue, mais mon excitation est plus forte que mon angoisse, pour le moment du moins.

– Ne m'appelle pas Theresa ou je change d'avis, j'ajoute pour plaisanter.

–Tu as dit que seuls tes amis et ta famille pouvaient t'appeler comme ça. Je crois que j'ai gagné le droit de le faire.

Il se souvient de ça ? Il me semble que je l'ai dit quand je venais juste de le rencontrer. Je souris.

–Tu marques un point. Tu as le droit de m'appeler comme tu veux.

–Oh, Bébé, je ne dirais pas ça si j'étais toi. J'ai toute une liste de petits noms sensuels que j'adorerais te donner.

Il me fait un sourire complice. Bien sûr que j'ai envie de l'entendre me dire ces mots excitants, mais je m'interdis de les lui demander, je serre les jambes. Il doit l'avoir remarqué parce que son sourire s'élargit.

Juste au moment où je trouve une phrase bien sentie sur son côté pervers, les mots se coincent dans ma gorge. Devant la fraternité, le jardin est blindé de gens et il y a des voitures partout dans la rue.

–Putain ! Je ne savais pas qu'il y avait une fête ce soir. On est mardi, bordel ! Tu vois, c'est ce genre de connerie...

–Tant pis. On n'a qu'à monter directement dans ta chambre.

J'essaie de désamorcer sa contrariété.

–D'accord.

Il soupire.

Nous traversons la foule pour aller tout droit vers l'escalier. Juste au moment où je crois que j'ai réussi à ne tomber sur personne de connu, j'aperçois une masse de cheveux gras et blond filasse en haut des marches. Jace.

∞

83

Hardin a remarqué la présence de Jace en même temps que moi, il se tourne pour me regarder, puis regarde Jace de nouveau. Je sens la tension s'installer. L'espace d'un instant, j'ai l'impression qu'il va décider de faire demi-tour, mais il est trop tard, Jace nous a vus et je sais qu'Hardin ne va pas risquer de se le mettre à dos en rebroussant chemin. Autour de nous, la fête est à son comble, mais la seule chose que je vois, c'est le sourire malfaisant de Jace, qui me fait carrément flipper.

Quand nous atteignons la dernière marche, Jace nous lance un regard exagérément étonné.

– Je ne pensais pas vous voir ici, vous deux, vous ne pouviez soi-disant pas venir sur les docks et tout ça.

– Ouais, on est juste venus pour...

– Oh, je vois très bien pourquoi vous êtes venus.

Jace sourit et lui donne une tape sur l'épaule. Je me recroqueville quand ses yeux marrons se portent sur moi.

– C'est un vrai plaisir de te rencontrer de nouveau, Tessa.

Je regarde Hardin à la dérobée, mais il est trop concentré sur Jace pour s'en apercevoir.

– Ouais, pour moi aussi.

– En fait, vous avez bien fait de ne pas venir sur les docks. Les flics sont arrivés pour disperser la teuf, c'est pour ça qu'on est là.

Ce qui veut dire que ses copains répugnants sont dans les parages, encore des gens qu'Hardin n'aime pas. On aurait dû simplement rester à la résidence. Je vois dans le regard d'Hardin qu'il pense la même chose que moi.

– Ça craint, mec, dit Hardin en essayant de poursuivre son chemin dans le couloir.

Jace attrape Hardin par le bras.

– Et si vous veniez boire un verre avec nous en bas, tous les deux ?

– Elle ne boit pas.

L'irritation perce dans la voix d'Hardin. Malheureusement, il me semble que cela ne fait qu'encourager Jace.

– Ah bon ? Alors *toi,* au moins, tu devrais venir t'éclater, j'insiste.

Hardin se tourne vers moi et je lui fais de grands yeux qui veulent dire, *non* ! Mais il répond oui à Jace. *C'est quoi ce bordel ?*

– Je vous rejoins dans une minute, juste le temps de... l'installer.

En maugréant, Hardin me tire par le poignet jusqu'à sa chambre sans laisser à Jace le temps de dire ouf. Il tourne la clé dans la serrure et me pousse à l'intérieur avant de refermer précipitamment la porte.

– Je ne veux pas aller en bas.

– Tu n'iras pas.

– Mais toi, oui ?

– Juste une minute. Je reviens tout de suite.

Il se masse la nuque.

– Pourquoi tu ne lui as pas dit simplement non ?

Pour quelqu'un qui prétend ne pas avoir peur de lui, Hardin semble quand même très intimidé devant Jace.

– Je te l'ai déjà dit, ce n'est pas facile de lui dire non.

– Il te tient par quelque chose ou quoi ?

– Quoi ?

Le rouge lui monde aux joues.

– Non... mais c'est un vrai connard. Et je ne veux pas d'histoires. Surtout avec toi dans les parages. Je ne resterai pas longtemps, mais je le connais, si je ne descends pas prendre un verre avec lui, il va monter ici... et je ne veux pas qu'il te tourne autour.

Il m'embrasse sur la joue.

– Ok.

Je pousse un soupir.

– Mais tu me promets de rester ici, d'accord ? Je sais que ce n'est pas idéal, avec la musique à fond en bas, mais je ne vois pas ce qu'on peut faire d'autre, là.

– Ok, je t'ai dit.

De toute façon, je n'ai pas envie de descendre. J'ai ces fêtes en horreur, et surtout je ne veux pas risquer de rencontrer Molly, si elle est là.

– Je suis sérieux, ok ?

– Ok ! J'ai compris. Mais ne me laisse pas toute seule trop longtemps.

– Ne t'inquiète pas. On va aller signer les papiers pour l'appart demain. Dès que tu sortiras de chez Vance. Je ne veux plus avoir à m'inquiéter pour ce genre de connerie.

Et moi je veux... ne plus entendre parler de ces fêtes ni de ma petite chambre à la résidence universitaire. Ne plus prendre mes repas dans un réfectoire mais dans une cuisine. Et jouir d'une liberté d'adulte, car habiter sur le campus me rappelle constamment notre jeune âge.

– Allez. Je reviens très vite. Ferme la porte à clé derrière moi et n'ouvre à personne, moi j'ai une clé.

Il m'embrasse rapidement et se tourne vers la porte.

– Eh ben dis donc, à t'écouter on pourrait croire que quelqu'un va venir m'assassiner.

Je plaisante pour faire retomber la tension, mais ça ne le fait pas rire. Je ricane mais je ferme à clé quand même. Je n'ai pas la moindre envie de voir rappliquer des gens bourrés cherchant un endroit où s'envoyer en l'air.

J'allume la télé dans l'espoir de couvrir le bruit qui monte du rez-de-chaussée, mais impossible de détacher mon esprit de ce qui se passe en bas, justement. Pourquoi Hardin est-il si intimidé par Jace, et Jace, pourquoi est-il si flippant ? Est-ce qu'ils jouent encore une fois à leur jeu débile de Défi ou Vérité ? Et si Hardin était mis au défi d'embrasser Molly ? Et si elle était assise sur ses genoux comme l'autre fois ? La jalousie que j'éprouve envers elle me fait horreur, elle me rend folle. Je sais bien qu'Hardin a couché avec un tas d'autres filles, dont Steph, mais cette Molly, je ne peux vraiment pas la supporter. Peut-être parce qu'elle ne m'aime pas non plus et qu'elle essaie tout le temps de m'envoyer son histoire avec Hardin à la figure ?

Et il faut dire que la première fois que tu l'as rencontrée, elle était sur lui en train de lui fourrer sa langue dans la bouche, me rappelle ma conscience.

Au bout d'un moment, toutes ces idées inquiétantes prennent le dessus. Je sais que je devrais rester là bien tranquille derrière la porte fermée à clé, mais mes pieds en décident autrement et, avant d'avoir réalisé ce que je fais, je descends les marches quatre à quatre pour aller chercher Hardin.

Quand j'arrive en bas, j'aperçois les horribles cheveux roses de Molly et sa tenue pratiquement inexistante. À mon grand soulagement, Hardin n'est pas en vue.

– Eh bien, eh bien !

Je me retourne pour voir d'où vient cette voix, et me retrouve face à Jace, à moins d'un mètre de moi.

– Hardin a dit que tu ne te sentais pas bien. Il ment comme il respire, celui-là.

En souriant, il sort un briquet de sa poche, fait rouler la mollette avec son pouce et l'allume pour brûler un fil qui dépasse de l'ourlet de sa veste en jean sans manches. Je décide d'aller dans le même sens qu'Hardin.

– Non, c'est vrai, mais je me sens un peu mieux maintenant.

– Si vite ?

Il se marre, visiblement il ne me croit pas. La pièce paraît plus petite et la foule plus nombreuse. Je scrute les alentours en essayant désespérément de trouver Hardin.

– Viens, je vais te présenter mes potes.

J'ai des frissons dans le dos chaque fois que Jace me parle. Je bégaie :

– Euh... je crois que je ferais mieux de trouver Hardin.

– Oh, allez ! Il est là-bas avec eux, de toute manière.

Il fait mine de me prendre par les épaules, je m'écarte d'un pas comme si je n'avais pas remarqué son geste. Un instant, j'hésite à remonter tout de suite, comme ça Hardin ne saura pas que je suis descendue. Mais j'ai comme l'impression que Jace va me suivre, ou le dire à Hardin. Plus probablement les deux.

– Ok.

Je le suis à travers la foule, vers le jardin à l'arrière de la maison, éclairé uniquement par les quelques ampoules du perron. Ça commence à me rendre nerveuse de suivre Jace dans l'obscurité, quand soudain mon regard croise celui d'Hardin. Ses yeux s'arrondissent de surprise, puis de colère, et il se lève mais se rassied aussitôt. Jace fait un geste dans ma direction.

– Regarde qui j'ai trouvé errant là-bas, toute seule.

– Je vois ça.

Il est furax. Je reste plantée devant le petit cercle d'inconnus assis en rond autour de ce qui ressemble à un foyer fait de grosses pierres mais dans lequel aucun feu ne brûle. Il y quelques filles, mais ce sont surtout des mecs aux allures de durs.

– Viens ici, me dit Hardin en se poussant pour me faire une place sur la pierre où il est assis.

J'obtempère et Hardin me lance un regard insinuant que s'il n'y avait pas tous ces gens autour, il me hurlerait dessus. Jace se penche pour dire quelque chose à l'oreille d'un type brun qui porte un t-shirt déchiré.

– Pourquoi t'es pas restée dans ma chambre ? dit Hardin à voix basse, mais sur un ton autoritaire.

– Je... je ne sais pas. J'ai pensé que Molly...

Je m'arrête net quand je me rends compte à quel point j'ai l'air stupide.

– Tu plaisantes, dit-il avec une touche d'exaspération, en se passant la main dans les cheveux.

L'attention revient sur nous quand le type brun me tend une bouteille de vodka.

– Elle ne boit pas, dit Hardin en me l'arrachant des mains.

– Putain, Scott, arrête de parler à sa place, dit un autre mec.

Il a un sourire sympa et ne semble pas aussi flippant que Jace ou que le mec aux cheveux bruns. Hardin rit d'un air dégagé, mais je vois bien que son rire est forcé.

– Occupe-toi de tes affaires, Ronnie.

– Alors, qui est d'accord pour un petit jeu ? demande Jace.

En regardant Hardin, je réponds :

– Ne me dites pas que vous jouez à Défi ou Vérité pendant les fêtes, vous aussi ? Franchement, je ne vois pas ce qu'il y a de si marrant à ces jeux.

– Oh oh, elle me plaît. Sympa et fougueuse, dit Ronnie, et ça me fait rire.

– Qu'est-ce qu'il y a de mal à jouer de temps en temps ? dit Jace d'une voix pâteuse.

Je sens qu'Hardin devient nerveux à côté de moi.

– Non, en fait on pensait plutôt à une partie de strip poker, dit un autre type.

– Pas question, je réponds.

– Et que penses-tu de Suce et Souffle ? dit Jace.

Je me recroqueville en rougissant. Je ne sais pas de quoi il s'agit mais rien qu'au nom, je ne pense pas que j'ai envie d'y jouer avec cette bande de mecs.

– Jamais entendu parler. Mais non merci.

Du coin de l'œil, je vois Hardin sourire.

– C'est marrant, surtout quand tu as bu un verre ou deux, dit une voix masculine derrière moi.

J'ai envie de prendre la bouteille des mains d'Hardin, mais il faut que je me lève tôt et pas question d'avoir la gueule de bois demain matin.

– De toute façon, on n'a pas assez de filles pour y jouer, dit Ronnie.

– Je peux aller en chercher, dit Jace, disparaissant dans la maison avant que quiconque proteste.

– Remonte, s'il te plaît, me dit Hardin à voix basse pour que je sois la seule à l'entendre.

– Si tu viens avec moi.

– Ok, allons-y.

Mais quand nous nous levons, un grognement s'élève du cercle.

– Tu vas où, Scott ? demande l'un des gars.

– En haut.

– Arrête, ça fait des mois qu'on ne t'a pas vu. Reste encore un peu avec nous.

Hardin me regarde et je hausse les épaules. Il me ramène vers la grosse pierre.

– Très bien. Je reviens tout de suite. Ne bouge pas cette fois. Je ne rigole pas.

D'un signe de tête j'y consens, mais je trouve ironique qu'il me laisse seule avec cette bande de mecs, soi-disant les pires de la soirée.

– Où tu vas ?

– Chercher un verre. Tu pourrais en avoir besoin, toi aussi.

Il me sourit avant de rentrer dans la maison. Je regarde alternativement le ciel et le foyer pour éviter toute conversation embarrassante. Ça ne marche pas.

– Alors, ça fait combien de temps que vous vous connaissez, Hardin et toi ? me demande Ronnie en buvant une gorgée d'alcool.

– Quelques mois.

Il y a quelque chose de rassurant chez Ronnie. Mes sens ne sont pas au même niveau d'alerte avec lui qu'avec Jace.

– Ça ne fait pas très longtemps, alors ?

– Euh, non, en fait. Pas très longtemps. Et toi, tu le connais depuis longtemps ?

Autant profiter de cette occasion de me renseigner un peu plus sur Hardin.

– Depuis l'année dernière.

– Où l'as-tu rencontré ?

J'essaie de garder un ton dégagé. Il rigole.

– Dans une fête. Enfin, dans un tas de fêtes.

– Tu es pote avec lui, alors ?

– Tu es bien curieuse, non ? intervient le mec brun.

– Tu peux le dire.

Je me mets à rire aussi. Ils ne sont pas si terribles que ça, en tout cas pas autant qu'Hardin me l'a laissé entendre. *Et d'ailleurs où est-il passé ?*

Quelques instants plus tard il apparaît avec Jace, trois filles sur leurs talons. C'est quoi ça, encore ? Ils semblent être en grande discussion. Jace lui tape sur l'épaule et ils se mettent à rire. Hardin tient deux gobelets rouges dans les mains. Je suis soulagée que Molly ne fasse pas partie du trio. Il revient s'asseoir à côté de moi et me lance un petit regard facétieux. En tout cas, il a l'air plus détendu qu'avant.

– Tiens.

Il me tend un gobelet. Je le regarde un moment avant de le prendre. Un verre, ça ne va pas me faire de mal. Je reconnais immédiatement le goût. Le soir où nous nous sommes embrassés, Zed et moi, on avait bu la même chose. Hardin me dévisage tandis que je me lèche les lèvres.

– Maintenant il y a assez de filles, dit Jace en désignant les nouvelles venues de la main.

Je les regarde, me retenant de les juger. Elles portent des jupes mini et des chemises identiques, à part la couleur. Celle avec une chemise rose me sourit, ça sera elle ma préférée.

– Toi, tu ne joues pas, me dit Hardin à l'oreille.

Je suis tentée de lui répondre que je fais ce que je veux, mais il se penche vers moi et me prend par la taille. Je le regarde étonnée, mais il se contente de me sourire.

– Je t'aime.

Ses lèvres sont froides contre mon oreille, je frissonne.

– Bon, tout le monde sait comment ça marche, dit Jace d'une voix forte. Nous devons resserrer le cercle. Mais d'abord, on se met en condition.

Il sort quelque chose de sa poche en souriant. Avec son briquet, il allume le petit cône blanc.

– C'est de la beuh, me dit Hardin à voix basse.

Je m'en doutais, même si c'est la première fois que je vois de l'herbe en vrai. J'observe Jace qui porte le joint à ses lèvres et tire une grosse bouffée avant de le passer à Hardin. Celui-ci secoue la tête pour décliner. Ronnie le prend et aspire profondément, en toussant.

– Tessa ? dit Ronnie en me le passant.

– Non, non. Merci.

Je me colle contre Hardin.

– Alors, on joue ?

Une des filles sort quelque chose de son sac tandis que les autres quittent la pierre sur laquelle ils sont assis et resserrent le cercle en s'asseyant dans l'herbe.

– Allez, Hardin ! gronde Jace.

Mais Hardin secoue la tête.

– C'est bon, mec.

– Il nous manque une fille, alors, à moins que tu ne veuilles courir le risque de te retrouver avec la langue de Dan dans ta bouche...

Ronnie se met à rire. Dan doit être le mec aux cheveux noirs. Un mec roux et barbu, qui est resté silencieux jusque-là, tire sur le joint et le repasse à Jace. Je finis mon verre et tends la main vers celui d'Hardin qui hausse un sourcil en me regardant faire.

– Je vais chercher Molly. Elle est sûrement dans le coin, dit la fille à la chemise rose.

En entendant son nom, ma haine pour elle me fait oublier toute raison et je m'écrie sans réfléchir :

– Je joue.

– Vraiment ? s'étonne Jace.

– Elle a le droit ? demande Dan avec un sourire goguenard vers Hardin.

– Je fais ce que je veux, merci.

Je lui fais un sourire innocent que dément mon ton agressif. Je préfère ne pas regarder Hardin, il m'a dit de ne pas participer au jeu, mais je n'ai pas réussi à fermer ma grande gueule. Je vide son verre puis je vais m'asseoir à côté de la fille au t-shirt rose.

– Tu dois t'asseoir entre deux mecs, me dit-elle.

– Ah bon, d'accord.

Je me lève.

– Je joue aussi, marmonne Hardin en s'asseyant.

Instinctivement, je vais m'asseoir à côté de lui, mais j'évite soigneusement de croiser son regard. Jace s'assied de l'autre côté.

– Je pense qu'Hardin devrait s'asseoir en face pour que les choses soient plus intéressantes, dit Dan, et le mec roux acquiesce d'un hochement de tête.

Hardin soupire et va se placer en face de moi. Je ne comprends pas l'intérêt de ces règles... Qu'est-ce que ça peut faire de savoir qui est assis à côté de qui ? Quand Dan vient s'asseoir à côté de moi, cela me rend nerveuse, je suis très mal à l'aise entre Jace et lui.

– On commence ? râle la fille en vert.

Elle est assise entre Hardin et le mec roux. Jace prend un truc que lui tend une des filles et qui ressemble à un bout de papier. Il se le colle sur la bouche. *Quoi ?*

– Prête ?

– Je ne sais pas jouer.

J'entends une des filles ricaner.

– Tu colles ta bouche de l'autre côté du papier et tu aspires, le but c'est de ne pas le laisser tomber. S'il tombe, tu embrasses.

Oh, non ! Je lance un regard vers Hardin mais il ne quitte pas Jace des yeux.

– Commence par ici pour qu'elle voie comment ça marche, dit la fille de l'autre côté de Jace.

Je n'aime pas du tout ce jeu. J'espère que ça va s'arrêter avant que ce soit mon tour. Ou celui d'Hardin. En plus, ils me semblent un peu vieux, tous, pour jouer à ces jeux débiles. C'est quoi leur problème à tous ces étudiants qui saisissent toutes les occasions d'embrasser n'importe qui comme ça ? Je regarde le papier passer de la bouche de Jace à celle de la fille, il ne tombe pas. Je retiens ma respiration quand Hardin le récupère sur la bouche de cette fille puis le passe à l'autre. S'il embrasse l'une d'entre elles... Je respire quand je vois que le papier n'est pas tombé. En revanche, il tombe entre le mec roux et la fille au t-shirt jaune et leurs lèvres se joignent. Elle ouvre la bouche pour l'embrasser avec la langue, je regarde ailleurs en me faisant toute petite. J'ai envie de me lever et de quitter le cercle, mais je reste figée. C'est mon tour.

Oh, mon Dieu ! C'est mon tour. Je déglutis quand Dan se tourne vers moi avec le papier sur les lèvres. Je ne sais pas très bien ce que je suis censée faire, je ferme les yeux et pose ma bouche sur l'autre face du papier, et j'aspire. Je sens de l'air chaud passer à travers le papier quand Dan souffle dessus, mais je me rends bien compte qu'il est impossible d'empêcher le papier de tomber. Juste quand le papier touche ma jambe, je sens le souffle chaud de Dan qui approche sa bouche de la mienne. À l'instant même où ses lèvres touchent les miennes, quelqu'un le tire en arrière.

J'ouvre les yeux, mais le temps que je comprenne ce qui se passe, Hardin est déjà sur Dan, les mains serrées autour de son cou.

∞

84

En m'appuyant sur mes mains, je recule vivement tandis qu'Hardin soulève la tête de Dan, continuant de l'étrangler et de la taper par terre. L'espace d'un instant, je me demande s'il aurait fait la même chose sur le perron ou sur le foyer, et il répond à ma question en levant son poing serré pour le flanquer dans la figure de Dan.

– *Hardin !*

Je bondis sur mes pieds en criant. Tous les autres, eux, se contentent de regarder. Jace a l'air amusé et même Ronnie semble se divertir.

– Arrêtez-le !

Mais Jace secoue la tête tandis que le poing d'Hardin entre de nouveau en contact avec le visage ensanglanté de Dan.

– Ça fait un moment que ça devait arriver, laisse-les régler ça entre eux.

Il me fait un sourire narquois.

– Tu veux boire un coup ?

– Quoi ? Non, je ne veux pas boire un coup ! Qu'est-ce qui ne va pas chez toi ?

Une foule s'est maintenant amassée autour de nous et les gens crient pour attiser la bagarre. Dan n'a pas donné un seul coup à Hardin, heureusement, mais je veux qu'Hardin le lâche. J'ai trop peur pour essayer de l'arrêter moi-même, mais quand Zed arrive dans le jardin, je l'appelle en criant. Il me voit tout de suite et se précipite.

– Arrête-le, je t'en supplie.

Tout le monde, sauf moi, a l'air de trouver ça très excitant. Si Hardin continue comme ça, il va le tuer, j'en suis sûre. Zed me fait un petit signe de tête et s'approche de lui. Il l'attrape par le t-shirt et le tire en arrière. Pris au dépourvu, Hardin se laisse facilement écarter de Dan, allongé par terre. Furieux, il balance son poing vers Zed, mais celui-ci l'esquive et lui pose les mains sur les épaules. Il lui murmure quelque chose que je n'entends pas et fait un signe de tête dans ma direction. Les yeux d'Hardin étincellent, ses mains saignent et son t-shirt est déchiré. Sa poitrine monte et descend rapidement comme celle d'un animal sauvage qui vient de tuer. Je ne bouge pas. Je sais à quel point il est en colère contre moi. Je le vois. Je n'ai pas peur de lui, même s'il est probable que je devrais. Même si je viens de le voir perdre complètement les pédales de la pire façon qui soit, je suis sûre qu'il ne me ferait jamais de mal, physiquement.

L'excitation retombe et tout le monde commence à rentrer dans la maison. Dan est toujours recroquevillé par terre, c'est Jace qui l'aide à se relever. Il se met debout avec difficulté et remonte son t-shirt pour essuyer le sang qui coule sur son visage, crachant un mélange de sang et de salive. Je détourne les yeux. Hardin cherche Dan du regard et tente de faire un pas vers lui, mais Zed le tient fermement.

– Va te faire foutre, Scott ! hurle Dan.

Jace s'interpose. Il est bien temps !

– Attends seulement que ta petite...

– Ferme ta gueule, le coupe Jace sèchement, et Dan lui obéit.

Dan me regarde, je fais un pas en arrière. Je me demande ce que Jace a voulu dire par « ça fait un moment que ça devait arriver ». Hardin et Dan avaient l'air de bien s'entendre tout à l'heure.

– Rentre dans la maison ! hurle Hardin.

Je comprends immédiatement que c'est à moi qu'il s'adresse.

Pour une fois je décide de l'écouter, je tourne les talons et me précipite à l'intérieur. Je sens tous les regards sur moi, mais je m'en fiche. Je traverse la foule et monte précipitamment dans la chambre d'Hardin. J'ai dû oublier de fermer la porte à clé quand je suis sortie car, pour comble de malchance, il y a une énorme tache rouge par terre. Quelqu'un a dû entrer en titubant et renverser un verre sur la moquette beige. Super ! Je cours dans la salle de bains prendre une serviette et faire couler de l'eau dessus. La porte fermée à clé, je frotte vigoureusement la tache, mais l'eau ne fait que l'étaler et empirer les choses. J'entends la clé dans la serrure et essaie de me relever avant qu'il n'entre.

– Qu'est-ce que tu fous, putain ?

Son regard va de la serviette dans ma main à la tache sur le sol.

– Quelqu'un... j'ai oublié de fermer à clé quand je suis descendue.

Ses narines fument et il prend une profonde inspiration.

– Je suis désolée.

Il a du mal à contenir sa colère et je ne peux même pas lui en vouloir, parce que tout est de ma faute. Si j'étais restée dans la chambre comme il me l'avait dit, rien de tout cela ne serait arrivé. Je fais un pas vers lui, il passe la main sur son visage dans un geste de frustration, ses doigts sont amochés et couverts de sang, comme lors de son autre bagarre au stade. Brusquement, il me prend la serviette des mains, je fais un petit bond en arrière. Un éclair de confusion traverse son regard et il incline la tête légèrement en essuyant ses phalanges avec la partie propre de la serviette.

Je m'attendais à ce qu'il me pourrisse en cassant tout dans la chambre, au lieu de ça il m'oppose un silence inquiétant, ce qui est encore pire.

– S'il te plaît, dis-moi quelque chose.

– Crois-moi, Tessa, il vaut mieux pour toi que je ne te parle pas pour l'instant.

– Non.

Je ne supporte pas son silence lourd de colère

– Si.

– Non ! J'ai besoin que tu me parles, dis-moi ce qui s'est passé en bas, putain !

– Bon Dieu, Tessa ! Il faut toujours que tu me pousses à bout ! Je t'ai dit de rester dans ma chambre, bordel ! Plus d'une fois, encore ! Et toi, qu'est-ce que tu fous ? Tu n'écoutes pas, comme d'habitude ! Pourquoi c'est si dur pour toi de faire ce que je te dis ?

En hurlant, il tape du poing sur le côté de sa commode, dont le bois se fend sous ses coups.

– Parce que tu n'as pas à me dire ce que je dois faire tout le temps, Hardin !

Je hurle aussi fort que lui.

– Ce n'est pas ce que je fais ! J'essaie de te tenir à l'écart de ce genre de connerie. Je t'ai prévenue que ce ne sont pas des mecs fréquentables, et toi tu viens faire ta maligne avec Jace et tu te proposes pour jouer à cette connerie de jeu ! *C'était quoi ça, bordel ?*

Les veines de son cou sont tellement gonflées que j'ai peur qu'elles éclatent.

– Je ne savais pas ce que c'était, ce jeu !

– Tu savais que je ne voulais pas que tu y joues, et tu n'as voulu jouer *que* parce que le nom de Molly a été prononcé. Tout ça à cause de la fixette débile que tu fais sur elle.

– Pardon ? Tu as dit *fixette débile* ? Peut-être que je n'aime pas l'idée que mon petit ami couchait avec elle il n'y a pas si longtemps !

J'ai les joues cramoisies. Je suis peut-être débile d'être jalouse de Molly et de la détester autant, mais Hardin, lui, vient à moitié d'étrangler un mec parce qu'il m'avait presque embrassée.

– Eh bien, je suis désolé de te l'apprendre, mais si tu dois avoir un problème avec toutes les filles avec qui j'ai couché, tu vas peut-être devoir envisager de changer de fac.

Je reste bouche bée.

– Tu n'avais pas de problème avec les meufs en bas.

Mon cœur s'emballe.

– Quelles meufs ? Les trois qui jouaient avec nous ?

– Ouais, et à peu près toutes les autres en bas.

Aucune émotion ne transparaît dans sa voix, mais il me regarde d'un air furieux.

J'essaie de trouver quelque chose à dire, mais je reste interloquée. Le fait qu'Hardin ait couché avec ces trois filles et, en gros, avec toute la population féminine de WCU, me soulève le cœur... mais le pire, c'est la façon dont il vient de me l'annoncer. Je dois vraiment passer pour une pauvre imbécile à traîner avec lui, quand tout le monde me voit comme une fille parmi tant d'autres. Je savais qu'il serait furax, mais là, ça va trop loin, même venant de lui. J'ai l'impression d'être revenue à cette époque, quand je venais de le rencontrer, où il me faisait pleurer exprès, pratiquement tous les jours.

– Quoi ? Ça t'étonne ? Il n'y a pas de raison.

– Non, en effet.

Je ne suis pas étonnée, pas le moins du monde ; je suis blessée. Pas par son passé, mais par la façon dont il me traite, simplement parce qu'il est en colère. Il l'a dit juste pour me faire mal. Je cligne des yeux rapidement pour arrêter mes larmes, mais ça ne marche pas. Je me tourne pour les essuyer.

– Va-t'en, dit-il en allant vers la porte.

– Quoi ?

– Va-t'en, Tessa.

– Pour aller où ?

Il ne me regarde même pas.

– À la cité universitaire... où tu veux... mais tu ne peux pas rester ici.

Je n'avais jamais pensé que les choses allaient se passer comme ça. Chaque minute de silence augmente la douleur dans ma poitrine. D'un côté, j'ai envie de le supplier de me laisser rester et de discuter avec lui jusqu'à ce qu'il me dise pourquoi il a réagi aussi violemment en bas, mais d'un autre côté je suis vexée et blessée qu'il me rejette de cette manière froide et brutale. J'attrape mon sac sur le lit et le passe sur mon épaule. Quand j'arrive à la porte, je me retourne en espérant qu'il va s'excuser ou changer d'avis, mais il regarde par la fenêtre sans dire un mot. Je ne sais pas du tout comment je vais rentrer à la cité universitaire, vu que je suis arrivée dans la voiture d'Hardin et que j'avais prévu de passer la nuit avec lui. Je ne me rappelle plus quand j'ai dormi toute seule dans ma chambre pour la dernière fois, rien que d'y penser je flippe. Il me semble que je suis ici depuis plusieurs jours, pas quelques heures.

Quand j'arrive au bas de l'escalier, quelqu'un me tire par mon sweat-shirt, et je retiens ma respiration, priant pour que ce ne soit pas Jace ou Dan. Mais c'est Hardin.

– Reviens.

Il y a du désespoir dans sa voix et ses yeux sont rouges.

– Pourquoi ? Je croyais que tu voulais que je parte.

Je regarde le mur derrière lui. Il soupire, prend mon sac et remonte les marches. Un instant, je pense à m'en aller en lui laissant mon sac, mais c'est à cause de moi et de mon entêtement que nous en sommes là. Alors, en soufflant, je le suis dans sa chambre. Une fois la porte refermée, il se tourne vers moi et me colle contre la porte. Il me regarde droit dans les yeux.

–Je suis désolé.

Il presse ses hanches contre les miennes et pose un bras près de ma tête pour m'empêcher de bouger.

–Moi aussi.

–C'est juste que... ça m'arrive de péter les plombs. Ce n'était pas vrai, je n'ai pas couché avec ces trois meufs. Enfin, pas toutes les trois.

Je suis un peu soulagée, mais pas entièrement.

–Quand je suis en colère, ma première réaction, c'est de rendre les coups encore plus forts, de faire aussi mal que possible à l'autre. Mais je n'ai pas envie que tu t'en ailles. Excuse-moi de t'avoir fait flipper en cassant la figure de Dan. J'essaie de changer, de changer pour toi... pour être à la hauteur, mais c'est difficile. Surtout quand tu fais exprès de me mettre hors de moi.

Il pose la main sur ma joue et essuie mes larmes.

–Je n'ai pas eu peur de toi.

–Ah bon ? Pourtant quand je t'ai pris la serviette des mains, on aurait cru.

–Non... enfin, un peu à ce moment-là, à cause de la tache sur la moquette. Mais en réalité, j'ai surtout eu peur *pour* toi quand tu te battais avec Dan.

–Peur pour moi ?

Il roule des épaules et se vante :

–Il ne m'a même pas touché !

–Je voulais dire que tu étais parti pour le tuer ou pas loin. Tu pourrais avoir des tas d'ennuis pour l'avoir agressé.

Hardin rigole.

–Attends, si je comprends bien, tu étais inquiète parce qu'il pourrait y avoir des suites judiciaires à notre bagarre ?

–Il n'y a pas de quoi rire. Je suis toujours furieuse contre toi.

Je croise les bras sur ma poitrine. Je ne sais pas exactement pourquoi je suis si contrariée, si ce n'est parce qu'il m'a dit de partir.

–Moi aussi je suis toujours furax, mais tu me fais rigoler.

Il appuie son front contre le mien.

–Tu me rends dingue.

– Je sais.

– Tu ne m'écoutes pas et tu discutes tout. Tu es entêtée et limite insupportable.

– Je sais.

– Tu me provoques, tu me crées une tonne de stress dont je me passerais bien, sans parler du fait que tu as presque roulé une pelle à Dan sous mes yeux.

Ses lèvres se posent dans mon cou et je frissonne.

– Tu dis des trucs extrêmement énervants et tu te conduis comme une gamine quand tu es en colère.

Malgré toutes les insultes qu'il m'envoie à la figure – à propos de choses qu'au fond, je suis persuadée qu'il aime chez moi –, mon ventre frémit quand il m'embrasse dans le cou tout en continuant son agression verbale. Il appuie ses hanches contre les miennes, avec plus de force cette fois.

– Cela dit… il se trouve que je suis follement amoureux de toi.

Puis il commence à sucer sauvagement ma peau sur la partie hypersensible au-dessous de mon oreille. Je mets les mains sur son visage, il grogne et glisse ses mains sur ma taille en me tirant contre lui. Je sais qu'il reste plein de choses non dites, de problèmes non résolus, mais en ce moment précis, la seule chose que je veux, c'est me perdre dans ses bras et oublier cette soirée.

∞

85

Dans une tentative ultime pour être encore plus près de moi, Hardin pose sa main sur ma nuque en m'embrassant. Je sens que toute sa colère et sa frustration se transforment en désir et en tendresse. Sa bouche devient gourmande, ses baisers se font plus doux et nous reculons sans que nos lèvres se détachent. Il me guide, une main posée sur ma hanche et l'autre derrière la tête, mais je m'emmêle les pieds dans les siens et trébuche au moment où ses jambes atteignent le bout du lit ; nous basculons ensemble sur le lit. Pour essayer de reprendre le contrôle, je m'assieds à califourchon sur son torse et retire mon sweat-shirt et mon débardeur d'un seul geste, je ne suis plus vêtue que de mon soutien-gorge en dentelle. Ses yeux s'arrondissent et il essaie de m'allonger pour que je l'embrasse, mais j'ai d'autres projets.

Je passe la main dans mon dos et dégrafe précipitamment mon soutien-gorge avant de faire glisser les bretelles de mes épaules et de le laisser tomber sur le lit. Les mains d'Hardin sont chaudes et enveloppent mes seins, les écrasant avec rudesse. Je lui prends les poignets et j'écarte ses mains en secouant la tête. Il me regarde perplexe quand je descends du lit et déboutonne son pantalon. Il m'aide à le baisser jusqu'à ses genoux en même temps que son boxer. Je prends immédiatement son sexe entre mes doigts, il pousse un cri étouffé et, quand je l'observe, il a les yeux fermés. Je le caresse lentement avant de baisser la tête et de le prendre franchement dans ma bouche. En me souvenant de ses instructions de la dernière fois, j'essaie de faire les gestes qu'il aime.

–Putain, Tessa...

Sa respiration est haletante et il plonge les mains dans mes cheveux. C'est la première fois qu'il reste silencieux si longtemps pendant nos expériences sexuelles, et je me rends compte, non sans amusement, que ses obscénités me manquent. Je change de place tout en continuant à le satisfaire et je me retrouve entre ses genoux. Il se redresse et m'observe.

–Tu es tellement sexy comme ça, avec ta jolie bouche autour de moi.

Il s'agrippe plus fort à mes cheveux.

La chaleur monte entre mes jambes, je bouge la tête plus vite, je veux l'entendre gémir mon nom encore une fois. Je passe la langue sur la pointe de son sexe et il soulève légèrement les hanches pour se pousser au fond de ma gorge. Les larmes me montent aux yeux, j'ai du mal à respirer mais de l'entendre prononcer mon nom encore et encore me rend les choses plus supportables. Quelques minutes plus tard, ses mains quittent mes cheveux pour venir encadrer mon visage et l'immobiliser. L'odeur métallique du sang sur ses mains agresse mon odorat, mais je réprime un réflexe de recul.

–Je vais jouir... alors s'il y a autre chose que... tu sais, tu veux faire avant, tu devrais arrêter de me sucer.

Je n'ai pas envie de parler, de lui montrer à quel point j'ai envie qu'il me fasse l'amour, je me lève sans un mot et fais tomber mon jean sur mes pieds avant de l'enlever. Quand je m'apprête à enlever ma culotte, Hardin tend la main et m'arrête.

–J'aimerais que tu la gardes... pour le moment.

J'accepte en déglutissant, d'avance je brûle de désir.

–Viens là.

Il retire son t-shirt, s'approche du bord du lit et me fait asseoir sur lui. Notre échange qui a commencé dans la fièvre se ralentit et la tension entre nous diminue. La poitrine d'Hardin est rouge et ses yeux brillent d'un éclat sauvage. La sensation d'être assise sur ses genoux, alors qu'il est entièrement nu et prêt et que je ne suis vêtue que de ma culotte, est exquise. De ses doigts écartés, il appuie sur mes reins pour me retenir tandis que nos lèvres se rejoignent.

– Je t'aime, murmure-t-il contre ma bouche tandis que ses doigts écartent ma culotte. Je... t'aime...

Je pousse un petit cri tant cette intrusion me procure un plaisir immédiat. Il bouge ses doigts lentement, trop lentement, instinctivement je me balance d'arrière en avant pour accélérer le rythme.

– C'est ça, Bébé... putain... tu es toujours tellement prête pour moi.

Je continue de me balancer contre sa main. Ma respiration s'accélère et mes gémissements s'intensifient, c'est toujours étonnant la rapidité avec laquelle je réagis aux caresses d'Hardin, mais il connaît toutes les petites choses à faire et à dire. En me mordillant la peau, il parle dans mon cou :

– À partir de maintenant, tu m'écouteras. On est d'accord ?

Quoi ?

– Dis-moi qu'à l'avenir tu m'écouteras, ou je ne te fais pas jouir.

Il n'est pas sérieux, là.

– Hardin...

Je le supplie et j'essaie de bouger plus vite, mais il m'en empêche.

– Ok... oui... s'il te plaît.

Il sourit, goguenard. J'ai envie de le gifler de me dire ça juste à cet instant, de profiter de ma vulnérabilité pour me faire chanter. Mais je n'arrive pas à raviver ma colère, j'ai trop envie de lui. Je suis trop consciente de sa peau nue contre la mienne et de la fragile barrière de ma culotte entre nous.

– S'il te plaît...

Il sourit :

– Tu es mignonne.

Il donne une impulsion à mes hanches pour qu'elles reprennent leur mouvement tandis que ses doigts vont et viennent en moi. Très vite, je me sens de plus en plus proche du sommet, de la jouissance. Hardin me murmure des cochonneries à l'oreille, ces mots bizarres m'excitent à un point que je ne peux décrire. Ils sont dégoûtants, mais je les écoute avec plaisir et je m'agrippe à son bras pour éviter de tomber du lit quand je me désagrège sous sa caresse.

– Ouvre les yeux. Je veux y voir ce que personne d'autre que moi ne peut te faire.

Je fais de mon mieux pour les garder ouverts pendant que mon orgasme me submerge.

Puis ma tête retombe sur sa poitrine, je serre les bras autour de lui en essayant de reprendre mon souffle.

– Je n'y crois pas ! Tu as essayé de...

Il me fait taire en passant la langue sur ma lèvre inférieure. Ma respiration est encore inégale, je reprends lentement pied après avoir plané si haut. Je glisse mes mains entre nous et prends son membre. Il sursaute, aspire et suce doucement ma lèvre entre les siennes. Je décide de suivre l'exemple d'Hardin Scott en matière de sexe et je l'empoigne avec plus de rudesse.

– Excuse-toi si tu veux que je te donne ce que tu désires, je lui susurre à l'oreille de ma voix la plus séductrice.

– Quoi ?

Son expression vaut le coup.

– Tu as très bien entendu.

J'essaie de garder un visage neutre et le caresse d'une main tout en passant les doigts sur ma culotte trempée de l'autre. Il gémit quand je frotte son sexe contre moi.

– Excuse-moi.

Il balbutie et ses joues sont écarlates.

– Laisse-moi te baiser... je t'en prie.

Je pouffe de rire. Mais je m'arrête net quand il tend la main vers la table de chevet et en sort un petit sachet. Sans perdre de temps, il enfile le préservatif et m'embrasse de nouveau.

– Je ne sais pas si tu es prête à le faire comme ça, toi au-dessus. Si c'est trop profond, dis-le-moi. Ok, Bébé ?

En un rien de temps, il est redevenu le Hardin gentil et délicat.

– D'accord.

Il me soulève légèrement, je sens la paroi du préservatif glisser contre moi et une certaine plénitude quand il me fait descendre sur lui.

– Oh ! là, là.

Je ferme les yeux.

– Ça va ?

– Ouais... c'est juste... d... différent.

Ça fait mal, pas autant que la première fois, mais la sensation reste déplaisante et étrange. Je garde les yeux fermés, bougeant un peu les hanches pour essayer de diminuer la pression.

– Différent, en bien ou en mal ?

Sa voix est tendue, et la veine de son front saillante.

– Chut... arrête de parler.

Je bouge de nouveau.

Il gémit, s'excuse et me promet de me laisser le temps de m'adapter. Je ne sais pas combien de temps s'écoule avant que je bouge les hanches de nouveau. L'inconfort se dissipe de façon appréciable au fur et à mesure de mes mouvements, et à un moment, Hardin croise les bras dans mon dos et resserre son étreinte, ondulant pour que nos hanches se rejoignent. C'est beaucoup mieux comme ça, quand il me tient et que le rythme de nos mouvements s'accorde. D'une main posée sur sa poitrine, je retiens mon poids parce que mes jambes commencent à fatiguer. Mes muscles chauffent, mais tant pis, je continue de le chevaucher sans rien changer. Je garde les yeux ouverts pour le regarder, une goutte de sueur coule sur son front. Le voir comme ça, la lèvre inférieure coincée entre ses dents, les yeux rivés si intensément sur mon visage que je sens leur brûlure sur ma peau, est une expérience merveilleuse et bouleversante.

– Tu es tout pour moi. Je ne peux pas te perdre, murmure-t-il.

Mes lèvres explorent son cou et son épaule. Sa peau est salée, et moite, et parfaite.

– Je suis tout près, Bébé, tout près, putain ! C'est si bon, Bébé.

Il gémit, me caresse le dos quand j'essaie de bouger plus vite. Il croise ses doigts avec les miens et l'intimité de ce geste me fait craquer. J'aime ce geste d'encouragement et je l'aime.

Mon ventre se contracte quand il me saisit la nuque d'une main. Il continue à murmurer à quel point je compte pour lui, et tout son corps se tend. J'ouvre de grands yeux, complètement hypnotisée par ses paroles et les mouvements de son pouce sur mon clitoris qui me conduisent à une jouissance puissante et rapide. Nos mains enchevêtrées, nos plaintes mêlées et nos corps à l'unisson nous conduisent à l'apogée. Il tombe à la renverse sur le lit, m'entraînant avec lui. Je le vois à peine se débarrasser du préservatif tant je suis encore loin de la réalité.

Rompant un long silence agréable, je marmonne :

– Je suis contente que tu m'aies rattrapée en bas.

La tête sur sa poitrine nue, j'entends les battements de son cœur revenir à un rythme plus lent.

– Moi aussi. Au début je ne voulais pas, mais je ne pouvais pas faire autrement. Je m'excuse de t'avoir dit de partir. Je peux être un vrai connard parfois.

Je lève la tête pour le regarder.

– Parfois ?

– Il y a cinq minutes, tu n'avais pas l'air de te plaindre !

Je souris, secoue la tête et la repose sur sa peau moite. Du doigt, je suis le contour du cœur tatoué près de son épaule, un cœur entièrement peint à l'encre noire. Je remarque que ça lui donne la chair de poule.

– Il faut dire que tu es meilleur dans ce domaine que pour les sorties romantiques.

– Ce n'est pas moi qui dirai le contraire.

Il rigole, repousse les cheveux qui me tombent dans la figure et me fais un des câlins que je préfère, quand il me caresse les joues. Le bout de ses doigts est rêche, mais quelque part c'est comme de la soie sur ma peau.

– Qu'est-ce qui s'est passé entre Dan et toi ? Je veux dire, avant ce soir ?

Je ferais probablement mieux de ne pas poser cette question, mais il faut que je sache.

– Quoi ? Qui t'a dit qu'on avait un problème, lui et moi ?

Il me soulève le menton pour m'obliger à le regarder.

– Jace. Mais il n'a pas dit de quoi il s'agissait. Juste que « ça devait arriver, depuis un moment ». Qu'est-ce qu'il voulait dire ?

– Oh ! Une connerie qui remonte à l'année dernière. Tu n'as pas à t'inquiéter pour ça. Je te le promets.

Il fait un petit sourire, mais je n'ai pas envie d'insister. Je suis contente que nous ayons réussi, pour une fois, à surmonter notre différend. Nous faisons des progrès pour communiquer.

– Tu me rejoindras directement en sortant de chez Vance demain, d'accord ? Je ne veux pas que l'appart nous passe sous le nez.

– Mais on n'a même pas de meubles.

– C'est meublé. Mais on pourra compléter ou changer tout ce qu'on voudra après avoir emménagé.

– C'est combien ?

Je ne suis pas sûre de vouloir le savoir. J'imagine que ce n'est pas donné, surtout si c'est meublé.

– Ne t'inquiète pas pour ça. La seule chose que tu dois savoir, c'est combien coûte le câble.

Il sourit et m'embrasse sur le front.

– Alors, qu'en dis-tu ? Tu es toujours d'accord, hein ?

– Et les courses. Mais oui, je suis toujours d'accord.

– Tu as l'intention de le dire à ta mère ?

– Je ne sais pas encore. Je vais bien finir par le faire, mais je sais d'avance ce qu'elle va me dire. Peut-être que je devrais d'abord la laisser se faire à l'idée que nous sortons ensemble. Nous sommes si jeunes pour nous installer ensemble. Je ne voudrais pas l'envoyer à l'asile !

Mon rire n'empêche pas mon cœur de se serrer. J'aimerais que les choses soient plus simples avec ma mère et qu'elle se réjouisse pour moi, mais je sais que c'est impensable.

– Je suis désolé que ça se passe comme ça entre vous. Je sais que c'est à cause de moi, mais je suis trop égoïste pour en tirer les conséquences.

– Ce n'est pas de ta faute. C'est juste qu'elle... enfin, elle est comme elle est.

Je lui pose un baiser sur la poitrine.

– Il faut que tu dormes, Bébé, tu te lèves tôt demain et il est presque minuit.

– Minuit ? Je pensais qu'il était beaucoup plus tard que ça.

Je roule sur le côté et je m'allonge face à lui.

– En fait, si tu n'étais pas si étroite, j'aurais tenu plus longtemps.

– Bonne nuit.

Il rit devant ma gêne et m'embrasse dans le cou avant d'éteindre la lumière.

∞

86

Le lendemain matin, fraîche et matinale, je m'active dans la chambre d'Hardin à rassembler mes affaires pour la douche.

– Je viens avec toi, grogne-t-il.

– Certainement pas. Il n'est que six heures et demie, tu sais. Que fais-tu de ta règle des « sept heures trente » ?

J'attrape mon sac.

– Je t'accompagne.

J'adore sa voix rauque du matin.

– Tu m'accompagnes où? Dans la salle de bains?

Je me moque de lui.

– Je suis une grande fille. Je peux aller toute seule jusqu'au bout du couloir.

– C'est pas croyable comme tu m'écoutes bien, jusqu'ici!

Il grogne, mais je vois son regard amusé.

– Très bien, Papa, accompagne-moi à la salle de bains.

Je pleurniche pour rire. Je n'ai pas la moindre intention de faire ce qu'il me dit, mais pour le moment je décide de lui faire plaisir. Il me fait un sourire hautain.

– Ne m'appelle pas comme ça ou je te remets au lit.

Il me fait un clin d'œil et je me dépêche de sortir pour résister à la tentation de le prendre au mot.

Il me suit et s'assied sur les toilettes pendant que je me douche.

– Tu vas devoir prendre ma voiture.

Je suis stupéfaite.

– Je demanderai à quelqu'un de m'emmener sur le campus pour récupérer la tienne pour pouvoir aller à l'appart.

Ça me surprend de ne pas avoir pensé à ça hier soir, d'autant plus que d'habitude, j'organise tout avec précision.

– Tu vas me laisser conduire ta voiture ?

J'en tombe des nues.

– Ouais. Cependant, si jamais tu la bousilles, ce ne sera pas la peine de revenir.

Une partie de moi sait qu'au fond il ne plaisante pas, mais je prends le parti d'en rire.

– C'est plutôt moi qui devrais avoir peur que tu bousilles la mienne.

Il tente d'ouvrir le rideau, mais je le referme d'un coup sec, je l'entends rigoler.

– Imagine Bébé, dès demain tu seras dans ta propre douche tous les matins.

Je l'entends parler malgré le bruit de l'eau qui coule sur mes cheveux.

– Je pense que je ne réaliserai que lorsque nous y serons vraiment.

– Attends de le voir, tu vas adorer.

– Est-ce que quelqu'un sait que tu prends un appart ?

Je connais déjà la réponse.

– Non. En quoi ça les regarde ?

– Non, non, tu as raison. Je me posais juste la question.

Le robinet grince quand je coupe l'eau. Hardin me présente une serviette dépliée et m'enveloppe dedans.

– Je commence à bien te connaître, je sais que tu penses que je cache à mes potes que nous nous installons ensemble.

Il n'a pas tort.

– En effet, ça me semble un peu bizarre que tu partes d'ici sans le dire à personne.

– Ce n'est pas à cause de toi, c'est parce que je n'ai pas envie qu'ils m'emmerdent avec des trucs du genre « Alors, tu laisses tomber la fraternité » ! Je le dirai à tout le monde – y compris Molly – une fois qu'on aura emménagé.

En souriant, il passe son bras autour de mes épaules. Je le serre dans mes bras en riant.

– Je veux le dire moi-même à Molly !

– Ça marche.

Après de multiples tentatives d'assaut infructueuses pendant que je me prépare, Hardin me tend les clés de sa voiture et je m'en vais. À l'instant où je monte en voiture, mon portable se met à vibrer.

SOIS PRUDENTE. JE T'AIME.

TKT. FAIS ATTENTION À MA VOITURE, JE T'AIME. XOXO

JE SUIS IMPATIENT DE TE REVOIR. RETROUVE-MOI À CINQ HEURES. TA VOITURE DE MERDE SERA EN DE BONNES MAINS.

Je souris toute seule en envoyant ma réponse.

FAIS ATTENTION À CE QUE TU DIS JE RISQUE DE RENTRER SANS LE FAIRE EXPRÈS DANS LE RAIL DE SÉCURITÉ AVEC LA TIENNE.

ARRÊTE DE ME HARCELER ET VA BOSSER AVANT QUE JE VIENNE T'ARRACHER TA PETITE ROBE.

La proposition a beau être tentante, je pose mon portable sur le siège passager et je démarre. Le moteur ronronne doucement, ce n'est pas comme le rugissement de la mienne. Pour une voiture de collection, elle se conduit facilement, plus que la mienne. Il en prend vraiment soin. Quand j'entre sur l'autoroute, mon téléphone sonne.

– Seigneur ! Tu ne peux vraiment pas te passer de moi plus de cinq minutes !

Je ris dans le téléphone.

– Tessa ? dit une voix masculine. *Noah.*

J'éloigne mon téléphone de mon oreille et regarde l'écran avec horreur.

– Euh... désolée, je croyais...

– Tu croyais que c'était lui... je sais.

Sa voix est triste mais pas du tout amère.

– Je suis désolée.

– Pas grave.

– Alors...

Je ne sais pas quoi dire.

– J'ai vu ta mère hier.

– Ah !

La voix pleine de tristesse de Noah plus le rappel que ma mère me déteste me serrent le cœur.

– Ouais... elle est plutôt furieuse.

– Je sais... elle a menacé de me couper les vivres.

– Ça lui passera, j'en suis sûr. Elle est malheureuse, c'est tout.

– Elle est malheureuse ? Tu *rigoles* ?

Il la défend, *je ne le crois pas* !

– Non, non. Elle s'y prend mal, je suis d'accord, mais elle est en colère parce que tu es... tu sais, avec... ce type.

Son dégoût est perceptible dans sa voix.

– Ce n'est pas à elle de me dire avec qui je dois être. C'est pour ça que tu m'as appelée ? Pour me dire que je ne devrais pas sortir avec lui ?

– Non, non...Tessa. Je voulais juste savoir si tu vas bien. C'est la première fois depuis qu'on a dix ans qu'on reste si longtemps sans se parler.

J'imagine son visage fermé.

– Oh... excuse-moi de t'avoir parlé si sèchement. Je suis un peu stressée en ce moment et je pensais que tu m'appelais pour...

– Ce n'est pas parce que nous ne sommes plus ensemble que je ne serai pas là pour toi.

Mon cœur se serre de nouveau. Il me manque, c'est un fait. Pas notre relation bien sûr, mais il fait partie intégrante de ma vie depuis mon enfance, et c'est difficile d'abandonner ça du jour au lendemain. Il a toujours été là pour moi pendant les épreuves que j'ai traversées, et je lui ai fait de la peine, sans même un appel d'explication ou d'excuse. Je me sens mal en pensant à la façon dont je l'ai quitté, et les larmes me montent aux yeux.

– Je suis désolée pour tout, Noah.

– Ça va aller.

Soudain, il change de sujet.

– Alors, j'ai entendu dire que tu avais obtenu un stage ?

Et nous continuons ainsi notre conversation jusqu'à ce que j'arrive chez Vance. Nous raccrochons sur sa promesse de parler à ma mère de son attitude avec moi, ce qui me donne la sensation qu'un poids énorme vient de m'être enlevé. Noah est la seule personne qui ait jamais réussi à la calmer quand elle pétait les plombs.

Le reste de la journée se passe bien. Je termine mon premier manuscrit et je rédige des notes pour Monsieur Vance. Hardin et moi échangeons quelques textos pour préciser les détails de notre rendez-vous et la journée touche à sa fin sans que je m'en rende compte.

Quand j'arrive à l'adresse qu'Hardin m'a indiquée, je suis surprise de voir que c'est à mi-chemin entre le campus et les Éditions Vance. Mon trajet ne serait que de vingt minutes si j'habitais ici... quand j'habiterai ici. Cela semble encore tellement abstrait, Hardin et moi habitant ensemble.

En me garant dans le parking, je cherche ma voiture mais ne la vois pas, et quand j'essaie de joindre Hardin, je tombe sur sa messagerie. *Et s'il avait changé d'avis? Il me le dirait, non?*

Juste quand je commence à paniquer, il arrive sur le parking au volant de ma voiture et se gare à côté de moi. Du moins elle ressemble à ma voiture, mais avec quelque chose de changé. La peinture métallisée n'est plus égratignée, et dans l'ensemble elle paraît plus brillante et plus neuve.

– Qu'as-tu fait à ma voiture?

– Moi aussi, je suis content de te voir.

Il m'embrasse sur la joue en souriant.

– Je ne plaisante pas, qu'est-ce que tu as fait?

Je croise les bras.

– Je l'ai fait repeindre. Seigneur! Tu pourrais me remercier.

Je me mords les lèvres, en pensant à l'objet de ce rendez-vous et à ce que nous nous apprêtons à faire. De plus, ma voiture est très bien comme ça. C'est juste que je n'aime pas l'idée qu'Hardin dépense de l'argent pour moi, et que ça a dû lui coûter cher.

– Merci.

– De rien. Maintenant, allons-y.

Je mets ma main dans la sienne en souriant. Il me guide dans le parking.

– Ça te va bien de conduire ma voiture, surtout avec cette robe. Je n'ai pas arrêté d'y penser toute la journée. J'aurais bien aimé que tu accèdes à ma requête en m'envoyant des photos de toi nue.

Je lui donne un coup de coude.

– Je dis ça comme ça. Ça aurait rendu les cours plus intéressants.

–Ah ! parce que tu es allé en cours ?

Je rigole. Il soupire et m'ouvre la porte de l'immeuble.

–C'est là.

Ce geste inhabituel me fait sourire et nous entrons. L'entrée de l'immeuble n'est pas du tout ce que j'attendais. C'est tout blanc. Le sol, les murs, les fauteuils, les canapés, les tapis, les lampes sur les tables, tout est blanc. Une certaine élégance, mais très intimidante. Un petit homme chauve en costume nous accueille et serre la main d'Hardin. Il a l'air nerveux de nous voir, à moins que ce ne soit à cause d'Hardin.

–Vous devez être Theresa.

Il sourit. Ses dents sont aussi blanches que les murs.

–Tessa.

Je corrige en souriant, Hardin réprime un sourire lui aussi.

–Enchanté de vous rencontrer. Est-ce que nous pouvons signer ?

–Non, elle veut visiter d'abord. On ne va pas signer sans qu'elle l'ait vu ?

Le pauvre homme déglutit en hochant la tête. Il montre le couloir.

–Bien entendu. Allons-y.

–Tiens-toi bien, je murmure à Hardin tandis que nous nous dirigeons tous les trois vers l'ascenseur.

–Non.

Il me sourit en me pinçant discrètement les fesses. Je le fusille du regard, mais son sourire s'élargit, creusant ses fossettes. L'homme me parle de la vue superbe et me dit que c'est un des plus beaux immeubles du quartier. Je suis stupéfaite par le contraste entre l'entrée et le couloir. On dirait que nous sommes passés dans un immeuble complètement différent... et même dans une autre époque.

–C'est ici, dit l'homme en ouvrant la première porte. Il n'y a que cinq appartements à cet étage, vous ne serez pas dérangés par les voisins.

Il nous fait signe d'entrer mais évite le regard d'Hardin. Il a vraiment l'air d'avoir peur de lui. Je peux le comprendre, mais je trouve ça amusant.

J'étouffe un petit cri en entrant. Les sols des pièces principales sont en béton, sauf pour un grand carré de parquet délimitant l'espace que j'imagine être le salon. Les murs de briques sont magnifiques.

Patinés mais parfaits. Les fenêtres sont grandes et le mobilier est démodé mais propre. Si je pouvais concevoir le lieu idéal, ce serait celui-ci. C'est, en quelque sorte, un retour à un style ancien, mais revisité de façon moderne.

Hardin m'observe avec attention pendant que je passe d'une pièce à l'autre. La cuisine est petite, il y a des carrelages multicolores au-dessus de l'évier et sur le plan de travail, ce qui lui donne un aspect bohème, assez amusant. J'adore ce petit appartement. L'entrée m'avait fait peur et je m'attendais à détester cet endroit. Je pensais que ça allait être un appartement hors de prix, étouffant, et je suis super contente que ce ne soit pas le cas. La salle de bains n'est pas grande mais suffisante pour nous deux et la chambre est aussi parfaite que le reste. Trois murs sont en briques rouges anciennes et le quatrième est recouvert d'une bibliothèque qui va du sol au plafond avec une échelle. Je ne peux pas m'empêcher de rire parce que je me suis toujours représentée dans un appart exactement comme celui-ci après la fac. Je ne pensais simplement pas que ça arriverait si tôt.

– Nous pourrons remplir les étagères. J'ai beaucoup de livres, marmonne Hardin nerveusement.

– Je... juste...

– Ça ne te plaît pas, c'est ça? Je croyais que tu l'aimerais, il semblait parfait pour toi. Merde!

– Non... je...

– Allons-y. Montrez-nous autre chose, dit-il sèchement au type.

– Hardin! Si tu me laissais finir. J'allais dire que je l'adore.

L'homme a l'air aussi soulagé qu'Hardin dont le visage s'illumine d'un large sourire.

– C'est vrai?

– Oui, j'avais peur que ce soit un appartement froid et sophistiqué, mais il est absolument parfait.

Et je le pense vraiment.

– Je le savais. Enfin, j'étais un peu inquiet il y a une minute, mais dès que j'ai vu cet appart, j'ai pensé à toi. Je t'imaginais là...

Il me montre le banc sous la fenêtre.

– ... assise en train de lire. À ce moment-là j'ai su que je voulais que tu viennes habiter ici avec moi.

Je souris et mon estomac se noue parce qu'il dit ça devant quelqu'un d'autre, même si ce n'est qu'un agent immobilier.

– Donc, nous pouvons procéder à la signature ?

L'homme danse d'un pied sur l'autre, mal à l'aise.

Hardin cherche mon assentiment, que je lui donne. Je n'arrive pas à croire que nous allons vraiment le faire. Je refuse d'entendre la petite voix qui me rappelle que c'est trop tôt, que je suis trop jeune, et je retourne dans la cuisine à la suite d'Hardin.

∞

87

Hardin signe au bas de la dernière page d'une série qui m'a semblé interminable, puis fait glisser tout le dossier vers moi. J'attrape le stylo et je signe avant de recommencer à me poser des questions. *Je suis prête. Nous sommes prêts.* C'est vrai, nous sommes jeunes et nous ne nous connaissons pas depuis très longtemps, mais je sais que je l'aime plus que tout et qu'il m'aime. Dans la mesure où je peux être sûre de cela, le reste se mettra en place tout seul.

– Très bien, voici vos clés.

Robert, dont je viens finalement de lire le nom sur toutes ces pages, nous tend à chacun un jeu de clés, nous dit au revoir et s'en va.

– Bien... bienvenue chez nous, dit Hardin une fois que nous sommes seuls.

En m'approchant de lui, je me mets à rire et il me prend dans ses bras.

– Je n'arrive pas à croire que nous habitons là maintenant. Ça semble si irréel. (Je parcours le salon des yeux.) Si on m'avait dit il y a deux mois que je vivrais avec toi, et même que je sortirais avec toi, j'aurais soit éclaté de rire soit mis mon poing dans la figure de la personne.

Il sourit et prend mon visage entre ses mains.

– C'est pas gentil ça !

Je pose les mains sur sa taille.

– Mais c'est un soulagement d'avoir notre espace à nous. Finies les fêtes, les colocs et les douches collectives.

– Notre lit à nous ! ajoute-t-il avec un regard malicieux.

– On va avoir besoin de quelques trucs comme de la vaisselle, par exemple. (Je pose le dos de ma main sur son front.) Tu te sens bien ? Tu te montres incroyablement coopératif aujourd'hui.

Il repousse ma main puis y pose un petit baiser.

– Je veux simplement être sûr que tout te convient ici. Je veux que tu te sentes chez toi... avec moi.

– Et toi ? Est-ce que tu te sens chez toi, ici ?

– Aussi surprenant que cela puisse paraître, oui.

– On devrait aller chercher mes affaires. Je n'en ai pas tant que ça, quelques bouquins et mes vêtements.

Il fait quelques gestes cabalistiques comme s'il terminait un tour de magie.

– C'est déjà fait.

– Quoi ?

– J'ai apporté toutes tes affaires, elles sont dans le coffre de ta voiture.

– Comment tu savais que j'allais signer ? Et si j'avais détesté cet appart ?

Je souris, mais je regrette de ne pas avoir eu l'occasion de dire au revoir à Steph et à la chambre que j'ai appelée « chez moi » pendant trois mois, mais je la reverrai bientôt.

– Je savais que si celui-ci ne te plaisait pas, j'en trouverais un autre.

Il est très sûr de lui.

– Ok... et tes affaires à toi ?

– On s'en occupera demain. J'ai des vêtements de rechange dans mon coffre.

– Oui d'ailleurs, comment ça se fait ?

Il a toujours des tas de vêtements dans sa voiture.

– Je n'en sais rien. Je suppose qu'on ne sait jamais quand on peut en avoir besoin. Il vaut mieux être prévoyant.

Il hausse les épaules.

– On va faire des courses ? On a besoin de conneries pour la cuisine et pour préparer le dîner.

– Ok.

Je suis angoissée depuis que nous avons mis le pied dans cet appart.

–Tu me laisses conduire ta voiture?

–Je ne sais pas...

Il sourit.

–Tu as fait repeindre la mienne sans ma permission. Je pense que cela me donne le droit.

Je tends la main et il y laisse tomber ses clés en haussant les épaules.

–Alors, comme ça, tu aimes ma voiture? Elle est agréable à conduire, tu ne trouves pas ?

Je lui lance un regard blasé.

–Pas mal.

C'est un mensonge. J'adore conduire sa voiture.

Notre immeuble ne pourrait pas être mieux situé. Il y a des supermarchés, des cafétérias et même un parc. On finit par aller chez Target, et très vite notre caddie est plein d'assiettes et de tasses, de plats, de casseroles, de poêles et d'autres trucs dont je ne pensais pas que nous aurions besoin mais qui semblent utiles. Un second voyage pour l'épicerie s'impose, vu le chargement. Je propose de faire le plein demain après mon stage si Hardin me fait une liste de ce qu'il aime manger. Jusque-là, ce qui me plaît le plus dans le fait de vivre ensemble, c'est tous ces petits détails au sujet d'Hardin que je n'aurais jamais connus autrement. Il est si peu enclin à se livrer, c'est agréable d'obtenir des renseignements sans avoir à se battre. Même si nous passons presque toutes les nuits ensemble, j'en apprends plus sur lui rien qu'en achetant des trucs pour la maison. Par exemple, il prend les céréales sans lait, le simple fait d'avoir des tasses dépareillées le rend dingue, il utilise deux dentifrices différents, un pour le matin, un pour le soir. Il ne sait pas pourquoi, mais c'est comme ça. Et il préfère laver le sol cent fois plutôt que charger le lave-vaisselle. On se met d'accord, c'est moi qui m'occuperai de la vaisselle, lui lavera par terre.

Nous nous chamaillons devant la caisse au moment de payer. Je sais qu'il a dû verser un dépôt de garantie pour l'appartement, donc je tiens à prendre en charge cette facture. Mais il refuse de me laisser payer quoi que ce soit en dehors du câble et de l'épicerie. Au début, il m'a proposé de payer l'électricité, sans me dire qu'elle était comprise dans le loyer, ce que j'ai découvert en lisant le contrat de location. Le contrat de location. J'ai un contrat de location et un mec avec qui je m'installe pendant ma première année de fac. C'est complètement dingue, non ?

Hardin fusille la caissière du regard quand elle prend ma carte de crédit et je suis d'autant plus d'accord qu'elle la passe sans faire attention à lui. Je réprime un rire victorieux, mais il est déjà contrarié et je n'ai pas envie de gâcher la soirée. Il fait la tête jusqu'à ce que nous soyons rentrés à l'appart, et je reste silencieuse parce que cela m'amuse.

– On va sans doute devoir faire deux voyages pour monter tout ça.

– C'est une autre chose que tu dois savoir : je préfère porter cent sacs d'un coup que faire deux voyages.

Il finit par sourire. Au bout du compte, nous sommes quand même obligés de faire deux voyages parce que la vaisselle est trop lourde. La mauvaise humeur d'Hardin s'aggrave, moi, en revanche, j'ai de plus en plus envie de rire. Nous rangeons toute la vaisselle dans les placards et Hardin commande une pizza. C'est plus fort que moi, ma bonne éducation me dicte de proposer de la payer, ce qui me vaut un regard assassin et un doigt d'honneur. En rigolant, je mets les ordures dans les cartons qui contenaient la vaisselle. Ce n'était pas une blague quand ils disaient que l'appart était entièrement meublé, il y a tout ce qu'il faut, même une poubelle et un rideau de douche.

– Ils vont livrer la pizza dans une demi-heure. Je descends chercher tes affaires.

– Je viens avec toi.

Il a mis toutes mes affaires dans deux cartons et un sac poubelle, je grimace mais ne dis rien. Il attrape une poignée de t-shirts et un jean dans son coffre et fourre le tout dans le sac poubelle avec mes vêtements.

– Heureusement que nous avons un fer à repasser.

Quand je regarde dans son coffre, quelque chose attire mon regard.

– Tu ne t'es pas débarrassé de ces draps ?

– Oh... ouais. J'allais le faire et puis j'ai oublié.

– Ah bon...

Il détourne les yeux. Sa réaction me met un peu mal à l'aise.

Nous transportons tout ce barda en haut et, à peine arrivés, le livreur de pizzas sonne à l'interphone. Hardin redescend et remonte, précédé de l'odeur exquise qui sort du carton. Je ne me rendais pas compte que j'avais faim à ce point-là. Nous nous installons à table pour manger. C'est étrange mais sympa de dîner avec Hardin, chez nous. Nous dévorons en silence les délicieuses pizzas, mais c'est un silence plaisant. Le genre de silence qui dit que nous sommes chez nous.

– Je t'aime, dit-il pendant que je mets les assiettes dans le lave-vaisselle.

Je me retourne.

– Je t'aime.

Juste à ce moment-là, mon portable se met à vibrer sur la table en bois. Hardin jette un coup d'œil et tape sur l'écran.

– Qui est-ce ?

– Noah ?

C'est à la fois une affirmation et une question.

– Oh !

Je me rends compte que ce n'est pas le moment idéal.

– Il dit que « c'était sympa de parler avec toi aujourd'hui » ?

Il serre les dents. Je m'avance et lui arrache pratiquement mon téléphone des mains. J'ai cru qu'il allait le réduire en miettes dans sa main.

– Ouais, il m'a appelée ce matin.

J'essaie d'avoir l'air sûre de moi. J'avais l'intention de lui en parler, mais je n'ai pas trouvé le bon moment pour le faire.

– Et...

Il hausse un sourcil.

– Il voulait juste me dire qu'il avait vu ma mère et me demander comment j'allais.

– Pourquoi ?

– Je n'en sais rien... pour savoir, je suppose.

Je hausse les épaules et m'assieds à côté de lui.

– Qu'est-ce que ça peut lui faire ?

– Ce n'est pas si grave, Hardin. Je le connais depuis toujours.

Son regard devient glacial.

– Je n'en ai rien à foutre.

– Ne sois pas ridicule. On vient juste *d'emménager ensemble* et tu t'inquiètes parce que Noah m'a téléphoné ?

– Tu n'as aucune raison de lui parler. Il va probablement penser que tu veux te remettre avec lui puisque tu as répondu.

Il se passe la main dans les cheveux.

– Qu'est-ce que tu racontes ? Il sait très bien que je suis avec toi.

Je fais tout ce que je peux pour ne pas me mettre en colère. Il fait un grand geste vers mon portable.

– Alors rappelle-le immédiatement et dis-lui de ne plus t'appeler.

– Quoi ? Ça va pas ? Je ne le ferai pas. Noah n'a rien fait de mal. Je lui ai déjà fait assez de peine comme ça, et toi aussi, alors non. Je ne lui dirai pas ça. Il n'y a pas de mal à ce que je reste amie avec lui.

– Si, justement. Il se croit meilleur que moi et il va essayer de te reprendre ! Je ne suis pas stupide, Tessa. Ta mère aussi veut que tu retournes avec lui, je ne le laisserai pas prendre ce qui m'appartient.

Je fais un pas en arrière et je le regarde les yeux ronds.

– Non, mais, tu *t'entends* ? Tu es fou ! Je ne vais pas être méchante avec lui simplement parce que tu t'imagines que tu as je ne sais quel droit sur moi !

Je sors de la cuisine, en rage.

– Ne te barre pas comme ça !

Il me suit dans le living comme une furie. Il n'y a qu'Hardin pour provoquer une embrouille après la journée géniale que nous venons de passer. Mais là, je n'ai pas l'intention de me laisser faire.

– Alors, ne fais pas comme si je t'appartenais. Je veux bien faire des compromis et des efforts pour t'écouter plus que je ne l'ai fait jusqu'ici, mais pas quand il s'agit de Noah. J'arrêterais immédiatement de lui parler s'il essayait de me faire des avances ou me disait quelque chose d'inconvenant. Mais ce n'est pas ce qu'il a fait. Et puis, il va falloir que tu me fasses un peu plus confiance, on dirait.

Hardin me regarde fixement et je me demande si sa fureur s'est dissipée quand il dit tout simplement :

– Je ne l'aime pas.

– Ok, je peux le comprendre, mais il faut que tu te montres raisonnable. Il ne complote pas dans ton dos pour me soustraire à toi, il n'est pas comme ça. C'est la première fois qu'il me contacte depuis que j'ai rompu.

– Et la dernière !

Exaspérée, je me dirige vers la salle de bains.

– Qu'est-ce que tu fais ?

– Je vais prendre une douche et j'espère que quand je sortirai de la salle de bains, tu auras fini de te conduire comme un gamin.

Je suis fière de la façon dont je lui ai tenu tête, mais je ne peux pas m'empêcher de me mettre à sa place. Il a peur de me perdre et que je retourne avec Noah. Il est profondément jaloux parce que Noah et moi sommes mieux « assortis ». Sur le papier, Noah me correspond mieux et Hardin le sait, mais ce n'est pas Noah que j'aime, c'est lui.

Il me suit dans la salle de bains mais quand je commence à me déshabiller, il se retourne et sort en claquant la porte. Je me douche rapidement et en sortant, je le trouve couché sur le lit avec juste son boxer. Sans dire un mot, j'ouvre les tiroirs pour chercher un pyjama.

– Tu ne vas pas mettre mon t-shirt ?

– Je...

Je vois qu'il l'a plié et posé sur la table de nuit.

– Merci.

Je l'enfile. Cette odeur mentholée familière me fait presque oublier que je suis censée être furax. Mais un regard vers lui et sa mauvaise humeur, et tout me revient instantanément.

– Eh bien, c'était une super soirée !

– Viens là, me dit-il.

J'avance en hésitant. Il s'assied au bout du lit et m'attire vers lui, debout entre ses jambes. Il lève les yeux vers moi.

– Excuse-moi...

– De... ?

– De me conduire comme un homme des cavernes.

C'est plus fort que moi, j'éclate de rire.

– Et d'avoir gâché notre première soirée ici tous les deux.

– Merci. Il y a des choses dont on peut discuter sans que tu me pourrisses comme ça.

J'enroule mes doigts dans ses cheveux sur sa nuque.

– Je sais.

Il me fait un petit sourire.

– Est-ce qu'on pourrait discuter du fait que tu ne lui parleras plus ?

– Pas ce soir.

Je soupire. Il va falloir qu'on trouve un terrain d'entente. Mais je n'ai pas l'intention de renoncer à mon droit de parler à quelqu'un que je connais depuis toujours.

– Tu vois que nous arrivons à résoudre nos problèmes.

Il a un petit rire sans joie.

– J'espère que nos voisins ne vont pas trop regretter leurs soirées tranquilles.

– Oh ! Elle n'aurait pas été tranquille, quoi qu'il arrive ! (Son sourire souligne ses fossettes, mais je ne relève pas le sous-entendu.) Je n'ai pas fait exprès de gâcher cette soirée, je te le promets.

– Je sais. Elle n'est pas gâchée. Il n'est que huit heures.

– Je voulais t'enlever cette robe moi-même.

– Je peux toujours la remettre.

J'essaie de dire ça de façon sexy. Sans un mot, il se lève, me soulève et me passe par-dessus son épaule. Je pousse des petits cris en essayant de lui donner des coups de pied.

– Qu'est-ce que tu fais ?

– Je vais chercher cette robe.

Il rit et me porte jusqu'au panier de linge sale.

∞

88

– Dommage que nous n'ayons pas tenu jusqu'au moment où j'étais censé t'enlever ta robe, me murmure Hardin à l'oreille en me remontant sur le lit. Dès que j'ai retiré son t-shirt, il m'a pratiquement culbutée sur le lit et a enfilé un préservatif plus vite que je ne l'aurais cru possible.

– Humm...

C'est la seule chose que je suis capable de répondre tandis qu'il va et vient en moi. C'est la première fois où, quand nous faisons l'amour, la douleur cède la place au plaisir.

– C'est bien Bébé... tu es si bonne.

En gémissant, il balance ses hanches sur les miennes. La sensation est indescriptible. Son corps mince s'ajuste parfaitement entre mes jambes et la chaleur de sa peau contre la mienne est délicieuse. Je voudrais lui donner la réplique, le stimuler avec des mots cochons comme il le fait pour moi, mais je suis éperdue et il continue sa tendre agression, diffusant des ondes de plaisir en moi.

Je m'agrippe à son dos, mes ongles le griffent et ses yeux se révulsent. J'adore le voir comme ça, dépourvu de tout contrôle, si primitif. Il me soulève les cuisses pour les croiser autour de sa taille, rapprochant nos corps au maximum. Le regarder me pousse dans mes limites, mes orteils se contractent, l'étreinte de mes jambes se resserre dans son dos, et je répète son nom en gémissant.

– C'est ça, Bébé... jouis pour moi. Montre-moi comme je te fais... putain... comme je te fais du b... bien.

Il bégaie et je le sens frémir en moi. Il jouit juste quelques secondes avant moi mais poursuit son mouvement parfait jusqu'à ce que je ne sois plus qu'une poupée désarticulée et sans réaction. Mon corps est totalement détendu et il s'écroule sur moi. Nous restons allongés en silence, nous contentant de nous laisser aller au plaisir d'être si proches l'un dans l'autre. Au bout de quelques minutes, un léger ronflement s'échappe des lèvres d'Hardin.

Les jours ici passent rapidement. Être libre pour la première fois de votre vie, ça fait cet effet. C'est encore une sensation nouvelle d'être chez moi, avec ma douche à moi, de faire mon propre café dans ma cuisine. De partager tout cela avec Hardin ne fait que le rendre plus agréable encore.

Je choisis ma robe bleu marine sans manches avec des chaussures à talons. J'ai de moins en moins de mal à marcher avec, mais je continue à mettre mes Toms dans mon sac au cas où. Je me suis bouclé les cheveux et j'ai mis des barrettes, je me suis même mis un soupçon de fard à paupières et un trait d'eye-liner. J'aime vraiment être chez moi.

Hardin refuse de se réveiller et ne se redresse que le temps de m'embrasser. Je me demande vraiment comment il arrive à travailler et à faire son boulot pour la fac sans que je le voie jamais faire l'un ou l'autre. Pleine d'audace, j'attrape ses clés de voiture et je prends sa voiture pour aller chez Vance. S'il sèche les cours, elle ne lui manquera pas, si ?

J'oublie que nous habitons beaucoup plus près de chez Vance maintenant, et je me dis qu'il faudra que je pense à le remercier d'avoir été si prévoyant, même si le trajet pour le campus est plus long pour lui. Ne pas avoir à conduire quarante minutes le matin est une nette amélioration de mon emploi du temps.

Quand j'arrive au dernier étage, Kimberly est debout devant la table, dans la salle de conférence, en train d'aligner des beignets en rangées bien régulières.

– Waouh Tessa ! Vous êtes superbe ! (Elle siffle malicieusement. Je rougis et elle rit.) Le bleu marine vous va à ravir.

Elle me regarde de la tête aux pieds encore une fois. Je suis un peu gênée, mais son sourire calme mes doutes. Depuis quelque temps, grâce à Hardin, je me sens beaucoup plus sûre de moi et sexy.

– Merci Kimberly.

Je lui rends son sourire et au passage je chope un beignet et une tasse de café. Le téléphone sonne sur son bureau et elle se précipite pour décrocher.

Arrivée dans mon bureau, je trouve un mail de Monsieur Vance qui me complimente de mes notes sur le premier manuscrit et me dit que, même si celui-ci a des chances d'être retenu, il est impatient de lire mon évaluation du suivant. Je me plonge dans le travail sans attendre.

– C'est bien ?

La voix d'Hardin me tire brusquement de ma lecture. Je lève les yeux, étonnée de le voir là, il sourit.

– Ça doit l'être parce que tu n'as pas eu l'air de m'entendre arriver.

Il est super beau. Sa mèche dressée devant comme d'habitude, mais les côtés sont plus plats et il porte un t-shirt en V blanc, tout simple, plus ajusté que d'habitude, ce qui rend ses tatouages encore plus visibles au travers. Il est incroyablement sexy... et tout à moi.

– C'était bien le trajet pour venir ?

– Très agréable.

Je rigole.

– Alors comme ça, tu crois que tu peux prendre ma voiture sans ma permission ?

Sa voix est basse et je ne sais pas s'il plaisante ou non.

– Je... enfin...

Je bégaie. Sans un mot, il passe derrière mon bureau et tire ma chaise. Il me regarde des pieds à la tête et me fait mettre debout.

– Tu es trop sexy aujourd'hui, me dit-il dans le cou avant d'appuyer doucement ses lèvres sur ma peau.

Je frissonne.

– Pourquoi... pourquoi es-tu venu ?

– Tu n'es pas contente de me voir ?

En souriant il me soulève et m'assied sur le bureau.

Oh.

– Si... bien sûr que je suis contente.

Je suis toujours contente de le voir.

– Je devrais peut-être envisager de revenir travailler ici, après tout, rien que pour pouvoir faire ça tous les jours.

En disant ça, il pose les mains sur mes cuisses.

– Quelqu'un pourrait entrer.

J'essaie d'avoir l'air sévère, mais ma voix est mal assurée.

– Non. Vance est à une réunion pour le reste de l'après-midi et Kimberly a accepté de t'appeler seulement si elle a besoin de toi.

L'idée qu'Hardin ait pu faire comprendre à Kimberly ce que nous pourrions faire ici me fait monter le rouge aux joues, mais mes hormones prennent le dessus. Je jette un coup d'œil vers la porte.

– Elle est fermée à clé.

Sans réfléchir, j'attire Hardin contre moi et je pose la main sur son entrejambe pour le caresser à travers son jean. Il grogne, le déboutonne et le descend en même temps que son boxer.

– Ça va être plus rapide que d'habitude, ok Bébé ?

Disant ces mots, il fait glisser ma culotte sur mes cuisses. Impatiente, je me passe la langue sur les lèvres. Il rigole et me tire par les hanches jusqu'au bord du bureau. Des lèvres j'attaque son cou et j'entends le bruit du sachet d'aluminium qu'il déchire.

– Regardez-moi ça ! Il y a trois mois, tu rougissais à la simple mention du mot sexe et maintenant tu me laisses te baiser sur ton bureau.

Il me pénètre violemment. Une main sur ma bouche, il aspire sa lèvre inférieure entre ses dents. Je n'en reviens pas de réellement laisser Hardin me faire l'amour sur un bureau, sur les lieux de mon stage, avec Kimberly à moins de trois mètres de là. Malgré une certaine réticence, je dois bien avouer que cette idée me rend folle. Au bon sens du terme.

– Tu ne... vas... pas faire... de... bruit...

Il accélère son mouvement. J'halète, agrippant ses biceps pour résister à son assaut et ne pas tomber du bureau.

– Tu aimes quand c'est comme ça, hein ? Rapide et violent ?

Il serre les dents. Je mords gentiment la paume de sa main pour ne pas crier.

– Réponds ou j'arrête.

Je baisse les yeux vers lui et je fais oui de la tête, trop submergée par mes sensations pour parler vraiment.

– J'en étais sûr.

Il me retourne et j'appuie mon ventre contre le bureau.

Oh mon Dieu ! Il me pénètre brutalement de nouveau et bouge en moi lentement avant d'empoigner mes cheveux pour relever ma tête et m'embrasser dans le cou. La tension grandit dans mon corps, ses mouvements deviennent plus heurtés et nous arrivons tous les deux à la jouissance dans une poussée finale ; puis il embrasse mon épaule, avant de se retirer et de m'aider à descendre du bureau.

– C'était...

Il m'interrompt en m'embrassant sur la bouche.

– Oui, tu peux le dire.

En terminant ma phrase, il remonte son pantalon. Je passe ma main dans mes cheveux et m'assure que mon maquillage n'a pas coulé avant de regarder l'heure. Il est presque trois heures, déjà. Encore une journée où le temps a filé.

– Tu es prête ?

– Quoi ? Il n'est que trois heures.

Je lui montre la pendule.

– Christian m'a dit que tu pouvais partir de bonne heure. Je lui ai parlé il y a une heure.

– Hardin ! Tu ne peux pas lui demander de me laisser partir plus tôt ! Ce stage est important pour moi.

– Relax, Bébé. C'est lui qui en a parlé. Il a dit que lui-même serait absent toute la journée.

– Je ne veux pas qu'on croie que je profite de cette opportunité.

– Personne ne dit ça. Ton dossier scolaire et ton travail parlent d'eux-mêmes.

– Attends... Dans ce cas, pourquoi ne m'as-tu pas simplement appelée pour me dire de rentrer à la maison ?

– Depuis ton premier jour ici, j'ai envie de te culbuter sur ce bureau.

Il me fait un sourire satisfait et prend ma veste. J'ai envie de lui dire que c'est complètement dingue de venir ici juste pour me faire l'amour sur ce bureau, mais je dois avouer que j'ai adoré ça. Quand je le vois avec ce t-shirt qui révèle ses muscles tatoués, je sais que je ne pourrai jamais rien lui refuser.

Dehors, le soleil lui fait plisser les yeux.

– J'ai pensé que nous devrions aller acheter nos tenues pour ce fichu mariage.

– Bonne idée. Mais je prends ta voiture pour rentrer à la maison, toi tu ramènes la mienne qu'on laissera là-bas avant d'y aller.

Je saute dans sa voiture sans lui laisser le temps de protester. Il me sourit avec un grognement.

Au centre commercial, Hardin râle tout le temps et se plaint comme un gamin, je suis littéralement obligée de lui faire miroiter des récompenses d'ordre sexuel pour qu'il accepte d'acheter une cravate. Il finit par acheter un pantalon et une veste noirs, une chemise blanche et une cravate noire. Simple, mais tout à fait ce qu'il lui faut. Il refuse d'essayer quoi que ce soit, j'espère que tout lui ira parfaitement. Il est prêt à invoquer n'importe quelle excuse pour ne pas aller à ce mariage, mais je ne le laisserai pas faire. Une fois qu'on s'est mis d'accord là-dessus, on passe à moi. Je l'entraîne vers le corner Karl Marc John et dégote tout de suite deux robes adorables : une blanche à petits pois et une noire patineuse.

– La blanche, dit-il en désignant la petite robe que je lui présente.

Karen a dit que le thème était le noir et blanc, j'ai préféré m'y conformer. La robe blanche que je portais hier a vraiment séduit Hardin, je décide donc de suivre son conseil. Avant que je n'aie le temps de réagir, Hardin me propose de « m'aider à porter » ma robe et mes chaussures, et part les payer. Quand je proteste, la jeune fille à la caisse hausse les épaules en souriant, l'air de dire « que voulez-vous que j'y fasse ? »

– Je dois travailler ce soir, je ne rentrerai pas dîner.

– Ah bon ? Je croyais que tu travaillais de la maison.

– C'est vrai, mais il faut que j'aille à la bibliothèque. Je n'en ai pas pour longtemps.

– J'irai faire les courses pendant ce temps-là.

– Sois prudente et n'attends pas qu'il fasse nuit pour y aller.

Il me fait une liste des choses qu'il aime et repart dès que nous sommes arrivés à l'appart. Je passe un jean et un sweat-shirt pour aller à l'épicerie au bout de la rue. Quand je reviens, je range tout dans les placards, je travaille un peu, puis je me prépare quelque chose à manger. J'envoie un message à Hardin, mais sans réponse de sa part, je lui prépare une assiette qu'il pourra réchauffer au micro-ondes en rentrant, puis je m'allonge sur le canapé pour regarder la télé.

∞

89

Je me réveille en sursaut, il me faut un moment pour réaliser que je suis toujours sur le canapé.

– Hardin ?

Je m'extirpe de la couverture dans laquelle je suis enroulée pour aller dans la chambre, espérant le trouver. Mais la pièce est vide. *Où est-il, merde ?*

Je retourne dans le salon pour attraper mon portable resté sur le canapé : aucun message de lui et il est sept heures du matin. Je l'appelle, mais je tombe sur sa boîte vocale. Je tourne en rond dans la cuisine et mets en route la cafetière avant d'aller prendre une douche. J'ai eu du bol de me réveiller à temps, j'avais oublié de mettre mon alarme, chose qui ne m'arrive jamais d'habitude.

– Où es-tu passé ?

Je parle à voix haute en entrant sous la douche.

Tout en faisant mon brushing, je passe en revue toutes les explications possibles à son absence. Hier soir, je me suis dit qu'il était débordé de travail, ce qui paraissait normal vu tout ce qu'il doit avoir à rattraper, ou qu'il était peut-être tombé sur quelqu'un qu'il connaissait et n'avait pas vu le temps passer. Mais à la bibliothèque ? Ces endroits ferment relativement tôt, et même les bars finissent par fermer à une certaine heure. L'explication la plus plausible reste qu'il a dû aller à une fête. Quelque part, je sens que c'est ça. Un court instant, j'ai peur qu'il n'ait eu un accident, mais c'est trop douloureux pour que je l'envisage très longtemps. Quelle que soit l'excuse ou l'histoire que j'imagine, c'est forcément quelque chose qu'il n'est pas censé faire. Pourtant tout allait bien entre nous hier soir avant que, tout à coup, il parte et ne rentre pas de la nuit ?

Je ne suis pas d'humeur à porter une robe, sauf peut-être la grise en sweat de chez Karl Marc John si confortable et qu'Hardin aime tant. Et s'il revenait maintenant ? Mais quand j'arrive chez Vance, mon humeur s'est suffisamment assombrie pour être raccord avec le temps, avec le ciel gris, et je ne décolère pas. *Putain, pour qui se prend-il pour se permettre de ne pas rentrer de la nuit sans même prendre la peine de me prévenir ?*

Kimberly hausse un sourcil en me voyant passer devant les beignets sans en prendre, mais je lui sors mon plus beau sourire forcé et je vais m'enfermer dans mon bureau. La matinée passe dans une sorte de brouillard, je lis et relis les mêmes pages encore et encore sans en comprendre un traître mot. On frappe à ma porte, mon cœur s'arrête de battre. En dépit de ma colère, j'espère follement que c'est lui. Non, c'est Kimberly.

– Ça vous dirait de venir déjeuner avec moi ?

Je suis tentée de décliner sa proposition, mais rester ici à me torturer et à me demander où mon petit ami peut bien être ne m'aidera pas du tout. Je lui souris.

– Volontiers.

Nous allons à pied au petit resto mexicain qui se trouve à côté où nous arrivons complètement gelées ; Kimberly demande une table près d'un radiateur. Celle qu'on nous donne est située juste sous un chauffage, nous avons le réflexe de lever nos mains en même temps pour les réchauffer !

– Quel temps !

Elle continue de papoter sur le fait qu'elle a froid et que l'été lui manque déjà.

– J'avais presque oublié qu'on arrivait à l'hiver.

Les saisons se sont enchaînées et j'ai à peine vu passer l'automne.

– Alors... comment ça se passe avec votre beau rebelle ?

Le serveur nous apporte des nachos avec du guacamole. Mon estomac crie famine, c'est la dernière fois que je saute mon petit déjeuner.

– Eh bien...

Je me demande si c'est une bonne idée de lui raconter ma vie intime, mais je n'ai pas beaucoup d'amies. Aucune, à vrai dire, hormis Steph, et je ne la vois plus. Kimberly a au moins dix ans de plus que moi, elle doit connaître les hommes et ce qu'ils ont en tête. Ce qui n'est pas mon cas, ça c'est sûr. Je contemple les néons en forme de bouteilles de bière et prends une profonde inspiration.

– Eh bien, je ne sais pas très bien ce qui se passe en ce moment. Hier, tout allait bien, mais il a passé la nuit dehors. C'était notre seconde nuit dans l'appartement et il n'est pas rentré de la nuit.

– Attends une minute – tu permets que je te tutoie ? –, je reviens en arrière. Vous habitez ensemble, tous les deux ?

Elle tombe des nues.

– Ouais... depuis mardi.

J'essaie un sourire.

– Ok, et tu dis qu'il n'est pas rentré à la maison cette nuit ?

– Non. Il a dit qu'il avait du boulot et qu'il devait aller à la bibliothèque, mais depuis il n'est pas rentré.

– Et tu ne crois pas qu'il a eu un accident, ou quelque chose comme ça ?

– Non, je crois que non.

J'ai l'impression que s'il lui était arrivé quelque chose, je le saurais, je le sentirais immédiatement, comme si nous étions liés l'un à l'autre.

– Il ne t'a pas appelée ?

– Non. Aucun appel, aucun texto.

– Je le pourrirais, si j'étais toi. C'est proprement inacceptable.

Le serveur s'arrête près de nous.

– Vos plats ne vont pas tarder.

Il remplit nos verres d'eau. Je lui suis reconnaissante de cette petite interruption, qui me donne le temps de souffler après la remarque sévère de Kimberly. Quand je comprends qu'elle ne me juge pas, bien au contraire qu'elle est de mon côté, je me sens mieux. Elle poursuit sur le même ton :

– Je suis sérieuse. Tu dois lui dire clairement qu'il n'a pas le droit de se comporter comme ça, sinon il va recommencer. Le problème avec les hommes, c'est que ce sont des créatures fidèles à leurs habitudes. Si tu le laisses faire et que ça devient une habitude, tu ne pourras jamais revenir en arrière. Il doit savoir dès le début que tu ne tolères pas ce genre de connerie. Il a de la chance de t'avoir et il doit en tenir compte.

Quelque chose dans son discours musclé me confirme que ma colère est justifiée. J'ai raison d'être furax. Je devrais « le pourrir », comme elle dit si subtilement.

– Et comment je fais ?

– Tu lui montres que tu ne vas pas te laisser faire. À moins qu'il n'ait une sacrée bonne excuse, et je suis sûre qu'en ce moment il est en train d'en inventer une, à l'instant où il passe la porte, tu lui rappelles que tu as droit au respect, et s'il ne te respecte pas, ou tu l'y obliges ou tu le flanques à la porte.

– Ça paraît facile, dit comme ça.

– Oh, c'est loin d'être facile !

Nous nous mettons à rire, mais elle redevient vite sérieuse.

– Mais il faut le faire.

Pendant le reste du déjeuner, elle revient sur ses années de fac et son lot de relations foireuses. Elle raconte ses histoires avec beaucoup d'humour, le carré blond de ses cheveux se balance au rythme de son rire. Moi, je ris tellement que j'en pleure. Avec ce délicieux déjeuner en plus, je suis contente d'être sortie avec elle au lieu d'être restée à ruminer toute seule dans mon bureau.

En rentrant au bureau, j'aperçois Trevor dans le couloir qui s'avance vers moi, le sourire aux lèvres.

– Bonjour, Tessa.

– Salut, comment ça va ?

– Ça va. Qu'est-ce qu'il fait froid, dehors ! Tu es très en beauté aujourd'hui.

Il détourne le regard. J'ai le sentiment qu'il n'avait pas l'intention de dire ça tout haut. Je le remercie en souriant et il part vers les toilettes, visiblement embarrassé.

Comme je n'ai pratiquement rien fait de la journée, je me décide à emporter le manuscrit à la maison, en espérant que je pourrai compenser le manque de motivation dont j'ai fait preuve aujourd'hui.

La voiture d'Hardin n'est toujours pas dans le parking. Ma colère revient. Je l'appelle sur son portable et le traite de tous les noms sur sa boîte vocale, ce qui me libère et m'aide à me sentir un peu mieux.

Après un dîner rapide, je prépare mes affaires pour le lendemain. Il ne reste que deux jours avant le mariage, je n'y crois pas. Et s'il ne revenait pas d'ici là ? Non, il ne peut pas faire ça. À moins que... ? Je regarde d'un autre œil l'appartement qui, en l'absence d'Hardin, perd beaucoup de son charme.

Je ne sais pas comment, mais je réussis à abattre une quantité appréciable de travail. Juste au moment où je suis en train de tout ranger, la porte s'ouvre. Hardin traverse le salon en titubant et va directement dans la chambre sans un mot. Je l'entends balancer ses boots par terre et jurer, très probablement parce qu'il s'est cassé la figure. Je récite les conseils que Kimberly m'a donnés pendant le déjeuner et rassemble mes idées pour attiser ma colère.

– Tu étais où, putain ?

J'entre dans la chambre en hurlant, Hardin torse nu est en train d'enlever son pantalon. Il a la voix pâteuse :

– Moi aussi je suis content de te voir.

– T'es bourré ?

– Ça se peut.

Il jette son pantalon par terre. Je le ramasse en soufflant et lui lance à la figure.

– Le panier à linge, ce n'est pas pour les chiens.

Je le fusille du regard et il se met à rire. Il rit ! Il se moque de moi !

– Tu es sacrément gonflé, Hardin. Tu passes la nuit dehors et la plus grande partie de la journée, sans me passer même un coup de fil, et maintenant tu t'amènes comme une fleur, *bourré,* et *tu te moques de moi* ?

– Arrête de hurler. J'ai un putain de mal de tête.

Il se couche sur le lit en grognant.

– Tu trouves ça drôle ? C'est encore un de tes jeux ? Si tu ne prends pas notre relation au sérieux, pourquoi m'as-tu demandé de venir habiter avec toi ?

– Je n'ai pas envie d'en parler maintenant. Tu exagères tout, comme d'habitude. Viens là que je te fasse un câlin.

Il a les yeux injectés de sang, il a dû beaucoup boire. Il me tend les bras avec le sourire niais d'un poivrot.

– Non, Hardin. Je ne plaisante pas. Tu ne peux pas rester dehors toute la nuit sans me donner une explication.

– Seigneur. Tu ne veux pas laisser tomber, bordel ! Tu n'es pas ma mère. Arrête de m'engueuler et viens là.

– Casse-toi.

– Pardon ?

Il se redresse. Ça y est, j'ai capté son attention.

– Tu m'as bien entendue. Dégage. Je ne suis pas le genre de meuf qui attend toute la nuit sagement que son copain veuille bien rentrer. J'espérais que tu aurais, au moins, une bonne excuse – mais tu n'as même pas essayé. Je ne cèderai pas cette fois-ci. Je te pardonne toujours, beaucoup trop facilement. Pas cette fois. Donc, soit tu t'expliques, soit tu dégages, putain !

Je croise les bras, toute fière de ne pas m'être laissée faire.

– Au cas où tu l'aurais oublié, c'est moi qui paie les factures, alors s'il y a quelqu'un qui doit partir, c'est plutôt toi.

Il me lance un regard dénué de toute expression. J'en suis toujours à chercher une répartie quand je remarque ses mains posées sur ses genoux. Ses phalanges sont une fois de plus éclatées et couvertes de sang séché.

– Tu t'es encore battu ?

– On s'en fout !

– Mais non Hardin, on ne s'en fout pas. Alors, c'est pour ça que tu n'es pas rentré ? Tu as passé la nuit à te battre ? Je parie que ce n'était même pas vrai, cette histoire de boulot à finir. À moins que ce ne soit ça ton boulot ? Tu casses la gueule aux gens ?

– Quoi ? Non, mais ça va pas ? Tu sais très bien ce que je fais. J'étais vraiment en train de travailler quand j'ai été dérangé.

Il se passe la main sur le visage.

– Par quoi ?

– Par rien. Bon sang ! Tu es tout le temps sur mon dos.

– Je suis tout le temps sur ton dos ? Non, mais tu t'attendais à quoi en rentrant ici en titubant après avoir disparu une nuit et une journée entière ! J'ai besoin de réponses, Hardin. J'en ai marre que tu ne les donnes jamais. (Il ne dit rien et enfile un t-shirt.) Je me suis inquiétée. Tu aurais au moins pu m'appeler. J'étais super mal toute la journée pendant que toi, tu te soûlais et que tu faisais Dieu sait quoi. Tu fiches la pagaille dans mon stage et ça, c'est pas possible.

– Ton stage ? Tu veux dire celui que tu as obtenu grâce à mon père ?

– J'y crois pas !

– Je disais ça comme ça.

Il hausse les épaules. Je n'arrive pas à croire que ce soit la même personne qui, deux nuits plus tôt, me murmurait qu'il m'aimait à l'oreille quand il croyait que je dormais.

– Je ne répondrai pas à ça parce que c'est ce que tu attends. Tu attends qu'on se bagarre et je refuse d'entrer dans ton jeu.

J'attrape un de mes t-shirts et sors de la chambre à grands pas. Avant de sortir, je me retourne vers lui,

– Mais que ce soit bien clair, si tu continues à déconner comme ça, je me barre.

Je vais me coucher sur le canapé, bien contente qu'il y ait assez de place pour que je ne sois pas obligée d'être dans la même pièce que lui. Je me laisse aller à verser quelques larmes avant de ramasser le vieil exemplaire des *Hauts de Hurlevent* qui lui appartient. Peu importe que je meure d'envie de retourner dans la chambre pour exiger des explications – où il était, avec qui, pourquoi il s'est battu et avec qui –, je me force à rester sur le canapé pour l'embêter un peu plus.

Mais c'est moi qui suis la plus embêtée quand je réalise à quel point il a pris le contrôle de ma vie.

∞

90

Je repose mon livre. Mon téléphone m'indique qu'il est un peu plus de minuit, je ferais bien de me forcer à dormir. Un peu plus tôt, il a essayé de me faire revenir dans le lit en me disant qu'il ne pouvait pas dormir sans moi, mais je n'ai pas cédé, j'ai fait comme s'il n'était pas là jusqu'à ce qu'il s'en aille. Juste au moment où je m'endors, je l'entends crier.

– Non !

Sans réfléchir, je me lève d'un bond et me précipite dans la chambre. Il est en train de se battre avec l'épaisse couverture, couvert de sueur.

– Hardin, réveille-toi.

Je lui parle doucement en le secouant par l'épaule. De l'autre main, je repousse une boucle trempée de sueur qui lui tombe sur le front. Il ouvre brusquement des yeux terrorisés.

– Tout va bien... chut... c'était juste un cauchemar.

Je fais de mon mieux pour le calmer. Je lui caresse les cheveux, puis la joue. Il tremble, je monte dans le lit derrière lui et je le sens se détendre quand, les bras autour de sa taille, j'appuie mon visage sur sa peau moite.

– Je t'en prie. Reste avec moi. Merci.

Sans un mot je resserre mon étreinte. En quelques minutes il se rendort.

J'ai beau faire, l'eau ne semble pas assez chaude pour détendre mes muscles noués. Je suis épuisée par le manque de sommeil et le sentiment de frustration que m'inspire ma relation avec Hardin. Il dormait quand je suis entrée sous la douche et je prie pour qu'il ne se réveille pas avant que je parte. Malheureusement, ma prière n'est pas exaucée et quand je sors de la salle de bains, je le trouve debout dans la cuisine.

– Tu es très belle aujourd'hui. (Je soupire et lui passe devant pour prendre une tasse de café avant de partir.) Tu ne me parles plus, si je comprends bien ?

– Pas pour l'instant, en tout cas. Je dois aller travailler et je n'ai pas l'énergie suffisante pour me battre avec toi.

– Mais tu... tu es venue te coucher avec moi.

– Ouais, seulement parce que tu criais et que tu tremblais. Ça ne veut pas dire que je ne t'en veux plus. Je veux que tu me donnes une explication pour tout, tous tes secrets, tes bagarres – et même tes cauchemars – sinon, c'est fini entre nous.

Je me surprends moi-même d'avoir eu le cran de dire ça. Il passe la main dans ses cheveux en grognant.

– Tessa... ce n'est pas si simple.

– En fait si, c'est très simple. Je t'ai fait confiance, suffisamment pour sacrifier ma relation avec ma mère et m'installer aussi vite avec toi. Tu devrais me faire confiance, suffisamment pour m'expliquer ce qui se passe.

– Tu ne comprendrais pas. Je le sais.

– On peut toujours essayer.

– Je... je ne peux pas.

– Alors je ne peux pas rester avec toi. Je suis désolée, je t'ai donné ta chance plus d'une fois et tu continues...

– Je t'interdis de dire ça. Essaie de me quitter un peu, pour voir !

Il y a de la colère dans sa voix, mais ses yeux sont tristes.

– Alors, réponds à mes questions. Qu'est-ce que je ne peux pas comprendre, d'après toi ? Tes cauchemars ?

– Dis-moi que tu ne me quitteras pas.

Il s'avère beaucoup plus difficile que je ne pensais de camper sur ses positions avec Hardin. Surtout quand il a l'air si abattu.

– Il faut que j'y aille. Je suis déjà en retard.

Je vais dans la chambre et m'habille aussi vite que possible. Dans une certaine mesure, je suis contente qu'il ne me suive pas, mais quelque part j'aurais aimé qu'il le fasse. Quand je pars, il est toujours debout dans la cuisine, torse nu, les doigts tellement serrés sur son mug de café que ses mains éclatées en sont toutes blanches.

Je repasse dans ma tête tout ce qu'Hardin a dit ce matin. Qu'est-ce que je ne pourrais pas comprendre ? Je ne le jugerai jamais sur quelque chose qui lui provoque de tels cauchemars. J'espère que c'est de cela dont il parlait, mais je ne peux m'empêcher de penser qu'il y a quelque chose d'autre qui m'échappe. Je me sens coupable et je reste tendue toute la journée, mais Kimberly m'envoie des vidéos sur YouTube trop marrantes pour que ma mauvaise humeur persiste. Quand arrive l'heure du déjeuner, j'ai presque oublié le problème qui m'attend chez moi.

Kimberly et moi mangeons les muffins d'un panier envoyé à Monsieur Vance quand je reçois un texto d'Hardin.

JE SUIS DÉSOLÉ POUR TOUT, JE T'EN PRIE RENTRE À LA MAISON APRÈS LE TRAVAIL.

– C'est lui ?

– Ouais... Je ne lui ai pas cédé, mais je me sens trop mal, je ne sais pas pourquoi. Je sais que j'ai bien fait, mais si tu l'avais vu ce matin...

– Très bien. On peut espérer que ça lui servira de leçon. Il t'a dit où il était allé ?

– Non, et c'est bien ça le problème.

Je grogne en reprenant un muffin.

JE T'EN PRIE, RÉPONDS-MOI, TESSA, JE T'AIME.

– Le pauvre ! Allez, réponds-lui.

Kimberly sourit et j'acquiesce.

JE SERAI À LA MAISON CE SOIR.

Pourquoi est-il si difficile de lui tenir tête ?

Monsieur Vance libère tout le monde un peu après trois heures, je décide d'en profiter pour m'arrêter chez le coiffeur me faire faire une coupe et les ongles pour le mariage, demain. J'espère qu'Hardin et moi réussirons à résoudre le problème avant, je n'ai vraiment pas envie qu'il arrive en faisant déjà la gueule au mariage de son père.

Je ne rentre à l'appart qu'à six heures, une tonne de textos d'Hardin en attente sur mon portable. Devant notre porte, je prends une profonde inspiration, me préparant mentalement à ce qui m'attend.

Soit ça va finir par une engueulade monstre, et l'un de nous partira, soit nous allons avoir une vraie discussion qui nous permettra de régler le problème. Quand j'entre, Hardin fait les cent pas sur le sol en ciment. Il lève brusquement les yeux vers moi et semble soulagé de me voir.

– J'ai cru que tu ne rentrerais pas.

Il fait un pas vers moi.

– Où veux-tu que j'aille ?

Je passe devant lui pour aller dans la chambre.

– Je... enfin, j'ai préparé le dîner.

Il est méconnaissable. Ses cheveux lui tombent sur le front au lieu d'être rejetés en arrière comme d'habitude. Il porte un sweatshirt gris à capuche et un pantalon de jogging noir et il a l'air nerveux, inquiet, et même peut-être un peu... effrayé ?

– Ah... pourquoi ?

Je me change et mets un de mes joggings, Hardin a l'air déçu que je n'enfile pas son t-shirt, qu'il avait posé en évidence sur la commode pour moi.

– Parce que je suis un connard.

– Ça, tu peux le dire !

Je retourne dans la cuisine. Le repas a l'air très appétissant, même si je ne sais pas trop ce que c'est, une sorte de gratin de pâtes au poulet, je crois. Il lit dans mes pensées :

– C'est du poulet à la florentine.

– Hmmm.

– Tu n'es pas obligée...

Il a une petite voix. Il est tellement différent, et pour la première fois depuis que je le connais, j'ai l'impression d'être en position de force.

– Non, ça a l'air bon. C'est juste que je suis surprise.

Je prends une bouchée. C'est encore meilleur que ça en a l'air.

– C'est bien, tes cheveux.

La dernière fois que je me suis fait couper les cheveux, il a été le seul à le remarquer.

– Il me faut des réponses, je te rappelle.

– Je sais, je vais te les donner.

Il pousse un profond soupir. Je continue de manger pour cacher ma satisfaction de ne pas lui avoir cédé.

– Tout d'abord, il faut que tu saches que personne – je dis bien personne, à part mon père et ma mère – ne sait ce que je vais te dire.

Il tripote les croûtes sur ses phalanges. Je l'observe en continuant de manger.

– Ok... alors, voilà. Un soir quand j'avais environ sept ans, mon père était allé au pub en face de chez nous. Il y allait presque tous les soirs et tout le monde savait qu'il était là, c'est pour ça que c'était une idée stupide de se mettre à dos des habitués. C'est pourtant ce qu'il a fait ce soir-là. Il a provoqué une bagarre avec des militaires, bourrés eux aussi, et il a fini par casser une bouteille sur la tête de l'un d'entre eux.

Je ne sais pas ce qui va suivre mais je sens que ça ne va pas être joyeux.

– Continue de dîner, je t'en prie...

J'essaie de ne pas le dévisager, il poursuit son récit.

– Il est sorti du pub et ils ont traversé la rue pour venir lui casser la figure, pour se venger j'imagine. Le problème c'est que, contrairement à ce qu'ils croyaient, il n'était pas rentré à la maison. Ma mère l'attendait allongée sur le canapé. (Ses yeux verts croisent les miens.) Un peu comme toi l'autre nuit.

– Hardin...

Je lui prends la main.

– Alors, quand ils ont trouvé ma mère en premier...

Il s'arrête et regarde fixement le mur en face de lui pendant ce qui me semble être une éternité.

– Quand je l'ai entendue crier, je suis descendu et j'ai essayé de les écarter d'elle. Sa chemise de nuit était déchirée et elle me criait de m'en aller... Elle essayait de m'empêcher de voir ce qu'ils lui faisaient, mais je ne pouvais pas la laisser, tu comprends ?

Quand il cligne des yeux pour retenir une larme, mon cœur se brise en pensant au petit garçon de sept ans obligé d'assister aux horreurs que sa mère subissait. Je viens m'asseoir sur ses genoux et j'enfouis mon visage dans son cou.

– Bref, j'ai essayé de me battre avec eux, mais je n'ai rien pu faire. Quand mon père est finalement rentré en titubant, j'avais utilisé une pleine boîte de pansements pour essayer de... je ne sais pas... la réparer ou un truc du genre. Complètement stupide.

Je lève les yeux et il fronce les sourcils.

– Ne pleure pas...

Mais c'est plus fort que moi. Je n'aurais jamais pensé que l'origine de ses cauchemars était aussi horrible. Je sanglote.

– Je suis désolée de t'avoir obligé à me raconter ça.

– Non... Bébé, ça va. En fait, ça m'a fait du bien de le dire à quelqu'un. Enfin, c'est une façon de parler.

Il me caresse les cheveux et enroule une mèche sur son doigt.

– Après, je ne voulais plus dormir dans ma chambre. Je voulais rester sur le canapé au cas où quelqu'un entrerait, pour être en première ligne. Puis les cauchemars ont commencé... et ne se sont plus jamais arrêtés. J'ai commencé plusieurs thérapies après le départ de mon père, mais rien n'a marché, jusqu'à ce que je te rencontre. (Un faible sourire se forme sur ses lèvres.) Excuse-moi de ne pas être rentré de la nuit. Je n'ai pas envie d'être ce genre de type. Je n'ai pas envie d'être comme lui.

Il me serre plus fort dans ses bras.

Maintenant que quelques pièces sont venues s'ajouter au « puzzle Hardin », je le comprends un peu mieux. Mon humeur vis-à-vis de lui change, inversement à mon opinion sur Ken. Je sais que les gens changent, et il est évident qu'il s'est amendé et qu'il n'est plus l'homme qu'il était à cette époque-là, mais je ne peux pas empêcher la colère de monter. Hardin est devenu ce qu'il est à cause de son père qui buvait, qui a négligé sa famille et qui est à l'origine de cette nuit horrible où sa femme et son fils se sont fait agresser alors qu'il n'était pas là pour les protéger. Je n'ai certes pas toutes les réponses que je souhaitais, mais j'en ai beaucoup plus que je n'espérais.

– Je ne recommencerai pas... je te le jure... Mais je t'en supplie, dis-moi que tu ne vas pas me quitter...

Toute trace de colère et de revendication s'évanouit instantanément.

– Je ne vais pas te quitter, Hardin. Je ne vais pas te quitter.

Et comme son regard me dit qu'il veut me l'entendre dire encore, je le répète plusieurs fois.

– Je t'aime, Tessa, plus que tout au monde, me dit-il en essuyant mes larmes.

∞

91

Ça fait au moins une demi-heure que nous sommes assis sur la même chaise quand Hardin relève la tête pour me dire :

– Je peux manger, maintenant ?

– Bien sûr.

Je lui fais un petit sourire en essayant de descendre de ses genoux, mais il me retient.

– Je ne t'ai pas demandé de partir. Passe-moi mon assiette.

Il sourit. Je fais glisser son assiette et j'attrape la mienne de l'autre côté de la table. Je suis encore sous le coup de ce qu'Hardin m'a raconté, je me sens mal à l'aise maintenant à l'idée d'aller au mariage demain matin. Je sens qu'Hardin n'a pas envie de parler plus longtemps de sa confession.

– Je ne pensais pas que tu étais si bon cuisinier. Maintenant que je sais ça, j'espère que tu vas faire la cuisine plus souvent.

– On verra.

Nous finissons notre repas dans un silence confortable. Plus tard, alors que je remplis le lave-vaisselle, il vient derrière moi.

– Est-ce que tu es toujours fâchée ?

– Pas vraiment. Mais je suis toujours contrariée que tu ne sois pas rentré de la nuit, et je veux que tu me dises avec qui tu t'es battu, et pourquoi.

Il ouvre la bouche pour parler mais je l'arrête.

– Mais ça peut attendre.

– Ok.

Je pense que nous avons eu notre compte pour ce soir, autant l'un que l'autre. Une lueur d'inquiétude traverse son regard, mais je préfère ne pas y penser pour le moment.

– Et je n'ai pas apprécié que tu m'envoies mon stage à la figure. C'était vraiment vexant.

– Je sais. Je l'ai fait exprès.

Pour le coup, sa réponse est un peu trop franche.

– Je comprends, c'est précisément pour ça que je n'ai pas apprécié.

– Excuse-moi.

– Ne recommence pas, ok? (Il acquiesce.) Je suis épuisée, dis-je pour changer de sujet.

– Moi aussi. On va rester bien tranquilles pour le reste de la soirée. J'ai fait installer le câble.

– Ce n'était pas moi qui étais censée le faire?

Il soupire et vient s'asseoir sur le lit à côté de moi.

– Tu n'auras qu'à me rembourser...

– À quelle heure on part demain pour aller au mariage?

– Quand ça nous chante.

– Ça commence à trois heures, ce serait bien qu'on y soit vers deux heures.

– Une heure en avance?

Je fronce les sourcils.

– Je ne sais pas pourquoi tu insistes...

Il est interrompu par la sonnerie de mon portable. À l'expression sur son visage quand il se penche pour le prendre, je sais immédiatement qui c'est.

– Pourquoi il t'appelle?

– Je n'en sais rien, Hardin, mais je crois qu'il vaut mieux que je réponde.

Je lui prends le téléphone des mains.

– Noah?

Ma voix est douce et mal assurée, Hardin me lance un regard furibond.

– Salut Tessa, excuse-moi de t'appeler un vendredi soir mais... enfin...

Il a l'air paniqué.

– Quoi ?

Je le bouscule un peu, il lui faut toujours du temps pour expliquer les situations stressantes. Quand je regarde Hardin, il me fait signe de mettre le haut-parleur. Après un regard qui veut dire « tu plaisantes ! », je cède et mets Noah sur haut-parleur pour qu'Hardin puisse entendre.

– Ta mère a reçu un appel du directeur de la résidence universitaire disant que ta chambre avait été réglée, elle sait donc que tu as déménagé. Je lui ai dit que je n'avais pas la moindre idée d'où tu habites maintenant, ce qui est la vérité, mais elle a refusé de me croire. Alors elle arrive.

– Elle arrive ici ? Sur le campus ?

– Ouais, je suppose. Je ne sais pas, mais elle a dit qu'elle te trouverait, et elle n'était pas dans son état normal, elle est vraiment furieuse. Je tenais à te prévenir qu'elle va débouler.

– J'y crois pas ! je hurle dans le téléphone, puis je remercie Noah et raccroche. Super… juste ce qu'il nous fallait pour finir la soirée en beauté.

Hardin s'appuie sur un coude à côté de moi. Il repousse ma frange sur mon front.

– Elle ne pourra pas te trouver. Personne ne sait où nous habitons.

– Elle ne me trouvera pas, mais elle va pourrir Steph et tous les gens qu'elle va croiser à la cité U et elle va faire un énorme scandale. Je ferais mieux d'y aller.

– Ou alors tu pourrais l'appeler, lui donner notre adresse et lui dire de venir ici. Sur notre territoire, c'est toi qui seras en position de force.

– Tu serais d'accord ?

– Bien sûr. C'est ta mère, Tessa.

Je le regarde, perplexe, repensant au gouffre qui le sépare de son père. Mais quand je vois son air sérieux, je me souviens de ses efforts pour se rapprocher de ses parents et je me dis que je dois avoir ce courage, moi aussi.

– Je l'appelle.

Je fixe mon téléphone un moment avant de prendre une grande inspiration et de composer le numéro. Sa voix est tendue et elle parle très vite. Je sens qu'elle économise son énergie hostile pour notre rencontre. Je ne m'étends pas sur l'appartement ni sur le fait que j'habite ici, je me contente de lui donner l'adresse où elle peut me trouver et je raccroche aussi vite que possible. Instinctivement, je saute du lit et mets un peu d'ordre.

–L'appartement est déjà propre et rangé. Nous n'avons pratiquement rien touché, fait remarquer Hardin.

–Je sais. Mais cela m'aide à me sentir mieux.

Après avoir plié et rangé les quelques vêtements qui traînent, j'allume une bougie dans le salon et je m'assieds à table avec Hardin pour attendre ma mère. Je ne devrais pas me sentir aussi nerveuse, après tout je suis majeure et responsable de mes choix, mais je la connais et je sais ce qu'elle est capable de faire quand elle s'énerve. Je suis déjà assez perturbée par le bref récit du passé d'Hardin, je ne suis pas sûre d'être assez forte pour l'affronter ce soir. Je regarde la pendule. Il est déjà huit heures. Avec un peu de chance, elle ne restera pas longtemps. Comme ça, Hardin et moi pourrions aller nous coucher tôt et juste nous serrer l'un contre l'autre en essayant, chacun de notre côté, de nous colleter avec notre héritage familial.

–Est-ce que tu préfères que je reste avec toi ou que je vous laisse toutes les deux pour discuter ?

–Je crois que ce ne serait pas mal qu'on ait un peu de temps en tête à tête.

Personnellement je préfèrerais l'avoir à mes côtés, mais je sais que sa présence risque d'attiser la colère de ma mère.

–Au fait... il y a un truc qui me revient. Noah a dit que ma chambre avait été réglée.

–Ouais... et alors ?

–C'est toi qui as payé, *c'est ça* ?

Ce n'est pas tant la colère que l'étonnement et la contrariété qui me font élever la voix.

–Et alors ?

Il hausse les épaules.

–Hardin ! Il faut que tu arrêtes de dépenser de l'argent pour moi. Ça me gêne.

–Je ne vois pas où est le problème. Ce n'était pas une si grosse somme.

–Hé, c'est quoi ça ? Tu as une fortune cachée ou quoi ? T'es dealer ?

– Non. J'ai pas mal d'argent de côté et je ne dépense pas grand-chose. L'année dernière, je n'avais pas du tout de frais et je travaillais, alors j'ai mis de côté tout ce que je gagnais. Je n'en avais jamais eu besoin jusqu'ici. (Son sourire s'élargit.) Et ça me plaît de le dépenser pour toi, alors arrête de me chercher.

– Tu as de la chance que ma mère se pointe et que je n'aie pas assez d'énergie pour me battre contre vous deux !

À ma plaisanterie il répond d'un grand rire qui s'éteint progressivement, jusqu'au silence. Nous restons seulement assis là, main dans la main, à attendre.

Quelques minutes plus tard, on frappe... enfin, on *tambourine* à la porte. Hardin se lève.

– Je serai dans la pièce à côté. Je t'aime.

Il me donne un baiser rapide. Je respire à fond et j'ouvre la porte. Ma mère est absolument impeccable, comme toujours. Pas le moindre accroc à son maquillage, son rouge à lèvres est lisse et brillant, ses cheveux blonds soigneusement arrangés forment comme un halo autour de son visage. Elle me pousse pour entrer et me hurle dessus sans préambule.

– Qu'est-ce que c'est que cette histoire ? Tu déménages de la résidence universitaire sans m'en parler ?

– Tu ne m'as pas laissé le choix !

Je me concentre sur ma respiration pour essayer de garder mon calme. Elle fait volte-face et me fusille du regard.

– *Pardon* ? Comment ça, je ne t'ai pas laissé le choix ?

– Tu m'as menacée de ne plus participer aux frais de la chambre, je te rappelle.

Je croise les bras sur ma poitrine.

– Donc, je t'ai bel et bien laissé le choix, mais tu as fait le mauvais.

– Non, c'est toi qui te trompes, là.

– Non mais, tu t'entends ? Regarde-toi ! Tu n'es plus la Tessa que j'ai laissée à l'université il y a trois mois.

Elle fait des grands gestes pour me désigner de la tête aux pieds.

– Tu me défies, tu hausses la voix ! Tu ne manques pas de culot ! J'ai tout sacrifié pour toi, et voilà... tu fiches tout en l'air !

– Je ne fiche rien en l'air ! J'ai trouvé un excellent stage, où je suis très bien payée. J'ai une voiture, et d'excellentes notes. Qu'est-ce que tu veux de plus ?

Son regard brille devant le défi, et c'est d'une voix pleine de venin qu'elle me répond :

– Eh bien, pour commencer, tu aurais au moins pu te changer avant que j'arrive. Franchement Tessa, tu ne ressembles à rien.

Quand je regarde mon jogging, elle trouve une autre critique à faire.

– Et qu'est-ce que c'est que ça... tu te maquilles maintenant ? Je ne te reconnais plus. Tu n'es pas ma Theresa, ça c'est sûr. Ma Theresa ne traînerait pas en pyjama un vendredi soir dans l'appartement d'une espèce de sataniste.

– Je t'interdis de parler de lui comme ça, je te l'ai déjà dit.

Ma mère plisse les yeux et se met à ricaner. Quand elle renverse la tête en arrière en riant, je me retiens de frapper son visage parfaitement peinturluré. Immédiatement je me reproche ces pensées violentes, mais elle me fait sortir de mes gonds.

– Autre chose, dis-je posément, en détachant les mots pour être sûre de bien faire passer le message, ce n'est pas *son* appartement. C'est *notre* appartement.

Cela suffit pour arrêter son rire.

∞

92

Cette femme – je la connais bien – attache tellement d'importance à la maîtrise de soi, que je n'ai que très rarement réussi à la surprendre, et encore moins à l'arrêter. Mais là je dois dire que j'ai vraiment, réellement, scotché ma mère. Elle se tient droite, abasourdie.

– Qu'est-ce que tu viens de dire ?

– Tu m'as bien entendue. C'est *notre* appartement, vois-tu. Nous vivons tous les deux ici.

Je mets les mains sur les hanches pour accentuer l'effet théâtral.

– C'est impossible, tu ne peux pas habiter ici. Tu n'as pas les moyens de t'offrir un endroit pareil !

– Tu veux voir notre contrat de location ? J'en ai une copie.

– C'est encore pire que ce que je croyais...

Elle détourne le regard et fixe le mur, comme si je ne méritais même pas qu'on pose les yeux sur moi, elle doit essayer d'imaginer à quoi ressemble ma vie.

– Je savais que tu étais folle de t'amouracher de ce... ce gars. Mais tu es complètement stupide d'avoir emménagé avec lui ! Tu ne le connais même pas ! Tu n'as jamais rencontré ses parents – ça ne te gêne pas de te montrer en public avec lui ?

Ma colère déborde. Pour essayer de la maîtriser, je regarde le mur devant moi, mais là ça va trop loin, je ne peux plus me contenir et je lui explose à la figure :

– Comment oses-tu venir chez moi pour l'insulter ? Je le connais mieux que quiconque et il me connaît mieux que tu ne le pourras jamais ! Et, contrairement à ce que tu crois, j'ai bien rencontré sa famille, son père en tout cas. Et tu veux savoir qui est son père ? *C'est le président de l'université, putain !* Ça devrait suffire à faire taire tes critiques !

Je déteste me servir du titre du père d'Hardin, mais c'est le genre de chose qui devrait la faire réagir. Sans doute parce qu'il a entendu la tension dans ma voix, Hardin sort de la chambre, l'air inquiet. Il vient à côté de moi et essaie de me séparer de ma mère, comme la dernière fois.

– Ah, génial ! Voici l'homme du jour, raille ma mère en faisant des grands gestes vers lui. Et son père, président de l'université ? Tu plaisantes !

Elle rit à moitié. Mon visage est rouge et ruisselant de larmes, mais je m'en fiche complètement.

– Je te dis que si. Ça t'étonne ? Si tu ne passais pas ton temps à critiquer sans savoir, tu aurais pu *lui parler* et le découvrir par toi-même. Tu sais quoi ? Tu ne mérites même pas de connaître Hardin. Il a été présent pour moi d'une façon dont tu t'es toujours montrée incapable et tu ne pourras rien – tu m'entends, *rien* – faire pour me séparer de lui.

– Je t'interdis de me parler sur ce ton ! Tu t'imagines que parce que tu t'es trouvé un petit appartement design et que tu mets de l'eye-liner, tu es devenue une femme ? Ma chérie, cela m'ennuie beaucoup de te le dire, mais tu vas passer pour une putain. Vivre avec quelqu'un à dix-huit ans ! Tu ferais mieux d'y mettre un terme avant de perdre ta vertu, Tessa. Non mais, regarde-toi dans la glace et regarde-le ! Vous faites un couple ridicule. Tu avais Noah qui était parfait pour toi et tu l'as rejeté pour... ça !

Hardin lui jette un regard menaçant mais elle l'ignore.

– Ne mêle pas Noah à ça.

Je vois les mâchoires d'Hardin se serrer et je le supplie silencieusement de ne rien dire.

– Noah t'aime et je sais que tu l'aimes. Maintenant, arrête tout de suite ce petit numéro de rebelle et rentre avec moi. Je m'arrangerai pour que tu récupères ta chambre à la cité universitaire et je suis sûre que Noah te pardonnera.

Elle me tend la main d'un air autoritaire, comme si j'allais la prendre et sortir d'ici avec elle.

– Tu es complètement malade. Franchement, Maman, tu t'es entendue ? Je n'ai pas l'intention de rentrer avec toi. J'habite ici avec Hardin et c'est lui que j'aime. *Pas* Noah. J'aime bien Noah, mais c'est juste ton influence qui me faisait croire que j'étais amoureuse, c'était comme un devoir. Je suis désolée, mais j'aime Hardin et il m'aime.

– Tessa ! Il ne t'aime pas. Il va te tourner autour jusqu'à ce qu'il obtienne ce qu'il veut de toi, si tu vois ce que je veux dire, et après *ciao*. Ouvre les yeux, ma petite fille.

Quelque chose dans sa façon de m'appeler sa « petite fille » me fait péter les plombs.

– Il a déjà obtenu ce qu'il voulait, et tu sais quoi ? Il est toujours là !

Hardin et ma mère sont aussi stupéfaits l'un que l'autre, mais l'expression de ma mère passe vite au dégoût alors qu'Hardin me regarde avec un froncement de sourcil compréhensif.

– Je vais te dire une chose, Theresa. Quand il t'aura brisé le cœur et que tu n'auras nulle part où aller... tu n'auras pas intérêt à venir me trouver.

– Alors ça, fais-moi confiance, ça ne risque pas d'arriver. C'est pour cette raison que tu seras toujours seule. Tu n'as plus le contrôle sur moi maintenant, je suis adulte. Ce n'est pas parce que tu n'as pas pu garder mon père que tu as le droit d'essayer de contrôler ma vie.

J'ai à peine dit ça que je regrette d'avoir mentionné mon père. C'était un coup bas, trop bas. Soudain, avant d'avoir eu le temps de m'excuser, je prends sa main dans la figure. La surprise est plus douloureuse que la gifle elle-même. Hardin vient s'interposer entre nous, il pose la main sur son épaule. J'ai la joue qui me brûle et je me mords les lèvres pour ne pas éclater en sanglots.

– Si vous ne vous cassez pas immédiatement, j'appelle la police, sans déconner !

Le calme dans sa voix me fait froid dans le dos. Je vois que ma mère frissonne, impressionnée elle aussi.

– Vous n'oseriez pas.

– Vous venez de porter la main sur Tessa, devant moi, et vous pensez que je n'oserais pas vous dénoncer à la police ? Si vous n'étiez pas sa mère, je ferais pire que ça. Maintenant je vous donne cinq secondes pour sortir.

Surprise, je regarde ma mère. Ma joue me brûle. Je n'aime pas la façon dont il l'a menacée, mais je veux qu'elle s'en aille. Durant quelques secondes, ils se dévisagent dans un duel à haut risque, puis Hardin gronde :

– Deux secondes.

Elle se dirige vers la porte, ses talons claquent sur le sol en béton.

– J'espère que tu ne regretteras pas ta décision, Theresa.

Elle sort en claquant la porte.

Hardin me prend dans ses bras et me serre contre lui dans une étreinte réconfortante et très douce, exactement ce dont j'ai besoin en ce moment.

– Je suis tellement désolé, Bébé.

– Moi, je suis confuse qu'elle ait dit toutes ces horreurs à ton sujet.

Mon désir de le défendre est plus fort que n'importe quelle considération à propos de ma mère ou même de moi.

– Chut. Ne t'inquiète pas pour moi. Les gens disent tout le temps des conneries sur moi.

– Ce n'est pas une raison.

– Tessa, je t'en prie, il ne s'agit pas de moi pour le moment. Est-ce que tu as besoin de quelque chose ? Est-ce que je peux faire quelque chose pour toi ?

– Peut-être de la glace ?

– Bien sûr, Bébé.

Il m'embrasse sur le front et se dirige vers le frigo.

Je savais que cette rencontre finirait mal, mais je ne m'attendais quand même pas à ça. D'un côté, je suis trop fière de moi de lui avoir tenu tête, mais de l'autre je me sens terriblement coupable pour ce que j'ai dit à propos de mon père. Je sais bien que ce n'était pas de sa faute à elle s'il est parti et qu'elle est terriblement seule depuis ces huit dernières années. Elle n'a eu aucun homme après lui, elle a passé tout son temps à s'occuper de moi, me modelant pour faire de moi la femme qu'elle voulait que je sois. Elle voulait que je sois à son image, mais ça ne marche pas avec moi. Je la respecte et je sais qu'elle a travaillé dur, mais je dois tracer mon propre chemin ;

il faudra bien qu'elle comprenne qu'elle ne peut pas réparer ses erreurs à travers moi. De toute façon, je fais moi-même bien trop d'erreurs pour que ça marche. J'aimerais qu'elle soit heureuse pour moi et qu'elle voie combien j'aime Hardin. Je sais que son look la choque, mais si elle voulait bien prendre le temps d'essayer de le connaître, je suis sûre qu'elle l'aimerait autant que je l'aime.

Tant qu'il arrive à contenir sa grossièreté... ce qui n'est pas gagné, même si j'ai remarqué quelques petits changements chez lui. Comme le fait qu'il me tienne la main en public ou qu'il se penche pour m'embrasser chaque fois qu'on se croise dans l'entrée de l'appartement, par exemple. Je suis peut-être la seule personne à qui il s'ouvre, la seule à qui il révèle ses secrets, et la seule qu'il aime, mais ça me va. Pour être honnête, mon côté égoïste trouve ça très bien.

Hardin tire une chaise à côté de moi et pose le sac de glace improvisé sur ma joue. La douceur de la serviette dans laquelle il l'a enveloppée est géniale sur ma peau endolorie.

– Je n'en reviens pas qu'elle m'ait giflée.

– Moi non plus. J'ai bien cru que j'allais péter un câble.

– Moi aussi, j'ai eu peur que tu le fasses.

Je lui fais un petit sourire faiblard. J'ai l'impression que cette journée n'en finit pas. C'est la plus longue et la plus exténuante de toute ma vie. Je suis épuisée et je n'ai envie que d'une chose, qu'on me porte, de préférence dans mon lit avec Hardin, pour oublier l'échec de ma relation avec ma mère.

– Je t'aime trop, c'est ce qui m'a retenu, sinon...

Il me sourit aussi et m'embrasse sur mes paupières fermées. Je préfère penser qu'il ne lui ferait pas de mal et que c'est juste une façon de parler. Je sens bien que même avec toute cette rage en lui, il ne ferait jamais quelque chose de vraiment horrible, et je l'en aime d'autant plus. J'ai appris que quand il s'agit de moi, Hardin aboie mais ne mord pas.

– J'ai vraiment envie d'aller me coucher.

– Bien sûr.

Je repousse la couverture avant de m'allonger de mon côté du lit.

– Tu penses qu'elle ne changera jamais ?

– Je dirais que si, que les gens changent et mûrissent. Mais je ne veux pas te donner de faux espoirs.

Je me couche sur le ventre et enfonce mon visage dans mon oreiller.

– Hé ? dit Hardin doucement dans mon cou, son doigt passe le long de ma colonne vertébrale.

Je me retourne et vois l'inquiétude dans ses yeux.

– Je vais bien.

Ce n'est pas vrai, mais j'ai besoin de penser à autre chose. Je lève la main vers son visage, j'effleure la courbe de ses lèvres charnues. Je pousse son anneau sur le côté et il sourit.

– Ça te plaît de me dévisager comme si j'étais un sujet d'étude scientifique ?

Je le lui confirme en agitant l'anneau entre mes doigts et, de l'autre main, je fais de même avec l'anneau de son arcade sourcilière.

– C'est bon à savoir.

Il soupire et prend mon pouce entre ses dents avant que je n'aie le temps de le retirer. Je recule alors mon bras si brusquement que je me cogne la main dans la tête du lit. Je tends le bras pour lui donner une petite tape comme je fais souvent et, au passage, il attrape ma main endolorie entre ses deux mains et la porte à ses lèvres. Je fais la moue jusqu'à ce qu'il tourne la langue autour du bout de mon index d'une façon super provocante. Il lèche lentement chacun de mes doigts et je finis par n'être plus qu'une petite chose suppliante et haletante. *Comment fait-il ça ?* Ces gestes d'affection inhabituels me touchent intensément.

– Tu aimes ça ? Tu en veux encore ? Parle, Bébé.

Il passe sa langue sur ses lèvres pour les humecter.

– Oui, j'en veux encore. S'il te plaît.

J'ai l'impression que mon cerveau ne fonctionne pas normalement. Je me colle contre lui, j'ai besoin de ses caresses, j'ai besoin qu'il continue à me faire penser à autre chose. Il change de position et tire sur les cordons de mon pantalon de pyjama d'une main, tandis que de l'autre il repousse la mèche de son front. Ma culotte se retrouve sur mes chevilles en même temps que mon pantalon touche le sol. Il se penche pour s'installer entre mes cuisses écartées.

– Est-ce que tu savais que le clitoris n'est fait que pour le plaisir ? Il ne sert à rien d'autre. C'est vrai, je l'ai lu quelque part.

Tout en me donnant cette information, il appuie de son pouce sur l'endroit en question. Je gémis en appuyant la tête sur l'oreiller.

– Dans *Playboy ?*

Je plaisante, mais j'ai du mal à articuler une pensée et encore moins des mots.

Il a l'air de trouver ça amusant et me sourit en baissant la tête. Au moment où sa langue trouve mon sexe, je m'accroche aux draps ; tout de suite il m'emporte, combinant l'action de ses doigts et de sa bouche experte. Je passe les mains dans ses cheveux, remerciant silencieusement la personne, quelle qu'elle soit, qui a fait cette découverte tandis qu'Hardin me fait jouir, deux fois.

Il me serre dans ses bras pendant toute la nuit en murmurant combien il m'aime. Quand je commence à glisser dans le sommeil, je repense à la journée que nous venons de passer, à la relation bousillée avec ma mère, probablement sans possibilité de la réparer, et aux choses qu'Hardin m'a révélées sur son enfance. Mes rêves sont obscurcis par un petit garçon aux cheveux bouclés, effrayé et appelant sa mère.

Le lendemain matin, je suis soulagée de voir que je n'ai pas de trace visible de l'agression de ma mère. Mon cœur se serre en me disant que notre relation déjà chancelante s'est écroulée, mais je refuse de penser à ça aujourd'hui.

Je prends une douche, boucle mes cheveux et les attache le temps de me maquiller. J'enfile le t-shirt qu'Hardin portait hier et je pose des petits baisers sur ses épaules et ses oreilles pour le réveiller. Quand la faim commence à se faire sentir, je me faufile pieds nus dans la cuisine pour préparer un vrai petit déjeuner. Je veux commencer cette journée le mieux possible pour que nous soyons tous les deux heureux et calmes jusqu'au mariage. Quand j'en ai terminé avec ma thérapie dans la cuisine, je regarde d'un œil fier le repas que je viens de préparer. Sur le plan de travail, il y a du bacon, des œufs, des toasts, des pancakes et même des céréales. J'ai fait beaucoup trop à manger pour nous deux, mais Hardin a bon appétit, il ne devrait pas y avoir trop de restes.

Je sens des bras puissants passer autour de ma taille.

– Waouh... c'est quoi tout ça ? demande-t-il d'une voix ensommeillée. Tu vois, c'est exactement pour ça que je voulais que nous vivions ensemble.

– Pourquoi ? Pour que je prépare ton petit déjeuner ?

Je ris.

– Non... enfin, si. Et aussi pour te trouver à mon réveil à moitié nue dans la cuisine.

Il me mordille le cou, essaie de relever le bord de mon t-shirt puis serre le haut de mes cuisses. Je fais demi-tour et agite une spatule devant son visage.

– Bas les pattes tant qu'on n'a pas fini le petit déjeuner, Scott.

– Oui, M'dame.

Il rigole et attrape une assiette qu'il remplit de nourriture. Après ce petit déjeuner, je l'oblige à aller prendre sa douche malgré toutes ses tentatives de me ramener au lit. Le sombre récit de son enfance et ma dispute avec ma mère semblent oubliés à la lumière du soleil matinal. Quand Hardin sort de la chambre habillé pour le mariage, j'en ai le souffle coupé. Le pantalon noir étroit tombe de façon exquise sur ses hanches, sa cravate pend autour de son cou et sa chemise blanche n'est pas boutonnée, révélant son torse ferme et superbe.

– Je... euh... en fait je n'ai aucune idée de la façon dont on noue une cravate.

Il hausse les épaules. J'ai la bouche sèche, impossible de détacher mon regard de lui.

– Je vais t'aider. Tu es trop beau.

Heureusement, Hardin ne me demande pas où j'ai appris à faire un nœud de cravate, sinon son humeur aurait vite tourné à l'aigre en entendant le nom de Noah.

Il enfile sa veste noire pour mettre une touche finale à son look. Le rouge lui monte aux joues et c'est plus fort que moi, je ris devant une manifestation d'émotion aussi inattendue. Je vois bien que, dans cette tenue, il se sent totalement en dehors de son élément... et je le trouve craquant.

– Pourquoi n'es-tu pas habillée ?

– J'attendais la dernière minute pour enfiler ma robe KMJ blanche.

Il se moque de moi. Finalement, après une dernière vérification de mon maquillage et avoir chaussé mes escarpins, je passe ma robe. Elle est encore plus courte que dans mon souvenir, mais Hardin semble apprécier. Il n'a pas arrêté de regarder mes seins depuis qu'il a aperçu mon soutien-gorge sans bretelles. Avec lui je me sens toujours belle et désirée.

– Heureusement que tous les invités masculins sont de l'âge de mon père, nous ne devrions pas avoir de problème.

Avec un petit sourire moqueur, il remonte ma fermeture. Je souris, surtout quand il pose un baiser sur mon épaule nue avant que je détache mes cheveux pour les laisser tomber naturellement sur mes épaules. Le tissu léger de ma robe dessine mon corps, je souris en voyant notre reflet dans le miroir.

– Tu es absolument canon.

Il m'embrasse une fois encore. Nous faisons un dernier tour de l'appart pour nous assurer de n'avoir rien oublié, comme l'invitation et la carte de félicitations que j'ai achetée. Lorsque je mets mon téléphone dans une petite pochette, Hardin me prend par la taille.

– Souris, dit-il en sortant son téléphone.

– Je croyais que tu ne faisais jamais de photos.

– Je t'ai dit que j'en ferais une, c'est le moment, une.

Son sourire idiot et enfantin me fait fondre. Je souris, me colle contre lui et il prend la photo.

– Une autre, dit-il, et je tire la langue au dernier moment.

Il l'a prise au bon moment, ma langue sur sa joue et ses yeux écarquillés et pleins d'humour.

– C'est celle que je préfère.

– Mais il n'y en a que deux.

– Oui mais quand même.

Je l'embrasse et il en fait une autre.

– Oups ! Un accident.

Je sais que ce n'est pas vrai et je l'entends qui en prend encore une autre quand je lui fais de gros yeux.

Juste avant d'arriver chez son père, Hardin s'arrête pour prendre de l'essence, histoire d'être tranquilles au retour. Pendant qu'il fait le plein, une voiture familière entre sur le parking, Nate est assis à l'avant. Zed gare la voiture deux pompes plus loin et en descend.

Quand je le vois de plus près, je pousse un cri étouffé : il a la lèvre enflée, les yeux au beurre noir et sur une joue un hématome bleu foncé. Quand il remarque la voiture d'Hardin, une expression de rage déforme son beau visage tuméfié. Il ne nous adresse pas la parole et même, fait comme s'il ne nous reconnaissait pas.

C'est quoi, ça ? Quelques secondes plus tard, Hardin remonte en voiture et me prend la main. Je baisse les yeux vers nos doigts enlacés, et pousse un petit cri quand mes yeux s'attardent sur ses phalanges éclatées.

– C'est toi !

Il hausse les sourcils.

– C'est toi qui lui as cassé la figure, c'est ça ? C'est avec lui que tu t'es battu et c'est pour ça qu'il fait comme s'il ne nous voyait pas.

– Tu veux bien te calmer ? aboie Hardin en remontant ma vitre avant de sortir du parking.

– Hardin...

Je jette un regard là où Zed est entré, puis je regarde Hardin.

– Est-ce qu'on peut reparler de ça après le mariage ? Je suis déjà assez nerveux comme ça. S'il te plaît ?

– Très bien. Après le mariage.

Je serre doucement sa main, qui a fait tant de dégâts sur le visage de mon pote.

∞

93

– Maintenant que nous avons notre appart, je suppose que tu ne vas pas vouloir dormir chez mon père ce soir ?

Clairement, Hardin préfère changer de sujet. Je me force à chasser l'image du visage tuméfié de Zed et lui souris.

– Non, en effet, tu as raison, à moins que Karen ne nous demande de rester. Tu sais que je ne lui refuserai pas.

Je suis un peu nerveuse à l'idée de revoir Ken après ce qu'Hardin m'a raconté hier soir. Je fais ce que je peux pour ne pas y penser, mais c'est plus difficile que je le croyais.

– Oh ! j'ai failli oublier...

Il tend la main vers l'autoradio et lève le doigt pour me dire d'attendre. Je lui jette un coup d'œil interrogatif.

– J'ai décidé d'accorder une nouvelle chance aux Fray.

– Ah bon ? Et quand as-tu décidé ça ?

– En fait, c'était après notre tout premier rencard, à la rivière, mais je n'ai ouvert le CD que la semaine dernière.

– Ce n'était pas un rencard.

Il rigole.

– Tu m'as laissé te caresser. J'appellerai ça un rencard.

Quand j'essaie de le taper, il attrape ma main au vol et croise ses doigts fins avec les miens. Des images de moi allongée sur son t-shirt mouillé pendant qu'il me donnait mon premier orgasme se pressent dans mon esprit et Hardin me fait un petit sourire satisfait.

– C'était bien, hein ?

Je me mets à rire.

– Bref, dis-moi quelle est ta nouvelle opinion des Fray ?

– À vrai dire, ils ne sont pas si mauvais que ça. Il y a une chanson en particulier qui me trotte dans la tête.

– C'est vrai ?

Pour le coup je suis vraiment curieuse.

– Ouais... Ça s'appelle « Never say never ».

Il reporte son regard sur la route avant d'appuyer sur le bouton de lecture. La musique emplit l'espace réduit et, immédiatement, un sourire me vient aux lèvres.

Comme si je ne savais pas le titre ! C'est une de mes chansons préférées ! Nous écoutons les paroles et je ne peux m'empêcher d'afficher un sourire idiot. Je sais qu'il est un peu gêné de passer cette chanson pour moi, je préfère ne rien dire. Je me contente de profiter de ce moment de tendresse entre nous. Pendant le reste du trajet, Hardin zappe d'un titre à l'autre de l'album en me donnant son avis sur chacun d'entre eux. Ce petit geste, bien plus éloquent qu'il n'y paraît, me touche plus qu'il ne peut imaginer. J'aime ces moments où il dévoile une nouvelle facette de sa personnalité. Celle-ci est une de mes préférées.

Devant la maison de son père, il y a des voitures partout. Je descends, accueillie par un vent frisquet qui me fait frissonner. La petite veste que je porte sur ma robe ne me protège pas vraiment. Hardin ôte nonchalamment sa veste pour me la poser sur les épaules. Elle est étonnamment chaude et imprégnée de son odeur, j'adore.

– Dis donc... tu es un vrai gentleman ! Qui aurait pu penser ça ?

– Tu veux que je te ramène à la voiture pour te baiser ?

Je pousse un petit cri, à mi-chemin entre le cri étouffé et le gloussement, ce qui l'amuse beaucoup.

– Tu crois qu'il y a de la place dans ton... espèce de sac à main... pour mettre mon téléphone ?

– Ça s'appelle une pochette, et oui, il y a la place.

Je souris en tendant la main. Il dépose son portable sur ma paume et en le rangeant dans mon petit sac, j'aperçois que son fond d'écran n'est plus gris uni comme avant, il a mis une photo de moi prise pendant que je lui parlais dans la chambre. J'ai les lèvres légèrement entrouvertes et les yeux pleins de vie. Et les joues toutes roses. Ça me fait tout drôle de me voir comme ça. C'est ça, l'effet qu'il a sur moi... Avec lui, je me sens si vivante.

– Je t'aime.

Je referme mon sac sans lui parler de son nouveau fond d'écran pour ne pas l'embarrasser.

La maison de Ken et Karen est pleine de monde et Hardin serre ma main après avoir récupéré sa veste et l'avoir enfilée de nouveau.

– On va essayer de trouver Landon.

Hardin acquiesce et passe devant moi. Nous finissons par trouver son demi-frère dans le salon à côté de la nouvelle vitrine contenant la vaisselle en porcelaine qui remplace celle qu'Hardin a cassée la première fois où je suis venue ici. Tout ça semble si loin ! Landon est entouré d'un groupe d'hommes qui ont tous l'air d'avoir au moins soixante ans. L'un d'entre eux a la main sur l'épaule de Landon. Un sourire apparaît sur le visage de celui-ci quand il nous aperçoit. Il s'excuse et vient nous rejoindre. Il est très séduisant dans un costume semblable à celui d'Hardin.

– Waouh, je n'aurais jamais cru te voir un jour en costume-cravate !

– Si tu continues à en parler, ce jour pourrait bien être ton dernier.

Le ton est menaçant mais plein d'humour et les mots prononcés avec un sourire. J'ai l'impression que leur relation est moins tendue et ça me fait plaisir. Landon est un de mes plus proches amis et je l'aime beaucoup.

– Ma mère va être ravie. Tessa, tu es très en beauté.

Il me tire vers lui pour m'embrasser, mais Hardin ne lâche pas ma main, ce qui rend la chose un peu difficile.

– Qui sont tous ces gens ?

Je sais que Ken et Karen ne sont ici que depuis un peu plus d'un an et je suis stupéfaite de voir qu'il y a au moins deux cents personnes.

– La plupart sont des amis de Ken, de la fac, et le reste, ce sont des amis et de la famille. Je n'en connais pas la moitié. Vous voulez boire quelque chose ? Tout le monde va sortir d'ici une dizaine de minutes.

– Qui a eu cette brillante idée de faire un mariage en extérieur au mois de décembre ? se plaint Hardin.

– C'est ma mère. Mais les tentes sont chauffées, bien entendu.

Landon jette un coup d'œil à la foule puis revient à Hardin.

–Tu devrais faire savoir à ton père que tu es là. Il est en haut. Ma mère se cache quelque part avec ma tante.

–Hum... je pense que je vais rester ici.

Je caresse sa main, il y répond par une petite pression.

–Ok. Je vous laisse, à tout à l'heure.

Landon s'éloigne en souriant.

–Tu veux qu'on aille dehors tout de suite?

Hardin acquiesce.

–Je t'aime.

–Je t'aime, Tess.

Il me gratifie de son sourire à fossettes, puis me plante un baiser sur la joue, ouvre la porte de derrière et me passe sa veste. En sortant, je vois que le jardin a été magnifiquement arrangé. Deux grandes tentes occupent la presque totalité de l'espace et des centaines de petites lanternes sont accrochées aux arbres et dans le patio. Même s'il fait encore jour, c'est très joli, c'est un décor superbe.

–Je pense que c'est celle-là, dit Hardin en désignant la plus petite des deux tentes.

Nous nous faufilons entre les battants de la bâche et, en effet, c'est bien là. Des rangées de chaises font face à un autel tout simple, encadré de ravissantes fleurs blanches accrochées sur des sortes d'arches. Tous les invités sont vêtus de blanc et noir. Environ la moitié des sièges sont occupés, nous nous asseyons à l'avant-dernier rang, je sais qu'Hardin ne veut pas être trop près.

–Je n'aurais jamais cru que j'assisterais un jour au mariage de mon père.

–Je m'en doute. Je suis extrêmement fière de toi d'être venu. Ils vont être très touchés. Est-ce que ça veut dire que tu penses que c'est bien pour toi aussi?

Je pose la tête sur son épaule et il passe son bras autour de moi. Nous discutons de la façon élégante dont cette tente a été décorée, tout en noir et blanc. Simple et élégant. Cette simplicité renforce mon impression d'avoir été invitée à partager un moment familial intime, malgré le grand nombre d'invités.

–Je suppose que la réception a lieu dans l'autre tente.

Hardin prend une mèche de mes cheveux et l'enroule entre son pouce et son index.

– Certainement. Je parie que c'est encore plus beau que...

– Hardin ? C'est toi ?

Nous tournons la tête dans le même mouvement. Une femme d'un certain âge, vêtue d'une robe à fleurs noires et blanches et de chaussures plates, nous dévisage avec des yeux ronds.

– Grands dieux ! C'est bien toi !

Ses cheveux gris sont tirés en un chignon strict, et son maquillage léger met en valeur son teint sain et radieux. En revanche, Hardin est devenu tout pâle. Il se lève pour la saluer.

– Gammy.

Elle l'attire contre elle et le serre dans ses bras.

– Je n'en reviens pas que tu sois venu. Cela fait des années que je ne t'ai vu. Laisse-moi te regarder ! Tu es devenu un très beau garçon. Enfin, je devrais dire un bel *homme*, maintenant. Qu'est-ce que tu es grand, je n'en reviens pas ! Et qu'est-ce que c'est que ça ?

Elle fronce les sourcils en montrant ses piercings. Il rougit et rit, mal à l'aise.

– Tu vas bien ? lui demande-t-il en dansant d'un pied sur l'autre.

– Ça va, mon chéri. Tu m'as beaucoup manqué.

Elle se tamponne le coin des yeux. Au bout d'un moment, elle me regarde avec insistance et demande avec une curiosité non dissimulée :

– Et qui est cette jolie jeune femme ?

– Oh... excuse-moi. Voici Tess...Tessa. Ma... petite amie. Tessa, je te présente ma gammy... ma grand-mère.

Je me lève en souriant. L'idée de rencontrer les grands-parents d'Hardin ne m'était jamais venue à l'esprit. Je supposais qu'ils étaient morts, comme les miens. Il n'en avait jamais parlé, mais ça n'a rien de surprenant, je ne l'ai pas fait non plus.

– Je suis enchantée de vous connaître.

Je lui tends la main, mais elle m'attire contre elle et me plante un baiser sur la joue.

– Tout le plaisir est pour moi. Vous êtes très belle !

Son accent est encore plus prononcé que celui d'Hardin.

– Je m'appelle Adèle, mais appelez-moi Gammy.

– Merci, dis-je en rougissant.

De joie, elle tape dans ses mains.

– Je n'en reviens toujours pas de te voir ici. Est-ce que tu as vu ton père récemment ? Est-ce qu'il sait que tu es là ?

Hardin enfonce les mains dans ses poches, l'air intimidé.

– Ouais, il le sait. Je suis venu deux ou trois fois, dernièrement.

– Eh bien, je suis ravie de l'apprendre. Je ne savais pas.

Je vois qu'elle est au bord des larmes de nouveau.

– Ok, tout le monde. Pourriez-vous tous aller vous asseoir ? La cérémonie ne va pas tarder à commencer, annonce un homme au micro sur l'estrade.

Gammy tire Hardin par le bras sans lui laisser le temps de protester.

– Viens t'asseoir avec la famille – vous n'êtes pas à votre place au fond, tous les deux.

Il me lance un regard « viens à mon secours », mais je souris en les suivant vers les premiers rangs. Nous nous asseyons près d'une femme qui ressemble beaucoup à Karen, j'en déduis que c'est sa sœur. Hardin me prend la main et sa grand-mère pose les yeux sur nous en souriant puis prend l'autre main d'Hardin dans la sienne. Il se raidit un peu, mais ne retire pas sa main.

Ken s'avance vers l'autel et l'expression de son visage quand il aperçoit son fils au premier rang est indescriptible, à la fois réjouissante et émouvante. Hardin lui fait même un petit sourire que Ken lui retourne volontiers. Landon est debout près de Ken sur l'estrade, mais Hardin n'a pas l'air de s'en offusquer. Il n'aurait jamais accepté d'être là-haut, de toute façon.

Quand Karen fait son entrée, un murmure collectif parcourt l'assemblée. Elle est trop belle. Elle s'avance vers l'estrade, aperçoit son fiancé, et l'expression de son visage me fait craquer, j'appuie ma tête sur l'épaule d'Hardin. Elle est rayonnante de bonheur, son sourire illumine la tente. Le bas de sa robe frôle le sol et ses joues brillent, ce qui ajoute à l'ambiance.

La cérémonie est très émouvante, j'essuie une larme quand la voix de Ken se brise en prononçant ses vœux à la mariée. Hardin me regarde en souriant et essuie ma joue. Karen est une mariée superbe et leur premier baiser en tant que mari et femme leur vaut des applaudissements et des cris de toute l'assemblée.

– Nunuche, se moque Hardin quand je pose la tête sur son épaule tandis que la foule se dirige vers la sortie.

Au bout d'un moment, nous accompagnons la grand-mère d'Hardin dans l'autre tente, et j'avais raison, c'est encore plus beau que dans la première. Les tables sont recouvertes de nappes blanches sur lesquelles sont posées des serviettes noires, et les chemins de table sont parsemés de fleurs blanches et noires. Le plafond est décoré de lanternes, les mêmes que celles du jardin, qui diffusent une douce lumière dans toute la tente en se réfléchissant dans les verres et les assiettes blanches. Le centre de la tente est dégagé pour ce qui semble être une piste de danse faite de dalles noires et blanches, et des serveurs se tiennent debout en attendant que tout le monde ait rejoint sa place.

– Maintenant, ne disparais pas. Je compte bien te revoir dans la soirée, dit la grand-mère d'Hardin en nous laissant.

– C'est le mariage le plus sophistiqué auquel j'aie jamais assisté, dit Hardin en regardant le drapé blanc qui recouvre le plafond.

– Il y a bien longtemps que je ne suis pas allée à un mariage, depuis toute petite.

– Ça me plaît.

Il m'embrasse sur la joue. Je ne suis pas habituée à ces signes d'affection en public, mais je sens que je pourrais prendre cette habitude très rapidement.

– Qu'est-ce qui te plaît ?

– Que tu ne sois jamais allée à un mariage avec Noah.

Je ris pour ne pas froncer les sourcils.

– Pareil pour moi.

Il me sourit.

La nourriture est délicieuse. Je choisis le poulet et Hardin la viande. Les plats sont disposés en buffet pour avoir l'air simple, mais la nourriture ne l'est pas. Au moment où je porte à ma bouche un morceau de poulet enrobé d'une sauce crémeuse, Hardin me l'arrache des mains et sourit en mâchant mon poulet. Il manque de s'étrangler en essayant d'avaler et de rire en même temps.

– Ça t'apprendra à me retirer le pain de la bouche !

Je me dépêche d'enfourner la bouchée suivante avant qu'il me la fauche.

En riant, il s'appuie sur mon épaule et je surprends la femme en face de nous en train de nous dévisager. Elle ne semble pas apprécier de voir Hardin appuyer ses lèvres sur mon épaule. Je la regarde fixement avec la même expression hostile qu'elle, et elle détourne les yeux.

– Tu veux que j'aille te chercher une autre assiette ?

J'ai parlé assez fort pour que la femme désagréable m'entende. Elle jette un coup d'œil à l'homme assis à ses côtés qui ne fait pas attention à elle, ce qui semble l'énerver un peu plus. Je souris en posant ma main sur celle d'Hardin. Comme l'homme face à nous, il semble n'avoir rien remarqué, et ça m'arrange.

– Hein ? Oui, merci.

Je me penche pour l'embrasser sur la joue et retourne au buffet.

– Tessa ?

Je me retourne en entendant cette voix familière. Monsieur Vance et Trevor sont à quelques mètres de moi.

– Bonjour.

– Tu es absolument superbe, me dit Trevor.

Je le remercie posément.

– Votre week-end se passe bien ? me demande Monsieur Vance.

– Super. Mes semaines se passent bien, depuis quelque temps.

– Je n'en doute pas.

Il rit et prend une assiette.

– Pas de viande rouge, dit Kimberly qui se trouve derrière lui.

Il fait semblant de se tirer une balle dans la tête et elle lui envoie un baiser. Kimberly et Monsieur Vance ? Qui aurait cru? Il va falloir que je lui soutire des détails dès lundi.

– Ah, les femmes !

Il rit et garnit une assiette pour elle, comme je le fais pour Hardin.

– À plus.

En souriant, il retourne vers sa petite amie. Elle me fait un signe de la main et fait faire la même chose à un petit garçon assis sur ses genoux. Je réponds à leur signe, intriguée de savoir si cet enfant est le sien.

Trevor se penche vers moi et me donne la réponse.

– C'est son fils à lui.

– Oh !

Je détache mon regard de Kimberly. Trevor, lui, garde les yeux sur Monsieur Vance.

– Sa femme est décédée il y a cinq ans, juste après la naissance. Il n'a eu personne jusqu'à Kim. Ils ne sortent ensemble que depuis quelques mois, mais il est fou d'elle.

Il se tourne vers moi en souriant.

– Eh bien, maintenant je saurai à qui m'adresser pour tous les commérages au bureau !

Nous éclatons de rire.

– Bébé...

Hardin passe son bras autour de ma taille, dans une tentative évidente de marquer son territoire.

– Content de te voir, Hardin, c'est ça ?

– Ouais. On ferait mieux de retourner à nos places. Landon te cherche.

Il me serre contre lui, en donnant silencieusement congé à Trevor.

– À plus, Trevor !

Je souris poliment et tends son assiette à Hardin.

∞

94

– Où est Landon ?

Nous regagnons nos places. Hardin mord dans un gâteau et marmonne :

– Je n'en sais rien.

– Euh... tu as dit qu'il me cherchait.

– C'est vrai, mais je ne sais pas où il est parti.

– Hardin, on ne parle pas la bouche pleine.

Sa grand-mère apparaît derrière lui. Je remarque qu'il prend une profonde inspiration avant de se tourner vers elle :

– Pardon.

– Je voulais te voir avant de partir – Dieu sait quand je te reverrai. Tu m'accordes une petite danse ?

Elle a posé la question de façon adorable, mais il refuse.

– Pourquoi pas ?

Elle sourit. Je me rends compte maintenant que ce n'est pas seulement la surprise qui l'a décontenancé tout à l'heure. Il y a une tension entre eux que je n'arrive pas à interpréter.

– J'allais chercher un verre pour Tessa.

Sur ce mensonge, il quitte la table. Sa grand-mère rit, visiblement gênée.

– Sacré caractère, hein ?

Je ne sais pas quoi répondre, ma première réaction est de le défendre mais j'ai l'impression qu'elle plaisante. Elle se tourne brusquement vers moi.

– Est-ce qu'il boit toujours ?

– Quoi ? N... non.

Je bégaie, complètement prise au dépourvu.

– Enfin, ça lui arrive une fois de temps en temps.

Il revient vers nous avec deux flûtes remplies d'un liquide rose. Il m'en tend une, je souris en la portant à mes lèvres. Quand j'incline le verre pour boire, je sens une odeur sucrée, et les légères bulles qui pétillent me chatouillent le nez. Le goût est comme l'odeur, sucré.

– C'est du champagne.

– Tessa !

Karen se précipite pour me prendre dans ses bras. Elle a échangé sa robe de mariée pour une robe portefeuille blanche au genou, dans laquelle elle est tout aussi éblouissante.

– Je suis tellement contente que vous soyez venus tous les deux. Alors ça vous plaît ?

Il n'y a que Karen pour demander si son propre mariage est bien. Elle est trop gentille.

– C'est trop bien. C'est trop beau.

Hardin pose la main sur mes reins et je m'appuie contre lui. Je sens qu'il n'est pas à l'aise entre sa grand-mère et Karen, et maintenant voilà Ken qui s'avance vers nous.

– Merci d'être venus.

Ken tend la main à Hardin, qui ne se dérobe pas mais la serre brièvement. Je remarque que Ken lève le bras pour donner une accolade à son fils mais le laisse retomber sans aller jusqu'au bout de son geste. Son visage, pourtant, reflète son excitation et sa joie.

– Tessa, ma chère enfant, tu es resplendissante. (Il me serre dans ses bras.)

– Vous vous amusez bien ?

C'est plus fort que moi, je me sens un peu gênée en sa présence maintenant que je connais mieux la personne qu'il était avant.

– Oui, c'est super ce que vous avez installé dans le jardin.

Hardin fait de son mieux pour féliciter son père. Je lui passe la main dans le dos, faisant des petits cercles pour le détendre. La grand-mère d'Hardin tousse en regardant Ken.

– Je ne savais pas que vous vous reparliez, tous les deux.

Ken se frotte la nuque, une habitude familiale, je vois.

– Ouais. On peut reparler de ça une autre fois, Maman ?

Elle hoche la tête.

Je reprends une gorgée dans mon verre, discrètement, je ne tiens pas à m'attarder sur le fait que je bois de l'alcool alors que je n'ai pas l'âge. Qui plus est, en face du président de mon université...

Un serveur en gilet noir approche avec un plateau de champagne et Ken saisit une flûte, je me raidis. Mais il tend la flûte à sa nouvelle épouse et je me détends, satisfaite de voir qu'il ne boit pas.

– Tu en veux un autre ? me demande Hardin, et je regarde Karen.

– Vas-y, c'est un mariage.

Je souris.

– C'est vrai.

Pendant qu'Hardin va me chercher un autre verre, nous parlons de la cérémonie et des fleurs, mais quand il revient avec seulement une flûte, Karen semble ennuyée.

– Le champagne ne te plaît pas ?

– Si, si. Il est très bon, mais j'en ai déjà pris un verre et je conduis.

Karen le regarde et je lis de l'adoration dans ses yeux bruns. Elle se tourne vers moi.

– Tu aurais le temps de passer dans la semaine ? J'ai commandé des graines pour la serre.

– Oui, bien sûr. Je suis libre tous les jours après quatre heures.

Gammy nous regarde l'une et l'autre, contente mais visiblement très étonnée.

– Alors, cela fait combien de temps que vous sortez ensemble, vous deux ?

– Quelques mois, répond Hardin calmement.

Parfois j'oublie que personne à part notre groupe d'amis, enfin le groupe d'amis d'Hardin pour être exacte, personne, donc, ne sait que jusqu'à une date récente Hardin et moi avions le plus grand mépris l'un pour l'autre.

– Oh, pas d'arrière-petits enfants en vue alors ?

Elle se met à rire et Hardin devient écarlate.

– Non, non. On vient juste de s'installer ensemble.

Karen et moi recrachons notre champagne dans nos verres toutes les deux en même temps.

– Vous vous êtes installés ensemble, tous les deux ? s'étonne Ken.

Je ne m'attendais pas à ce qu'Hardin le leur dise aujourd'hui. Je n'étais même pas sûre qu'il le leur dise un jour, vu son caractère! Je suis étonnée et un peu gênée de ma propre réaction, mais je suis surtout contente qu'il n'ait pas eu de problème pour en parler.

–Ouais, on a emménagé dans un appart dans Artisan il y a quelques jours.

–Waouh, c'est un chouette quartier, et pour Tessa, c'est plus près de son stage.

–Ouais.

Il est clair qu'Hardin essaie de mesurer les effets de notre bombe.

–Eh bien, je suis très heureux pour toi, fiston.

Il pose la main sur l'épaule de son fils et je les observe.

–Je n'aurais jamais cru te voir si heureux et si... en paix.

–Merci.

Le visage d'Hardin s'éclaire d'un vrai sourire.

–On pourrait peut-être passer un de ces jours pour le voir?

Karen baisse les yeux. Comme moi, elle n'a visiblement pas oublié le jour où Ken a poussé Hardin trop loin.

–Ken...

–Euh... ouais, je suppose que oui.

Hardin surprend tout le monde.

–C'est vrai?

Il confirme.

–Ok. Tu n'auras qu'à nous dire quand ça vous arrange tous les deux.

Ses yeux brillent légèrement. On entend de la musique dans la tente et Karen prend Ken par le bras.

–C'est notre signal. Merci à tous les deux d'être venus.

Elle se penche pour m'embrasser sur la joue.

–Tu as tant fait pour cette famille, tu n'as pas idée, me murmure-t-elle à l'oreille avant de s'écarter, les larmes aux yeux.

–On attend les mariés pour la première danse, annonce une voix dans le micro.

La grand-mère d'Hardin s'en va aussi, suivant la foule des invités. J'embrasse Hardin sur la joue.

–Tu ne pouvais pas leur faire plus plaisir.

–On monte?

– Quoi ?

Je suis un peu éméchée par les deux flûtes de champagne que je viens de boire.

– En haut.

Quand il le répète, je sens un courant électrique familier me traverser.

– Maintenant ?

– Maintenant.

– Mais tous ces gens...

Plutôt que de répondre, il me prend la main et m'entraîne à travers la foule hors de la tente. Quand nous arrivons à l'intérieur de la maison, il attrape une autre coupe de champagne, me la tend, et je m'efforce de ne pas la renverser en courant dans les escaliers.

– Il y a quelque chose qui ne va pas ?

Il referme la porte de la chambre et tourne la clé dans la serrure. Il enlève sa veste.

– J'ai envie de toi.

– Tu vas bien ?

Mon cœur commence à s'emballer.

– Oui, mais il faut que je me change les idées.

Il vient vers moi à grands pas, prend le verre de champagne de mes mains et le pose sur la commode. Il fait encore un pas, encercle mes poignets de ses doigts et les lève au-dessus de ma tête. Je vais me faire un plaisir de servir de dérivatif à l'excédent de stress qu'il vient de subir – revoir sa grand-mère qu'il n'avait pas vue depuis des années, voir son père se remarier, accepter de le laisser venir chez nous. Tout ça fait beaucoup pour Hardin en un temps aussi court.

Au lieu de le harceler de questions, je l'attrape par le col de sa chemise et pousse mes hanches contre les siennes. Il bande déjà. En gémissant, il me lâche les poignets et me laisse passer les doigts dans ses cheveux. Dans ma bouche, sa langue est chaude et douce avec un léger arrière-goût de champagne. Au bout de quelques secondes à peine, il cherche et sort de sa poche un sachet d'aluminium.

– Si tu prenais un moyen de contraception, je pourrais arrêter ces trucs. J'ai envie de te sentir vraiment.

Sa voix est rauque, il aspire ma lèvre entre les siennes, en la suçant légèrement, faisant monter mon désir d'un cran. Je l'entends baisser sa fermeture Éclair et je tends la main pour descendre son pantalon et son boxer sur ses genoux. Il passe les mains sous ma robe et, de ses longs doigts, tire sur l'élastique de ma culotte pour la baisser. Je l'aide maladroitement à l'enlever, obligée un instant de m'appuyer sur lui pour garder l'équilibre. Il rigole doucement en posant les lèvres dans mon cou. Il me soulève par les hanches, avec un petit gémissement je croise les jambes autour de sa taille. J'attrape le haut de ma robe pour essayer de l'enlever.

– Non, garde-la. Cette robe est si incroyablement sexy... elle est trop sexy... et en même temps blanche et virginale... et putain... si sexy. Tu es trop belle.

Il me soulève plus haut, puis me fait redescendre et me pénètre. J'ai le dos contre la porte et Hardin commence à me guider de haut en bas sur son membre. Il y a en lui une fièvre et un désespoir que je ne lui avais pas vus jusqu'ici. J'ai l'impression qu'il est le feu et moi la glace. Nous sommes si différents et pourtant nous sommes semblables.

– Est-ce... que... ça va ?

Il m'entoure de ses bras pour me maintenir en équilibre.

– Oui.

La sensation que j'éprouve quand il me prend comme ça, contre la porte, avec mes jambes autour de sa taille, est à la fois très intense et absolument délicieuse.

– Embrasse-moi.

Je glisse ma langue sur ses lèvres avant qu'il les écarte pour me laisser entrer. Je lui tire les cheveux et je fais de mon mieux pour l'embrasser tandis qu'il va et vient en moi de plus en plus vite. Nos corps bougent violemment, mais notre baiser continue, lent et intime.

– Je ne me lasse pas de toi, Tess, je... bordel. Je t'aime.

Je pousse un petit cri et gémis, la sensation que je connais bien maintenant monte dans mon ventre. Quelques grognements s'échappent de ses lèvres et je ne peux étouffer un cri quand nous jouissons tous les deux en même temps.

– Lâche tout, Bébé.

Et je fais ce qu'il dit. Il laisse ses lèvres sur les miennes, avalant mes gémissements tandis qu'il se tend et éjacule dans le préservatif.

Avec quelques profonds soupirs, il laisse tomber sa tête sur ma poitrine et continue à me tenir en place pendant quelques secondes avant de me soulever et de me laisser poser les pieds par terre. Je renverse la tête contre la porte en reprenant mon souffle tandis qu'il remet le préservatif soigneusement dans son emballage et le glisse dans sa poche avant de remonter son pantalon.

– Fais-moi penser à jeter ça dès que nous serons en bas. Merci, me dit-il en m'embrassant sur la joue. Pas pour ce que nous venons de faire, mais pour tout.

– Tu n'as pas besoin de me remercier, Hardin. Tu en fais autant pour moi.

Je plonge mon regard dans ses yeux verts si brillants.

– Et même plus, en réalité.

– Pas du tout.

Il secoue la tête doucement et me prend la main.

– Redescendons avant que quelqu'un vienne nous chercher.

– À quoi je ressemble ?

Je me passe la main dans les cheveux et sous les yeux.

– À quelqu'un qui vient de se faire baiser. Je rigole, tu es resplendissante.

– Toi aussi.

Quand nous revenons dans la tente, tout le monde danse et il ne semble pas qu'on ait remarqué notre absence. Nous nous asseyons au moment où un nouveau morceau commence. Je le reconnais, c'est « Never Let Me Go » de Florence and the Machine. Je sais d'avance ce qu'il va répondre à ma question :

– Tu veux danser ?

– Non, je ne sais pas danser. (Il me jette un coup d'œil.) À moins que... tu veux, toi ?

Je suis étonnée et tout excitée qu'il accepte de danser avec moi. Il me tend la main, mais en réalité c'est moi qui le conduis vers la piste, vite avant qu'il change d'avis. Nous restons sur le bord de la piste, loin de la foule des danseurs.

– Je ne sais pas du tout ce que je suis censé faire, dit-il en riant.

– Je vais te montrer.

Je pose ses mains sur mes hanches. Il me marche sur les pieds un certain nombre de fois, mais il apprend vite. Jamais je n'aurais pu imaginer que nous danserions ensemble au mariage de son père.

– C'est une drôle de chanson pour un mariage, tu ne trouves pas ?

– Pas vraiment. En fait, elle est parfaite.

Je pose la tête sur sa poitrine. Je me rends bien compte que nous ne dansons pas vraiment, mais plutôt que nous nous berçons dans les bras l'un de l'autre, et ça me va bien. Nous continuons comme ça pendant les deux morceaux suivants, qui se trouvent être deux de mes chansons préférées. « You Found Me », des Fray, fait rire Hardin tandis qu'il me serre contre lui. La suivante, une chanson d'un boys band, me fait sourire et grogner Hardin. Pendant que nous dansons, il me parle de sa grand-mère. Elle vit toujours en Angleterre, mais il ne l'a pas vue et ne lui a pas parlé depuis qu'elle lui a téléphoné pour son douzième anniversaire. Elle a pris la défense de son père au moment du divorce en excusant son alcoolisme, rendant sa mère responsable de tout, ce qui a incité Hardin à ne plus lui parler. Cela ne semble pas le gêner de me raconter tout ça, je reste silencieuse, me contentant de hocher la tête, murmurant quelques encouragements à ses remarques.

Il fait des plaisanteries à propos des chansons qui passent, agaçantes et pleurnichardes selon lui, mais je me moque de lui.

– Tu veux qu'on remonte ? plaisante-t-il en descendant sa main sur mes reins.

– Peut-être bien.

– Il faudra que je te fasse boire du champagne plus souvent.

Je remonte sa main sur ma taille et il boude, ce qui me fait encore plus rire.

– En fait, je dois admettre que je passe un assez bon moment.

– Moi aussi. Merci de m'avoir accompagnée.

– Je ne souhaiterais être nulle part ailleurs.

Je sais qu'il ne parle pas du mariage mais d'être avec moi, d'une façon générale. Cette idée me fait chaud au cœur.

– Est-ce que je peux ?

Ken vient m'inviter quand le morceau suivant commence. Hardin fronce les sourcils en me regardant, puis reporte son regard sur son père.

– D'accord, mais une seule danse.

Ken se met à rire et répète les mots de son fils.

– Une seule danse.

Hardin me lâche et Ken pose la main dans mon dos. Je ravale cette sensation de malaise qu'il provoque en moi. Pendant que nous dansons, il me fait la conversation et j'oublie un peu mon ressentiment quand nous nous moquons d'un couple visiblement éméché qui se balance à côté de nous.

– Qu'est-ce que tu dis de ça ?

Je me retourne pour voir de quoi il parle, et je pousse un petit cri d'étonnement en apercevant Hardin qui, lui aussi, danse maladroitement avec Karen. Elle rit quand il marche sur ses chaussures blanches et il sourit d'un air gêné. Cette soirée a dépassé toutes mes espérances.

À la fin du morceau, Hardin vient vite me retrouver, suivi de Karen. Nous prévenons les heureux mariés que nous partons, et encore une fois nous nous embrassons tous, Hardin se montrant, *peut-être,* progressivement moins raide qu'avant. Quelqu'un appelle Ken et il fait un signe de tête. Karen et lui nous remercient encore une fois d'être venus et nous disent au revoir avant de disparaître dans la foule.

– Oh, que j'ai mal aux pieds !

C'est la première fois de ma vie que je porte des talons aussi longtemps, je vais mettre la semaine à récupérer.

– Tu veux que je te porte ? me dit-il sur un ton moqueur d'une voix enfantine.

– Non merci, je glousse.

Quand nous sortons de la tente, nous croisons Trevor, accompagné de Monsieur Vance et de Kimberly. Elle affiche un large sourire et me fait un clin d'œil après avoir observé Hardin de la tête aux pieds. J'essaie de réprimer un rire en toussant.

– Tu m'as réservé une danse ? demande Monsieur Vance à Hardin, en rigolant.

– Jamais de la vie !

– Vous partez déjà ? dit Trevor en me regardant.

– En fait, cela fait un moment que nous sommes là, répond Hardin à ma place, en m'écartant d'eux. C'était sympa de te voir, Vance, crie-t-il par-dessus son épaule.

– Ce n'était pas très poli, je lui fais remarquer quand nous arrivons à sa voiture.

– Il flirtait avec toi. Cela me donne le droit d'être aussi impoli que je veux.

– Trevor ne flirtait pas. C'était seulement pour être gentil.

Hardin soupire :

– Tu lui plais, ça se voit. Ne sois pas si naïve.

– Sois gentil avec lui, s'il te plaît. Je travaille avec lui et je ne veux pas de problèmes.

La soirée s'est trop bien passée pour tout gâcher par jalousie. Hardin fait un sourire démoniaque.

– Je pourrais toujours le faire virer par Vance.

Je ne peux pas m'empêcher de rire.

– Tu es malade.

– Seulement quand il s'agit de toi, dit-il en démarrant.

∞

95

– J'adore rentrer à la maison !

Nous entrons dans l'appartement où il règne un froid polaire.

– Sauf quand tu arrêtes le chauffage.

Je frissonne, lui rigole.

– Je n'ai pas encore tout compris à ce machin, c'est trop high-tech pour moi.

Pendant qu'Hardin essaie de régler le thermostat, je prends une couverture sur le lit et deux autres dans le placard et les laisse tomber en tas sur le canapé avant de retourner dans la chambre.

– Hardin !

– J'arrive !

– Tu peux m'aider à descendre la fermeture de ma robe ?

Il a l'air frustré d'avoir dû interrompre son moment « homme à tout faire ». Il s'excuse de ses doigts glacés qui me font frissonner et descend rapidement la fermeture Éclair de ma robe, qui tombe sur le sol. J'enlève mes chaussures, aïe ! Le sol en béton est glacé aussi. Je me précipite vers la commode pour y prendre le pyjama le plus chaud que je trouve.

– Attends, je vais te donner quelque chose.

Il se dirige vers le placard et en sort un sweat-shirt à capuche gris.

– Merci.

Je souris. Je ne sais pas pourquoi j'aime tant porter les vêtements d'Hardin, mais c'est comme si ça nous rapprochait. Je n'ai jamais fait ça avec Noah, sauf une fois où je lui avais emprunté un sweatshirt alors que nous campions avec sa famille.

Hardin, aussi, a l'air d'aimer que je porte ses vêtements. Quand j'enfile son sweat-shirt, je lis du désir dans ses yeux. Voyant qu'il a des difficultés à enlever sa cravate, je me propose de l'aider. Il m'observe en silence, je tire sur la fine bande de tissu qui passe autour de son cou et je la range, avant de sortir une paire de chaussettes violettes, épaisses et moelleuses que ma mère m'a achetées pour Noël l'année dernière. Je réalise soudain que Noël n'est que dans trois semaines, est-ce qu'elle voudra toujours que je vienne à la maison ? Je n'y suis pas retournée depuis que je l'ai quittée pour la fac.

– Qu'est-ce que c'est que ça ?

Hardin rigole en tirant sur les pompons de fourrure en haut de mes chaussettes.

– Des chaussettes. Des chaussettes chaudes, pour être exacte.

Je lui tire la langue.

– Sympa ! dit-il moqueur.

Il se change pour un pantalon de survêtement et un sweat-shirt.

De retour dans le salon, où la température s'est un peu réchauffée, Hardin allume la télé, s'allonge sur le canapé en m'attirant sur sa poitrine, puis nous enveloppe dans les couvertures.

– Je me demandais ce que tu as l'intention de faire pour Noël.

Je ne sais pas pourquoi ça me rend si nerveuse de lui demander ça alors que nous vivons ensemble.

– Pour tout te dire, après la semaine chaotique que nous venons de passer, j'attendais la semaine prochaine pour aborder le sujet, mais puisque tu en parles...

Il sourit, je sens qu'il est aussi nerveux que moi.

– Je vais rentrer chez moi pour les vacances, et ça me plairait que tu viennes avec moi.

– Chez toi ?

– En Angleterre... chez ma mère.

Il a l'air tout penaud quand il ajoute :

– Je comprendrais que tu ne veuilles pas. Je sais que c'est beaucoup te demander et que tu as déjà accepté de venir vivre avec moi, mais...

– Ce n'est pas que je n'en aie pas envie, c'est juste... je ne sais pas...

L'idée de partir à l'étranger avec Hardin est très excitante, mais en même temps, elle me fait peur. Je n'ai même jamais quitté l'État de Washington.

–Tu n'es pas obligée de me répondre ce soir, mais le plus tôt sera le mieux, ok? Je pars le vingt.

–C'est le lendemain de mon anniversaire.

Il change brusquement de position et me relève la tête.

–Ton anniversaire? Pourquoi tu ne m'as pas dit que c'était bientôt?

Je hausse les épaules.

–Je ne sais pas. Je n'y ai pas vraiment pensé, en fait. Les anniversaires ne sont pas très importants à mes yeux. Avant, ma mère sortait le grand jeu, elle en faisait chaque fois une journée très spéciale, mais depuis quelques années elle a arrêté.

–Et toi, que voudrais-tu faire pour ton anniversaire?

–Rien. On pourrait peut-être se faire un resto.

Je n'ai pas envie d'en faire toute une histoire.

–Un resto... ça je ne sais pas. C'est un peu excessif, tu ne crois pas?

Je rigole et il m'embrasse sur le front. Je l'oblige à regarder le dernier épisode de *Pretty Little Liars*, et nous finissons par nous endormir sur le canapé.

Je me réveille en sueur au milieu de la nuit. Je repousse Hardin, je retire le sweat-shirt et vais baisser le chauffage quand un petit voyant bleu clignote sur le portable d'Hardin, attirant mon attention. Je prends le téléphone sur le plan de travail et passe le doigt sur l'écran. Trois nouveaux messages.

Pose ce téléphone, Tessa.

Je n'ai aucun droit de fouiller dans son téléphone, c'est malsain. Je le repose et retourne vers le canapé, mais le vibreur signale l'arrivée d'un autre message. Je m'immobilise. *Un seul. Je n'en regarde qu'un. Ce n'est pas si terrible, si?* Je sais que c'est de la folie de lire ses messages, mais c'est plus fort que moi.

RAPPELLE-MOI DUCON

Le nom de Jace s'affiche en gros en haut de l'écran.

Ouais, c'était une mauvaise idée de lire ça. Cela ne m'avance à rien et maintenant je me sens coupable d'avoir fouillé dans son portable, comme une voleuse... Mais pourquoi Jace envoie-t-il des textos à Hardin, d'ailleurs?

–Tessa.

La voix ensommeillée d'Hardin me fait sursauter, son portable m'échappe des mains, tombant au sol avec un craquement sinistre.

– C'était quoi ça ? Qu'est-ce que tu fabriques ?

Je l'entends sans le voir, la seule lumière venant de la télé.

– Ton téléphone a vibré... et je l'ai fait tomber.

C'est un demi-mensonge et je me baisse pour le ramasser. Il est fêlé sur le côté.

– Et j'ai fendu l'écran.

Il grogne, d'un air las.

– Reviens te coucher.

Je repose le téléphone et je retourne m'allonger à côté de lui. Mais je mets longtemps à me rendormir.

Le lendemain matin, je suis réveillée par Hardin qui, couché sous moi, essaie de se dégager sans me déranger. Je change de position pour lui permettre de se lever, il prend son téléphone sur le comptoir avant d'aller dans la salle de bains. J'espère qu'il n'est pas trop furax pour son écran. Tout ça à cause de ma curiosité...

Je m'extirpe du canapé pour aller faire du café. La proposition d'Hardin de l'accompagner en Angleterre me trotte dans la tête. Nous avons déjà beaucoup avancé dans notre relation, nous nous sommes installés ensemble si jeunes. Mais je reconnais que j'adorerais faire la connaissance de sa mère et visiter l'Angleterre avec lui.

– Tu es perdue dans tes pensées ?

– Non... enfin si, en quelque sorte.

Je ricane.

– À propos de ?

– Noël.

– Ah oui ? Tu ne sais pas quoi m'offrir ?

– Je pense que je vais appeler ma mère pour voir si elle avait l'intention de m'inviter pour les fêtes. Ça m'embêterait de ne pas en parler avec elle d'abord, tu comprends ? Elle sera toute seule.

Ça n'a pas l'air de l'enchanter, mais il garde son calme.

– Je comprends.

– Je suis désolée pour ton téléphone.

– C'est rien.

Il s'assied à la table de la cuisine. Sans réfléchir, je lui dis :

– J'ai lu un texto de Jace.

Je préfère ne rien lui cacher, tant pis si c'est embarrassant.

– Tu *quoi* ?

– Ton portable vibrait et j'ai regardé. D'ailleurs, pourquoi il t'envoie des messages aussi tard ?

– Qu'est-ce que tu as lu ?

Il ne répond pas à ma question. Il serre les mâchoires.

– Un texto de Jace.

– Qu'est-ce qu'il disait ?

– De le rappeler... c'est tout.

Pourquoi se met-il dans un état pareil ? Je me doutais qu'il ne serait pas très content que j'aie lu ses messages, mais là il en fait un peu trop.

– C'est tout ?

Il commence à me taper sur les nerfs.

– Oui Hardin... qu'est-ce qu'il aurait pu dire d'autre ?

– Rien...

Il boit une gorgée de café, lentement, comme si tout d'un coup cela n'avait plus tellement d'importance.

– C'est juste que je n'aime pas que tu fouilles dans mes affaires.

– Bon, d'accord, je ne le ferai plus.

– Ok. J'ai deux trois trucs à faire aujourd'hui, est-ce que tu vas trouver de quoi t'occuper toute seule ?

– Qu'est-ce que tu dois faire ?

Je regrette instantanément cette question.

– Bon Dieu, Tessa. Pourquoi tu es toujours sur mon dos ?

– Je ne suis pas toujours sur ton dos. Je voulais savoir ce que tu fais, c'est tout. Nous sommes ensemble Hardin, c'est sérieux. Alors cela ne me paraît pas extraordinaire de te demander où tu vas.

Il repousse son mug et se lève.

– Tu ne veux pas me lâcher un peu ? Voilà, c'est ça ton problème. Je ne suis pas obligé de te raconter tout ce que je fais, qu'on habite ensemble ou pas ! Si j'avais su que tu allais me prendre la tête comme ça aujourd'hui, je serais parti avant que tu te réveilles.

– Waouh !

C'est tout ce que je trouve à dire avant de partir en trombe dans la chambre. Mais il ne poursuit.

– Quoi « waouh » ?

– J'aurais dû m'en douter, hier c'était trop beau pour être vrai !

– Pardon ?

– On a passé une super journée. Pour une fois tu ne t'es pas conduit comme un crétin, mais tu te réveilles et *vlan* ! tu es redevenu un connard.

Je m'affaire dans la chambre en ramassant les vêtements d'Hardin.

– Tu oublies de dire que tu as fouillé dans mon téléphone.

– D'accord, et je te demande pardon pour l'avoir fait, mais franchement, je ne vois pas où est le problème. S'il y a quelque chose dans ton téléphone que tu ne veux pas que je voie, alors là nous avons un problème, et un gros !

En hurlant, je fourre tout dans le panier de linge sale. Il pointe un index vers moi.

– Non, Tessa, c'est toi le problème. Il faut toujours que tu fasses des histoires à propos de rien !

– Pourquoi tu t'es battu avec Zed ?

– Ah, pas maintenant, s'il te plaît !

– Alors quand ? Quand, Hardin ? Pourquoi tu ne veux pas me le dire ? Comment veux-tu que je te fasse confiance si tu me caches des choses ? Est-ce que ça a quelque chose à voir avec Jace ?

Il fulmine et passe la main sur son visage et dans ses cheveux qui restent dressés sur sa tête.

– Je me demande bien pourquoi tu ne peux pas juste te mêler de tes affaires.

Il sort de la chambre. Quelques minutes plus tard j'entends claquer la porte d'entrée. J'essuie des larmes de colère. Sa réaction quand je l'ai questionné à propos de Jace me noue l'estomac tout le temps où je fais le ménage. Il a réagi de façon excessive. Il y a quelque chose qu'il ne me dit pas, et je ne comprends pas pourquoi. Je suis pratiquement certaine que ça n'a rien à voir avec moi, mais je ne vois pas ce qui le met dans un état pareil. Dès la première fois que j'ai vu Jace, j'ai su qu'il était une source d'embrouilles. Si Hardin ne veut pas répondre à mes questions, je serai forcée d'aller voir ailleurs. Je regarde par la fenêtre et aperçois sa voiture sortir du parking, j'attrape mon portable. Ma nouvelle source d'informations répond à la première sonnerie.

– Zed ? C'est Tessa.

– Ouais... je sais.

–Ah, ok... voilà, je me demandais... si je pouvais te poser une question?

Ma voix est moins assurée que je le voudrais.

–Euh... où est Hardin?

Au ton de sa voix, je le soupçonne de m'en vouloir de l'avoir laissé tomber alors qu'il avait été si gentil avec moi.

–Il n'est pas là...

–Je ne pense pas que ce soit une bonne idée...

–Pourquoi Hardin t'a-t-il cassé la figure?

–Excuse-moi, Tessa, il faut que j'y aille.

Fin de la conversation. C'est quoi ce bordel? Je n'étais pas sûre à cent pour cent qu'il me répondrait, mais je ne m'attendais pas non plus à cette réaction. Ça ne fait que piquer encore plus ma curiosité et augmenter mon agacement. Je tente encore une fois d'appeler Hardin, mais bien sûr il ne répond pas. Pourquoi Zed a-t-il réagi de cette façon? On aurait dit qu'il avait... peur de me répondre. Peut-être que j'ai tort finalement, et que tout ceci a quelque chose à voir avec moi? Je ne comprends pas ce qui se passe, mais cela me semble insensé. Je me remémore les événements en essayant de voir les choses autrement. Est-ce que c'est moi qui en rajoute? Je revois la rage d'Hardin quand je l'ai questionné au sujet de Jace, ça je suis sûre que je ne l'ai pas inventée.

Je passe sous la douche pour me calmer et remettre mes idées en place, mais ça ne marche pas. Le nœud au creux de mon estomac me pousse à envisager une autre possibilité. En sortant de la douche, je me coiffe et m'habille en réfléchissant à ce que je viens de décider. Je me fais l'effet d'être comme Miss Havisham dans *Les grandes espérances,* avec ses complots et ses manigances. Je n'ai jamais aimé ce personnage, mais maintenant je la comprends. Je comprends que l'amour peut vous faire faire des choses hors-normes, comme de développer des obsessions ou de perdre un peu la tête. En réalité, mon plan n'est pas si fou ni si dramatique qu'il y paraît. Tout ce que je vais faire, c'est trouver Steph et lui demander si elle sait pourquoi Hardin et Zed se sont battus. Et ce qu'elle sait sur Jace. La seule chose qui rend ce plan un peu dingue, c'est qu'Hardin pétera les plombs quand il découvrira que j'ai appelé Zed et que je suis allée voir Steph.

Maintenant que j'y pense, Hardin ne m'a pas emmenée voir ses potes depuis que nous avons emménagé ensemble, donc il est fort probable qu'aucun d'entre eux n'est au courant de notre nouvelle vie.

Quand je finis par sortir de l'appartement, je suis dans un tel état de confusion que j'oublie mon portable sur le comptoir de la cuisine. Il commence à neiger à l'instant où j'entre sur l'autoroute et je mets une demi-heure pour aller jusqu'à la cité universitaire. Rien n'a changé, bien sûr. Ça ne fait qu'une semaine que j'en suis partie, même si j'ai l'impression que c'était il y a beaucoup plus longtemps. J'entre d'un pas déterminé dans le couloir sans prêter attention à la blonde décolorée qui me dévisage grossièrement, la même qui avait engueulé Hardin pour avoir renversé de la vodka devant sa porte. Cette première nuit où Hardin a dormi avec moi dans ma chambre d'étudiant me paraît tellement loin. Depuis que je le connais, j'ai perdu la notion du temps. Quand je frappe à la porte de mon ancienne chambre, personne ne répond. Naturellement, elle n'est pas là. Elle n'est jamais là. Elle passe la majeure partie de son temps dans l'appart de Tristan et Nate, et je ne sais pas du tout où il se trouve. Et même si je le savais, est-ce que j'irais ?

Je remonte en voiture et essaie d'élaborer un autre plan en conduisant. Ce serait probablement plus facile si je n'avais pas oublié mon portable. Au moment où je m'apprête à abandonner la traque de mon ancienne coloc, je passe devant chez Blind Bob, le bar de motards où j'étais venue avec Steph. La voiture de Nate est sur le parking. Je me gare et respire profondément. Quand je finis par me décider à sortir de ma voiture, l'air froid vient me brûler les narines. La femme à l'entrée me sourit. Ouf ! J'aperçois les cheveux rouges de Steph au fond de la salle.

Si seulement j'avais su ce qui m'attendait !

∞

96

Plus j'avance dans le bar enfumé et plus je me sens nerveuse. Comment j'ai pu croire que c'était une bonne idée ? Hardin sera furieux et Steph va penser que je suis folle. En me voyant, elle fait un grand sourire et se met à crier :

– Tessa, qu'est-ce que tu fous là, putain ?

Elle me serre dans ses bras.

– Je... enfin... je te cherchais.

– Tout va bien ? Ou juste je te manquais ?

Elle rit.

– Juste tu me manquais.

Je choisis de m'en tenir là pour le moment.

– Il y a un temps fou que je ne t'ai pas vue, Tessa. Où Hardin te cachait-il ?

Nate me chambre en me serrant dans ses bras. Tristan apparaît derrière Steph et la prend par la taille. À la façon qu'elle a de se coller contre lui, je vois qu'ils ont surmonté leur différend au sujet de Molly. Elle me sourit.

– Viens t'asseoir avec nous, il n'y a que nous pour l'instant.

Pour l'instant ? Est-ce qu'elle veut dire qu'Hardin va bientôt arriver ? Je les suis vers un box, redoutant d'entendre la réponse à cette question. Question que je ne pose pas, préférant commander un burger et des frites. Je n'ai pas mangé de la journée et il est plus de trois heures de l'après-midi.

– Et je veillerai à ne pas mettre de ketchup, dit la serveuse avec un sourire entendu en retournant dans la cuisine.

Visiblement, elle n'a pas oublié la scène qu'Hardin a faite la dernière fois que je suis venue. Je joue avec mes doigts manucurés en attendant mon Coca.

Nate lève son verre et descend d'un trait le reste de sa bière.

– Tu as manqué une sacrée fête hier soir, Tessa.

– Ah ouais ?

Je souris. Ce qu'il y a de plus frustrant dans ma relation avec Hardin, c'est de ne jamais savoir ce que j'ai le droit de dire aux autres. Si nous avions une relation normale, je répondrais « nous on s'est éclatés au mariage de son père hier soir », mais comme ce n'est pas le cas, je garde le silence.

– Ouais, c'était dément. On est allés sur les docks, ça change de la fraternité. On est plus libres là-bas et on n'a pas à ranger après, dit-il en rigolant.

– Ah bon ! Est-ce que Jace habite sur les docks ?

J'essaie de garder un ton neutre.

– Quoi ? Non, ce sont des docks pour les bateaux. Mais il y travaille pendant la journée. Il n'habite pas loin.

– Oh...

– Il faisait un froid de canard et Tristan était ivre mort. Il a sauté dans l'eau glacée, grogne Steph, et Tristan lui fait un doigt d'honneur.

– Ce n'était pas si mal, mon corps s'est engourdi au moment où je suis entré dans l'eau, plaisante-t-il.

On m'apporte mon plat, des *chicken wings* pour Tristan et une tournée de bière pour eux trois.

– Tu es sûre que tu ne veux pas une bière ? Elle ne te demandera pas tes papiers, me dit Nate.

– Non, je conduis. Merci quand même.

– Alors, c'est comment ta nouvelle résidence ? me demande Steph en fauchant une frite dans mon assiette.

– Ma quoi ?

Elle répète lentement,

– Ta nouvelle résidence universitaire ?

– Je ne suis pas dans une nouvelle résidence.

C'est ce qu'Hardin lui a dit ?

– Ben si, forcément, puisque tu n'habites plus avec moi. Toutes tes affaires ont disparu et Hardin a dit que tu avais changé de chambre. Que ta mère flippait ou je ne sais quoi.

Elle boit une grande gorgée de bière. Qu'Hardin soit furieux contre moi ou pas, je ne vais pas mentir. Ça me met hors de moi et ça me vexe qu'il continue à cacher notre relation.

– Hardin et moi avons pris un appart.

– *Quoi ?* s'exclament en même temps Steph, Nate et Tristan.

– Oui, la semaine dernière. On s'est installés dans un petit appart à environ vingt minutes du campus.

Ils me regardent tous les trois comme si j'étais une extraterrestre.

– Quoi ?

– Rien. C'est juste... waouh... je ne sais pas. C'est vraiment énorme !

– Pourquoi ?

Je sais que c'est injuste de faire pâtir Steph d'une colère destinée à Hardin, mais c'est plus fort que moi. Elle fronce les sourcils, on dirait qu'elle pèse le pour et le contre de quelque chose.

– Je ne sais pas. C'est juste que je n'imagine pas Hardin vivant avec quelqu'un, c'est tout. Je ne savais pas que c'était aussi sérieux entre vous. Je regrette que tu ne m'aies rien dit.

Je m'apprête à lui demander ce qu'elle veut dire par là quand Nate et Tristan tournent brusquement la tête vers la porte puis de nouveau vers moi. Quand je me retourne, je vois Molly, Hardin et Jace debout devant la porte. Hardin secoue la neige de ses cheveux et essuie ses boots sur le paillasson. Je me détourne vivement, mon cœur bat à tout rompre. Il se passe trop de choses à la fois : Molly est avec Hardin, ce qui me met dans une rage indescriptible, Jace est avec Hardin, ce qui dépasse mon entendement, et tout ça, juste quand je viens d'annoncer à tout le monde que nous nous sommes installés ensemble, ce qui les a embarrassés, visiblement.

– Tessa !

La voix furieuse d'Hardin résonne dans mon dos. Je lève les yeux vers lui, la colère déforme ses traits. Il essaie de la contenir, mais je vois bien qu'elle ne va pas tarder à éclater.

– Il faut que je te parle, dit-il, les dents serrées.

– Tout de suite ?

J'essaie de prendre un ton dégagé mais tranchant.

– Oui, maintenant.

Il tend la main pour m'attraper le bras. Je sors rapidement du box et le suis dans un petit coin du bar.

– Qu'est-ce que tu fous là, bordel ?

Il parle à voix basse, son visage à quelques centimètres du mien.

– Je suis venue traîner avec Steph.

Ce n'est pas exactement un mensonge, mais pas la vérité, non plus.

– Arrête tes conneries ! Il faut que tu t'en ailles.

Il s'efforce de ne pas hausser la voix, mais nous avons déjà attiré l'attention de pas mal de clients.

– Pardon ?

– Il faut que tu rentres à la maison.

– Quelle maison ? Tu veux que je rentre dans ma nouvelle chambre d'étudiante ?

Il blêmit.

– Ouais, je leur ai dit. Je leur ai dit que nous vivions ensemble. Pourquoi tu ne l'as pas fait ? Tu te rends compte à quel point j'ai l'air stupide ? Je croyais que nous n'en étions plus là, que ce n'était plus un secret.

– Ce n'est pas...

– J'en ai plus que marre des secrets et des mensonges, Hardin. Chaque fois que je me dis que tout va bien entre nous...

– Pardon. Je ne voulais pas que ça reste secret. J'attendais juste le bon moment.

Il semble en pleine confusion. Derrière ses yeux verts, je peux presque voir son combat intérieur. Il regarde frénétiquement la pièce autour de lui, sa panique m'inquiète.

– Je ne peux pas continuer comme ça – tu le sais, non ?

– Oui, je le sais.

Il soupire, tire l'anneau de sa lèvre entre ses dents et passe la main dans ses cheveux humides.

– Est-ce qu'on peut rentrer à la maison pour en parler ?

Je hoche la tête et repars avec lui vers les box où tout le monde est assis.

– On va y aller, annonce Hardin.

– Déjà ? dit Jace avec un sourire sinistre.

Les épaules d'Hardin se tendent.

– Ouais.

– Vous rentrez dans votre *appartement ?* demande Steph.

Je lui lance un regard furieux. Pas *maintenant* !

– Vous rentrez *où* ?

Molly ! J'aurais donné cher pour ne plus jamais la revoir, celle-là, vraiment.

– Dans leur appartement. Ils habitent ensemble maintenant, annonce Steph d'un ton traînant.

Je sais qu'elle veut seulement lui enfoncer ça dans la gorge, et en temps normal je l'aurais applaudie, mais je suis trop furieuse contre Hardin pour m'occuper de Molly.

– Eh ben, dis donc.

Molly pianote sur la table de ses ongles longs et écarlates. Elle regarde fixement Hardin.

– C'est très intéressant.

– Molly...

Il est menaçant. Je jurerais avoir vu un éclair de panique traverser son visage. Elle hausse un sourcil.

– Tu pousses le truc un peu trop loin, tu ne trouves pas ?

– Molly, je te jure, si tu ne la fermes pas...

– Quel truc ? Qu'est-ce qu'il pousse trop loin ?

– Tessa, va m'attendre dehors !

Je ne bouge pas.

– Non. Qu'est-ce qu'il pousse trop loin ? Réponds-moi.

– Attends. T'es dans le coup, c'est ça ? (Elle éclate de rire.) J'en étais sûre. J'ai dit à Jace que tu savais, mais il ne voulait pas me croire. Hardin, tu dois un bon paquet de fric à Zed.

Elle rejette la tête en arrière et se lève. Hardin est pâle comme un mort. Son corps semble s'être entièrement vidé de son sang. J'ai la tête qui bourdonne, je ne comprends plus rien. Je jette un bref coup d'œil en direction de Nate, Tristan et Steph, mais ils ont tous les yeux rivés sur Hardin.

– Que *je savais quoi* ?

J'ai la voix qui tremble. Hardin m'attrape par le bras et essaie de m'entraîner avec lui, mais je me dégage et vais me planter devant Molly.

– Arrête de jouer les idiotes. Ça ne marche pas avec moi. Qu'est-ce qu'il a fait ? Il a partagé l'argent avec toi ? me demande-t-elle.

Hardin me prend la main, ses doigts sont glacés.

– Tessa...

Je m'écarte brusquement et le dévisage, les yeux écarquillés.

– Dis-moi de quoi elle parle.

Je hurle. Les larmes me montent aux yeux, mais je serre les dents pour contenir les émotions qui se bousculent. Hardin ouvre la bouche et la referme aussitôt. Je n'en reviens pas.

– Putain ! Tu ne sais vraiment pas ? Mais c'est incroyable. Que tout le monde prenne un siège !

– Molly, arrête ! dit Steph.

– Tu es sûre de vouloir savoir, princesse ?

Molly me lance un regard triomphant. J'entends le sang battre derrière mes tympans, tellement fort que l'espace d'un instant j'ai l'impression que tout le monde peut l'entendre aussi.

– Vas-y. Dis-moi.

Elle incline la tête légèrement... puis marque une pause.

– Non. Je pense que c'est à Hardin de lui dire.

Et elle se met à rire en faisant glisser entre ses dents l'anneau qui perce sa langue, produisant un épouvantable crissement, encore pire que des ongles sur un tableau noir.

∞

97

Ça va trop vite, je n'arrive pas à suivre, je ne comprends rien. Quand je les regarde, tous autour de moi, j'ai l'impression qu'ils se sont toujours fichus de moi, malgré mes efforts pour m'intégrer. Il n'y en a pas un seul en qui je puisse avoir confiance. Qu'est-ce qui se passe? Pourquoi Hardin reste-t-il planté là sans réagir? C'est quoi ce bordel?

– Je suis d'accord avec elle. (Jace lève son verre de bière pour saluer.) Vas-y Hardin, dis-lui.

– Viens dehors. Je... je te dirai tout.

Je le regarde droit dans les yeux, ses yeux brillants, fous de désespoir et de confusion. Je ne sais pas ce qui se passe, mais je sais une chose, je n'irai nulle part avec lui.

– Non. Dis-moi ce que tu as à me dire ici. Devant tes potes, tu ne pourras pas mentir.

J'ai déjà mal à la tête et je devine que je ne suis pas préparée à entendre ce qu'il s'apprête à me dire. II marque une pause en jouant avec ses doigts.

– Excuse-moi. Tessa, il faut que tu te souviennes que tout ça est arrivé bien avant que je te connaisse.

Ses yeux implorent ma clémence. J'ai peur que ma voix ne se brise, j'ouvre à peine la bouche:

– Dis ce que tu as à dire.

– Ce soir-là... le deuxième soir... la seconde fête à laquelle tu es venue, quand nous avons joué à Défi ou Vérité... et que Nate t'a demandé si tu étais vierge...

Il ferme les yeux comme pour rassembler ses idées.

Oh non! Si mon cœur pouvait s'arrêter de battre, il le ferait. Le cauchemar va s'arrêter. *C'est pas vrai. Pas maintenant. Pas à moi.*

– Continue... dit Jace en se penchant en avant, comme si c'était le meilleur spectacle auquel il lui avait été donné d'assister.

Hardin le fusille du regard. Je sens que s'il n'était pas en train de nous détruire, il tuerait ce mec abject sur-le-champ.

– Tu as répondu que tu l'étais... et quelqu'un a eu une idée...

– *Qui* a eu une idée ? intervient Molly.

– J'ai... eu une idée. (Ses yeux ne quittent pas les miens. Ce qui me rend les choses plus difficiles encore.) Que... ça pourrait être marrant de faire... de faire un pari.

Il baisse la tête, des larmes coulent sur mes joues.

– NON !

Je m'étrangle et je recule. Une terrible confusion saisit mon esprit déjà troublé, empêchant toute tentative de remettre mes idées en ordre, de comprendre ce que j'entends. À ce désarroi succède une sensation brûlante de douleur et de colère mêlées. Tous les souvenirs me reviennent en bloc et s'emboîtent les uns dans les autres... « Garde tes distances »... « Fais attention »... « Parfois on croit connaître les gens, mais on se trompe »... « Tessa, il faut que je te dise quelque chose ».

Toutes les petites remarques de Molly, Jace et Hardin lui-même tournent dans ma tête. Il y a toujours eu un truc qui me chiffonnait, le sentiment que quelque chose m'échappait.

J'ai l'impression que l'air s'est raréfié dans cette pièce exiguë. Plus j'entrevois la vérité, plus j'étouffe. Il y avait tellement de signes, mais j'étais trop obnubilée par Hardin pour les saisir. *Pourquoi a-t-il laissé les choses aller si loin ? Pour que je vienne vivre avec lui ?*

Je ne peux plus regarder Hardin, c'est au-dessus de mes forces. Je me tourne vers Steph.

– Tu savais ?

– Je... j'ai été sur le point de te le dire... tellement de fois, Tess.

La culpabilité lui fait monter les larmes aux yeux.

Jace a vraiment l'air de s'amuser du spectacle.

– Je ne l'ai pas cru quand il a prétendu avoir gagné, même avec la capote !

Molly est morte de rire.

– C'est vrai. Moi non plus ! Les draps, pourtant, je dois dire, on ne pouvait pas nier qu'il y avait du sang sur les draps !

Les draps. C'est pour ça qu'ils étaient encore dans sa voiture...

Je devrais hurler quelque chose, n'importe quoi, mais je reste sans voix. La vie continue autour de moi, les clients dans le bar mangent et boivent, sans remarquer cette fille trop naïve à trois mètres d'eux dont le cœur vole en éclats. Comment est-il possible que le temps continue de s'écouler alors que je reste plantée là, à regarder Tristan qui baisse la tête, Steph qui pleure et, le pire de tout, Hardin qui me regarde ?

– Tessa, je te demande pardon.

Il avance vers moi et je n'arrive même pas à ordonner à mes pieds de fuir en courant, comme je voudrais le faire.

La voix de harpie de Molly résonne dans le silence.

– Vous savez, il y a un petit épisode qui va plaire à tout le monde. Vous vous souvenez de la dernière fois où nous étions tous ici et où Steph avait fait à Tessa ce relooking ridicule, et où Hardin et Zed se tiraient la bourre pour savoir lequel des deux la reconduirait à sa chambre ? C'est ce soir-là qu'Hardin s'est pointé dans ta chambre, hein ? Avec la bouteille de vodka ! Tu as cru qu'il était bourré ! Tu te souviens que je l'ai appelé pendant qu'il était chez toi ?

Pendant un moment, elle me regarde comme si elle attendait vraiment une réponse.

– En fait, il était censé gagner son pari ce soir-là. Il était plutôt sûr de son coup, mais Zed disait que tu ne cèderais pas aussi vite. Je suppose que Zed avait raison, mais tu as quand même cédé plus vite que je le croyais, j'ai bien fait de ne pas parier d'argent là-dessus...

Tout s'écroule autour de moi, il ne reste que le son des paroles atroces de Molly et les yeux d'Hardin.

Jamais de ma vie, je n'ai ressenti ça. Ce degré d'humiliation et d'impuissance est pire que tout ce que j'aurais pu imaginer. Hardin s'est foutu de ma gueule depuis le début. Tout ça n'était qu'un jeu pour lui. Toutes les embrassades, tous les baisers, les rires, les « je t'aime », le sexe, les projets... Bordel ! Je ne pensais pas qu'on pouvait avoir si mal. Il avait tout planifié, toutes les soirées, le plus petit détail, et tout le monde savait. Sauf moi. Même Steph... quand je pense que je croyais que nous étions devenues amies. Je jette un coup d'œil vers lui, m'autorisant ce moment de faiblesse, sous l'effet du choc. Je n'aurais pas dû. Il est planté là, debout, comme si mon univers n'était pas en train de se disloquer et comme s'il ne m'avait pas humiliée à mort devant tout le monde.

–Tu seras contente de savoir que tu représentais une belle somme, même si Zed a essayé de se défiler plusieurs fois. Au fait, avec l'argent qu'il a piqué à Jace, Logan et Zed, j'espère qu'il t'a au moins invitée à dîner !

Une fois de plus, Molly est morte de rire. Jace finit sa bière et braille :

–Je regrette vraiment d'avoir manqué le fameux *Je t'aime* devant tout le monde. On m'a dit que c'était une tuerie.

–Fermez vos gueules !

Tout le monde sursaute en entendant hurler Tristan. Si je n'étais pas anesthésiée, j'aurais peut-être sursauté, moi aussi.

–Allez vous faire foutre ! Elle en a assez entendu !

Hardin s'approche de moi.

–Bébé, s'il te plaît, dis quelque chose.

C'est ce « Bébé », sur le ton de la supplique, qui reconnecte mon cerveau et ma voix.

–Putain ! Ne t'avise plus jamais de m'appeler comme ça ! Comment as-tu pu me faire ça ? Tu... tu... je ne peux pas... (Il y a tellement de choses que je voudrais dire, mais aucune ne veut sortir.) Je ne dirai rien, ça te ferait trop plaisir.

Ma voix est beaucoup plus assurée que je ne le suis. À l'intérieur je suis cramée, mon cœur est écrabouillé sous le talon de la botte d'Hardin.

–Je sais que j'ai déconné...

–Déconné ? Tu as *déconné* ? Pourquoi ? Dis-moi pourquoi ? Pourquoi moi ?

–Parce que tu étais là. (Et sa franchise me démolit plus encore.) Et pour le défi. Je ne te connaissais pas, Tessa. Je ne savais pas que j'allais tomber amoureux de toi.

Dans sa bouche, le mot aimer prend une tout autre résonnance que celle qu'il avait les semaines précédentes, et je sens de la bile monter dans ma gorge.

– Tu es un malade ! Un vrai malade, putain !

Je me précipite vers la sortie. Je n'en peux plus. Hardin m'attrape le bras, je me dégage brusquement, je me retourne et le gifle. Violemment.

La douleur sur son visage me procure la plus douloureuse des satisfactions.

– Tu as tout démoli. Tu m'as pris une chose qui ne t'était pas destinée, Hardin. Je l'aurais donnée à quelqu'un qui m'aimerait, qui m'aimerait sincèrement. Qui que ce soit, elle lui était destinée, et toi tu l'as prise – pour de *l'argent* ? J'ai ruiné ma relation avec ma mère pour toi. J'ai tout laissé tomber pour toi ! J'avais quelqu'un qui m'aimait, quelqu'un qui ne m'aurait jamais fait le mal que tu m'as fait. Tu es un être répugnant.

– Mais je t'aime vraiment, Tessa. Je t'aime plus que tout. J'allais te parler. J'ai fait tout ce que j'ai pu pour qu'ils ne te disent rien. Je voulais que tu ne découvres jamais la vérité. C'est pour ça que je ne suis pas rentré cette nuit. J'essayais de les persuader de ne rien te dire. Je te l'aurais dit après, parce que maintenant que nous vivons ensemble, ça n'a plus d'importance.

Les mots se bousculent hors de ma bouche sans que je puisse les contrôler :

– Est-ce que tu... tu... Bon Dieu, Hardin ! Qu'est-ce qui ne tourne pas rond chez toi, putain ? Tu penses que le mieux c'était de les convaincre de ne rien me dire ? Que je ne sache rien arrangerait tout ? Tu pensais que si nous vivions ensemble, ça ferait passer la pilule ? C'est pour ça que tu tenais tellement à ce que mon nom apparaisse sur le contrat de location ! Bon sang, mais t'es un vrai *malade* !

Tous ces petits détails qui me faisaient douter depuis que je le connais, vont dans le même sens. C'est tellement évident.

– C'est pour ça que tu es allé récupérer mes affaires dans ma chambre, parce que tu avais peur que Steph me balance tout !

Tous les clients du bar ont les yeux fixés sur nous, je me sens si petite, si brisée et si petite.

– Qu'est-ce que tu as fait avec l'argent, Hardin ?

– Je...

Il s'arrête.

–Dis-le moi !

–Ta voiture... la peinture... et la caution de l'appartement. Je pensais que si je... j'ai été sur le point de te le dire tellement de fois, dès que j'ai senti que ce n'était plus du tout un pari. Je t'aime... je t'aime depuis le début, je te le jure.

–Tu as gardé le préservatif pour leur montrer, Hardin ! Tu leur as montré les draps, les draps tachés de mon sang, bordel ! Oh, mon Dieu ! Ce que je peux être conne ! Pendant que je revivais tous les détails de la plus belle nuit de ma vie, toi tu montrais les draps à tes potes.

–Je sais... je n'ai aucune excuse... mais il faut que tu me pardonnes.

Je me mets à rire. À rire vraiment. Malgré mes larmes, je suis en train de rire. Je deviens folle. Cette scène ne se passe pas comme dans les films. Impossible de sauver la face. Impossible de prendre la nouvelle avec élégance, avec un petit cri étouffé ou avec une seule larme coulant sur ma joue. Non, je chiale, je m'arrache les cheveux et je n'arrive pas à maîtriser suffisamment mes émotions pour prononcer une phrase intelligible.

–Te pardonner ? (Je ris comme une démente.) Tu as détruit toute ma vie, tu le sais, hein ? Oh bien sûr, que tu le sais. C'est ce que tu avais prévu depuis le début, tu te souviens ? Tu avais juré de me « démolir ». Félicitations, Hardin, tu as réussi. Qu'est-ce que je devrais te donner pour ça, du fric ? Ou je devrais peut-être te trouver une autre vierge ?

Il change légèrement de position comme pour m'empêcher de voir les autres, assis à table.

–Tessa, s'il te plaît. Tu sais que je t'aime. Je sais que toi, tu m'aimes. Rentrons chez nous, s'il te plaît, et je t'expliquerai tout.

–Chez nous ? Ce n'est pas chez moi. Ça ne l'a jamais été, nous le savons tous les deux.

J'essaie une nouvelle fois de sortir. Je suis tout près de la porte.

–Qu'est-ce que je peux faire ? Je ferai tout ce que tu voudras.

Les yeux toujours rivés aux miens, il se baisse. Il me faut un instant pour comprendre qu'il est en train de se mettre à genoux devant moi.

–Rien. Il n'y a plus rien que tu puisses faire pour moi, Hardin.

Je voudrais trouver les mots qui lui feraient autant de mal qu'il m'en fait. Et les répéter un million de fois, juste pour qu'il sache ce que ça fait d'être poignardé dans le dos et réduit en pièces.

Profitant du fait qu'Hardin est à genoux, je fonce vers la porte. Mais je percute quelqu'un. Je lève les yeux, c'est Zed. Son visage tuméfié n'a pas encore complètement récupéré des blessures qu'Hardin lui a infligées.

– Qu'est-ce qui ne va pas ?

Il m'attrape par les coudes. Puis son regard se déplace derrière moi et rencontre Hardin. Il comprend tout, je le vois dans ses yeux.

– Je suis désolé...

Je ne réponds rien. Hardin s'approche de nous, je dois absolument foutre le camp loin de ce bar, loin de lui. Comme je mets le pied dehors, le vent glacial fait voler mes cheveux devant mon visage. Je goûte cette sensation en espérant que ça va éteindre ma brûlure. La neige a recouvert ma voiture et les rues. J'entends Zed qui crie dans mon dos :

– Tu ne peux pas conduire, Tessa.

Je continue d'avancer malgré la neige qui ralentit mes pas.

– Fous-moi la paix ! Je sais que tu étais dans le coup, toi aussi. Vous étiez tous dans le coup !

Je cherche mes clés.

– Je vais te raccompagner. Tu n'es pas en état de conduire, surtout dans cette tempête.

J'ouvre la bouche pour crier mais au même moment Hardin sort du bar. Je le regarde, je regarde ce type, qu'un moment j'ai cru être l'amour de ma vie, celui qui ferait de chaque jour que nous passerions ensemble un événement spécial, fou et libre. Je me tourne vers Zed.

– D'accord.

Au clic de la voiture que Zed déverrouille, je me précipite pour monter aussi vite que possible. Au moment où Hardin comprend que je pars avec Zed, il se met à courir vers la voiture. Son visage est déformé par la colère et j'espère pour Zed qu'il va réussir à monter avant qu'Hardin nous rejoigne. À toute vitesse, Zed monte et démarre. Je regarde derrière et vois Hardin tomber à genoux pour la seconde fois de la soirée.

– Je suis sincèrement désolé, Tessa. Je n'ai jamais imaginé que les choses allaient partir en vrille comme ça...

Je l'interromps.

– Ne me dis rien.

Je ne peux plus supporter d'entendre parler de ça. C'est trop. J'ai mal au ventre, la douleur de la trahison d'Hardin me coupe en deux, me rendant, chaque minute, un peu plus faible. Si Zed parle, il ne restera plus rien de moi. J'ai besoin de savoir pourquoi Hardin a fait ce qu'il a fait, mais je suis franchement terrorisée à la perspective de ce qui va se passer si on me le dit, si on me dit tout. De ma vie, je n'ai jamais ressenti une telle douleur et je ne sais pas comment la calmer, ni même si c'est possible de le faire. Zed hoche la tête, nous roulons en silence pendant quelques minutes. Je pense à Hardin, à Molly, à Jace et aux autres, et quelque chose se débloque en moi. Quelque chose qui me redonne des forces. Je me tourne vers Zed.

– Tu sais quoi ? En fait, si. Parle-moi. Raconte-moi tout. Avec les détails.

Pendant un moment, il scrute mon visage d'un regard inquiet puis, comprenant qu'il n'a pas le choix, il dit calmement :

– Ok.

Juste quand nous entrons sur l'autoroute.

∞

À suivre...

REMERCIEMENTS

La série *After* n'aurait pas été possible sans le concours d'un grand nombre de personnes. Pour vous remercier tous, il me faudrait écrire un autre livre (vous savez tous que j'en suis capable, et que je le ferais probablement) mais je n'ai pas beaucoup de place ici, alors je vais faire aussi court que possible.

Premièrement je veux remercier mes Hessa shippers/ Afternators/ Toddlers, mes premiers lecteurs (il est clair que nous n'avons pas réussi à nous mettre d'accord sur un nom, haha). Vous avez été là depuis le début et vous êtes vraiment les meilleurs, toujours présents pour me soutenir, et vous embellissez ma vie. Chaque mot a été écrit grâce à vous et à votre passion pour mes histoires. Vous êtes extraordinaires et « ilysm » (*I love you so much).*

Wattpad vient en deuxième position, bien sûr. Si vous n'aviez pas cru en moi et sans votre aide à faire naître *After*, mes rêves ne seraient pas en train de se réaliser. N'oubliez jamais où tout cela a commencé et que vous avez tous votre part dans cette création. Ne doutez jamais de vous. Rappelez-vous (je sais, je vous le dis trop souvent) que demain est toujours plus beau que vous le croyez. Vous êtes importants et je vous aime, même quand vous ne vous en apercevez pas.

Amy Martin pour avoir défendu mon point de vue et soutenu *After* jusqu'au bout.

Candice et Ashleigh, je ne pourrai jamais vous rendre tout ce que vous avez fait pour moi.

Je tiens à remercier Gallery Books pour avoir cru en *After* et en moi, et pour m'avoir donné Adam Wilson, le meilleur et le plus dynamique des éditeurs. Adam, tu es tout simplement génial et tes commentaires me font toujours mourir de rire. Tu as bien cerné mon sens de l'humour (et ses blagues lamentables) et tu as cerné les personnages d'Hardin et de Tessa mieux que beaucoup de gens. Tu m'as beaucoup aidée et tu as fait de cette expérience un voyage rapide et sans anicroches.

Mes parents et ma belle-mère, vous m'avez donné votre amour et votre soutien à chaque étape de ce parcours.

Kaci, pour tes listes et tes encouragements.

À Jordan, mon mari, que j'aime depuis que je suis ado : Tu m'as donné le temps de réaliser mes rêves et tu as accepté sans protester les heures passées à écrire et à tweeter. Et tu ne t'es plaint, très peu, que lorsque je t'ai montré les milliers de versions d'Hessa.

Je n'ai bientôt plus de place, alors je vais devoir m'arrêter là. Mais je vous aime tous énormément et je suis si reconnaissante à la vie de m'avoir donné chacun de vous.

Retrouvez toute l'actualité de la série *After*, d'Anna Todd
et des autres titres de la collection New Romance,
sur notre page facebook :
www.facebook.com/HugoNewRomance
www.hugoetcie.fr

Retrouvez l'univers Karl Marc John :
www.karlmarcjohn.com

Hugo Roman

Romans parus et à paraître dans la collection Hugo New Romance :

Du même auteur : Anna Todd
After we collided - saison 2 : février 2015
After we fell - saison 3 : mars 2015
After ever happy - saison 4 : avril 2015

De Christina Lauren
Beautiful Bastard
Beautiful Stranger
Beautiful Bitch
Beautiful Sex Bomb
Beautiful Player
Beautiful Beginning
Beautiful Beloved : février 2015
Beautiful Secret : avril 2015
Wild seasons : *3 tomes* : mars, mai, octobre 2015

De Lexi Ryan
Unbreak me - tome 1
Unbreak me - tome 2 Si seulement...
Unbreak me - tome 3 Rêves volés

De Emma Chase
Love Game - tome 1 Tangled
Love Game - tome 2 Twisted
Love Game - tome 3 Tamed : janvier 2015
Love Game - Holy frigging matrimony : avril 2015

De S.C. Stephens
Thoughtless - tome 1 Indécise
Thoughtless - tome 2 Insatiable
Thoughtless - tome 3 Intrépide

De Katy Evans
Fight for love - tome 1 Real
Fight for love - tome 2 Mine : janvier 2015
Fight for love - tome 3 Remy : mars 2015
Fight for love - tome 4 Roque : mai 2015
Fight for love - tome 5 Ripped : juillet 2015

De K.A. Tucker :
Ten tiny breaths – tome 1 Respire : février 2015
Ten tiny breaths – tome 2 : avril 2015
Ten tiny breaths – tome 3 : juin 2015

De Cecilia Tan
Endless love - 3 tomes : janvier, mars, mai 2015

De Maya Banks
Slow burn - 3 tomes : mai, août, novembre 2015

De Laura Trompette
Ladies' taste - 3 tomes : avril, juillet, septembre 2015

De Jay Crownover
Marked men - 2 tomes : août, octobre 2015

De Laurelin Paige
Fixed - 2 tomes : septembre, novembre 2015

De Kay Bromberg
Driven - 2 tomes : octobre, novembre 2015

De Colleen Hoover
Maybe someday : 2015
Ugly love : 2015